정전 김유정 전집

1

엮은이
유인순(柳仁順 , Yoo In-soon)
강원대학교 국어교육과를 거쳐 이화여자대학교 대학원 국어국문학과에서 석사 및 박사학위를 받았다. 일본 텐리대학교 교환교수로 근무했고, 강원대학교 명예교수다. 김유정학회 초대 회장으로 일했고, 현재 김유정학회 대표, 한국현대소설학회 및 한중인문학회 고문이다. 단독저서로 『김유정문학연구』, 『김유정을 찾아가는 길』, 『김유정과의 동행』, 공저로 『김유정과 동시대 문학연구』, 『김유정문학의 전통성과 근대성』, 『김유정문학의 재조명』, 『한국의 웃음문화』, 『한국의 이야기판 문화』, 『궁예의 나라 태봉』, 『구조와 분석』, 『국어국문학의 탐구』, 『현대소설론』, 『한국현대문학의 이해』, 『문장의 이론과 실제』 등이 있다. 편저로 김유정 단편선 『동백꽃』, 이태준 단편선 『석양』, 춘천 배경소설선 『춘천에서 만나다』가 있고, 여행일기로 『세상의 문을 열다』 1~2, 『실크로드의 나그네』 1~3이 있다.

표지화 : 이정수 화백(강원대 명예교수), 〈고향산하〉, 혼합재료, 2020

정전 김유정 전집 1
초판인쇄 2021년 11월 5일 **초판발행** 2021년 11월 20일
엮은이 유인순 **펴낸이** 박성모 **펴낸곳** 소명출판 **출판등록** 제13-522호
주소 서울시 서초구 서초중앙로6길 15, 2층
전화 02-585-7840 **팩스** 02-585-7848
전자우편 somyong@daum.net **홈페이지** www.somyong.co.kr

값 38,000원

ISBN 979-11-5905-639-0 04810
ISBN 979-11-5905-644-4 (세트)

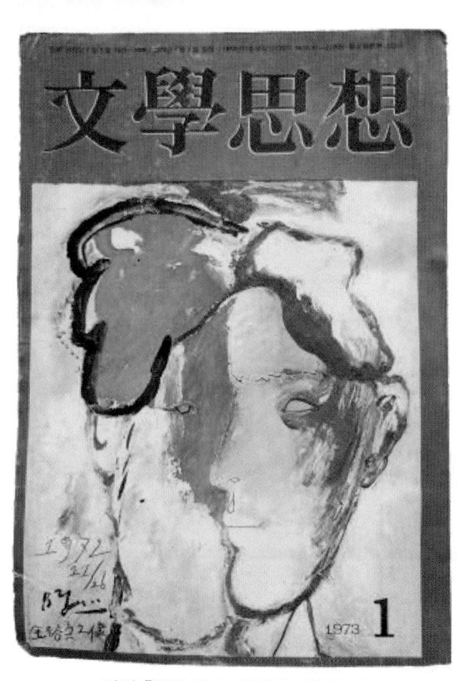

월간 『문학사상』 표지화, 1973.1

월간 『문학사상』 표지화, 2008.3

김유정 채색 초상화

김유정의 어린시절

휘문고보 시절의 김유정

『조선일보』(1935.11.2)에 실린 신춘문예 당선 축하연 사진(화살 표시가 김유정)

新春懸賞短篇一等當選

金裕貞氏 祝賀會

本社에서 募集한 新春懸賞文藝에 1等으로 當選한 『소낙비』作者 金裕貞氏의 當選 祝賀會를 지난 二十日午後五時 市內雅叙園에서 여렷섯는데 (寫眞은 祝宴에모히이들)

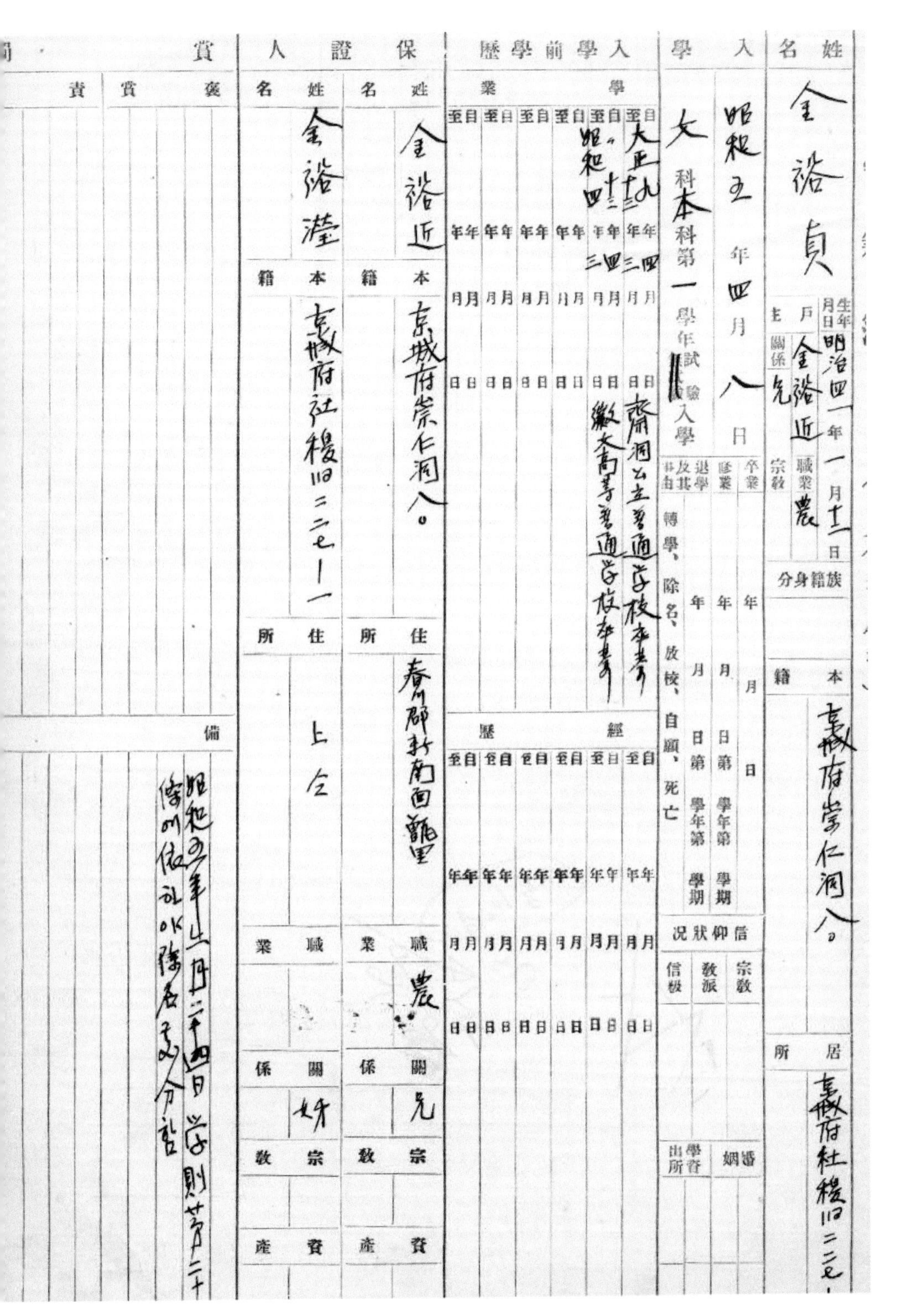

姓名: 金裕貞

生年月日: 明治四一年一月十一日

戶主: 金裕近 / 關係: 兄 / 職業: 農 / 宗教

族籍身分

本籍: 京城府崇仁洞八〇

居所: 京城府社稷洞二二七-一

入學: 昭和五年四月八日 / 文科本科第一學年試驗入學

卒業: 年 月 日

修業: 年 月 日 第 學年第 學期

退學及其事由: 轉學、除名、放校、自願、死亡 年 月 日 第 學年第 學期

信仰狀況: 宗教 / 教派 / 信仰

學資出所

婚姻

入學前學歷: 自大正九年 至〃十三年 齋洞公立普通學校卒業 / 自〃十三年 至昭和四年三月 徽文高等普通學校卒業

經歷: 自 年 月 日 至 年 月 日

保證人:

	姓名	本籍	住所	職業	關係	宗教	資産
1	金裕近	京城府崇仁洞八〇	春川郡新南面甑里	農	兄		
2	金裕瀅	京城府社稷洞二二七-一	上仝		姉		

褒賞 / 賞 / 責

備考: 昭和五年五月二十四日 學則第二十條에 依하야 除名處分함

김유정 학적부 | 김유정문학촌 제공

學籍簿

番號

生徒	金裕貞
生年月日	[illegible] 年 月 日
族籍	
父兄	金裕近
生徒トノ關係	
保證人	仝右
生徒トノ關係	
族籍	兩班
職業	農
保證人	
生徒トノ關係	
原籍	京城府常仁町八〇
現住所	仝右
入學	大正十二年四月九日第一學年入學
無試驗、檢定	檢
入學前學歷	齋洞公普四年
入學前賞罰	
退學	年 月 日第 學年第 學期 事由
轉學	年 月 日第 學年第 學期 事由
卒業	[illegible]二年三月 日卒業
卒業後狀況	

學年 / 事項	第一學年	第二學年	第三學年	第四學年
家族狀況	11人 祖母二人 父[illegible]			
資產狀況	五萬圓			
性質及長短所	寛朴			
嗜好及志望	匠			
風采及言語	流暢ナラズ			
既未婚及子女	未婚			
家庭ト本人信仰	なし			
身體狀況 體格	乙	丙	中	
身長	5尺.	5.29尺	5.4尺	
體重	9.55貫	11.9貫	14.4貫	
胸圍 常時	2.3尺	2.5尺	2.65尺	
胸圍 盈虛ノ差	4寸	3.6寸	3.6寸	
脊柱	正	正	正	
視力 左	1.2	2.0	1.5	
視力 右	1.2	2.0	1.5	
色盲 左				
色盲 右				
眼疾				
聽力				
耳疾				
齒牙				
皮膚病				
其他				

學業及勤怠表

第一學年

科目	第一學期	第二學期	第三學期	第一學年
修身	8		10	9
國漢	9	9	9	9
朝漢	7		8	8
英語	7	6	9	7
歷史	8		8	8
地理	7	4	7	6
數學	9	6	10	8
博物	10	10	10	10
圖畫	8		8	8
唱歌	9		9	9
體操	8		9	8
總點	90			90
平均	8.2			8.2
操行				乙
判定				及
授業日數				
出席日數				203
缺席日數				
缺時課數				-
遲刻度數				5
席次順序				27/164
學級主任				

大正13年 3月 23日

第二學年

科目	第一學期	第二學期	第三學期	第二學年
修身	80		90	85
國漢	71		72	72
朝漢	84		82	83
英語	85		85	85
歷史	88		70	79
地理	80		64	72
數學	95		65	80
博物	60		72	66
圖畫	80		80	80
體操	80		73	77
總點	803		753	779
平均	80		75	78
操行				乙
判定				及
授業日數				
出席日數				176
缺席日數				9
缺時課數				
遲刻度數				8
席次順序				83/173
學級主任				

大正14年 3月 25日

第三學年

科目	第一學期	第二學期	第三學期	第三學年
修身	70	70	70	70
國漢	62	69	66	66
朝漢	64	78	71	71
英語	77	70	70	72
歷史	69	47	50	55
地理	50	55	55	53
數學	70	80	52	67
博物	77	93	85	85
理化	70	64	44	59
圖畫	85	70	75	77
體操	70	60	77	69
總點	764	783	715	744
平均	69	68	65	68
操行				乙
判定				及
授業日數				
出席日數				225
缺席日數				17
缺時課數				
遲刻度數				14
席次順序				89/[illegible]
學級主任				

大正15年 3月 30日

第四學年

科目	第一學期	第二學期	第三學期	第四學年
修身	60	70	70	67
國漢	48	60	44	51
朝漢	65	78	90	78
英語	55	81	70	69
歷史	44	80	60	61
地理	78	90	75	81
數學	57	73	38	56
博物	76	93	43	71
理化	51	73	45	56
圖畫	85	95	95	92
體操	88	80	90	86
實	90	90	90	90
總點	747	903	810	858
平均	66	80	68	72
操行	乙	乙	乙	
判定	及	及	落	及
授業日數				
出席日數		22	5	131
缺席日數		49		86
缺時課數			3	4
遲刻度數			3	12
席次順序		10/40	25/35	42/103
學級主任				

昭和3年 3月 20日

第五學年

科目	第一學期	第二學期	第三學期	第五學年
修身	70	85	50	72
國漢	50	33	75	53
朝漢	95	92	68	85
英語	40	40	57	46
歷史	55	45	60	53
地理	53	80	85	74
數學	44	13	63	40
理化	42	17	60	40
法經	53	51	83	64
圖畫	80	56	68	68
體操	80	75	65	73
實	98	98	98	98
總點		685	750	776
平均		57	69	65
操行		乙	乙	乙
判定		落	及	及
授業日數	39	41	30	100
出席日數	43	57	37	137
缺席日數	46	36	83	90
缺時課數		17	19	[illegible]
遲刻度數	3			
席次順序		94/96	77/95	84/95
學級主任				

昭和4年 3月 6日

學籍簿

徽文高等普通學校

備考	
第一學年	
第二學年	
第三學年	
第四學年	昭和二年三月四年級 [illegible]
第五學年	第一學期以下 [illegible]

在學中賞罰	
第一學年	
第二學年	
第三學年	
第四學年	
第五學年	

김유정 성적표 | 김유정문학촌 제공

김유정 가족사진

23세 때의 유정, 둘째누님(유형), 조카 김영수, 둘째 누님은 유정의 소설 「따라지」와 「생의 반려」의 실존 인물이다.

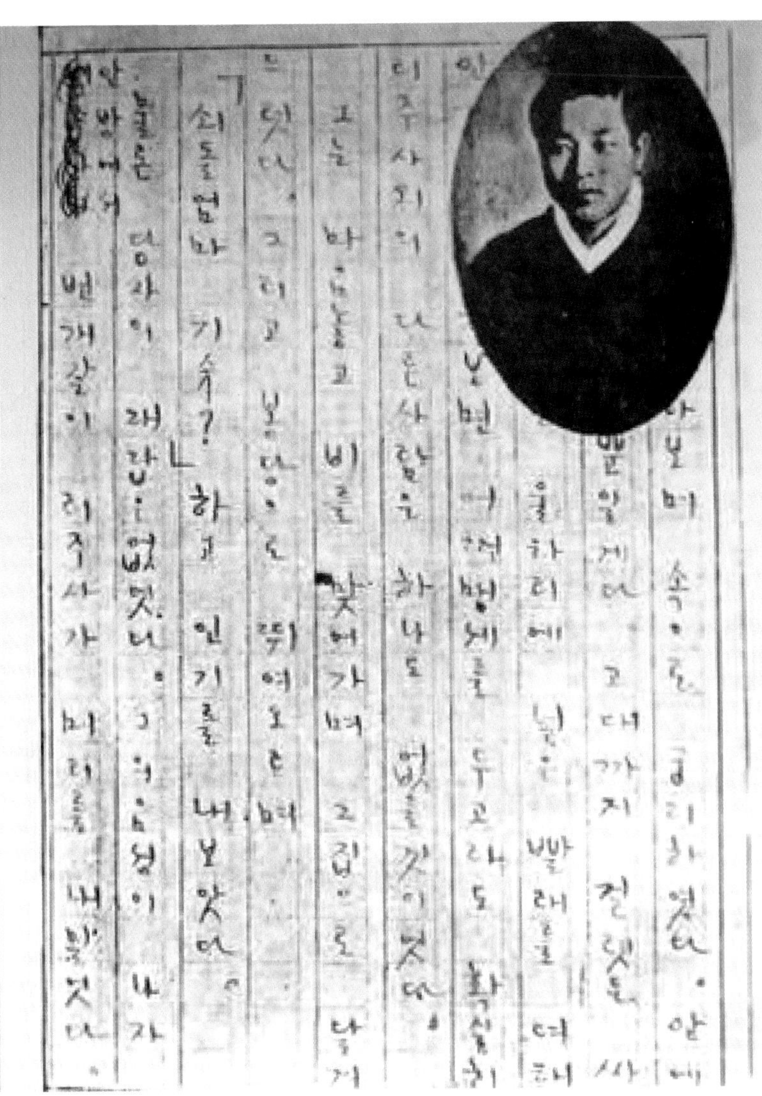

1938년 삼문사에서 발간된 작품집 『동백꽃』에 수록된 「소낙비」 원고지,
그 위에 들어간 김유정 사진.
원고지의 글씨는 김유정의 육필로 추정,
원고 내용을 보면 『조선일보』에 발표된
「소낙비」와 일부 차이가 보인다.

김유정의 문우들

박태원 소설가, 구인회원.

이석훈 소설가, 방송인. 안회남의 소개로 김유정과 교류, 김유정 등단에 적극 협조했다.

채만식 소설가. 김유정에게 호감을 갖고 있었고, 김유정 사후 추모글을 두 편 남겼다.

김환태 문학비평가, 박봉자의 남편.

이태준 철원 출신의 소설가. 김유정이 문학적 경쟁 상대로 삼던 휘문고보 선배 작가였다.

김문집 문학평론가. 김유정을 위해 「병고작가 구조운동」을 하고 그에 따른 글들, 추모글들을 썼다.

안회남 소설가. 김유정의 휘문고보 시절의 친구,
김유정의 문단 등단에 적극협조.
김유정 사후 실명소설 「겸허- 김유정 전」을 썼다.

인이자 소설가 이상. 수필도 남겼다.
우정 생존 시에 실명소설 「김유정」, 「실화」 등을 썼다.

차상찬 춘천 출신의 언론인, 『개벽』의 주간.
안회남 · 이석훈이 추천한 김유정의 작품을
1933년 『별건곤』, 『신여성』에 게재해 주었다.

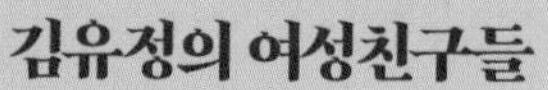

박녹주. 경북 선산 출신의 동편제 판소리 국창(國唱
김유정의 첫사랑으로, 박녹주는 김유정 소설 「두꺼비」, 「생의 반려」의 실제 모델이다

박봉자. 이화여전 영문과 출신, 김환태의 아내. 김유정이 박봉자에게 30여 통의 편지 테러를 가했다. 유정의 서간문 「병상의 생각」의 상대역으로 추정된다.

김유정 셋째누님(유경), 유경 누님이 손에 든 수저와 팔뚝에 걸친 두루마기는 생전에 유정이 사용하던 수저와 두루마기다.

84주기 김유정 추모제에서 김진웅 씨(가운데). 청색 코트의 왼쪽은 김진웅 씨 차남 김동성 씨로, 청풍김씨 족보에는 김유정 양자로 올라가 있다.

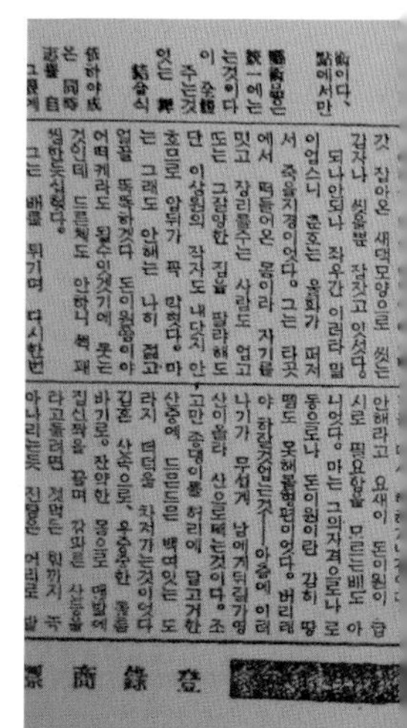

갓 집아온 새댁모양으로 씻든
감자나 씻을뿐 잠잣고 잇섯다.
되나안되나 좌우간 이러라 말
이업스니 춘호는 울화가 터저
서 죽을지경이엇다. 그는 타곳
에서 떠돌어온 몸이라 자기를
밋고 장리를주는 사람도 업고
또는 그잘망한 집을 팔라해도
단 이삼원의 작자도 내닷지 안
흠으로 압뒤가 딱 막혓다. 마
는 그래도 안해는 나히 젊고
얼골 똑똑하것다 돈이원쯤이야
어떠케라도 될수잇겟기에 묻는
것인데 드른체도 안하니 썩 괘
씸한듯싶엇다.
그는 배를 뒤기며 다시한번

안해라고 요새이 돈이원이 급
시로 필요함을 모르는배도 아
니엇다. 마는 그의자격으로나 로
동으로나 돈이원이란 감히 땅
땡도 못해볼 큰돈이엇다. 버리래
야 하잘것업는것—아츰에 이러
나기가 무섭게 남에게뒤질가영
산이올라 산으로째는것이다. 조
그만 송뎅이를 허리에 달고거한
산중에 드문드문 백여잇는 도
라지 더덕을 차저가는것이엇다
깁흔 산속으로, 우중충한

登錄商標

「봄 · 봄」 소설 속 등장인물은 당시 실레에 살던 실존인물
점순과 사위는 김씨만과 최순일.

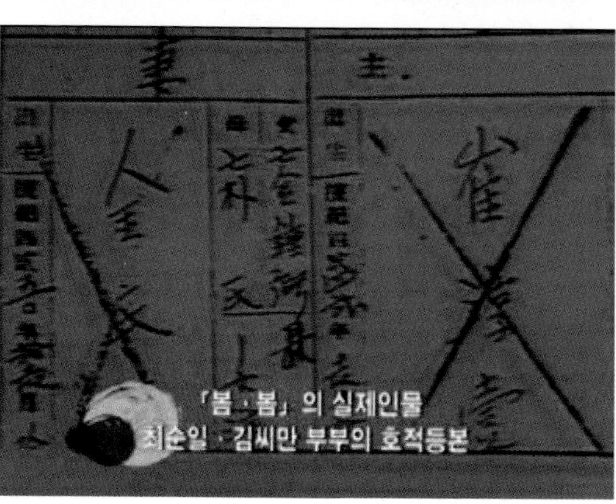

이들 사이를 증명하는 호적등본,
이들 사이에서 태어난 최금자 씨. | 김유정문학촌 홈페이지

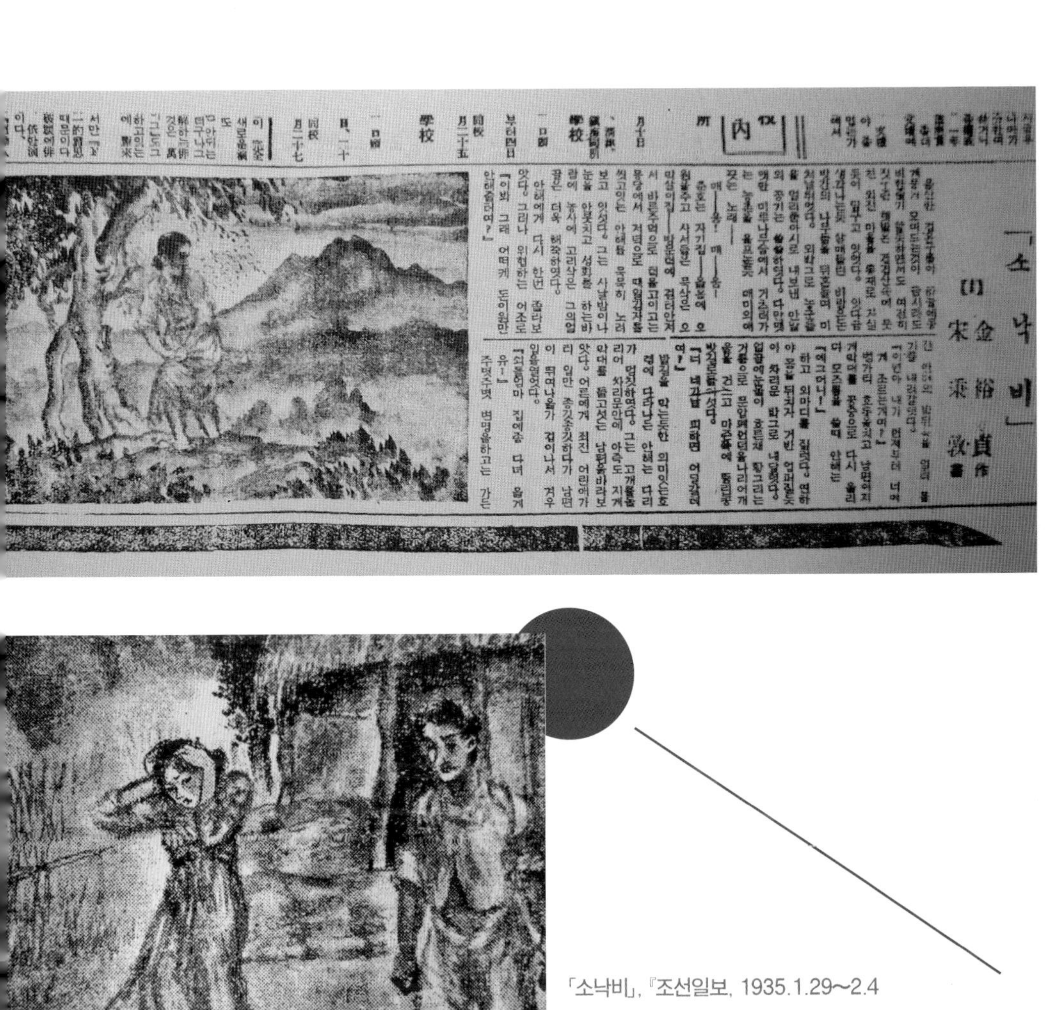

「소낙비」

金裕貞 作
宋秉敦 畵

【1】

매—암! 매—암—

춘호는 자기집—움봉에 오 원을주고 사서들은 묵삭은 오 막살이집—방문턱에 걸터앉저 서 바른주먹으로 턱을고이고는 봉당에서 저녁으로 때일감자를 씻고있는 안해를 묵묵히 노려 보고 잇섯다. 그는 사날밤이나 눈을 안붙치고 성화를 하는바 람에 고리삭은 그의얼 굴은 더욱 해쓱하엿다. 안해에게 다시 한번 졸라보 앗다. 그러나 위협하는 어조로 『이봐 그래 어떠케 돈이원만 안해줄터여?』

『이년아 내가 언제부터 너에 게 조르는거여?』

『에그머니!』

하고 외마디를 질렀다.

『더 내가 피하면 어딜갈려 며!』

발길을 막는듯한 의미있는호 령에 다라나든 안해는 다리 가 멈칫하였다. 그는 고개를돌 리어 차리문앞에 아즉도 지게 막대를 들고섯는 남편을바라보 앗다. 어른에게 죄진 어린애가 리 입만 종깃종깃하다가 남편 이 뛰어나올가 겁이나서 겨우 입을열엇다.

『쇠돌엄마 집에좀 다녀 올게 유—』

주뼛주뼛 변명을하고는 가든

「소낙비」, 『조선일보, 1935.1.29~2.4

—110—

短篇 小說

정분

故金裕貞

鄭玄雄畵

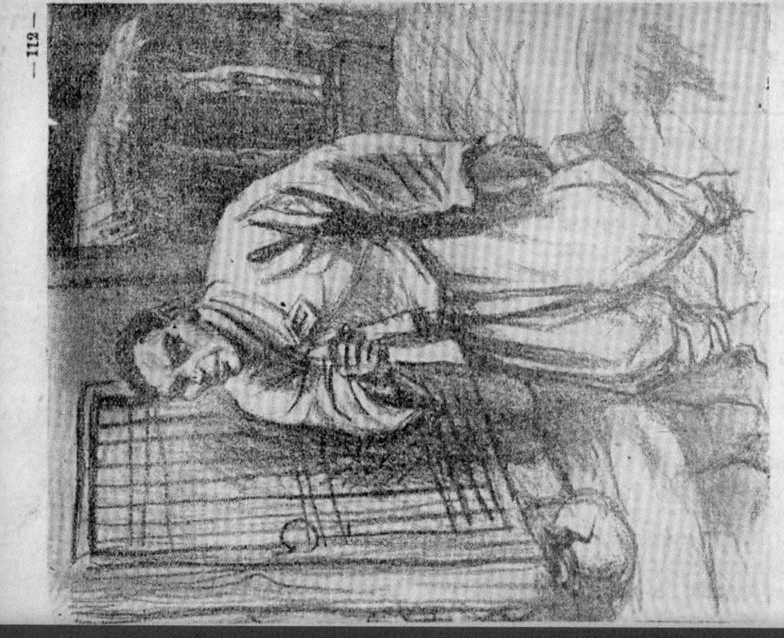

—112—

마 그렇더니 남편의낯을 똑바루 쏘아보며

「그지말고 반마다 집신짝이라두 삼어서 호포를 갖다내게유」하다가 좀 사이를두곤 들릴듯말듯한 혼자소리로

「계집이 좋다기로 집안물건을 모조리 들어낸담」하고 보지게 종알거린다。

「집안물건을 누가 들어내?」

그는 시치미를 떼며 펄석 뛰었다。그러나 속으로는 찐하였다。모르는줄 알았드니 안해는 벌서 다안눈치다。어젯밤 안해의속곳과 그젯밤 맷돌짝을 훔으려낸 것이 탈로되었구나 생각하니 불쾌하기 짝이 없다。

「정분(초고본)」, 『조광』, 1937.5

은식이는 귀를 기우려 방의말을 엿드렀다。몽태가 들
어오며「오늘도 그놈왔었나」하드니 계집이「아무도 안왔
다。그럴적마다 계집은 는실난실 여신이 받으며 가치
웃는다。그리곤 남못드를만치 벙아리소리로들 속은거리
다닌까 그자식
웨 요새 바람이
나서 지랄이야
하며 된두비웃
는다。그놈이란
자기다。이말커
맒한참을 주인
부언 지꺼리드
니 자기가 동리
의평판이 나쁘
다는둥 안해까
지 돌아다니며
미워남편을 숭
본다는둥 혹은
계숙이를 집안
망할 도적년이
라고 갖은 방
자를 다하드라
는둥 자기에대
한 흉집은 모
조리 들추어낸
는것이었다。

은식이는 분
이올라 숨도 거
츠렀다。마는어
제볼 도리가없
다。계숙이좇아
핀잔도 안주고
한몽이 되는못
야속하기 이를
데없다。그는노
기와 추움으로
팔미아마 팔짜
을끼고는 벌벌
떨었다。농창이
난 버선이라 눈
을 밟고섰으니
쏘시도록 저렸
다。안해생각이
문득 떠오른다
집으로만 가면
따스한 품이 기다리련만 왜이고생을 하누 하지만 인
해는 싫였다。아리랑타령하나 못하는 병신、돈한푼 못
버는천치、하긴 초작에야 몰붐을 모르도록 정이 두터
웠으나 인제는 다삭었다。뭇사람의 품으로 옮아안기며
에쏵어리는 들뺑이가 천하다할망정 힘안드리고 먹으니
얼마나 부려운가、친들을 게쳐올리고 덤버드는 뭇놈을

「만무방」, 『조선일보』, 1935.7.17~

農村小說

봄·봄

金裕貞

金熊超畵

「장인님! 인젠 저—」

내가 이렇게 뒤통수를 긁고 나히가 찻으니 성례를 시켜줘야 하지 않겠느냐고 하면 그때답이

「이자식아! 성례구뭐구 미처 자라야지!」하고 껍옷

이 자라야 한다는것은 내가 아니라 장차 내 상이

가 될 점순이의 키 말이다

내가 여기에 와서 돈 한푼 안받고 일하기를 ㅜ 팔

하고 꼬박이 일곱달동안을 했다。그런데도 미처 못자

랐다니까 이키는 언제야 자라는겐지 짜증 영문모를다

일을 좀더 잘해야 한다든지 혹은 밥을 (많이 먹는다

고 노상 걱정이니까) 좀덜 먹어야 한다든지 하면 나

도 얼마든지 할말이 많다。허지만 점순이가 안죽 어

리니까 더자라야 한다는 여기에는 어째 볼수없이 고

드니 (그

다) 코를푸

굼치로 옆 갈

그때 피경

「봄·봄」, 『조광』, 1935.12

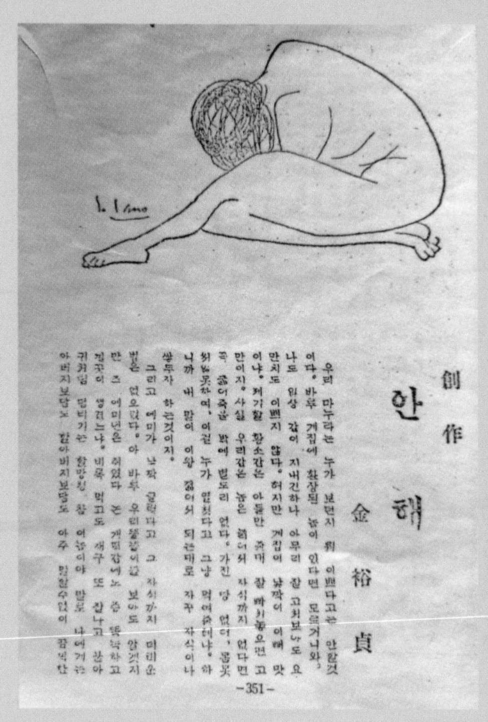

創作

안해

金裕貞

우리 마누라는 누가 보던지 뭐 이쁘다고는 안할것이다. 바루 계집에 환장된 놈이 있다면 모르거니와. 나도 일상 같이 지내긴하나 아무리 잘 고쳐보아도 요만치도 이쁘지 않다. 허지만 계집이 낡짝이 이뻐 맛이냐. 제가할 환소간은 아들만 줄대 잘 빠쳐놓으면 고만이지. 사실 우리같은 놈은 굶어서 자식까지 없다면 꼭 굶어죽을 밖에 별도리 없다. 가진 땅 없어, 돈 못뫼놓었하여, 이걸 누가 연첫다고 그냥 먹여줄테냐. 하니까 내 말이 이왕 굶어서 되는대로 자꾸 자식이나 쌓두자 하는것이지.

그리고 에미가 낙짝 글렀다고 그 자식까지 미러운 법은 없오있다. 아 바루 우리똘똘이 좀 보아도 알겠지만 즈 에미년은 쥐였다 논 게띠같애도 좀 똑똑하고 깜끗이 생겼느냐. 비록 먹고도 새구 또 잡나고 눈아귀처럼 덤비기는 할망정 참 어놈이야 말로 나에게는 아버지보담도 할아버지보담도 아주 뛸할수없이 끔찍한

—351—

「아내」, 『사해공론』, 1935.12

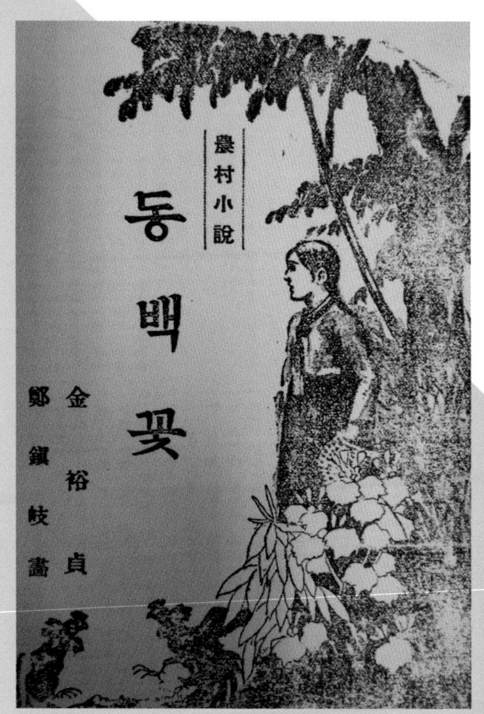

「동백꽃」, 『조광』, 1935.5

—284—

短篇小說

夜櫻

金裕貞
安夕影畫

향기롭 좋은 보드라운 바람이 이따금식 불을 스처간다. 그럴적마다 꽃닢새는 하나, 둘, 팔따당팔따당 공중을 날으며 혹은 머리우로 혹은 옷고름고에 사뿐 앉이기도 한다. 가지가지 나무들 새에 킨전등도 밝거니와 그 광선에 아련히 빛이어 연분홍막이나 버려논듯, 활짝 피어버러진 꽃들도 곱기도하다.

(아이구! 꽃두 너머 피니까 어지럽군!)

경자는 여러사람 틈에 끼어사구라나무 밑을 거닐다가 우연히도 꽃둥에 스치려는꽃 한송이를 뚝 따 들고 한번 느긋하도록 맡아본다. 맡으면 맡을수록 가슴속은 후련하진서도 저도 모르게 하는듯 싶다. 뭐서너번

—285—

더 코에 더려대다가 이번에는

「얘! 이 꽃좀 맡아봐」하고 옆에 따르는 영애의 코시밑에다 더려대이고

「어지럽지?」

「어지럽긴 얘가 어지러워, 이까진 꽃냄새좀 맡고 ——」

「그럴테지!」

경자는 호박같이 뚱뚱한 영애의 몸집을 한번 훑처보고 속으로 저렇게 더툭더툭하니까 코청도 아마, 하고는

「너는 꽃두 볼줄 모르는구나!」

혼잣말로 이렇게 탄식하지 않을수 없었다.

「그래 내가 꽃볼줄 몰나, 얘두 그럼왜 이렇게 창경원일 찾아왔드람?」하고 눈을 뚝바로 뜨니까

「얘! 눈 무섭다 저리 치어라」하고 경자는고개를져떠 돌려어 웃음을 날려놓고.

「눈만 있으면 꽃보는거냐, 코루 냄새를 말을줄알아야지」

「보자는 꽃이지 그럼, 누가 애들같이 뜯어들고 그러뒤」

「넌 아주 모르는구나, 아마 고양이 없어서 그런가부다. 꽃은 이렇게 맡아보고야 비로소 존ㄹ 아는거야!」하면서 경자는 짓꾸지 아까의 그 꽃송이를 두 손바닥으로 으깨어 가지고는 다시 맡아보고

「아! 취한다, ...

「야앵」, 『조광』, 1936.7

「생의 반려」, 『중앙』, 1936.8~9

「정조」, 『조광』, 1936.10

短篇小說

따라지

金裕貞

嚴大燮 畵

쪽대문을 열어놓으니 사직원이 환히 나려다보인다。 인제는 봄도 늦었나부다, 저 건너 돌담안에는 사구라꽃이 벌겋게 벌어졌다。 가지가지 나무에는 싱싱한 싹이 폈고 새침히 옷깃을 핥고드는 요놈이 꽃샘이겠지 까치들은 새끼칠 집을 장만하느라고 가지를 입에물고 날아들고——

「따라지」, 『조광』, 1937.2

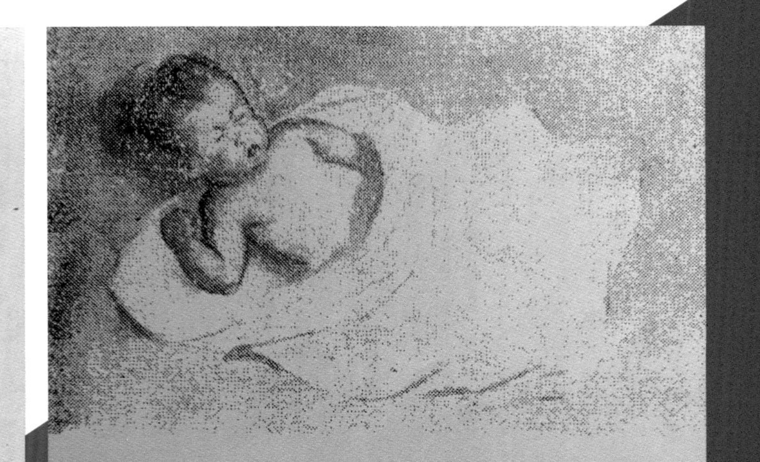

山中奇談

두포전

金裕貞

金奎澤·畵

一·난데없는 업둥이

옛날 저 강원도에 있었던 일입니다。

강원도라 하면 산 많고 물이 깨끗한 산골입니다。

하자면 험하고 끔찍끔찍한 산들이 줄레줄레 어깨를

대고、그 사이로 맑은 샘은 곳곳이 흘러 있어 매

아름다운 경치를 가진 산골입니다。

장수꼴이라는 조그마한 동리에 늙은 두 양주가

고 있었습니다。

그들은 마음이 정직하여 남의 물건을 탐내는 법

없었습니다。그리고 개새끼 한번 때려보지 않았드니

치 그렇게 마음이 착하였습니다。

그러나 웬 일인지 늘 가난합니다。그건 그렇다

「두포전」,『소년』, 1939.1~5

短篇小說

땡볕

金裕貞

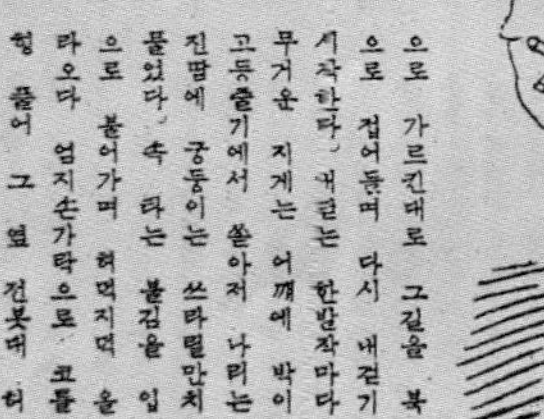

우람스러 생긴 덕순이는바튼 팔뚝 되면 소맷자락을걷어다 이마의 땀방울을 훔고는 동안네거리에 와 다리를 딱 멈추었다。머리에 익어업끝은 빌진히 사방을 둘러본다。종로허리의 뜨거운 땡볕이라 길 가는 사람은 저편 처마 끝으로만 때앵뱅 돌고 있다。지면은 번들번들이 달아 자동차가 지날적마다 숨이 막힐

덕순이는 아무리 찾아보아도 자기가 길을 물어 좋을만치 그렇게 여유있는 얼굴이 보이지 않음을 알자、소맷자락으로 또 한번 땀을훔어본다。그리고 거북한 표정으로 벙벙히 섰다 때마침 옆으로 지나는 어떤 각쟁이에게 공손히 손짓을 한다。

「얘— 대학병원을 어떠루 가니?」

으로 가르킨대로 그길을 북으로 접어들며 다시 내걷기 시작한다。거리는 한발작마다 무거운 지게는 어깨에 박이고등줄기에서 쏟아져 나리는 진땀에 궁둥이는 쓰라릴만치 물었다。속 타는 불김을 입으로 불어가며 허덕지면 울라오다 엄지손가락으로 코를 헝 풀어 그 옆 전봇대 허리에 쓱 문댈 때에는 그는

튼 그늘에 가 나자빠지고 싶은 생각이 굴뚝같으련만 그걸 못하니 짜증이 안날수없다。꿀떡를 꼬드며 미흡스러

「빌어먹을거! 왜 이리 무거—」

하고 내뱉을랴 하였으나、그러나 지게우에서 무색하야질안해를 생각하고 꾹 참아버린다제 속으로만 궁궁거리다 겨우

「에이 더울다—!」

「땡볕」,『여성』, 1937.2

小說

총각과 맹꽁이

金裕貞

입입이 비를바라나 오늘도그럿타 풀입은 먼지가보얏케 나훌거린다。 말뚱한 하눌에는 불덩이가튼 해가 눈을 크게썻다。

땅은달아서 뜨거운김을 턱밋헤다 품긴다。 호미를옴겨 찍을적마다 무더운숨을 헉헉 돌는다。 가물에 조닙은앤생이다。 가슴 업드려 김매은 코며 눈퉁이를 씨른다。

호미는튕겨지며 쨍소리를 쎄쎄로 내인다。 곳곳이 백인돌이다。 예사밧 터면 한번씩어넘길걸 세네번안하면 흙이 일지안는다。 콧등에서 턱에서 땀은 물흐르듯 떠러지며 호밋자루 [illegible]적시고 또흙에 숨인다。

그들은 묵묵하엿다。 조밧고랑에쑥 느러백여서 머리를숙이고 기여갈뿐이다。 마치 땅을파는 두더지처럼— 입을벌리면 땀한방울이 더흐를것을 염려함이다。

그러자 어듸서 말을부친다。

「어이 뜨거 돌을좀 밟엇다가 혼난네」

「이놈의것도 밧이라고 도지를 바다처먹나—」

「이제는 죽어도 너와는 품아시안한다」고 한친구가 열을내드니

「씻갑으로 골치기나 하자구 도루줘버려라」

「이나마업스면 먹을게잇서야지—」

—(127)—

「총각과 맹꽁이」, 『신여성』, 1933.9

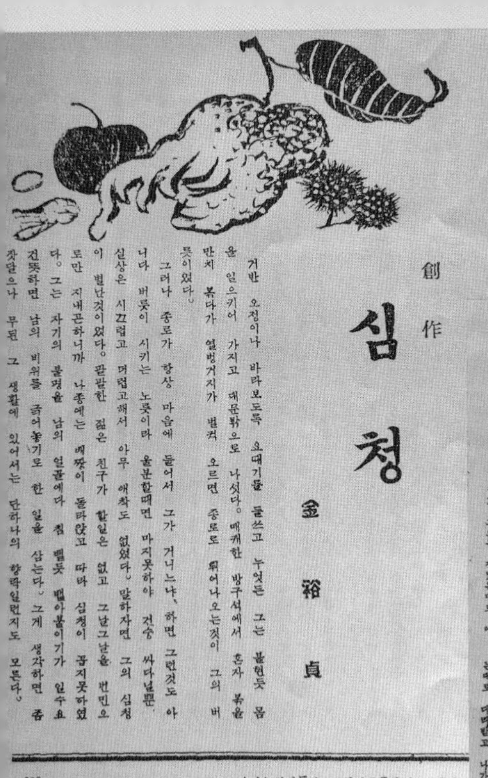

創作

심청

金裕貞

거반 오정이나 바라보도록 요대기를 둘쓰고 누엇든 그는 불현듯 몸을 일으키어 가지고 대문밖으로 나섯다。 매캐한 방구석에서 혼자 볶을만치 볶다가 열벙거지가 벌컥 오르면 종로로 튀어나오는것이 그의 버릇이였다。

그러나 종로가 항상 마음에 들어서 그가 거니느냐, 하면 그런것도 아니다 버릇이 시키는 노릇이라 울분할때면 마지못하야 전숭 싸다닐뿐, 실상은 시끄럽고 더럽고해서 아무 애착도 없었다。 말하자면 그의 심청이 별난것이였다。 팔팔한 젊은 친구가 할일은 없고 그날그날을 번민으로만 지내곤하니까 나중에는 배짱이 돌라앉고 따라 심청이 곱지못하였다。 그는 자기의 불평을 남의 얼굴에다 침 뱉듯 뱉아붙이기가 일수요 건뜻하면 남의 비위를 긁어놓기로 한 일을 삼는다。 그게 생각하면 좀 좌달으나 무된 그 생활에 있어서는 단하나의 향락일런지도 모른다。

226

「심청」, 『중앙』, 1936.1

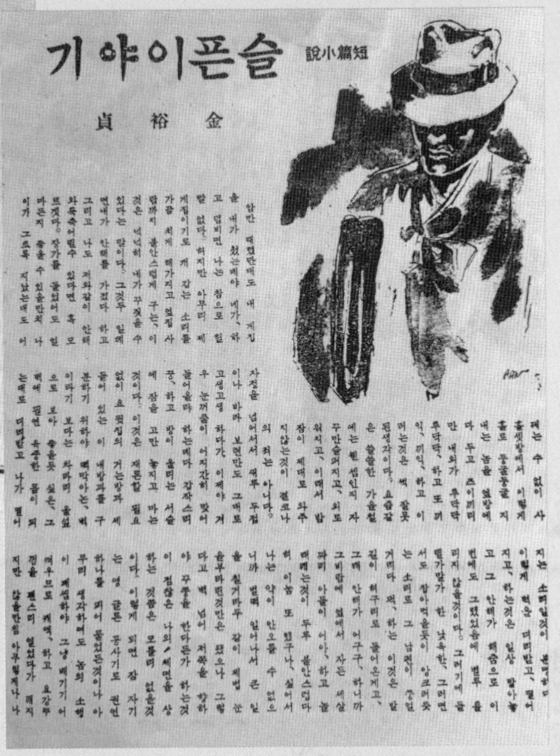

短篇小說

슬픈이야기

金裕貞

암만 때렸단대도 내 계집을 내가 쳤는데야 네가, 하고 덤비면 나는 참으로 할말 없다. 허지만 아무리 제 계집이기로 깨 잡는 소리를 가끔 치게 해가지고 옆집 사람까지 불안스럽게 구는, 이것은 넉넉히 내가 꾸짖을 수 있다는 말이다. 그것두 일례면내가 안해를 가졌다 하고 그리고 나도 저와같이 안해와육속이렇수 있다면 혹 모르겠다. 장가를 들었어도 벌마든지 좋을 수 있을만치 나이가 그토록 지났는대도 어려는 수 없이 사흘셋방에서 이렇게 홀로 뚱굴뚱굴 지내는 놈을 옆방에다 두고 쓰이끼리만 내외가 투닥닥 투닥닥, 하고 또 끼익, 끼익, 하고 이러는것은 썩 잘못된생각이다. 요즘같은 쓸쓸한 가을철에는 뭔 섬인지 자꾸만술퍼지고, 외로워지고, 이때서 밤잠이 제대로 와주지않는것이 결코나의 쳐는 아니다。

자정을 넘어서서 두점이나 바라 보련만도 그대로 고생고생 하다가 이제야 겨우 눈꺼풀이 어지간히 맞어들어올라 하는때다 갑작스러 쿵, 하고 방이 울리는 서슬에 잠을 고만 놓지고 마는것이다. 이것은 재론할 필요없이 요 뒷집의 거는방과 세들어 있는 이 내방과를 구분하기 위하야 떼막아논, 벽이라기 보다는 차라리 울섶으로 보아 좋을듯 싶은, 그 벽에 필연 육중한 몸이 되는대로 디디밟고 나가 떨어지는 소리일것이 분명하다 이렇게 벽을 디디밟고, 떨어지고, 하는것은 일상 말아놓고 그 안해가 해줌으로 이번에도 그랬었음에 벌루 틀리지 않을것이다。 그러기에 들떨가말가 한 낮은한, 그러면서도 잡아먹을듯이 앙크러뜻는 소리로 그 남편이 중얼거리다 퍽, 하는 이것은 발길이 허구리로 들어온게고, 그때 안해가 어구구, 하니까 그비탐에 옆에서 자든 세살짜리 아들이 어아, 하고 놀때때는것이 두루 불안스럽다며 이놈 또 핑구나, 싫어서 나는 약이 안오를 수 없으니까 벌떡 일어나서 큰 일을 칠거마두 잠이 제법 눈을부터런것만은 됐으나 그렇다고 벽 넘어 저쪽을 향하야 꾸중을 한다든가 하는것이 점잖은 나의 체면을 상하는 것쯤은 모를때 없을것이다. 이렇게 되면 잠 자기는 영 글른 공사기로 권연 하나를 피어 물었든것이나 아무리 생각하여도 놈의 소행이 괘씸하야 그냥 배기기 어깨우므로 캐액, 하고 요강루정을 펜스티 열었다가 배지지만 않을만침 아무렇게나 나

「슬픈이야기」, 『여성』, 1936.12

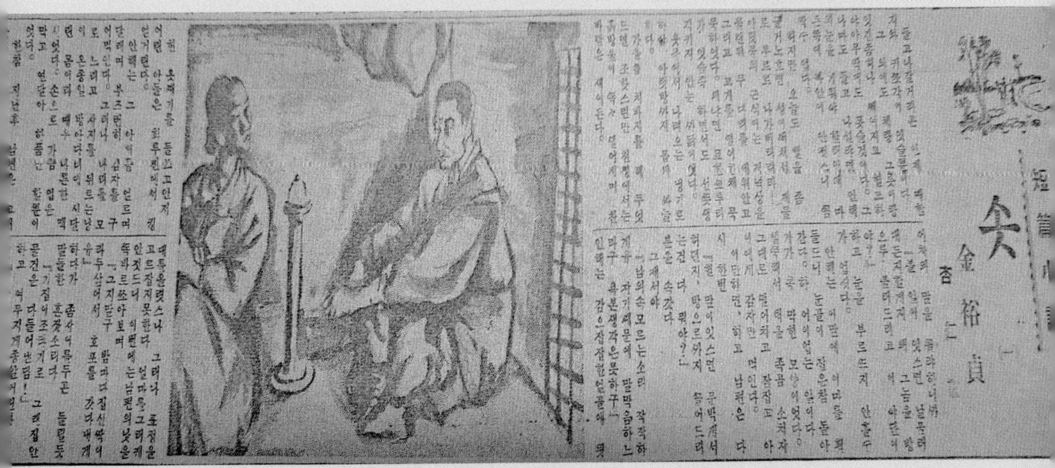

短篇小說

솥 (一)

金裕貞 作

「솥(퇴고본)」, 『매일신보』, 1935.9.3~9.14

創作

이런音樂會

金裕貞

내가 저녁을 먹고서 종로거리로 나온것은 그럭저럭 여섯점반이 넘었다 너털대는 우와기 주머니에 두 손을 꽉 찌르고 그리고 휘파람을 불며 올라오자니까

「얘—」하고 팔을 뒤로 잡아채며

「너 어디 가니?」

이렇게 황급히 묻는것이다。

나는 해끗하는 몸을 고르잡고 돌쳐보니 코모를 쭉 늘려는 황철이다 위시 성미가 걸걸한 놈인 줄은 아나 그래도 이토록 씨근거리고 긴 달려옴에는, 하고

「왜 그러니?」

「너 오늘 콩쿨음악대회거 아니?」

「콩쿨음악대회?」하고 나는 좀 머뭇하다가 그제서야 그 속이 뭣인줄을 알았다。

이 황철이는 참으로 우리학교의 큰 공로자이다。왜냐면 학교에서

「이런 음악회」, 『중앙』, 1936.4

애기 (未發表遺稿)

金裕貞

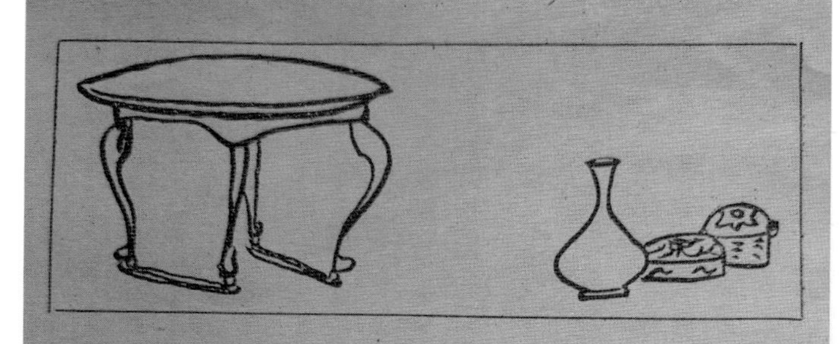

애기는 이땅에 떨어지자 무턱대고 귀염만 받을려는 그런 특권을 가집니다。그리고 악을 지르며 울수있는 그런 재조도 타고납니다。그는 가끔 명령을 나립니다。응아! 응아! 이렇게 소리를 지르고 눈물을 흘리며 우는것입니다。우리는 이걸 귀아프다 아니합니다。다만 그의 분부대로 시행할 따름입니다。겸하여 오、우지마、우리 아가야、하고 그를 얼싸않으며 뺨도 문태고 뽀뽀도하고 할수있는、그런 큰 행복과 아울러 의무를 우리는 흠씬 즐길수있는것입니다。

허나 이런 악아는 터이 좀 담읍니다。어머니가 시집온지 뒤달만에 심심히 빼친 악아요。그는 바루 개밥의 도토렙니다。뉘라고 제법 다정스러운 시선한번 돌려주는 이 없읍니다。

악아는 고집이 된통 세입니다。그래도 제권리를 마우 행사하고자 기를 까특、까특、씁니다。골치를 찌프리고 어른은 외면합니다。울

「애기」, 『문장』, 1939.12

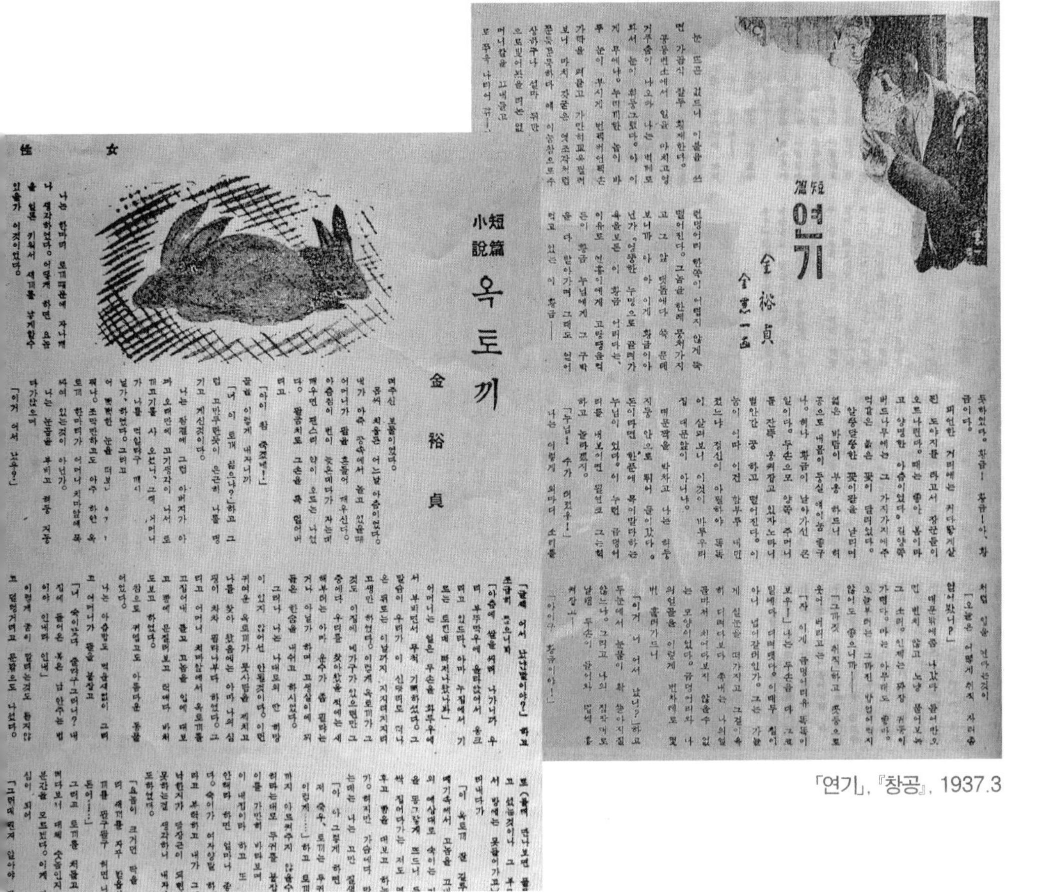

短篇 연기

金裕貞

短篇小說 옥토끼

金裕貞

「연기」, 『창공』, 1937.3

「옥토끼」, 『여성』, 1936.7

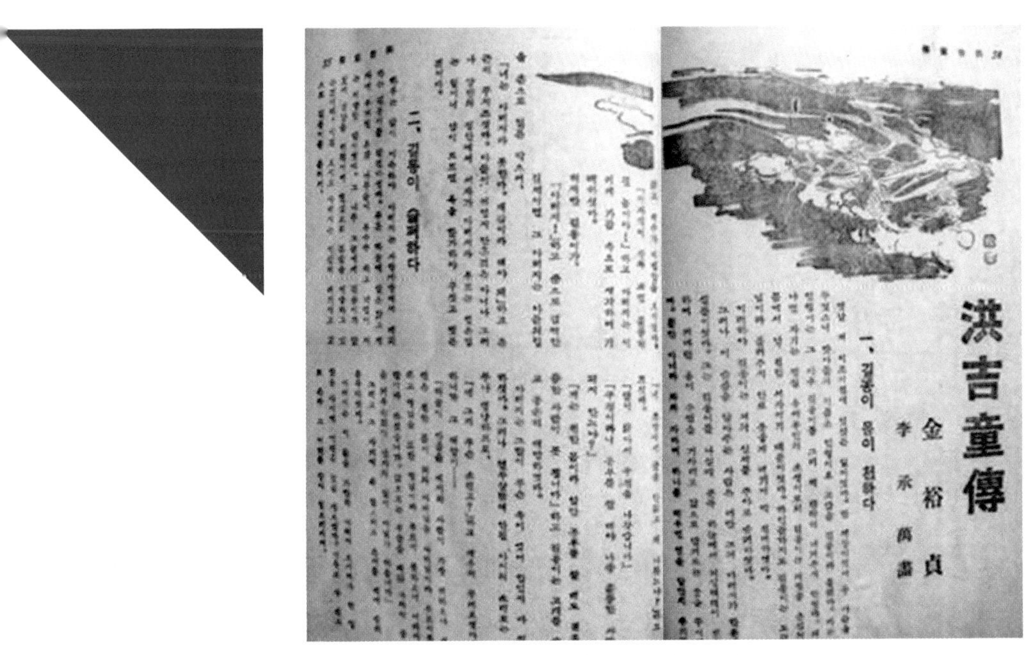

洪吉童傳

金裕貞

一, 길동이 몸이 천하다

二, 길동이 도망하다

「홍길동전」, 『신아동』, 1935.10

김유정 작품 및 관련 책들

김유정 편, 『동백꽃』 조선문인전집 7,
삼문사, 1938.12.17 발행.
경성부 관훈정 121 삼문사 전집간행부.
발행인 : 고경상.
정가 : 1원 50전.

『동백꽃』, 세창서관, 1938.12.17 초판발행.
발행인 : 고경상. 정가 ?(1940.12.30 재판발행.
주소 : 경성부 관훈정 121. 발행인 : 고경상. 정가 3원.

『동백꽃』, 왕문사(旺文社), 1952.10.25 발행.
발행인 : 신정희, 주소 : 서울 마포구 신공덕동 146.
임시정가 15원.

『동백꽃』, 왕문사, 1953.11.15 재판발행. 발행인 : 신정희.
주소 : 서울 마포구 신공덕동 146 . 임시정가 300환.

『동백꽃』, 장문사, 1957.12.15 발행. 발행인 : 신태희. 주소 : 서울 마포구 신공덕동 146. 정가 1,000환.

세발자전거

金裕貞
鄭玄雄·畵

복동이는 손가락을 입에 물고 서서, 기영이가 세발자전거를 타고 노는것을 우두커니 보고 잇섯습니다。 하기는 아까부터 네번째나 벌서 저도 좀 타보자구 졸랏습니다。 그러나 기영이는 한번도 태워주는 법 업습니다。

기영이가 세발자전거를 타고서

「찌릉! 찌릉! 찌릉찌릉! 비켜라 비켜!」

이러케 입으로 소리를 치며 다라날 매 복동이는 그 옆으로 달겨들어서

「애! 기영아! 나좀 타?」하고 또 졸랏습니다。 그러니까 기영이는, 눈을 딱부르뜨고,

「이자식이 왜 이래? 치여죽을랴구」

하고 손으로 밀어버리고는 그냥 다라납니다。

그런데도 복동이는 그 세발자전거를 잠시도 떠나질 못합니다。 그뿐아니라 시키지도 안컨만 제가 쫏아와서 뒤도 밀어주고 혹은 손잡이를 잡고 끌어도주고 합니다。 왜냐면 타진 못할망정 자전거를 만저만보아도 마음이 퍽 기뻐서 그럽니다。

그러나 한번은 잘못 되어서 기영이와 세발자전거를 한꺼번에 모루쓰러트렷습니다。 기영이는 담박 골을 내가지고 일어나드니 사정업시 복동이의 뺨을 때렷습니다

「이자식아! 널더러 끌랫서?」

「응아!」하고 복동이는 두손으로 눈을 덥고는 울지 안흘수 업섯습니다。

만판 울다가 조 언니가 와서

「애! 울지마라, 내 자전거타게해주마」하고 귓속으로 달래는 바람에 그제서야 울음을 끄첫습니다。

복동이언니는 동리로 돌아다니며 조꼬만 아이들을 엽아문이나 모아왓습니다。 그리고 대운동을 한다고 창가들을 부르며 법썩입니다。 첫번이

골목안을 세바쿠 돌아오는 경주입니다。 여기에서 일등하는 사람은 그 상으로, 신문지 오린 조히쪼각 한장식 는것입니다。 아이들은 대운동이라고 신바람이 나서 다름질을 칩니다。

기영이가 한편에 서서 이걸 가만히 보고잇스니까 저도 신이 납니다 혼자 자전거만 타는것보다는 여러동무와함께 대운동이 퍽 하고싶습니다。 그래서 복동이언니를 보고

「나두 해, 응? 응?」하고 졸랏드니「관둬 이자식아! 너 자전거 혼자만 탓지?」

「그럼 내 집에 가서 자전거 가저올께 나두 끼러줘」

이러케 하고나서야 기영이도 경주에 한목 끼게 되엿습니다。 그런데, 기영이는 둘찌로 와도 첫찌라구 조히쪼각 한장 주고, 세찌로 와도 또 첫찌라구 한장 주고, 하엿습니다。 그러니까 기영이는 이마에 땀이 흐르는것도 모르고 자꾸만 경주를 할랴고 덤빕니다。

이런 동안에 복동이는 그 세발자전거를 타고서 저도

「찌릉! 찌릉! 찌릉찌릉! 비켜 비켜」하며 골목안을 연방 돌아다닙니다。(끝)

「세발자전거」, 『목마』, 1936.6

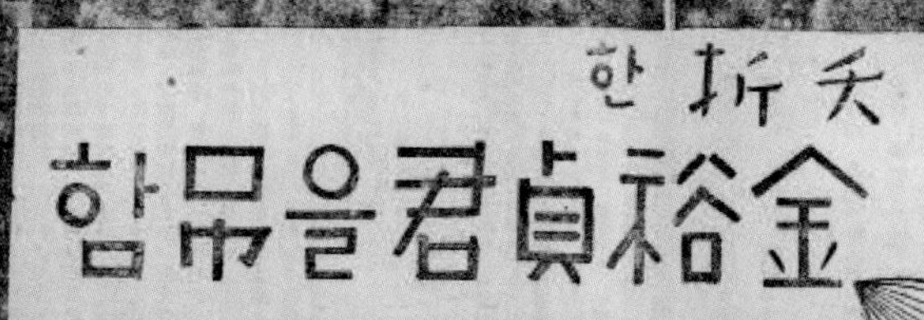

故金裕貞君은 朝鮮의 사랑이다。조선의 피도아니고 뼈도아니고 오로지사랑이였다。한배 | 게처서 그의 가장 사랑하는 子息을 뺏어싶건대 裕貞은 머뭇머뭇 하면서 고개를 숙인채 넘의 뒤뜰앞으로 어릴때 가지않으면 않될것이다。뒤은 꼬기가 더크보인다는格 말자는 보른다。그러나 이왕 뒤은 고기라 해서 더 최게볼必要는 아예 없을것이다。

이러할하면 송우엇하게 들며 줘지마는 事實 나는 金裕貞君을 人間的으로는 잘모른는 사나이다。詩歌辭서말한다면 史的으로는 나는 君과 가장 깊은 因緣을——그도 꼭한번 맺었다는것은 周知의 事實이며 따는그外에는 個人的으로 그다지 親하자도 못했거니와 이렇다는 交際도 없었다。따러서 나는 君의 人間的事情에는 그의 同窓이요 親友인 安懷南君에 比하면 全然無智하러도 過言이 아닐것이다。다만 나는 現下朝鮮文壇의 가장 아름다운 新進作家요 代朝鮮文學樹立以來의 드물게보는 [illegible]의 [illegible]를 살린作家로서의 金裕貞君을 두고두고 사랑할을것 뿐이다。

亡者를 두고 또이런 告白을하는것은 선비의 [illegible]이아니겠지마는 藝術家로서의 君의 感覺에 [illegible]를 看破했음을 나로는 看破할기때문에 아무런 [illegible]로운없이 公開하거니와 나는 人間金裕貞을 그리좋아하지 않었었다。萬若 그가 惡人이였으면 또 [illegible] 나는 그에게 魅力을 더느꼈을는지는 모른다。그러면 金君은 善人이였기때문에 顯한 魅力은 느끼지 못했나 하면 그도 아니다。그는 勿論善人이다。[illegible]하다싶이 善良한 百姓이었다。그러나 그에게는 [illegible]지 때벗지 못한 憂鬱이 宿命的으로 그의 善人을 衣裝시키고 있었다。宿命的으로 衣裝한 憂鬱이면 [illegible] 우울은 先天的으로 때벗은 憂鬱이라야 할것이다。그럼에도 不拘하고 그의 憂鬱은 나의 人間的趣味를 論문하게 [illegible]하지 못한것을 보면 거기에는 必是 어떤 不已然이 成分되여 있지않었을것인가? 하는 애 疑問이 사실인즉 나를 괴롭게하는 君의 Sometimes이며 또 이 안더렸음「수뭔니」이 십상은 오늘의 나로하여금 君의人間을 再考케하는데 主要한 모멘트를 지은것이다。

여기서 나는 「그러면 네 趣味란 어떤趣味냐?」 하는 反省을 [illegible]치아니치못한다。이에對해서 나는

故金裕貞君의 藝術과 그의 人間秘密

金文輯

그[illegible]의 必要를 느끼지않는다는 [illegible]上의 趣味를 享樂하고 싶은것이나 나의 이[illegible]는 裕貞君의 [illegible]과는 對蹠的인 [illegible]形式이라 이形式아래서 나는 故君의 人間相의 秘密에 [illegible]하는바이다。(三月二十一日午前零時三十分)

裕貞과 나

李石薰

君은 江原道鐵原(?)產。[illegible]文을 하며 맛치지못한 채 [illegible]과 [illegible]에 一二個月씩 단여보았으나 家事가 [illegible]했다기보다 재미가 없어서 一회히 집어치우고 [illegible]과 [illegible]을 섞어먹보았으나 「소낙비」가 朝鮮日報에 一等으로 當選할동척에의 君의職業은 實

로 「金[illegible]정이 되겠어였다。[illegible] 떠다니면서 밥도얻어먹고 술도 얻어먹고 [illegible]所[illegible]을 [illegible]고…… 아마 그러들하고 도라단인 모양이다。그런데 어떤는나하면 鐵原서도 [illegible]門으로 數三千石 秋收를 했다한다。아버지와 보이 [illegible]을 한것은 君의 少年時代의 일이었다。三十歲를 一期로 永眠의 [illegible]을 [illegible]아 君이 [illegible]로 떠나기는 아마 [illegible] 그때까지 君이 [illegible] 房은 [illegible]인즉 行方不明의 [illegible] 實한 한어분이 그의 [illegible]

[illegible]

『조광』(1937.5)에 실린 김유정 추모 특집

九人會會員編輯 月刊

詩와 小說

—內容—

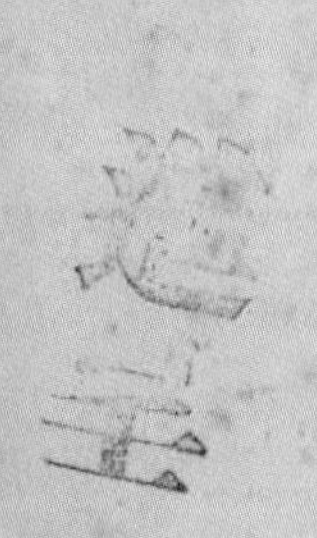

創刊號

昭和十一年三月 五 日 印刷
昭和十一年三月十三日 發行

頒價 十錢

株式會社彰文社出版部刊行

월간 구인회회보, 『시와 소설』, 1936.3.13(창간호이자 종간호가 되었다)

김유정기념사업회편, 『김유정전집』, 1969

김유정기념사업회편, 『김유정전집』, 1994.3

전신재 편, 『원본김유정전집』, 1987 · 1997 · 2007

유인순 편집, 『동백꽃』, 2005

유인순, 김유정학술연구단행본, 1988 · 2003 · 2014

유인순 외, 『김유정과 동시대 문학 연구』, 김유정학술연구단행본, 2013

김유정의 귀환』, 2012.3.
유정학회 최초 학술연구단행본

유정학회 편,
유정학술연구단행본들(2012~)

김유정 관련 문학비 사진 및 해설

김유정 문인비 : 1968년 5월 29일 춘천시 칠송동 의암호 옛 경춘국도변에 건립되었다.
대한민국 최초의 문인비이다. 소설가 김동리 선생이 글씨를 썼고 이운식 교수가 제작했다.

김유정 기적비 : 1978년 3월, 춘천시 실레마을 옛 금병의숙 자리 옆에 자연석으로 건립되었고 글씨는 소설가 김동리 선생이 썼다

김유정동상 : 1994년 10월, 김유정기념사업회에서 주관, 김유정의 전신상을 이운식 교수가 제작하고 황재국 교수가 글씨를 썼다. 처음, 춘천문화예술회관 건물 옆에 세웠던 것을 2002년 8월 춘천시 실레마을 김유정문학촌 생가 안으로 이전했다.

김유정문학비 : 1994년 10월, 김유정기념사업회에서 주관, 공지천변 조각공원에 건립했다. 탑신은 이운식 교수가 제작하고, 황재국 교수가 글씨를 썼다.

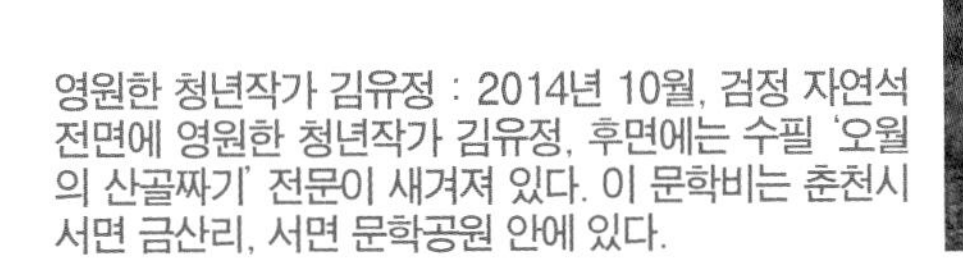

영원한 청년작가 김유정 : 2014년 10월, 검정 자연석 전면에 영원한 청년작가 김유정, 후면에는 수필 '오월의 산골짜기' 전문이 새겨져 있다. 이 문학비는 춘천시 서면 금산리, 서면 문학공원 안에 있다.

김유정문학촌 및 문학촌 행사

1970년대 금병의숙 자리와 느티나무

2000년대 금병의숙 자리와 느티나무

김유정문학촌 전면

김유정문학촌 측면

김유정 동상과 복원된 김유정 생가

문학촌 뜨락

소설 속 「솥」 형상화

동백꽃과 김유정문학촌

김유정역

김유정우체국

김유정 추모제

김유정 추모제

추모제에서 저서 봉정

문학기행열차, 청량리 역에서
참가자들과 단체사진

제3회 문학기행열차

제6회 문학기행열차

김유정문학제 입체낭독대회에 참석한 대학생들

김유정문학제 입체낭독 – 입체낭독대회 참석자 단체사진

김유정탄생 100주년 행사 - 이어령 교수 선포식

김유정탄생 100주년 행사 - 탄생 100주년 기념 케이크 자르기

김유정탄생 100주년 행사 – 기자회견장

김유정탄생 100주년 행사 – 100주년 기념 KBS 'TV 책을 말하다' 김유정 편

김유정탄생 100주년 행사 – 실레이야기마을 선포식 참가한 한중일 작가들

김유정탄생 100주년 행사 – 실레이야기마을 선포식에 참가해서 휘호를 쓰고 있는 노벨문학상 수상작가 모옌(중국)

100주년 기념 김유정의 한을 푸는 진오기 새남굿

100주년 기념 진오기 새남굿의 한 장면

김유정학회 활동사진

제1회 김유정학술세미나(2010.10.8 김유정 생가 대청마루)

세미나 참석인들 단체사진

산중 학술세미나 2013년

잣나무숲 학술세미나 2014년

제1회 김유정학술연구발표회 및 창립총회(2011년 4월 16일 강원대학교 단체사진)

제1회 김유정학술연구발표회 – 기조발제 조남현 교수

제1회 김유정학술연구발표회 – 발표회장 사진

김유정 관련 문화콘텐츠

100주년 연극, 극단 연극사회 〈금따는 콩밭〉 | 김유정문학촌 홈페이지

100주년 연극, 극단 혼성 〈동백꽃〉 | 김유정문학촌 홈페이지

100주년 연극, 극단 굴레 〈봄 · 봄〉 | 김유정문학촌 홈페이지

100주년 연극, 극단 도모 〈소낙비〉 | 김유정문학촌 홈페이지

100주년 연극, 극단 Art-3Theater 〈아내〉 | 김유정문학촌 홈페이지

연극 극단 연극사회 〈총각과 맹꽁이〉(2010) | 김유정문학촌 홈페이지

영화 〈봄 · 봄〉(1969) | 김유정문학촌 홈페이지

영화 〈산골나그네〉(1978) | 김유정문학촌 홈페이지

영화 〈땡볕〉(1984) | 김유정문학촌 홈페이지

가난이 뭔 죄여!
김유정 원작
소낙비
PASSING RAIN
동인 아트무비
DONG-IN ART MOVIE PRODUCTION

영화 〈소낙비〉(1995) | 김유정문학촌 홈페이지

쿵! 쿵! 깊은밤! 방아찧는 소리! 온몸이 짜릿짜릿 해진다!
●金裕貞原作의
떡
餠
金秀瀅監督作品
선우일란/김추련 김인문/오욱철/곽은경

영화 〈떡〉(1998) | 김유정문학촌 홈페이지

애니메이션 〈봄 · 봄 그리고 동백꽃〉 | 김유정문학촌 홈페이지

발레,백영태 안무, 김유정 〈아 미친 사랑의 노래〉(2017) | 인터넷 자료

발레, 백영태 안무, 김유정 〈아 미친 사랑의 노래〉(2017) | 인터넷 자료

발레, 백영태 안무,
김유정 〈아 미친 사랑의 노래〉(2019) | 인터넷 자료

오페라, 이건용 작곡, 〈봄봄〉(2011) | 인터넷 자료

정전

김유정 전집

The Complete Works of Kim You-Jeong

유인순 엮음

일러두기

『정전 김유정 전집』 1부에는 김유정의 소설 작품 32편과 김유정 작품 어휘사전을 수록했다. 소설 작품들은 원칙적으로 최초 발표지의 원전(1차 자료)을 인용했고 여의치 못한 경우에만 2차 자료를 인용, 그 출처를 밝혔다.

『정전 김유정 전집』 2부에서는 김유정의 수필, 서간, 일기, 작시, 번역소설, 동화, 김유정의 지인들이 쓴 실명소설, 김유정 추모글, 김유정 조카 남매 및 박녹주·박봉자의 회고담을 수록했다.

1. 『정전 김유정 전집』의 표기는 현대어 맞춤법에 따르는 것을 원칙으로 하였다. 소설의 지문은 가능한 현대식 맞춤법에 따라 표기하되, 김유정문학의 묘미가 토속어와 서민들의 언어를 생생하게 묘사하고 있다는 점에 주목, 가능한 김유정의 어휘와 어감을 그대로 사용하기로 했다. 더불어 독자들의 이해를 돕기 위해 김유정 작품 어휘사전을 첨가하였다.
2. 1인칭 소설의 경우, 지문에 해당되는 부분은 가능한 현대식 표기를, 직접대화나 간접대화의 부분은 대화 자체를 발음기호로 생각하여 소리나는 그대로 두었다.
3. 3인칭 소설의 경우, 지문에 해당되는 부분은 가능한 현대식 표기를, 대화 부분은 역시 대화자체를 발음기호로 생각하여 소리나는 그대로 두기로 했다.
4. 지문에서 현대 표준어로 교체시킬 수 있는 것은 모두 교체시키는 방향으로 진행했다.
5. 대화를 표시하는 원문의 「 」는 모두 " "로 바꿨다. 말줄임표는 '……'로 통일시켰다.
6. 김유정 작품에 유난히 많이 나오는 가운뎃줄은 '—'로 통일시켰다.
7. 어휘나 구절에 대한 부가적 설명이 필요한 경우 모두 각주로 달아놓았다. 동일한 어휘라 해도 작품의 상황에 따라 그 의미가 달라질 수 있기 때문에 각각의 작품에 따라 의미의 차이가 있거나 중복되는 경우도 있음을 미리 밝혀둔다.

제1부_ 김유정이 말하다

1. 소설

소설

심청

거반 오정이나 바라보도록 요때기를 들쓰고 누웠던 그는 불현듯 몸을 일으키어 가지고 대문 밖으로 나섰다. 매캐한 방구석에서 혼자 볶을 만치 볶다가 열병거지가 벌컥 오르면 종로로 튀어나오는 것이 그의 버릇이었다.

그러나 종로가 항상 마음에 들어서 그가 거니느냐, 하면 그런 것도 아니다. 버릇이 시키는 노릇이라 울분할 때면 마지못하여 건성 싸다닐 뿐 실상은 시끄럽고 더럽고 해서 아무 애착도 없었다. 말하자면 그의 심청이 별난 것이었다. 팔팔한 젊은 친구가 할 일은 없고 그날그날을 번민으로만 지내곤 하니까 나중에는 배짱이 돌아앉고 따라 심청이 곱지 못하였다. 그는 자기의 불평을 남의 얼굴에다 침 뱉듯 뱉어 붙이기가 일쑤요 건뜻 하면 남의 비위를 긁어놓기로 한 일을 삼는다. 그게 생각하면 좀 잔달지만 무딘 그 생활에 있어서는 단 하나의 향락일른지도 모른다.

그가 어실렁어실렁 종로로 나오니 그의 양식인 불평은 한두 가시가 아니었다. 자연은 마음의 거울이다. 원체 심보가 이 뻰새고 보니 눈에 띄는 것마다 모두 아니꼽고 구역이 날 지경이다. 허나 무엇보다도 그의 비위를 상해주는 건 첫째 거지였다.

대도시를 건설한다는 명색으로 웅장한 건축이 날로 늘어가고 한편에서는 낡은 단청집은 수리조차 허락지 않는다. 서울의 면목을 위하여 얼른 개과천선하고 훌륭한 양옥이 되라는 말이었다. 게다 각 상점을 보라. 객들에게 미관을 주기 위하여 서로 시새워 별의별 짓을 다해가며 어떠한 노력도 물질도 아끼지 않는 모양 같다. 마는 기름때가 짜르르한 헌 누더기를 두르고 거지가 이런 상점 앞에 떡 버티고 서서 나리! 돈 한 푼 주—, 하고 어줍대는 그 꼴이라니 눈이 시도록 짜증 가관이다. 이것은 그 상점의 치수를 깎을뿐더러 서울이라는 큰 위신에도 손색이 적다 못할지라. 또는 신사숙녀의 뒤를 따르며 시부렁거리는 깍쟁이의 행세 좀 보라. 좀 심한 놈이면 비단걸—이고 단장보이고 닥치는 대로 그 까마귀발로 움켜잡고는 돈 안 낼 테냐고 제법 훅닥인다.

그런 봉변이라니 보는 눈이 다 붉어질 노릇이 아닌가! 거지를 청결하라. 땅바닥의 쇠똥말똥만 칠 게 아니라 문화생활의 장애물인 거지를 먼저 치우라. 천당으로 보내든, 산 채로 묶어 한강에 띄우든……

머리가 아프도록 그는 이러한 생각을 하며 어청어청 종로 한복판으로 들어섰다. 입으로는 자기도 모를 소리를 괜스레 중얼거리며—

"나리! 한 푼 줍쇼!"

언제 어디서 빠졌는지 애송이 거지 한 마리(기실 강아지의 문벌이 더 높으나 한 마리)가 그에게 바짝 붙으며 긴치 않게 조른다. 혓바닥을 길게 내뽑아 윗입술에 흘러내린 두 줄기의 노란 코를 연실 훔쳐가며, 조르자니 썩 바쁘다.

"왜 이럽쇼, 나리! 한 푼 주세요."

그는 속으로 피익, 하고 선웃음이 터진다. 허기진 놈보고 설렁탕을 사달라는 게 옳겠지. 자기 보고 돈을 내랄 적엔 요놈은 거지 중에도 제일 액수 사나운 놈일 게다. 그는 들은 척 않고 그대로 늠름히 걸었다. 그러나 대답 한번 없는데 골딱지가 났는지 요놈은 기를 복복 쓰며 보채되 정말 돈을 달라는 겐지 혹은 같이 놀자는 겐지, 나리! 왜 이럽쇼, 왜 이럽쇼, 하고 사알살 약을 올려가며 따르니 이거 성이 가셔서라도 걸음 한번 머무르지 않을 수 없다. 그는 고개만을 모로 돌리어 거지를 흘겨보다가

"이 꼴을 보아라!"

그리고 시선을 안으로 접어 꾀죄죄한 자기의 두루마기를 한번 쭈욱 훑어보였다. 하니까 요놈도 속을 차렸는지 됨됨이 저렇고야, 하는 듯싶어 저도 좀 노려보더니 제출물에 떨어져 나간다.

전찻길을 건너서 종각 앞으로 오니 졸지에 그는 두 다리가 멈칫하였다. 그가 행차하는 길에 다섯 간쯤 앞으로 열댓 살 될락말락한 한 깍쟁이가 벽에 기대여 앉았는데 까빡까빡 졸고 있는 것이다. 얼굴은 노란게 말라빠진 노루 가죽이 되고 화롯전에 눈 녹듯 개개 풀린 눈매를 보니 필야 신병이 있는데다가 얼마 굶기까지 하였으리라. 금시로 운명하는 듯싶었다. 거기다 네 살쯤 된 어린 거지는 시르죽은 고양이처럼, 큰 놈의 무릎 위로 기어오르며, 울 기운조차 없는지 입만 벙긋벙긋, 그리고 낯을 째푸리며 투정을 부린다. 꼴을 봐 한 즉 아마 시골서 올라온 지도 불과 며칠 못되는 모양이다.

이걸 보고 그는 잔뜩 상이 흐렸다. 이 벌레를 치워주지 않으면 그는 한 걸음도 더 나갈 수가 없었다.

그러자 문득 한 호기심이 그를 긴장시켰다. 저쪽을 바라보니 길을 치

우고 다니는 나리가 이쪽을 향하여 꺼불적꺼불적 오는 것이 아닌가. 그리고 뜻밖의 나리였다. 고보 때에 같이 뛰고 같이 웃고 같이 즐기던 그리운 동무, 예수를 믿지 않는 자기를 향하여 크리스찬이 되도록 일상 권유하던 선량한 동무이었다. 세월이란 무언지 장래를 화려히 몽상하며 나는 장래 ' 톨스토이'가 되느니 ' 칸트'가 되느니 떠들며 껍적이던 그 일이 어제 같건만 자기는 끽 주체궂은 밥통이 되었고 동무는 나리로 —그건 그렇고 하여튼 동무가 이 자리의 나리로 출세한 것만은 놀램과 아울러 아니 기쁠 수도 없었다.

(오냐, 저게 오면 어떻게 나의 갈 길을 치워주겠지)

그는 멀찌가니 섰는 채 조바심을 태워가며 그 경과를 기다렸다. 따는 그의 소원이 성취되기까지 시간은 단 일 분도 못 걸렸다. 그러나 그는 눈을 감았다.

"아야야 으—응, 응 갈 테야요."

"이 자식! 골목 안에 백여 있으라니깐 왜 또 나왔니, 기름강아지[1]같이 뺀질뺀질한 망할 자식!"

"아야야, 으—응, 응, 아야야, 갈 텐데 왜 이리 차세요. 으—ㅇ, 으—ㅇ" 하며 기름강아지의 울음소리는 차츰차츰 멀리 들려온다.

"이 자식 ! 어서가라, 쑥 들어가—" 하는 날벽력!

소란하던 희극은 잠잠하였다. 그가 비로소 눈을 뜨니 어느덧 동무는 그의 앞에 맞닥뜨렸다. 이게 몇 해 만이란 듯 자못 반기며 동무는 허둥지둥 그 손을 잡아 흔든다.

1 기름강아지 : 몸에 기름이 묻어 이리 미끈 저리 미끈해서 잡을 수 없는 강아지처럼, 눈치와 꾀로 상대방을 무력화시키고, 약오르게 만드는 존재를 의미.

"아 이게 누구냐? 너 요새 뭐하니?"

그도 쾌활한 낯에 미소까지 보이며

"참, 오랜만이로군!" 하다가

"나야 늘 놀지, 그런데 요새두 예배당에 잘 다니나?"

"음, 틈틈이 가지, 내 사무란 그저 늘 바쁘니까……"

"대관절 고마워이, 보기 추한 거지를 쫓아 주어서 나는 웬일인지 종로 깍쟁이라면 이가 북북 갈리는 걸!"

"천만에, 그야 내 직책으로 하는 걸 고마울 거야 있나" 하며 동무는 거나하여 흥 있게 웃는다.

이 웃음을 보자 돌연히 그는 점잖게 몸을 가지며

"오, 주여! 당신의 사도 '베드로'를 나리사 거지를 치워주시니 너머나 감사하나이다" 하고 나직이 기도를 하고 난 뒤에 감사와 우정이 넘치는 탐탁한 작별을 동무에게 남겨놓았다.

자기가 '베드로'의 영예에서 치사를 받은 것이 동무는 무척 신이 나서 으쓱이는 어깨로 바람을 치올리며 그와 반대쪽으로 걸어간다.

때는 화창한 봄날이었다. 전신줄에서 물찌똥을 내려 갈기며

"비리구 배리구."

지저귀는 제비의 노래는 그 무슨 곡조인지 하나도 알려는 사람이 없었다.

(임신, 1932.6.15)

『중앙』, 1936.1.

산골 나그네

밤이 깊어도 술꾼은 역시 들지 않는다. 메주 뜨는 냄새와 같이 쾨쾨한 냄새로 방안은 괴괴하다. 웃간에서는 쥐들이 찍찍거린다. 홀어머니는 쪽 떨어진 화로를 끼고 앉아서 쓸쓸한 대로 곰곰 생각에 젖는다. 가뜩이나 침침한 반짝 등불이 북쪽 지게문에 뚫린 구멍으로 새어드는 바람에 반뜩이며 빛을 잃는다. 헌버선짝으로 구멍을 틀어막는다. 그러고 등잔 밑으로 반짇그릇을 끌어당기며 시름없이 바늘을 집어 든다.

산골의 가을은 왜 이리 고적할까! 앞뒤 울타리에서 부수수하고 떨잎은 진다. 바로 그것이 귀밑에서 들리는 듯 나직나직 속삭인다. 더욱 몸쓸 건 물소리 골을 휘돌아 맑은 샘은 흘러내리고 야릇하게도 음률을 읊는다.

퐁! 퐁! 퐁! 쪼록 퐁!

바깥에서 신발소리가 자작자작 들린다. 귀가 번쩍 띄어 그는 방문을 가볍게 열어제친다. 머리를 내밀며

"덕돌이냐?" 하고 반겼으나 잠잠하다. 앞뜰 건너편 수퐁 위를 감돌아 싸늘한 바람이 낙엽을 훌뿌리며 얼굴에 부닥친다.

"쥔 어른 게서유?"

몸을 돌리어 바느질거리를 다시 집어들려 할 제 이번에는 짜정 인기

가 난다. 황겁하게

"누기유?" 하고 일어서며 문을 열어 보았다.

"왜 그리유?"

처음 보는 아낙네가 마루 끝에 와 섰다. 달빛에 비끼어 검붉은 얼굴이 해쓱하다. 추운 모양이다. 그는 한 손으로 머리에 둘렀던 왜수건을 벗어들고는 다른 손으로 흩어진 머리칼을 쓰다듬어 올리며 수줍은 듯이 주뼛주뼛한다.

"저 …… 하룻밤만 드새고 가게 해주세유—"

남정네도 아닌데 이 밤중에 웬일인가 맨발에 짚신짝으로. 그야 아무렇든—

"어서 들어와 불 쬐게유."

나그네는 주춤주춤 방안으로 들어와서 화로 곁에 도사려 앉는다. 낡은 치맛자락 위로 뼈지려는 속살을 아무리자 허리를 지긋이 튼다. 그러고는 묵묵하다. 주인은 물끄러미 보고 있다가 밥을 좀 주랴느냐고 물어보아도 잠자코 있다. 그러나 먹던 대궁을 주워 모아 짠지쪽하고 갖다주니 감지덕지 받는다. 그러고 물 한 모금 마심이 없이 잠깐 동안에 밥그릇의 밑바닥을 긁는다.

밥숟갈을 놓기가 무섭게 주인은 이야기를 붙이기 시작하였다. 미주알고주알 물어보니 이야기는 지수가 없다. 자기로도 너무 지쳐 물은 듯싶을 만치 대구 추근거렸다. 나그네는 싫단 기색도 좋단 기색도 별로 없이 시나브로 대꾸하였다. 남편 없고 몸 부칠 곳 없다는 것을 간단히 말하고 난 뒤 "이리저리 얻어먹고 단게유" 하고 턱을 가슴에 묻는다.

첫닭이 홰를 칠 때 그제서야 마을 갔던 덕돌이가 돌아온다. 문을 열고 감사나운 머리를 디밀려다 낯선 아낙네를 보고 눈이 휘둥그렇게 주춤한다. 열린 문으로 억센 바람이 몰아들며 방안이 캄캄하다. 주인은 문 앞으로 걸어와 서며 덕돌이의 등을 뚜덕거린다. 젊은 여자 자는 방에서 떠꺼머리 총각을 재우는 건 상서럽지 못한 일이었다.

"얘 덕돌아 오날은 마을 가 자고 아침에 온."

가을할 때가 지었으니 돈냥이나 좋이 퍼질 때도 되었다. 그 돈들이 어디로 몰리는지 이 술집에서는 좀체 돈맛을 못 본다. 술을 판대야 한 초롱에 오륙십 전 떨어진다. 그 한 초롱을 잘 판대도 사날씩이나 걸리는 걸 요새 같아선 그 잘량한 술꾼까지 씨가 말랐다. 어쩌다 전일에 펴놓았던 외상값도 갖다줄 줄을 모른다. 홀어미는 열벙거지가 나서 이른 아침부터 돈을 받으러 돌아다녔다. 그러나 다리품을 드린 보람도 없었다. 낼 사람이 즐겨야 할 텐데 우물쭈물하며 한단 소리가 좀 두고 보자는 것이 고작이었다. 그렇다고 안 갈 수도 없는 노릇이다. 나날이 양식은 딸리고 지점집에서 집행을 하느니 뭘 하니 독촉이 어지간치 않음에야……

"저도 인젠 떠나겠세유."

그가 조반 후 나들이옷을 바꾸어 입고 나서니 나그네도 따라 일어선다. 그의 손을 잔상히 붙잡으며 주인은

"고달플 테니 며칠 더 쉬여가게유" 하였으나

"가야지유 너머 오래 신세를……"

"그런 염려는 말구" 라고 누르며 집 지켜주는 셈치고 방에 누웠으라 하고는 집을 나섰다. 백두고개를 넘어서 안말로 들어가 해동갑으로 헤

매었다. 헤실수로 간 곳도 있기야 하지만 맑았다. 해가 지고 어두울 녘에야 그는 흘부들해서 돌아왔다. 좁쌀 닷 되밖에는 못 받았다. 다른 사람들은 돈 낼 생각커녕 이러면 다시 술 안 먹겠다고 도리어 얼러 보냈던 것이다. 그러나 이만도 다행이다. 아주 못 받으니보다는. 끼니때가 지었다. 그는 좁쌀을 씻고 나그네는 솥에 불을 지펴 부랴사랴 밥을 짓고 일변 상을 보았다.

밥들을 먹고 나서 앉았으려니깐 갑자기 술꾼이 몰려든다. 이거 웬일인가. 처음에는 하나가 오더니 다음에는 세 사람 또 두 사람. 모두 젊은 축들이다. 그러나 각각들 먹일 방이 없으므로 주인은 좀 망설이다가 그 연유를 말하였으나 뭐 한 동리 사람인데 어떠냐 한데서 먹게 해달라 하는 바람에 얼씨구나 하였다. 이제야 운이 트나 보다. 양푼에 막걸리를 따라서 나그네에게 주며 솥에 넣고 좀 속히 데워달라 하였다. 자기는 치마꼬리를 휘둘러가며 잽싸게 안주를 장만한다. 짠지 동치미 고추장. 특별한 안주로 삶은 밤도 놓았다. 사촌동생이 맛보라며 며칠 전에 갖다준 것을 아껴둔 것이었다.

방안은 떠들썩하다. 벽을 두드리며 아리랑 찾는 놈에 건으로 너털웃음 치는 놈 혹은 수군숙덕하는 놈…… 가지각색이다. 주인이 술상을 받쳐들고 들어가니 짜위나 한 듯이 일제히 자리를 바로 잡는다. 그중에 얼굴 넓적한 하이칼라 머리가 야리가 나서 상을 받으며 주인 귀에다 입을 비겨댄다.

"아주머니 젊은 갈보 사왔다지유? 좀 보여주게유."

영문 모를 소문도 다 도는고!

"갈보라니 웬 갈보?" 하고 어리뻥뻥하다 생각을 하니 턱없는 소리는 아니다. 눈치 있게 부엌으로 내려가서 보강지 앞에 웅크리고 앉았는 나그네의 머리를 은근히 끌어안았다. 자 저패들이 새댁을 갈보로 횡보고 찾아온 맥이다. 물론 새댁 편으론 망측스러운 일이겠지만 달포나 손님의 그림자가 드물던 우리 집으로 보면 재수의 빗발이다.[1] 술국을 잡는다고 어디가 떨어지는 게 아니요 욕이 아니니 나를 보아 오늘만 술 좀 팔아주기 바란다—이런 의미를 곰상궂게 간곡히 말하였다. 나그네의 낯은 별반 변함이 없다. 늘 한 양으로 예사로이 승낙하였다.

술이 온몸에 돌고 나서야 되술이 잔풀이가 된다.[2] 한 잔에 오 전 그저 마시긴 아깝다. 얼간한 상투박이가 계집의 손목을 탁 잡아 앞으로 끌어당기며

"권주가 좀 해. 이건 꿔어온 보릿자룬가."[3]

"권주가? 뭐야유?"

"권주가? 아 갈보가 권주가도 모르나 으하하하" 하고는 무안에 취하여 폭 숙인 계집 빰에다 꺼칠꺼칠한 턱을 문질러본다. 소리를 암만 시켜도 아랫입술을 깨물고는 고개만 기울일 뿐. 소리는 못하나보다. 그러나 노래 못하는 꽃도 좋다. 계집은 영 내리는 대로 이 무릎 저 무릎으로 옮아 앉으며 턱밑에다 술잔을 받쳐 올린다.

술들이 담뿍 취하였다. 두 사람은 곯아져서 코를 곤다. 계집이 칼라머리 무릎 위에 앉아 담배를 피워 올릴 때 코웃음을 흥 치더니 그 무지스러운 손이 계집의 아래 뱃가죽을 사양없이 움켜잡았다. 별안간 "아

---

1 재수가 빗발처럼 쏟아져 내리는 날이다. 즉 운수좋은 날이라는 의미.

2 술꾼들이 술을 한 되, 두 되, 이른바 도매금을 주문하다가, 술에 취해 얼큰해지면서 한 잔, 두 잔, 소매금으로 주문하게 된다. 소매는 도매에 비해 가격이 월등히 비싸다.

3 많은 이들 사이에서 아무 말도 하지 못하고 멍하니 자리만 지키고 있는 사람을 지칭하는 말.

야" 하고 펴들껑하더니 계집의 몸뚱아리가 공중으로 도로 뛰어오르다 떨어진다.

"이 자식아, 너만 돈 내고 먹었니?"

한 사람 사이 두고 앉았던 상투가 콧살을 찌푸린다. 그러고 맨발 벗은 계집의 두 발을 양 손에 붙잡고 가랑이를 짝 벌려 무릎 위로 지르르 끌어올린다. 계집은 앙탈을 한다. 눈시울에 눈물이 엉기더니 불현듯이 쪼록 쏟아진다.

방안에서 왱마가리 소리가 끓어오른다.

"저 잡놈 보게 으하하……"

술은 연신 데워서 들여가면서도 주인은 불안하여 마음을 졸였다. 겨우 마음을 놓은 것은 훨씬 밝아서이다.

참새들은 소란히 저저귄다. 지직 바닥이 부스럼 자국보다 진배없다. 술 짠지쪽 가래침 담뱃재 — 뭣해 너저분하다. 우선 한길치에 자리를 잡고 계배를 대보았다. 마수걸이가 팔십오 전 외상이 이 원 각수다. 현금 팔십오 전 두 손에 들고 앉아 세고 세고 또 세어보고……

뜰에서는 나그네의 혀로 끌어올리는 인사

"안녕히 가십시게유."

"입이나 좀 맞추고 뽀! 뽀! 뽀!"

"나두."

찌르쿵! 찌르쿵! 찔거러쿵!

"방아머리가 무겁지유?[4] …… 고만 까불을까."

"들 익었에유.[5] 더 찌야지유."

"그런데 얘는 어쩐 일이야……"

덕돌이를 읍엘 보냈는데 날이 저물어도 여태 오지 않는다. 흩어진 좁쌀을 확에 쓸어 넣으며 홀어미는 퍽이나 애를 태운다. 요새 날씨가 차지니까 늑대 호랑이가 차차 마을로 찾아내린다. 밤길에 고개 같은 데서 만나면 끽소리도 못하고 욕을 당한다.

나그네가 방아를 괴어놓고 내려와서 키로 확의 좁쌀을 담아 올린다. 주인은 그 머리를 쓰다듬고 자기의 행주치마를 벗어서 그 위에 씌워준다. 계집의 나이 열아홉이면 활짝 필 때이건만 버캐된 머리칼이며 야윈 얼굴이며 벌써부터 외양이 시들어간다. 아마 고생을 짓한 탓이리라.

날씬한 허리를 재발이 놀려가며 일이 끊일 새 없이 다기지게 덤벼드는 그를 볼 때 주인은 지극히 사랑스러웠다. 그러고 일변 측은도 하였다. 뭣하면 같이 자기 곁에서 길래 살아주었으면 상팔자일 듯싶었다. 그럴 수만 있다면 그 소 한 바리와 바꾼대도 이것만은 안 내놓으리라고 생각도 하였다.

아들만 데리고 홀어미의 생활은 무던히 호젓하였다. 그런데다 동리에서는 속 모르는 소리까지 한다. 떠꺼머리총각을 그냥 늙힐 테냐고. 그러나 형세가 부침으로 감히 엄두도 못내다가 겨우 올봄에서야부터 서두르게 되었다. 의외로 일은 손쉽게 되었다. 이리저리 언론이 돌더니[6] 남산[7]에 사는 어느 집 둘째 딸과 혼약하였다. 일부러 홀어미는 사십 리

---

4 디딜방아는 방아다리를 딛어서 방아를 찧게 된다. 그런데 방아를 찧다보면 힘이 많이 들어서 방아머리가 무겁게 느껴진다. 여기에서는 '무겁지유?'는 '힘들지유?'라는 의미이다.

5 '익다'는 성숙하다, 완성되다의 의미. '들 읽었다'는 것은 방아찧기(도정)가 아직 덜 되었다는 의미.

6 이야기들이 오가더니. 여기에서는 '혼삿말이 오가더니'의 의미.

길이나 걸어서 색씨의 손등을 문질러보고는

"참 애기 잘도 생겼세" 좋아서 사돈에게 칭찬을 뇌고 뇌곤 하였다.

그런데 없는 살림에 빚을 내어가며 혼수를 다 꿰매 놓은 뒤였다. 혼인날을 불과 이틀을 격해 놓고 일이 고만 빗나갔다. 처음에야 그런 말이 없더니 난데없는 선채금 삼십 원을 가져오란다. 남의 돈 삼 원과 집의 돈 오 원으로 거추꾼에게 품삯 노비 주고 혼수하고 단지 이 원—잔치에 쓸 것밖에 안 남고보니 삼십 원이란 입내도 못 낼 소리다. 그 밤 그는 이리 뒤척 저리 뒤척 넋 잃은 팔을 던져가며 통밤을 새웠던 것이다.[8]

"어머님! 진지 잡수세유."

새댁에게 이런 소리를 듣는다면 끔찍이 귀여우리라. 이것이 단 하나의 그의 소원이었다.

"다리 아프지유? 너머 일만 시켜서……"

주인은 저녁 좁쌀을 쓸어넣다가 방아다리에 깝신대는 나그네를 걸삼스럽게 쳐다본다. 방아가 무거워서 껍적이며 잘 오르지 않는다. 가냘픈 몸이라 상혈이 되어 두 볼이 새빨갛게 색색거린다. 치마도 치마려니와 명주저고리는 어찌 삭았는지 어깨께가 손바닥만 하게 척 나갔다. 그러나 덕돌이가 왜포 다섯 자를 바꿔오면 첫째 사발화통된 속곳부터 해 입히고 차차할 수밖에 없다.

"같이 찝시다유."

주인도 남서시 방아다리에 올라섰다. 그리고 씨경 위에 놓인 나그네

---

7 춘천시와 가평의 경계, 강촌, 창촌, 백양, 광판, 방곡 등이 포함된 지점.

8 아들의 혼사가 깨지자, 정신없이 이팔 저팔로 머리를 괴거나 팔을 늘어뜨려가며 불면의 밤을 고통스럽게 보내고 있음을 의미.

의 손을 눈치 안채게 슬며시 쥐어보았다. 더도 덜도 말고 그저 요만한 며느리만 얻어도 좋으련만! 나그네와 눈이 고만 마주치자 그는 열쩍어서 시선을 돌렸다.

"퍽도 쓸쓸하지유?" 하며 손으로 울밖을 가리킨다. 첫밤 같은 석양판이다. 색동저고리를 떨쳐입고 산들은 거방진 방앗소리를 은은히 전한다. 쩔그러쿵! 찌러쿵!

그는 나그네를 금덩이같이 위하였다. 없는 대로 자기의 옷가지도 서로서로 별러 입었다. 그러고 잘 때에는 딸과 진배없이 이불 속에서 품에 꼭 품고 재우곤 하였다. 하지만 자기의 은근한 속셈은 차마 입에 드러내어 말은 못 건넸다. 잘 들어주면 이거니와 뭣하게 안다면 피차의 낯이 뜨뜻할 일이었다.

그러나 맘먹지 않았던 우연한 일로 인하여 마침내 기회를 얻게 되었다—나그네가 온 지 나흘 되던 날이었다. 거문관[9]이 산기슭에 있는 영길네가 벼방아를 좀 와서 찌어달라고 한다. 나그네는 줄밤을 새우므로 낮에나 푸근히 자라고 두고 그는 홀로 집을 나섰다.

머리에 겨를 보얗게 쓰고 맥이 풀려서 집에 돌아온 것은 이럭저럭 으스레하였다.[10] 늘큰한 다리를 끌고 뜰앞으로 향하다가 그는 주춤하였다. 나그네 홀로 자는 방에 덕돌이가 들어갈 리 만무한데 정녕코 그놈일 게다. 마루 끝에 자그마한 나그네의 짚세기 놓인 그 옆으로 길목채 벗은 왕달짚세기가 왁살스럽게 놓였다. 그리고 방에서는 수군수군 낮은 말소리가 흘러나온다. 그는 무심코 닫은 방문께로 귀를 기울였다.

---

9 춘천시 신동면 증리(김유정문학촌이 있는 곳)에 있는 지역명, 현재 팔미리 지역.

10 어둑할 무렵, 땅거미 질 무렵이었다.

"그럼 와 그러는 게유? 우리집이 굶을까봐 그리시유?"

"……"

"어머이도 사람은 좋아유…… 올에 잘만 하면 내년에는 소 한 바리 사놀게구 농사만 해두 한 해에 쌀 넉 섬 조 엿 섬 그만하면 고만이지유 …… 내가 싫은 게유?"

"……"

"사내가 죽었으니 아무튼 얻을 게지유?" 옷 타지는 소리, 부시럭거린다.

"아이! 아이! 아이 참! 이거 노세유."

쥐죽은 듯이 감감하다. 허공에 아롱거리는 낙엽을 이윽히 바라보며 그는 빙그레한다. 신발소리를 죽이고 뜰 밖으로 다시 돌쳐섰다.

저녁상을 물린 후 그는 시치미를 딱 떼고 나그네의 기색을 살펴보다가 입을 열었다.

"젊은 아낙네가 홑몸으로 돌아다닌대두 고상일게유, 또 어차피 사내는……"

여기서부터 사리에 맞도록 이 말 저 말을 주섬주섬 꺼내오다가 나의 며느리가 되어줌이 어떻겠느냐고 꽉 토파를 지었다. 치마를 홉싸고 앉아 갸웃이 듣고 있던 나그네는 치마끈을 깨물며 이마를 떨어뜨린다. 그러고는 두 볼이 발개진다. 젊은 계집이 나 시집가겠소 하고 누가 나서랴. 이만하면 합의한 거나 틀림없을 것이다.

혼수는 전에 해둔 것이 있으니 한 시름 잊었다. 그대로 이앙이나 고쳐서 입히면 고만이다. 돈 이 원은 은비녀 은가락지 사다가 각별히 색씨에게 선물 내리고……

일은 밀수록 낭패가 많다. 금시로 날을 받아서 대례를 치렀다. 한편에서는 국수를 누른다. 잔치 보러온 아낙네들은 국수 그릇을 얼른 받아서는 후룩후룩 들여마시며 시악씨 잘 낫다고 추었다.

주인은 즐거움에 너무 겨워서 추배를 흔건히 들었다. 여간 경사가 아니다. 뭇사람을 삐집고 안팎으로 드나들며 분부하기에 손이 돌지 않는다.

"얘 메누라! 국수 한 그릇 더 가져온—"

어찌 말이 좀 어색하구면—다시 한 번

"메누라 애야! 얼는 가져와—"

삼십을 바라보자 동곳을 찔러보니 제풀에 멋이 질려 비뚜름하다. 덕돌이는 첫날을 치르고 부쩍부쩍 기운이 난다. 남이 두 단을 털 제면 그의 볏단은 석 단째 풀쳐나간다. 연방 손바닥에 침을 뱉아 붙이며 어깨를 으쓱거린다.

"끅! 끅! 끅! 찍어라 굴려라 끅! 끅!"

동무의 품앗이 일이다. 검으무투룩한 젊은 농군 댓이 볏단을 번차례로 집어든다. 열에 뜬 사람같이 식식거리며 세차게 벼알을 절구통배에서 주룩주룩 흘러내린다.

"얘! 장가들고 한턱 안 내니?"

"일색이드라. 딴딴히 먹자. 닭이냐? 술이냐? 국수냐?"

"웬 국수는? 너는 국수만 아느냐?"

저희끼리 찧고 까분다. 그들은 일을 놓으며 옷깃으로 땀을 씻는다. 골바람이 벼깔치를 부옇게 풍긴다. 옆산에서 푸드득하고 꿩이 나르며 머리 위를 지나간다. 갈퀴질을 하던 얼굴넓적이가 갈퀴를 놓고 씽긋하더니 달겨든다. 장난꾼이다. 여러 사람의 힘을 빌리어 덕돌이 입에다 헌 짚신짝을 물린다. 버들꺼거린다. 다시 양 귀를 두 손에 잔뜩 훔켜잡고 끌고 와서는 털어놓은 벼무더기 위에 머리를 틀어박으며 동서남북으로 큰절을 시킨다.

"야아! 야아! 아!"

"아니다 아니야. 장갈 갔으면 산신령에게 이러하다 말이 있어야지 괜실히 산신령이 노하면 눈깔 망난이(호랑이) 나려보낸다."

뭇웃음이 터져오른다. 새신랑이 옷이 이게 뭐냐. 볼기짝에 구멍이 다 뚫리고…… 빈정대는 사람도 있다. 그러나 덕돌이는 상투의 먼지를 털고나서 곰방대를 피어 물고는 싱그레 웃어치운다. 좋은 옷은 집에 두었다. 인조견 조끼 저고리에 새하얀 옥당목 겹바지. 그러나 아끼는 것이다. 일할 때엔 헌옷을 입고 집에 돌아와 쉬일 참에 입는다. 잘 때에도 모조리 벗어서 더럽지 않게 착착 개어 머리맡에 위해 놓고 자곤 한다. 의복이 남루하면 인상이 추하다. 모처럼 얻은 귀여운 아내니 행여나 마음이 돌아앉을까 미리미리 사려두지 않을 수도 없는 노릇이다. 그야말로 이십구 년 만에 누런 잇조각에다 어제서야 소금을 발라본 것도 이 까닭이다.

덕돌이가 볏단을 다시 집어올릴 제 그 이웃에 사는 돌쇠가 옆으로 와서 품을 앗는다.

"애 덕돌아! 너 내일 우리 조마댕이 좀 해줄래?"

"뭐 어째?" 하고 소리를 빽 지르고는 그는 눈귀가 실룩하였다.

"누구보고 해라야? 응? 이자식 까놀라!"

어제까지는 턱없이 지냈단대도 오늘의 상투를 못 보는가—

바로 그날이었다. 웃간에서 혼자 새우잠을 자고 있던 홀어미는 놀래어 눈이 번쩍 띄었다. 만뢰잠잠한 밤중이었다.

"어머니! 그거 달아났세유. 내 옷두 없고……"

"응?" 하고 반마디 소리를 치며 얼떨김에 그는 캄캄한 방안을 더듬어 아랫간으로 넘어섰다. 황망히 등잔에 불을 다리며

"그래 어디로 갔단 말이냐?"

영산이 나서 묻는다. 아들은 벌거벗은 채 이불로 앞을 가리고 앉아서 징징거린다. 옆자리에는 빈 베개뿐 사람은 간 곳이 없다. 들어본즉 온종일 일한 게 피곤하여 아들은 자리에 들자마자 고만 세상을 잊었다. 하기야 그때 아내도 옷을 벗고 한 자리에 누워서 맞붙어 잤던 것이다. 그는 보통때와 조금도 다름없이 새침하니 드러누워서 천장만 쳐다보았다. 그런데 자다가 별안간 오줌이 마렵기에 요강을 좀 달래려고 보니 뜻밖에 품안이 허룩하다. 불러보아도 대답이 없다. 그제서는 어림짐작으로 우선 머리맡에 위해 놓았던 옷을 더듬어 보았다. 딴은 없다—

필연 잠든 틈을 타서 살며시 옷을 입고 자기의 옷이며 버선까지 들고 내뺐음이 분명하리라.

"도적년!"

모자는 관솔불을 켜들고 나섰다. 부엌과 잿간을 뒤졌다. 그러고 뜰앞 수풀 속도 낱낱이 찾아봤으나 흔적도 없다.

"그래도 방안을 다시 한 번 찾아보자."

홀어미는 구태여 며느리를 도적년으로까지는 생각하고 싶지 않았다. 거반 울상이 되어 허벙저벙 방안으로 들어왔다. 마음을 가라앉혀 들쳐보니 아니면 다르랴. 며느리 베게 밑에서 은비녀가 나온다. 달아날 계집 같으면 이 비싼 은비녀를 그냥 두고 갈 리 없다. 두말없이 무슨 병패가 생겼다.

홀어미는 아들을 데리고 덜미를 집히는 듯 문밖으로 찾아 나섰다.

마을에서 산길로 빠져나는 어구에 우거진 숲 사이로 비스듬히 언덕길이 놓였다. 바로 그 밑에 석벽을 끼고 깊고 푸른 웅덩이가 묻히고 넓은 그 물이 겹겹 산을 에돌아 약 십 리를 흘러내리면 신연강[11] 중턱을 뚫는다. 시새에 반쯤 파묻히어 번들대는 큰 바위는 내를 싸고 양쪽으로 질펀하다. 꼬부랑길은 그 틈바귀로 뻗었다. 좀체 걷지 못할 자갈길이다. 내를 몇 번 건네고 험상궂은 산들을 비켜서 한 오 마장 넘어야 겨우 길다운 길을 만난다. 그러고 거기서 좀 더 간 곳에 냇가에 외지게 일허진 오막사리 한 간을 볼 수 있다. 물방앗간이다. 그러나 이제는 밥을 찾아 흘러가는 뜬몸들의 하룻밤 숙소로 변하였다.

벽이 확 나가고 네 기둥뿐인 그 속에 힘을 잃은 물방아는 을씨년궂게 모로 누웠다. 거지도 고 옆에 홑이불 위에 거적을 덧쓰고 누웠다. 거푸진 신음이다. 으! 으! 으흥! 서까래 사이로 달빛은 쌀쌀히 흘러든다. 가끔 마른 잎을 뿌리며—

“여보 자우? 일어나게유 얼핀.”

계집의 음성이 나자 그는 꾸물거리며 일어앉는다. 그러고 너털대는 홑적삼을 깃을 여며 잡고는 덜덜 떤다.

“인제 고만 떠날 테이야? 쿨룩……”

말리빠진 얼굴로 계집을 바라보며 그는 이렇게 물었다.

십 분 가량 지났다. 거지는 호사하였다. 달빛에 번쩍거리는 겹옷을

11 현재는 춘천 의암호가 되어 버린 강. 신연강은 소양강과 북한강이 합쳐서 가평쪽으로 흐르던, 삼악산을 휘돌아 흐르던 강이다.

입고서 지팡이를 끌며 물방앗간을 등졌다. 골골하는 그를 부축하여 계집은 뒤에 따른다. 술집 며느리다.

"옷이 너머 커 — 좀 적었으면……"

"잔말 말고 어여 갑시다. 펄적……"

계집은 부리나케 그를 재촉한다. 그러고 연해 돌아다보길 잊지 않았다.

그들은 강길로 향한다. 개울을 건너 불거져내린 산모롱이를 막 꼽들려 할 제다. 멀리 뒤에서 사람 욱이는 소리가 끊일 듯 날 듯 간신히 들려온다. 바람에 먹히어 말저는 모르겠으나 재없이 덕돌이의 목성임은 넉히 짐작할 수 있다.

"아 얼른 좀 오게유."

똥끝이 마르는 듯이 계집은 사내의 손목을 겁겁히 잡아끈다. 병들은 몸이라 끌리는 대로 디뚝거리며 거지도 으슥한 산 저편을 같이 사라진다. 수은빛 같은 물방울을 품으며 물결은 산벽에 부닥뜨린다. 어디선지 지정치 못할 늑대 소리는 이산 저산서 와글와글 굴러내린다.

(1933.1.13)

원전 : 『제일선』, 1933.3. / 출전 : 김유정, 『동백꽃』, 삼문사, 1938.

총각과 맹꽁이

잎잎이 비를 바라나 오늘도 그렇다. 풀잎은 먼지가 보얗게 나풀거린다. 말뚱한 하늘에는 불더미 같은 해가 눈을 크게 떴다.

땅은 달아서 뜨거운 김을 턱밑에다 풍긴다. 호미를 옮겨 찍을 적마다 무더운 숨을 헉헉 돌는다. 가물에 조잎은 앤생이다. 가끔 엎드려 김매는 코며 눈퉁이를 찌른다.

호미는 튕겨지며 쨍 소리를 때때로 내인다. 곳곳이 박인 돌이다. 예사 밭터면 한번 찍어 넘길 걸 세네 번 안 하면 흙이 일지 않는다. 콧등에서 턱에서 땀은 물 흐르듯 떨어지며 호밋자루를 적시고 또 흙에 스민다.

그들은 묵묵하였다. 조밭 고랑에 쭉 늘어 박혀서 머리를 숙이고 기어갈 뿐이다. 마치 땅을 파는 두더쥐처럼—입을 벌리면 땀 한 방울이 더 흐를 것을 염려함이다.

그러자 어디서 말을 붙인다.

"어이 뜨거 돌을 좀 밟었다가 혼났네."

"이놈의 것도 밭이라고 도지를 받아 처먹나."

"이제는 죽어도 너와는 품앗이 안 한다"고 한 친구가 열을 내더니

"씨 값으로 골치기나 하자구 도로 줘버려라."

"이나마 없으면 먹을 게 있어야지—"

덕만이는 불안스러웠다. 호미를 놓고 옷깃으로 턱을 훑는다. 그리고 그편으로 물끄러미 고개를 돌린다.

가혹한 도지다. 입쌀 석 섬, 보리·콩 두 포의 소출은 근근 댓 섬, 나눠 먹기도 못 된다. 본디 밭이 아니다. 고목 느티나무 그늘에 가려 여름날 오고 가는 농군이 쉬던 정자터이다. 그것을 지주가 무리로 갈아 도지를 놓아먹는다. 콩을 심으면 잎 나기가 고작이요 대부분이 열지를 않는 것이었다. 친구들은 일상 덕만이가 사람이 병신스러워, 하고 이 밭을 침 뱉아 비난하였다. 그러나 덕만이는 오히려 안 되는 콩을 탓할 뿐 올해는 조로 바꾸어 심은 것이었다.

"좀 쉐서들 하세—"[1]

한 고랑을 마치자 덕만이는 일어서 고목께로 온다. 뒤묻어 땀바가지들이 웅기중기 모여든다.[2] 돌 위에 한참 앉아 쉬더니 겨우 생기가 좀 돌았다. 곰방대들을 꺼내 문다. 혹은 대를 들고 담배 한 대 달라고 돌아치며 수선을 부린다.

"북새가 드네. 올 농사 또 헛하나 보다."

여러 눈이 일제히 말하는 시선을 더듬는다. 그리고 바람에 아른거리는 저편 버덩의 파란 벼잎을 이윽히 바라보았다. 염려스러이—

젊은 상투는 무척 시장하였다. 따로 떨어져 쭈구리고 앉았다. 고개를 푹 기울이고는 불평이 요만[3]이 아니다.

"제미 붙을 배고파 일 못 하겠네—"

---

1 "좀 쉬어서들 하세—."

2 덕만의 뒤를 좇아 온 얼굴이 땀투성이가 된 친구들이 웅기중기 모여든다.

3 요만조만, 이만저만.

"하긴, 죽겠는 걸 허리가 착 까부러지는구나—"

옆에서 받는다.

"이 땀을 흘리고 제누리 없이 일할 수 있나? 진흥회 아니라 제 할아비가 온대두" 하고 또 뇌더니 아무도 대답이 없으매

"개 ×두 없는 놈에게 호포는 올려두 제누리만 안 먹으면 산담 그래—"

어조를 높여 일동에게 맞장을 청한다.

"너는 그래두 괜찮아. 덕만이가 다 호포를 낼라구."

뚝건달 뭉태는 콧살을 찡긋이 비웃으며 바라본다. 네나 내가 촌뜨기들이 떠들어 뭣하리, 그보다—

"여보게들, 오늘 참 들병이 온 것을 아나?"

이 말에 나찬[4] 총각들은 귀가 번쩍 띄었다. 기쁜 소식이다. 그 입을 뻔히 쳐다보며 뒷말을 기다린다. 반갑기도 하려니와 한편으로는 의아하였다. 한참 바쁜 농시방극에 뭘 바라고 오느냐고 다 같은 질문이다.

그것은 들은 체 만 체 뭉태는 나무에 비스듬히 자빠져서 하늘로 눈만 껌벅인다. 그리고 홀로 침이 말라 칭찬이다.

"말갛고 살집 좋더라. 내려 씹어두 비린내두 없을 걸—제일 그 볼기짝 두두룩한 것이……"

"나히는?"

"스물둘 한창 폈드라—"

"놈팽이 있나?"

예제서 슬근슬근 죄어들며 묻는다.

4 나이가 찬, 나이가 든.

"없어. 남편을 잃고서 홧김에 들병으로 돌아다니는 판이라데—"

"그럼 많이 돌아 먹었구먼?"

"뭘 나히를 봐야지 숫배기드라."

"애 좋구나. 한 잔 먹어보자."

이쪽저쪽서 수군거린다. 풍년이나 만난 듯이 야단들이다. 한구석에 앉았던 덕만이가 일어서 오더니 뭉태를 꾹 찍어간다. 느티나무 뒤로 와서

"성님, 정말 남편 없수?"

"그럼 정말이지—"

"나 좀 장가들여주. 한턱내리다."

뭉태의 눈치를 훑는다. 의형이라 못할 말 없겠지만 그래도 얼굴이 후끈하였다.

"염려말게. 그러나 돈이 좀 들 걸—"

개울 건너서 덕만 어머니가 온다. 점심 광주리를 이고 더워서 허덕인다. 농군들은 일어서 소리치며 법석이다. 호밋자루를 뽑아 호밋등에다 길군악을 치는 놈도 있다.[5]

"점심 점심이다. 먹어야 산다."

×

저녁이 들자 바람은 산들거린다. 뭉태는 제집 바깥뜰에 보릿짚을 깔고 앉아서 동무 오기를 고대하였다. 덕만이가 제일 먼저 부리나케 내달

5 호미에서 그 자루를 뽑아내어 호밋등에 대고 마치 북이나 장고를 치듯 혹은 징을 치듯 신명을 내는 놈도 있다는 의미.

았다. 뭉태 옆에 와 궁둥이를 내려놓으며 좀 머뭇거리더니

"아까 말이 실토유. 꼭 장가 좀 들여주게유."

"글쎄 나만 믿어, 설사 자네게 거짓말 하겠나."

"성님만 믿우. 꼭 해주게유" 하고 다지고

"내 내 닭 팔거든 호미씨세날 단단히 례하리다" 하고 또 한 번 굳게 다진다.

낮에 귀뜸 해왔던 젊은 축들이 하나 둘 모인다. 약속대로 고스란히 여섯이 되었다. 모두들 일어서서 한 덩어리가 되어 수군거린다. 큰일이나 치러 가는 듯 이러자 저러자 의견이 분분하여 끝이 없다. 어떻게 해야 돈이 덜 들까가 문제다. 우리가 막걸리 석 되만 사가지고 가자, 그래서 계집더러 부우라 하고 나중에 얼마간만 주면 고만이다고 하니까, 한편에선 그러지 말고 그 집으로 가서 술을 대구 퍼먹자, 그리고 시치미 딱 떼고 나오면 하고 우기는 친구도 있다. 그러나 뭉태는 말하였다. 계집을 우리 집으로 부르자 소주 세 병만 가져오래서 잔풀이로 시키는 것이 제일 점잖하고 술값은 각추렴으로 할까 혹은 몇 사람이 술을 맡고 그 나머지는 안주를 할까를 토의할 제 덕만이는 선뜻 대답하였다. 오늘밤 술값은 내 혼자 전부 물겠다. 그리고 닭도 한 마리 내겠으니 아무쪼록 힘써 잘해 달라 뭉태에게 다시 당부하였다.

뭉태는 계집을 데리러 거리로 나갔다. 덕만이는 조금도 지체없이 오라 경계하였다. 그리고 제 집을 향하여 개울 언덕으로 올라섰다.

산기슭에 내를 앞두고 놓였다. 방 한 칸 부엌 한 칸 단 두 칸을 돌로 쌓아올려 이엉으로 덮은 집이었다. 식구는 모자뿐. 아들이 일을 나가면 어머니도 따라 일찍 나갔다. 동리로 돌아다니며 일자리를 찾았다. 그리

고 온종일 방아품을 팔아 밥을 얻어다가 아들을 먹여 재우는 것이 그들의 살림이었다. 딸은 선채를 받고 놓았다.[6] 아들 장가들일 예정이던 것이 빚구멍 갚기에 시나브로 녹여버리고

"그까짓 며느리쯤 시시하다유" 하고 남들에게는 거츨 끄리지만—[7]

"언제나 돈이 있어 며느리를 좀 보나—"

돌아서 자탄을 마지않는 터이다. 반드시 장가는 들어야 한다.

덕만이는 언덕 밑에다 신을 벗었다. 그리고 큰 몸집을 사리어 사뿐사뿐 집엘 들어선다. 방문이 벌컥 나가떨어지고 집안이 휑하다. 어머니는 자는 모양. 닭의장 문을 조심해 열었다. 손을 집어넣어 손에 닿는 대로 허구리께를 슬슬 긁어주었다. 팔아서 등걸잠뱅이 해 입는다는 닭이었다. 한 손이 재빠르게 목때기를 훔켜잡자 다른 손이 날갯죽지를 훔킬려 할 제 고만 빗나갔다. 한 놈이 풍기니까 뭇놈이 푸드득 하며 대구 골골거린다.

별안간

"훠—훠—이 망한년의 ×으로 난 놈의 괭이—" 하고 쉐박는 듯이 방에서 튀나는 기색이드니

"다 쫓았어유. 염려말구 주무시게유—"

"닭장 문 좀 꼭 얽어라."

소리뿐으로 다시 조용하다.

그는 무거운 숨을 돌랐다.[8] 닭을 옆에 감추고 나는 듯 튀어나왔다. 그

---

6 선채 : 혼인을 정하고 혼례를 올리기 전에 신랑집에서 색시집으로 보내는 채단. 그러나 이 작품에서는 채단 대신, 그 채단에 해당되는 현금을 받고 며느리로 주었다는 의미.

7 겉으로는 아닌 척 꾸미지만.

8 '돌(리)다'는 기능이나 체제가 제대로 작용하다. 여기에서는 긴장을 벗어난 덕만이가 큰

리고 뭉태 집으로 내달리며 그의 머리에 공상이 한두 가지가 아니었다. 뭉태가 이쁘달 때엔 어지간히 출중난 계집일 게다. 이런 걸 데리고 술장사를 한다면 그밖에 더 큰 수는 없다. 두어 해만 잘하면 소 한 바리쯤은 낙자없이 떨어진다. 그리고 아들도 곧 낳아야 할 텐데 이게 무엇보다 큰 걱정이었다.

×

뭉태는 얼간하였다. 들병이를 혼자 껴안고 물리도록 시달린다. 두터운 입술을 이그리며[9]

"요것아 소리 좀 해라. 아리랑 아리랑."

고개짓으로 계집의 엉덩이를 두드린다.[10]

좁은 봉당이 꽉 찼다. 상 하나 희미한 등잔을 복판에 두고 취한 얼굴이 청승궂게 괴죄여[11] 앉았다. 다 같이 눈들은 계집에서 떠나지 않는다. 공석에서 벼룩이는 들끓으며 등허리 정강이를 대구 뜯어간다. 그러나 긁는 것은 사내의 체통이 아니다. 꾹 참고 제 차지로 계집이 오기만 눈이 빨개 손꼽는다.

"술 좀 천천히 붓게유."

"그거 다 없어지면 뭘루 놀래는 게지유?"

숨을 들이마셨다가 내쉬는 것을 의미.

9 두터운 입술을 일그러뜨리며.

10 고개를 이쪽저쪽으로 기웃거리며 그에 맞추어 계집의 이쪽저쪽 볼기짝을 두드린다.

11 괴죄다 : 괴다(사람이 많이 모이거나 하여 북적거리다) + 죄다(차지하고 있는 자리나 공간을 조이다). 여기에서는 여러 사람이 북적거리며 꼭 끼여 앉은 모습을 의미.

"그럼 일루 밤새유?[12] 없으면 가친 자지유—"[13]

계집은 곁눈을 주며 생긋 웃어 보인다. 덩달아 맹입이 맥없이 그리고 슬그머니 빵긴다.[14]

얼굴 까만 친구가 얼마 벼르다가 마코 한 개를 피여 올린다. 그리고 우격으로 끌어당겨 남보란 듯이 입을 맞춘다. 계집은 예사로 담배를 받아 피고는 생글거린다. 좌중은 밸이 상했다. 양궐련 바람이 세다는 등 이왕이면 속곳 밑 들고 인심 쓰라는 등 별별 핀퉁이가 다 들어온다.

"돌려라 돌려. 혼자만 주무르는 게야?"

목이 마르듯 사방에서 소리를 지르며 눈을 지릅뜬다. 이 서슬에 계집은 일어서서 어디로 갈지를 몰라 술병을 들고 갈팡거린다.

덕만이는 따로 떨어져 봉당 끝에 구부리고 앉았다. 애꿎은 담배통만 돌에다 대구 두드린다. 암만 기다려도 뭉태는 저만 놀 뿐 인사를 아니 붙인다. 술은 제가 내련만 계집도 시시한지 눈 거들떠보지 않는다. 그래 입때 말 한마디 못 건네고 홀로 끙끙 앓는다.

봉당 아래 하얀 귀여운 신이 납죽 놓였다. 덕만이는 유심히 보았다. 돌아앉아서 남이 혹시나 보지나 않나 살핀다. 그리고 퍼드러진 시커먼 흙발에다 그 신을 꿰고는 눈을 지그시 감아 보았다. 계집의 신이다. 다시 벗어 제 발에 꿰고는 짝없이 기뻐한다.

약물 같은 개운한 밤이다.[15] 버들 사이로 달빛은 해맑다. 목이 터지라

---

12 이것으로 밤을 새요?

13 술이 떨어지면 같이 자지요.

14 뭉태가 계집을 독차지한 바람에 계집에게 서비스를 받지 못한 사내들이, 계집이 같이 자주겠노라는 말에 흐뭇해서 자신들도 모르는 사이 입을 벌리고 빙그레 웃는다는 의미.

15 약숫물(특히 탄산약수)을 마셨을 때 싸아하고 개운하게 느껴지듯, 그렇게 개운한 밤이다.

고 맹꽁이는 노래를 부른다. 암숫놈이 의좋게 주고받는 사랑의 노래이었다.

이 소리를 들음에 불현듯 울화가 터졌다. 여지껏 누르고 눌러오던 총각의 쿠더분한 울분이 모조리 폭발하였다. 에이 하치못한 인생! 하고 저 몸을 책하고 난 뒤 계집의 앞으로 달려들어 무릎을 꿇었다. 두 손은 공손히 무릎 위에 얹었다. 그 행동이 너무나 쑥스럽고 남다르므로 벗들은 눈이 컸다.

"뵈기는 아까부터 봤으나 인사는 처음 여쭙니다" 하고 죽어가는 음성으로 억지로 봉을 뗐다. 그로는 참으로 큰 용기다.

"저는 강원두 춘천군 신동면 증리 아랫말에 사는 김덕만입니다. 우라버지가 승이 광산 김갑니다."

두 손을 자꾸 비비더니

"어머니하고 단 두 식굽니다. 하치못한 사람을 찾아주셔서 너무 고맙습니다. 저는 서른넷인데두 총각입니다."

"?"

계집은 영문을 몰라 어안이 벙벙하다가

"고만이올시다" 하며 이마를 기울여 절하는 것을 볼 때 참았던 고개가 절로 돌았다. 그리고 터지려는 웃음을 깨물다 재채기가 터져버렸다.

"일터면 인사로군? 뭘 고만이야 더하지—"

여기저기서 키키거린다. 그런 인사는 좀 두었다 하자고 뀐산이 들이온다.

모처럼[16] 한 인사가 실패다. 그는 그 자리에서 일어나지도 못하고 얼굴이 벌개서 고개를 숙인 채 부처가 되었다.

×

새벽녘이다. 달이 지니 바깥은 검은 장막이 내렸다.

세 친구는 봉당에 골아졌다 술에 취한 게 아니라 어찌 지껄였던지 흥에 취하였다. 뭉태 덕만이 까만 얼굴 세 사람이 마주 보며 앉았다. 제가끔 기회를 엿보나 맘대로 안 됨에 속만 탈 뿐이다.

뭉태는 계집의 어깨를 잔뜩 움켜잡고 부라질을 한다.

실상은 안 취했건만 독단 주정이요 발광이다. 새매같이 쏘다가 계집 귀에다 눈치 빠르게 수군거리곤 그 허구리를 쿡 찌르고

"어이 술 쵀. 소패 좀 보고 옴세!"

뺄떡 일어서 비틀거리며 싸릿문 밖으로 나간다. 좀 있더니 계집이 마저 오줌 좀 누고 오겠노라고 나가버린다.

덕만이는 실죽하니 눈만 둥글린다. 일이 내내 마음에 어그러지고 말았다. 그다지 믿었던 뭉태도 저 놀구멍만 찾을 뿐으로 심심하다. 그리고 오줌은 만드는지 여태들 안 들어온다. 수상한 일이다. 그는 벌떡 일어서 문밖으로 나왔다.

발밑이 캄캄하다. 더듬어가며 잿간 낟가리 나뭇더미 틈바구니를 샅샅이 내려 뒤졌다. 다시 발길을 돌리어 근방의 밭고랑을 뒤지기 시작하였다. 눈에서 불이 난다.

차차 동이 튼다. 젖빛 맑은 하늘이 품을 벌린다. 고운 봉우리 험상궂은 봉우리 이쪽저쪽서 하나둘 툭툭 불거진다. 손뼉 같은 콩잎은 이슬을

16 원전에서는 '좀처럼'으로 되어 있다. 그러나 문맥상 '모처럼'이 마땅하다.

머금고 우거졌다. 스칠 새 없이 다리에 척척 엉기며 물을 뿜는다. 한동안 헤갈을 하고서 밭 한복판 고랑에 콩잎에 가린 옷자락을 보았다. 다짜고짜로 달려들었다. 그러나

"이게 무슨 짓이지유? 아까 뭐라고 마켰지유?"

하고는 저로도 창피스러워 두어 칸 거리에서 다리가 멈칫하였다. 의형이라고 믿었던 게 불찰이다. 뭉태는 조금도 거침없었다. 고개도 안 돌리며

"저리 가. 왜 사람이 눈치를 못 채리고 저 뻔새야."

화를 천둥같이 내지른다. 도리어 몰리키니 기가 막힐 수 없다. 말문이 막혀 먹먹하다.

"그래 철석같이 장가 들여주마 할 제는 언제유?"

하고 지지않게 목청을 돋았다.

(此間七行略)

"술값 내슈 가게유—"

손을 벌릴 때

"나하고 안 살면 술값 못내겠시유" 하고는 끝대로 배를 튀겼다.[17] 눈은 눈물이 어리어 야속한 듯이 계집을 쏘았다.

계집은 술 먹고 술값을 안 내는 경우가 뭐냐고 중언부언 떠든다. 나중에는 내가 술 팔러 왔지 당신의 아내가 되러 온 것이 아니라고 조히 타이르기까지 되었다. 뭉태는 시끄러웠다. 술값은 내가 주마고 계집의 팔을 이끌어 콩포기를 헤치고 길로 나가버린다.

17 마침내 마지막으로 배짱껏 억지를 부렸다.

시위로 좀 해보았으나 최후의 계획도 글렀다. 덕만이는 아주 낙담하고 콩밭 복판에 멍하니 서서 그들의 뒷모양만 배웅한다. 계집이 길로 나서자 눈이 빠지게 기다리던 깜둥이 총각이 또 달려든다.

(此間 四行略)

이것을 보니 가슴은 더욱 쓰라렸다. 동무가 빤히 지키고 섰는데도 끌고 들어가는 그런 행세는 또 없을 게다. 눈물은 급기야 꺼칠한 윗수염을 거쳐 발등으로 줄대 굴렀다.

이집 저집서 일꾼 나오는 것이 멀리 보인다. 연장을 들고 밭으로 논으로 제각기 흩어진다. 아주 활짝 밝았다.

덕만이는 급시로 콩밭을 튀어나왔다. 잿간 옆으로 달려들어 큰 돌맹이를 집어들었다. 마는 눈을 얼마 감고 있는 동안 단념하였는지 골창으로 던져버렸다. 주먹으로 눈물을 비비고는

"살재두 나는 인전 안 살 터이유—" 하고 잿간을 향하여 소리를 질렀다. 그리고 제집으로 설렁설렁 언덕을 내려간다.

그러나 맹꽁이는 여전히 소리를 끌어올린다. 골창에서 가장 비웃는 듯이 음충맞게 "맹—" 던지면 "꽁—" 하고 간드러지게 받아넘긴다.

(1933.8.6)

『신여성』, 1933.9.

소낙비

음산한 검은 구름이 하늘에 뭉게뭉게 모여드는 것이 금시라도 비 한 줄기 할 듯하면서도 여전히 짓궂은 햇발은 겹겹 산속에 묻힌 외진 마을을 통째로 자실 듯이 달구고 있었다. 이따금 생각나는 듯 살매 들린 바람은 논밭 간의 나무들을 뒤흔들며 미쳐 날뛰었다. 뫼 밖으로 농군들을 멀리 품앗이로 내보낸 안말의 공기는 쓸쓸하였다. 다만 맷맷한 미루나무 숲에서 거칠어가는 농촌을 읊는 듯 매미의 애끓는 노래—

매—움! 매—움!

춘호는 자기집—올봄에 오 원을 주고 사서 들은 묵삭은 오막살이집—방문턱에 걸터앉아서 바른 주먹으로 턱을 괴고는 봉당에서 저녁으로 때울 감자를 씻고 있는 아내를 묵묵히 노려보고 있었다. 그는 사나흘 밤이나 눈을 안 붙이고 성화를 하는 바람에 농사에 고리삭은 그의 얼굴은 더욱 해쓱하였다.

아내에게 다시 한 번 졸라보았다. 그러나 위협하는 어조로

"이봐. 그래 어떻게 돈 이 원만 안 해 줄 터여?"

아내는 역시 대답이 없었다. 갓 잡아온 새댁 모양으로 씻던 감자나 씻을 뿐 잠자코 있었다.

되나 안 되나 좌우간 이렇다 말이 없으니 춘호는 울화가 퍼져서 죽을

지경이었다. 그는 타곳에서 떠들어온 몸이라 자기를 믿고 장리를 주는 사람도 없고 또는 그 잘량한 집을 팔려 해도 단 이삼 원의 작자도 내닫지 않으므로 앞뒤가 꼭 막혔다. 마는 그래도 아내는 나이 젊고 얼굴 똑똑하겠다 돈 이 원쯤이야 어떻게라도 될 수 있겠기에 묻는 것인데 들은 체도 안 하니 썩 괘씸한 듯싶었다.

그는 배를 튀기며 다시 한 번

"돈 좀 안 해 줄 터여?"

하고 소리를 빽 질렀다.

그러나 대꾸는 역시 없었다. 춘호는 노기충천하여 불현듯 문지방을 떼다 밀며 벌떡 일어섰다. 눈을 흡뜨고 벽에 기대인 지게막대를 손에 잡자 아내의 옆으로 바람같이 달려들었다.

"이년아 기집 좋다는 게 뭐여? 남편의 근심도 덜어주어야지, 끼고 자자는 기집이여?"

지게막대는 아내의 연한 허리를 모지게 후렸다. 까부라지는 비명은 모지락스럽게 찌그러진 울타리 틈을 벗어나간다. 잽쳐 지게막대는 앉은 채 고꾸라진 아내의 발뒷축을 얼러 볼기를 내려갈겼다.

"이년아, 내가 언제부터 너에게 조르는 게여?"

범같이 호통을 치고 남편이 지게막대를 공중으로 다시 올리며 모질음을 쓸 때 아내는

"에그머니!"

하고 외마디를 질렀다. 연하야 몸을 뒤치자 거반 엎어질 듯이 싸리문 밖으로 내달렸다. 얼굴에 눈물이 흐른 채 황그리는 걸음으로 문 앞의 언덕을 내려 개울을 건너고 맞은쪽에 뚫린 콩밭길로 들어섰다.

"네가 날 피하면 어딜 갈테여?"

발길을 막는 듯한 의미 있는 호령에 달아나던 아내는 다리가 멈칫하였다. 그는 고개를 돌리어 싸리문 안에 아직도 지게막대를 들고 섰는 남편을 바라보았다. 어른에게 죄진 어린애같이 입만 종깃종깃하다가 남편이 뛰어나올까 겁이 나서 겨우 입을 열었다.

"쇠돌엄마 집에 좀 다녀올게유!"

주볏주볏 변명을 하고는 가던 길을 다시 힝하게 내걸었다. 아내라고 요사이 돈 이 원이 급시로 필요함을 모르는 바도 아니었다. 마는 그의 자격으로나 노동으로나 돈 이 원이란 감히 땅띔도 못해 볼 형편이었다. 벌이라야 하잘것없는 것 — 아침에 일어나기가 무섭게 남에게 뒤질까 영산이 올라 산으로 빼는 것이다. 조그만 종댕이를 허리에 달고 거한 산중에 드문드문 박여 있는 도라지 더덕을 찾아가는 것이었다. 깊은 산속으로, 우중중한 돌 틈바귀로. 잔약한 몸으로 맨발에 짚신짝을 끌며 강파른 산등을 타고 돌려면 젖 먹던 힘까지 녹아내리는 듯 진땀은 머리로 발끝까지 쭉 흘러내린다.

아랫도리를 단 외겹으로 두른 낡은 치맛자락은 다리로 허리로 척척 엉기어 걸음을 방해하였다. 땀에 불은 종아리는 거치른 숲에 긁혀미어[1] 그 쓰라림은 말이 아니다. 게다 무더운 흙내는 숨이 탁탁 막히도록 가슴을 지른다. 그러나 삶에 발버둥치는 순직한 그의 머리는 아무 불평도 일지 않았다.

가물에 콩 나기로 어쩌다 도라지 순이라도 어지러운 숲속에 하나,

1 긁혀미다 : 어떤 물체에 긁혀서 다치거나 찢어지다.

둘, 뾰죽이 삐어 오른 것을 보면 그는 그래도 기쁨에 넘치는 미소를 띠었다.

때로는 바위도 기어올랐다. 정히 못 기어오를 그런 험한 곳이면 칡덩굴에 매어달리기도 하는 것이다. 땟국에 절은 무명적삼은 벗어서 허리춤에다 꾹 찌르고는 호랑이 숲이라 이름난 강원도 산골에 매어달리어 기를 쓰고 허비적거린다. 골바람은 지날 적마다 알몸을 두른 치맛자락을 공중으로 날린다. 그제마다 검붉은 볼기짝을 사양 없이 내보이는 칡덩굴의 그를 본다면 배를 움켜쥐어도 다 못 볼 것이다. 마는 다행히 그윽한 산골이라 그 꼴을 비웃는 놈은 뻐꾸기뿐이었다.

이리하여 해동갑으로 헤갈을 하고 나면 캐어 모은 도라지 더덕을 얼러 사발 가웃 혹은 두어 사발 남짓하게 되는 것이다. 그러면 동리로 내려와 주막거리에 가서 그걸 내주고 보리쌀과 사발바꿈을 하였다. 그러나 요즘엔 그나마도 철이 겨웠다고 소출이 없다. 그 대신 남의 보리방아를 온종일 찧어주고 보리밥 그릇이나 얻어다가는 집으로 돌아와 농토를 못 얻어 뻔뻔히 노는 남편과 같이 나누는 것이 그날 하루하루의 생활이었다.

그러고 보니 돈 이 원은커녕 당장 목을 딴대도 피도 나올지가 의문이었다.

만약 돈 이 원을 돌린다면 아는 집에서 보리라도 꾸어 파는 수밖에는 다른 도리가 없다. 그리고 온 동리의 아낙네들이 치맛바람에 팔자 고쳤다고 쑥덕거리며 은근히 시새우는 쇠돌엄마가 아니고는 노는 벌이를 가진 사람이 없다. 그런데 도적이 제 발 저리다고 그는 자기 꼴 주제에 제물에 눌려서 호사로운 쇠돌엄마에게는 죽어도 가고 싶지 않았다. 쇠돌엄마도 처음에야 자기와 같이 천한 농부의 계집이련만 어쩌다 하늘이 도와 동리의 부자양반 이주사와 은근히 배가 맞은 뒤로는 얼굴도 모양내고 옷 치장도 하고 밥 걱정도 안 하고 하여 아주 금방석에 뒹구는 팔자가 되었다. 그리고 쇠돌아버지도 이게 웬 땡이냔 듯이 아내를 내어놓은 채 눈을 슬쩍 감아버리고 이주사에게서 나는 옷이나 입고 주는 것이나 먹고 연년이 신통치 못한 자기 농사에는 한손을 떼고는 희짜를 뽑는 것이 아닌가!

사실 말인즉 춘호처가 쇠돌엄마에게 죽어도 아니 가려는 그 속 까닭은 정작 여기 있었다.

바로 지난 늦은 봄 달이 뚫어지게 밝은 어느 밤이었다. 춘호가 보름계취를 보러 산모퉁이로 나간 것이 이슥하여도 돌아오지 않으므로 집에서 기다리던 아내가 인젠 자고 오려나, 생각하고는 막 드러누워 잠이 들려니까 웬 난데없는 황소 같은 놈이 뛰어들었다. 허둥지둥 춘호처를 마구 깔다가 놀라서 '으악' 소리를 치는 바람에 그냥 달아난 일이 있었다. 어수룩한 시골 일이라 별반 풍설도 아니 나고 쓱싹 되었으나 며칠이 지난 뒤에야 그것이 동리의 부자 이주사의 소행임을 비로소 눈치 채었다.

그런 까닭으로 해서 춘호처는 쇠돌엄마와 직접 관계는 없단 데도 그를 대하면 공연스레 얼굴이 뜨뜻하여지고 무슨 죄나 진 듯이 어색하였다.

그리고 더욱이 쇠돌엄마가

"새댁, 나는 속곳이 세 개구, 버선이 네 벌이구 행"

하며 아주 좋다고 핸들대는 그 꼴을 보면 혹시 자기에게 함정을 두고서 비양거리는 거나 아닌가, 하는 옥생각으로 무안해서 고개도 못 들었다. 한편으로는 자기도 좀만 잘했더면 지금쯤은 쇠돌엄마처럼 호강을 할 수 있었을 그런 갸륵한 기회를 깝살려버린 자기 행동에 대한 후회와 애탄으로 말미암아 마음을 괴롭히는 그 쓰라림도 적지 않았다.

그러나 아무러한 욕을 보더라도 나날이 심해가는 남편의 무지한 매보다는 그래도 좀 헐할 게다.

오늘은 한맘 먹고 쇠돌엄마를 찾아가려는 것이다.

×

춘호처는 이번 걸음이 허발이나 안 칠까 일념으로 심화를 하며 수양버들이 쭉 늘어박힌 논두렁길로 들어섰다. 그는 시골 아낙네로는 용모가 매우 반반하였다. 좀 야윈 듯한 몸매는 호리호리한 것이 소위 동리의 문자로 외입깨나 하염직한 얼굴이었으되 추레한 의복이며 퀴퀴한 냄새는 거지를 볼지른다.[2] 그는 왼손 바른손으로 겨끔내기로 치맛귀를 여며가며 속살이 삐질까 조심 조신이 걸었다.

감사나운 구름송이가 하늘 전 폭[3]을 휘덮고는 차츰차츰 지면으로 처져 내리더니 그예 산봉우리에 엉기어 살풍경이 되고 만다. 먼 데서 개 짖는 소리가 앞 뒷산을 한적하게 울린다. 빗방울은 하나 둘 떨어지기 시작하더니 차차 굵어지며 무더기로 퍼부어 내린다.

춘호처는 길가에 늘어진 밤나무 밑으로 뛰어들어가 비를 거니며 쇠돌엄마 집을 멀리 바라보았다. 북쪽 산기슭에 높직한 울타리로 뺑 돌려

2 거지를 빰칠 정도다.

3 『조선일보』, 1935.1.30에는 '하눌전폭'으로, 1938년 삼문사 간행 『동백꽃』과 전신재 『원본김유정전집』에는 '하눌신폭'으로 나온다. 본서에서는 원전에 따라 '하늘 전폭'을 선택하기로 한다. 하늘 전폭은 하늘 전체를 의미한다.

두르고 앉았는 우묵하고 맵시 있는 집이 그 집이었다. 그런데 싸릿문이 꽉 닫긴 걸 보면 아마 쇠돌엄마가 농군청에 저녁 제누리를 나르러가서 아직 돌아오지를 않은 모양이었다.

그는 쇠돌엄마 오기를 지켜보며 오두커니 서서 기다리고 있었다.

나뭇잎에서 빗방울은 뚝, 뚝 떨어지며 그의 뺨을 흘러 젖가슴으로 스며든다. 바람은 지날 적마다 냉기와 함께 굵은 빗발을 몸에 들여친다.

비에 쪼로록 젖은 치마가 몸에 찰싹 휘감기어 허리로 궁둥이로 다리로 살의 윤곽이 그대로 비쳐 올랐다.

무던히 기다렸으나 쇠돌엄마는 오지 않았다. 하도 진력이 나서 하품을 하여가며 서 있노라니 왼편 언덕에서 사람 오는 발자취 소리가 들린다. 그는 고개를 돌려보았다. 그러다 날쌔게 나무 틈으로 몸을 숨겼다.

동이배를 가진 이주사가 지우산을 받쳐 쓰고는 쇠돌네 집을 향하여 엉덩이를 껍쭉거리며 내려가는 길이었다. 비록 키는 작달막하나 숱 좋은 수염이든지 온 동리를 털어야 단 하나뿐인 탕건이든지, 썩 풍채 좋은 오십 전후의 양반이다. 그는 싸릿문 앞으로 가더니 자기 집처럼 거침없이 문을 떼다 밀고는 속으로 버젓이 들어가버린다.

이것을 보니 춘호처는 다시금 속이 편치 않았다. 자기는 개돼지같이 무시로 매만 맞고 돌아치는 천덕구니다. 안팎으로 겹귀염을 받으며 간들대는 쇠돌엄마와 사람 된 치수가 두드러지게 다름을 알 수 있었다. 쇠돌엄마의 호강을 너무나 부럽게 우러러보는 반동으로 자기도 잘민했었더면 하는 턱없는 희망과 후회가 전보다 몇 곱절 쓰린 맛으로 그의 가슴을 쥐어뜯었다. 쇠돌네 집을 하염없이 건너다보다가 어느덧 저도 모르게 긴 한숨이 굴러 내린다.

언덕에서 쏠려 내리는 사탯물이 발등까지 개흙으로 덮으며 소리쳐 흐른다. 빗물에 폭 젖은 몸뚱어리는 점점 떨리기 시작한다.

그는 가볍게 몸서리를 쳤다. 그리고 당황한 시선으로 사방을 경계하여 보았다. 아무도 보이지는 않았다. 다시 시선을 돌리어 그 집을 쏘아보며 속으로 궁리하여보았다. 안에는 확실히 이주사뿐일 게다. 고대까지 걸렸던 싸릿문이라든지 또는 울타리에 널은 빨래를 여태 안 걷어 들이는 것을 보면 어떤 맹세를 두고라도 분명히 이주사 외의 다른 사람은 하나도 없을 것이다.

그는 마음 놓고 비를 맞아가며 그 집으로 달려들었다. 봉당으로 선뜻 뛰어오르며

"쇠돌엄마 기슈?"

하고 인기를 내보았다.

물론 당자의 대답은 없었다. 그 대신 그 음성이 나자 안방에서 이주사가 번개같이 머리를 내밀었다. 자기 딴은 꿈밖이라는 듯 눈을 두리번두리번 하더니 옷 위로 불거진 춘호처의 젖가슴 아랫배 넓적다리로 발등까지 슬쩍 음충히 훑어보고는 거나한 낯으로 빙그레한다. 그리고 자기도 봉당으로 주춤주춤 나오며

"쇠돌엄마 말인가? 왜 지금 막 나갔지. 곧 온댔으니 안방에 좀 들어가 기다렸으면……"

하고 매우 일이 딱한 듯이 어름어름한다.

"이 비에 어딜 갔세유?"

"지금 요 밖에 좀 나갔지. 그러나 곧 올 걸……"

"있는 줄 알고 왔는디……"

춘호처는 이렇게 혼잣말로 낙심하며 섭섭한 낯으로 머뭇머뭇하다가 그냥 돌아갈 듯이 봉당 아래로 내려섰다. 이주사를 쳐다보며 물차는 제비같이 산드러지게

"그럼 요담 오겠에유. 안녕히 계십시유"

하고 작별의 인사를 올린다.

"지금 곧 온댔는데 좀 기달리지……"

"담에 또 오지유."

"아닐세. 좀 기달리게. 여보게, 여보게, 이봐!"

춘호처가 간다는 바람에 이주사는 체면도 모르고 기가 올랐다. 허둥거리며 재간껏 만류하였으나 암만해도 안 될 듯싶다. 춘호처가 여기엘 찾아온 것도 큰 기적이려니와 뇌성벽력에 구석진 곳이겠다 이렇게 솔깃한 기회는 두 번 다시 못 볼 것이다. 그는 눈이 뒤집히어 입에 물었던 장죽을 쑥 뽑아 방안으로 치뜨리고는 계집의 허리를 뒤로 다짜고짜 끌어안아서 봉당 위로 끌어올렸다.

계집은 몹시 놀라며

"왜 이러서유. 이거 노세유"

하고 몸을 뿌리치려고 앙탈을 한다.

"아니 잠깐만."

이주사는 그래도 놓지 않으며 헝겁스러운 눈짓으로 계집을 달랜다. 흘러내리려는 고이춤을 왼손으로 연송 치우치며 바른 팔로는 계집을 잔뜩 움켜잡고는 엄두를 못내어 쩔쩔매다가 간신히 방안으로 끙끙 몰아넣었다. 안으로 문고리를 재바르게 채이었다.

밖에서는 모진 빗방울이 배추 잎에 부딪히는 소리 바람에 나무 떠는

소리가 요란하다. 가끔 양철통을 내려굴리는 듯 거푸진 천둥소리가 방고래를 울리며 날은 점점 침침하였다.

얼마쯤 지난 뒤였다. 이만하면 길이 들었으려니, 안심하고 이주사는 날숨을 후—, 하고 돌린다. 실없이 고마운 비 때문에 발악도 못 하고 앙살도 못 피우고 무릎 앞에 고분고분 늘어져 있는 계집을 대견히 바라보며 빙긋이 얼러 보았다. 계집은 온몸에 진땀이 쭉 흐르는 것이 꽤 더운 모양이다. 벽에 걸린 쇠돌어멈의 적삼을 꺼내어 계집의 몸을 말쑥하게 훌닦기 시작한다. 발끝서부터 얼굴까지—

"너 열아홉이라지?"

하고 이주사는 취한 얼굴로 얼간히 물어보았다.

"니에—"

하고 메떨어진 대답. 계집은 이주사의 손에 눌리어 일어나도 못하고 죽은 듯이 가만히 누워 있다.

이주사는 계집의 몸뚱이를 다 씻기고 나서 한숨을 내뿜으며 담배 한 대를 떡 피워 물었다.

"그래 요새도 서방에게 주리경을 치느냐?"

하고 묻다가 아무 대답도 없음에

"원 그래서야 어떻게 산단 말이냐. 하루 이틀 아니고. 사람의 일이란 알 수 있는 거냐? 그러다 혹시 맞어 죽으면 정장하나 해 볼 곳 없는 거야. 허니 네 명이 아까우면 덮어놓고 민적을 가르는 게[4] 낫겠지!"

하고 계집의 신변을 위하여 염려를 마지않다가 번뜻 한 가지 궁금한 것

4 민적은 호적, 민적을 가른다는 것은 이혼을 한다는 의미.

이 있었다.

"너 참, 아이 낳다 죽었다더구나?"

"니에—"

"어디 난 듯이나 싶으냐?"

계집은 얼굴이 홍당무가 되어지며 아무 말 못 하고 고개를 외면하였다.

이주사는 그까짓 것 더 묻지 않았다. 그런데 웬 녀석의 냄새인지 무생채 썩는 듯한 시크므레한 악취가 불시로 코청을 찌르니 눈살을 크게 찌푸리지 않을 수 없다. 처음에야 그런 줄은 도통[5] 몰랐더니 알고 보니까 비위가 조히 역하였다. 그는 빨고 있던 담배통으로 계집의 배꼽께를 똑똑이 가리키며

"애, 이 살의 때꼽 좀 봐라. 그래 물이 흔한데 이것 좀 못 씻는단 말이냐?"

하고 모처럼의 기분을 상한 것이 앵 하단 듯이 꺼림한 기색으로 혀를 채었다. 하지만 계집이 참다 참다 이내 무안에 못 이기어 일어나 치마를 입으려 하니 그는 역정을 벌컥 내었다. 옷을 빼앗아 구석으로 동댕이를 치고는 다시 그 자리에 끌어앉혔다. 그러고 자기 딸이나 책하듯이 아주 대범하게 꾸짖었다.

"왜 그리 계집이 달망대니? 좀 듬직하지가 못허구……"

춘호처가 그 집을 나선 것은 들어간 지 약 한 시간 만이었다. 비는 여전히 쭉쭉 내린다. 그는 진땀을 있는 대로 흠빽 쏟고 나왔다. 그러나 의외로 아니 천행으로 오늘 일은 성공이었다.

그는 몸을 솟치며 생긋하였다. 그런 모욕과 수치는 난생처음 당하는

5 원전은 '소통'이지만 문맥상 '도통'이 맞다.

봉변으로 지랄 중에도 몹쓸 지랄이었으나 성공은 성공이었다. 복을 받으려면 반드시 고생이 따르는 법이니 이까짓 거야 골백 번 당한대도 남편에게 매나 안 맞고 의좋게 살 수만 있다면 그는 사양치 않을 것이다. 이주사를 하늘같이 은인같이 여겼다. 남편에게 부쳐 먹을 농토를 줄 테니 자기의 첩이 되라는 그 말도 죄송하였으나 더욱이 돈 이 원을 줄 테니 내일 이맘때 쇠돌네 집으로 넌지시 만나자는 그 말은 무엇보다도 고마웠고 벅찬 짐이나 풀은 듯 마음이 홀가분하였다. 다만 애키는 것은 자기의 행실이 만약 남편에게 발각되는 나절에는 대매에 맞아 죽을 것이다. 그는 일변 기뻐하며 일변 애를 태우며 자기 집을 향하여 세차게 쏟아지는 빗속을 가분가분 내려 달렸다.

×

춘호는 아직도 분이 못 풀리어 뿌루퉁하니 홀로 앉았다. 그는 자기의 고향인 인제를 등진 지 벌써 삼 년이 되었다. 해를 이어 흉작에 농작물은 말 못 되고 따라 빚쟁이들의 위협과 악마구니는 날로 심하였다. 마침내 하릴없이 집, 세간살이를 그대로 내버리고 알몸으로 밤도주를 하였던 것이다. 살기 좋은 곳을 찾는다고 나이 어린 아내의 손목을 이끌고 이 산 저 산을 넘어 표랑하였다. 그러나 우정 찾아 들은 곳이 고작 이 마을이나 살속은 역시 일반이다. 어느 산골엘 가 호미를 잡아 보아도 정은 조금만치도 안 붙었고 거기에는 오직 쌀쌀한 불안과 굶주림이 품을 벌려 그를 맞을 뿐이었다. 터무니없다 하여 농토를 안 준다. 일구녕이 없음에 품을 못 판다. 밥이 없다. 결국엔 그는 피폐하여가는 농민 사이를 감도는 엉뚱한 투기심에 몸이 달떴다. 요사이 며칠 동안을 두고 요 너머 뒷산 속에서 밤마다 큰 노름판이 벌어지는 기미를 알았다. 그는 자기도 한 몫 보려고 끼룩거렸으나 좀체로 밑천을 만들 수가 없었다.

이 원! 수나 좋아야 이 원이 조화만 잘한다면 금시 발복이 못 된다고 누가 단언할 수 있으랴! 삼사십 원 따서 동리의 빚이나 대충 가리고 옷 한 벌 지어 입고는 진저리나는 이 산골을 떠나려는 것이 그의 배포이었다. 서울로 올라가 아내는 안잠을 재우고 자기는 노동을 하고 둘이서 다기지게 벌면 안락한 생활을 할 수가 있을 텐데, 이런 산 구석에서 굶어 죽을 맛이야 없었다. 그래서 젊은 아내에게 돈 좀 해오라니까 요리 매낀 조리 매낀 매만 피하고 곁들어주지 않으니 그 소행이 여간 괘씸한 것이 아니다.

아내가 물에 빠진 생쥐 꼴을 하고 집으로 달려들자 미쳐 입도 벌리기 전에 남편은 이를 악물고 주먹뺨을 냅다 붙였다.

"너 이년 매만 살살 피하고 어디가 자빠졌다 왔니?"

볼치 한 대를 얻어맞고 아내는 오기가 질리어 벙벙하였다. 그래도 식성이 못 풀리어 남편이 다시 매를 손에 잡으려 하니 아내는 질겁을 하여 살려달라고 두 손으로 빌며 개신개신 입을 열었다.

"낼 돼유—. 낼, 돈 낼 돼유—"

하며 돈이 변통됨을 삼가 아뢰는 그의 음성은 절반이 울음이었다.

남편은 반신반의하여 눈을 찌긋 하다가

"낼?"

하고 목청을 돋았다.

"네. 낼 된다유—"

"꼭 되어?"

"네. 낼 된다유—"

남편은 시골 물정에 능통하니만치 난데없는 돈 이 원이 어디서 어떻게 되는 것까지는 추궁하지 않았다. 그는 적이 안심한 얼굴로 방 문턱에 걸터앉으며 담뱃대에 불을 그었다. 그제야 아내도 비로소 마음을 놓고 감자를 삶으려 부엌으로 들어가려 하니 남편이 곁으로 걸어오며 측은한 듯이 말리었다.

"병 나. 방에 들어가 어여 옷이나 말리여, 감자는 내 삶을게—"

먹물같이 짙은 밤이 내리었다. 비는 더욱 소리를 치며 앙상한 그들의 방벽을 앞뒤로 울린다. 천정에서 비는 새지 않으나 집 진 지가 오래되어 고래가 물러앉다시피 된 방이라 도배를 못한 방바닥에는 물이 스며들어 귀죽축하다. 거기다 거적 두 잎만 덩그렇게 깔아놓은 것이 그들의 침소였다. 석유불은 없어 캄캄한 바로 지옥이다. 벼룩이는 사방에서 마냥 스물거린다.

그러나 등걸잠에 익달한 그들은 천연스럽게 나란히 누워 줄기차게 퍼붓는 밤비 소리를 귀담아듣고 있었다. 가난으로 인하여 부부간의 애틋한 정을 모르고 나날이 매질로 불평과 원한 중에서 북대기던 그들도 이 밤에는 불시로 화목하였다. 단지 남의 품에 들은 돈 이 원을 꿈꾸어 보고도—

"서울 언제 갈라유."

남편의 왼팔을 비고 누웠던 아내가 남편을 향하여 응석 비슷이 물어보았다. 그는 남편에게 서울의 화려한 거리며 후한 인심에 대하여 여러 번 들은 바 있어 일상 안타까운 마음으로 몽상은 하여보았으나 실제 구경은 못 하였다. 얼른 이 고생을 벗어나 살기 좋은 서울로 가고 싶은 생각이 간절하였다.

"곧 가게 되겠지. 빚만 좀 없어도 가뜬하련만."

"빚은 낭종 갚더라도 얼핀 갑세다유—"

"염려 없어. 이달 안으로 꼭 가게 될 거니까."

남편은 썩 쾌히 승낙하였다. 딴은 그는 동리에서 일컬어주는 질꾼으로 투전장의 갑오쯤은 시루에서 콩나물 뽑듯 하는 능수이었다. 내일 밤이 원을 가지고 벼락같이 노름판에 달려가서 있는 돈이란 깡그리 모집어 올 생각을 하니 그는 은근히 기뻤다. 그리고 교묘한 자기의 손재간을 홀로 뽐내었다.

"이번이 서울 처음이지?"

하며 그는 서울 바람 좀 한 번 쐬었다고 큰 체를 하며 팔로 아내의 머리를 흔들어 물어보았다. 성미가 워낙 겁겁한지라 지금부터 서울 갈 준비를 착착하고 싶었다. 그가 제일 걱정되는 것은 두메산골 구석에 처박혀 자란 아내를 데리고 가면 서울사람에게 놀림도 받을 게고 거리끼는 일이 많을 듯싶었다. 그래서 서울 가면 꼭 지켜야 할 필수조건을 아내에게 일일이 설명치 않을 수도 없었다.

첫째 사투리에 대한 주의부터 시작되었다. 농민이 서울사람에게 꼬라리라는 별명으로 감잡히는 그 이유는 무엇보다도 사투리에 있을지니 사투리는 쓰지 말지며 '합세'를 '하십니까'로 '하게유'를 '하오'로 고치되 말끝을 들지 말지라. 또 거리에서 어릿어릿하는 것은 내가 시골뜨기요 하는 얼뜬 짓이니 갈 길은 재게 가고 볼 눈은 또릿또릿이 볼지라—하는 것들이었다. 아내는 그 끔찍한 설교를 귀 담아 들으며 모깃소리로 네, 네 하였다. 남편은 두어 시간 가량을 샐 틈 없이 꼼꼼하게 주의를 다져놓고는 서울의 풍습이며 생활방침 등을 자기의 의견대로 그럴싸하게 이야기하여오다가 말끝이 어느덧 화장술에까지 이르게 되었다. 시골 여자가 서울에 가서 안잠을 잘 자주면 몇 해 후에는 집까지 얻어 갖는 수가 있는데 거기에는 얼굴이 어여뻐야 한다는 소문을 일찍 들은 바가 있어서 하는 소리였다.

"그래서 날마다 기름도 바르고 분도 바르고 버선도 신고해서 쥔 마음에 썩 들어야……"

한참 신바람이 올라 주워 섬기다가 옆에서 새근새근, 소리가 들리므로 고개를 돌려보니 아내는 이미 고라져 잠이 깊었다.

"이런 망할 거. 남 말하는데 자빠져 잔담—"

남편은 혼자 중얼거리며 바른팔을 들어 이마 위로 흐트러진 아내의 머리칼을 뒤로 쓰다듬어 넘긴다. 세상에 귀한 것은 자기의 아내! 이 아내가 만약 없었던들 자기는 홀로 어떻게 살 수 있었으려는가! 명색이 남편이며 이날까지 옷 한 벌 변변히 못 해 입히고 고생만 짓시킨 그 죄가 너무나 큰 듯 가슴이 뻐근하였다. 그는 왁살스러운 팔로다 아내의 허리를 꾹 껴안아 자기의 앞으로 바특이 끌어당겼다.

밤새도록 줄기차게 내리던 빗소리가 아침에 이르러서야 겨우 그치고 점심때에는 생기로운 볕까지 들었다. 쿨렁쿨렁 논물[6] 나는 소리는 요란히 들린다. 시내에서 고기 잡는 아이들의 고함이며 농부들의 희희낙락한 미나리도 기운차게 들린다.

---

6 원전에는 '눈물'로 표기되어 있으나 맥락상 '논물'이 맞다.

비는 춘호의 근심도 씻어간 듯 오늘은 그에게도 즐거운 빛이 보였다.

"저녁 제누리때 되었을 걸. 얼른 빗고 가봐—"

그는 갈증이 나서 아내를 대구 재촉하였다.

"아즉 멀었어유—"

"먼 게 뭐야. 늦었어—"

"뭘!"

아내는 남편의 말대로 벌써부터 머리를 빗고 앉았으나 원체 달포나 아니 가리어 엉킨 머리라 시간이 꽤 걸렸다. 그는 호랑이 같은 남편과 오래간만에 정다운 정을 바꾸어보니 근래에 볼 수 없는 화색이 얼굴에 떠돌았다. 어느 때에는 맥적게 생글생글 웃어도 보았다.

아내가 꼼지락거리는 것이 보기에 퍽이나 갑갑하였다. 남편은 아내의 손에서 얼개빗을 쑥 뽑아 들고는 시원스럽게 쭉쭉 내려 빗긴다. 다 빗긴 뒤 옆에 놓인 밥사발의 물을 손바닥에 연실 칠해 가며 머리에다 번지르르하게 발라놓았다. 그래놓고 위서부터 머리칼을 재워가며 맵시 있게 쪽을 딱 찔러주더니 오늘 아침에 한사코 공을 들여 삼아 놓았던 짚세기를 아내의 발에 신기고 주먹으로 자근자근 골을 내주었다.

"인제 가봐!"

하다가

"바로 곧 와, 응?"

하고 남편은 그 이 원을 고이 받고자 손색없도록 실패 없노록 아내를 모양내어 보냈다.

『조선일보』, 1935.1.29~2.4.

정분*

들고 나갈 거라곤 인제 매함지박 키쪼각이 있을 뿐이다. 체랑 그릇이랑 있긴 좀 하나 깨지고 헐고 하여 아무짝에도 못 쓸 것이다. 그나마도 들고 나서려면 아내의 눈을 기워야 할 터인데 맞은쪽에 빤히 앉았으니 꼼짝할 수 없다. 허지만 오늘도 밸을 좀 긁어놓으면 성이 뻗쳐서 제물로 부르르 나가버리리라. 아랫목의 은식이는 저녁상을 물린 뒤 두 다리를 세워 얼싸안고는 고개를 떨어친 채 묵묵하였다. 묘한 꼬투리가 선뜻 생각키지 않는 까닭이었다.

윗방에서 내려오는 냉기로 하여 아랫방까지 몹시 싸늘하다. 가을쯤 치받이를 해두었더라면 좋았으련만 천정에서 흙방울이 똑똑 떨어지며 찬바람이 새어든다. 헌옷때기를 들쓰고 앉아 어린 아들은 화로전에서 칭얼거린다. 아내는 그 아이를 옆에 끼고 달래며 감자를 구워 먹인다. 다리를 모로 늘이고 사지를 뒤트는 양이 온종일 방앗다리에 시달린 몸이라 매우 나른한 맥이었다. 하품만 연달아 할 뿐이었다.

한참 지난 후 남편은 고개를 들어 아내의 눈치를 살펴보았다. 그리고

---

* 이 작품은 『조광』 1937년 5월에 발표되었다. 이 작품의 옆에 '고 김유정 군이 소화 9년에 썼던 것으로 곡저(�底)에 넣어두고 발표치 않은 것을 본지에서 발견하여 이제 군을 애도하는 의미로 싣는 것이다'라고 기록하고 있다. 그러나 이 작품은 「솥」의 초고본으로, 「솥」은 1935년 9월 3일부터 14일까지 『매일신보』에 10회 연재되었다.

두터운 입술을 찌그리며 데퉁스럽게

"아까 낮에 누가 왔다갔어?" 하고 한 마디 내다 붙였다.

"면서기밖에 누가 왔다갔지유" 하고 아내는 심심히 받으며 들떠보도 않는다.

물론 전부터 밀어오던 호포를 독촉하러 면서기가 왔던 것을 자기는 거리에서 먼저 기수채었다.그 때문에 붙잡히면 혼이 뜰까봐 일부러 몸을 피한 바나 어차피 말을 꼴려니까

"볼 일이 있으면 날 불러대든지 할 게지, 왜 그놈을 방으로 불러들여서. 둘이들 뭐했어, 그래?" 하고 눈을 부릅뜨지 않을 수 없었다. 아내는 이마를 홱 들더니 잡은 참 눈꼴이 돌아간다. 하 어이없는 모양이다. 샐쭉해서 턱을 조금 솟치자 그대로 떨어치며 잠자코 아이에게 감자를 먹인다. 이만하면 하고 다시 한번 분을 솎았다.

"헐 말이 있으면 밖에서 허던지 방으로까지 끌어들일 건 뭐야?"

"남의 속 모르는 소리 작작 하게유. 자기 때문에 말막음 하느라고 욕본 생각은 못하구……" 하고 아내는 가무잡잡한 얼굴에 핏대를 올렸으나 표정을 고르잡지 못한다. 얼마 그러더니 남편의 낯을 똑바로 쏘아보며

"그지 말고 밤마다 짚신짝이라도 삼아서 호포를 갖다 내게유" 하다가 좀 사이를 두곤 들릴 듯 말 듯한 혼잣소리로

"계집이 좋다기로 집안 물건을 모조리 들어낸담" 하고 모질게 종알거린다.

"집안 물건을 누가 들어내?"

그는 시치미를 떼며 펄썩 뛰었다. 그러나 속으로는 찐하였다. 모르는 줄 알았더니 아내는 벌써 다 안 눈치다. 어젯밤 아내의 속곳과 그젯밤

맷돌짝을 후무려낸 것이 탄로되었구나 생각하니 불쾌하기 짝이 없다.

"누가 그런 소리를 해? 벼락을 맞을라구."

한 팔로 아이를 끌어들여 젖만 먹일 뿐 젊은 아내는 받아주지 않았다. 샘과 분에 못 이겨 무슨 호된 말이 터질 듯 터질 듯 하련만 꾹꾹 참는 모양이라.

"누가 그따위 소리를 해 그려?"

"철쇠어머니지 누군 누구야?"

"뭐라구?"

"들병이와 배맞었다지 뭔 뭐야. 맷돌하고 내 속곳은 술 사 먹는 거라지유?"

남편은 갑작스레 얼굴이 벌갰다. 아내는 살고자 고생을 무릅쓰고 바둥거리는데 남편이란 궐자는 그 속곳으로 술 사먹다니 어느 모로 보든 곱지 못한 행실이리라. 그도 아내의 시선을 피할 만치 양심의 가책을 느꼈다. 마는 그렇다고 자기의 의지가 꺾인다면 남편 된 도리도 아니었다.

"보도 못하고 애맨소리를 해 그래. 눈깔들이 멀랴구"

하고 변명 삼아 목청을 돋았다. 그러나 아무 효력도 보여주지 않음에 약이 올랐다. 그는 말끝을 슬며시 돌리어

"자기는 뭔데 대낮에 그놈을 끼고 누웠드람" 하며 아내를 되순라잡았다.

이 말에 아내는 독살이 뾰로졌다. 젖 먹이던 아이를 방바닥에 쓸어박고는 발딱 일어선다. 공도 모르고 게정만 부리니 야속할 게다. 찬방에서 혼자 좀 자보란 듯이 천연스레 뒤로 치마다리를 여미더니 그대로 살랑살랑 나가버린다. 아이는 요란히 울어 대인다.

눈 위를 밟는 아내의 발자취 소리가 멀리 사라짐을 알자 그는 속이 놓

였다. 방문을 열고 가만히 나왔다. 무슨 짓을 하든 볼 사람은 없을 것이다. 부엌으로 더듬어 들어가서 성냥을 그어대고 두리번거렸다. 생각대로 함지박은 부뚜막 위에서 주인을 기다린다. 그 속에 담긴 감자 나부랭이는 그 자리에 쏟아버린 뒤 번쩍 들고 뒤란으로 나갔다. 앞으로 들고 나가단 아내에게 들키면 혼이 난다. 뒷결 언덕 위로 올라가서 울타리 밖으로 던져 넘겼다. 그담엔 예전 뒤나 보러 나온 듯이 싸리문께로 와서 유유히 사면을 돌아보았다. 하얀 눈뿐이다. 울타리에 몸을 비겨대고 뒤를 돌아 함지박을 집어들자 뺑소니를 놓았다.

×

은식이는 인가를 피하여 산기슭으로 돌았다. 함지박을 몸에다 착 붙였으니 들킬 염려는 없었다.

매섭게 쌀쌀한 달님은 푸른 하늘에 댕그머니 눈을 떴다. 수어릿골을 흘러내리던 시내도 인젠 얼어붙어서 날카롭게 번득인다. 그리고 산이며 들, 집, 낟가리, 만물은 겹겹 눈에 잠기어 숨소리조차 내지 않는다.

산길을 빠져 거리로 나오려 할 제 어디선가 징소리가 울린다. 고적한 밤공기를 은은히 흔들었다. 그는 가던 다리를 멈추고 멍허니 섰다. 오늘 밤이 진흥회 총회임을 깜빡 잊었던 것이다. 한번 안 가는 데 궐전이 오 전, 뿐만 아니라 괜한 부역까지 안다미 씌우는 것이 이 동리의 선례였다. 허나 몸이 아파서 앓았다면 그만이겠지. 이쯤 마음을 놓았으나 그래도 끌밋하였다. 진흥회라고 없는 놈에게 땅을 배치해준다든가 다른 살 방침을 붙들어 준다든가 할진저 툭탁하면 굶는 놈을 붙잡아다 신작로 닦으라고 부역을 시키기가 난당 건듯하면 고달픈 몸 불러 앉히고 잔소리로 밤을 패는 것이 일쑤이니 가뜩이나 살림에 쪼들리는 놈이라 도시 성이 가셔서 벌써부터 동리를 떠날라고 장은 댔으나 옴치고 뛸 터전이 없었다. 하지만 진흥회가 동리 청년들을 쓸어간 것만은 고마운 일이었다. 오늘 밤에는 저 혼자 들병이를 차지할 수 있으리라.

술집 가까이 왔을 때엔 기쁠뿐더러 용기까지 솟아올랐다. 길가에 따로 떨어져 호젓이 놓인 집이다. 산모퉁이 옆에 서서 눈에 쌓여 흔적이 긴가민가 하나 달빛에 비끼어 갸름한 꼬리를 달았다. 서쪽으로 그림자에 묻혀 대문이 열렸고 고 곁으로 등불이 반짝대는 지게문이 있다. 이 방이 계숙이가 빌려 있는 곳이었다.

문을 열고 썩 들어서니 계집은 일어서며 반긴다.

"이게 웬 함지박이지유?"

그 태도며 얕은 웃음을 짓는 양이 사흘 전 처음 인사할 제와 조금도 변치 않았다. 어젯밤 자기를 사랑한다는 그 말이 알돌[1] 같은 진정이리라. 하여튼 정분이란 희한한 물건.

"왜 웃어. 어젯밤 술값으로 가져왔지" 하였으나 좀 체면이 없었다. 계집이 받아들고서 좋아하는 걸 얼마쯤 보다가

"그게 그래 뵈두 두 장은 넘을걸."[2]

마주 싱그레 웃어주었다. 계숙이의 흥겨운 낯은 그의 행복 전부이었다.

계집은 함지를 들고 안쪽 문으로 나가더니 술상을 받쳐 들고 들어온

---

1 알돌 : 집터 따위의 바닥을 단단히 하는 데 쓰는 둥글고 큰 돌. 알톨 또는 호박돌이라고도 한다.

2 2원 정도는 될걸. 2원 각수는 될걸.

다. 미안하여 달라도 않는 술이나 술값은 어찌 되었든 우선 한잔하란 맥이었다. 막걸리를 화로에 거냉만 하여 따라 부며

“어서 마시게유. 그래야 몸이 풀류” 하더니 입에다 부어까지 준다. 한숨에 쭉 들이켰다. 한 잔 두 잔 석 잔

계집은 탐탁히 옆에 붙어 앉더니 은식의 얼은 손을 젖가슴에 품어준다. 가여운 모양이다. 고개를 접으며

“나는 낼 떠나유” 하고 떨어지기 섭섭한 내색을 보인다. 좀 더 있으려 했으나 진흥회 회장이 왔다. 동리를 위하여 들병이는 안 받으니 냉큼 떠나라 하였다. 그러나 이 밤에야 어딜 가랴 낼 아침 밝는 대로 떠나겠노라고 하였다는 것이다.

은식이는 낭판이 떨어져서 멍멍하였다. 언제든 갈 줄은 알았던 게나 급자기 서둘 줄은 꿈밖이었다. 따로 떨어지면 자기는 어찌 살려는가. 계숙이에겐 본이 남편이 있었다. 곧 아랫목에 누워 있는 아이의 아버지. 술만 처먹고 노름질에다 후딱 하면 아내를 두들겨패고 벌은 돈을 뺏어가고 하므로 해서 견딜 수 없어 석 달 전에 갈렸다는 것이었다. 그럼 자기와 드러내고 살아도 무방할 게다. 허나 그런 말은 차마 하기 어색하였다.

“난 그래 어떻게 살아. 나도 따라갈까?”

“그럼 그립시다유” 하고 그 말을 바랐단 듯이 선듯 받아가

“집에 있는 아내는 어떻게 하지유?”

“그건 염려 없어”

은식이는 기운이 뻗쳐서 계집을 얼싸안았다. 아내쯤은 치우기 손쉬웠다. 제대로 내버려두면 어디로 가든 말든 할 터이니까. 다만 계숙이

를 따라다니며 벌어먹겠구나 하는 새로운 생활만이 기쁠 뿐이다.

"낼 밝기 전에 가야 들키지 않을 걸!"

×

야심하여도 술꾼은 없었다. 단념하고 문고리를 걸은 뒤 불을 껐다. 계집은 누워 있는 은식이 팔에 몸을 던지며 한숨을 후 지운다.

"살림을 하려면 그릇 쪼각이라두 있어야 할 텐데—"

"내 집에 가서 가져오지."

그는 아무 꺼림 없었다. 아내가 잠에 곯아지거던 들어가서 이거저거 후무려오면 그뿐이다. 내일부터는 굶주리지 않아도 맘 편히 살려니 생각하니 잠도 안 올 만치 가슴이 들렁거린다.

웃풍이 세었다. 주인이 나빠서 방에 불도 안 핀 모양. 까칠한 공석자리에 드러누워 떨리는 몸을 녹이고자 서로 꼭 품었다. 한구석에 쓸어박혔던 아이가 잠이 깨었다. 칭얼거리며 사이를 파고들려는 걸 어미가 야단을 치니 도로 제자리로 가서 끽소리 없이 누웠다. 매우 훈련받은 젖먹이였다.

은식이는 그놈이 몹시 싫었다. 우리들이 죽도록 모아놓으면 저놈이 써버리겠지. 제 애비 본으로 노름질도 하고 어미를 두들겨패서 돈도 빼앗고 하리라. 그러면 나는 신선놀음에 도끼자루 썩는 격으로 헛공만 들이는게 아닐까 하고 생각하자 곧 얼어 죽어도 아깝진 않았다. 그러나 어미의 환심을 사려니까 에 그놈 착하기도 하지, 하고 두어 번 그 궁뎅이를 안 뚜덕일 수 없으리라.

달이 기울어 지게문을 밝힌다. 이따금씩 마굿간에 뚜벅거리는 쇠굽 소리. 평화로운 잠자리에 때아닌 마가 들었다. 뭉태가 와서 낮은 소리로 계집을 부르며 지게문을 열라고 찔걱거리는 것이다. 계숙이에게 돈 좀 쓰던 단골이라 세도가 맹랑하다. 은식은 골피를 찌프렸다. 마는 계집이 귓속말로 '내 잠깐 말해 보낼게 밖에 나가 기다리유' 함에는 속이 든든하였다. 그 말은 남편을 신뢰하여 하는 속셈이리라. 그는 바람 같이 안문으로 나와서 방 벽께로 몸을 착 붙여 세웠다.

은식이는 귀를 기울여 방의 말을 엿들었다. 뭉태가 들어오며 "오늘도 그놈 왔었나" 하더니 계집이 "아무도 안 왔다"니까 그 자식 왜 요새 바람이 나서 지랄이야 하며 된퉁 비웃는다. 그놈이란 자기다. 이 말 저 말 한참을 중언부언 지껄이더니 자기가 동리의 평판이 나쁘다는 등 아내까지 돌아다니며 미워 남편을 흉본다는 등 혹은 계숙이를 집안 망할 도적년이라고 가진 방자를 다 하더라는 등 자기에 대한 흠집을 모조리 들추어낸다. 그럴 적마다 계집은 는실난실 여신히 받으며 같이 남 못 들을 만치 병아리 소리로들 소근거리는 것이었다.

은식이는 분이 올라 숨도 거칠었다. 마는 어째 볼 도리가 없다. 계숙이조차 핀잔도 안 주고 한통이 되는 듯 야속하기 이를 데 없다. 그는 노기와 추움으로 말미암아 팔짱을 끼고는 덜덜 떨었다. 농창이 난 버선이라 눈을 밟고 섰으니 쑤시도록 저렸다. 아내 생각이 문득 떠오른다. 집으로 가면 따스한 품이 기다리련만 왜 이 고생을 하누. 하지만 아내는 싫었다. 아리랑 타령 하나 못하는 병신, 돈 한 푼 못 버는 천치, 하긴 초작에야 물불을 모르도록 정이 두터웠으나 인제는 다 삭았다. 뭇사람의 품으로 옮아 안기며 에쓱거리는 들병이가 천하다 할망정 힘 안 들이고 먹으니 얼마나 부러운가. 침들을 게게 흘리고 덤벼드는 뭇놈을 이손저 손으로 후두르니 그 영예 바히 고귀하다 할지라. 그는 설한에 이까지 딱딱거린다. 그러면서도 불러드리기만 고대하여 턱살을 받쳐대고 눈이 빠질 지경이다.

계집이 한 문으로

"잘 가게유 낭종 만납시다."

"응, 내 추후로 한 번 가지."

뭉태를 내뱉자 또 한 문으로

"가만히 들어오게유."

은식이를 집어들인다. 그는 넝큼 들어서며 얼은 손을 썩썩 문댔다.

"그 자식 남 자는데 왜 와 쌩이질이야……"

"그러게 말이유. 그건 눈치코치도 없어."

계집은 빈틈없이 여일하였다. 등잔에 불을 달이며 거나하여 생글생글 웃는다.

"자식이 왜 그 뻰세야. 거짓말만 슬슬하구" 하며 아까의 흉잡혔던 대갚음을 하였다. 뭉태란 놈은 돈도 신용도 아무 것도 없는 건달이란 둥 오입질을 하다 들키어 되게 경을 쳤다는 등 남의 집 보리를 훔쳐내다 붙잡혀서 구메밥을 먹었다는 허풍까지 찌며 계집을 얼렁거리다가 깜짝 놀랜다. 안말에서 첫홰를 울리는 계명성이 요란하였다. 시간이 촉박하다. 계집의 뺨을 문질러보곤 벌떡 일어섰다.

"내 밖에 좀 갔다 올게 꼭 기달려 응."

×

은식이는 제 집 싸릿문을 살며시 들이밀었다. 달은 아주 넘어갔다. 뜰에 깔린 눈의 반영으로 할 만하였다. 우선 봉당으로 올라서며 방문에 귀를 기울였다. 깊은 숨소리, 아내는 곯아졌다. 그제선 맘을 놓고 부엌으로 들어갔다. 더듬거리며 부뚜막에 다리를 얹자 솥을 뽑았다. 사 년 전 아내를 얻어드릴 제 행복을 계약하던 솥이었다. 마는 달가운 꿈은 몇 달이었고 지지리 고생만 하였다. 인젠 마땅히 다른 데로 옮겨야 할 것이다. 부엌 벽에 걸린 바구니에는 숟가락이 세 가락 있다. 덕이(아들) 먹을 한 개만 남기고는 모집어 괴춤에 꽂았다. 좁쌀이 서너 되 방에 있다마는 그걸 꺼내다간 일이 빗나가리라. 미진하나마 그대로 그림자같이 나와버렸다.

수아리골 꼬리에 달린 막바지다. 양쪽 산에 끼어 시냇가에 집은 얹혔고 쓸쓸하였다. 마을 복판에 일이라도 있어 돌이 깔린 시냇길을 오르내리자면 적잖이 애를 씌웠다. 그러나 그것도 하직을 하자니 귀엽고도 일변 안타까운 생각이 남는다.[3] 그는 살던 집을 두어 번 돌아다보며 술집으로 힝하게 달려갔다.

"어서 들어오우. 춥지유?"

계숙이는 어리뻥뻥한 웃음을 띄며 반색한다. 아마 그동안 눕지도 않은 듯 떠날 준비에 서성서성하였다. 계집의 의견대로 짐을 뎅그머니 묶어놓았다. 먼동 트는 대로 짊어만 메면 된다. 만약 아침에 주저거리단 술집주인에게 발각이 될 게고 수동리에 소문이 퍼진다. 그뿐더러 아내가 좇아온다면 모양만 창피하리라.

3 원전에서는 '안타까운 생각이 안 남는다'로 표기되어 있다. 그러나 문맥상 '안타까운 생각이 남는다'가 되어야 할 것이다.

떠날 차보를 다하고 나서 그는 계집과 자리에 마주 누웠다. 추위를 덜고자 몸을 맞붙였으나 그대로 마찬가지 덜덜 떨었다. 얼른 날이 밝아야 할 텐데—그러다가 잠이 까빡 들었다.

그건 어느 때나 되었는지 모른다. 아이가 칭칭거리며 머리 위로 기어올라서 눈이 띄었다. 귀찮아서 손으로 밀어 내리려 할 제 영문 모를 일이라 등 뒤 윗목쪽에서

"이리 온, 아빠 여깄다" 하고 귀설은 음성이 들린다. 걸걸하고 우람한 목소리. 필연코 내버린 본 남편이 결기 먹고 따라왔을 것이다. 은식은 꿈을 꾸는 듯싶었다. 겁이 나서 들어누운 채 꼼짝도 못한다. 아내의 정부를 현장에서 맞닥뜨린 남편의 분노이면 매일반이리라. 낫이라도 들어 찍으면 찍소리 못하고 죽을밖에 별도리 없다. 등살이 꼿꼿하였다. 생각다 못하여 계숙이를 깨우면 일이 좀 피일까 하여 손가락으로 넌지시 그 배를 몇 번 찔렀다. 마는 계집은 그의 허리를 잔뜩 끌어안고 코골음에 세상을 모른다. 부쩍부쩍 진땀만 흘렀다. 남편은 어청어청 등뒤로 걸어온다. 언내를 번쩍 안아들고 "왜 성가시게 굴어. 어여들 편히 자게유" 하며 윗목으로 도로 간다. 그래도 그 말씨가 매우 유순하였고 맘씨 좋아 보였으나 도리어 견딜 수 없이 살을 저몄다. 계집은 얼마 만에 일어났다. 어서 떠나야지 하고 눈을 비비더니 윗목을 내려다보고 경풍을 한다. 그리고 입을 봉하고 잠잠히 있을 뿐이다.

날은 활닥 밝았다. 부엌에선 솥을 가신다. 주인은 기침을 하더니 찌걱거리며 대문을 연다.

이판사판이었다. 은식이도 따라 일어나 웅크리고 앉으며 어찌 될 건가 처분만 기다렸다. 곁눈으로 흘깃 살피니 키가 커다랗고 감때는 사납

지 않으나 암기 좀 있어 보이는 놈이 책상다리에 언내를 안고 윗목에 앉았다.

"떠나지들—"

마샛꾼은 일어나서 언내를 계집에 맡기더니 은식이를 향하여 손을 빈다.

"여보기유, 일어나서 이 짐 좀 지워주게유."

은식이는 하란 대로 안 할 수 없었다. 본시는 자기가 질 짐이었으나 부축하여 지워주었다. 솥, 맷돌, 함지박, 보따리들을 한데 묶은 것이니 조히 무거웠다. 허나 남편은 힘들기는커녕 홀가분한 모양, 싱글거리며 덜렁덜렁 밖으로 나선다. 계집도 언내를 포대기에 들싸업곤 따라나섰다. 은식이는 꿈을 보는 듯이 얼이 빠졌다. 그들의 하는 양을 보려고 설설 뒤묻었다.[4]

아침 공기는 더욱 쑤셨다. 바람은 지면의 눈을 품어다간 얼굴에 뿜고 뿜고 하였다. 산모룽이를 꼽들어 언덕길을 내려가려 할 제 남편은 은식이를 돌아보며

"왜 섰수? 같이 갑시다유."

동행하길 권하였다. 그는 아무 대답 없이 우두머니 섰을 뿐. 그러자 산모룽이 옆길에서 은식이 아내가 달려들었다. 기가 넘어 입은 벌렸으나 말이 안 나왔다. 헐떡거리며 얼굴이 새빨개지더니

"왜 남의 솥을 빼가는 게야?" 하고 계집에게 달라붙는다.

동네 사람들은 잔눈을 부비며 구경을 나왔다. 멀찍이 떨어져서 서로들 붙고 떨어지고 수군숙덕.

4 설렁설렁 뒤를 따른다.

"아니야 아니야."

은식이는 아내를 뜯어말리며 볼이 화끈거렸다. 그래도 발악을 마지 않는다. 악담을 퍼붓는다. 그렇지마는 들병이 내외는 귀가 먹었는지 하나는 짐을 하나는 아이를 둘러업은 채 언덕을 늠름히 내려가며 돌아보도 않았다. 아내는 분에 복받치어 눈 위에 털퍽 주저앉으며 울음을 놓았다. 은식은 구경꾼 쪽으로 시선을 흘깃거리며 입맛만 다실 따름. 종국에는 아내를 잡아 일으키며 울상이 되었다.

"아이야 우리 솥이 아니라닌깐 그러네."

(소화 9년, 1934.8.16)

『조광』, 1937.5.

솥*

들고나갈 거라곤 인제 매함지와 키쪼각이 있을 뿐이다. 그 외에도 체랑 그릇이랑 있긴 좀 하나 깨어지고 헐고 하여 아무짝에도 못 쓸 것이다. 그나마도 들고 나서려면 아내의 눈을 기워야할 터인데 맞은쪽에 빠안히 앉았으니 꼼짝할 수 없다.

허지만 오늘도 밸을 좀 긁어놓으면 성이 뻗쳐서 제물로 부르르 나가버리리라 — 아랫목의 근식이는 저녁상을 물린 뒤 두 다리를 세워 안고 그리고 고개를 떨어친 채 묵묵하였다. 왜냐면 묘한 꼬투리가 있음직하면서도 선뜻 생각키지 않는 까닭이었다.

웃목에서 내려오는 냉기로 하여 아랫방까지 몹시 싸늘하다.

가을쯤 치받이를 해두었더면 좋았으련만 천정에서는 흙방울이 똑똑 떨어지며 찬바람은 새어든다.

헌옷때기를 들쓰고 앉아 어린 아들은 화롯전에서 칭얼거린다.

아내는 그 아이를 어르며 달래며 부지런히 감자를 구워 먹인다. 그러

---

* 「솥」의 초고본의 탈고일은 1934년 8월 16일이었다. 이 작품은 『매일신보』에 1935년 9월3일부터 9월 14일까지 발표되었다. 그런데 김유정 사후인 1937년 5월호 『조광』에 유고작으로 「정분」이 발표되었다. 작가는 애초에 「정분」이란 제목의 글을 써두었다가 이를 퇴고하여 「솥」이라는 제목으로 발표한 것이다. 「솥」에서는 주인공의 내면의식이 깊이 묘사되어 있다.

나 다리를 모로 늘이고 사지를 뒤트는 양이 온종일 방앗다리에 시달린 몸이라 매우 나른한 맥이었다. 손으로 가끔 입을 막고 연달아 하품만 할 뿐이었다.

한참 지난 후 남편은 고개를 들고 아내의 눈치를 살펴보았다. 그리고 두터운 입술을 찌그리며 바로 데퉁스레

"아까 낮에 누가 왔다 갔어?"

하고 한마디 얼른 내다 부쳤다. 그러나 아내는

"면서기밖에 누가 왔다갔지유—"

하고 심심이 받으며 들떠보도 않는다.

물론 전부터 밀려오던 호포를 독촉하러 오늘 면서기가 왔던 것을 남편이라고 모르는 바도 아니었다. 자기는 거리에서 먼저 기수 채었고 그 때문에 붙잡히면 혼이 들까봐 일부러 몸을 피하였다. 마는 어차피 말을 꼴려 하니까

"볼 일이 있으면 날 불러대든지 할 게지 왜 그놈을 방으로 불러들이고 이 야단이야?"

하고 눈을 부릅뜨지 않을 수가 없었다.

아내는 이 말에 이마를 홱 들더니 눈골이 자분참 돌아간다. 하 어이없는 일이다. 기가 콱 막힌 모양이었다. 샐쭉해서 턱을 조금 솟치자 그대로 떨어치고 잠자코 아이에게 감자만 먹인다.

이만하면, 하고 남편은 다시 한번

"헐 말이 있으면 문밖에서 허던지, 방으로까지 끌어들이는 건 다 뭐야?"

분을 솟구었다.

그제서야

"남의 속 모르는 소리 작작 하게유. 자기 때문에 말막음 하느라구 욕본 생각은 못하구."

아내는 가무잡잡한 얼굴에 핏대를 올렸으나 그러나 표정을 고르잡지 못한다. 얼마를 그렇게 앉았더니 이번에는 남편의 낯을 똑바로 쏘아보며

"그지 말구 밤마다 짚신짝이라두 삼아서 호포를 갖다 내게유"

하다가 좀 사이를 두곤 들릴 듯 말 듯한 혼자 소리다.

"기집이 좋다기로 그래 집안 물건을 다 들어낸담!"

하고 여무지게 종알거린다.

"뭐, 집안 물건을 누가 들어내?"

그는 시치미를 딱 떼고 제법 천연스레 펄썩 뛰었다. 그러나 속으로는 떡메로 복장이나 얻어맞은 듯 찌인 하였다. 입때까지 까맣게 모르는 줄만 알았더니 아내는 귀신같이 옛날에 다 안 눈치다. 어젯밤 아내의 속곳과 그젯밤 맷돌짝을 후무려낸 것이 죄다 탄로가 되었구나, 생각하니 불쾌하기가 짝이 없다.

"누가 그런 소리를 해, 벼락을 맞으려구—"

그는 이렇게 큰 소리를 해보았으나 한 팔로 아이를 끌어들여 젖만 먹일 뿐, 젊은 아내는 숫제 받아주질 않았다.

아내는 샘과 분을 못 이기어 무슨 되알진 소리가 터질 듯 질 듯하면서도 그냥 꾹 참는 모양이었다. 눈을 알로 내려깔고 쌕 쌕 숨소리만 내다가 남편이 또다시

"누가 그따위 소릴 해 그래?"

할 때에야 비로소 입을 여는 것이—

"재숙어머이지 누군 누구야—"

"그래 뭐라구?"

"들병이와 배 맞었다지 뭔 뭐래. 맷돌허구 내 속곳은 술 사먹으라는 거지유?"

남편은 더 뻗치지를 못하고 그만 얼굴이 화끈 달았다. 아내는 좀 살자고 고생을 무릅쓰고 바둥거리는 이 판에 남편이란 궐자는 그 속곳을 술 사 먹었다면 어느 모로 따져보든 곱지 못한 행실이리라. 그는 아내의 시선을 피할 만치 몹시 양심의 가책을 느꼈다. 마는 그렇다고 자기의 의지가 꺾인다면 또한 남편된 도리도 아니었다.

"보두 못허구 애맨 소릴해 그래, 눈깔들이 멀라구?"
하고 변명 삼아 목청을 꽉 돋았다.

그러나 아무 효력도 보이지 않음에는 제대로 약만 점점 오를 뿐이다. 이러다간 본전도 못 건질 걸 알고 말끝을 얼른 돌리어

"자기는 뭔데 대낮에 사내놈을 방으로 불러들이구, 대관절 둘이 뭐 했드람?" 하여 아내를 되순나잡았다.

아내는 독살이 송곳 끝처럼 뾰로져서 젖먹이던 아이를 방바닥에 쓸어 박고 발딱 일어섰다. 제 공을 모르고 게정만 부리니까 되우 야속한 모양 같다. 찬 방에서 너 좀 자보란 듯이 천연스레 뒤로 치마꼬리를 여미더니 그대로 살랑살랑 나가 버린다.

아이는 또 그대로 요란스레 울어 대인다.

눈 위를 밟는 아내의 발자취 소리가 멀리 사라짐을 알자 그는 비로소 맘이 놓였다. 방문을 열고 가만히 밖으로 나왔다.

무슨 짓을 하든 볼 사람은 없을 것이다.

그는 부엌으로 더듬어 들어가서 우선 성냥을 드윽 그어대고 두리번

거렸다. 짐작했던 대로 그 함지박은 부뚜막 위에서 주인을 우두머니 기다리고 있다. 그 속에 담긴 감자 나부랭이는 쏟아버리고 그리고 나서 번쩍 들고 뒤란으로 나갔다.

앞으로 들고 나갔으면 좋을 테지만 그러나 아내에게 들키면 아주 혼이 난다. 어렵더라도 뒷결 언덕 위로 올라가서 울타리 밖으로 쿵 하고 아니 던져 넘길 수 없다.

그 담에가 이게 좀 거북한 일이었다. 허지만 예전 뒤나 보러 나온 듯이 뒷짐을 떡 지고 싸리문께로 나와 유유히 사면을 돌아보면 고만이었다.

하얀 눈 위에는 아내가 고대 밟고 간 발자국만이 딩금딩금 남았다.

그는 울타리에 몸을 착 빗겨대고 뒤로 돌아서 그 함지박을 집어들자 곧 뺑소니를 놓았다.

×

근식이는 인가를 피하여 산기슭으로만 멀찌감치 돌았다. 그러나 함지박은 몸에다 곁으로 착 붙였으니 좀체로 들킬 염려는 없을 것이다.

매웁게 쌀쌀한 초승달은 푸른 하늘에 댕그머니 눈을 떴다.

수어리골을 흘러내리던 시내도 인제는 얼어붙었고 그 빛이 날카롭게 번득였다.

그리고 산이며, 들, 십, 낟가리, 만물은 겹겹 눈에 잠기어 숨소리조차 내질 않는다.

산길을 빠져서 거리로 나오려 할 제 어디에선가 징이 찡찡, 울린다. 그 소리가 고적한 밤 공기를 은은히 흔들고 하늘 저편으로 사라진다.

그는 가던 다리가 멈칫하여 멍하니 넋을 잃고 섰다.

오늘 밤이 농민회 총회임을 고만 정신이 나빠서 깜박 잊었던 것이다.

한 번 회에 안 가는 데 궐전이 오 전, 뿐만 아니라 공연한 부역까지 안다미 씌우는 것이 이 동리의 전례이었다.

또 경 쳤구나! 하고 길에서 그는 망설였다. 허나 몸이 아파서 앓았다면 그만이겠지, 이쯤 안심도 하여본다. 그렇지만 어쩐 일인지 그래도 속이 끌밋하였다.

요즘 눈바람은 부딪치는데 조밥 꽁댕이를 씹어가며 신작로를 닦는 것은 그리 수월치도 않은 일이었다. 떨면서 그 지랄을 또 하려니, 생각만 하여도 짜정 이에서 신물이 날 뻔하다 만다.

그럼 하루를 편히 쉬고 그걸 또 하느냐, 회에 가서 새 까먹은 소리나마 그 소리를 졸아가며 듣고 앉았느냐—

얼른 딱 정하지를 못하고 그는 거리에서 한 서너 번이나 주춤주춤하였다.

허지만 농민회가 동리의 청년들을 말짱 다 쓸어간 그것만은 여간 고마운 일이 아니었다. 오늘 밤에는 술집에 가서 저 혼자 들병이를 차지하고 놀 수 있으리라—

그는 선뜻 이렇게 생각하고 부지런히 다리를 재촉하였다. 그리고 술집 가까이 왔을 때에는 기쁠 뿐만 아니요 또한 용기까지 솟아올랐다.

길가에 따로 떨어져서 호젓이 놓인 집이 술집이다. 산모롱이 옆에 서서 눈에 쌓이어 그 흔적이 긴가민가나 달빛에 비끼어 갸름한 꼬리를 달고 있다. 서쪽으로 그림자에 묻히어 대문이 열렸고 고 곁으로 불이 반짝대는 지게문이 하나가 있다.

이 방이 즉 계숙이가 빌려서 술을 팔고 있는 방이다.

문을 열고 썩 들어서니 계숙이는 일어서며 무척 반긴다.
"이게 웬 함지박이지유?"
그 태도며 얕은 웃음을 짓는 양이 나달 전 처음 인사할 제와 조금도 변칠 않았다. 아마 어젯밤 자기를 보고 사랑한다던 그 말이 알톨같은 진정이기도 쉽다. 하여튼 정분이란 과연 희한한 물건이로군—
"왜 웃어, 어젯밤 술값으로 가져 왔는데—"
하고 근식이는 말을 받다가 어쩐지 좀 겸연쩍었다. 계집이 받아들고서 이리로 뒤척 저리로 뒤척하며 또는 바닥을 두들겨도 보며 이렇게 좋아하는 걸 얼마쯤 보다가
"그게 그래 봬도 두 장은 훨씬 넘을 걸—"
마주 싱그레 웃어주었다. 참이지 계숙이의 홍겨운 낯을 보는 것은 그의 행복 전부이었다.
계집은 함지를 들고 안쪽 문으로 나가더니 술상 하나를 곱게 받쳐 들고 들어왔다. 돈이 없어서 미안하여 달라지도 않은 술이나 술값은 어찌 되었든지 우선 한잔 하란 맥이었다. 막걸리를 화로에 거냉만 하여 따라 부으며
"어서 마시게유, 그래야 몸이 풀리유—"
하더니 손수 입에다 부어까지 준다.
그는 황감하여 얼른 한숨에 쭈욱 들이켰다. 그리고 한 잔 두 잔 석 잔—
계숙이는 탐탁히 옆에 붙어 안더니 근식이의 얼은 손을 섯가슴에 묻어주며
"어이 차. 일 어째!"
한다. 떨고서 왔으니까 퍽이나 가여운 모양이었다.

계숙이는 얼마 그렇게 안타까워하고는 고개를 모로 잡으며

"난 낼 떠나유—"

하고 썩 떨어지기 섭한 내색을 보인다. 좀 더 있으려 했으나 아까 농민회 회장이 찾아왔다. 동리를 위하여 들병이는 절대로 안 받으니 냉큼 떠나라 했다. 그러나 이 밤에야 어디를 가랴, 낼 아침 밝는 대로 떠나겠노라 했다 하는 것이다.

이 말을 듣고 근식이는 고만 낭판이 떨어져서 멍멍하였다. 언제이든 갈 줄은 알았던 게나 이다지도 급자기 서둘 줄은 꿈밖이었다. 자기 혼자서 따로 떨어지면 앞으로는 어떻게 살려는가—

계숙이의 말을 들어보면 저에게도 본이는 남편이 있었다 한다. 즉 아랫목에 방금 누워 있는 저 아이의 아버지가 되는 사람이다. 술만 처먹고 노름질에다 후딱하면 아내를 두드려패고 벌은 돈푼을 뺏어가고 하므로 해서 당최 견딜 수가 없어 석 달 전에 갈렸다 하는 것이다.

그럼 자기와 드러내놓고 살아도 무방할 것이 아닌가. 허나 그런 소리란 차마 이쪽에서 먼저 꺼내기가 어색하였다.

"난 그래 어떻게 살아 나두 따라갈까?"

"그럼 그럽시다유—"

하고 계숙이는 그 말을 바랐던 듯이 선뜻 받다가

"집에 있는 아내는 어떡허지유?"

"그건 염려 없어—"

근식이는 고만 기운이 뻗쳐서 시방부터 계숙이를 얼싸안고 들먹거린다. 아내쯤 치우기는 별로 힘들지 않을 것이다. 왜냐면 제대로 그냥 내버려만 두면 제가 어디로 가든 말든 할 게니까. 하여튼 인제부터는 계

숙이를 따라다니며 벌어먹겠구나, 하는 새로운 생활만이 기쁠 뿐이다.

"낼 밝기 전에 가야 들키지 않을 걸."

×

밤이 야심하여도 회 때문인지 술꾼은 좀체 보이지 않았다. 인젠 안 오려니, 단념하고 방문고리를 걸은 뒤 불을 껐다. 그리고 계숙이는 멀거니 앉아 있는 근식이 팔에 몸을 던지며 한숨을 후— 짓는다.

"살림을 하려면 그릇 조각이라도 있어야 할 텐데—"

"염려마라, 내 집에 가서 가져오지—"

그는 조금도 꺼림없이 그저 선선하였다. 따는 아내가 잠에 곯아지거든 슬며시 들어가서 이것저것 마음에 드는 대로 후무려 오면 그뿐이다. 앞으로는 굶주리지 않아도 맘 편히 살려니 생각하니 잠도 안 올 만치 가슴이 들렁들렁하였다.

방은 웃풍이 몹시도 세었다. 주인이 그악스러워 구들에 불도 변변히 안 지핀 모양이다. 꺼칠한 공석자리에 등을 붙이고 사시나무 떨리듯 덜덜 대구 떨었다.

한구석에 쓸어 박혔던 아이가 별안간 잠이 깨었다. 칭얼거리며 사이를 파고 들려는 걸 어미가 야단을 치니 도로 제 자리에 가서 찍소리 없이 누웠다. 매우 훈련 잘 받은 젖먹이었다.

그러나 근식이는 그놈이 생각하면 할수록 되우 싫었다. 우리들이 죽도록 모아 놓으면 저놈이 중간에 가서 써버리겠지. 제 애비본으로 노름질도 하고 에미를 두들겨 패서 돈도 뺏고 하리라. 그러면 나는 신선놀음에 도끼자루 썩는 격으로 헛공만 들이는 게 아닐까 하고 생각하니 당장에 곧 얼어 죽어도 아깝지는 않을 것이다. 허나 어미의 환심을 살려니까

"에 그놈…… 착하기도 하지"

하고 두어 번 그 궁둥이를 안 뚜덕일 수도 없으리라.

달이 기울어져 외양간에서는 소의 숨 쉬는 식 식 소리가 거푸지게 들려온다.

평화로운 잠자리에 때 아닌 마가 들었다. 뭉태가 와서 낮은 소리로 계숙을 부르며 지게문을 열라고 찌걱거리는 게 아닌가. 전일부터 계숙이에게 돈 좀 쓰던 단골이라고 세도가 막 댕댕하다.

근식이는 망할 자식 하고 골피를 찌푸렸다. 마는 계숙이가 귓속말로

"내 잠깐 말해 보낼 게 밖에 나가 기달리게유—"

함에는 속이 좀 든든하지 않을 수 없다. 그 말은 남편을 신뢰하고 하는 통사정이리라. 그는 안문으로 바람같이 나와서 방 벽께로 몸을 착 붙여 세우고 가끔 안채를 살펴보았다. 술집 주인이 나오다 이걸 본다면 담박 미친놈이라고 욕을 할 것이다. 그렇지 않아도 그저께는

"자네 바람 잔뜩 났네 그려. 난 술을 파니 좋긴 허지만 맷돌짝을 들고 나오면 살림 고만 둘 터인가?"

하고 멀쑤룩하게 닦이었다. 오늘 들키면 또 무슨 소리를—

근식이는 떨고 섰다가 이상한 소리를 듣고 정신이 썩 들었다. 그는 방문께로 바특이 다가서서 가만히 귀를 기울였다.

왜냐면 뭉태가 들어오며

"오늘두 그놈 왔었나?"

하더니 계집이
"아니유, 아무도 오늘은 안 왔어유"
하고 시침이를 떼니까
"왔겠지 뭘, 그 자식 왜 새 바람이 나서 지랄이야"
하고 썩 시퉁그러지게 비웃는다.
여기에서 그놈 그 자식이란 물을 것도 없이 근식이를 가리킴이다. 그는 살이 다 불불 떨렸다.
그뿐 아니라 이 말 저 말 한참을 중언부언 지껄이더니
"그 자식 동리에서 내쫓는다던 걸—"
"왜 내쫓아?"
"아 회엔 안 오고 술집에만 박혀 있으니까 그렇지."
(이건 멀쩡한 거짓말이다. 회에 좀 안 갔기로 내쫓는 경우가 어딨니, 망할 자식?)
하고 그는 속으로 노하며 은근히 굳게 쥐인 주먹이 대구 떨리었다.
그만이라도 좋으련만
"그 자식 어째 못났는지 아내까지 동리로 돌아다니며 미화라구 숭을 보는 걸—"
(또 거짓말, 아내가 날 어떻게 무서워하는데 그런 소리를 해!)
"남편을 미화라구?"
하고 계집이 호호대고 웃으니까
"그럼 안 그래. 그러구 계숙이를 집안 망할 도적년이라구 하던 걸. 맷돌두 집어가구 속곳도 집어가구 했다구—"
"누가 집어가 갖다가 주니까 받었지"

하고 계집이 팔짝 뛰는 기맥이더니

"내가 아나, 근식이 처가 그러니깐 나두 말이지."

(아내가 설혹 그랬기루 그걸 다 꼬드겨 받쳐. 개새끼 같으니!)

그 담엔 들으려고 애를 써도 들을 수 없을 만치 병아리 소리로들 뭐라 뭐라고 지껄인다. 그는 이것도 필경 저와 계숙이의 사이가 좋으니까 배가 아파서 이간질이리라 생각하였다. 그런데 계집도 는실난실 여일히 받으며 같이 웃는 것이 아닌가.

근식이는 분을 참지 못하여 숨소리도 거치를 만치 되었다. 마는 그렇다고 뛰어들어가 두들겨줄 형편도 아니요 어째 볼 도리가 없다. 계숙이나 뭣하면 노엽기도 덜 하련마는 그것조차 핀잔 한마디 안 주고 한통속이 되는 듯하니 야속하기가 이를 데 없다.

그는 노기와 한고로 말미암아 팔짱을 찌르고는 덜덜 떨었다. 농창이 난 버선이라 눈을 밟고 섰으니 뼈끝이 쑤시도록 시렵다.

몸이 괴로워지니 그는 아내의 생각이 머릿속에 문득 떠오른다. 집으로만 가면 따스한 품이 기다리련만 왜 이 고생을 하는지 실로 알다도 모를 일이다.

허지만 다시 잘 생각하면 아내 그까짓 건 싫었다. 아리랑 타령 한 마디도 못하는 병신, 돈 한 푼 못 버는 천치 — 하긴 초작에야 물불을 모를 만치 정이 두터웠으나 때가 어느 때이냐 인제는 다 삭고 말았다.

뭇 사람의 품으로 옮아다니며 에쓱거리는 들병이가 말은 천하다 할망정 힘 안 들이고 먹으니 얼마나 부러운가. 침들을 게게 흘리고 덤벼드는 뭇 놈을 이 손 저 손으로 맘대로 흐무르니 그 호강이 바히 고귀하다 할지라 —

그는 설한에 이까지 딱딱거리도록 몸이 얼어간다. 그러나 집으로 가서 자리 위에 편히 쉴 생각은 조금도 없는 모양 같다. 오직 계숙이가 불러들이기만 고대하여 턱살을 바쳐대고 눈이 빠질 지경이다.

모진 눈보라는 가끔씩 목덜미를 냅다 갈긴다.

그럴 적마다 저고리 동정으로 눈이 날아들며 등줄기가 선뜩선뜩하였다.

근식이는 암만 기다려도 때가 되었으련만 불러들이지를 않는다. 수군거리던 그것조차 그치고 인젠 굵은 숨소리만이 흘러나온다.

그는 저도 까닭 모르는 약이 발뿌리서 머리끝까지 바짝 치뻗쳤다. 들병이란 더러운 물건이다, 남의 살림을 망쳐놓고 게다가 가난한 농군들의 피를 빨아먹는 여호다, 하고 매우 쾌쾌히 생각하였다. 일변 그렇게까지 노해서 나갔는데 아내가 지금쯤은 좀 풀었을까 이런 생각도 하여본다.

처마 끝에 쌓였던 눈이 푹하고 땅에 떨어질 때 그때 분명히 그는 집으로 가려 하였다. 다만 계숙이가 때맞추어 불러들이지만 않았다면

'에이 더러운 년!'

속으로 이렇게 침을 배알고 네 보란 듯이 집으로 뻑 달아났을지도 모른다.

계집은 한 문으로

"칩겠수 얼른 가우."

"뭘 이까진 추위―"

"그럼 잘 가게유 낭종 또 만납시다."

"응, 내 추후루 한 번 찾아가지."

뭉태를 이렇게 내뱉자 또 한 문으로

"가만히 들어오게유!"
하고 조심히 근식이를 집어들인다.
그는 발바닥의 눈도 털 줄 모르고 감지덕지하여 냉큼 들어서며 우선 얼은 손을 썩썩 문댔다.
"밖에서 퍽 추었지유?"
"뭘, 추워. 그렇지"
하고 그는 만족히 웃으면서 그렇듯 불불하던 아까의 분노를 다 까먹었다.
"그 자식, 남 자는 데 왜 와서 쌩이질이야—"
"그러게 말이유. 그건 눈치코치도 없어—"
하고 계집은 조금도 빈틈없이 여전히 탐탁하였다. 그리고 등잔에 불을 다리며 거나하여 생글생글 웃는다.
"자식이 왜 그 뻔세람. 거짓말만 슬슬하구—"
하며 근식이는 먼젓번 뭉태에게 흉잡혔던 그 되갚음을 안 할 수 없다. 나두 네가 한만치는 하겠다. 하고
"아 그놈 참 병신 됐다더니 어떻게 걸어다녀!"
"왜 병신이 되우?"
"남의 기집 오입하다가 들켜서 밤새도록 목침으로 두들겨 맞었지. 그래 웅치가 끊어졌느니 대리가 부러졌느니 허드니 그래두 곧잘 걸어다니네!"
"알라리, 별일두—"
계집이 세상에 없을 일이 다 있단 듯이 눈을 째웃하더니
"제 기집 좀 보았기루 그렇게 때릴 건 뭐야—"
"아 안 그래 그럼. 나라두 당장 그놈을—"

하고 근식이는 제 아내가 욕이라도 보는 듯이 기가 올랐으나 그러나 계집이 낯을 찌푸리며

"그 무어 기집이 어디가 떨어지나 그러게?"

하고 샐쭉이 뒤둥그러지는 데는 어쩔 수 없이

"허긴 그렇지—놈이 온체 못나서 그래"

하고 얼른 눙치는 게 상책이었다.

내일부터라도 계숙이를 따라다니며 먹을 터인데 딴은 이것저것을 가리다는 죽도 못 빌어먹는다. 그보다는 몸이 열파에 난대도 잘 먹을 수만 있다면이야 고만이 아닌가—

그건 그렇다 하고 어떻든 뭉태란 놈의 흉은 그만치 봐야 할 것이다. 그는 담배를 한 대 피어물고 뭉태는 본디 돈도 신용도 아무 것도 없는 건달이란 둥 동리에서는 그놈의 말은 곧이 듣지 않는다는 둥 심지어 남의 집 보리를 훔쳐내다 붙잡혀서 콩밥을 먹었다는 허풍까지 찌며 없는 사실을 한창 늘어놓았다.

그는 이렇게 계집을 얼렁거리다 안말에서 첫홰를 울리는 계명성을 듣고 깜짝 놀랐다.

개동까지는 떠날 차보가 다 되어야 할 것이다. 그는 계집의 뺨을 손으로 문질러보고 벌떡 일어서서, 밖으로 나온다.

"내 집에 좀 갔다올게 꼭 기달려 응."

근식이가 거리로 나올 때에는 초승달은 완전히 넘어갔다.

저 건너 산 밑 국수집에는 아직도 마당의 불이 환하다. 아마 노름꾼들이 모여들어 국수를 눌러 먹고 있는 모양이다.

그는 밭둑으로 돌아가며 지금쯤 아내가 집에 돌아와 과연 잠이 들었

을지 퍽 궁금하였다. 어쩌면 매함지 없어진 걸 알았을지도 모른다. 제가 들어가면 바가지를 긁으려고 지키고 앉았지나 않을는지—

이렇게 되면 계숙이와의 약속만 깨어질 뿐 아니라 일은 다 그르고 만다.

그는 제물에 다시 약이 올랐다. 계집년이 건방지게 남편의 일을 지키고 앉았고? 남편이 하자는 대로 했을 따름이지 제가 하상 뭔데—허지만 이 주먹이 들어가 귓배기를 한 서너 번 쥐어박으면 고만이 아닌가—

다시 힘을 얻어가지고 그는 저의 집 싸리문께로 다가서며 살며시 들이밀었다.

달빛이 없어지니까 부엌 쪽은 캄캄한 것이 아주 절벽이다. 뜰에 깔린 눈의 반영이 있음으로 그런 대로 그저 할 만하다, 생각하였다.

그러나 우선 봉당 위로 올라서서 방문에 귀를 기울이지 않을 수 없었다.

문풍지도 울 듯한 깊은 숨소리. 입을 벌리고 남 곁에서 코를 골아대는 아내를 일상 책했더니 이런 때에 덕 볼 줄은 실로 뜻하지 않았다. 저런 콧소리면 사지를 묶어가도 모를 만치 골아졌을 거니까—

그제서는 마음을 놓고 허리를 굽히고 그리고 꼭 도적같이 발을 제겨딛으며 부엌으로 들어섰다. 첫째 살림을 시작하려면 밥은 먹어야 할 테니까 솥이 필요하다. 손으로 더듬더듬 찾아서 솥뚜껑을 한옆에 벗겨놓자 부뚜막에 한 다리를 얹고 두 손으로 솥전을 잔뜩 움켜잡았다. 인제는 잡아당기기만 하면 쑥 뽑힐 거니까 그리 어렵지 않을 것이다.

이 솥을 생각하면 사 년 전 아내를 맞아드릴 때 행복을 계약하던 솥이었다. 그 어느 날인가 읍에서 사서 둘러메고 올 제는 무척이나 기뻤다. 때가 지나도록 아내가 뭔지 생각만 하고 모르다가 이제야 알고 보니 따는 썩 훌륭한 보물이다. 이 솥에서 둘이 밥을 지어먹고 한 평생 같이 살려 하니 세상이 모두가 제 것 같다.

"솥 사왔지."

이렇게 집에 와 내려놓으니 아내도 뛰어나와 짐을 끄르며

"아이 그 솥 이뻐이! 얼마 주었수?"

하고 기뻐하였다.

"번인 일원 사십 전을 달라는 걸 억지로 깎아서 일원 삼십 전에 떼 왔는걸!"

하고 저니까 깎았다는 우세를 뽐내니

"참 싸게 샀수! 그러나 더 좀 깎았더면 좋았지."

그러고 아내는 솥을 두드려 보고 불빛에 비추어보고 하였다. 그래도 밑바닥에 구멍이 뚫렸을지 모르므로 물을 부어 보다가

"이 보래, 새네 새, 일 어쩌나?"

"뭐, 어디—"

그는 솥을 받아들고 눈이 휘둥그래서 보다가

"글쎄 이놈의 솥이 새질 않나!"

하고 얼마를 살펴보고 난 뒤에야 새는 게 아니고 전으로 물이 검흐른 것을 알았다.

"쑥맥두 다 많허이. 이게 새는 거야, 겉으로 물이 흘렀지—"

"참 그렇군—"

둘이는 이렇게 행복스러이 웃고 즐기던 그 솥이었다.

그러나 예측하였던 달가운 꿈은 몇 달이었고 툭하면 굶고 지지리 고생만 하였다. 인제는 마땅히 다른 데로 옮겨야 할 것이다.

그는 조금도 서슴없이 솥을 쑥 뽑아 한 길체 내려놓고 또 그 다음 걸

찾았다.

근식이는 어두운 부엌 한복판에 서서 뒤 급한 사람처럼 허둥허둥 대인다. 그렇다고 무엇을 찾는 것도 아니요 뽑아놓은 솥을 집는 것도 아니다. 뭣뭣을 가져가야 하는지 실은 가져갈 그릇도 없거니와 첫째 생각이 안 나서이다. 올 때에는 그렇게도 여러 가지가 생각나더니 실상 딱 와 닥치니까 어리둥절하다.

얼마 뒤에야

(옳지 이런 망할 정신 보래!)

그는 잊었던 생각을 겨우 깨치고 벽에 걸린 바구니를 떼어 들고 뒤적거린다. 그 속에는 닳아 일그러진 수저 세 자루 길고 짧고 몸 고르지 못한 젓가락이 너댓 매 있었다. 그중에서 덕이(아들) 먹을 수저 한 개만 남기고는 모집어서 궤춤에 꾹 꽂았다.

그리고 더 가져가려 하니 생각은 부족한 것이 아니로되 그릇이 마뜩지 않았다. 가령 밥사발 바가지 종지—

방에는 앞으로 둘이 덮고 자지 않으면 안 될 이불이 한 채 있다. 마는 방금 아내가 잔뜩 끌어안고 매닥질을 치고 있을 게니 이건 오페부득이다. 또 윗목 구석에 한 너덧 되 남은 좁쌀 자루도 있지 않느냐—

허지만 이게 다 일을 벗내는 생각이다. 그는 좀 미진하나마 솥만 들고는 그대로 그림자같이 나와 버렸다.

그의 집은 수어릿골 꼬리에 달린 막바지였다. 양쪽 산에 찌어 시냇가에 집은 얹혔고 늘 쓸쓸하였다. 마을 복판에 일이라도 있어 돌이 깔린 시냇길을 여기서 오르내리자면 적잖이 애를 씌웠다.

그러나 이제로는 그런 고생을 더 하자 하여도 좀체 없을 것이다. 고생도 하직을 하자 하니 귀엽고도 일변 안타까운 생각이 없을 수 없다.

그는 살던 제 집을 두서너 번 돌아보고 그리고 술집으로 힝하게 달려갔다.

방에 불은 아직도 켜 있었다.

근식이는 허둥지둥 지게문을 열고 뛰어들며

"어, 추워!"

하고 커다랗게 몸서리를 쳤다.

"어서 들어오우. 난 안 오는 줄 알았지."

계숙이는 어릿뻥뻥한 웃음을 띠고 그리고 몹시 반색한다. 아마 그동안 눕지도 않은 듯 보재기에는 아이 기저귀를 챙기며 일변 쪽을 고쳐 끼기도 하고 떠날 준비에 서성서성하고 있다.

"안 오긴 왜 안 와?"

"글쎄 말이유. 안 오면 누군 가만둘 줄 알아, 경을 이렇게 쳐주지"

하고 그 팔을 잡아서 꼬집다가

"아, 아, 아고파!"

하고 근식이가 응석을 부리며 덤비니

"여보게유, 참 짐은 어떡하지유?"

"뭘 어떻게?"

"아니, 은제 쌀려느냔 말이지유?"

하고 뭘 한참 속으로 생각한다.

"진시 싸놨다가 훤하거든 떠납시다유—"

근식이도 거기에 동감하고 계집의 의견대로 짐을 뎅그먼히 묶어 놓았다. 짐이라야 솥 맷돌 매함지 옷보따리 게다 술값으로 받아들인 쌀 몇 되 좁쌀 몇 되—

먼동이 트는 대로 짊어만 메면 되도록 짐은 아주 간단하였다. 만약 아침에 주저거리다간 우선 술집 주인에게 발각이 될 게고 따라 동리에 소문이 퍼진다. 그뿐 아니라 아내가 쫓아온다면 팔짜는 못 고치고 모양만 창피할 것 아닌가—

떠날 차보가 다 되자 그는 자리에 누워 날 새기를 기다렸다. 시방이라도 떠날 생각은 간절하나 산골에서 짐승을 만나면 귀신이 되기 쉽다. 허지만 술집의 셈은 다 되었다니까 인사도 말고 개동까지는 슬며시 달아나야 할 것이다.

그는 몸을 덜덜 떨어가며 얼른 동살이 잡혀야 할 텐데—그러다 어느 결에 잠이 깜빡 들었다.

그것은 어느 때쯤이나 되었는지 모른다.

어깨가 으쓱하고 찬 기운이 수가마로 새드는 듯이 속이 떨려서 번쩍 깨었다. 허나 실상은 그런 것도 아니요 아이가 킹킹거리며 머리 위로 대구 기어올라서 눈이 띄었는지도 모른다.

그는 군찮아서 손으로 아이를 밀어내리고 또 밀어내리고 하였다. 그러나 세 번째 밀어내리고자 손이 이마 위로 올라갈 제, 실로 아지 못할 일이라, 등 뒤 윗목 쪽에서

"이리 온, 아빠 여깄다"

하고 귀 설은 음성이 들리지않는가—

걸걸하고 우람한 그 목소리—

근식이는 이게 꿈이나 아닌가, 하여 정신을 가만히 가다듬고 눈을 떴다 감았다 하였다. 그렇다고 몸을 삐끗하는 것도 아니요 숨소리를 제법 크게

내는 것도 아니요 가슴 속에서 한갓 염통만이 펄떡펄떡 뛸 뿐이었다.

암만 보아도 이것이 꿈은 아닐 듯싶다. 어두운 방, 앞에 누운 계숙이, 킹킹거리는 어린애—

걸걸한 목소리는 또 들린다.

"이리 와, 아빠 여깄다니까는—"

아이의 아빠이면 필연코 내던진 본 남편이 결기를 먹고 따라 왔음에 틀림이 없을 것이다. 그리고 아내의 부정을 현장에서 맞닥뜨린 남편의 분노이면 네남직 없이 다 일반이리라. 분김에 낫이라도 들어 찍으면 고대로 찍소리도 못하고 죽을밖에 별도리 없다.

확실히 이게 꿈이어야 할 터인데 꿈은 아니니 근식이는 얼른 몸에서 땀이 다 솟을 만치 속이 답답하였다. 꼿꼿하여진 등살은 그만두고 발가락 하나 꼼짝 못하는 것이 속으로 인젠 참으로 죽나보다 하고 거진 산송장이 되었다.

물론 이러면 좋을까 저러면 좋을까, 하고 들입다 애를 짜도 본다. 그러다 결국에는 계숙이를 깨우면 일이 좀 필까 하고 손가락으로 그 배를 넌지시 쿡쿡 찔러도 보았다. 한 번, 두 번, 세 번 그리고 네 번째는 배에 창이 나라고 힘을 들이어 찔렀다. 마는 계숙이는 깨기는새루 그의 허리를 더 잔뜩 끌어안고 코 골기에 세상만 모른다.

그는 더욱 부쩍부쩍 진땀만 흘렸다.

남편은 어청어청 등뒤로 걸어오는 듯하더니 아이를 번쩍 들어 안는 모양이었다.

"이놈아, 왜 성가시게 굴어?"

이렇게 아이를 꾸짖고

"어여들 편히 자게유!"
하여 쾌히 선심을 쓰고 웃목으로 도로 나려간다.

그 태도며 그 말씨가 매우 맘씨 좋아 보였다. 마는 근식이에게는 이것이 도리어 견딜 수 없을 만치 살을 저미는 듯하였다. 이렇게 되면 이왕 죽을 바에야 얼른 죽이기나 바라는 것이 다만 하나 남은 소원일지도 모른다.

계숙이는 얼마 후에야 꾸물꾸물하며 겨우 몸을 떠들었다.

"어서 떠나야지?"
하고 두 손등으로 잔 눈을 비비다가 윗목쪽을 내려다보고는 몹시 경풍을 한다. 그리고 고개를 접더니 입을 꽉 봉하고는 잠잠히 있을 뿐이다.

이런 동안에 날은 아주 활짝 밝았다.

안 부엌에선 솥을 가시는 소리가 시끄러이 들려온다.

주인은 기침을 하더니 삐걱거리며 대문을 여는 모양이었다.

근식이는 이래도 죽긴 일반 저래도 죽긴 일반이라 생각하였다. 참다 못하여 저도 따라 일어나 웅크리고 앉으며 어찌 될 겐가 또다시 처분만 기다렸다. 그런 중에도 곁눈으로 흘깃 살펴보니 키가 커다란 한 놈이 책상다리에 아이를 안고서 윗목에 앉았다. 암끼 좀 있어 보이는 듯한 그 낯짝이 넉히 사람께나 잡을 듯하다.

"떠나지들—"

남편은 이렇게 제법 재촉하며 자리에서 벌떡 일어섰다. 마치 제가 주장하여 둘을 데리고 먼 길이나 떠나는 듯싶다. 언내를 계숙이에게 내맡기더니 근식이를 향하여

"여보기유, 일어나서 이 짐 좀 지워주게유—"

하고 손을 빈다.

근식이는 잠간 얼뚤하여 그 얼굴을 멍히 쳐다봤으나 그러나 하란대로 안 할 수도 없다. 살려주는 거만 다행으로 여기고 본시는 제가 질 짐이로되 부축하여 그 등에 잘 지워주었다.

솥, 맷돌, 함지박, 보따리들을 한데 묶은 것이니, 무겁기도 조히 무거울 게다. 허나 남편은 조금도 힘드는 기색을 보이기커녕 아주 홀가분한 몸으로 덜렁덜렁 밖을 향하여 나선다.

아내는 남편의 분부대로 언내를 포대기에 둘싸서 등에 업었다. 그리고 입속으로 뭐라는 소리인지 종알종알하더니 저도 따라나선다.

근식이는 얼빠진 사람처럼 서서 웬 영문을 모른다. 한참 그러나 대체 어떻게 되는 겐지 그들의 하는 양이나 보려고 그도 설설 뒤묻었다.

아침 공기는 뼈끝이 다 쑤시도록 더욱 매웁다.

바람도 지면의 눈을 품어다간 얼굴에 뿜고 또 뿜고 하였다.

그들은 산모롱이를 꼽들어 피언한 언덕길로 성큼성큼 내린다. 아내를 앞에 세우고 길을 자추며 일변 남편은 뒤에 우뚝 서 있는 근식이를 돌아다보고

"왜 섰수? 같이 가십시다유—"

하고 동행하기를 간절히 권하였다.

그러나 근식이는 아무 대답 없고 다만 우두커니 섰을 뿐이다.

이때 산모롱이 옆길에서 두 주먹을 흔들며 헐레벌떡 날려드는 것이 근식이 아내이었다. 입은 벌렸으나 말을 하기에는 너무도 기가 찼다. 얼굴이 새빨개지며 눈에 눈물이 불현듯 고이더니

"왜 남의 솥을 빼 가는 거야?"

하고 대뜸 계집에게로 달라붙는다.

계집은 비녀쪽을 잡아채는 바람에 뒤로 몸이 주춤하였다. 그리고는 고개만을 겨우 돌리어

"누가 빼갔어?"

하다가

"그럼 저 솥이 누거야?"

"누건 내 알아 갖다 주니까 가져가지—"

하고 근식이 처만 못하지 않게 독살이 올라 소리를 지른다.

동리 사람들은 잔 눈을 비비며 하나 둘 구경을 나온다. 멀찍이 떨어져서 서로들 붙고 떨어지고

"저게 근식이네 솥인가?"

"글쎄 설마 남의 솥을 빼갈라구—"

"갖다 줬다니까 근식이가 빼온 게지—"

이렇게 수군숙덕—

"아니야! 아니야!"

근식이는 아내를 뜯어말리며 두 볼이 확확 달았다. 마는 아내는 남편에게 한 팔을 끄들린 채 그대로 몸부림을 하며 그대로 대들려고 한다.

그리고 목이 찢어지라고

"왜 남의 솥을 빼가는거야 이 도적년아—"

하고 연해 발악을 친다.

그렇지마는 들병이 두 내외는 금세 귀가 먹었는지 하나는 짐을 하나는 아이를 둘러업은 채 언덕으로 늠름히 내려가며 한번 돌아보는 법도 없다.

아내는 분에 복받쳐 고만 눈 위에 털썩 주저앉으며 체면 모르고 울음을 놓는다.

근식이는 구경꾼 쪽으로 시선을 흘낏거리며 쓴 입맛만 다실 따름—종국에는 두 손으로 눈 위의 아내를 잡아 일으키며 거반 울상이 되었다.

"아니야 글세, 우리 솥이 아니라니깐 그러네 참—"

『매일신보』, 1935.9.3~9.14.

만무방

산골에, 가을은 무르녹았다.

아람드리 노송은 빽빽이 늘어박혔다. 무거운 송낙을 머리에 쓰고 건들건들. 새새이 끼인 도토리, 벚, 돌배, 갈잎들은 울긋불긋. 잔디를 적시며 맑은 샘이 쫄쫄거린다. 산토끼 두 놈은 한가로이 마주앉아 그 물을 할짝거리고. 이따금 정신이 나는 듯 가랑잎은 부수수, 하고 떨린다. 산산한 산들바람, 귀여운 들국화는 그 품에 새뜩새뜩 넘논다. 흙내와 함께 향긋한 땅김이 코를 찌른다. 요놈은 싸리버섯, 요놈은 잎 썩은 내 또 요놈은 송이—아니, 아니 가시덩굴 속에 숨은 박하풀 냄새로군.

응칠이는 뒷짐을 딱 지고 어정어정 노닌다. 유유히 다리를 옮겨놓으며 이 나무 저 나무 사이로 호아든다. 코는 공중에서 벌렸다 오무렸다, 연신 이러며 훅, 훅. 구붓한 한 송목 밑에 이르자 그는 발을 멈춘다. 이번에는 지면에 코를 얕이 갖다 대고 한 바퀴 비잉, 나무를 끼고 돌았다.

—아 하, 요놈이로군!

썩은 솔잎에 덮이어 흙이 봉긋이 돋아 올랐다.

그는 손가락을 꾸부리며[1] 정성스레 살살 헤쳐본다. 과연 귀여운 송

---

1 원전에서는 '꾸지즈며'로 표기. 그러나 문맥상 보아 '꾸부리며'의 오기인 듯하다.

이. 망할 녀석, 조금만 더 나오지. 그걸 뚝 따들곤 뒷짐을 지고 다시 어실렁어실렁. 가끔 선하품은 터진다. 그럴 적마다 두 팔을 떡 벌리곤 먼 하늘을 바라보고 늘어지게도 기지개를 늘인다.

때는 한창 바쁠 추수 때이다. 농군치고 송이파적 나올 놈은 생겨나도 않았으리라. 허나 그는 꼭 해야만 할 일이 없었다. 싫으면 하고 말면 말고 그저 그뿐. 그러함에도 먹을 것이 더러 있느냐면 있기는커녕 부쳐먹을 농토조차 없는, 계집도 없고 집도 없고 자식 없고. 방은 있대야 남의 곁방이요, 잠은 새우잠이요, 허지만 오늘 아침만 해도 한 친구가 찾아와서 벼를 털 텐데 일 좀 와 해달라는 걸 마다 하였다. 몇 푼 바람에 그까짓 걸 누가 하느냐. 보다는 송이가 좋았다. 왜냐면 이 땅 삼천리 강산에 늘어놓인 곡식이 말짱 누 거람. 먼저 먹는 놈이 임자 아니야. 먹다 걸릴 만치 그토록 양식을 쌓아두고 일이 다 무슨 난장 맞을 일이람. 걸리지 않도록 먹을 궁리나 할 게지. 하기는 그도 한 세 번이나 걸려서 구메밥으로 사관을 틀었다.[2] 마는 결국 제 밥상 위의 올라앉은 제 몫도 자칫하면 먹다 걸리긴 매일반—

올라갈수록 덤불은 우거졌다. 머루며 다래, 칡, 게다 이름 모를 잡초. 이것들이 위아래로 이리저리 서리어 좀체 길을 내지 않는다. 그는 잔디 길로만 돌았다. 넓적다리가 벌쭉이는 찢어진 고의자락을 아끼며 조심조심 사려 딛는다.[3] 손에는 칡으로 엮어 들은 일곱 개 송이. 늙은 소나무마다 가선 두리번거린다. 사냥개 모양으로 코로 쿡, 쿡, 내를 한나.

---

2 사관을 틀다 : 급한 병에 손발의 네 관절에 침을 놓아주다. 여기에서 '구메밥으로 사관을 틀다'는 것은 징역살이로 고생을 많이 했다는 것을 의미.

3 사리다 : 모든 일에, 만사에 경계하다. 정신을 바짝 긴장하다. 여기에서 '사려 딛다'는 찢어진 고의 자락 때문에 조심스럽게 발걸음을 옮겨놓고 있는 상황을 의미.

이것도 송이 같고 저것도 송이. 어떤 게 알짜 송인지 분간을 모른다. 토끼똥이 소보록한데 갈잎이 한 잎 똑 떨어졌다. 그 잎을 살며시 들어보니 송이 대구리가 불쑥 올라왔다. 매우 큰 송인 듯. 그는 반색하여 그 앞에 무릎을 털썩 꿇었다. 그리고 그 위에 두 손을 내들며 열 손가락을 펴들었다. 가만가만히 살살 흙을 헤쳐본다. 주먹만 한 송이가 나타난다. 애 이놈 크구나. 손바닥 위에 따 올려놓고는 한참 들여다보며 싱글벙글한다. 우중충한 구석으로 바위는 벽같이 깎아질렀다. 그 중턱을 얽어나간 칡잎에서는 물이 쪼록쪼록, 흘러내린다. 인삼이 썩어 내리는 약수라 한다. 그는 돌 위에 걸터앉으며 또 한 번 하품을 하였다. 간밤 쓸데없는 노름에 밤을 팬 것이 몹씨 나른하였다. 다사로운 햇발이 숲을 새어든다. 다람쥐가 솔방울을 떨어치며. 어여쁜 할미새는 앞에서 알씬거리고. 동리에서는 타작을 하느라고 와글거린다. 흥겨워 외치는 목성, 그걸 엎누르고 공중에 응, 응, 진동하는 벼 터는 기계 소리. 맞은 쪽 산속에서 어린 목동들의 노래는 처량히 울려온다. 산속에 묻힌 마을의 전경을 멀리 바라보다가 그는 눈을 찌긋하며 다시 한 번 하품을 뽑는다. 이 웬 놈의 하품일까. 생각해보니 어제저녁부터 여지껏 창주가 곯리는 것이다.[4] 불현듯 송이 꾸러미에서 그중 크고 먹음직한 놈을 하나 뽑아들었다.

응칠이는 그 송이를 물에 써억 써억 비벼서는 떡 벌어진 대구리부터 걸쌈스리 덥석 물어 떼었다. 그리고 넓죽한 입이 움질움질 씹는다. 혀가 녹을 듯이 만질만질하고 향기로운 그 맛. 이렇게 훌륭한 놈을 입만 다시고 못 먹다니. 문득 옛 추억이 혀끝에 뱅뱅 돈다. 이놈을 맛보는 것

4 창주는 창자 또는 배 속, 그러니까 오랫동안 먹지 못해 창주 배 속을 채우지 못했다는 뜻이다.

도 참 근자의 일이다. 감불생심이지 어디 냄새나 똑똑히 맡아보리. 산속으로 쏘다니다 백판 못 따기도 하려니와 더러 딴다는 놈은 행여 상할까 봐 손도 못 대게 하고 집에 내려다 모으고 또 모으고 하는 것이다. 그러나 요행이 한 꾸러미가 차면 금시로 장에 가져다 판다. 이틀 사흘씩 공 때린 거로되[5] 잘 하면 사십 전, 못 받으면 이십오 전. 저녁거리를 기다리는 아내를 생각하며 좁쌀 서너 되를 손에 사 들고 어두운 고갯치를 터덜터덜 올라오는 건 좋으나 이 신세를 뭣에 쓰나, 하고 보면 을프냥긋기가 짝이 없겠고 — 이까진 걸 못 먹어 그래 홧김에 또 한 놈을 뽑아 들고 이번엔 물에 흙도 씻을 새 없이 그대로 덥석거린다. 그러나 다른 놈들도 별수 없으렷다. 이 산골이 송이의 본고향이로되 아마 일 년에 한 개조차 먹는 놈이 드물리라.

— 흥, 썩어진 두상들![6]

그는 폭 넓은 얼굴을 이그리며[7] 남이나 들으란 듯이 이렇게 비웃는다. 썩었다, 함은 데생겼다 모멸하는 그의 언투이었다. 먹다 나머지 송이 꽁댕이를 바루 자랑스러이 입에다 치트리곤 트림을 섞어가며 우물거린다.

송이가 두 개가 들어가니 인제는 더 먹을 재미가 없다. 뭔가 좀 든든한 걸 먹었으면 좋겠는데. 떡, 국수, 말고기, 개고기, 돼지고기, 그렇지 않으면 쇠고기냐. 아따 궁한 판이니 아무거나 있으면 속중으로 여러 가

5 공때리다 : 무슨 일을 하려다가 목적을 이루지 못하고 허탕 치다. 공치다. 그러나 이곳에서는 송이버섯을 따려고 공을 들이노라 다른 일을 미처 하지 못했음을 의미.

6 두상 : 머리의 높임말, 여기에서는 인체의 한 부분인 머리를 통해 인간을, 죽으면 썩을 인간들, 딱한 사람들, 못난 인간들을 의미.

7 이그리다 → 이그러지다 : 일그러지다. 비뚤거나 찌그러지다. 여기에서는 얼굴을 심하게 찡그리는 것을 의미.

질 먹으며[8] 시름없이 앉았다. 그는 눈꼴이 슬그머니 돌아간다. 웬 놈의 닭인지 암탉 한 마리가 조 아래 무덤 앞에서 빽빽 맨다. 골골거리며 감도는 것을 보매 아마 알자리를 보는 맥이다. 그는 돌에서 궁둥이를 들었다. 낮은 하늘로 외면하여 못 본 척하고 닭을 향하여 저 켠으로 널찍이 돌아내린다. 그러나 무덤까지 왔을 때 몸을 돌리며

"후, 후, 후, 이 자식이 어딜 가 후—"

두 팔을 벌리고 쫓아간다. 산꼭대기로 치모니 닭은 하둥지둥 갈 길을 모른다. 요리 매낀 조리 매낀, 꼬꼬댁거리며 속만 태울 뿐. 그러나 바위틈에 끼어 왁살스러운 그 주먹에 모가지가 둘로 나기에는 불과 몇 분 못 걸렸다.

그는 으슥한 숲속으로 찾아들었다. 닭의 껍질을 홀랑 까고서 두 다리를 들고 찢으니 배창이 옆구리로 꿰진다. 그놈을 긁어 뽑아서 껍질과 한데 뭉치어 흙에 묻어버린다.

고기가 생기고 보니 연하여 나느니 막걸리 생각. 이걸 부글부글 끓여 놓고 한 사발 떡 켰으면 똑 좋을 텐데 제—기. 응칠이의 고기는 어디 떨어졌는지 술집까지 못가는 고기였다. 아무려나 고기 먹고 술 먹고 거꾸로는 못 먹느냐. 그는 닭의 가슴패기를 입에 들여대고 쭉 쭉 찢어가며 먹기 시작한다. 쫄깃쫄깃한 놈이 제법 맛이 들었다. 가슴을 먹고 넓적다리 볼기짝을 먹고 거반 반쪽을 다 해내고 나니 어쩐지 맛이 좀 적었다. 결국 음식이란 양념을 해야 하는군.

수풀 속으로 그냥 내던지고 그는 설렁설렁 내려온다. 솔숲을 빠져 화

8 상상 속에서 여러 종류의 음식을 먹으며.

전께로 내리려 할 제 별안간 등 뒤에서

"여보게 거 응칠이 아닌가!"

고개를 돌려보니 대장간 하는 성팔이가 작달막한 체수에 들갑작거리며 고개를 넘어온다. 그런데 무슨 긴한 일이나 있는지 부리나케 달려들더니

"자네 응고개[9] 논의 벼 없어진 거 아나?"

응칠이는 고만 가슴이 덜컥 내려앉았다. 이 바쁜 때 농군의 몸으로 응고개까지 애를 써 갈 놈도 없으려니와 또한 하필 절 보고 벼의 없어짐을 말하는 것이 여간 심상치 않은 일이었다.

잡담 제하고 응칠이는

"자넨 어째서 응고개까지 갔든가?" 하고 대담스레도 그 눈을 쏘아 보았다. 그러나 성팔이는 조금도 겁먹는 기색 없이

"아 어쩌다 지냈지 뭘 그래"

하며 도리어 얼레발을 치고 덤비는 수작이다. 고얀 놈, 응칠이는 입때 다녀야 동무를 팔아 배를 채우는 그런 비열한 짓은 안 한다. 낯을 붉히자 눈에 물이 보이며

"어쩌다 지냈다?"

응칠이가 이 동리에 들어온 것은 어느덧 달이 넘었다. 인제는 물릴 때도 되었고 좀 떠보고자 생각은 간절하나 아우의 일로 말미암아 망설거리는 중이었다.

---

9 응고개 : 춘천시 신동면 증4리(삼포 유원지)에서 삼포길, 재취골길을 지나면 '새고개'가 나타난다. '새고개'와 새술막 사이에 있는 고갯길의 이름이 '응고개'이다. 「만무방」에서 응오의 논은 응고개에 있는 다락논이다(그러나 실레이야길에서 지정한 응오의 논은 문학탐방객을 위해 편의상 수와리골에 있는 다락논으로 임의 설정되었다).

그는 오라는 데는 없어도 갈 데는 많았다. 산으로 들로 해변으로 발부리 놓이는 곳이 즉 가는 곳이었다.

그러나 저물면은 그대로 쓰러진다. 남의 방앗간이고 헛간이고 혹은 강가, 시새장. 물론 수가 좋으면 괴때기 위에서 밤을 편히 잘 적도 있었다. 이렇게 하여 강원도 어수룩한 산골로 이리 넘고 저리 넘고 못 간 데 별로 없이 유람 겸 편답하였다.

그는 한 구석에 머물러 있음은 가슴이 답답할 만치 되우 괴로웠다.

그렇다고 응칠이가 본시라 역마직성이냐 하면 그런 것도 아니다. 그도 오 년 전에는 사랑하는 아내가 있었고 아들이 있었고 집도 있었고 그때야 어딜 하루라고 집을 떨어져 보았으랴. 밤마다 아내와 마주앉으면 어찌하면 이 살림이 좀 늘어볼까 불어볼까, 애간장을 태우며 같은 궁리를 되하고 되하였다. 마는 별 뾰죽한 수는 없었다. 농사는 열심으로 하는 것 같은 데 알고 보면 남는 건 겨우 남의 빚뿐. 이러다가는 결말엔 봉변을 면치 못할 것이다.

하루는 밤이 깊어서 코를 골며 자는 아내를 깨웠다. 밖에 나가 우리의 세간이 몇 개나 되는지 세어보라 하였다. 그리고 저는 벼루에 먹을 갈아 붓에 찍어 들었다. 벽을 바른 신문지는 누렇게 꺼렀다[10] 그 위에다 아내가 불러주는 물목대로 일일이 내려 적었다. 독이 세 개, 호미가 둘, 낫이 하나, 로부터 밥사발, 젓가락, 짚이 석 단까지 그 담에는 제가 빚을 얻어온 데, 그 사람들의 이름을 쭉 적어 놓았다. 금액은 제각기 그

10 꺼렀다 → ① 그슬다 : 불에 겉만 약간 타게 하다. 햇빛과 바람에 신문지가 누르스름하게 변색된 것. ② 절다 : 땀이나 기름 따위의 더러운 물질이 묻거나 끼어 찌들다(쩔다 : 절다의 강한 의미). 여기에서는 햇빛과 비바람, 먼지 등으로 벽에 바른 신문지가 누루스름하게 변색된 것을 의미.

아래다 달아놓고. 그 옆으로는 조금 사이를 떼어 역시 조선문으로 나의 소유는 이것밖에 없노라, 나는 오십사 원을 갚을 길이 없음에 죄진 몸이라 도망하니 그대들은 아예 싸울 게 아니겠고 서로 의논하여 억울치 않도록 분배하여 가기 바라노라 하는 의미의 성명서를 벽에 남기자 안으로 문들을 걸어 닫고 울타리 밑구멍으로 세 식구 빠져나왔다.

이것이 응칠이가 팔자를 고치던 첫날이었다.

그들 부부는 돌아다니며 밥을 빌었다. 아내가 빌어다 남편에게, 남편이 빌어다 아내에게. 그러자 어느 날 밤 아내의 얼굴이 썩 슬픈 빛이었다. 눈보라는 살을 에인다. 다 쓰러져가는 물방앗간 한구석에서 섬을 두르고 언내에게 젖을 먹이며 떨고 있더니 여보게유, 하고 고개를 돌린다. 왜, 하니까 그 말이 이러다간 우리도 고생일뿐더러 첫때 언내를 잡겠수, 그러니 서루 갈립시다 하는 것이다. 하긴 그럴듯한 말이다. 쥐뿔도 없는 것들이 붙어 다닌댔자 별수는 없다. 그보다는 서로 갈리어 제맘대로 빌어먹는 것이 오히려 가뜬하리라. 그는 선뜻 응낙하였다. 아내의 말대로 개가를 해가서 젖먹이나 잘 키우고 몸 성히 있으면 혹 연분이 닿아 다시 만날지도 모르니깐 마지막으로 나란히 누워 하룻밤을 떨고 나서 날이 훤해지자 그는 툭툭 털고 일어섰다.

매팔자란 응칠이의 팔자이겠다.

그는 버젓이 게트림으로 길을 걸어야 걸릴 것은 하나도 없다. 논맬 걱정도, 호포 바칠 걱정도, 빚 갚을 걱정, 아내 걱정, 또는 굶을 걱정도. 호동가란히 털고 나서니 팔자 중에는 아주 상팔자다. 먹고만 싶으면 도야지고, 닭이고, 개고 언제나 옆을 떠날 새 없겠지 또 돈, 돈도—

그러나 주재소는 그를 노려보았다. 툭하면 오라, 가라, 하는데 학질이었다. 어느 동리고 가 있다가 불행히 일만 나면 누구보다도 그부터 붙들려간다. 왜냐면 그는 전과 4범이었다. 처음에는 도박으로 다음엔 절도로 또 고담에도 절도로, 절도로—

그러나 이번 멀리 아우를 방문함은 생활이 궁하여 근대러 왔다거나 혹은 일을 해보러 온 것은 결코 아니었다. 혈족이라곤 단 하나의 동생이요 또 오래 못 본지라 때 없이 그리웠다. 그래 모처럼 찾아온 것이 뜻밖에 덜컥 일을 만났다.

지금까지 논의 벼가 서 있다면 그것은 성한 사람의 짓이라 안 할 것이다.

응오는 응고개 논의 벼를 여태 베지 않았다. 물론 응오가 베어야 할 것이나 누가 듣든지 그 형 응칠이를 먼저 의심하리라. 그럼 여기에 따르는 모든 책임을 응칠이가 혼자 지지 않으면 안 될 것이다.

응오는 진실한 농군이었다. 나이 서른하나로 무던히 철났다 하고 동리에서 쳐주는 모범청년이었다. 그런데 벼를 베지 않는다. 남은 다들 거두어들였고 털기까지 하려만 그는 벨 생각조차 않는 것이다.

지주라든가 혹은 그에게 장리를 놓은 김참판이든 뻔질 찾아와 벼를 베라 독촉하였다.

"얼른 털어서 낼 건 내야지" 하면 그 대답은

"기집이 죽게 되었는데 벼는 다 뭐지유—"

하고 한결같이 내뱉는 소리뿐이었다.

하기는 응오의 아내가 지금 기지사경임[11]에 틈은 없었다 하더라도 돈

11 원전에는 '기지사정'으로 표기되어 있으나 기지사경(幾至死境)이 맞다.

이 놀아서 약을 못 쓰는 이판이니 진시 벼라도 털어야 할 것이다.

그러면 왜 안 털었던가—

그것은 작년 응오와 같이 지주 문전에서 타작을 하던 친구라면 묻지는 않으리라. 한 해 동안 애를 졸이며 홑자식 모양으로 알뜰히 가꾸던 그 벼를 걷어 들임은 기쁨에 틀림없었다. 꼭두새벽부터 엣, 엣, 하며 괴로움을 모른다. 그러나 캄캄하도록 털고 나서 지주에게 도지를 제하고, 장리쌀을 제하고, 색조를 제하고 보니 남는 것은 등줄기를 흐르는 식은 땀이 있을 따름. 그것은 슬프다 하기보다 끝없이 부끄러웠다. 같이 털어주던 동무들이 뻔히 보고 섰는데 빈 지게로 덜렁거리며 집으로 돌아오는 건 진정 열적기 짝이 없는 노릇이었다. 참다 참다 응오는 눈에 눈물이 흘렀던 것이다.

가뜩한데 엎치고 덮치더라고 올해는 그나마 흉작이었다. 샛바람과 비에 벼는 깨깨 배틀렸다. 이놈을 가을하다간 먹을 게 남지 않음은 물론이요 빚도 다 못 가릴 모양. 에라 빌어먹을 거. 너들끼리 캐다 먹든 말든 멋대로 하여라, 하고 내던져 두지 않을 수 없다. 벼를 걷었다고 말만 나면 빚쟁이들은 우—몰려 들거니깐—

응칠이의 죄목은 여기에서도 또렷이 드러난다. 국으로 가만만 있었더면 좋은 걸 이 사품에 뛰어들어 지주의 뺨을 제법 갈긴 것이 응칠이었다.

처음에야 그럴 작정이 아니었다. 그는 여러 곳 물을 마신 만치 어지간히 속이 틘 건달이었다. 지주를 만나 까놓고 썩 좋은 소리로 의론하였다. 올 농사는 반실이니 도지도 좀 감해주는 게 어떠냐고. 그러나 지주는 암말 없이 고개를 모로 흔들었다. 정 이러면 하여튼 일 년 품은 빼야 할 테니 나는 그 논에다 불을 지르겠수, 하여도 잠자코 응하지 않는다. 지주로 보면 자기로도 그 벼는 넉넉히 걷어드릴 수 있다. 마는 한번 버릇을 잘못해 놓으면 여느 작인까지 행실을 버릴까 염려하여 겉으로 독촉만 하고 있는 터였다. 실상이야 고까짓 벼쯤 있어도 고만 없어도 고만—그 심보를 눈치채고 응칠이는 화를 벌컥 낸 것만은 좋으나, 저도 모르게 대뜸 주먹뺨이 들어갔던 것이다.

이렇게 문제 중에 있는 벼인데 귀신의 노름 같은 변괴가 생겼다. 다시 말하면 벼가 없어졌다. 그것도 병들어 쓰러진 쭉정이는 제쳐놓고 무얼로 그랬는지 알짜 이삭만 따갔다. 그 면적으로 어림하면 아마 못 돼도 한 댓 말 가량은 될는지—

응칠이가 아침 일찍이 그 논께로 노닐자 이걸 발견하고 기가 막혔다. 누굴 성가시게 굴랴고 그러는지. 산속에 파묻힌 논이라 아직은 본 사람이 없는 모양 같다. 허나 동리에 이 소문이 퍼지기만 하면 저는 어느 모로든 혐의를 받아 폐는 조히 입어야 될 것이다.

응칠이는 송이도 송이려니와 실상은 궁리에 바빴다. 속중으로 지목갈 만한 놈을 여럿 들어보았으나 이렇다 짚을 만한 증거가 없다. 어쩌면 재성이나 성팔이 이 둘 중의 짓이리라, 하고 결국 이렇게 생각 든 것도 응칠이가 아니면 안 될 것이다.

원수는 외나무다리에서 만났다.

응칠이는 저의 짐작이 들어맞음을 알고 당장에 일을 낼 듯이 성팔이의 눈을 들이 노렸다.

성팔이는 신이 나서 떠들다가 그 눈총에 어이가 질리어 고만 병병하였다. 그리고 얼굴이 해쓱하여 마주 대고 쳐다보더니

"근데 자네 왜 그케 노하나. 지내다 보니깐 그렇길래 일테면 자네 보구 얘기지 뭐……"

하고 뒷갈망을 못하여 우물쭈물한다.

"노하긴 누가 노해—"

응칠이는 버팅겼던 몸에 좀 더 힘을 올리며

"응고개를 어째 갔더냐 말이지?"

"놀러 갔다 오는 길인데 우연히……"

"놀러 갔다, 거기가 노는 덴가?"

"글쎄, 그렇게까지 물을 게 뭔가, 난 응고개 아니라 서울은 못 갈 사람인가?"

하다가 성팔이는 속이 타는지 코로 흐응, 하고 날숨을 길게 뿜는다.

이렇게 나오는 데는 더 물을 필요가 없었다. 성팔이란 놈도 여간내기가 아니요 구장네 솥인가 뭔가 떼다 먹고 한 번 다녀온 놈이었다. 많이 사귀지는 못했으나 동리 평판이 그놈과 같이 다니다는 엉뚱한 일 만난다 한다. 이번에 응칠이 저 역 그 섭수에 걸렸음을 알고

"그야 응고개라구 못 갈 리 없을 터—"

하고 한 번 엇먹다 그러나 자네두 아다시피 거 어디야, 거기 바루 길이 있다든지 사람 사는 동리라면 혹 모른다 하지마는 성한 사람이야 응고개엘 뭘 먹으러 가나, 그렇지 자네야 심심하니까, 하고 앞을 꽉 눌러 등을 띠본다.[12]

여기에는 대답 없고 성팔이는 덤덤히 쳐다만 본다. 무엇을 생각했는

---

12 먼저 정연한 논리를 펼친 다음 상대가 그에 대해 어떻게 대응하는가를 살펴본다는 의미.

가 한참 있더니 호주머니에서 단풍갑을 꺼낸다. 우선 제가 한 개를 물고 또 하나를 뽑아 내주며

"궐련 하나 피게."

매우 든직한 낯을 해 보인다.

이놈이 이에 밝기가 몹시 밝은 성팔이다. 턱없이 궐련 하나라도 선심을 쓸 궐자가 아니리라, 생각은 하였으나 그렇다고 예까지 부르대는 건 도리어 저의 처지가 불리하다. 그것은 짜정 그 손에 넘는 짓이니.

"아 웬 궐련은 이래—"

하고 슬쩍 눙치며

"성냥 있겠나?"

일부러 불까지 그어대게 하였다.

응칠이에게 액을 떠넘기어 이용하려는 고 야심을 생각하면 곧 달려들어 다리를 꺾어놔야 옳을 것이다. 그러나 이 마당에 떠들어대고 보면 저는 드러누워 침 뱉기. 결국 도적은 뒤로 잡지 앞에서 어르는 법이 아니다.[13] 동리에 소문이 퍼질 것만 두려워하며

"여보게 자네가 했건 내가 했건 간"

하고 과연 정다이 그 등을 툭 치고 나서

"우리 둘만 알고 동리에 말은 내지 말게"

하다가 성팔이가 이 말에 되우 놀라며 눈을 말뚱말뚱 뜨니

"그까진 벼쯤 먹으면 어떤가!"

하고 껄껄 웃어버린다.

---

13 도둑은 분명한 증거를 가지고 잡아야지 의심만으로는 잡을 수 없다.

성팔이는 한굽 접히어 말문이 메였는지 얼뚤하여 입맛만 다신다.

"아예 말은 내지 말게, 응 알지—"

하고 다시 다질 때에야 겨우 주저주저 입을 열어

"내야 무슨 말을 내겠나"

하고 조금 사이를 떼어 또

"내야 무슨 말을…… 그건 염려 말게"

하더니 비실비실 몸을 돌리어 저 갈 길을 내건는다. 그러나 저 앞 고개까지 가는 동안에 두 번이나 돌아다보며 이쪽을 살피고 살피고 한 것만은 사실이었다.

응칠이는 그 꼴을 이윽히 바라보고 입안으로 죽일 놈, 하였다. 아무리 도적이라도 같은 동료에게 제 죄를 넘겨 씌우려 함은 도저히 의리가 아니다.

그건 그렇다 치고 응오가 더 딱하지 않은가. 기껏 힘들여 지어놓았다 남 좋은 일 한 것을 안다면 눈이 뒤집힐 일이겠다.

이래서야 어디 이웃을 믿어보겠는가—

확적히 증거만 있어 이놈을 잡으면 대번에 요절을 내리라 결심하고 응칠이는 침을 탁 뱉아 던지고 산을 내려온다.

그런데 그놈의 행태로 가늠하면 응칠이 저만치는 때가 못 벗은 도적이다. 어느 미친놈이 논두렁에까지 가새를 들고 오는가. 격식도 모르는 푸뚱이가. 그러려면 바로 조낟가리나 수수낟가리 밭이지. 그곳에 들어앉아서 가새로 쏙닥거려야 들킬 일도 없고 일도 편하고. 두 포대고 세 포대고 마음껏 딸 수도 있다. 그러다 틈 보고 집으로 나르면 고만이지만 누가 논의 벼를 다. 그렇게도 벼에 걸신이 들었다면 바로 남의 집 머슴으로 들어가 한 달포 동안 주인 앞에서 얼렁거리는 것이어니와, 신용을 얻어놨다가 주는 옷이나 얻어 입고 다들 잠 들거던 볏섬이나 두둑이 짊어메고 덜렁거리면 그뿐이다. 이건 맥도 모르는 게 남도 못살게 굴랴고. 에—이 망할 자식두. 그는 분노에 살이 다 부들부들 떨리는 듯싶었다. 그러나 이런 좀도적이란 뽕이 나기 전에는 바싹 물고 덤비는 법이었다. 오늘 밤에는 요놈을 지켰다 꼭 붙들어 가지고 정강이를 분질러 노리라, 밥을 먹고는 태연히 막걸리 한 사발을 껄떡껄떡 들여키자

"커—, 가을이 되니깐 맛이 행결 낫군—"

그는 주먹으로 입가를 쓱쓱 훔친 다음 송이꾸림에서 세 개를 뽑는다. 그리고 그걸 갈퀴같이 마른 주막할머니 손에 내어주며

"엣수, 송이나 잡숫게유—" 하고 술값을 치렀으나

"아이 송이두 고놈 참."

간사를 피는 것이 겉으로는 반기는 척하면서도 좀 시쁜 모양이다. 제 딴에는 한 개 삼전 씩 치더라도 구 전밖에 안 되니깐—

응칠이는 슬며시 화가 나서 그 얼굴을 유심히 들여다보았다. 움푹 들어가 볼때기에 저건 또 왜 멋없이 불거졌는지 툭 나온 광대뼈하고 치마 아래로 남실거리는 발가락은 자칫 잘못 보면 황새 발목이니 이건 언제 잡아가려고 남겨두는 거야—보면 볼수록 하나 이쁜 데가 없다. 한두 번 먹은 것도 아니요 언젠간 울타리께 풀을 베어주고 술사발이나 얻어먹은 적도 있었다. 고렇게 야멸치게 따질 건 뭔가. 그는 눈살을 흘낏 맞추고는 하나를 더 꺼내어

"엣수 또 하나 잡숫게유—"

내던져주곤 댓돌에 가래침을 탁 뱉았다.

그제야 식성이 좀 풀리는지 그 가죽으로 웃으며[14]

"아이그 이거 자꾸 줌 어떻게—"

"어떡허긴, 자꾸 살 찌게유"

하고 한 마디 툭 쏘고 일어서다가 무엇을 생각함인지 다시 툇마루에 주저앉았다.

"그런데 참 요즘 성팔이 보섯수?"

"아—니, 당최 볼 수가 없더구먼."

"술두 안 먹으러 와유?"

"안 와—"

하고는 입속으로 뭐라구 종잘거리며 의아한 낯을 들더니

"왜, 또 뭐 일이……?"

"아니유, 본 지가 하 오래니깐—"

응칠이는 말끝을 얼버무리고 고개를 돌리어 한데를 바라본다. 벌써 점심때가 되었는지 닭들이 요란히 울어댄다. 논둑의 미루나무는 부 하고 또 부 하고 잎이 날리며 팔랑팔랑 하늘로 올라간다.

"성팔이가 이 말에서 얼마나 살았지유?"

"글세—, 재작년 가을이지 아마"

하고 장죽을 빽빽 빨더니

"근데 또 떠난대는 걸, 홍천인가 어디 즈 성님 한테로 간대"

하고 그게 옳지 여기서 뭘 하느냐. 대장간이라구 일이나 많으면 모르거니와 밤낮 파리만 날리는 걸. 그보다는 제 형이 크게 농사를 짓는대니

14 꾸미지 않은, 생긴 그대로, 본색 그대로 웃으며. 예사롭게 웃으며. 원전에서는 '가축'으로 나오나 이는 문맥상 '가죽'의 오식으로 보임. 가죽은 사람 피부를 낮추어 부르는 말.

그 뒤나 자들어주고 국으로 얻어먹는 게 신상에 편하겠지. 그래 불일간 처자식을 데리고 아마 떠나리라고 하고

"농군은 그저 농사를 지야 돼."

"낼 술 먹으러 또 오지유—"

간단히 인사만 하고 응칠이는 다시 일어났다.

주막을 나서니 옷깃을 스치는 개운한 바람이다. 밭 둔덕의 대추는 척척 늘어진다. 머지않아 겨울은 또 오렸다. 그는 응오의 집을 바라보며 그간 죽었는지 궁금하였다.

응오는 봉당에 걸터앉았다. 그 앞 화로에는 약이 바글바글 끓는다. 그는 정신없이 들여다보고 앉았다.

우중충한 방에서는 아내의 가쁜 숨소리가 들린다. 색, 색 하다가 아이구, 하고는 까무러지게 콜록거린다. 가래가 치밀어 몹시 괴로운 모양—뽑아줄 사이가 없이 풀들은 뜰에 엉겼다. 흙이 드러난 지붕에서 망초가 휘어청 휘어청. 바람은 가끔 찾아와 싸리문을 흔든다. 그럴 적마다 문은 을씨년스럽게 삐—꺽 삐—꺽. 이웃의 발발이는 부엌에서 한창 바쁘게 달그락거린다. 마는 아침에 아내에게 먹이고 남은 조죽밖에야. 아니 그것도 참 남편마저 긁었으니 사발에 붙은 찌꺼기뿐이리라—

"거, 다 졸았나부다."

응칠이는 약이란 너무 졸면 못 쓰니 고만 짜 먹이라, 하였다. 약이라야 어제저녁 울 뒤에서 옮아들인 구렁이지만—

그러나 응오는 듣고도 흘렸는지 혹은 못 들었는지 잠자코 고개도 안 든다.

"옜다 송이 맛이나 봐라."

하고 형이 손을 내밀 제야 겨우 시선을 들었으나 술이 거나한 그 얼굴을 거북상스레 훑어본다. 그리고 송이를 고맙지 않게 받아 방으로 치뜨리고는

"이거나 먹어"

하다가

"뭐?"

소리를 크게 질렀다. 그래도 잘 들리지 않음으로

"뭐야 뭐야, 좀 똑똑히 하라니깐?"

하고 골피를 찌푸린다.

그러나 아내는 손짓만으로 무슨 소린지 알 수가 없다. 음성으로 치느니보다 종이 비비는 소리랄지, 그걸 듣기에는 지척도 멀었다.[15]

가만히 보다 응칠이는 제가 다 불안하여

"뭐 보겠다는게 아니냐!"

"그럼 그렇다 말이 있어야지."

남편은 이내 짜증을 내며 몸을 일으킨다. 병약한 아내의 음성이 날로 변하여감을 시방 안 것도 아니련만—

그는 방바닥에 늘어져 꼬치꼬치 마른 반송장을 조심히 일으키어 등에 업었다. 울 밖 밭머리에 잿간은 놓였다. 머리가 눌릴 만치 납작한 갑갑한 굴속이다. 게다 거미줄은 예제없이 엉키었다. 부춛돌 위에 내려놓으니 아내는 벽을 의지하여 웅크리고 앉는다. 그리고 남편은 눈을 벌뚱멀뚱 뜨고 지키고 섰는 것이다.

15 환자의 소리가 너무 작아서 가까이 있음에도 먼 소리로 들렸다.

이 꼴들을 멀거니 바라보다 응칠이는 마뜩치않게 코를 횅, 풀며 입맛을 다시었다. 응오의 짓이 어리석고 울화가 터져서이다. 요즘 응오가 형에게 잘 말도 않고 왜 그렇게 어뜩비뜩 하는지 그 속은 응칠이도 모르는 바 아닐 것이다.

응오가 이 아내를 찾아올 때 꼭 삼 년간을 머슴을 살았다. 그처럼 먹고 싶은 술 한 잔 못 먹었고 그처럼 침을 삼키던 그 개고기 한 매 물론 못 샀다. 그리고 사경을 받는 대로 꼭꼭 장리를 놓았으니 후일 선채로 썼던 것이다. 이렇게까지 근사를 모아 얻은 계집이련만 단 두 해가 못 가서 이 꼴이 되고 말았다.

그러나 이 병이 무슨 병인지 도시 모른다. 의원에게 한 번이라도 변변히 뵌 적이 없다. 혹 안다는 사람의 말인즉 뇌점이니 어렵다 하였다. 돈만 있다면야 뇌점이고 염병이고 알 바가 못될 거로되 사날 전 거리로 쫓아 나오며

"성님!"

하고 팔을 챌 적에는 응오도 어지간히 급한 모양이었다.

"왜?"

응칠이가 몸을 돌리니 허둥지둥 그 말이 인제는 별도리가 없다. 있다면 꼭 한 가지가 남았으나 그것은 엊그저께 산신을 부리는 노인이 이 마을에 오지 않았는가. 그 도인이 응오를 특히 동정하여 십오 원만 들여 산치성을 올리면 씻은 듯이 낫게 해주리라는 데

"성님은 언제나 돈 만들 수 있지유?"

"거 안 된다, 치성드려 날 병이 그냥 안 낫겠니"

하여 여전히 딱 떼이고 그러게 내 뭐래던, 애전에 계집 다 내버리고 날

따라나스랬지, 하고

"그래 농군의 살림이란 제 목 매기라지—"[16]

그러나 아우가 아무 말 없이 몸을 홱 돌려 집으로 들어갈 제 응칠이는 속으로 또 괜한 소리를 했구나, 하였다.

응오는 도로 아내를 업어다 방에 뉘었다. 약은 다 졸았다. 불이 삭기 전 짜야 할 것이다. 식기를 기다려 약사발을 입에 대어주니 아내는 군말 없이 그 구렁이 물을 껄떡껄떡 들여마신다.

응칠이는 마당에 우두커니 앉았다. 사람의 목숨이란 과연 중하군, 하였다. 그러나 계집이라는 저 물건이 그렇게 떼기 어렵도록 중한가, 하니 암만해도 알 수 없고.

"너 참 요 건너 성팔이 알지?"

"……"

"너하구 친하냐?"

"……"

"성이 뭐래는데 거 대답 좀 하렴"

하고 소리를 빽 질러도 아우는 대답은 말고 고개도 안 든다.

그러나 응칠이는 하늘을 쳐다보고 트림만 끄윽, 하고 말았다. 술기가 코를 콱 콱 찔러야 할 터인데 이건 풋김치 냄새만 코밑에서 뱅뱅 돈다. 공짜 김치만 퍼먹을 게 아니라 한 잔 더 했다면 좋았을 걸. 그는 일어서서 대를 허리에 꽂고 궁둥이의 흙을 털었나. 벼 노석 밪은 이야기를 할까, 하다가 아서라 가뜩이나 울상이 속이 쓰릴 것이다. 그보다는 이놈

16 농군이 농사지으며 정성을 퍼붓는 것은 자기 목숨을 줄이는 것만큼이나 힘에 겨운 일이라는 의미.

을 잡아놓고 낭종 히짜를 뽑는 것이 점잖하겠지—

그는 문밖으로 나와버렸다. 답답한 아우의 살림을 보니 역 답답하던 제 살림이 연상되고 가슴이 두 몫 답답하였다.

이런 때에는 무가 십상이다. 사실 하느님이 무를 마련해낸 것은 참으로 은혜로운 일이다. 맥맥할 때 한 개를 씹고 보면 꿀컥하고 쿡 치는 그 멋이 좋고 남의 무밭에 들어가 하나를 쑥 뽑으니 가락무. 이—키, 이거 오늘 운수 대통이로군. 내던지고 그 다음 놈을 뽑아 들고 개울로 내려온다. 물에 쓱 쓰욱 닦아서는 꽁지는 이로 베어 던지고 어썩 깨물어 붙인다.

개울 둔덕 포플러는 호젓하게도 매출이 컸다. 재갈돌은 고 밑에 옹기종기 모였다. 가생이로 잔디가 소보록하다. 응칠이는 나가자빠져 마을을 건너다보며 눈을 멀뚱멀뚱 굴리고 누웠다. 산에 빽빽 둘리어 숨이 콕 막힐 듯한 그 마을—

아리랑 아리랑 아라리요
아리랑 띄여라 노다가세
증기차는 가자고 왼고동 트는 데[17]
정든 님 품안고 낙누낙누[18]
낼 갈지 모레 갈지 내 모르는데
옥씨기 강낭이는 심어 뭐 하리

17 왼 → 온 : '꽉 찬', '완전한', '전부의' 따위의 뜻을 더하는 접두사. 고동은 신호를 위하여 비교적 길게 내는 기적 따위의 소리. 여기에서 증기차가 왼고동을 튼다는 것은 증기기관차가 울리는 우렁찬 기적소리를 의미.
18 낙누낙누 : 눈물을 흘리고 흘리네.

아리랑 아리랑 아리리요

아리랑 띄어라……

그는 콧노래를 이렇게 흥얼거리다 갑작스레 강릉이 그리웠다. 펄펄 뛰는 생선이 좋고 아침 햇빛에 비끼어 힘차게 출렁거리는 그 물결이 좋고. 이까짓 둠구석에서 쪼들리는 데 대다니. 그래도 저희 딴에는 무어 농사 좀 지었답시고 악을 복복 쓰며 잘도 떠들어대인다. 허지만 그런 중에도 어디인가 형언치 못할 쓸쓸함이 떠돌지 않는 것도 아니다. 삼십여 년 전 술을 빚어놓고 쇠를 울리고 흥에 질리어 어깨춤을 덩실거리고 이러던 가을과는 저 딴쪽이다. 가을이 오면 기쁨에 넘쳐야 될 시골이 점점 살기만 띠어옴은 웬일일꼬. 이렇게 보면 작년 가을 어느 밤 산중에서 낫으로 사람을 찍어 죽인 강도가 문득 머리에 떠오른다. 장을 보고 오는 농군을 농군이 죽였다. 그것도 많이나 되었으면 모르되 빼앗은 것이 한껏 동전 네 닢에 수수 일곱 되. 게다가 흔적이 탄로날까 하여 낫으로 그 얼굴의 껍질을 벗기고 조깃대강이 이기듯 끔찍하게 남기고 조긴 망난이다. 흉악한 자식. 그 잘량한 돈 사 전에 나 같으면 가여워 덧돈을 주고라도 왔으리라. 이번 놈은 그따위 각다귀나 아닐는지[19] 할 때 찬 김과 아울러 소름에 머리끝이 다 쭈뼛하였다. 그간 아우의 농사를 대신 돌봐주기에 이럭저럭 날이 늦었다. 오늘 밤에는 이놈을 다리를 꺾어놓고 내일쯤은 봐서 설렁설렁 뜨는 것이 옳은 일이겠다. 이 산을 넘을까 저 산을 넘을까 주저거리며 속으로 점을 치다가 슬그머니 코를 골

19 각다귀 : 각다귀과의 곤충으로 모기와 비슷하나 몸체는 좀 더 크다. 여기에서는 남의 것을 등쳐 먹는 사람을 비유적으로 이른 말.

아 올린다.

밤이 내리니 만물은 고요히 잠이 든다. 검푸른 하늘에 산봉우리는 울퉁불퉁 물결을 치고 흐릿한 눈으로 별은 떴다. 그러다 구름떼가 몰려 닥치면 캄캄한 절벽이 된다. 또한 마을 한 복판에는 거친 바람이 오락가락 쓸쓸이 궁글고 이따금 코를 찌르는 후련한 산사 내음새. 북쪽 산 밑 미루나무에 싸여 주막이 있는데 유달리 불이 반짝인다. 노세, 노세, 젊어서 놀아, 노랫소리는 나직나직 한산히 흘러온다. 아마 벼를 뒷심대고 외상이리라—[20]

응칠이는 잠자코 벌떡 일어나 바깥으로 나섰다. 그리고 다 나와서야 그 집 친구에게 눈치를 안 채이도록.

"내 잠깐 다녀옴세—"

"어딜 가나?"

친구는 웬 영문을 몰라서 뻔히 치어다보다 밤이 이렇게 늦었으니 나갈 생각 말고 어여 이리 들어와 자라 하였다. 기껏 둘이 앉아서 개코쥐코 떠들다가 갑자기 일어서니까 꽤 이상한 모양이었다.

"건너 말 가 담배 한 봉 사 올라구."

"담배 여깄는데 또 사 뭐하나?"

친구는 호주머니에서 굳이 희연봉을 꺼내어 손에 들어 보이더니

"이리 들어와 섬이나 좀 쳐주게."

"아참 깜빡……"

하고 응칠이는 미안스러운 낯으로 뒤통수를 긁죽긁죽 한다. 하기는 섬을

20 뒷심 : 당장은 내비치지 않으나 뒷날에 이룰 수 있는 어떤 일을 기대하는 마음. 여기에서는 벼를 수확해서 갚을 생각을 하고 외상으로 술을 마시고 있는 상황을 의미.

좀 쳐달라고 며칠째 당부하는 걸 노름에 몸이 팔리어 고만 잊고 잊고 했던 것이다. 먹고 자고 이렇게 신세를 지면서 이건 썩 안 됐다, 생각은 했지마는

"내 곧 다녀올걸 뭐……"

어정쩡하게 한 마디 남기곤 그 집을 뒤에 남긴다.

그러나 이 친구는

"그럼 곧 다녀오게 —"

하고 때를 재치는 법은 없었다. 언제나 여일같이

"그럼 곧 다녀오게 —"

이렇게 그 신상만 편하기를 비는 것이다.

응칠이는 모든 사람이 저에게 그 어떤 경의를 갖고 대하는 것을 가끔 느끼고 어깨가 으쓱거린다. 백판 모르는 사람도 데리고 앉아서 몇 번 말만 좀 하면 대번 구부러진다. 그렇게 장한 것인지 그 일을 하다가, 그 일이라야 도적질이지만, 들어가 욕보던 이야기를 하면 그들은 눈을 커다랗게 뜨고

"아이구, 그걸 어떻게 당하셨수!"

하고 적이 놀라면서도

"그래 그 돈은 어떻겠수?"

"또 그럴 생각이 납디까유?"

"참 우리 같은 농군에 대면 호강살이유!"

하고들 한편 썩 부러운 모양이었다. 저들도 그와 같이 진탕먹고 살고는 싶으나 주변 없이 못하는 그 울분에서 그런 이야기만 들어도 다소 위안이 되는 것이다. 응칠이는 이걸 잘 알고 그 누구를 논에다 거꾸로 박아

놓고 달아나다가 붙들리어 경치던 이야기를 부지런히 하며

"자네들은 안적 멀었네 멀었어—"

하고 흰소리를 치면 그들은, 옳다는 뜻이겠지, 묵묵히 고개만 꺼덕꺼덕 하며 속없이 술을 사주고 담배를 사주고 하는 것이다.

그런데 이번 벼를 훔쳐간 놈은 응칠이를 마구 넘보는 모양 같다.

이렇게 생각하면 응칠이는 더욱 괘씸하였다. 그는 물푸레 몽둥이를 벗 삼아 논둑길을 질러서 산으로 올라간다.

이슥한 그믐은 칠야—

길은 어둡고 흐릿한 언저리만 눈앞에 아물거린다.

그 논까지 칠 마장은 느긋하리라. 이 마을을 벗어나는 어구에 고개 하나를 넘는다. 또 하나를 넘는다. 그러면 그담 고개와 고개 사이에 수목이 울창한 산 중턱을 비겨대고 몇 마지기의 논이 놓였다. 응오의 논은 그중의 하나였다. 길에서 썩 들어앉은 곳이라 잘 뵈도 않는다. 동리에 그런 소문이 안 났을 때에는 천행으로 본 놈이 없을 것이나 반드시 성팔이의 성행임에는—

응칠이는 공동묘지의 첫고개를 넘었다. 그리고 다음 고개의 마루턱을 올라섰을 때 다리가 주춤하였다. 저 윈편 높은 산고랑에서 불이 반짝하다 꺼진다. 짐승불로는 너무 흐리고—아—하, 이놈들이 또 왔군. 그는 가던 길을 옆으로 새었다. 더듬더듬 나뭇가지를 짚으며 큰 산으로 올라탄다. 바위는 미끄러져 내리며 발등을 찧는다. 딸기 가시에 종아리는 따갑고 엉금엉금 기어서 바위를 끼고 감돈다.

산 거반 꼭대기에 바위와 바위가 어깨를 겼고 움쑥 들어간 굴이 있다. 풀들은 뻗치어 굴문을 막는다.

그 속에 둘러앉아서 다섯 놈이 머리들을 맞대고 수군거린다. 불빛이 샐까 염려다. 남포불을 얕이 달아놓고 몸들을 바싹바싹 여미어 가리운다.

"어서 후딱후딱 쳐, 갑갑해서 온—"

"이번에 누가 빠지나?"

"이 사람이지 뭘 그래."

"다시 섞어. 어서 이따위 수작이야"

하고 한 놈이 골을 내이고 화투를 뺏아서 제 손으로 섞다가 깜짝 놀란다. 그리고 버썩 대드는 응칠이를 벙벙히 쳐다보며 얼뚤한다.

그들은 응칠이가 오는 것을 완고척히 싫어하는 눈치였다. 이런 애송이 노름판인데 응칠이를 들였다는 맥을 못 쓸 것이다. 속으로 되우 꺼렸다마는 그렇다고 응칠이의 비위를 건드림은 더욱 좋지 못하므로—

"아, 응칠인가 어서 들어오게"

하고 선웃음을 치는 놈에

"난 올듯하게, 자넬 기다렸지"

하며 어수대는 놈.

"하여튼 한 케 떠보세"[21]

이놈들은 손을 잡아들이며 썩들 환영이었다.

응칠이는 그 속으로 들어서며 무서운 눈으로 좌중을 한 번 훑어보았다.

그런데 재성이도 그 틈에 끼어 있는 것이 아닌가. 사날 전만 해도 응칠이더러 먹을 양식이 없으니 돈 좀 취하라던 놈이. 의심이 부쩍 일었다. 도적이란 흔히 이런 노름판에서 씨가 퍼진다. 고 옆으로 기호도 앉

21 '케'는 '켜', '한 케 떠보세'는 화투장을 들추어보자, 함께 화투를 쳐보자는 의미.

았다. 이놈은 며칠 전 제 계집을 팔았다. 그 돈으로 영동 가서 장사를 하겠다던 놈이 노름을 왔다. 제깐 주제에 딸 듯싶은가. 하나는 용구. 농사에 힘 안 쓰고 노름에 몸이 달았다. 시키는 부역도 안 나온다고 동리에서 손두를 맞은 놈이다. 그리고 남의 집 머슴 녀석. 뽐을 내고 멋없이 점잔을 피우는 중늙은이 상투쟁이. 이 물건은 어서 날아왔는지 보도 못하던 놈이다. 체 이것들이 뭘 한다고—

응칠이는 기호의 등을 꾹 찍어가지고 밖으로 나왔다.

외딴 곳으로 데리고 와서

"자네 돈 좀 없겠나?"

하고 돌아서다가

"웬걸 돈이 어디……"

눈치만 남고 어름어름하니

"아내와 갈렸다지, 그 돈 다 뭐했나?"

"아 이 사람아 빚 갚았지—"

기호는 눈을 내려깔며 매우 거북한 모양이다.

오른편 엄지로 한 코를 밀고 홍 하고 내풀더니 이번 빚에 졸리어 죽을 뻔했네 하고 묻지 않은 발뺌까지 얹어서 설대로 등어리를 긁죽긁죽 한다.

그러나 응칠이는 속으로 이놈, 하였다.

응칠이는 실눈을 뜨고 기호를 유심히 쏘아주었더니

"꼭 사 원 남았네"

하고 선뜻 알리고

"빚 갚고 뭣하고 흐지부지 녹았어—"

어색하게도 혼잣말로 우물쭈물 웃어버린다.

응칠이는 퉁명스러이

"나 이 원만 최게"

하고 손을 내대다 그래도 잘 듣지 않음에

"따서 둘이 노늘테야, 누가 떼먹나—"

하고 소리가 한 번 빽 아니 나올 수 없다.

이 말에야 기호도 비로소 안심한 듯, 저고리 섶을 쳐들고 흠척거리다 주뼛주뼛 꺼내 놓는다. 딴은 응칠이의 솜씨면 낙자는 없을 것이다. 설혹 재간이 모자라 잃는다면 우격이라도 도로 몰아갈 게니까—

"나도 한 케 떼보세."

응칠이는 우좌스리 굴로 기어든다. 그 콧등에는 자신 있는 그리고 흡족한 미소가 떠오른다. 사실이지 노름만치 그를 행복하게 하는 건 다시 없었다. 슬프다가도 화투나 투전장을 손에 들면 공연스레 어깨가 으쓱거리고 아무리 일이 바빠도 노름판만은 옆에 못 두고 떠난다. 그는 이놈 저놈의 눈치를 슬쩍 한 번 훑어보고

"두 패로 너느지?"

응칠이는 재성이와 용구를 데리고 한옆으로 비켜 앉았다. 그리고 신바람이 나서 화투를 섞다가 손을 따악 짚으며

"튀전이래지 이깐 화투는. 하튼 뭘 할 텐가. 녹빼낀가, 켤 텐가?"

"약단이나 그저 보지—"

사방은 매섭게 조용하였다. 바위 위에서 혹 바람에 모래 구르는 소리뿐이었다. 어쩌다

"엣다 봐라"

하고 화투짝이 쩔걱, 한다. 그리고 다시 쥐 죽은 듯 잠잠하다.

그들은 이욕에 몸이 달아서 이야기고 뭐고 할 여지가 없다. 행여 속지나 않는가, 하여 눈들이 빨개서 서로 독을 올린다. 어떤 놈이 뜯는 놈이고 어떤 놈이 뜯기는 놈인지 영문 모른다.

응칠이가 한 장을 내던지고 명월공산을 보기 좋게 떡 젖혀놓으니

"이거 왜 수짜질이야."

용구가 골을 벌컥내며 쳐다본다.

"뭐가?"

"뭐라니, 아 이 공산 자네 밑에서 빼내지 않었나?"

"봤으면 고만이지 그렇게 노할 건 또 뭔가—"

응칠이는 어설피 입맛을 쩍쩍 다시다.

"그럼 이번에 파토지?" 하고 손의 화투를 땅에 내던지며 껄껄 웃어버린다.

이때 한옆에서 별안간

"이 자식 죽인다—"

악을 쓰는 것이니 모두들 놀라며 시선을 몬다. 머슴이 마주앉은 상투의 뺨을 갈겼다. 말인 즉 매조 다섯 끝을 업어쳤다, 고—

허나 정말은 돈을 잃은 것이 분한 것이다. 이 돈이 무슨 돈이냐 하면 일 년 품을 팔은 피 묻은 사경이다. 이런 돈을 송두리 먹다니—

"이 자식 너는 야마시꾼이지. 돈 내라."

멱살을 훔켜잡고 다시 두 번을 때린다.

"허 이눔이 왜 이래누, 어른을 몰라 보구."

상투는 책상다리를 잡숫고 허리를 쓰윽 펴더니 점잖이 호령한다. 자

식뻘 되는 놈에게 빰을 맞는 건 말이 좀 덜 된다. 약이 올라서 곧 일을 칠 듯이 엉덩이를 번쩍 들었으나 그러나 그대로 주저앉고 말았다. 악에 바짝 받친 놈을 건드렸다는 결국 이쪽이 손해다. 더럽다는 듯이 허, 허 웃고

"버릇없는 놈 다 봤고!"

하고 꾸짖은 것은 잘 됐으나 기어이 어이쿠, 하고 그 자리에 푹 엎으러진다. 이마가 터져서 피는 흘렀다. 어느 틈엔가 돌맹이가 날아와 이마의 가죽을 터친 것이다.

응칠이는 싱글거리며 굴을 나섰다. 공연스레 쑥스럽게 일이나 벌어지면 성가신 노릇이다. 그리고 돈 백이나 될 줄 알았더니 다 봐야 한 사십 원 될까 말까. 그걸 바라고 어느 놈이 앉았는가—

그가 딴 것은 본밑을 알라 구 원 하고 팔십 전이다. 기호에게 오 원을 내주고

"자, 반이 넘네, 자네 계집 잃고 돈 잃고 호강이겠네."

농담으로 비웃어 던지고 숲으로 설렁설렁 내려온다.

"여보게, 자네에게 청이 있네."

재성이 목이 말라서 바득바득 따라온다. 그 청이란 묻지 않아도 알 수 있었다. 저에게 다 빼앗기곤 구문이겠지. 시치미를 딱 떼고 나 갈 길만 걷는다.

"여보게 응칠이, 아 내 말 좀 들어—"

그제서는 팔을 잡아낚으며 살려 달라 한다. 돈을 좀 늘일까, 하고 벼 열 말을 팔아 해보았다더니 다 잃었다고. 당장 먹을 게 없어 죽을 지경이니 노름 밑천이나 하게 몇 푼 달라는 것이다. 그러나 벼를 털었으면

거저 먹을 게지 어쭙지않게 노름은—

"그런 걸 왜 너보고 하랐어?"

하고 돌아서며 소리를 빽 지르다가 가만히 보니 눈에 눈물이 글썽한다. 잠자코 돈 이원을 꺼내주었다.

응칠이는 돌에 앉아서 팔짱을 끼고 덜덜 떨고 있다.

사방은 뺑—돌리어 나무에 둘러싸였다. 거무투툭한 그 형상이 헐없이 무슨 도깨비 같다. 바람이 불 적마다 쏴—, 하고 쏴—하고 음충맞게 건들거린다. 어느 때에는 짹, 짹, 하고 목을 따는지 비명도 울린다.

그는 가끔 뒤를 돌아보았다. 별일은 없을 줄 아나 혹 뭐가 덤벼들지도 모른다. 서낭당은 바로 등 뒤다. 쪽제빈지 뭔지, 요동 통에 돌이 무너지며 바시락, 바시락, 한다. 그 소리가 묘—하게도 등줄기를 쪼옥 긋는다. 어두운 꿈속이다. 하늘에서 이슬은 내리어 옷깃을 축인다. 공포도 공포려니와 냉기로 하여 좀체로 견딜 수가 없었다.

산골은 산신까지도 주렸으렷다. 아들 나달라고 떡 갖다바칠 이 없을 테니까. 이놈의 영감님 홧김에 덥석 달려들면. 앞뒤를 다시 한번 휘돌아본 다음 설대를 뽑는다. 그리고 오금팽이로 불을 가리고는 한 대 뻑뻑 피어 물었다. 논은 여나문 칸 떨어져 고 아래에 누웠다. 일심정기를 다하여 나무 틈으로 뚫어보고 앉았다. 그러나 땅에 대를 털라니까 풀숲이 이상스레이 흔들린다. 뱀, 뱀이 아닌가. 구시월 뱀이라니 물리면 고만이다. 자리를 옮겨 앉으며 손으로 입을 막고 하품을 터친다.

아마 두어 시간은 더 넘었으리라. 이놈이 필연코 올 텐데 안 오니 이 또 무슨 조활까. 이 짓이란 소문이 나기 전에 한 번 더 와 보는 것이 원칙이다. 잠을 못 자서 눈이 뻑뻑한 것이 제물에 슬금슬금 감긴다. 이를 악물고 눈을 뒵쓰면 이번에는 허리가 노글거린다. 속은 쓰리고 골치는 때리고. 불꽃같은 노기가 불끈 일어서 몸을 옥죄인다. 이놈의 다리를 못 꺾어 놓아도 아비 없는 호래자식이겠다.

닭들이 세 홰를 운다. 멀—리 산을 넘어오는 그 음향이 퍽은 서글프다. 큰 비를 몰아들이는지 검은 구름이 잔뜩 낀다. 하긴 지금도 빗방울이 뚝, 뚝, 떨어진다.

그때 논둑에서 히끄무레한 허깨비 같은 것이 얼씬거린다. 정신을 반짝 차렸다. 영락없이 성팔이, 재성이, 그들 중의 한 놈이리라. 이 고생을 시키는 그놈—이가 북북 갈리고 어깨가 다 식식거린다. 몽둥이를 잔뜩 우려쥐었다. 그리고 벌떡 일어나서 나무줄기를 끼고 조심조심 돌아내린다. 허나 도랑쯤 내려오다가 그는 멈씰하여 몸을 뒤로 물렸다. 늑대 두 놈이 짝을 짓고 이편 산에서 저편 산으로 설렁설렁 건너가는 길이었다. 빌어먹을 늑대, 이것까지 말썽이람. 이마의 식은땀을 씻으며 도로 제 자리로 돌아온다. 어쩌면 이번 이놈도 재작년 강도짝이나 안 될는지. 급시로 불길한 예감이 뒤통수를 탁 치고 지나간다.

그는 옷깃을 여미며 한 대를 더 부쳤다. 돌연히 풍세는 심하여진다. 산골짜기로 몰아드는 억센 놈이 가끔 발광이다. 다시금 더르르 몸을 떨었다. 가을은 왜 이 지경인지. 여기에서 밤새울 생각을 하니 기가 찼다.

얼마나 되었는지 몸을 좀 녹이고자 일어나서 서성서성할 때이었다. 논으로 다가오는 희미한 그림자를 분명히 두 눈으로 보았다. 그리고 보니 피로고, 한고이고 다 딴소리이다. 고개를 내대고 딱 버티고 서서 눈에 쌍심지를 올린다.

흰 그림자는 어느 틈엔가 어둠 속에 사라져 보이지 않는다. 그리고 다시 나올 줄을 모른다. 바람 소리만 왱, 왱, 칠 뿐이다. 다시 암흑 속이 된다. 확실히 벼를 훔치러 논 속으로 들어갔을 것이다. 여깽이 같은 놈이 궂은 날씨를 기화 삼아 맘껏 하겠지. 의리 없는 썩은 자식, 격장에서 같이 굶은 터에 — 오냐 대거리만 있어라 이를 한번 부욱 갈아붙이고 차츰차츰 논께로 내려온다.

응칠이는 논께로 바특이 내려서서 소나무에 몸을 착 붙였다. 선불리 서둘다간 낫의 횡액을 입을지도 모른다. 다 훔쳐가지고 나올 때만 기다린다. 몽둥이는 잔뜩 힘을 올린다.

한 식경 쯤 지났을까. 도적은 다시 나타난다. 논둑에 머리만 내놓고 사면을 두리번거리더니 그제서 기어 나온다. 얼굴에는 눈만 내놓고 수건인지 뭔지 헝겊이 가리었다. 봇짐을 등에 짊어 메고는 허리를 구붓이 빼손을 놓는다. 그러나 응칠이가 날쌔게 달려들며

"이 자식, 남우 벼를 훔쳐 가니 — "

하고 대포처럼 고함을 지르니 논둑으로 고대로 데굴데굴 굴러서 떨어진다. 얼결에 호되게 놀란 모양이었다.

응칠이는 덤벼들어 우선 허리께를 내려 조졌다. 어이쿠쿠, 쿠 — , 하고 처참한 비명이다. 이 소리에 귀가 번쩍 띄어 그 고개를 들고 필부터 벗겨보았다. 그러나 너무나 어이가 없었음인지 시선을 치켜들며 그 자리에 우둥망절한다.

그것은 무서운 침묵이었다. 살똥맞은 바람만 공중에서 북새를 논다.

한참을 신음하다 도적은 일어나더니

"성님까지 이렇게 못살게 굴기유?"

제법 눈을 부라리며 몸을 홱 돌린다. 그리고 느끼며 울음이 복받친

다. 봇짐도 내버린 채.

"내 것 내가 먹는데 누가 뭐래?"

하고 되퉁스러히 내뱉고는 비틀비틀 논 저쪽으로 없어진다.

형은 너무 꿈속 같아서 멍허니 섰을 뿐이다. 그런 얼마 지나서 한 손으로 그 봇짐을 들어본다. 가쁜하니 끽 말가웃이나 될는지. 이까진 걸 요렇게까지 해가려는 그 심정은 실로 알 수 없다. 벼를 논에다 도로 털어버렸다. 그리고 아내의 치마겠지, 검은 보자기를 척척 개서 들었다. 내걸 내가 먹는다—그야 이를 말이랴, 허나 내 걸 내가 훔쳐야 할 그 운명도 얄궂거니와 형을 배반하고 이 짓을 벌인 아우도 아우이렸다. 에—이 고현 놈, 할 제 볼을 적시는 것은 눈물이다. 그는 주먹으로 눈을 쓱 비비고 머리에 번쩍 떠오르는 것이 있으니 두레두레한 황소의 눈깔. 시오 리를 남쪽 산속으로 들어가면 어느 집 바깥뜰에 밤마다 늘 매여 있는 투실투실한 황소. 아무렇게 따지든 칠십 원은 갈 데 없으리라. 그는 부리나케 아우의 뒤를 밟았다.

공동묘지까지 거반 왔을 때에야 가까스로 만났다. 아우의 등을 탁 치며

"얘, 존 수 있다. 네 원대로 돈을 해 줄게 나구 잠깐 다녀오자."

씩씩한 어조로 기쁘도록 달랬다. 그러나 아우는 입 하나 열려 하지 않고 그대로 실쭉하였다. 뿐만 아니라 어깨 위에 올려놓은 형의 손을 부질없다는 듯이 몸으로 털어버린다. 그리고 삐익 달아난다. 이걸 보니 하 엄청나고 기가 콱 막히었다.

"이눔아!"

하자 악에 받치어

"명색이 성이라며?"

대뜸 몽둥이는 들어가 그 볼기짝을 후려갈겼다. 아우는 모로 몸을 꺾더니 시나브로 찌그러진다. 뒤미처 앞정강이를 때렸다. 등을 팼다. 일지 못할 만치 매는 내리었다. 체면을 불구하고 땅에 엎드리어 엉엉 울도록 매는 내리었다.

홧김에 하긴 했으되 그 꼴을 보니 또한 마음이 편할 수 없다. 침을 퇴, 뱉아던지곤 팔자 드센 놈이 그저 그렇지 별수 있나, 쓰러진 아우를 일으키어 등에 업고 일어섰다. 언제나 철이 날는지 딱한 일이었다. 속 썩는 한숨을 후—하고 내뿜는다. 그리고 어청어청 고개를 묵묵히 내려온다.(부득이한 사정으로 전회에 수십행 약하였습니다)

(1934.9.10)

『조선일보』, 1935.7.17~30.

애기

애기는 이 땅에 떨어지자 무턱대고 귀염만 받으려는 그런 특권을 가집니다. 그리고 악을 지르며 울 수 있는 그런 재주도 타고 납니다. 그는 가끔 명령을 내립니다. 응아! 응아! 이렇게 소리를 지르고 눈물을 흘리며 우는 것입니다. 우리는 이걸 귀 아프다 아니 합니다. 다만 그의 분부대로 시행할 따름입니다. 겸하여 오, 우지마, 우리 아가[1]야, 하고 그를 얼싸안으며 뺨도 문대고 뽀뽀도 하고 할 수 있는, 그런 큰 행복과 아울러 의무를 우리는 흠씬 즐길 수 있는 것입니다.

허나 이런 아가는 턱이 좀 다릅니다. 어머니가 시집온 지 두어 달 만에 심심히 빠친 아가요, 그는 바로 개밥의 도토립니다. 뉘라고 제법 다정스러운 시선 한 번 돌려주는 이 없습니다.

아가는 고집이 된통 셉니다. 그래도 제 권리를 마구 행사하고자 기를 까륵, 까륵, 씁니다. 골치를 찌푸리고 어른은 외면합니다. 울음도 한이 있습니다. 얼마 후에는 근력이 지치고 목은 탁 잠깁니다. 밤톨만 한 두 주먹을 턱밑에다 꼬부려 부치고 발로 연해 공중을, 찹니다. 그제서는

1 원전에서는 '악아'로 표현되어 있고 국어사전에서 '악아'는 '아기야'의 준말이라고 한다. 그러나 우리말에서 '아기' 혹은 '아가'라는 말이 통용된 지 오래되었기로 이후 '악아'는 '아가'로 표기하기로 한다.

찍, 찍, 하고 생쥐 덫에 친 소리[2]가 들립니다.

"에 — 이."

할머니는 그 옆을 지날 적마다 이렇게 혀를 채입니다. 뿐만 아니라 어머니가 못보면 눈도 곧잘 흘깁니다. 할아버지는 사람이 좀 내숭합니다.

"아 얘 그 젖 좀 먹여라. 그렇게 울려 되겠니?"
하며 겉면에는 아주 좋은 낯을 합니다. 마는 마누라와 단둘이 누우면 이불 속에서 수군거립니다.

"마누라, 이거 귀 아파 못 살겠구먼!"

"나두 귀청이 떨어졌는지 귀가 먹먹하다우. 그러니 이를 어쩐담!"

"내다 버릴까? 남의 자식 그깐 걸 뭘 하나!"

이런 흉계가 가끔 벌어집니다.

어머니는 이 속을 전혀 모릅니다. 알기만 하면 담박

"누구 자식은 사람이 아니람? 아이 우서라, 별일도 다 많어이!" 하고 시어미에게 복복 들어덤빌 것입니다. 모르니까 잠자코 아가 옆에 앉아서 옷만 꿰맵니다. 그렇다고 아가가 귀여운 것도 아닙니다. 나오너라, 나오너라, 이렇게 빌 때 나오는 아가가 귀엽습니다. 나오지 말어라, 제발 죽어라, 죽어라, 요렇게 속을 졸일 제 나오는 아가는 귀엽지 않습니다. 도리어 이유 없는 원수라 하겠지요. 아가가 빽, 빽 울 적마다 그 어머니는 얼굴이 확확 달습니다. 어느 때는 너무 무참하여

"어서 죽어라, 아니꼬운 꼴 못 보니?" 하고 아가에게 악을 빽 씁니다. 이것은 빈정대는 시어머니를 빗대놓고 약간 골풀이도 됩니다.

---

2 원전에는 '돛'이라고 되어 있고 이것은 '덫'의 강원도 방언이다. 그러나 '돛'은 일반적으로 선박에서 바람의 힘을 모아주는 것으로 인식되기에 여기에서는 '덫'으로 표기한다.

아가를 진정으로 사랑하는 이는 외조부 한 분이 있을 뿐입니다. 간혹 찾아 올 적이면 푸른 똥이 덕개덕개 눌어붙은 아가의 궁둥이를 손에 쳐들고 얼고 빨고 좋아합니다. 그러면 아가도 그때만은 좋다고 끌꺽, 끌꺽, 바로 웃습니다.

외조부, 그는 사람이 썩 이상합니다. 커다란 딸이 있건만 시집을 안 보내지요. 젖이 푹 불거지고 얼굴에 여드름까지 터져도 그래도 안 보내지요. 그 속이 이렇습니다. 딸을 낳아가지고 그냥 내줄 게 뭐야. 앨 써 길렀으니 덕 좀 봐야지. 부자놈만 하나 걸려라. 잡은 참 물고 달릴 터이다. 그러나 부자가 어디 제멋 안 부리고 이런 델 뭘 찾아먹으러 옵니까. 부자는 좀더 부자를 물어보려고 느무는 것이 원칙이니[3] 좀체 해볼 수가 없었습니다. 괜히 딸의 나이만 더끔더끔 늘어갑니다.

그러자 한 번은 아버지가 눈이 둥그랬습니다. 그간 그런 줄 몰랐더니만 눈여겨 봄에 딸의 배가 무시로 불쑥불쑥 솟습니다. 과년한 색시라, 배가 좀 부르기로 예사입니다. 허나 아버지야 어디 그렇습니까. 처녀의 몸으로 아이를 빠친다든지 하면 그런 망측이란 세상에 없습니다. 허 아주 야단났습니다. 밤이 이슥하여 넌지시 딸을 불렀습니다.

"너 요새두 몸 허느냐?"

"녜."

딸은 순색으로 대답하고 고개를 푹 숙입니다. 그러니 애비 체면으로 너 이래저랬지, 하기도 좀 어색합니다. 어떻게 되려는가, 그대로 내버

---

3 느무다 → 누무다 → 능구다 : 곡식 낟알의 껍질을 벗기려고 물을 붓고 애벌 찧다. 부자는 좀 더 부자를 물어보려고 느무는 → 곡식의 알곡을 먹기 위해 애벌 도정을 하듯, 부자는 더한 부자의 재물을 얻으려는 계략을 갖고 있다는 의미로 보아야 할 듯.

려 두었습니다.

날이 갈수록 배는 여일히 불러옵니다. 예전 동이같이 되었습니다. 이러고 보면 의심할 건덕지가 없습니다. 대뜸 매를 들고 딸을 사뭇 내려 팹니다. 하니까 그제서야 겨우 부는데 어떤 전기회사 다닌다는 놈인가 하고 둘이 그 꼴을 만들었던 것입니다. 잘만 하면 만 원이 될지, 이만 원이 될지 모르는 이 몸이다. 복을 털어도 분수가 있지 그래 그까진 전기회사놈 허구! 그는 눈에서 피눈물이 날 지경입니다. 즉선 아들을 시키어 그놈을 붙들어 왔습니다. 칼라머리를 훔켜잡고 방추로 꽁무니를 막 조겼습니다. 그리고 식칼을 들고 들어와 너 죽고 나 죽자고 날뜁니다. 신주같이 위하던 남의 밥줄을 끊어놨으니 하긴 죽여도 시원치는 못하겠지요. 어찌 혼이 났던지 그놈은 그 길로 도망을 간 것이 어디로 갔는지 종적을 모릅니다. 제 어머니만 뻔질 찾아와서 내 아들 찾아 놓으라고 울고불고 악장을 치다 가고가고 합니다.

그러니 일만 점점 더 난처하게 됩니다. 그놈이나 그대로 두었더면 사위라도 삼을걸! 우선 이 애를 어떻게 처치해야 옳겠습니까. 낙태할 약은 암만 사다가 퍼부어도 듣지를 않습니다. 인제는 별도리 없습니다. 아무 놈이나 하나 골라서 처맡기는 수밖에는요.

그는 소문을 놓았습니다. 내가 늙판이고 손이 놀아서 퍽 적적하다. 그래 데릴사위를 하나 고르는데 아무것도 안 보고 단지 놈 하나만 튼튼하면 된다고.

이 말을 듣고 뭉청 놀란 것은 필수입니다. 저녁을 먹다 말고 수저를 든 채 벙벙하였습니다. 너무 좋으니까요.

그도 장가는 들었었으나 사 년 만에 아내가 도망을 했습니다. 제 딴은 가랑이가 찢어지게 가난한 이 따위 집에서는 안 살겠다는 거겠지요. 그 후로 아내 없이 오 년간 꼬박이 홀로 지냈습니다. 나이 이미 삼십을 썩 넘고 또 돈 없고 보니 계집 얻기가 하늘의 별 따깁니다. 숫색씨요 게다가 땅까지 오십 석을 붙여준다니 참으로 이거야—

"아버지 정말이야요?"

"정말이지 그럼, 실없는 소리겠니!" 하고 늙은 아버지는 장죽을 빽빽 빨며 무엇을 생각합니다.

"별소리 말구 시키는 대로만 해, 이게 필경 우리 집안이 될라는 증조가보다!"

어머니가 옆에서 이렇게 종알거리며 귀를 답니다.

"그런데 한번 보자는 걸, 가품두 안 보고 지차두 안 보고 단지 신랑하나만 보자는 거야" 하고 아버지는 눈을 지그시 감습니다. 암만해도 자식의 나이가 탈입니다. 일껏 침을 발라놨다가 이놈은 늙었다고 퇴박을 받는 나절에는 속 쓰린 경우를 만날 것입니다.

"낼 가서 나일 좀 주려봐라, 저게 상업학곤가 뭘 졸업했다니까 그래두 썩 고를 것이야."

"상업학교요?"

더욱 놀라운 소립니다. 이건 바로 콧등에가 꿀떡이 떨어졌습니다.

필수도 전일에는 인쇄소 직공이었습니다. 십 년이나 넘게 근고를 닦았고 따라 육십 원이란 좋은 월급까지도 받아보았습니다. 그러나 불경기로 말미암아 직공을 추리는 사품에 한몫 끼어 떨려나고 말았습니다. 라고 하는 건 그놈의 원수 혼또로 돈또로를 모르기 때문입니다. 이런 아내와 마주 앉아서 매일 짖기고 배우고 하면[4] 한 서너 달이면 터득하겠지. 몹시 기뻡니다. 허나 요새 계집애 학교 좀 다니면 대학생 달랍니다. 필수같이 판무식의 실업자는 원치 않겠지요.

"아버지, 학교 다녔다면 거 되겠어요?"

아들은 똑같은 말을 펄쩍 물으며 입에 침이 마릅니다. 밤이 늦었으나 잠도 잘 생각이 안 납니다. 돈 없어 공부 못한 원한, 직업 없는 설움, 참으로 야속도 합니다. 한껏 해야 고물상 거간으로 다니는 아버지의 봉죽이나 들고 이대로 한평생 늙어지려는지!

여기에는 아버지 역 딱하지 않을 수 없습니다. 그는 이윽고 허연 수염만 쓰다듬고 앉았더니 "될 수 있다" 하고 쾌히 대답합니다. 이런 생각을 한 것입니다. 그의 내종사촌이 바로 의사입니다. 하여 친척 간에 그이만치 대우받는 사람이 없고 그이만치 호강하는 사람은 문내에 없습니다. 과연 세상에 판치기로 의사 빼고 다시 없겠지요.[5]

"너 낼 가서 의사라구 그래라."

혼인에 빈말이 없지 않을 수 없습니다. 아따 한 번 얼러봐서 되면 좋고 안 되면 할 일 없고 그뿐 아닙니까.

그 이튿날 아버지는 조반도 자시기 전에 부리나케 나왔습니다. 자기 다니는 고물상에 가서 그 주인에게 사실을 토파하고 간청하였습니다. 그래서 전에 벌여놓았던 세루 두루마기와, 가죽가방과, 또는 의사가 흔히 신는 우녀 같은 반화와 이 세 가지를 한나절만 빌리기로 하였습니

4 일본어로 매일 이야기를 나누고 또 배우고 하면.
5 사람들에게 존경받고, 돈 벌고, 사람 살려주고 하는 여러 사정을 감안할 때 세상에 의사만큼 좋은 직업은 없다는 의미.

다. 집에 돌아왔을 때에는 아들은 벌써 몸치장을 다 하고 있습니다. 머리에 기름도 바르고 얼굴에 분도 바르고 하였습니다. 그러니까 좀 앳되어도 보입니다.

"애 호사한다. 어여 입고 가봐라."

어머니가 두루마기를 입혀주니 아들은 싱글벙글 흥이 말 아닙니다. 색시도 색시려니와 세루란 난생 처음 걸쳐보니까요.

"이게 뭐야, 화장도 길구 쿨렁쿨렁하니!" 하고 아들은 팔짓도 하고 고개짓도 하고 몸을 뒤틉니다. 좋기도 하지만 좀 멋쩍은 생각도 드는 까닭입니다.

"이 자식아, 인전 좀 지각 좀 나라."

아들이 나이 분수로는 너무 달망댑니다. 이게 또 가서 주책없이 지껄이지나 않을까 아버지 역시 한 염려입니다.

"괜찮어, 점잖은 사람이란 으레 옷을 넉넉히 입는 법이야—"

그리고 대문간까지 나와 손수 인력거를 태워줍니다. 인력거꾼에게 삯을 사십 전 미리 꺼내주며 좀 아깝습니다. 자기는 거간질로 벌어야 하루에 끽 사십 전 될까 말까 합니다. 이 돈이 보람없이 죽지나 않을까 하여

"시방 병원 가는 길에 들렀다구 그래라" 하고 다시 다지다가 또

"가친이 가보라 해서 왔다구 그래, 괜스리 쓸데적은 소리는 지껄이지 말구."

아들은 빈 가방을 옆에 끼고 거만히 앉아 갑니다.

딴은 아버지의 말이 용하게 들어맞습니다. 그날 저녁으로 색씨집에

서 일부러 전갈이 왔습니다. 그런 훌륭한 신랑은 입때 보지 못했다는 것입니다. 혼인이란 식기 전 단결에 치워야 한다. 낼이라도 곧 해치우는 게 어떠냐고.

그들은 좋으며 말며 여부가 없습니다. 전갈 온 그 사람에게까지 머리를 수그리며 굽신굽신 처분만 바랄 뿐입니다. 한편으로는 한 염려도 됩니다. 신랑감만 뵈고 말자던 노릇이 고만 간구한 살림까지 드러나고 말았습니다. 이러다 뒤가 터지기 전에 얼른 해치우는 수밖에 별도리 없겠습니다.

나흘 되는 날 혼인은 부랴사랴 벌어집니다.

양식거리도 변변치 못한 판이니 혼비가 어서 납니까. 생각다 못하여 일갓집으로 혹은 친구의 집으로 목이 말라서 돌아다니며 빚을 냈습니다. 한 달포 후에 갚기로 하고 사십 원 가량 만들었던 것입니다. 마는 인조견 나부랭이로 금침이라, 옷이라 또는 음식이라 이렇게 벌리고 보니 그도 모자랍니다. 안 함 몰라도 이왕 하려면 저쪽에 흉잡히지 않을 만치는 본때 있이 하여야 그만한 덕을 보겠지요.

혼인 당일에도 늙은 양주는 꼭두새벽같이 돈을 변통하러 나갔습니다. 늦은 가을이라 찬 바람이 소매 끝으로 솔솔 기어듭니다. 마누라는 으스스 몸을 떨며 영감을 바라보고

"이거 이렇게 빚을 내다가 못 갚으면 어떻게 할라우?"

무던히 애가 킵니다. 그러나 영감님은 아주 뱃심이 유합니다. 고개도 안 돌리고 어청어청 걸어가며

"이 구녁 털 저 구녁에 박는 셈인데 뭘 그래, 다 게 있고 게 있는 걸!"

필수가 일어났을 때에는 집안이 떠들썩합니다. 잔치를 벌이느라고

음식 타령에 흥이 났겠지요. 먼촌 일가며 동리 계집아이들 할 것 없이 먹을 콩이나 생겼는지 웅게중게 모인 모양 같습니다.

그는 일변 기쁘면서도 좀 미진한 생각도 듭니다. 이번 혼인이 이렇게 얼린 첫 동기는 오십 석 땅입니다. 그런데 장인 될 상투박이의 낯짝을 뜯어보니 아마 구두쇠 같습니다.

필수가 방으로 들어가서 그 앞에 절을 껍신하고

"제가 김필숩니다" 하고 어른이 보내서 왔다는 연유를 말하니까 그는 늠름히

"으 그러냐, 거기 앉어라" 하고 제법 따라지게 해라로 집어십니다. 상투는 비록 하였을망정 그 태도가 여간 치어난 내기가 아닙니다. 이런 이야기 저런 이야기 벌여놓다가

"그래 의사질을 많이 했다니 돈 좀 모았느냐?"

"몰 거야 있겠습니까마는 그저 돈 만은 됩니다."

"허 꽤 됐구먼—"

하고 똑바로 쳐다보며 선웃음을 치는 양이랑 또는

"병원 일이 바쁠 터이지 어서 가봐라" 하고 국수도 한 그릇 대접 없이 그대로 내쫓는 솜씨랑 좀체 친구는 아닙니다. 필수는 제출물에 질리어 무안한 생각과 아울러 어떤 두려운 염려도 생깁니다. 마치 무슨 범굴이나 찾아 들은 듯한 그런 허전한 생각이요, 하고 그 꼬락서니가 땅 오십 석커녕 헌 버선 한 짝 막무가낼 듯싶습니다.

그러나 사모를 떡 쓰고 관대를 걸치고 사인교에 올라앉으니 별생각 없습니다. 색시가 온 어떻게 생겼을까 궁거운 그 초조밖에는. 이러다 혹시 운이 좋아 매끈하고 똑딴 그런 계집이 얻어걸릴지 누가 압니까.

그는 색시집 중문에서 매우 점잖이 내렸습니다. 어젯밤부터 제발 체신없이 까불지 말고 좀 든직이 하라는 아버지의 부탁은 아직 잊지 않았습니다. 우좌를 부리며 조금 거만스럽게 초례청으로 올랐습니다. 허지만 맘이 간지러워서 더는 못 참습니다. 얼핏 시선을 휘두르며 마루 한편에 눈을 깔고 섰는 신부를 흘낏했습니다. 그리고 이건 몹시 낭판이 떨어집니다.

누가 깔고 올라앉았었는지 모릅니다. 얼굴은 멋없이 넓적합니다. 디룩디룩한 살덩이. 필시 숟가락이 너무 커서겠지요. 쭉 째진 그 입술. 떡을 쳐도 두 말은 칠 법한 그 엉덩판. 왜 이리 떡 벌어졌을까요.

참으로 어지간히 못도 생겼습니다. 한 번만 보아도 입맛이 다 홱 돌아갑니다. 하긴 성적을 하면[6] 색시의 얼굴이 좀 변하기도 합니다. 도리어 민얼굴로 볼 제가 좀 더 훨씬 나을지도 모르지요.

제법 적선하는 셈치고 원 얼굴은 좀 예뻐줍소사! 신랑은 속중으로 이렇게 축원하며 신부에게 절을 합니다.

이 혼인이 어떻게 되는 것인지 당자도 영문을 모릅니다. 신랑상이면 으레 한 몫 호사를 시키는 법이 아닙니까. 그런데 차린 것을 보니 헐없이 행낭어멈 제사 지내는 본으로 삼색실과에 국수, 편육, 김치, 장 종지, 나부렁이뿐입니다. 이건 사람 대접이 아니라 바로 개 대접. 불쾌하기 짝이 없습니다. 보아한즉 기와집에서 명주 쪽을 들쓰고 있는 사람들이 그래 이럴 수야 있겠습니까. 게다 속은 거짓이로되 의사라 하였으니 그 체면도 봐주어야 할 것입니다.

---

6 혼인날 신부가 얼굴에 분을 바르고 연지 곤지를 찍으면.

저녁상을 받은 채 그대로 물렀습니다. 쩝쩍거리는 것이 오히려 치수가 떨어질 듯해서요.

신방을 치를 때에도 마음 한 편이 섭섭합니다. 왜냐면 신방이라고, 지키는 년놈 코빼기 하나 구경할 수 없습니다. 이건 결단코 신랑에 대한 대접이 아닙니다.

그는 골피를 찌푸려가며 색시의 옷을 벗겼습니다. 이젠 들어다 자리에 눕혀야 됩니다. 두 팔로 그 다리와 허리를 떠들고 번쩍 들려 하니 원체 유착하여 좀체 비끗도 안 합니다. 그대로 웅크리고 앉아서 무릎과 어깨를 비겨대고 밀긋밀긋 아랫목으로 떠다밉니다. 그러니까 어떻게 된 색시길래 제가 벌떡 일어납니다. 서슴지 않고 자리로 성큼성큼 내려가더니 제법 이불을 뒤쓰고 번듯이 눕는 것입니다. 에쿠 이것도 숫건 아니로구나! 하고 뜨끔했으나 따져보면 변은 아닙니다. 계집애가 학교를 좀 다니면 활기도 나고 건방지기가 예사니 그렇기도 쉽겠지요. 이렇게 풀쳐 생각하고 그도 그 곁에 가 붙어 눕습니다.

그는 아내를 끌어안고자 손을 들여밀다가 문득 배에 가 닿습니다. 눈을 크게 뜨고 다시 한번 이리저리 주물러 보았습니다. 이건 도저히 처녀의 배때기는 아닙니다. 어디 처녀가 이다지 딴딴하게도 두드러오를 수야 있겠습니까. 정녕코 병들은 배에 틀림없습니다.

"이게 뭐요?"

"뭔 알아 뭘 하우!"

색시는 눈 하나 까딱없이 순순히 대답합니다. 번죽도 좋거니와 더구나 뭔 알아 뭘 하우? 아니 적어도 한평생 같이 지낼 남편인데—옷을 입혀줄 남편, 밥을 먹여줄 남편—그 남편이 묻는데 뭔 알아 뭘 하우?

콧구멍이 둘이게 망정이지 하나만 있었다면 기절을 할 뻔했습니다.

"아니 남편이 묻는데 알아 뭘 하다니?"

"차차 알지요—"

얘 이건 바로 수작이 기생 외딴치는구나! 허나 이것이 보니 땅 때문에 얼르고 붙은 결혼임에 그리 낙망될 것도 없습니다. 아따 빌어먹을 거 하필 처녀라야 맛입니까. 주먹을 주어 그 배를 툭툭 두드리며

"에 그놈 배 복성두스럽다!"

좋은 낯으로 첫날을 치뤘습니다.

시부모는 이 부른 배에 대하여 아무 불평도 없습니다. 시체 색시니만치 이놈 것 좀 뱄다가 저놈 것 좀 뱄다가 하기가 그리 욕은 아닙니다. 저만 똑똑해서 자식이나 잘 기르면 고만 아닙니까. 물론 그 속이 좀 다르니까 이런 생각도 하지만이요. 하기야 성한 시악씨 다 제쳐놓고 일부러 이런 병든 계집애를 고를 맛이야 없겠지요.

신부리를 하여 색시가 집에 당도하자 그들은 상감님이나 만난 듯이 무척 반색합니다. 어찌나 얼고떠는지 상전을 위하는 시종의 충성이 그대로 나타납니다. 며느리가 가마에서 내리기가 무섭게 달려들어 그 곁을 고이 부축하며

"너무 시달려서 괴롭겠다. 얼른 방에 들어가 편히 누워라."

시어머니는 이렇게 벌써 터줍니다. 시아비도 덩달아 빙그레 웃으며

"아 그렇지, 몸이 저 지경이면 썩 괴로울 걸" 하고 되레 추어주며 은근히 그 내색을 보입니다.

있는 집 시악시란 본이 다 그런지요. 이 며느리도 매우 시큰둥합니다. 시집온 지 사날도 채 못 되건만 해가 꽁무니를 치받쳐야 일어나고

합니다. 거침없이 퀙퀙, 하고 가래를 뱉지요.

그때는 시어미가 벌써 전부터 일어나 아침을 합니다. 없는 돈을 끌어가며 며느리 입에 맞도록 찬을 합니다. 김을 굽니다. 고깃국을 끓입니다. 혹은 입맛이 지칠까 봐 간간 떡도 합니다. 그전에야 어디 감히 함부로 김이 뭐며 떡이 뭡니까.

상을 받쳐 들고 방으로 들어가면 그제야 며느리는 궐련을 피다가 방바닥에 쓱 문댑니다.

"애들 밥 먼저 먹구 세수해라!"

며느리는 밥상을 이윽히 드려다봅니다. 그러나

"오늘두 또 명태국이얘요?" 하고 눈살을 흐리며 마뜩지 않은 모양입니다. 모처럼 공을 드린 게 또 퇴박이냐! 낭판이 떨어져서 풀이 죽습니다. 어제는 명태국이 먹고 싶다더니 왜 이리 입맛이 들쑥날쑥 하는지 그 비위는 맞추기 참으로 졸연치 않습니다.

"이거 내가구 숭눙을 떠다 주세요."

영 내리는 대로 잠자코 떠다줄 따름입니다. 그 성미를 덧들렀다 삐쭉 간다든지 하면 그야말로 큰일 날 거니까요.

며느리는 옷을 자랑하는 재주가 하나 더 있습니다. 친정에서 옷 한 농 해온 것을 가끔 헤집어 놓고

"즈이집에서는 모두 명주삼팔이 아니면 안 입어요" 하고 시퉁그러진 소리를 하며 번죽거립니다. 그 꼴이라니 두 눈 갖고 차마 못 보지요. 허나 미상불 귀히 자랐길래 저만이나 하려니, 하고

"암 그럴 테지, 느집이야 그렇다마다 여부 있겠니!"

쓰린 속을 누르며 그런 대로 맞장을 쳐줍니다.

그러자 시집을 갔던 딸이 또 찾아옵니다. 기를 못 펴고 자란 놈이라 핏기 하나 없고 곧 넘어갈 듯이 가냘픕니다. 나이는 미처 삼십도 못 되련만 청춘의 향기는 전에 나르고 빈 쭉정이입니다.

"어머니, 인젠 더 못 살겠어요" 하고 손을 붙들고 눈물을 떨굽니다. 옹크려물은 그 입매를 보니 부모를 몹시 원망하는 눈칩니다.

"왜 또 맞었니?"

"더는 못 살아요!"

그리고 어미 품에 머리를 파묻고 다만 울 뿐입니다.

어미는 더 묻지 않고 뻔한 속입니다. 영감을 곧바로 깨물고 싶을 만치 그런 호된 미움이 불 일 듯합니다. 백죄 열네 살짜리를 서른일곱 놈에게로 다섯째 애첩으로 보내다니 이야 될 말입니까. 만여 석 지기니깐 하불상 백 석쯤이야 떼어주겠지, 하고요 하드니 덕은 고사하고 고작 딸 얼굴에 꽃만 노랗게 피었습니다. 게다 놈이 술을 처먹으면 곱게 못 새기고 개지랄이 납니다. 때리고 차고 또는 벌겨 벗겨놓고 사면 물고 뜯고 이 지랄이니 세상에 온 이런 망측이 ······ 허나 모두가 네 팔자다—

"우지마라, 필수처 들으면 창피스럽다, 쉬—고만 둬."

딸의 손목을 굳이 끌고 생워리를 시키러 건넌방으로 건너갑니다.

딸이 시집을 못 살고 쫓겨옴은 어미로서 지극히 큰 슬픔에 틀림없습니다. 그는 딸을 앞에 앉혀놓고 때 없이 꼴짝꼴짝 눈물로 위로합니다.

"얘, 별수 없다. 시집살이란 다 그런 거야!" 하고 눈물도 씻겨주고

"계집 된 게 불찰이지, 누굴 원망하랴!" 하고 제 눈도 씻고, 어느 때에는 궐련까지 피어 권하며

"담배를 배워라, 그럼 화가 좀 풀리니."

이렇게 잔상히 달래도 봅니다. 그러나 밤에 자리 속에서 영감을 만나면 "에이 망할 놈의 영감, 덕 본다더니 요렇게두 잘 봤어?" 하고 창이 나도록 바가지를 복복 긁습니다. 그러면 영감님은 눈을 멀뚱히 뜨고 딱하지요, 그래도 한 다리를 뻗을 줄을 알았지 애비 치고 누가 딸 얼굴에 노란 꽃 피라[7]고 빌 놈이 있겠습니까.

"허 이러는 게 아냐, 누가 영감 수염을 채나?" 하고 되레 점잖이 나무랍니다. 독살이 불꽃같이 뻗친지라 이걸 등을 투덕투덕 뚜덕대며 묵주머니를 만들자면 땀깨나 좋이 빠집니다.

허나 늙은 몸으로 며느리 봉양하기엔 실없이 등골이 빠졌습니다. 어차피 딸도 오고 했으매 네가 좀 찬이라도 입에 맞도록 해서 주라고 밥 짓기와 상배를 떠넘겼습니다.

딸은 계집애 적부터 원체 성질이 꽁합니다. 게다 흉악한 남편을 만나 몸이 휘지다보니 인젠 빈껍데기만 남은, 등신입니다. 그저 시키는 대로 고분고분히 일만 할 뿐입니다. 또 한편 생각하면 친정밥처럼 얻어먹기 어색하고 눈치 뵈는 밥은 별로 드무니까요.

하루는 모질게 추운 겨울입니다. 된바람이 처마끝에서 쌩, 쌩, 달리며 귀를 여윕니다. 그리고 부엌으로 연송 눈을 들여 뿜습니다. 낡삭은 초가집이라도 유달리 더 추울 거야 있겠습니까. 마는 본디 가랑이 찢어지게 가난하면 추위도 꽁무니에서부터 치뻗치는 법입니다.

딸이 새벽같이 일어나 나오니 속이 어지간히 떨립니다. 손을 혹혹 불며 찬물에 쌀을 씻고 있노라니

---

7 신병(身病)이나 근심걱정으로 얼굴이 납색으로 변한 모습을 지칭. 혈색이 없는 창백한 얼굴.

“여보 이 요강 좀 버려다 주—” 하고 건넌방에서 올케가 소리를 지릅니다. 날씨가 너무 심한지라 오늘은 요강도 안 내놓고 그러는 게지요. 장 하는 버릇이라 여느 때 같으면 잠자코 버려다 줄 것이로되 이날만은 밸이 좀 상합니다. 저는 뭣인데 손끝 하나 까딱 안 하곤 밖에서 떨고 있는 나를 부리며 요 거드름인지—그는 대꾸도 않고 그냥 귓등으로 흘렸습니다. 하니까 뭐라고 뭐라고 쫑알거리는 소리가 제법 흘러나옵니다. 자세히는 아니 들리나 필경 악담이나 그렇잖으면 욕설이 한껏이지요.

겨우 밥을 끓여서 상에 받쳐 들고 들어갑니다. 올케는 눈귀가 처지며 들떠보도 않습니다. 그리고 시누가 채 나가기 전에 밥 한술을 얼른 떠 넣고 씹더니

“이것두 밥이라구 했나? 돌만 어적거리니?” 하고 상전에다 숟가락을 딱 때립니다. 너무나 꼴불견이라 눈이 다 실 노릇입니다. 하도 어이없어 한참 내려다보다

“그만두 다행이루 아우, 나가서 좀 해보구려.”

“추우면 밥두 안 먹읍디까?”

“……”

“여느 몸두 아닌데 좀 사정두 봐줘야지? 자기도 애나 좀 배봐!”

기막힐 일이 아닙니까. 어느 놈의 자식을 뱄길래 이리 큰 첸지 영문 모르지요. 요즘에는 어머니에게도 마구 바락바락 들어덤비는 그 행실이 꽤 발만스럽습니다.

“배란 아이를 뱄수? 왜 이리 큰 체유?” 하고 낯을 붉히며 아니 쏠 수도 없습니다. 하니까 대뜸

“뭐?”

소리를 빽 지르자 들어덤비어 머릿채를 휘어잡고 끌어당기더니 땅빵울을 서너 번 먹입니다.[8] 넓은 그 얼굴에는 심술이 덕지덕지하며 한창 시근거립니다.

"난 우리집에서 여태 이런 꼴 못 봤어!"

시누는 원 병약한 몸이라 앙탈[9]할 근력도 없거니와 또 그럴 주변도 못 됩니다. 몇 번 두드려 맞는 대로 그냥 몸만 맡길 뿐입니다. 그리고 나중에는 아픔보다도 제 신세가 서러워 소리를 내며 엉엉 웁니다.

안방에서 아침을 자시고 있던 영감이 역정이 나서 문을 벌컥 엽니다.

"왜 또 형을 들컥거리니. 이년?" 하고 며느리를 편역들어 도리어 딸을 책합니다. 제대로 둬두었으면 그만일 텐데 왜 들컥질을 하는지 원 아다 모를 일입니다. 가뜩이나 요새 툭하면 이 고생살이 안 하고 가느니 마느니 하는 걸! 열이 나서 딸을 불러세우고 며느리 덕 못 보는 화풀이까지 얹어서 된통 야단을 쳤습니다. 어찌 혼이 떴던지 딸은 한을 옥먹고 그 길로 든벌 채 친정에서 내뺐습니다[10]. 아버지가 내 신세를 망쳤으니 그런 줄이나 알라고 울며 갔습니다.

마누라가 이 꼴을 가만히 보고 있자니 독이 바짝 오릅니다. 자기도 처음에야 가진 정성을 다 짜가며 며느리를 받들었으나 인젠 고만 냄샐 내고 말았습니다. 덕을 보자는 노릇이 덕은커녕 바꿔치기로 뜯기는 마당에야! 참으로 우습지도 않습니다. 한번에는 아들을 시키어 수작을 얼

---

8 시누이의 머릿채를 휘어잡아 그 머릿통을 벽이나 방바닥에 서너 번 쿵쿵 짓찧어 놓은 듯함.

9 원전에는 '앙팡'할로 나왔으나 이는 '앙탈'의 오기로 보임.

10 원전에서는 '든벌 채 친정으로 내뺐습니다'로 되어있다. 그러나 문맥상 이는 '든벌 채 친정에서 내뺐습니다'가 되어야 한다.

러보게 하였던 것입니다. 제풀로 오기만 기다렸다는 땅이 어느 때나 올런지 부지하세월이니까요.

"우리가 넉넉하면 몰라도 그렇지 못하고 또 장인께서 어차피 땅 오십 석을 주신댔으니 이왕이면 가서 말씀이나 한번 해보구려!" 하고 남편이 어운을 떼보니까 아내도 역시 좋다는 듯이

"글쎄 나두 그런 생각은 있으나 빈손으로야 어디……" 하고 뒷말을 흐립니다. 아닌 게 아니라 하긴 그럴 법도 합니다. 좋은 잉어를 낚으려면 미끼 먼저 좋아야 할 게 아닙니까.

"그럼 뭘?"

아내는 눈을 감고 뭘 조금 생각하는 듯하더니

"그 유성기를 가져갔다 들려주는 게 어떻겠수? 아버지가 완고가 돼서 그런 걸 좋아하리다."

그 축음기란 고물상에 팔아달라는 부탁을 받고 이날 낮에 아버지가 갖다 놓은 남의 물건입니다. 판까지 얼러 잘 받아야 십오 원 될까 말까 하는 그 또래 고물입니다. 이걸 새치기 하잔 것인데 아따 그 뭐 어디 상하는 것도 아니고 닳는 것도 아닙니다. 낼 아침에는 가져오라고 신신당부를 하여 맡겨 보냈습니다. 그래서 저녁에 가서 그 이튿날 낮에야 오는데 보니까 빈손입니다.

"어떻게 됐어?"

"그렇게 빨리 되우, 인저 천천히 주신 답디다."

단지 그뿐, 축음기는 어찌 되었는지 꿩구어 먹은 듯 쓱싹 되고 말았습니다. 그것 때문에 빚으로 무리꾸럭을 하노라고 집안이 숱해 욕도 보았지요. 이렇게 보니까 덕을 본다는 것이 결국 병신 구실로 뜯긴다는

말이나 진배없지요. 마누라는 며느리가 미워 죽겠으나 차마 그러지 못하고 그 대신 영감에게로 달라붙습니다.

"이렇게두 덕을, 잘 봤어? 딸 잡아먹고 아들까지 잡아먹을 테여, 이 망난아?"

"어 이러는 게 아니라니까, 누가 영감을 꼬집나?"

영감도 입에 내어 말은 안 하나 속은 늘 쓰립니다. 친정이 좀 있다고 나날이 주짜만 심해가고 행실이 점점 버릇없는 며느리를 보면 속이 썩습니다. 물론 모두 자기가 버려놓은 탓이겠지요, 허나 기왕 엎친 물이라 인제는 어째 본다는 재주가 없습니다. 그는 가끔 며느리를 외면하여 침을 탁 뱉고는 잉하고 콧등에 살을 모우고 합니다.

아들은 차차 아내가 귀여워집니다. 따는 얼굴이 되우 못 생기고 그놈의 땅 오십 석은 침만 바르다가 이내 삼키지도 못하고 말았습니다. 마는 그런 게 아닙니다. 나이 이미 사십 고비를 바라보고 더구나 홀애비의 몸일진대 아내라는 이름만 들어도 괜찮습니다. 게다 밉든 곱든 한 두어 달 동안 같이 지내다보니 웬 녀석의 정이 그리 부풀었는지 떼칠래야 떼칠 수도 없는 형편입니다.

어머니가 부엌으로 끌고 가서 은근히

"얘, 그거 보내라, 어디 계집이 없어서 그걸 데리고 산단 말이냐?" 하고 초를 치면

"글쎄요—" 하고 어리뻥뻥한 한 마디로 심심히 치고 맙니다.

하기는 아들도 아내와 된통 싸운 적이 없는 것도 아닙니다. 장가를 든지 한 달쯤 지나던 어느 날입니다. 아내라고 얻어는 놓았으나 먹일 게 없습니다. 뒷심을 잔뜩 장을 대고 이리저리 긁어모았던 빚을 못 갚

으니 줄창 졸리는 통에 머리털이 셀 지경입니다. 어떻게 밥줄이라도 붙들어야 할 텐데 온 이것도 되나 안 되나 우선 입들을 씻기고 나서 이야기니 적게 쳐도 이삽십 원은 들어야 할 게고— 그는 툇마루 햇볕에 웅숭그리고 앉아서 이런 궁리 저런 궁리 하고 있노라니까 웬 뚱뚱한 소방수 한 놈이 책을 손에 들고 불쑥 들어옵니다. 영문 모를 혼또로 돈또로를 부르며 반벙어리[11] 소리를 하는데 무슨 뜻인지 알 턱 있습니까. 마침 방안에 아내가 있음을 다행으로 여기고

"여보 이게 뭐랜 소리유? 이리와 대답 좀 하우"

하며 신여성을 아내로 둔 자세를 보이려니까

"아이 망측두 해라, 누가 아내 보구 남우 사내[12] 대답을 하래!" 하고 성을 톡 냅니다.

"괜찮어. 학교두 다녔을라구!"

그래도 방안에서 꼼짝 안 하고 종알거립니다. 대마도[13]는 한참 벙벙이 섰더니 결국엔 눈을 딱 부릅뜨고 뭐라고 쏴박고 나갑니다. 제 말엔 대척없고 저희끼리 딴소리만 지껄이니까 아마 화가 났던 게지요. 그리고 필연코 욕을 하고, 나갔기가 쉽습니다. 낯이 화끈하여 얼마 후 밖으로 나와 다른 사람의 말을 들으니 지붕 위로 굴뚝을 석 자를 올리라[14]고요. 그는 분한 생각이 치밉니다. 그놈 상투백이에게 모조리 속은 걸 생각하고

11 당시 일본어를 모르는 일반 한국인들 귀에는 일본인이 하는 일본어가 '혼또로 돈또로'식으로 들려서 그리 표현한 것. 중국어는 '짱골라 짱골라' 영어는 '쏼라쏼라'로 그 표현이 일반화되어 있었다.

12 남우 사내 : 남의 사내.

13 일본인을 낮추어 부르던 별칭.

14 지붕 위로 굴뚝을 석 자 올리라는 것은, 초가지붕과 굴뚝 사이가 인접했을 경우 화재의 위험이 크기 때문이다.

곧 때려죽여도 시원치 못할 만치, 치가 부르르 떨립니다. 바탕이 언죽번죽한 계집이니 제가 학교를 좀 다녔다면 장난 삼아서라도 나와서 히짜를 뺐겠지요. 에이 망한 년! 그는 열병거지가 나서 부리나케 건넌방으로 뛰어 들어갔습니다. 사지를 부드들 떨으며

"일어 쪼각 하나 못하는 것이 무슨 학교를 다녔다구? 이년아!" 하고 넘겨짚으며 얼러 딱딱입니다. 그러니까 아내는 잠자코 낯이 빨개집니다.

"네까짓 게 학교를 다니면 값이 얼마라구!"

두둑한 뺨에다 다짜고짜로 양떡을 먹입니다.[15] 아내가 밉다기보다 미주리 속인 장인 놈의 소위가 썩 괘씸하고 원통합니다.

"저는 웬 의사라구 빈 가방을 들고 왔다갔다 해, 아이 우스워라, 별꼴 두 다 많어!" 하고 그제서야 아내는 고개를 들며 입을 삐죽입니다. 이 말은 남편의 자존심과 위풍을 똥물에 통째 흔듭니다. 잡담 제하고 왁하고 달려들자

"이년 뭐? 다시 한번 놀려봐" 하고 가랑머리를 찢어놓는다고 다리 한 짝을 번쩍 듭니다. 그런데 이를 어쩝니까 아내가 나머지 다리를 마저 공중으로 번쩍 치올리며

"자 어서 찢어놔 봐!"

그러니 워낙 육중한 다리라 한 짝도 어렵거늘 두 짝을 한꺼번에 들고 나눈다는 수야 있습니까. 이럴 때는 기운이 부치는 것도 과연 설움의 하납니다.

"에이 더러워서!"

---

15 아내의 양쪽 뺨을 때리다.

잡았던 다리까지 내어던지며 저 혼자 정해지지요.

이러한 환경에서 아가는 나왔습니다. 동짓달 초순 그것도 몹시 사나운 날이었습니다. 아침부터 산모가 배가 아프다고 뒷간엘 펄쩍 드나들더니 저녁나절쯤 하여 한데다가 빠치고 말았습니다. 그런 줄이야 누가 알았겠습니까.

별안간

"아구머니 이보레—"

이렇게 께메기 소리를 지름으로 집안 식구가 허겁지겁 달려가 보니 아가는 발 널판에 걸쳤습니다. 그럼 그렇지 네가 자식 하나 변변히 빠쳐보겠니! 시어미는 눈살을 찌그리고 혀를 챕니다. 시애비도 이 꼴을 보니 마뜩지 않아서, 입맛만 쩍쩍 다십니다. 그건 하여간 우선 급하니까 남편은 들어덤비어 아내를 부축하고 시어미는 아가를 두 손에 받들고 이렇게 수선을 부리며 방으로 끌어들입니다. 아가는 응아! 응아! 하고 자그마한 입으로 웁니다. 일부러 보려는 이도 없거니와 얼뜬 눈에 띄는 게 딸입니다.

이렇듯 혼캄스럽게 나왔건만 복이 없는지 귀염을 못 받습니다.[16] 아가를 제일 미워하는 이는 할머니입니다. 그는 뻔질 영감을 꼬드기며 성화를 합니다. 그까진 거 남의 자식은 해 뭘 한담! 갖다 내버리든지, 죽여 없애든지, 하자는 것입니다. 영감 역 가만히 생각해 보니까 따는 괴이치 않은 말입니다. 남의 자식을 애써 길러야 뭘 합니까. 그걸 국을 끓입니

16 원전에서는 '복이 없는지 귀염을 받습니다'로 되어 있지만 정황상 '귀염을 못 받습니다'가 바른 문장이다.

까, 떡을 합니까. 아무 소용이 없거든요. 혹 기생을 만들면 나중에 덕 좀 볼는지 모르지요. 마는 어느 하가에 그만치 자라고 소리도 배우고 합니까. 그때는 벌써 전에 두 늙은이 땅속에서 흰 백골이 되어 멀거니 누웠을 것입니다. 하고 또 에미 딸, 에미 닮지 별 수 있겠습니까. 저것도 크면 필시 낯짝이 제 에미 본으로 쥐었단 놓은 떡일 테고 성깔도 마찬가지로 볼만 하겠지요. 이런 생각을 하면 아가도 곧 밉고 마누라의 말이 솔깃하고 달콤쌉살합니다. 그랬다 경칠 놈의 것 밤낮 빽빽 울고—

어느 날 낮에 어머니가 홀로 친정엘 다니러 갔습니다. 아마 담뱃값이라도 타러 갔겠지요. 그 틈을 타서 영감 마누라가 건넌방 문을 가만히 열고 들어갑니다. 아가는 빈방에 찍소리 없이 혼자 누웠습니다. 마누라의 말대로 영감은 아가를 들고자 그 앞에 넙죽 엎딥니다. 하니까 아가는 맥도 모르고 수염을 잔뜩 움켜잡고 좋다고 신이 나서 자꾸 챕니다. 낳은 지 벌써 두 달이 넘으매 인제는 제법 끄윽, 끄윽, 하고 웃습니다. 이걸 유심히 들여다보니 죽여치다니 차마! 우선 먼저 얼굴을 들여밀고

"그렇지 이 자식 사람 아나? 쯕, 쯕" 하고 어르며 고 말간 볼에다 뽀뽀를 하고 보지 아니치도 못할 노릇입니다. 그리고 일껀 먹었던 계획이 꽁무니로 스르르 녹아내립니다.

"누가 얼르라고 끌고 왔어? 왜 저리 병신 짓이여."

마누라는 옆에서 골을 내며 쫑쫑거립니다.

"허 안 되지, 어디 인도골 쓰고야!" 하고 영감은 고대 짜위는 까먹고 딴청을 부치며 눈을 흘깁니다.

이러기를 아마 한 서너 차례 될 겝니다.

아들은 그런 속내는 모릅니다. 그리고 딸이 이쁜지 미운지 그것조차

생각해볼 여지가 없습니다. 매일같이 취직을 운동하러 나가면 어두워서야 파김치가 되어 돌아옵니다. 기진하여 자리에 누우면 세상을 모르고 그대로 코를 곱니다. 아버지의 생기는 푼돈냥으로는 도저히 살림을 꾸려갈 수가 없습니다. 이거 하루바삐 밥줄을 잡아야 할 텐데 참 야단입니다.

그 날도 저녁때가 되어서야 눈이 헤가마가 되어 들어옵니다. 팔짱을 끼고 우둘우둘 떨며

"밥 좀 줘" 하다가

"이 방엔 군불도 안 지폈나?"

아내는 대답 대신 입귀를 샐쭉 올립니다. 군불이라고 그 알량한 장작서너 개비 지피는 거 — 오늘은 그나마도 없어서 못 때니 소금을 굴 판입니다. 서늘한 방바닥에서 아가까지 추운지 얼굴이 오무라든 것같이 보입니다.

남편은 곁눈도 안 뜨고 허둥지둥 밥을 떠 넣습니다. 일은 하나도 성사 못하고 부질없이 입맛만 대구 달아지니 답답한 일입니다. 같은 밥도 궁하면 배나 더 먹히고 그리고도 또 걸근거립니다. 이것도 역 없는 욕의 하나라 하겠지요. 그는 수저를 놓고 혀끝을 위아래로 꼬부리어 잇새의 밥풀을 죄다 뜯어 먹고 그리고 나서 물을 마시려니까

"여보, 우리 애를 내다버립시다" 하고 아내가 마주 쳐다보며 눈을 깜작입니다.

"왜 날 젠 언제구 또 내버리다니?"

"아니 저……"

아내는 낯이 후끈한지 어색한 표정으로 어물어물합니다. 실상이지

딸은 제 딸이로되 요만치도 귀엽진 않습니다. 이것 때문에 걸려서 시부모에게 큰 체를 못해서요. 큰 체를 좀 빼다가도 방에서 아가가 빽, 울면 고만 제 밑을 드러내놓고 망신을 시키는 폭입니다. 전날에 부정했던 제 죄로 말미암아 아주 찔끔 못하고 꺾여버립니다. 또 예쁘던 것도 모두들 밉다, 밉다, 하면 어쩐지 따라 밉게 되는 법이니까요.

"그런 게 아니라 이렇게 서루 고생할 게야 있수. 자식 귀한 집으로 가면 저두 호강일 테고 한데!"

이 말은 듣기에 좀 구수합니다.

"글세" 하고 든직히 생각하여 봅니다. 따는 이런 냉골에서 구박만 받느니 차라리 손 노는 집으로 들어가서 호강을 하는 것이 한결 날 겝니다. 그리고 저게 지금은 모르나 좀 자라면 세우 먹을랴고 들 겝니다. 가난한 마당에는 아가의 쬐꼬만 입도 크게 무섭습니다. 또 게다 밤이면 쨱, 쨱, 우니까 아따 너도 좋고 우리도 좋고!

"좀 잘 사는 집에다 하우."

"그래 염려마라."

자정이 넘은 걸 알고 아내가 포대기에 싸주는 대로 아가를 받아 안았습니다. 그리고 속은 모르고 어른들이 알면 야단을 만날까봐 슬며시 밖으로 나왔습니다.

거리에는 이미 인적이 드물고 날카로운 바람만 오르내립니다. 만물은 겹겹 눈에 도리 없이 눌리고 다만 싸늘한 흰빛뿐입니다. 그리고 눈은 아직도 부슬부슬 내리는 중입니다.

이런 짓에는 순사를 만나면 고만 망합니다. 그것만 없으면이야 어디가 어떻게 하던지 멋대로 할 텐데. 속을 졸이며 뒷골목을 끼고 종로로 올라갑니다. 그러나 등 뒤에서 버스럭, 만 하여도 이거 칼이나 아닌가 하고 얼떨떨하여 눈을 둥글립니다.

다옥정 골목으로 들어서서야 비로소 마음을 놓았습니다. 거기 고대 깔린 눈 위에 발자국이 없음을 보니 일이 빗나갈 염려는 없겠지요. 다방골이란 본이 기생촌이요 따라 남의 소실이 곧잘 치가하여 사는 곳입니다. 기생이 어디 자식 낳기가 쉽습니까. 젓먹이라도 하나 구하여 적적한 한평생의 심심소일을 하고자 우정 주문하러 다니는 일이 푹합니다.[17] 그런 자리로 들어만 가면이야 그만치 상팔자가 또 없겠지요. 허리띠를 풀어 젖히고 배가 적을세라 두드려 가며 먹어도 좋을 게 아닙니까. 그렇거든 아예 내 공은 잊지 말고 나중에 갚아야 되겠지—

우선 마음에 맞는 대문짝부터 고릅니다. 어느 막다른 골목으로 들어갔더니 양칠을 하여 허울 멀쑥하고 찌르르하게 떨뜨린 솟을 대문이 있습니다. 그 떠버린 품새를 보면 모름 몰라도 벼 천이야 조히 하겠지요. 이만하면, 하고, 포대기로 푹 씌워 아가를 문 앞 섬돌 위에다 올려놓았습니다. 아가는 잠이 곤히 든 모양입니다. 인제 이게 추우면 깨서 짹, 짹 소리를 지르겠지요. 그러면 행낭어멈이 나와서 집어들이고, 주인이 보고, 이렇게 일이 얼릴 겝니다.

그는 뒤도 돌아보지 않고 힝 하게 골목을 나왔습니다. 그러나 팔짱을 끼고 덜덜 떨으며 얼마쯤 오다보니 다리가 차차 무거워집니다. 저게 울었으면 다행이지만 울기 전 얼어죽으면 어떡합니까. 팔짜를 고쳐준다고 멀쩡한 딸만 하나 얼려 죽이는 셈이지요. 그는 불현듯 조를 비비며 그곳

17 일부러 업둥이를 구하러 다니는 일이 꽤 있다는 의미인 듯.

으로 다시 돌쳤습니다.

아가는 맥 모르고 그대로 잠잠합니다. 다른 이가 볼까봐 가랑이가 켱겨서 얼른 집어 들고 얼른 나왔습니다. 바로 내년 봄에나 하면 했지 이거 안 되겠습니다. 그리고 보니 왜 집에서 나왔는지 저로도 영문을 모를 만치 떠름합니다.

집에 갈 때에는 큰길로 버젓이 내려갑니다. 찬바람을 안느라고 얼어붙는 듯이 눈이 다 씸벅씸벅합니다. 그런데 한 가지 염려는 벗었으나 또 한 걱정이 생깁니다. 이걸 그대로 데리고 가면 필경 아내가 쨍쨍거리며 등살을 댈 겝니다. 그러지 않아도 요즘에 부쩍 지가 의사라지? 또는 이까짓 미화가 의사면 꽤게! 하고 건뜻 하면 오금을 박는 이 판인데

"에이, 이거 왜 나와 이 고생이야 참!"

그는 털털거리며 이렇게 여러 번 입맛을 다십니다.

(소화 9년, 1934.12.10)

『문장』, 1939.12.

노다지

그믐 칠야 캄캄한 밤이었다.

하늘에 별은 깨알같이 총총 박혔다. 그 덕으로 솔숲 속은 간신이 희미하였다. 험한 산중에도 우중충하고 구석박이 외딴곳이다. 버석, 만하여도 가슴이 덜렁한다. 호랑이, 산골 호생원!

만귀는 잠잠하다. 가을은 이미 늦었다고 냉기는 모질다. 이슬을 품은 가랑잎은 바시락 바시락 날아들며 얼굴을 축인다.

꽁보는 바랑을 모로 베고 풀 위에 꼬부리고 누웠다가 잠깐 깜빡하였다. 다시 눈이 뜨이었을 적에는 몸서리가 몹시 나온다. 형은 맞은편에 그저 웅크리고 앉았는 모양이다.

"성님 인저 시작해볼라우?"

"아즉 멀었네. 좀 칩드라도 참참이 해야지—"

어둠 속에서 그 음성만 우렁차게 그러나 가만히 들릴 뿐이다. 연모를 고치는지 마치 쇠부딪는 소리와 아울러 부스럭거린다. 꽁보는 다시 옹송그리고 새우잠으로 눈을 감았다. 야기에 옷은 젖어 후줄근하다. 아랫도리가 척 나간 듯이 감촉을 잃고 대구 쑤실 따름이다. 그대로 버뜩 일어나 하품을 하고는 으드들 떨었다.

어디서인지 자박자박 사라지는 발자국 소리가 들린다. 꽁보는 정신이 번쩍 나서 눈을 궁글린다.

"누가 오는 게 아뉴?"

"바람이겠지. 즈들이 설마 알라구!"

신청부 같은 그 대답에 적이 맘이 놓인다. 곁에 형만 있으면 몇 놈쯤 오기로서니 그리 쪼일 게 없다. 적삼의 깃을 여미며 휘돌아보았다.

감때사나운 큰 바위가 반득이는 하늘을 찌를 듯이 삐죽 솟았다. 그 양어깨로 자지레한 바위는 뭉글뭉글한 놈이 검은 구름 같다. 그러면 이번에는 꿈인지 호랑인지 영문 모를 그런 험상궂은 대구리가 공중에 불끈 나타나 두리번거린다. 사방은 모두 이따위 산에 돌렸다. 바람은 뻔질 내려구르며 습기와 함께 낙엽을 풍긴다. 을씨년스레 샘물은 노냥 쫄랑쫄랑. 금시라도 시커먼 산 중턱에서 호랑이 불이 보일 듯싶다. 꼼짝 못 할 함정에 들은 듯이 소름이 쭉 돋는다.

꽁보는 너무 서먹서먹하고 허전하여 어깨를 으쓱 올린다. 몹쓸 놈의 산골도 다 많어이. 산골마다 모조리 요지경이람. 이러고 보니 몹시 무서운 기억이 눈앞으로 번쩍 지난다.

바로 작년 이맘때이다. 그날도 오늘과 같이 밤을 도와 잠채를 하러 갔던 것이다. 회양 근방에도 가장 험하다는 마치 이렇게 휘하고 낯선 산골을 기어올랐다. 꽁보에 더펄이, 그리고 또 다른 동무 셋과. 초저녁부터 내리는 부슬비가 웬일인지 그칠 줄을 모른다. 붕, 하고 난데없이 이는 바람에 안겨 비는 낙엽과 함께 몸에 부딪고 또 부딪고 하였다. 모두들 입 벌릴 기력조차 잃고 대구 부들부들 떨었다. 방금 넘어올 듯이 덩치 커다란 바위는 머리를 불쑥 내대고 길을 막고 막고 한다. 그놈을 끼고 캄캄한 절벽을 돌고나니 땀이 등줄기로 쭉 내려 흘렀다. 게다 언제 호랑이가 내닫는지 알 수 없음에 가슴은 펄쩍 두근거린다.

그러나 하기는, 이제 말이지 용케도 해먹긴 하였다. 아무렇든지 다섯 놈이 서른 길이나 넘는 암굴에 들어가서 한 시간도 못 되자 감(광석)을 두 포대나 실히 따올렸다. 마는 문제는 노느매기에 있었다. 어떻게 이놈을 논으면 서로 억울치 않을까. 꽁보는 금점에 남 다른 이력이 있느니 만치 제가 선뜻 맡았다. 부피를 대중하여 다섯 몫에다 차례대로 메지메지 골고루 논았던 것이다. 헌데 이런 우스꽝스러운 놈이 또 있을까—

"이게 일터면 논은 건가!"

어두운 구석에서 어떤 놈이 이렇게 쥐어박는 소리를 하는 것이다. 제 딴은 욱기를 보이노라고 가래침을 뱉는다.

"그럼?"

꽁보는 하 어이없어서 그쪽을 뻔히 바라보았다. 이건 우리가 늘 하는 격식인데 이제 와서 새삼스럽게 게정을 부릴 것이 아니다.

"아니, 요게 내 꺼야?"

"그럼, 누군 감벼락을 맞았단 말인가?"

"아니, 이 구덩이를 먼저 낸 것이 누군데 그래?"

"누구고 새고 알게 뭐 있나? 금 있으니 땄고 땄으니 논았지."

"알께 없다? 내가 없어도 느가 왔니? 이 새끼야?"

"이런 숙맥 보래. 꿀돼지 제 욕심 채기로 너만 먹자는 거야?"

바로 이 말에 자식이 욱하고 들이덤볐다. 무지한 두 손으로 꽁보의 멱살을 잔뜩 훔켜쥐고 흔들고 지랄을 한다. 꽁보가 체수가 작고 쳐들고 좀팽이라 한창 얕본 모양이다.

비를 맞아가며 숨이 콕 막히도록 시달리니 꽁보도 화가 안 날 수 없다. 저도 모르게 어느 듯 감석을 손에 잡자 놈의 골통을 터트렸다.[1] 하니까 이놈이 꼭 황소같이 식, 하더니 꽁보를 피언한 돌 위에다 집어 때렸다. 그리고 깔고 앉더니 대뜸 벽채를 들어 곁 갈빗대를 힉, 하도록 아주 몹시 조졌다. 죽질 않기만 다행이지만 지금도 이게 가끔 도지어 몸을 못 쓰는 것이다. 담에는 왼편 어깨를 된통 맞았다. 정신이 다 아찔하였다. 험하고 깊은 산속이라 그대로 죽여버릴 작정이 분명하다. 세 번째에는 또다시 가슴을 겨누고 내려올 제 인제는 꼬박 죽었구나 하였다. 참으로 지긋지긋하고 아슬아슬한 순간이었다. 그때 천행이랄까 대문짝처럼 억센 더펄이가 비호같이 날아들었다. 잡은 참 그놈의 허리를 뒤로 두 손에 꿔어들더니 산비탈로 내던져버렸다. 그놈은 그때 살았는지 죽었는지 이내 모른다. 꽁보는 곧바로 감석과 한꺼번에 더펄이 등에 업히어 마을로 내려왔던 것이다.

현재 꽁보가 갖고 다니는 그 목숨은 즉 더펄이 손에서 명줄을 받은 그때의 끄트머리다. 더펄이를 형이라 불렀고 형우제공을 깎듯이 하는 것도 까닭 없는 일은 아니었다.

이 산골도 그 녀석의 산골과 똑 헐없는 흉측스러운 낯짝을 가졌다. 한번 휘돌아보니 몸서리치던 그 경상을 다시 생각하지 않을 수 없다. 꽁보는 담배만 빡빡 피우며 시름없이 앉았다.

"몸 좀 녹여서 인저 시적시적 해볼까?"

더펄이도 추운지 떨리는 몸을 툭툭 털며 일어선다. 시작하도록 연모

---

1 원전에서는 '퍼트리다'로 되어 있다. 이것은 널리 퍼지게 한다는 의미. 그러나 여기에서는 상대방의 머리통을 감석으로 때려 외상을 입힌 것이기 때문에 '터뜨리다'가 맞다고 본다.

는 차비가 다 된 모양. 저편으로 가서 훔척훔척 하더니 바랑에서 막걸리병과 돼지 다리를 꺼내 들고 이리로 온다.

"그래도 줌 거냉은 해야 할 걸!" 하고 그는 병마개를 이로 뽑더니

"에이 그냥 먹세, 언제 데워먹겠나?"

"데웁시다."

"글쎄 그것두 좋구, 근대 불을 놨다가 들키면 어쩌나?"

"저 바윗틈에다 가리고 핍시다."

아우는 일어서서 가랑잎을 긁어모았다.

형은 더듬어가며 소나무 삭정이를 뚝뚝 꺾어서 한 아름 안았다. 병풍과 같이 바위와 바위 사이에 틈이 벌었다. 그 속으로 들어가 그들은 불을 놓았다.

"커 —, 그어 맛조하이."

형은 한 잔을 쭉 켜고 거나하였다. 칼로 돼지고기를 저며 들고 쩍쩍 씹는다.

"아까 술집 계집 봤나?"

"왜 그루?"

"어떻든가."

"......"

"아주 똑 땄데, 고거 참!" 하고 그는 눈을 불빛에 껌벅거리며 싱글싱글 웃는다. 일년이면 열두 달 줄창 돌아만 다니는 신세였다. 오늘은 서로 내일은 동으로 조선 천지의 금점판 치고 아니 찝쩍거린 데가 없었다. 언제나 나도 그런 계집 하나 만나 살림을 좀 해보누. 하면 무거운 한숨이 절로 안 날 수 없다.

"거, 계집 있는 게 한결 낫겠더군!" 하고 저도 열적을 만큼 시풍스러운 소리를 하니까

"글쎄요—" 하고 꽁보는 그 얼굴을 빤히 쳐다보았다. 이날까지 같이 다녀야 그런 법 없더니만 왜 별안간 계집 생각이 날까. 별일이로군! 하긴 저도 요즘으로 버썩 그런 생각이 무릇무릇 안 나는 것도 아니지만. 가을이 늦어서 그런지 두 홀아비 마주 앉기만 하면 나는 건 그 생각뿐.

"성님, 장가 들라우?"

"어디 웬 계집이 있나?"

"글쎄?" 하고 꽁보는 그 말을 재치다가 얼뜻 이런 생각을 하였다. 제 누이를 주면 어떨까. 지금 그 누이가 충주 근방 어느 농군에게 출가하여 자식을 둘씩이나 났다. 마는 매우 반반한 얼굴을 가졌다. 이걸 준다면 형은 무척 반기겠고 또한 목숨을 구해준 그 은혜에 대하여 손씨세도 되리라.

"성님 내 누의를 주라우?"

"누의?"

"썩 이뿌우. 성님이 보면 아마 담박 반하리다."

더펄이는 다음 말을 기다리며 다만 벙벙하였다. 불빛에 이글이글하고 검붉은 그 얼굴에는 만족한 미소가 떠올랐다. 그 누이에 대하여 칭찬은 전일부터 많이 들었다. 그럴 적마다 속중으로는 슬며시 생각이 달랐으나 차마 이렇다 토설치는 못했던 터이었다.

"어떻수?"

"글세, 그런데 살림하는 사람을 그리 되겠나?" 하여 뒷심은 두면서도 어정쩡하게 물어보았다. 그리고 들껍적하고 술을 따라서 아우에게 권

하다가 반이나 엎질렀다.

"그야, 돌려빼면 고만이니 누가 뭐랠 터유."

꽁보는 자신이 있는 듯이 이렇게 선언하였다.

더펄이는 아주 좋았다. 팔짱을 딱 찌르고는 눈을 감았다. 나두 인젠 계집 하나 안아보는구나! 아마 그 누이란 썩 이쁠 것이다. 오동통하고, 아양스럽게, 이런 계집에 틀림없으리라. 그럴 필요도 없건마는 그는 벌떡 일어서서 주춤주춤하다가 다시 펄썩 앉는다.

"은제 갈려나?"

"가만 있수, 이거 해가지구 낼 갑시다."

오늘 일만 잘 되면 낼로 곧 떠나도 좋다. 충청도라야 강원도 역경을 지나 칠팔십 리 걸으면 고만이다. 낼 해껏 걸으면 모레 아침에는 누이의 집을 들려서 다른 금점으로 가리라 예정하였다. 그런데 이놈의 금을 언제나 좀 잡아 볼는지 아득한 일이었다.

"빌어먹을 거. 은제쯤 재수가 좀 터보나!"

꽁보는 뜯고 있던 돼지 뼈다귀를 내던지며 이렇게 한탄하였다.

"염려 말게, 어떻게 되겠지. 오늘은 꼭 노다지가 터질 터니 두고 볼려나?"

"작히 좋겠수, 그렇거든 고만 들어앉읍시다."

"이를 말인가 이게 참 할 노릇을 하나, 이제 말이지."

그들은 몇 번이나 이렇게 짜위 했는지 그 수를 모른다. 네가 노다지를 만나든 내가 만나든 둘이 똑같이 나누어 가지고 집을 사고 계집을 얻고 술도 먹고 편히 살자고. 그러나 여지껏 한번이라고 그렇게 돼 본 적이 없으니 매양 헛소리가 되고 말았다.

"닭 울 때도 되었네 인제 슬슬 가볼려나?"

더펄이는 선뜻 일어서서 바랑을 짊어 메다가 꽁보를 보았다. 몸이 또 도지는지 불 앞에서 오르르 떨고 있는 것이 퍽으나 측은하였다.

"여보게, 내 혼자 해 가주 올 게 불이나 쬐고 거기 있으려나?"

"뭘 갑시다."

꽁보는 끄물끄물 일어서며 바랑을 메었다.

그들은 발로다 불을 비벼 끄고는 거기를 떠났다.

산에, 골을 엇비슷이 돌아오르는, 샛길이 놓였다. 좌우로는 솔, 잣, 밤, 단풍, 이런 나무들이 울창하게 꽉 들어박혔다. 그 밑으로 자갈, 아니면 불퉁바위는 예제없이 마냥 딩굴렀다. 한갓 시커먼 그 암흑 속을 그 둘은 더듬고 기어오른다. 풀숲의 이슬로 말미암아 고의는 축축이 젖었다. 다리를 옮겨 놓을 적마다 철떡 철떡 살에 붙으며 찬 기운이 쭉 끼친다. 그리고 모진 바람은 뻔질 불어내린다. 붕하고 능글차게 낙엽을 불어내리다는 빵 하고 되알지게 기를 복 쓴다.

꽁보는 더펄이 뒤를 따라 오르며 달달 떨었다. 이게 지랄인지 난장인지. 세상에 짜정 못해먹을 건 금점 빼고 다시 없으리라. 금이 다 무언지, 요 짓을 꼭 해야 한담. 게다 건뜻하면 서로 두들겨 죽이는 것이 일. 참 말이지 금장이 치고 하나 순한 놈 못 봤다. 몸이 결릴 적마다 지겹던 과거를 또 연상하며 그는 다시금 몸에 소름이 돋았다. 그러자 맞은편 산 수퐁에서 큰 불이 어른 하였다. 호랑이! 이렇게 놀라고 더펄이 허리에가 덥석 달리며

"저게 뭐유?" 하고 다르르 떨었다.

"뭐?"

"저거, 아니 지금은 없어졌네."

"그게, 눈이 어려서 헷거지 뭐야."

더펄이는 씸씸이 대답하고 천연스레 올라간다. 다기진 그 태도에 좀 안심이 되는 듯싶으나 그래도 썩 편치는 못하였다. 왜 이리 오늘은 대구 겁만 드는지 까닭을 모르겠다. 몸은 배시근하고 열로 인하여 입이 바짝바짝 탄다. 이것이 웬만하면 그럴 리 없으련마는

"자네, 안 되겠네. 내 등에 업히게!" 하고 더펄이가 등을 내대일 제 그는 잠자코 바랑 위로 넙죽 업혔다. 그래도 끽소리 없이 덜렁덜렁 올라가는 더펄이를 굽어보며 실팍한 그 몸이 여간 부러운 것이 아니었다.

불볕 내리는 복중처럼 씨근거리며 이마에 땀이 쫙 흘렀을 그때에야 비로소 더펄이는 산마루턱까지 이르렀다. 꽁보를 내려놓고 땀을 씻으며 후, 하고 숨을 돌린다. 인젠 얼마 안 남았겠지. 조금 내려가면 요 앞에 있을 것이다.

그들이 이 마을에 들린 것은 바로 오늘 점심때이다. 지나서 그냥 가려 하다가 뜻하지 않은 주막 주인 말에 귀가 번쩍 띄었던 것이다. 저 산 너머 금점이 있는데 금이 푹푹 쏟아지는 화수분이라고. 요즘에는 화약 허가를 내가지고 완전히 일을 하고자 하여 부득이 잠시 휴광 중이고 머지않아 다시 시작할 게다. 그리고 금 도적을 맞을까 하여 밤낮 구별 없이 감시하는 중이라 하는 것이다.

그러나 이 밤중에 누가 자지 않고 설마, 하고 더펄이는 덜렁덜렁 내려간다. 꽁보는 그 꽁무니를 쿡쿡 찔렀다. 그래도 사람의 일이니 물론 모른다. 좌우 곁을 살펴보며 살금살금 사리어 내려온다.

그들은 오 분쯤 내리었다. 따는 커다란 구덩이 하나가 딱 내달았다.

산중턱에 집 더미 같은 바위가 놓였고 고 옆으로 또 하나가 놓여 가

달이 졌다. 그 가운데다 빼듬한 돌 장벽을 끼고 구멍을 뚫은 것이다. 가루지는 한 발 좀 못되고 길벅지는 약 서 발 가량. 성냥을 그어대 보니 깊이는 네 길이 넘었다. 함부로 쪼아먹은 구덩이라 꺼칠한 놈이 군버력도 똑똑이 못 치웠다. 잠채를 염려하여 그랬으리라. 사다리는 모조리 떼어가고 밍숭밍숭한 돌벽이 있을 뿐이다.

그들은 다시 한번 사방을 두레두레 돌아보았다. 지척을 분간키 어려우나 필경 사람은 없을 것이다. 마음을 놓고 바랑에서 관솔을 꺼내어 불을 대렸다.

더펄이가 먼저 장벽에 엎드려 뒤로 기어 내린다. 꽁보는 불을 들고 조심성 있게 참참이 내려온다. 한 길쯤 남았을 때 고만 발이 찍, 하고 더펄이는 떨어졌다. 꿍, 하고 무던히 골탕은 먹었으나 그대로 쓱싹 일어섰다. 동이 트기 전에 얼른 금을 따야 될 것이다.

“여보게 아우, 나는 어딜 따랴나?”

“글세유…… 가만이 기슈.”

아우는 불을 들여대고 줄맥을 한 번 쭉 훑었다.

금점 일에는 난다 긴다 하는 아달맹이 금쟁이었다. 썩 보더니 복판에는 동이 먹어 들어가고 양편 가장이로 차차 줄이 생하는 것을 알았다.

“성님은 저편 구석을 따우.”

아우는 이렇게 지시하고 저는 이쪽 구석으로 왔다. 그러나 차마 그 틈바귀로 들어갈 생각이 안 난다. 한 길이나 실히 되도록 쌓아올린 동발이 금방 넘어올 듯이 위험하였다. 밑에는 좀 잘은 돌로 쌓으나 그 위에는 제법 굵직굵직한 놈들이 얹혔다. 이것이 무너지면 깩 소리도 못하고 치어 죽는다.

꽁보는 한참 생각했으나 별 수 없다. 낯을 찌푸려가며 바랑에서 망치와 타래정을 꺼내 들었다. 그런데 어떻게 파먹은 놈이게 옴폭이 들어간 것이 일은커녕 몸 하나 놓을 데가 없다. 마지못하여 두 다리를 동발께로 쭉 뻗고 몸을 그 홈패기에 착 엎드려 망치질을 하기 시작하였다.

돌에 뚫린 석혈 구덩이라 공기는 더욱 퀭하였다. 정 때리는 소리만 양쪽 벽에 무겁게 부딪친다.

팡! 팡!

이렇게 몹시 귀를 울린다.

거반 한 시간이 넘었다. 그들은 버력 같은 만감 이외에 아무것도 얻지 못했다. 다시 오 분이 지난다. 십 분이 지난다. 딱 그때다.

꽁보는 땀을 철철 흘리며 좁다란 그 틈에서 감 하나를 손에 따들었다. 하릴없이 적은 목침 같은 그런 돌팍을. 엎드린 그 채 불빛에 비치어 가만히 뒤져보았다. 번들번들한 놈이 그 광채가 되우 혼란스럽다. 혹시 연철이나 아닐까. 그는 돌 위에 눕혀놓고 망치로 두드리어 깨보았다. 좀체 하여서는 쪽이 잘 안 나갈 만치 쭌둑쭌둑한 금돌! 그는 다시 집어 들고 눈앞으로 바싹 가져오며 실눈을 떴다. 얼마를 뚫어지게 노려보았다. 무작정으로 가슴은 뚝딱거리고 마냥 들렌다. 이 돌에 박인 금만으로도, 모름 몰라도 하치 열 냥 중은 넘겠지. 천 원! 천 원!

"그 먼가, 뭐야?"

더펄이는 이렇게 허둥지둥 달려들었다.

"노다지" 하고 풀 죽은 대답.

"으─ㅇ, 노다지?" 하기 무섭게 더펄이는 우뻑지뻑 그 돌을 받아들고 눈에 들여댄다. 척척 휠 만치 들여 박인 금. 우리도 인젠 팔짜를 고

치누나! 그는 껍쩍껍쩍 엉덩춤이 절로 난다.

"이리 나오게, 내 땀세."

그는 아우의 몸을 번쩍 들어내 놓고 제가 대신 들어간다. 역시 동발께로 다리를 쭉 뻗고는 그 틈바귀에 덥석 엎드렸다. 몸이 워낙 커서 좀 둥개이나 아무렇게도 아우보다 힘이 낫겠지. 그 좁은 틈에 타래정을 꽂아 박고 식, 식, 하고 망치로 때린다.

꽁보는 그 앞에 서서 시무룩하니 흥이 지었다. 금점 일로 할지면 제가 선생이요 형은 제 지휘를 받아왔던 것이다. 뭘 안다고 푸뚱이가 어줍대는가. 돌 쪽 하나 변변히 못 떼 낼 것이…… 그는 형의 태도가 심상치 않음을 얼핏 알았다. 금을 보더니 완연히 변한다.

"저 곡괭이 좀 집어주게."

형은 고개도 아니 들고 소리를 빽 지른다.

아우는 잠자코 대꾸도 아니 한다. 사람을 너무 얕보는 그 꼴이 썩 아니꼬웠다.

"아 이 사람아, 곡괭이 좀 얼른 집어줘. 왜 저리 정신없이 섰나."

그리고 눈을 딱 부릅뜨고 쳐다본다. 아우는 암말 않고 저편 구석에 놓인 곡괭이를 집어다 주었다. 그리고 우두커니 다시 섰다. 형이 무람없이 굴면 굴수록 그것은 반드시 시위에 가까웠다. 힘이 좀 있다고 주제넘게 꺼떡이는 그 화상이야 눈허리가 시면 시었지 그냥은 못 볼 것이다.

"또 땄네, 내 기운이 어떤가?"

형은 이렇게 주적거리며 곡괭이를 연속 내려찍는다. 마치 죽통에 덤벼드는 도야지 모양이다. 억척스럽게도 손뼉만 한 감을 두 쪽이나 따냈다. 인제는 악이 아니면 세상 없어도 더는 못 딸 것이다.

엑! 엑! 엑!

그래도 억센 주먹에 굳은 놓이 다 벌컥벌컥 나간다.

제 힘을 되우 자랑하는 형을 이윽히 바라보니 또한 그 속이 보인다. 필연코 이 노다지를 혼자 먹으려고 하는 것이다. 허면 내가 있는 것을 몹시 꺼리겠지 하고 속을 태운다.

"이것 봐, 자네 같은 건 골백 와야 소용없네" 하고 뽐낼 제 가슴이 선뜩하였다. 앞서는 형의 손에 목숨을 구해 받았으나 이번에는 같은 산골에서 그 주먹에 명을 도로 끊을지도 모른다. 그는 형의 주먹을 가만히 내려보다가 가엾이도 앙상한 제 주먹에 대조하여 보지 않을 수 없다. 그러나 다만 속이 바르르 떨릴 뿐이다.

그러자 꽁보는 기급을 하여 놀라며 뒤로 물러섰다. 어이쿠 하는 불시의 비명과 아울러 와그르, 하였다. 쌓아올린 동발이 어찌하다 중턱이 헐리었다. 모진 돌들은 더펄이의 장딴지 넓적다리 웅뎅이까지 고대로 엎눌렀다. 살은 물론 으츠러졌으리라. 그는 엎드린 채 꼼짝 못하고 아픈 데 못 이기어 끙끙거린다. 허나 죽질 않기만 요행이다. 바로 그 위의 공중에는 징그럽게 커다란 돌이 내려구르자 그 밑을 받친 불과 조그만 조각돌에 걸리어 미쳐 못 굴러내리고 간댕거리는 길이었다. 이 돌만 내려치면 그 밑에 그는 목숨은 고사하고 윽살이 될 것이다.

"여보게 내 몸 좀 빼주게."

형은 몸은 못쓰고 죽어가는 목소리로 애원한다. 그리고 또

"아우, 나 죽네 응?" 하고 거듭 애를 끊으며 빌붙는다. 고개만 겨우 들었을 따름 그 외에는 손조차 자유를 잃은 모양 같다.

아우는 무너지려는 동발을 쳐다보며 얼른 그 머리맡으로 다가선다. 발

앞에 놓인 노다지 세 쪽을 날쌔게 손에 잡자 도로 얼른 물러섰다. 그리고 눈물이 흐르는 얼굴은 돌아도 안 보고 그 발로 하둥지둥 장벽을 기어오른다.

"이놈아!"

너무 기가 올라 벼락같이 악을 쓰는 호통이 들리었다. 또 연하여 우지끈 뚝딱, 하는 무서운 폭성이 들리었다. 그것은 거의 거의 동시의 일이었다. 그리고는 좀 와스스 하다가 잠잠하였다.

그때는 벌써 두 길이나 넘어 아우는 기어올랐다. 굿문까지 다 나왔을 제 그는 머리만 내밀어 사방을 두릿거리다 그림자같이 사라진다.

더펄이의 형체는 보이지 않는다. 침침한 어둠 속에서 단지 굵은 돌멩이만이 쫙 흩어진다. 이쪽 마구리의 타다 남은 화롯불은 바야흐로 질듯 질듯 껌벅거린다. 그리고 된바람이 애, 하고는 굿문께서 모래를 좌륵, 좌륵 드려 뿜는다.

『조선중앙일보』, 1935.3.2~9.

금

금점이란 헐없이 똑 난장판이다.

감독의 눈은 일상 올빼미 눈같이 둥글린다. 혹하면 금도적을 맞는 까닭이다. 하긴 그래도 곧잘 도적을 맞긴 하련만—

대거리를 꺾으러 광부들은 하루에 세 때로 몰려든다. 그들은 늘 하는 버릇으로 굴문 앞까지 와서는 발을 멈춘다. 잠자코 옷을 훌훌 벗는다.

그러면 굿문을 지키는 감독은 그 앞에서 이윽히 노려보다가 이 광산 전용의 굴복을 한 벌 던져준다. 그놈을 받아 꿰고는 비로소 굴 안으로 들어간다. 이렇게 탈을 바꿔 쓰고야 저 땅속 백여 척이 넘는 굴 속으로 기어드는 것이다.

그와 마찬가지로 나는 대거리는 굴문께로 기어 나와서 굴복을 벗는다. 벌거숭이 알몸뚱이로 다릿짓 팔짓을 하여 몸을 털어 보인다. 그리고 제 옷을 받아 입고는 집으로 돌아가는 것이다.

이것이 여름이나 봄철이면 호옥 모른다. 동지섣달 날카로운 된바람이 악을 쓰게 되면 가관이다. 발가벗고 서서 소름이 쭉 끼치어 떨고 있는 그 모양, 여기 우스운 이야기가 있다. 최서방이라는 한 노인이 있는데, 한 육십쯤 되었을까 허리가 구붓하고 들피진 얼굴에 좀 병신스러운 촌뜨기가 하루는 굴복을 벗고 몸을 검사시키는데 유달리 몹시 떤다. 뼈에 말라붙은 가죽에도 소름이 돋는지 하여튼 무던히 추웠던 게라 몸이 반쪽이 되어 떨고 섰더니 고만 오줌을 쪼룩하고 지렸다. 이놈이 힘이 없었게 망정이지 좀만 뻗쳤으면 앞에 섰는 감독의 바지를 적실 뻔했다. 감독은 방한화의 오줌 방울을 땅바닥에 탁탁 털며

"이놈이가!" 하고 좀 노해보려 했으되 먼저 그 꼬락서니가 웃지 않을 수 없다.

"늙은 놈이도 오줌이 싸 이놈아?"[1]

그리고 손에 쥐었던 지팡이로 거길 톡 친다.

최서방은 얼은 살이라 좀 아픈 모양.

"아야" 하고 소리를 치다가 시나브로 무안하여 허리를 구부린다. 이것을 보고 곁에 몰려섰던 광부들은 우아아, 하고 뭇웃음이 한꺼번에 터져 오른다.

이렇게 엄중히 잡도리를 하건만 그래도 용케는 먹어들 가는 것이다. 어떤 놈은 상투 속에다 금을 끼고 나온다. 혹은 다비 속에다 껴 신고 나오기도 한다. 이건 예전 말이다. 지금은 간수들의 지혜도 훨씬 슬기롭다. 이러다는 단박 들키어 내떨리기밖에 더는 수 없다. 하니까 광부들의 꾀 역 나날이 때를 벗는다.[2] 사실이지 그들은 구덩이 내로 들어만 서면 이 궁리 빼고 다른 생각은 조금도 없다. 어떻게 하면 이놈의 금을 좀 먹어다 놓고 다리를 뻗고 계집을 데리고 이래 지내볼는지. 하필 광주만 먹이어 살 올릴 게 아니니까. 거기에는 제일 안전한 방법이 있으니 그

---

1 "늙은 놈도 오줌을 싸 이놈아". 한국어가 서툰 일본인 감독의 한국어 실력을 보여 주는 부분이다.

2 광부들의 꾀 역시 나날이 발전(진보)한다.

것은 덮어놓고 꿀떡, 삼키고 나가는 것이다. 제아무리 귀신인들 뱃속에 든 금이야. 허나 사람의 창주란 쇳바닥이 아니니 금 덕을 보기 전에 꿰져버리면 남 보기에 효상만 사납다. 왜냐하면 사금이란 모르나 석혈금이란 유리쪽 같은 차돌에 박혔기 때문에 에라 입속에 감춰라. 귓속에 묻어라. 빌어먹을 거 사타구니에 끼고 나가면 누가 뭐랄텐가. 심지어 덕희는 항문이에다 금을 박고 나오다 고만 뽕이 났다. 감독은 낯을 이그리며 금을 비집어 놓고

"이 자식이가 금이 또구모기로 먹어?"[3] 하고 알 볼기짝을 발길로 보기 좋게 갈기니 쩔꺽 그리고 내떨렸다.

이렇게 되고 보면 감독의 책임도 수월치 않다. 도적을 지켜야 제 월급도 오르긴 하지만 일변 생각하면 성가신 노릇. 몇 두 달씩 안 빨은 옷을 벗길 적마다 부연 먼지는 오른다. 게다 목욕을 언제나 했는지 때가 누덕누덕한 몸뚱이를 뒤져 보려면 구역이 곧바로 올라오련다. 광부들이란 항상 돼지 같은 몸뚱이이므로—

봄이 돌아와 향기로운 바람이 흘러나려도 그는 아무 재미를 모른다. 맞은쪽 험한 산골에 어즈러히 흩어진 동백, 개나리, 철쭉들도 그의 흥미를 끌기에 힘이 어렸다. 사람이란 기계와 다르다. 단 한 가지 단조로운 일에 시달리고 나면 종말에는 고만 지치고 마는 것이다. 그 일뿐 아니라 세상 사물에 권태를 느끼는 것이 항용이다. 그런 중 피로한 몸에다 점심 변도를 한 그릇 집어넣고 보면 몸이 더욱 나른하다. 그때는 황금 아니라 온 천하를 떼어온대도 그리 반갑지 않았다. 굴문을 지키던 감독은 교의

---

3 "이자식은 금을 똥구멍으로 먹어?". 일본인 감독의 서툰 한국어 발음이다.

에 몸을 의지하고 두 팔을 벌리어 기지개를 늘인다. 우음하고 다시 궐련을 피운다. 그의 눈에는 어젯밤 끼고 놀던 주막거리의 계집애 그 젖꼭지 밖에는 더 띄지 않는다. 워낙 졸린 몸이라 그것도 어렴풋이—

요 아래 산중턱에서 발동기는 채신이 없이 풍, 풍, 풍, 연해 소리를 낸다. 뭇 사내가 그리로 드나든다. 허리를 구붓하고 끙, 끙, 매는 것이 아마 감석을 나르는 모양. 그 밑으로 골물은 돌에 부대끼며 콸콸 나려 흐른다.

한 점 이십 분, 굴파수가 점심을 마악 치르고 고 다음이다. 고달픈 눈을 가삼츠레히 끔벅이며 앉았노라니 뜻밖에 굴문께로 광부의 대강이가 하나 불쑥 나타난다. 대거리 때도 아니요 또 시방쯤 나올 필요도 없건만. 좀 더 눈을 의아히 뜬 것은 등허리에 척 늘어진 반송장을 업었다. 헤, 헤, 또 죽어했어? 그는 골피를 찌푸리며 입맛을 다신다. 허나 금점에 사람 죽는 것은 도수장 소 죽음에 진배없이 예사다. 그건 먹다도 죽고 꽁무니를 까고도 죽고 혹은 곡괭이를 든 채로 죽고 하니까. 놀람보다도 성가신 생각이 먼저 앞선다. 이걸 또 어떻게 치나. 감독 불충분의 덤태기로 그 누를 입어 떨리지나 않을는지.

감독은 교의에서 엉거주춤 일어서며

"왜 그랬어?"

"버력에 치치 치었습니다."

광부는 헝겁스리 눈을 희번덕이며 이렇게 말이 꿈는다.[4] 결때가 커다랗고 걱세게 생겼으나 까맣게 치올려 보이는 사다리를 더구나 부상자를

4 말이 굽는다 : 말이 제대로 나오지 않아 더듬는다.

업고 기어오르는 동안 있는 기운이 모조리 지친 모양. 식식! 그리고 검붉은 이마에 땀이 쭉 흐른다. 죽어가는 동관을 구하고자 일초를 시새워 들레인다.[5]

"이걸 어떻게 살려야지유?"

감독은 대답 대신 낯을 찌푸린다. 등에 엎드린 광부의 바른편 발을 노려보면서 굴복 등거리로 복사뼈까지 얼러 들씌매곤 굵은 사내끼로 칭칭 감았는데 피, 피, 싸맨 굴복 위로 징그러운 선혈이 풍풍 그저 스며 오른다. 그뿐 아니라 피는 땅에까지 뚝뚝 떨어지며 보는 사람의 가슴에 못을 치는 듯. 물론 그자는 까무러쳤으리라. 웃통이를 벗은 채 남의 등에 걸치어 꼼짝 못 한다. 고개는 시들은 파잎 같이 앞으로 툭 떨어지고—

"이걸 어떻게 얼른 해야지유?"

이를 말인가. 곧 서둘러 병원으로 데리고 가서 으츠러진 발목을 잘라내든지 해야 할 일이 쉽겠다. 허나 이걸 데리고 누가 사무실로 병원으로 왔다갔다 성가신 노릇을 하랴. 염량 있는 사람은 군일에 손을 안 댄다. 게다 다행히 딴 놈이 가로 맡아 조급히 서두름으로 아따 네 멋대로 그 기세를 바짝 치우치며

"암! 어른 데리고 가 약기 바라야지."[6]

가장 급한 듯이 저도 허풍을 피운다.

이 영이 떨어지자 광부는 나를 듯이 점벙거리며 굴막을 나온다. 동관의 생명이 몹시 위급한 듯, 물방앗간을 향하야 구르다시피 산비탈을 내

---

5 시새다 : 남보다 낫기 위하여 서로 다투다.
들레다 : 야단스럽게 떠들다. 여기에서는 위급상황에서 촌각을 다투어 보고한다.

6 "암 얼른 데리고 가 약을 발라야지". 일본인 감독이 서툰 한국어로 지시하고 있다.

려올 제

"이봐, 참 그 사람이 이름이 뭐?"

"북 삼 호 구뎅이에서 저와 같이 일하는 이덕순입니다" 하고 소리를 지르고는 다시 발길을 돌리어 뺑 내뺀다.

감독은 이 꼴을 멀리 바라보며

"이덕순이, 이덕순이" 하다가 곧 늘어지게 하품을 으아함, 하고 내뽑는다.

시골의 봄은 바쁘다. 농군들은 들로 산으로 일을 나갔고, 마을에는 양지쪽에 자빠진 워리의[7] 기지개뿐. 아이들은 둑 밑 잔디로 기어다니며 조고마한 바구니에 주워 담는다. 달롱, 소로쟁이, 게다가 우렁이—,

산모롱이를 돌아내릴 제

"누가 따라오지나 않나?"

덕순이는 초조로운 어조로 묻는다. 그러나 죽은 듯이 고개는 그냥 떨어진 채 사리는 음성으로.

"아니, 이젠 염려 없네."

아주 자신 있는 쾌활한 대답이다. 조금 사이를 떼어 가만히

"혹 빠지나 보게, 또 십 년 공부 나미타불 만들어."

"음 맸으니까 설마—" 하고 덕순이는 대답은 하나 말끝이 밍밍히 식는다. 기운이 푹 꺼진 걸 보면 아마 되우 괴로운 모양 같다. 좀 전에는 내 험세 그까짓 것 좀 하고 희망에 불일던 덕순이다. 그 순간의 덕순이와는 아주 팔팔결. 몹시 아프면 기운도 죽나보다.

---

7 '워리'는 개에 대한 일반호칭, 예전에는 개를 부를 때 '워리! 워리' 하고 불렀다. 이에 비해 고양이를 부를 때는 "나비야, 나비야" 하고 불렀다.

덕순이는 제 집 가까이 옴을 알자 비로소 고개를 조금 들었다. 쓰러져가는 납작한 낡은 초가집. 고자리 쑤시듯 풍풍 뚫어진 방문 저 방에서 두 자식을 데리고 계집을 데리고 고생만 무진하였다. 이제는 게다 다리까지 못 쓰고 드러누웠으려니! 아내와 밤낮 겯고틀고 이렇게 복대기를 또 쳐야 되려니! 아아! 그리고 보니 등줄기에 소름이 날카롭게 지난다. 제 손으로 돌을 들어 눈을 감고 발을 나려 찧는다. 깜짝 놀란다. 발은 깨치며 으츠러진다. 피가 퍼진다. 아, 얼마나 어리석은 짓인가? 그러나 그러나 단돈 천 원은 그 얼만가!

"아, 이거 왜 이랬수?"

아내는 자지러지게 놀라며 뛰어나온다. 남편은 뻔히 쳐다볼 뿐, 무대답. 허나 그 속은 묻지 않아도 훤한 일이었다. 요즘 며칠 동안을 끙끙거리던 그 계획, 그러고 이러이러할 수밖에 없을 텐데 하고 잔뜩 장은 댔으나 그래도 차마 못하고 차일피일 멈춰오던 그 계획. 그예 기어코 이 꼴을 만들어 오는구!

아내는 행주치마에 손을 닦고 허둥지둥 남편을 부축하여 방으로 끌어들인다.

"끙!"

남편은 방벽에 가 비스듬히 기대어 앉으면 이렇게 안간힘을 쓴다. 그리고 다친 다리를 제 앞으로 조심히 끌어당긴다. 이마에 살을 죄어가며 제 손으로 푸르기 시작한다.

굵은 사내끼는 풀려 제쳤다. 그리고 피에 젖은 굴복 등거리를 조심히 풀쳐보니 어느 게 살인지, 어느 게 뼈인지 분간키 곤란이다. 다만 흐느적흐느적하는 아마 돌이 내려칠 제 그 모에 밀리고 으츠러지기에 그렇게 되었으리라, 선지 같은 고기덩이가 여기에 하나 붙고 혹은 저기에 하나 붙고. 발가락께는 그 형체조차 잃었을 만치 아주 무질러지고 말이 아니다. 아직도 철철 피는 흐른다. 이렇게까지는 안 되었을 텐데! 그는 보기만 하여도 너무 끔찍하여 몸이 졸아들 노릇이다.

그러나 그는 우선 피에 흥건한 굴복을 집어들고 털어본다. 역 피가 찌르르 묻은 손벽만 한 돌이 떨어진다. 그놈을 집어 들고 이리로 저리로 뒤져본다. 어두운 굴속이라 간드레 불빛에 혹여 잘못 보았을지도 모른다. 아내에게 물을 떠오래 거기다가 흔들어 피를 씻고 보니 과연 노다지. 금 황금. 이래도 천 원짜리는 되겠지!

동무는 이 광경을 가만히 들여다보고 섰다가

"인내게 내 가주가 팔아옴세."

"……"

덕순이는 잠자코 그 얼굴을 유심히 치어다본다. 돌은 손에 잔뜩 우려쥐고. 아니 더욱 힘 있게 손을 죄인다. 마는 동무가 조금도 서슴지 않고

"금으로 잡아 파나, 그대로 감석째 파나 마찬가지 되리, 얼른 팔아서 돈이 있어야 자네도 약도 사고 할 게 아닌가. 같이하고 설마 도망이야 안 가겠지" 하니까

"팔아오게."

그제서 마음을 놨는지 감을 내어준다.

동무는 그걸 받아들고 방문을 나오며 후회가 몹시 난다. 제가 발을 깨치고, 피를 내고 그리고 감석을 지니고 나왔더면 둘을 먹을걸. 발견은 제가 하였건만 덕순이에게 둘을 주고 원주인이 하나만 먹다니. 그때는 왜 이런 용기가 안 났던가. 이제 와 생각하면 분하고 절통하기 짝이

없다. 그는 허둥거리며 땅바닥에다가 거칠게 침을 퇴, 뱉고 또 퇴, 뱉고 싸리문을 돌아나간다.

이 꼴을 맥 풀린 시선으로 멀거니 내다본다. 덕순이는 낯을 흐린다. 하는 양을 보니 암만 해도, 암만 해도 혼자 먹고 달아날 장본인 듯. 허지만 설마.

살기 위하여 먹는 걸, 먹기 위하여 몸을 버리고 그리고 또 목숨까지 버린다. 그걸 그는 알았는지 혹은 모르는지 아픔에 못 이기어

"아이구" 하고 스러지는 듯 길게 한숨을 뽑더니

"가지고 달아나진 않겠지?"

아내는 아무 말도 대답지 않는다. 고개를 수그린 채 보기 흉악한 그 발을 뚫어지게 쏘아만 볼 뿐. 그러나 가무잡잡한 야윈 얼굴에 불현듯 맑은 눈물이 솟아 내린다. 망할 것도 다 많아. 제 발을 이래까지 하면서 돈을 벌어 오라진 않았건만. 대관절 인제 어떻게 하려고 이러는지!

얼마 후 이마를 들자 목성을 돋으며

"아프지 않어?" 하고 뾰르지게 쏘아박는다.

"아프긴 뭐 아퍼. 인제 낫겠지."

바로 히떱게스리 허울 좋은 대답이다. 마는 그래도 아픔은 참을 기력이 부치는 모양. 조금 있더니 그 자리에 그대로 쓰러지며

"아이구!"

참혹한 비명이다.

(을해, 1935.1.10)

원전 : 『영화시대』, 1935.3. / 출전 : 『동백꽃』, 삼문사전집간행부, 1938.12.15.

금 따는 콩밭

땅속 저 밑은 늘 음침하다.

고달픈 간드렛불. 맥없이 푸리끼하다. 밤과 달라서 낮엔 되우 흐릿하였다.

거칠은 황토장벽으로 앞뒤 좌우가 꽉 막힌 좁직한 구덩이. 흡사히 무덤 속같이 귀중중하다. 싸늘한 침묵. 쿠더브레한 흙내와 징그러운 냉기만이 그 속에 자욱하다.

곡괭이는 뻔질 흙을 이르집는다. 암팡스러이 내려쪼며

퍽 퍽 퍽—

이렇게 메떨어진 소리뿐. 그러나 간간 우수수하고 벽이 헐린다.

영식이는 일손을 놓고 소맷자락을 끌어당기어 얼굴의 땀을 훑는다. 이놈의 줄이 언제나 잡힐는지 기가 찼다. 흙 한줌을 집어 코밑에 바짝 들이대고 손가락으로 샅샅이 뒤져본다. 완연히 버력은 좀 변한 듯싶다. 그러나 불통버력이 아주 다 풀린 것도 아니었다. 말똥버력이라야 금이 온다는데 왜 이리 안 나오는지.

곡괭이를 다시 집어 든다. 땅에 무릎을 꿇고 궁둥이를 번쩍 든 채 식식거린다. 곡괭이를 무작정 내려찍는다.

바닥에서 물이 스미어 무릎 앞이 흥건히 젖었다. 굿엎은 천판에서 흙방울을 내리며 목덜미로 굴러든다. 어떤 때에는 윗벽의 한쪽이 떨어지며 등을 탕 때리고 부서진다.

그러나 그는 눈도 하나 깜짝하지 않는다. 금을 캔다고 콩밭 하나를 다 잡쳤다. 약이 올라서 죽을둥살둥. 눈이 뒤집힌 이판이다. 손바닥에 침을 탁 뱉고 곡괭이 자루를 한 번 고쳐 잡더니 쉴 줄 모른다.

등 뒤에서는 흙 긁는 소리가 드윽드윽 난다. 아직도 버력을 다 못 친 모양. 이 자식이 일을 하나 시졸 하나.[1] 남은 속이 바직 타는데 웬 뱃심이 이리도 좋아.

영식이는 살기 띤 시선으로 고개를 돌렸다. 암말 없이 수재를 노려본다. 그제야 꾸물꾸물 바지게에 흙을 담고 등에 메고 사다리를 올라간다.

굿이 풀리는지 벽이 우찔하였다. 흙이 부서져 내린다. 전날이라면 이곳에서 아내 한 번 못보고 생죽음이나 안 할까 털끝까지 쭈볏할 게다. 그러나 인젠 그렇게 되고도 싶다. 수재란 놈하고 흙더미에 묻히어 한꺼번에 죽는다면 그게 오히려 날 게다.

이렇게까지 몹시 몹시 미웠다.

이놈 풍치는 바람에 애꿎은 콩밭 하나만 결딴을 냈다. 뿐만아니라 모두가 낭패다. 세 벌 논도 못 맸다. 논둑의 풀은 성큼 자란 채 어지러이 널려져 있다. 이 기미를 알고 지주는 대노하였다. 내년부터는 농사질 생각 말라고 발을 굴렀다. 땅은 암만 파도 지수가 없다. 이만 해도 다섯 길은 훨씩 넘었으리라. 좀 더 깊여야 옳을지 혹은 북으로 밀어야 옳을지[2] 우두머니 망설인다. 금점일에는 푸뚱이다. 이때껏 수재의 지휘를 받아

---

1 '일을 하나 시조를 읊으며 풍류를 즐기나'의 의미.

2 금광석을 캐내기 위해 굴을 깊이 파야 할지 굴의 둘레를 넓혀야 할지 고민 중인 모습.

일을 하여왔고 앞으로도 역 그러해야 금을 딸 것이다. 그러나 그런 칙칙한 짓은 안 한다.

"이리 와 이것 좀 파게."

그는 엇선 위풍을 보이며 이렇게 분부하였다. 그리고 저는 일어나 손을 털며 뒤로 물러선다.

수재는 군말 없이 고분하였다. 시키는 대로 땅에 무릎을 꿇고 벽채로 군버력을 긁어낸 다음 다시 파기 시작한다.

영식이는 치다 나머지 버력을 짊어진다. 커단 걸대를 뒤뚝거리며 사다리로 기어오른다. 굿문을 나와 버력더미에 흙을 마악 내치려 할 제

"왜 또 파. 이것들이 미쳤나 그래—"

산에서 내려오는 마름과 맞닥뜨렸다. 정신이 떠름하여 그대로 벙벙히 섰다. 오늘은 또 무슨 포악을 들으려고 하는가.

"말라니까 왜 또 파는 게야" 하고 영식이의 바지게 뒤를 지팡이로 꽉 찌르더니

"갈아 먹으라는 밭이지 흙 쓰고 들어가라는 거야. 이 미친 것들아 콩밭에서 웬 금이 나온다구 이 지랄들이야 그래" 하고 목에 핏대를 올린다. 밭을 버리면 간수 잘못한 자기 탓이다. 날마다 와서 그 북새를 피고 금하여도 담날 보면 또 여전히 파는 것이다.

"오늘로 이 구뎅이를 도로 묻어놔야지 낼로 당장 징역 갈 줄 알게."

너무 감정이 격하여 말도 잘 안 나오고 떠듬떠듬거린다. 주먹은 곧 날아들 듯이 허구리께서 불불 떤다.

"오늘만 좀 해보고 고만 두겠어유."

영식이는 낯이 붉어지며 가까스로 한마디 하였다. 그리고 무턱대고 빌

었다.

마름은 들은 척도 안 하고 가버린다.

그 뒷모양을 영식이는 멀거니 배웅하였다. 그러다 콩밭 낯짝을 들여다보니 무던히 애통터진다. 멀쩡한 밭에 가 구멍이 사면 풍 풍 뚫렸다.

예제없이 버력은 무더기 무더기 쌓였다. 마치 사태 만난 공동묘지와도 같이 귀살쩍고 되우 을씨년스럽다. 그다지 잘 되었던 콩포기는 거반 버력더미에 다아 깔려버리고 군데군데 어쩌다 남은 놈들만이 고개를 나풀거린다. 그 꼴을 보는 것은 자식 죽는 걸 보는 게 낫지 차마 못할 경상이었다.

농토는 모조리 떨어질 것이다. 그러나 대관절 올 밭도지 벼 두 섬 반은 뭘로 해내야 좋을지. 게다 밭을 망쳤으니 자칫하면 징역을 갈는지도 모른다.

영식이가 구덩이 안으로 들어왔을 때 동무는 땅에 주저앉아 쉬고 있었다. 태연 무심히 담배만 뻑 뻑 피는 것이다.

"언제나 줄을 잡는 거야."

"인제 차차 나오겠지."

"인제 나온다?" 하고 코웃음 치고 엇먹더니 조금 지나매

"이 새끼."

흙덩이를 집어들고 골통을 내려친다.

수재는 어쿠 하고 그대로 폭 엎으린다. 그러다 벌떡 일어선다. 눈에 띄는 대로 곡괭이를 잡자 대뜸 달려들었다. 그러나 강약이 부동. 왁살스러운 팔뚝에 퉁겨져 벽에 가서 쿵 하고 떨어졌다. 그 순간에 제가 빼앗긴 곡괭이가 정바기를 겨누고 날아드는 걸 보았다. 고개를 홱 돌린다.

곡괭이는 흙벽을 퍽 찍고 다시 나간다.

×

수재 이름만 들어도 영식이는 이가 갈렸다. 분명히 홀딱 속은 것이다.

영식이는 본디 금점에 이력이 없었다. 그리고 흥미도 없었다. 다만 밭고랑에 웅크리고 앉아서 땀을 흘려가며 꾸벅꾸벅 일만 하였다. 올엔 콩도 뜻밖에 잘 열리고 맘이 좀 놓였다.

하루는 홀로 김을 매고 있노라니까

"여보게 덥지 않은가 좀 쉬었다 하게."

고개를 들어보니 수재다. 농사는 안 짓고 금점으로만 돌아다니더니 무슨 바람에 또 왔는지 싱글벙글한다. 좋은 수나 걸렸나 하고

"돈 좀 많이 벌었나. 나 좀 꿰주게."

"벌구말구 맘껏 먹고 맘껏 쓰고 했네."

술에 거나한 얼굴로 신껏 주절거린다. 그리고 밭머리에 쭈그리고 앉아 한참 객설을 부리더니

"자네 돈벌이 좀 안 할려나. 이 밭에 금이 묻혔네 금이……"

"뭐" 하니까

바로 이 산너머 큰 골에 광산이 있다. 광부를 삼백여 명이나 부리는 노다지판인데 매일 소출 되는 금이 칠십 냥을 넘는다. 돈으로 치면 칠천 원. 그 줄맥이 큰 산허리를 뚫고 이 콩밭으로 뻗어 나왔다는 것이다. 둘이서 파면 불과 열흘 안에 줄을 잡을 게고 적어도 하루 서 돈씩은 따리라. 우선 삼십 원만 해도 얼마냐. 소를 산대도 반 필이 아니냐고.

그러나 영식이는 귀담아듣지 않았다. 금점이란 칼 물고 뜀뛰기다. 잘되면 이거니와 못되면 신세만 조판다. 이렇게 전일부터 들은 소리가 있어서였다.

그 담날도 와서 꾀송거리다 갔다.

셋째번에는 집으로 찾아왔는데 막걸리 한 병을 손에 떡 들고 영을 피운다. 몸이 달아서 온 것이었다. 봉당에 걸터앉아서 저녁상을 물끄러미 바라보더니 조당수는 몸을 훑인다는 둥 일꾼은 든든히 먹어야 한다는 둥 남들은 논을 사느니 밭을 사느니 떠드는데 요렇게 지내다 그만 둘 테냐는 둥 일쩌웁게 지절거린다.

"아주머니 이것 좀 먹게 해주시게유."

그리고 비로소 영식이 아내에게 술병을 내놓는다. 그들은 밥상을 끼고 앉아서 즐겁게 술을 마셨다. 몇 잔이 들어가고 보니 영식이의 생각도 적이 돌아섰다. 따는 일 년 고생하고 끽 콩 몇 섬 얻어먹느니보다는 금을 캐는 것이 슬기로운 짓이다. 하루에 잘만 캔다면 한해 줄곧 공들인 그 수확보다 훨썩 이익이다. 올봄 보낼 제 비료값 품삯 빚해 빚진 칠 원 까닭에 나날이 졸리는 이판이다. 이렇게 지지하게 살고 말 바에는 차라리 가루지나 세루지나 사내자식이 한 번 해볼 것이다.

"낼부터 우리 파보세. 돈만 있으면이야 그까짓 콩은."

수재가 안달스레 재우쳐 보채일 제 선뜻 응락하였다.

"그래 보세. 빌어먹을 거 안 됨 고만이지."

그러나 꽁무니에서 죽을 마시고 있던 아내가 허구리를 쿡 쿡 찔렀게 망정이지 그렇지 않았더면 좀 주저할 뻔도 하였다.

아내는 아내대로 셈이 빨랐다.

시체는 금점이 판을 잡았다. 섣부르게 농사만 짓고 있다간 결국 비렁뱅이밖에는 더 못 된다. 얼마 안 있으면 산이고 논이고 밭이고 할 것 없이 다 금장이 손에 구멍이 뚫리고 뒤집히고 뒤죽박죽이 될 것이다. 그때는 뭘 파먹고 사나. 자 보아라. 머슴들은 짜위나 한 듯이 일하다 말고 후딱하면 금점으로들 내빼지 않는가. 일꾼이 없어서 올엔 농사를 질 수 없느니 마느니 하고 동리에서는 떠들썩하다. 그리고 본동 포농이조차[3] 호미를 내어던지고 강변으로 개울로 사금을 캐러 달아난다. 그러다 며칠 뒤에는 다비신에다 옥당목을 떨치고 히짜를 뽑는 것이 아닌가.

아내는 콩밭에서 금이 날 줄은 아주 꿈밖이었다. 놀래고도 또 기뻤다. 올해는 노냥 침만 삼키던 그놈 코다리(명태)를 짜증 먹어 보겠구나 만 하여도 속이 메질 듯이 짜릿하였다. 뒷집 양근댁은 금점 덕택에 남편이 사다준 흰 고무신을 신고 나릿나릿 걷는 것이 무척 부러웠다. 저도 얼른 금이나 펑펑 쏟아지면 흰 고무신도 신고 얼굴에 분도 바르고 하리라.

"그렇게 해보지 뭐. 저 양반 하잔대로만 하면 어련히 잘 될라구 —"

얼뚤하여 앉았던 남편을 이렇게 추겼던 것이다.

×

3 원전에는 '포농이좇아'로 표기되어 있다. 이것을 글자 그대로 보면 '포농이 좇아'는 포농이를 따라서 호미를 내던지고 금을 찾아 나선 것으로 보인다. 그러나 정황상 모두들 금광열풍에 휩싸여 금을 찾아 나선 것으로 본다면 '포농이 좇아'는 '포농이조차'로 표기되어야 한다. 이때 '포농(圃農)', '포농이'는 이른바 토종 농사꾼을 지칭한다. 유의어로 토농(土農) · 토농이(한곳에 붙박이로 살며 농사를 짓는 사람)가 있다.

동이 트기 무섭게 콩밭으로 모였다.

수재는 진언이나 하는 듯이 이리 대고 중얼거리고 저리 대고 중얼거리고 하였다. 그리고 덤벙거리며 이리 왔다가 저리 왔다가 하였다. 제딴은 땅속에 누운 줄맥을 어림하여 보는 맥이었다.

한참을 밭을 헤매다가 산쪽으로 붙은 한구석에 딱 서며 손가락을 펴들고 설명한다. 큰 줄이란 본시 상원산[4]을 끼고도는 법이다. 이 줄이 노다지임에는 필시 이켠으로 버듬히 누웠으리라. 그러니 여기서부터 파들어 가자는 것이었다.

영식이는 그 말이 무슨 소린지 새기지는 못했다. 마는 금점에는 난다는 수재이니 그 말대로 하기만 하면 영락없이 금퇴야 나겠지 하고 그것만 꼭 믿었다. 군말 없이 지시해 받은 곳에다 삽을 푹 꽂고 파헤치기 시작하였다.

금도 금이면 앨 써 키워온 콩도 콩이었다. 거진 다 자란 허울 멀쑥한 놈들이 삽 끝에 으츠러지고 흙에 묻히고 하는 것이다. 그걸 보는 것은 썩 속이 아팠다. 애틋한 생각이 물밀 때 가끔 삽을 놓고 허리를 구부려서 콩잎의 흙을 털어주기도 하였다.

"아 이 사람아, 맥 적게 그건 봐 뭘 해. 금을 캐자니깐."

"아니야, 허리가 좀 아퍼서 — "

핀잔을 얻어먹고는 좀 열적었다. 하기는 금만 잘 터져나오면 이까짓 콩밭쯤이야. 이 밭을 풀어 논도 만들 수 있을 것이다. 눈을 감아버리고

---

4 원전에는 금줄이 끼고도는 산을 '산운산'으로 표기, 그러나 광산업계에서는 '선운산·상원산'을 광맥의 면에서 왼쪽 혹은 위가 되는 편짝으로 보고 있다. 이에 '산운산'이 아닌 '상원산'으로 표기하기로 한다.

삽의 흙을 아무렇게나 콩잎 위로 홱 홱 내어던진다.

×

"구구루 땅이나 파먹지 이게 무슨 지랄들이야!"

동리 노인은 뻔질 찾아와서 귀 거친 소리를 하고 하였다.

밭에 구멍을 셋이나 뚫었다. 그리고 대구 뚫는 길이었다. 금인가 난장을 맞을 건가. 그것 때문에 농군을 버렸다. 이게 필연코 세상이 망하려는 증조이리라. 그 소중한 밭에다 구멍을 뚫고 이 지랄이니 그놈이 온전할 겐가.

노인은 제물화에 지팡이를 들어 삿대질을 아니할 수 없었다.

"벼락 맞으이[5] 벼락 맞어—"

"염려 말아유. 누가 알래지유."

영식이는 그럴 적마다 데퉁스리 쏘았다. 골김에 흙을 되는 대로 내꾼지고는 침을 탁 뱉고 구덩이로 들어간다. 그러나 마음 한구석에는 언제나 끈—하였다. 줄을 찾는다고 콩밭을 통이 뒤집어 놓았다. 그리고 줄이 언제나 나올지 아직 까맣다. 논도 못 매고 물도 못 보고 벼가 어이 되었는지 그것조차 모른다. 밤에는 잠이 안 와 멀뚱허니 애를 태웠다.

수재는 낙담하는 기색도 없이 늘 하냥이었다. 땅에 웅숭그리고 시적시적 노량으로 땅만 팠다.

"줄이 꼭 나오겠나" 하고 목이 말라서 물으면

5 원전에서는 '맞으니'로 되어 있으나 문맥상 '맞으이'가 바른 표기이다.

"이번에 안 나오거던 내 목을 비게."

서슴지 않고 장담을 하고는 꿋꿋하였다.

이걸 보면 영식이도 마음이 좀 놓이는 듯싶었다. 전들 금이 없다면 무슨 멋으로 이 고생을 하랴. 반드시 금은 나올 것이다. 그제서는 이왕 손해는 하릴없거니와 고만두리라는 절망이 스스로 사라지고 다시금 주먹이 쥐어지는 것이었다.

×

캄캄하게 밤은 어두웠다. 어디선가 뭇 개가 요란히 짖어 대인다.

남편은 진흙투성이를 하고 내려왔다. 풀이 죽어서 몸을 잘 가꾸지도 못하고 아랫목에 축 늘어진다.

이 꼴을 보니 아내는 맥이 다 풀린다. 오늘도 또 글렀구나. 금이 터지면 집을 한 채 사간다고 자랑을 하고 왔더니 이내 헛일이었다. 인제 좌지가 나서 낯을 들고 나갈 염의조차 없어졌다.

남편에게 저녁을 갖다주고 딱하게 바라본다.

"인젠 꾸운 양식도 다 먹었는데—"

"새벽에 산제를 좀 지낼 텐데 한 번만 더 꿰와."

남의 말에는 대답 없고 유하게 홀게 늦은 소리뿐 그리고 드러누운 채 눈을 지긋이 감아버린다.

"죽거리두 없는데 산제는 무슨—"

"듣기 싫여, 요망맞은 년 같으니."

이 호통에 아내는 고만 멈씰하였다. 요즘 와서는 무턱대고 공연스레 골만 내는 남편이 역 딱하였다. 환장을 하는지 밤잠도 아니 자고 소리만 빽빽 지르며 덤벼들려고 든다. 심지어 어린 것이 좀 울어도 이 자식 갖다 내꾼지라고 북새를 피는 것이다.

저녁을 아니 먹으므로 그냥 치워버렸다. 남편의 영을 거역키 어려워 양근댁한테로 또다시 안 갈 수 없다. 그간 양식은 줄곧 꾸어다 먹고 갚도 못하였는데 또 무슨 면목으로 입을 벌릴지 난처한 노릇이었다.

그는 생각다 끝에 있는 염치를 보째 쏟아던지고 다시 한번 찾아가는 것이다. 마는 딱 맞닥뜨리어 입을 열고

"낼 산제를 지낸다는 데 쌀이 있어야지유—" 하자니 역 낯이 화끈하고 모닥불이 날아든다.

그러나 그들은 어지간히 착한 사람이었다.

"암, 그렇지요. 산신이 벗나면 죽도 그릅니다" 하고 말을 받으며 그 남편은 빙그레 웃는다. 워낙 금점에 장구 닳아난 몸인 만치[6] 이런 일에는 적잖이 속이 트였다. 손수 쌀 닷 되를 떠다주며

"산제란 안 지냄 몰라두 이왕 지낼래면 아주 정성끗 해야 됩니다. 산신이란 노하길 잘 하니까유" 하고 그 비방까지 깨쳐 보낸다.

쌀을 받아들고 나오며 영식이처는 고마움보다 먼저 미안에 질리어 얼굴이 다시 빨갰다. 그리고 그들 부부 살아가는 살림이 참으로 참으로 몹시 부러웠다. 양근댁 남편은 날마다 금점으로 감돌며 버력더미를 뒤지고 토록을 주워온다. 그걸 온종일 장판돌에다 갈면 수가 좋으면 이삼 원 옥아도 칠팔십 전 꼴은 매일 셈이 되는 것이다. 그러면 쌀을 산다 피륙

6 금점일에 오랜 경험을 쌓은 사람인지라.

을 끊는다 떡을 한다 장리를 놓는다—그런데 우리는 왜 늘 요꼴인지. 생각만 하여도 가슴이 메는 듯 맥맥한 한숨이 연발을 하는 것이었다.

아내는 집에 돌아와 떡쌀을 담그었다. 낼은 뭘로 죽을 쑤어 먹을는지. 윗목에 웅크리고 앉아서 맞은쪽에 자빠져 있는 남편을 곁눈으로 살짝 할겨본다. 남들은 돌아다니며 잘도 금을 주워오련만 저 망난이 제 밭 하나를 다 버려도 금 한톨 못 주워오나. 에, 에, 변변치 못한 사나이. 저도 모르게 얕은 한숨이 거푸 두 번을 터진다.

밤이 이슥하여 그들 양주는 떡을 하러 나왔다. 남편은 절구에 쿵쿵 빻았다. 그러나 체가 없다. 동네로 돌아다니며 빌려 오느라고 아내는 다리에 불풍이 났다.[7]

"왜 이리 앉었수. 불 좀 지피지."

떡을 찌다가 얼이 빠져서 멍하니 앉았는 남편이 밉살스럽다. 남은 이래저래 애를 죄는데 저건 무슨 생각을 하고 저리 있는 건지. 낫으로 삭정이를 탁탁 조겨서 던져주며 아내는 은근히 훅닥이었다.

닭이 두 홰를 치고 나서야 떡은 되었다.

아내는 시루를 이고 남편은 겨드랑에 자리때기를 꼈다. 그리고 캄캄한 산길을 올라간다.

비탈길을 얼마 올라가서야 콩밭은 놓였다. 전면을 우뚝한 검은 산에 둘리어 막힌 곳이었다. 가생이로 느티 대추나무들은 머리를 풀었다.

밭머리 조금 못 미쳐 남편은 걸음을 멈추자 뒤의 아내를 돌아본다.

"인내. 그러구 여기 가만히 섰어—"

---

7 두 다리 사이에 불바람이 이는 듯 서둘러 걷다. 요즘 표현으로 두 다리가 보이지 않도록 속력을 내서 걷다.

시루를 받아 한 팔로 껴안고 그는 혼자서 콩밭으로 올라섰다. 앞에 쌓인 것이 모두가 흙더미 그 흙더미를 마악 돌아서려 할 제 아마 돌을 찼나보다. 몸이 쓰러지려고 우찔근하니 아내는 기급을 하여 뛰어오르며 그를 부축하였다.

“부정 타라구 왜 올라와. 요망 맞은 년.”

남편은 몸을 고루잡자 소리를 빽 지르며 아내를 얼빰을 부친다. 가뜩이나 죽어라 죽어라 하는데 불길하게도 계집년이. 그는 마뜩지 않게 투덜거리며 밭으로 들어간다.

밭 한가운데다 자리를 펴고 그 위에 시루를 놓았다. 그리고 시루 앞에다 공손하고 정성스레 재배를 커다랗게 한다.

“우리를 살려줍시사. 산신께서 거들어주지 않으면 저희는 죽을밖에 꼼짝 수 없습니다유.”

그는 손을 모우고 이렇게 축원하였다.

아내는 이 꼴을 바라보며 독이 뾰록같이 올랐다. 금점을 합네 하고 금 한톨 못 캐는 것이 버릇만 점점 글러간다. 그 전에는 없더니 요새로 건뜻하면 탕탕 때리는 못된 버릇이 생긴 것이다. 금을 캐랬지 빰을 치랬나. 제발 덕분에 고놈의 금 좀 나오지 말았으면. 그는 빰 맞은 앙심으로 맘껏 방자하였다.

하긴 아내의 말 그대로 되었다. 열흘이 썩 넘어도 산신은 깜깜 무소식이었다. 남편은 밤낮으로 눈을 까뒤집고 구덩이에 묻혀 있었다. 어쩌다 집엘 내려오는 때이면 얼굴이 헐떡하고 어깨가 축 늘어지고 거반 병객이었다. 그리고서 잠자코 커단 몸집으로 방고래에다 쿵하고 내던지고 하는 것이다.

"제이미 붙을. 죽어나 버렸으면—"

혹은 이렇게 탄식하기도 하였다.

×

아내는 바가지에 점심을 이고서 집을 나섰다. 젖먹이는 등을 두드리며 좋다고 끽끽거린다.

인젠 흰고무신이고 코다리고 생각조차 물렸다. 그리고 금 하는 소리만 들어도 입에 신물이 날 만큼 되었다. 그건 고사하고 꿔다먹은 양식에 졸리지나 말았으면 그만도 좋으리라마는.

가을은 논으로 밭으로 누—렇게 내리었다. 농군들은 기꺼운 낯을 하고 서로 만나면 흥겨운 농담. 그러나 남편은 앰한 밭만 망치고 논조차 건사를 못하였으니 이 가을에는 뭘 걷어 드리고 뭘 즐겨할는지. 그는 동리 사람의 이목이 부끄러워 산길로 돌았다.

솔숲을 나서서 멀리 밖에를 바라보니 둘이 다 나와 있다. 오늘도 또 싸운 모양. 하나는 이쪽 흙더미에 앉았고 하나는 저쪽에 앉았고 서로를 외면하여 담배만 빽빽 피운다.

"점심들 잡숫게유."

남편 앞에 바가지를 내려놓으며 가만히 맥을 보았다.

남편은 적삼이 찢어지고 얼굴에 생채기를 내었다. 그리고 두 팔을 걷고 먼 산을 향하여 묵묵히 앉았다.

수재는 흙에 박혔다 나왔는지 얼굴은커녕 귓속들이 흙투성이다. 코밑에는 피딱지가 말라붙었고 아직도 조금씩 피가 흘러내린다. 영식이

처를 보더니 열적은 모양. 고개를 돌리어 모로 떨어치며 입맛만 쩍쩍 다신다.

금을 캐라니까 밤낮 피만 내다 말라는가. 빚에 졸리어 남은 속을 볶는데 무슨 호강에 이 지랄들인구. 아내는 못마땅하여 눈가에 살을 모았다.

"산제 지낸다구 꿔온 것은 은제나 갚는다지유—"

뚱하고 있는 남편을 향하여 말끝을 꼬부린다. 그러나 남편은 눈썹 하나 까딱하지 않는다. 이번에는 어조를 좀 돋우며

"갚지도 못할 걸 왜 꿔 오라 했지유" 하고 얼추 호령이었다.

이 말은 남편의 채 가라앉지도 못한 분통을 다시 건드린다. 그는 벌떡 일어서며 황밤주먹을 쥐어 창낭할 만치 아내의 골통을 후렸다.

"계집년이 방정맞게—"

다른 것은 모르나 주먹에는 아찔이었다. 멋없이 덤비다간 골통이 부서진다. 암상을 참고 바르르 하다가 이윽고 아내는 등에 업은 언내를 끌러들었다. 남편에게로 그대로 밀어던지니 아이는 까르륵 하고 숨 모는 소리를 친다.

그리고 아내는 돌아서서 혼잣말로

"콩밭에서 금을 딴다는 숭맥도 있담" 하고 빗대놓고 비양거린다.

"이년아 뭐" 남편은 대뜸 달겨들며 그 볼치에다 다시 올찬 황밤을 주었다. 적으나마 계집이니 위로도 하여주련만 요건 분만 푹푹 질러 노려나. 에이 빌어먹을 거 이판사판이다.

"너하고 안 산다. 오늘루 가거라."

아내를 와락 떠다밀어 논둑에 제켜놓고 그 허구리를 발길로 퍽 질렀다. 아내는 입을 헉 하고 벌린다.

"네가 허라구 옆구리를 쿡쿡 찌를 제는 은제냐. 요 집안 망할 년."

그리고 다시 퍽 질렀다. 연하여 또 퍽.

이꼴들을 보니 수재는 조바심이 일었다. 저러다가 그 분풀이가 다시 제게로 슬그머니 옮아올 것을 지레채었다. 인제 걸리면 죽는다. 그는 비슬비슬하다 어느 틈엔가 구덩이 속으로 시나브로 없어져 버린다.

볕은 다사로운 가을 향취를 풍긴다. 주인을 잃고 콩은 무거운 열매를 둥굴둥굴 흙에 굴린다. 맞은쪽 산 밑에서 벼들을 베며 기뻐하는 농군의 노래.

"터졌네, 터져."

수재는 눈이 휘둥그렇게 굿문을 튀어나오며 소리를 친다. 손에는 흙 한줌이 잔뜩 쥐었다.

"뭐" 하다가

"금줄 잡았어 금줄" "응—" 하고 외마디를 뒤남기자 영식이는 수재 앞으로 살같이 달려들었다. 헝겁지겁 그 흙을 받아들고 샅샅이 헤쳐보니 따는 재래에 보지 못하던 붉으죽죽한 황토이었다. 그는 눈에 눈물이 핑 돌며

"이게 원줄인가."

"그럼 이것이 곱색줄이라네. 한 포에 댓 돈씩은 넉넉 잡히되."

영식이는 기쁨보다 먼저 기가 탁 막혔다. 웃어야 옳을지 울어야 옳을지. 다만 입을 반쯤 벌린 채 수재의 얼굴만 멍하니 바라본다.

"이리와 봐 금이래."

이윽고 남편은 아내를 부른다. 그리고 내 뭐랬어, 그러게 해보라고 그랬지 하고 설면설면 덤벼오는 아내가 한결 어여뻤다. 그는 엄지손가

락으로 아내의 눈물을 지워주고 그리고 나서 껑충거리며 구덩이로 들어간다.

"그 흙 속에 금이 있지요."

영식이 처가 너무 기뻐서 코다리에 고래등 같은 집까지 연상할 제

수재는 시원스러히

"네 한 포대에 오십 원씩 나와유—" 하고 대답하고 오늘 밤에는 꼭 정녕코 꼭 달아나리라 생각하였다. 거짓말이란 오래 못 간다. 뽕이 나서 뼉다구도 못 추리기 전에 훨훨 벗어나는 게 상책이겠다.

원전:『개벽』, 1935.3. / 출전:『동백꽃』, 삼문사 전집간행부, 1938.12.15.

떡

원래는 사람이 떡을 먹는다. 이것은 떡이 사람을 먹은 이야기다. 다시 말하면 사람이 즉 떡에게 먹힌 이야기렷다. 좀 황당한 소리인 듯싶으나 그 사람이라는 게 역 황당한 존재라 할 일 없다. 이제 겨우 일곱 살 난 계집애로 게다가 겨울이 왔건만 솜옷 하나 못 얻어 입고 겹저고리 두렁이로 떨고 있는 옥이 말이다. 이것도 한 개의 완전한 사람으로 칠는지! 혹은 말는지! 그건 내가 알 배 아니다. 하여튼 그 애 아버지가 동리에서 제일 가난한 그리고 게으르기가 곰 같다는 바로 덕희다. 놈이 우습게도 꾸물거리고 엄동과 주림이 닥쳐와도 눈 하나 끔벅 없는 신청부라 우리는 가끔 그 눈곱 낀 얼굴을 놀릴 수 있을 만치 흥미를 느낀다. 여보게 이 겨울엔 어떻게 지내려나 올엔 자네 꼭 굶어 죽겠네 하면 친구 대답이 이거 왜 이랴 내가 누구라구 지금은 밭뙈기 하나 부칠 거 없어도 이랴 뽸두 한때는 다— 하고 펄쩍 뛰고는 지난날 소작인으로서 땅 팔 수 있었던 그 행복을 다시 맛보려는 듯 먼 산을 우두커니 쳐다본다. 그러나 업신받는 데 약이 올라서 자네들은 뭐 좀 난상 부른가 하고 낯을 붉히다가는 풀밭에 슬며시 쓰러져서 늘어지게 아리랑 타령. 그러니까 내 생각에 저것도 사람이려니 할 수밖에. 사실 집에서 지내는 거 본다면 당최 무슨 재미로 사는지 영문을 모른다. 그 집도 제 것이 아니요 개똥네 집이다. 원체 식구라야 몇 사람 안 되고 또 거기다 산 밑에 외따로 떨어진 집이라 건넛방에 사람을 들이면 좀 덜 호젓할까 하고 빌린 것이다. 물론 그때 덕희도 방을 얻지 못해서 비대발괄로 뻔질 드나들은 판이었지만. 보수는 별반 없고 농사 때 바쁜 일이나 있으면 좀 거들어 달라는 요구뿐이었다. 그래서 덕희도 얼씨구나 하고 무척 좋았다. 허나 사람은 방만으로 사는 것이 아니다. 이 집 건넌방은 유달리 납작하고 비스듬히 쏠린 헌 벽에다 우중충하기가 일상 굴속 같은데 겨울 같은 때 좀 들여다보면 썩 가관이다. 윗목에는 옥이가 누더기를 들쓰고 앉아서 배가 고프다고 킹킹거리고 아랫목에는 화가 치뻗친 아내가 나는 모른다는 듯이 벽을 향하여 쪼그리고 누워서는 꼼짝 안 하고 놈은 아내와 딸 사이에 한 자리를 잡고서 천정으로만 눈을 멀뚱멀뚱 둥글리고 들여다보는 얼굴이 다 무색할 만치 꼴들이 말 아니다. 아마 먹는 날보다 이렇게 지내는 날이 하루쯤 더 할른지도 모른다. 그 꼴에 궐자가 술이 호주라서 툭하면 한 잔 안 살려나 가 인사다. 지난봄만 하더라도 놈이 술에 어찌나 감질이 났던지 제 집에 모아놨던 뒹을 지고 가서 술을 먹었다. 뒹 퍼다주고[8] 술 먹긴 동리에서 처음 보는 일이라고 계집들까지 입에 올리며 소문은 이리저리 돌았다. 허지만 놈은 이런 것도 모르고 술만 들어가면 세상이 고만 제께 되고 만다. 음 음 하고 코에선지 입에선지 묘한 소리를 내어가며 만나는 사람마다 붙잡고 잔소리다. 한편 술은 놈에게 근심도 되는 것 같다. 전에 생각지 않던 집안 걱정을 취하면 곧잘 한다. 그 언제인가 만났을 때도 술이 담뿍 취하였다. 음 음 해가며

8 '똥'이라고 직접 발화하기 거북한 것을 '뒹'으로 발음을 슬쩍 바꾸어 놓은 것.

제집 살림살이 이야기를 개소리 쥐소리 한참 지껄이더니 놈이 나중에 한단 소리가 그놈의 계집애나 죽어버렸으면! 요건 먹어도 캥캥거리고 안 먹어도 캥캥거리고 이거 온 — 사세가 딱한 듯이 이렇게 탄식을 하더니 뒤를 이어 설명이 없는데는 어린 딸년 하나 더한 것도 큰 걱정이라고 이결 듣다가 기가 막혀서 자네 데릴사위 얻어서 부려먹을 생각은 안 하나 하고 물은즉 아 어느 하가에 그동안 먹여 키우지는 않나 하고 골머리를 내젓는 꼴이 댕길 맛이 아주 없는 모양이었다. 짜장 딸이 이토록 원수로운지 아닌지 그건 여기서 끊어 말하기 어렵다. 아마는 애비치고 제가 낳은 자식 밉달 놈은 없으리라마는 그와 동시에 놈이 가끔 들어와서 죽으라고 모질게 쥐어박아서는 울려 놓는 것도 사실이다. 그러다 울음이 정말 된통 터지면 이번에는 칼을 들고 울어봐라 이년 죽일 터이니 하고 씻은 듯이 울음을 걷어놓고 하는 것이다.

눈이 푹푹 쌓이고 그 덕에 나뭇값은 부쩍 올랐다. 동리에서는 너나없이 앞을 다투어 나뭇짐을 지고 읍으로 들어간다. 눈이 정강이에 차는 산길을 휘돌아 이십 리 장로를 걷는 것이다. 이 바람에 덕희도 수가 터지어 좁쌀이나마 양식이 생겼고 따라 딸과의 아귀다툼도 훨씬 줄게 되었다. 그는 자다가도 꿈결에 새벽이 되는 것을 용하게 안다. 밝기가 무섭게 일어나 앉아서는 옆에 누운 아내의 치맛자락을 끌어당긴다. 소위 덕희의 마른세수가 시작된다. 두 손으로 그걸 펼쳐서는 꾸물꾸물 눈곱을 떼고 그리고 나서 얼굴을 쓱쓱 문대는 것이다. 그다음 죽이 들어온다. 얼른 한 그릇을 훌쩍 마시고는 지게를 지고 내뺀다. 물론 아내는 남편이 죽 마실 동안에 밖에 나와서 나뭇짐을 만들어야 된다. 지게를 버텨놓고 덜덜 떨어가며 검불을 올려 신는다. 짐까지 꼭꼭 묶어주고 가는 남편 향하여 괜히 술 먹지말구 양식 사오게유 하고 몇 번 몇 번 당부를 하고는 방으로 들어온다. 옥이가 늘 일어나는 것은 바로 이때다. 눈을 비비며 어머니 앞으로 곧장 달려든다. 기실 여지껏은 잤느냐 하면 깨기는 벌써 전에 깨었다. 아버지의 숟가락질하는 댈가락 소리도 짠지 씹는 쩍쩍 소리도 죄다 두 귀로 분명히 들었다. 그뿐 아니라 아버지의 죽그릇이 감은 눈 속에서 왔다 갔다 하는 것까지도 똑똑히 보았다. 배고픈 생각이 불현듯 들어서 불끈 솟아서 곧바로 일어나고자 궁둥이까지 들먹거려도 보았다. 그럴 동안에 군침은 솔솔 스며들며 입으로 하나가 된다. 마는 일어만 났다가는 아버지의 주먹 주먹. 이년아 넌 뭘 한다구 벌써 일어나 캥캥거려 하고는 그 주먹 커다란 주먹. 군침을 가만히 도로 넘기고 꼬물거리던 몸을 다시 방바닥에 꼭 붙인 채 색색 생코를 아니 골 수 없다. 어머니는 아버지와 딴 판으로 퍽 귀여워한다. 아버지가 나무를 지고 확실히 간 것을 알고서야 비로소 옥이는 일어나 어머니 곁으로 달려들어서 그 죽을 둘이 퍼먹고 하였다.

이러던 것이 그 날은 유별나게 어느 때보다 일찍 일어났다. 덕희의 말을 빌리면 고 배라먹을 년이 그예 일을 저지르려고 새벽부터 일어나 재랄이었다. 하긴 재랄이 아니라 배가 몹시 고팠던 까닭이지만. 아버지의 숟가락질 소리를 들어가며 침을 삼키고 삼키고 몇 번을 그래 봤으나 나중에는 더 참을 수가 없었다. 그렇다고 벌떡 일어 앉자니 주먹이 무섭기도 하려니와 한편 넉쩍기도 한 노릇. 눈을 감은 채 이 궁리 저 궁리 하였다. 다른 때도 좋으련만 왜 하필 아버지 죽 먹을 때 깨게 되는지! 곯은 배는 그 중에다 방바닥 냉기에 쑤시는지 저리는지 분간을 모른다. 아버지는 한 그릇을 다 먹고 아마 더 먹는 모양. 죽을 옮겨 쏟는 소리가 주루룩 뚝뚝 하고 난다. 이때 고만 정신이 번쩍 났다. 용기를 내었다. 바른 팔을 뒤로 돌리어 가장 뭣에나 물린 듯이 대구 긁적거린다. 급작스리 응아 하고 소리를 내지른다. 그리고 비슬비슬 일어나 앉아서는 두 손등으로 눈을 비벼가며 우는 것이다. 아버지는 이 꼴에 화를 벌컥 내었다. 손바닥으로 뒤통수를 딱 때리더니 이건 죽지도 않고 말썽이야 하고 썩 마뜩지 않게 투덜거린다. 어머니를 향하여선 저년 아무것도 먹이지 말고 오늘 종일 굶기라고 부탁이다. 들었는지 못 들었는지 어머니는 눈을 깔고 잠자코 있다. 아마 아버지가 두려워서 아무 대꾸도 못하는 모양. 딱 때리고 우니까 다시 딱 때리고. 그럴 적마다 조그만 옥이는 마치 오뚝이 시늉으로 모로 쓰러졌다는 다시 일어나 울고 울고 한다. 죽은 안 주고 때리기만 한다. 망할 새끼 저만 처먹을랴고 얼른 죽어 버려라 염병을 할 자식. 모진 욕이 이렇게 입끝까지 제법 나왔으나 그러나 그러나 뚝 부릅뜬 그 눈. 감히 얼굴을 못 쳐다보고 이마를 두 손으로 받쳐 들고는 으악 으악 울 뿐이다. 암만 울어도 소용은 없지만. 나뭇짐이 읍으로 들어간 다음에서야 비로소 겨우 운 보람이 있었다. 어머니는 힝하게 죽 한 그릇을 떠들고 들어온다. 옥이는 대뜸 달려들었다. 왼편 소맷자락으로 눈의 눈물을 훔쳐가며 연송 퍼 넣는다. 깡좁쌀죽은 묽직한 국물이라 숟갈에 뜨이는 게 얼마 안 된다. 떠넣으니 이것은 차라리 들고 마시는 것이 편하리라. 쉴 새 없이 숟가락은 열심껏 퍼 들인다. 어머니가 한 숟갈 뜰 동안이면 옥이는 두 숟갈 혹은 세 숟갈이 올라간다. 그래도 행여 밑질까 봐서 숟가락 빠는 어머니의 입을 가끔 쳐다보고 하였다. 반쯤 먹다 어머니는 슬며시 숟가락을 내려놓았다. 두 손을 다리 밑에 파묻고는 딸을 내려다보며 묵묵히 앉아 있다. 한 그릇 죽은 다 치웠건만 그래도 배가 고팠다. 어머니의 허리를 꾹꾹 찔러가며 졸라대인다.

요만한 어린 아이에게는 먹는 것 지껄이는 것 이것밖에 더 큰 취미는 없다. 그리고 이것밖에 더 가진반 재주도 없다. 옥이같이 혼자만 꽁하니 있을 뿐으로 동무들과 놀려지도 지껄이려지도 않는 아이에 있어서는 먹는 편이 월등 발달되었고 결말에는 그걸로 한 오락을 삼는 것이다. 게다 일상 곯아만 온 그 배때기. 한 그릇 죽이면 넉넉히 양도 찼으련만 애는 그걸 모른다. 다만 배는 늘 고프려니 하는 막연한 의식밖에는. 이번 일이 벌어진 것은 즉 여기서 시작되었다. 두 시간이나 넘어 꼬박이 울었다. 마는 어머니는 아무 대답도 없었다. 배가 아프다고 쓰러지더니 아이구 아이구 하고는 신음만 할 뿐이다. 냉병으로 하여 이따금 이렇게 앓는다. 옥이는 가망이 아주 없는 걸 알고 일어나서 방문을 열었다. 눈은 첩첩이 쌓이고 눈이 부신다. 윙 윙하고 봉당으로 몰리는 눈송이. 다르르 떨면서 마당으로 내려간다. 북편 벽 밑으로 솥은 걸렸다. 뚜껑이 열린다. 아닌 게 아니라 어머니 말대로 죽커녕 네미나 찢어먹으라, 다. 그러나 얼른 눈에 띄는 것이 솥바닥에 얼어붙은 두 개의 시래기 줄기 그놈을 손톱으로 뜯어서 입에 넣고는 씹어본다. 제걱제걱 얼음 씹히는 그 맛밖에는 아무 맛이 없다. 솥을 도로 덮고 허리를 펴려 할 제 얼른 묘한 생각이 떠오른다. 옥이는 사방을 도릿거려본 다음 봉당으로 올라서서 개똥네 방문 구녁에다 눈을 들이댄다.

개똥어머니가 옥이를 눈에 가시같이 미워하는 그 원인이 즉 여기다. 정말인지 거짓말인지 자세히는 모르나 말인즉 고년이 우리 식구만 없으면 밤이구 낮이구 할 거 없이 어느 틈엔가 들어와서는 세간을 모조리 집어간다우 하고 여호 같은 년 골방쥐 같은 년 도적년 뭣해 욕을 늘어

놀 제 나는 그가 옥이를 끝없이 미워하는 걸 얼른 알 수 있었다. 그러나 세간을 집어냈느니 뭐니 하는 건 아마 멀쩡한 거짓말일 게고 이날도 잿간에서 뒤를 보며 벽 틈으로 내다보자니까 고년이 날감자 둘을 한 손에 하나씩 두렁이 속에다 감추고는 방에서 살며시 나오는 걸 보았다는 이것만은 사실이다. 오죽 분하고 급해야 밑도 씻을 새 없이 그대로 뛰어나왔으랴. 소리를 질러서 혼을 내주고 싶었으나 제 에미가 또 방에서 끙끙거리고 앓는 게 안 됐어서 그냥 눈만 잔뜩 흘겨주니까 고년이 대번 얼굴이 발개지더니 얼마 후에 감자 둘을 자기 발 앞에다 내던지고는 깜찍스럽게 뒷짐을 지고 바깥으로 나가더라 한다. 허지만 이것은 나의 이야기에 아무 상관이 없는 것이다. 오직 옥이가 개똥내 방엘 왜 들어갔었을까 그 까닭만 말해 두면 고만이다. 이 집이 개똥네 집이라 하였으나 그런 것이 아니라 실상은 요 개울 건너 도사댁 소유이고 개똥어머니는 말하자면 그 댁의 대대로 내려오는 씨종이었다. 그래 그 댁 집에 들고 그 댁 땅을 부쳐먹고 그 댁 세력에 살고 하는 덕으로 개똥어머니는 가끔 상전댁에 가서 빨래도 하고 다듬이도 하고 또는 큰일 때는 음식을 맡아보기도 하고 해서 맛 좋은 음식을 뻔질 몰아들인다. 나릿댁 생신이 오늘인 것을 알고 고년이 음식을 뒤져 먹으러 들어왔다가 없으니까 감자라두 먹을 양으로 하고 지껄이던 개똥어머니의 추측은 조금도 틀리지 않았다. 마을에 먹을 것 났다 하면 이 옥이만치 잽싸게 먼저 알기는 좀 어려우리라. 그러나 옥이가 개똥어머니를 따라가면 밥이고 떡이고 좀 얻어주려니 하고 앙큼한 생각으로 살랑살랑 따라왔다고는 하지만 그것은 옥이를 무시하는 소리에 지나지 않는다.

옥이가 뒷짐을 딱 집고 개똥어머니의 뒤를 따를 제 아무 계획도 없었다. 방엘 들어가자니 어머니가 아프다고 짜증만 내고 싸릿문 밖에서 섰자니 춥고 떨리긴 하고. 그렇다고 나들이를 좀 가보자니 갈 곳이 없다. 그래 멀거니 떨고 섰다가 개똥어머니가 개울길로 가는 걸 보고는 이게 저 갈 길이나 아닌가 하고 대선[9] 그뿐이다. 이때 무슨 생각이 있었다면 그것은 이 새끼가 얼른 와야 죽을 쒀먹을 텐데 하고 아버지에게 대한 미움과 간원이 뒤섞인 초조이었다. 그 증거로 옥이는 도사댁 문간에서 개똥어머니를 놓치고는 혼자 우두커니 떨어졌다. 인제는 또 갈 데가 없게 되었으니 이럴까 저럴까 다시 망설인다. 그러나 결심을 한 것은 이 순간의 일이다. 옥이는 과연 중문 안으로 대담히 들어섰다. 새로운 희망. 아니 혹은 맛있는 음식을 쭉쭉거리는 그 입들이나마 한 번 구경하고자 한 걸지도 모른다. 시선을 이리저리로 돌려가며 주볏주볏 우선 부엌으로 향하였다. 그 태도는 마치 개똥어머니에게 무슨 급히 전할 말이 있어 온 양이나 싶다. 부엌에는 어중이떠중이 동네 계집은 얼추 모인 셈이다. 고깃국에 국 마는 사람에 찰떡을 씹는 사람! 이쪽에서 북어를 뜯으면 저기는 투정하는 자식을 주먹으로 때려가며 누룽지를 혼자만 쩍쩍거린다. 부엌문으로 불쑥 디미는 옥이의 대가리를 보더니 조런 여호년, 밥주머니 왔니. 냄새는 잘두 맡는다. 이렇게들 제각기 욕 한 마디씩. 그리고는 까닭 없이 깔깔 대인다. 옥이네는 이 댁의 종도 아니요 작인도 아니다. 물론 여기에 들어와 맛좋은 음식 벌어진 이 판에 한 다리 뻗을 자격이 없다. 마는 남이야 욕을 하건 말건 옥이는 한구석에 잠자코 시름없이 서 있다. 이놈을 바라보고 침 한 번 삼키고 저놈 걸 바라보

9 대서다 : 바짝 가까이 서거나 뒤를 잇대어 서다.

고 침 한 번 삼키고. 마침 이때 작은아씨가 내려왔다. 옥이 왔니 하고 반기더니 왜 어멈들만 먹느냐고 계집들을 나무란다. 그리고 옆에 섰던 개똥어멈에게 애가 얼마든지 먹는단 애유 하고 옥이를 가리킴에 그 대답은 싱글싱글 웃을 뿐이다. 작은아씨도 따라 웃었다. 노랑 저고리 남치마 열서넛밖에 안 된 어여쁜 작은아가씨. 손수 솥뚜껑을 열더니 큰 대접에 국을 뜨고 거기에다 하얀 이밥을 말아 수저까지 꽂아준다. 옥이는 황급히 얼른 잡아채었다. 이밥 이밥. 그 분량은 어른이 한때 먹어도 양은 조히 차리라. 이것을 옥이가 뱃속에 집어넣은 시간을 따져본다면 고작 칠팔 분밖에는 더 허비치 않았다. 고기 우러난 국 맛은 입에 달았다. 잘 먹는다, 잘 먹는다 하고 옆에서들 추어주는 칭찬은 또한 귀에 달았다. 양쪽으로 신바람이 올라서 곁도 안 돌아보고 막 퍼넣은 것이다. 계집들은 깔깔거리고 소군거리고 하였다. 그러다 눈을 크게 뜨고 서로를 맞쳐다 볼 때에는 한 그릇을 다 먹고 배가 불러서 옹쿠리고 앉은 채 뒤로 털썩 주저앉는 옥이를 보았다. 얻다 태워먹었는지 군데군데 뚫어진 검정 두렁치마. 그나마도 폭이 좁아서 볼기짝은 통째 나왔다. 머리칼은 가시덤불같이 흩어져 어깨를 덮고. 이 꼴로 배가 불러서 식식거리며 떠는 것이다. 그래도 속은 고픈지 대접 밑바닥을 닥 닥 긁고 있으니 작은아씨는 생긋이 웃더니 그 손을 이끌고 마루로 올라간다. 날이 몹시 추워서 마루에는 아무도 없었다. 찬장 앞으로 가더니 손뼉만 한 시루팥떡이 나온다. 받아들고는 또 널름 집어치웠다. 곧 뒤이어 다시 팥떡이 나왔다. 그러나 이번에는 옥이는 손도 아니 내밀고 무언으로 거절하였다. 왜냐하면 이때 옥이의 배는 최대한도로 늘어났고 거반 바람 넣은 풋볼만치나 가죽이 탱탱하였다. 그것이 앞으로 늘다 못해 마침내 옆구리로 퍼져서 잘 움직이지도 못하고 숨도 어깨로 치올려 식식하는 것이다. 아마 음식은 목구멍까지 꽉 찼으리라. 여기에 이상한 것이 하나 있다. 역시 떡이 나오는데 본즉 이것은 팥떡이 아니라 밤 대추가 여기저기 삐져나온 백설기. 한 번 덥석 물어 떼면 입안에서 그대로 스르르 녹을 듯싶다. 너 이것두 싫으냐 하니까 옥이는 좋다는 뜻으로 얼른 손을 내밀었다. 대체 이걸 어떻게 먹었을까. 그 공기만 한 떡덩어리를. 물론 용감히 먹기 시작하였다. 처음에는 빨리 먹었다. 중간에는 천천히 먹었다. 그러다 이내 다 먹지 못하고 반쯤 남겨서는 작은아씨에게 도로 내주고 모로 고개를 돌렸다. 옥이가 그 배에다 백설기를 먹은 것도 기적이려니와 또한 먹다 내놓은 이것도 기적이라 안 할 수 없다. 하기는 가슴 속에서 떡이 목구멍으로 바짝 치뻗치는 바람에 못 넘기고 한 거지만. 여기다가 더 넣을 수가 있다면 그것은 다만 입안이 남았을 뿐이다. 그러면 그다음 꿀 바른 주악[10] 두 개는 어떻게 먹었을까. 상식으로는 좀 판단키 어려운 일이다. 하여간 너 이것은 하고 주악이 나왔을 때 옥이는 조금도 서슴지 않고 받았다. 그리고 한 놈을 손끝으로 집어서 그 꿀을 쪽쪽 빨더니 입속에 집어넣었다. 그 꿀을 한참 오기오기 씹다가 꿀떡 삼켜본다. 가슴만 뜨끔할 뿐 즉시 떡은 도로 넘어온다. 다시 씹는다. 어깨와 머리를 앞으로 꾸부리어 용을 쓰며 또 한 번 꿀떡 삼켜본다. 이것은 도시 사람의 일로는 생각되지 않는다. 허나 주의할 것은 일상 곯아만 온 굶주린 창자의 착각이다. 배가 불렀는지 혹은 곯았는지 하는 건 이때의 문제가 아니다. 한갓 자꾸 먹어야 된다는 걸쌈스러운 탐욕이

10 주악 : 찹쌀가루에 대추를 이겨 섞고 꿀에 반죽하여 깨소나 팥소를 넣어 송편처럼 만든 다음, 기름에 지져낸 떡.

옥이 자신도 모르게 활동하였고 또는 옥이는 제가 먹고 싶은 걸 무엇무엇 알았을 그뿐이었다. 거기다 맛깔스러운 그 떡맛. 생전 못 보던 그 미각을 한번 즐겨보고자 기를 쓴 노력이다. 만약 이 떡의 순서가 주악이 먼저 나오고 백설기 팥떡 이렇게 나왔다면 옥이는 주악만으로 만족했을지 모른다. 그리고 백설기 팥떡은 단연 아니 먹었을 것이다. 너는 보도 못하다 어떻게 그리 남의 일을 잘 아느냐. 그러면 그 장면을 목도한 개똥어머니에게 좀 설명하여 받기로 하자. 아 참 고년 되우는 먹읍디다. 그 밥 한 그릇을 다 먹구 그래 떡을 또 먹어유. 그게 배때기지유. 주악 먹을 제 나는 인제 죽나부다 그랬슈. 물 한 모금 안 처먹고 꼬기꼬기 씹어서 꼴딱 삼키는데 아 눈을 요렇게 뒵쓰고 꼴딱 삼킵디다. 온 이게 사람이야. 나는 간이 콩알만 했지유. 꼭 죽는 줄 알고. 추워서 달달 떨고 섰는 꼴하고 참 깜찍해서 내가 다 소름이 쪼옥 끼칩디다. 이걸 가만히 듣다가 그럼 왜 말리진 못 했느냐고 탄하니까 제가 일부러 먹이기도 할 텐데 그렇게는 못하나마 배고파 먹는 걸 무슨 혐의로 못 먹게 하겠느냐고 되레 성을 발끈 낸다. 그러나 이건 빨간 가짓말이다. 저도 다른 계집 마찬가지로 마루 끝에 서서 잘 먹는다 잘 먹는다 이렇게 여러 번 칭찬하고 깔깔대고 했었음에 틀림없을 게다.

옥이의 이 봉변은 여지껏 동리의 한 이야기거리가 되어 있다. 할 일이 없으면 계집들은 몰려 앉아서 그때의 일을 찧고 까불고 서로 떠들어댄다. 그리고 옥이가 마땅히 죽어야 할 걸 그래도 살아난 것이 퍽이나 이상한 모양 같다. 딴은 사날이나 먹지를 못하고 몸이 끓어서 펄펄 뛰며 앓을 만치 옥이는 그렇게 혼이 났던 것이다. 허지만 처음부터 짜장 가슴을 죄인 것은 그래도 옥이 어머니 하나뿐이었다. 아파서 드러누웠다 방으로 들어온 옥이를 보고 고만 뻘떡 일어났다. 왜 배가 이 모양이냐 물으니 대답은 없고 옥이는 가만히 방바닥에 가 눕더란다. 그 배를 건드리지 않도록 반듯이 눕는데 아구 배야 소리를 복고개가 터지도록 내지르며 냉골에서 이리 때굴 저리 때굴 구르며 혼자 법석이다. 그러나 뺨위로 먹은 것을 꼬약꼬약 도로고는 필경 까무러쳤으리라. 얼굴이 해쓱해지며 사지가 축 늘어져 버린다. 이 서슬에 어머니는 그의 표현대로 하늘이 무너지는 듯 눈앞이 캄캄하였다. 그는 딸을 붙들고 자기도 어이그머니 하고 울음을 놓고 이를 어째 이를 어째 몇 번 그래 소리를 치다가 아무도 돌봐주러 오는 사람이 없으니까 허겁지겁 곤두박질하여 밖으로 뛰어나왔다. 그의 생각에 이 급증을 돌리려면 점쟁이를 불러 경을 읽는 수밖에 다른 도리가 없을 듯싶어서이다. 물론 대낮부터 북을 두드려가며 경을 읽기 시작하였다. 점쟁이의 말을 들어보면 과식했다고 죄다 이래서는 살 사람이 없지 않느냐고. 이것은 음식에서 난 병이 아니라 늘 따르던 동자상문이 어쩌다 접해서 일테면 귀신의 노름이라는 해석이었다. 그렇다면 내가 생각건대 옥이가 도사댁 문전에 나왔을 제 혹 귀신이 접했는지 모른다. 왜냐 그러면 옥이는 문앞 언덕을 내리다 고만 눈 위로 낙상을 해서 곧 한참을 꼼짝 않고 고대로 누웠었다. 그만치 몸의 자유를 잃었다. 다시 일어나 눈을 몇 번 털고는 걸어 보았다. 다리는 천 근인지 한번 딛으면 다시 떼기가 쉽지 않다. 눈까풀은 뻑뻑거리고 게다 선하품은 자꾸 터지고. 어깨를 치올리어 여전히 식, 식, 거리며 눈 속을 이렇게 조심조심 걸어간다. 삐끗만 하였다는 배가 터진다. 아니 정말은 배가 터지는 그 염려보다 우선 배가 아파서 삐끗도 못할 형편, 과연 옥이의 배는 동네 계집들 말마따나 헐없이 애 밴 사람의 그것도 만삭된 이의 괴로운 배 그것이었다. 개울 길을 내려오자 우물이 눈에 띄자 애는 갑작스레 조갈을 느꼈다. 엎드리어 바가지로 한 모금 꿀꺽 삼켜본다. 이와 목구멍이 다만 잠깐 젖었을 뿐 물은 곧바로 다시 넘어온다. 그뿐 아니라 뒤를 이어서 떡이 꾸역꾸역 쏟아진다. 잘 씹지 않고 얼김에 삼킨 떡이라 삭지 못한 그대로 덩어리 덩어리 넘어온다. 우물 전 얼음 위에는 삽시간에 떡이 한 무더기. 옥이는 다시 눈 위에 기운 없이 쓰러지고 말았다. 이렇던 애가 어떻게 제집엘 왔을까 생각하면 여간 큰 노력이 아니요 참 장한 모험이라 안 할 수 없는 일이다.

내가 옥이네 집을 찾아간 것은 이때 썩 지어서이다. 해넘이의 바람은 차고 몹시 떨렸으나 옥이에 대한 소문이 흉함으로 퍽 궁금하였다. 허둥거리며 방문을 펄떡 열어보니 어머니는 딸 머리맡에서 무르팍에 눈을 비벼가며 여지껏 훌쩍거리고 앉았다. 냉병은 아주 가셨는지 노냥 노랗게 고민하던 그 상이 지금은 불쾌하니 눈물이 흐른다. 그리고 놈은 쭈그리고 앉아서 나를 보고도 인사도 없다. 팔짱을 떡 지르고는 맞은 벽을 뚫어보며 무슨 결기나 먹은 듯이 바로 위엄을 보이고 있다. 오늘은 일찍 나온 것을 보면 나무도 잘 팔은 모양. 얼마 후 놈은 옆으로 고개를 돌리더니 여보게 참말 죽지는 않겠나 하고 물으니까 봉구는 눈을 끔벅끔벅 하더니 죽기는 왜 죽어 한나절토록 경을 읽었는데 하고 자신이 있는 듯 없는 듯 얼치기 대답이다. 제딴은 경을 읽기는 했건만 조금도 효험이 없음에 저로도 의아한 모양이다. 이 봉구란 놈은 본시가 날탕이다. 계집에 노름에 혹하는 그런 수단은 당할 사람이 없고 또 이것도 재주랄지 못하는 게 별반 없다. 농사로부터 노름질 침주기 점치기 지위질 심지어 도적질까지. 경을 읽을 때에는 눈을 감고 중얼거리는 것이 바로 장님이 왔고 투전장을 뽑을 때에는 그 눈깔이 밝기가 부엉이 같다.

그러건만 뭘 믿는지 마을에서 병이 나거나 일이 나거나 툭하면 이놈을 불러대는 게 버릇이 되었다. 이까짓 놈이 점을 친다면 참이지 나는 용뿔을 빼겠다. 덕희가 눈을 찌긋하고 소금을 더 좀 먹여볼까 하고 물을 제 나는 그 대답은 않고 경은 무슨 경을 읽는다고 그래 건방지게 그 사관이나 좀 틀게나 하고 낯을 붉히며 봉구에게 소리를 빽 질렀다. 왜냐면 지금은 경이니 소금이니 할 때가 아니다. 아이를 포대기를 덮어서 뉘었는데 그 얼굴이 노랗게 질렸고 눈을 감은 채 가끔 다르르 떨고 다르르 떨고 하는 것이다. 그리고 입으로는 아직도 게거품을 섞어 밥풀이 꼴깍꼴깍 넘어온다. 손까지 싸늘하고 핏기는 멎었다. 시방 생각하면 이때 죽었을 걸 혹 사관으로 살았는지도 모른다. 내가 서두는 바람에 봉구는 주머니 속에서 조고만 대통을 꺼냈다. 또 그 속에서 녹 슬은 침 하나를 꺼내더니 입에다 한 번 쭉 빨고는 쥐가 뜯어먹은 듯한 칼라머리에다 쓱 쓱 문지른다. 바른 손을 논 다음 왼손 엄지손가락으로 침이 또 들어갈 때에서야 비로소 옥이는 정신이 나나보다. 으악, 소리를 지르며 깜짝 놀란다. 그와 동시에 푸드득 하고 포대기 속으로 똥을 깔겼다. 덕히는 이걸 뻔히 바라보고 있더니 골피를 접으며 어이 배라먹을 년 웬 걸 그렇게 처먹고 이 지랄이야 하고는 욕을 오라지게 퍼붓는다. 그러나 나는 그 속을 빤히 보았다. 저와 같이 먹다가 이렇게 되었다면 아마 이토록 노엽지 않았으리라. 그 귀한 음식을 돌르도록 처먹고는 애비 한 쪽 갖다줄 생각을 못한 딸이 지극히 미웠다. 고년 고래 싸 웬 떡을 배가 터지도록 처먹는담 하고 입을 삐쭉대는 그 낯짝에서 시기와 증오가 역력히 나타난다. 사실로 말하자면 이런 경우에는 저도 반드시 옥이와 같이 했으련만 아니 놈은 꿀 바른 주악을 다 먹고는 또 막걸리를 준다면 물다 뱉는 한이 있어도 어쨌든 덥석 물었으리라 생각하고는 나는 그 얼굴을 다시 한 번 쳐다보았다.

(을해, 1935.4.25)

『중앙』, 1935.6.

산골

산

머리 위에서 굽어보던 해님이 서쪽으로 기울어 나무에 긴 꼬리가 달렸건만

나물 뜯을 생각은 않고

이쁜이는 늙은 잣나무 허리에 등을 비겨대고 먼 하늘만 이렇게 하염없이 바라보고 섰다.

하늘은 맑게 개이고 이쪽저쪽으로 뭉굴뭉굴 피어오른 흰 꽃송이는 곱게도 움직인다. 저것도 구름인지 학들은 쌍쌍이 짝을 짓고 그 사이로 날아들며 끼리끼리 어르는 소리가 이 수퐁까지 멀리 흘러내린다.

갖가지 나무들은 사방에 잎이 욱었고 땡볕에 그 잎을 펴들고 너훌너훌 바람과 아울러 산골의 향기를 자랑한다.

그 공중에는 나르는 꾀꼬리가 어여쁘고—노란 날개를 파닥이고 이 가지 저 가지로 옮아앉으며 흥에 겨운 행복을 노래 부른다.

—고—이! 고이고—이!

요렇게 아양스레 노래도 부르고—

—담배먹구 꼴비어!

맞은쪽 저 바위 밑은 필시 호랑님의 드나드는 굴이리라. 음침한 그

위에는 가시덤불 다래넝쿨이 어지러이 엉클리어 지붕이 되어 있고 이것도 돌이랄지 연녹색 털복송이는 올망졸망 놓였고 그리고 오늘도 어김없이 뻐꾸기는 날아와 그 잔등에 다리를 머무르며—

—뻑꾹! 뻑꾹! 뻑뻑꾹!

어느듯 이쁜이는 눈시울에 구슬방울이 맺히기 시작한다. 그리고 나물바구니가 툭, 하고 땅에 떨어지자 두 손에 펴들은 치마폭으로 그새 얼굴을 폭 가리고는

이쁜이는 흐륵흐륵 마냥 느끼며 울고 섰다.

이제야 후회 나노니 도련님 공부하러 서울로 떠나실 때 저도 간다고 왜 좀 더 붙들고 늘어지지 못했던가 생각하면 할수록 가슴만 미어질 노릇이다. 그러나 마님의 눈을 기어 자그만 보따리를 옆에 끼고 산속으로 이십 리나 넘어 따라갔던 이쁜이가 아니었던가. 과연 이쁜이는 산등을 질러갔고 으슥한 고갯마루에서 기다리고 섰다가 넘어오시는 도련님의 손목을 꼭 붙잡고 "난 안 데려 가지유!" 하고 애원 못 한 것도 아니니 공연스레 눈물부터 앞을 가렸고 도련님도 놀라며

"너 왜 오니? 여름에 꼭 온다니까 어여 들어가라"

하고 역정을 내심에는 고만 두려웠으나 그래도 날 데려가라고 그 몸에 매여 달리니 도련님은 얼마를 벙벙히 그냥 섰다가

"울지 마라 이쁜아, 그럼 내 서울 가 자리나 잡거든 널 데려가마" 하고 등을 두드리며 달래일 제 만일 이 말에 이쁜이가 솔깃하여 곧 곧이 듣지만 않았던들 도련님의 그 손을 안타까이 놓지는 않았던 걸—

"정말 꼭 데려가지유?"

"그럼 한 달 후이면 꼭 데려가마."

"난 그럼 기다릴 테야유!" 그리고 아침 햇발에 비끼는 도련님의 옷자락이 산등으로 꼬불꼬불 저 멀리 사라지고 아주 보이지 않을 때까지 이뿐이는 남이 볼까 하여 피여 흐트러진 개나리 속에 몸을 숨기고 치마끈을 입에 물고는 눈물로 배웅하였던 것이 아니런가. 이렇게도 철석같이 다짐은 두고 가시더니 그 한 달이란 대체 얼마나 되는 겐지 몇 한 달이 거듭 지나고 돌도 넘었으련만 도련님은 이렇다 소식 하나 전할 줄조차 모르신다. 실토로 터놓고 말하자면 늙은 이 잣나무 아래에서 도련님과 맨 처음 눈이 맞을 제 이뿐이가 먼저 그러자고 한 것도 아니련만 — 이뿐어머니가 마님댁 씨종이고 보면 그 딸 이뿐이는 잘 따져야 씨의 씨종이니 하잘 것 없는 계집애이거늘 이뿐이는 제 몸이 이럼을 알고 시내에서 홀로 빨래를 할 제이면 도련님이 가끔 덤벼들어 이게 장난이겠지, 품에 꼭 껴안고 빰을 깨물어 뜯는 그 꼴이 숭굴숭굴하고 밉지는 않았으나 그러나 이뿐이는 감히 그런 생각을 먹어본 적이 없었다. 그날도 마님이 구미가 제치셨다고 애 이뿐아 나물 좀 뜯어온, 하실 때 이뿐이는 퍽이나 반가웠고 아침밥도 몇 술로 겉날리고 바구니를 동무 삼아 집을 나섰으니 나이 아직 열여섯이라 마님에게 귀염을 받는 것이 다만 좋았고 칠칠한 나물을 뜯어드리고자 한사코 이 험한 산속으로 기어올랐다. 풀잎의 이슬은 아직 다 마르지 않았고 바위 틈바구니에 흩어진 잔디에는 커다란 구렁이가 똬리를 틀고서 떡머구리 한 놈을 우물거리고 있는 중이매 이뿐이는 쌔근쌔근 가쁜 숨을 쉬어가며 그걸 가만히 들여다보고 섰다가 바로 발 앞에 도라지 순이 있음을 발견하고 꼬챙이로 마악 캐려 할 즈음 등 뒤에서 뜻밖에 발자국 소리가 들리는 것이 아닌가. 깜짝 놀라며 고개를 돌려보니 언제 어디로 따라 왔던가 도련님은 물푸레

나무토막을 한 손에 지팡이로 짚고 붉은 얼굴이 땀바가지가 되어 식식거리며 그리고 씽글씽글 웃고 있다. 그 모양이 하도 수상하여 이뿐이는 눈을 동그랗게 뜨고 바라보니 도련님은 좀 면구쩍은지 낯을 모로 돌리며 그러나 여일히 싱글싱글 웃으며 뱃심 유한 소리가—

"난 지팡이 꺾으러 왔다—" 그렇지마는 이뿐이는 며칠 전 마님이 불러 세우고 너 도련님하고 같이 다니면 매 맞는다, 하시던 그 꾸지람을 얼뜬 생각하고

"왜 따라 왔지유—마님 아시면 남 매 맞으라구?" 하고 암팡스레 쏘았으나 도련님은 귓등으로 듣는지 그래도 여전히 싱글거리며 뱃심 유한 소리로—

"난 지팡이 꺾으러 왔다—" 그제서는 이뿐이는 성을 안 낼 수가 없고

"마님께 나 매 맞어두 난 몰라."

혼잣말로 이렇게 되알지게 쫑알거리고 너야 가든 마든 하라는 듯이 고개를 돌리어 아까의 도라지를 다시 캐자노라니 도련님은 무턱대고 그냥 와락 달려들어

"너 맞는 거 나는 알지?"

이뿐이를 뒤로 꼭 붙들고 땀이 쭉 흐른 그 뺨을 또 잔뜩 깨물고는 놓질 않는다. 이뿐이는 어려서부터 도련님과 같이 자랐고 같이 놀았으되 제가 먼저 그런 생각을 두었다면 도련님을 벌컥 떠다밀어 바위 너머로 곤두박이게 했을 리 만무이었고 궁둥이를 털고 일어나며 도련님이 무색하여 멀거니 쳐다보고 입맛만 다시니 이뿐이는 그 꼴이 보기 가여웠고 죄를 저지른 제 몸에 대하여 죄송한 자책이 없던 바도 아니었건마는 다시 손목을 잡히고 이 잣나무 밑으로 끌릴 제에는 왼 힘을 다하여 그

손깍지를 벌리며 야단친 것도 사실이 아닌 건 아니나 그러나 어딘가 마음 한 편에 앙살을 피면서도 넉히 끌리어 가도록 도련님의 힘이 좀 더 좀 더 하는 생각이 전혀 없었다면 그것은 거짓말이 되고 말 것이다. 물론 이뿐이가 얼굴이 빨개지며 앙큼스러운 생각을 먹은 것은 바로 이때이었고

"난 몰라 마님께 여쭐 터이야. 난 몰라!" 하고 적잖이 조바심을 태우면서도 도련님의 속맘을 한 번 뜯어보고자

"누가 종두 이러는 거야?" 하고 손을 뿌리치며 된통 호령을 하고 보니 도련님은 이 깊고 외진 산속임에도 불구하고 귀에다 입을 갖다 대고 가만히 속삭이는 그 말이—

"너 나하고 멀리 도망가지 않으련!" 그러니 이뿐이는 이 말을 참으로 꼭 곧이들었고 사내가 이렇게 겁을 집어먹는 수도 있는지 도련님이 땅에 떨어진 성냥갑을 호주머니에 다시 집어넣을 줄도 모르고 덤벙거리며 산 아래로 꽁지를 뺄 때까지 이뿐이는 잣나무 뿌리를 베고 풀밭에 번듯이 들어누운 채 푸른 하늘을 바라보며 인제 멀리만 달아나면 나는 저 도련님의 아씨가 되려니 하는 생각에 마님께 진상할 나물 캘 생각조차 잊고 말았다. 그러나 조금 지남에 이뿐이는 어쩐지 저도 겁이 나는 듯 싶었고 발딱 일어나 사면을 휘돌아 보았으나 그곳에는 험상스러운 바위와 우거진 숲이 있을 뿐 본 사람은 하나도 없으려만—아마 산이 험한 탓일지도 모르리라. 가슴은 여전히 달랑거리고 두려우면서 그러나 이 산덩이를 제품에 꼭 품고 같이 뒹굴고 싶은 안타까운 그런 행복이 느껴지지 않은 것도 아니었으니 도련님은 이렇게 정을 드리우고 가시고는 이제 와서는 생판 모르는 체 하시는 거나 아니런가—

마을

두 손등으로 눈물을 씻고 고개는 어레 들었으나

나물 뜯을 생각은 않고

이뻔이는 늙은 잣나무 밑에 앉아서 먼 하늘을 치켜대고 도련님 생각에 이렇게도 넋을 잃는다.

이제와 생각하면 야속도스럽나니 마님께 매를 맞도록 한 것도 결국 도련님이었고 별 욕을 다 당하게 한 것도 결국 도련님이 아니었던가—

매일과 같이 산엘 올라 다닌 지 단 나흘이 못 되어 마님은 눈치를 채셨는지 혹은 짐작만 하셨는지 저녁 때 기진하여 내려오는 이뻔이를 불러 앉히시고

“너 요년 바른대로 말해야지 죽인다” 하고 회초리로 때리시되 볼기짝이 톡톡 불거지도록 하시었고 그래도 안차게 아니라고 고집을 쓰니 이번에는 어머니가 달려들어 머릿채를 휘잡고 주먹으로 등허리를 서너 번 쾅쾅 때리더니 그만도 좋으련만 뜰아랫방에 갖다가 가두고는 사날씩이나 바깥 구경을 못하게 하고 구메밥으로 구박을 막함에는 이뻔이는 짜증 서럽지 않을 수가 없었다. 징역살이 맨 마지막 밤이 깊었을 제 이뻔이는 너무 원통하여 혼자 앉아서 울다가 자리에 누운 어머니의 허리를 꼭 끼고 그 품속으로 기어들며 “어머니 나 데련님하고 살테야—” 하고 그예 저의 속중을 토설하니 어머니는 들었는지 먹었는지 그냥 잠잠히 누웠더니 한참 후 후유, 하고 한숨을 내뿜을 때에는 이미 눈에 눈물이 그렁그렁 하였고 그리고 또 한참 있더니 입을 열어 하는 이야기가 지금은 이렇게 늙었으나 자기도 색시 때에는 이뻔이만치나 어여뻤고

얼마나 맵시가 출중났던지 노나리와 은근히 배가 맞았으나 몇 달이 못 가서 노마님이 이걸 아시고 하루는 불러 세우고 때리시다가 마침내 샘에 못 이기어 인두로 하초[11]를 지지려고 들어 덤비신 일이 있다고 일러주고 다시 몇 번 몇 번 당부하여 말하되 석숭네가 벌써부터 말을 건네는 중이니 도련님에게 맘을랑 두지 말고 몸 잘 갖고 있으라 하고 딱 떼는 것이 아닌가. 하기야 이뿐이가 무남독녀의 귀여운 외딸이 아니었던들 사흘 후에도 바깥엘 나올 수 없었으려니와 비로소 대문을 나와 보니 그간 세상이 좀 넓어진 것 같고 마치 우리를 벗어난 짐승과 같이 몸의 가뜬함을 느꼈고 흉측스러운 산으로 빵빵 둘러싼 이 산골에서 벗어나 넓은 버덩으로 나간다면 기쁘기가 이보다 더 하리라 생각도 하여보고 어머니의 영대로[12] 고추밭을 매러 개울길로 내려가려니까 왼편 수풍 속에서 도련님이 불쑥 튀어나오며 또 붙들고 산에 안 갈 테냐고 대구 보챈다. 읍에 가 학교를 다니다가 요즘 방학이 되어 집에 돌아온 뒤로는 공부는 할 생각 않고 날이면 날 저물도록 저만 이렇게 붙잡으러 다니는 도련님이 딱도 하거니와 한편 마님도 무섭고 또는 모처럼 용서를 받는 길로 그리고 보면 이번에는 호되이 불이 내릴 것을 알고 이뿐이는 오늘은 안 되니 낼모레쯤 가자고 좋게 달래다가 그래도 듣지 않고 굳이 가자고 성화를 하는 데는 할 수 없이 몸을 뿌리치고 빵소니를 놀 수밖에 딴 도리가 없었다. 구질구질 내리던 비로 말미암아 한동안 손을 못 댄 고추밭은 풀들이 제법 성큼히 엉기었고 어디서부터 시작해야 좋을지

11 하초(下焦) : 배꼽 아래의 부위로 콩팥, 방광, 대장, 소장 따위의 장기(臟器)를 포함한다. 그러나 여기에서는 사람의 음부(陰部, 생식기)를 지칭한다.

12 영대로 : 명령(命令)대로, 시키시는 대로.

갈피를 모르겠는데 이뿐이는 되는 대로 한 편 구석에 치마를 도사리고 앉아서, 이것도 명색은 김매는 거겠지 호미로 흙 등만 닥작거리며 정작 정신은 어젯밤 종은 상전과 못 사는 법이라던 어머니의 말이 옳은지 그른지 그거만 일념으로 아로새기며 이리 씹고 저리 씹어본다. 그러나 이뿐이는 아무렇게도 나는 도련님과 꼭 살아보겠다 혼자 맹세하고 제가 아씨가 되면 어머니는 일테면 마님이 되런마는 왜 그리 극성인가 싫어서 좀 야속하였고 해가 한나절이 되어 목덜미를 확확 달일 때까지 이리 저리 곰곰 생각하다가 고개를 들어봄에 밭은 여태 한 고랑도 다 끝이 못났으니 이놈의 밭이 하고 탓 안 할 탓을 하며 저로도 하품이 나올만치 어지간히 기가 막혔다. 이번에는 좀 빨랑 빨랑 하리라 생각하고 이뿐이는 호미를 잽싸게 놀리며 폭폭 찍고 덤볐으나 그래도 웬일인지 일은 손에 붙지를 않고 그뿐 아니라 등 뒤 개울의 덤불에서는 온갖 잡새가 귀둥대둥 멋대로 속삭이고 먼발치에서 풀을 뜯고 있던 황소가 메— 하고 늘어터지게 소리를 내뽑으니 이뿐이는 이걸 듣고 갑자기 몸이 나른해지지 않을 수 없고 밭가에 선 수양버들 그늘에 쓰러져 한잠 들고 싶은 생각이 곧바로 나지마는 어머니가 무서워 차마 그걸 못하고 만다. 인제는 계집애는 밭일을 안 하도록 법이 됐으면 좋겠다 생각하고 이뿐이는 울홧증이 나서 호미를 메꼰지고 얼굴의 땀을 씻으며 앉았노라니까 들로 보리를 거두러 가는 길인지 석숭이가 빈 지게를 지고 꺼불꺼불 밭머리에 와 서더니 아주 썩 시퉁그러지게 입을 삐죽거리며 이쁜이를 건너대고 하는 소리가—

"너 데련님하구 그랬대지—" 새파랗게 갈은 비수로 가슴을 쪽 내려긋는 대도 아마 이토록은 재겹지 않으리라마는 이뿐이는 어서 들었느냐고 따져 볼 겨를도 없이 얼굴이 고만 홍당무가 되었고 그놈의 소위로 생각하면 대뜸 들어 덤벼 그 귓바퀴라도 물고 늘어질 생각이 곧 간절은 하나 한 죄는 있고 어째 볼 용기가 없음에 다만 고개를 푹 수그릴 뿐이다. 그러니까 석숭이는 제가 꽨 듯싶어서 이쁜이를 짜정 넘보고 제법 밭 가운데까지 들어와 떡 버티고 서서는 또 한 번 시큰둥하게 그리고 엇먹는 소리로—

"너 데련님하구 그랬대지—" 전일 같으면 제가 이쁜이에게 지게 막대기로 볼기 맞을 생각도 않고 감히 이따위 버르장머리는 하기커녕 저의 아버지 장사하는 원두막에서 몰래 참외를 따가지고 와서

"애 이쁜아, 너 이거 먹어라" 하다가

"난 네가 주는 건 안 먹을 테야" 하고 몇 번 내뱉음에도 끓지 않고 굳이 먹으라고 떠맡기므로 이쁜이가 마지 못하는 체하고 받아들고는 물론 치마 폭에 흙을 싹싹 문대고 나서 깨물고 앉았노라면 아무쪼록 이쁜이 맘에 잘 들도록 호미를 대신 손에 잡기가 무섭게 는실난실 김을 매주었고 그리고 가끔 이쁜이를 웃겨주기 위하여 그것도 재주라고 밭고랑에서 잘 봐야 곰같은 몸뚱이로 이리 둥글고 저리 둥글고 하였다. 석숭 아버지는 이놈이 또 어디로 내빼구나 하고 찾아다니다 여길 와보니 매라는 제 밭은 안 매고 남 계집애 밭에 들어와서 대체 온 이게 무슨 노릇인지 이 꼴이고 보매 기도 막힐뿐더러 터지려는 웃음을 억지로 참고 노여운 낯을 지어가며

"너 이놈아, 네 밭은 안 매고 남의 밭에 들어와 그게 뭐냐?" 하고 꾸중을 하였지만은 석숭이가 깜짝 놀라서 돌아다보다 고만 멀쑤룩하여 궁둥이의 흙을 털고 일어서며

"이뻔이 밭 좀 매주러 왔지 뭘 그래?" 하고 되레 퉁명스러이 뻣댐에는 더 책하지 않고

"어 망할 자식두 다 많어이!" 하고 돌아서 저리로 가며 보이지 않게 피익 웃고 마는 것인데 그러면 이뻔이는 저의 처지가 꽤 야릇하게 됨을 알고 저기까지 분명히 들리도록

"너 보고 누가 밭 매달랬어? 가 어여 가 가" 하고 다 먹은 참외는 생각 않고 등을 떼다밀며 구박을 막 하던 이런 터이련만 제가 이제와 누구의 비위를 긁다니 하늘이 무너지면 졌지 이것은 도시 말이 안 된다.

돌

이뻔이는 남다른 부끄럼으로 온 전신이 확확 다는 듯싶었으나 그러나 조금 뒤에는 무안을 당한 거기에 대갚음이 없어서는 아니 되리라 생각하고 앙칼스러운 역심이 가슴을 콕 찌를 때에는 어깨뿐만 아니라 등허리 전체가 샐룩거리다가 새침이 발딱 일어나 사방을 훑어보더니 대낮이라 다들 일들 나가고 안마을에 사람이 없음을 알고 석숭이의 소맷자락을 넌지시 끌며 그 옆 숙성히 자란 수수밭 속으로 들어간다. 밭 한복판은 아늑하고 아무데도 보이지 않으므로 함부로 떠들어도 괜찮으려니 믿고 이뻔이는 거기다 석숭이를 세워놓자 밭고랑에 널린 여러 돌 틈에서 맞아죽지 않고 단단히 아플 만한 모리돌멩이 하나를 집어 들고 그 옆 정강이를 모질게 후려치며

"이 자식 뭘 어째구 어째?" 하고 딱딱 으르니까 석숭이는 처음에 뭐나 좀 생길까 하고 좋아서 따라 왔던 걸 별안간 난데없는 모진 돌만 날아듬에는

"아야!" 하고 소리치자 똑 선불 맞은 노루 모양으로 한 번 뻐들껑 뛰며 눈이 그야말로 왕방울만 해지지 않을 수가 없었다. 그러나 석숭이는 미움보다 앞서느니 기쁨이요 전일에는 그 옆을 지내도 본둥만둥 하고 그리 대단히 여겨주지 않던 그 이쁜이가 일부러 이리 끌고 와 돌로 때리되 정말 아프도록 힘을 들일 만치 이쁜이에게 있어는 지금의 저의 존재가 그만치 끔찍함을 그 돌에서 비로소 깨닫고 짓궂이 씽글씽글 웃으면 한 번 더 뒤퉁그러진 그리고 흘게 늦은 목소리로

"뭘 데련님허구 그랬대는데—" 하고 놀려주었다. 이쁜이는

"뭐 이 자식?"

하고 상기된 눈을 똑바로 떴으나 이번에는 돌멩이 집을 생각을 않고 아까부터 겨우 참아왔던 울음이

"으응!" 하고 닥 터지자 잡은 참 덤벼들어 석숭이 옷 가슴에 매어달리며 쥐어뜯으니 석숭이는 이쁜이를 울려놓은 것이 저의 큰 죄임을 얼른 알고 눈이 휘둥그래서

"아니다, 아니다, 내 부러 그랬다 아니다" 하고 입에 불이 나게 그러나 손으로 등을 어루만지며 "아니다" 를 여러 십 번을 부른 때에야 간신히 울음을 진정해 놓았고 이쁜이가 아직 느끼는 음성으로 몇 번 당부를 하니

"인제 남 듣는데 그러면 내 너 죽일 터야?"

"그래 인전 안 그러마."

참으로 이런 나쁜 소리는 다시 입에 담지 않으리라 맹세하였다. 이쁜이도 그제야 마음을 놓고 흔적이 없도록 눈물을 닦으면서

"다시 그래 봐라 내 죽인다!"

또 한 번 다져놓고 고추밭으로 도로 나오려 할 제 석숭이가 와락 달

려들어 그 허리를 잔뜩 껴안고

"너 그럼 우리집에게 나한테로 시집오라니깐 왜 싫다고 그랬니?" 하고 설혹 좀 성가시게 굴었다 치더라도 만일 이쁜이가 이 행실을 도련님이 아신다면 담박에 정을 떼시려니 하는 염려만 없었더라면 그리 대수롭지 않은 것을 그토록 오지게 혼을 냈을 리 없었겠고 생각하면 두고두고 이때껏 후회가 나리만치 그렇게 사내의 뺨을 후려친 것도 결국 도련님을 위하는 이쁜이의 깨끗한 정이 아니었던가—

물

가득히 품에 찬 서러움을 눈물로 가시고 나물바구니를 손에 잡았으니

이쁜이는 다시 일어나 산 중턱으로 거친 수풍 속을 기어내리며 도라지를 하나둘 캐기 시작한다.

참인지 아닌지 자세히는 모르나 멀리 날아온 풍설을 들어보면 도련님은 서울 가 어여쁜 아씨와 다시 정분이 났다 하고 그 뿐만도 좋으련마는 댁의 마님은 마님대로 늙은 총각 오래 두면 병 난다 하여 상냥한 아가씨만 찾는 길이니 대체 이게 웬 셈인지 이쁜이는 골머리가 아팠고 도라지를 캔다고 꼬챙이를 땅에 꾸욱 꽂으니 그대로 짚고 선 채 해만 점점 부질없이 저물어간다. 맥을 잃고 다시 내려오다 이쁜이는 앞에 우뚝 솟은 바위를 품에 얼싸안고 그 아래를 굽어보니 험악한 석벽 틈에 맑은 물은 웅성 깊이 충충 고이었고 설핏한 하늘의 붉은 노을 한 쪽을 똑 따 들고 푸른 잎새로 전을 둘렀거늘 그 모양이 보기에 퍽도 아름답다. 그걸 거울 삼고 이쁜이는 저 밑에 까맣게 비치는 저의 외양을 또 한 번 고쳐 뜯어보니 한때는 도련님이 조르다 몸살도 나셨으려니와 의복

은 비록 추레할망정 저의 눈에도 밉지 않게 생겼고 남 가진 이목구비에 반반도 하련마는 뭐가 부족한지 달리 눈이 맞은 도련님의 심정이 알 수 없고 어느덧 원망스러운 눈물이 눈에서 떨어지니 잔잔한 물면에 물둘레를 치기도 전에 무슨 밥이나 된다고 커다란 꺽지는 휘엉휘엉 올라와 꼴딱 받아먹고 들어간다. 이뿐이는 얼빠진 등신같이 맑은 이 물을 가만히 들여다 보노라니 불시로 제 몸을 풍덩, 던지어 깨끗이 빠져도 죽고 싶고 아니 이왕 죽을진댄 정든 님 품에 안고 같이 풍, 빠지어 세상사를 다 잊고 알뜰히 죽고 싶고 그렇다면 도련님이 이 등에 넙죽 엎디어 뺨에 뺨을 비벼대고 그리고 이 물을 같이 굽어보며

"얘 울지 마라. 내가 가면 설마 아주 가겠니?" 하고 세우 달랠 제[13] 꽉 붙들고 풍덩실, 하고 왜 빠지지 못 했던가 시방은 한가도 컸건마는 그 이뿐이는 그리도 삶에 주렸던지[14]

"정말 올 여름엔 꼭 오우?" 하고 아까부터 몇 번 묻던 걸 또 한 번 다져보았거늘 도련님은 시원스러이 선뜻

"그럼 오구말구 널 두고 안 오겠니!" 하고 대답하고 손에 꺾어들었던 노란 동백꽃을 물 위로 홱 내던지며

"너 참 이 물이 무슨 물인지 알면 용치?"

눈을 끔벅끔벅 하더니 이야기하여 가로되 옛날에 이 산 속에 한 장사가 있었고 나라에서는 그를 잡고자 사방팔면에 군사를 놓았다. 그렇지마는 장사에게는 비호같이 날랜 날개가 돋친 법이니 공중을 훌훌 나르

---

13 간곡하게 달랠 때.

14 지금은 한스럽기 그지없지만, 그 무렵의 이뿐이는 그래도 도련님과 살고 싶은 욕망이 컸었던지…….

는 그를 잡을 길 없고 머리만 앓던 중 하루는 그예 이 물에서 목욕을 하고 있는 것을 사로 잡았다는 것이로되 왜 그러냐 하면 하느님이 잡수시는 깨끗한 이 물을 몸으로 흐렸으니 누구라고 천벌을 아니 입을 리 없고 몸에 물이 닫자 돋쳤던 날개가 흐시부시[15] 녹아버린 까닭이라고 말하고 도련님은 손짓으로 장사의 처참스러운 최후를 시늉하며 가장 두려운 듯이 눈을 커다랗게 끔쩍끔쩍 하더니 뒤를 이어 그 말이—

"아 무서! 얘 우지 마라. 저 물에 눈물이 떨어지면 너 큰일 난다." 그러나 이뿐이는 그까진 소리는 듣는 둥 마는 둥 그리 신통치 못하였고 며칠 후 서울로 떠나면 아주 놓칠 듯만 싶어서 도련님의 얼굴을 이슥히 쳐다보고 그럼 다짐을 두고 가라 하다가 도련님이 조금도 서슴없이 입고 있던 자기의 저고리 고름 한 짝을 뚝 떼어 이뿐이 허리춤에 꾹 꽂아주며

"너 이래두 못 믿겠니?" 하니 황송도 하거니와 설마 이걸 두고야 잊으시진 않겠지 하고 속이 든든하지 않은 것도 아니었다. 대장부의 노릇이매 이렇게 하고 변심은 없을 게나 그래도 잘 따져보니 이 고름이 말하는 것도 아니어든 차라리 따라 나서느니만 같지 못하다고 문득 마음을 고쳐먹고 고개로 쫓아간 건 좋으련마는 왜 그랬던고 좀 더 매달리어 진대를 안 붙고 고기 주저앉고 말았으니 이제 와서는 한가만 새롭고 몸에 고이 간직하였던 옷고름을 이 손에 꺼내들고 눈물을 흘려보되 별 수 없나니 보람 없이 격지만 늘어간다.[16] 허나 이거나마 아주 없었더란들 그야 살맛조차 송두리 잃었으리라마는 요즘 매일과 같이

---

15 흐지부지, 시나브로(모르는 사이에 조금씩).

16 격지 : 여러 겹으로 쌓아 붙은 켜. 도련님을 떠나보낸 뒤 한가만(서러움과 원통한 마음)만 새록새록이 일고, 도련님이 남기고 간 옷고름을 보고 있자니 슬픔의 켜만 더해간다.

이 험한 깊은 산속에 올라와
옛 기억을 홀로 더듬어 보며
이쁜이는 해가 저물도록 이렇게 울고 섰고 하는 것이다.

길

모든 새들은 어제와 같이 노래를 부르고 날도 맑으련만
오늘은 웬일인지
이쁜이는 아직도 올라오질 않는다.

석숭이는 아버지가 읍의 장에 가서 세 마리 닭을 팔아 그걸로 소금을 사오라 하여 아침 일찍이 나온 것도 잊고 이 산에 올라와 다리를 묶은 닭들은 한 편에 내던지고 늙은 잣나무 그늘에 누워 눈이 빠지도록 기다렸으나 이쁜이가 좀체 나오지 않음에 웬일일까 고게 또 노하지나 않았나 하고 일쩌우니 이렇게 애를 태운다. 올 가을이 얼른 되어 새 곡식을 거두면 이쁜이에게로 장가를 들게 되었으니 기쁨인들 이 위에 더 할 데 있으랴마는 이번도 또 이쁜이가 밥도 안 먹고 죽는다고 야단을 친다면 헛일이 아닐까 하는 염려도 없지는 않았거늘 고렇게 쌀쌀하고 매일 매일하던 이쁜이의 태도가 요즘에 들어와서는 급자기 다소곳하고 눈 한 번 흘길 줄도 모르니 이건 참으로 춤을 추어도 다 못 출 것이다. 뿐만 아니라 이슬비가 내리던 날 마님댁 울 뒤에서 이쁜이는 옥수수를 따고 섰고 제가 그 옆을 지날 제 은근히 손짓을 하므로 가차히 다가서니 귀에다 나직이 속삭이는 소리가—

"너 핀지 하나 써줄련?"

"그래 그래 써주마 내 잘 쓴다." 석숭이는 너무 반가워서 허둥거리며 묻지 않은 소리까지 하다가 또 그 말이 내 너 하라는 대로 다 할게니 도련님에게 편지를 쓰되 이쁜이는 여태 기다립니다 하고 그리고 이런 소리는 아예 입 밖에 내지 말라 하므로 그런 편지면 일 년 내내 두고 썼으면 좋겠다 속으로 생각하고 채 틀 못 박힌 연필 글씨로 다섯 줄을 그리기에 꼬박이 이틀 밤을 새이고 나서 약속대로 산으로 이쁜이를 만나러 올라올 때에는 어쩐지 가슴이 두근두근 하는 것이 바로 아내를 만나러 오는 남편의 그 기쁨이 또렷이 나타나는 것이다. 이쁜이가 얼른 올라와야 뭐가 젤 좋으냐 물어보고 이 닭들을 팔아 선물을 사다주련만 오진 않고 석숭이는 암만 생각해야 영문을 모르겠으니 아마 요전 번

"이 핀지 써 왔으니깐 너 나구 꼭 살아야 한다" 하고 크게 으른 것이 좀 잘못이라 하더라도 이쁜이가 고개를 푹 숙이고 있다가

"그래" 하고 눈에 눈물을 보이며

"그 핀지 읽어봐" 하고 부드럽게 말한 걸 보면 그리 노한 것은 아니니 석숭이는 기뻐서 그 앞에 떡 버티고 제가 썼으나 제가 못 읽는 그 편지를 떠듬떠듬 데련님전 상사리 가신 지가 오래 됐는니 왜 안 오고 일 년 반이 됐는디 왜 안 오구 하니깐 이쁜이는 밤마두 눈물로 새오며 이쁜이는 그럼 죽을 테니까 날을 듯이 얼른 와서 — 이렇게 땀을 내이며 읽었으나 이쁜이는 다 읽은 뒤 그걸 받아서 피봉에 도로 넣고 그리고 나물 바구니 속에 감추고는 그대로 덤덤히 산을 내려온다. 산기슭으로 내리니 앞에 큰 내가 놓여 있고 골고루도 널려 박힌 험상궂은 울퉁바위 틈으로 물은 우람스레 부딪치며 콸콸 흘러내리매 정신이 다 아찔하여 이쁜이는 조심스리 바위를 골라 디디며 이쪽으로 건너왔으나 아무리 생

각하여도 같이 멀리 도망가자던 도련님이 저 서울로 혼자만 삐죽 달아 난 것은 그 속이 알 수 없고 사나이 맘이 설사 변한다 하더라도 잣나무 밑에서 그다지 눈물까지 머금고 조르시던 그 도련님이 이제 와 싹도 없이 변하신다니 이야 신의 조화가 아니면 안 될 것이다. 이뿐이는 산처럼 잎이 퍼드러진 호양나무 밑에 와 발을 멈추며 한 손으로 바구니의 편지를 꺼내어 행주치마 속에 감추어 들고 석숭이가 쓴 편지도 잘 찾아 갈지 미심도 하거니와 또한 도련님 앞으로 잘 간다 하면 이걸 보고 도련님이 끔뻑하여 뛰어올 겐지 아닌지 그것조차 장담 못할 일이지마는 아니, 오신다 이 옷고름을 두고 가시던 도련님이거늘 설마 이 편지에도 안 오실 리 없으리라고 혼자 서서 우기며 해가 기우는 먼 고개치를 바라보며 체부 오기를 기다린다. 체부가 잘 와야 사흘에 한 번밖에 더 들지 않는 줄을 저라고 모를 리 없고 그리고 어제 다녀갔으니 모레나 오는 줄은 번연히 알지마는 그래도 이뿐이는 산길에 속는 사람 같이 저 산비알로 꼬불꼬불 돌아나간 기나긴 산길에서 금시 체부가 보일 듯 보일 듯싶었는지 해가 아주 넘어가고 날이 어둡도록 지루하게도 이렇게 속 달게 체부 오기를 기다린다.

그러나

오늘은 웬일인지

어제와 같이 날도 맑고 산의 새들은 노래를 부르건만

이뿐이는 아직도 나올 줄을 모른다.

(을해, 1935.6.15)

『조선문단』, 1935.7.

홍길동전*

一. 길동이 몸이 천하다

옛날 저 이조 시절에 있었던 일이었다. 한 재상이 있어 두 아들을 두었으니 맏아들의 이름은 인형이요 고담을 길동이라 불렀다. 마는 인형이는 그 아우 길동이를 그리 썩 탐탁히 여겨주지 않았다. 왜냐면 자기는 정실 유씨 부인의 소생이로되 길동이는 계집종 춘섬의 몸에서 난 천한 서자이기 때문이었다. 하인들까지도 길동이는 도련님이라 불러주지 않고 우습게 여기어 막 천대하였다.

이리하여 길동이는 저의 신세를 주야로 슬퍼하였다.

그러나 이 슬픔을 알아주는 사람은 다만 그의 아버지가 한 분 계실 뿐이었다. 그는 길동이를 낳으실 때 문득 하늘에서 뇌성벽력이 진동하며 커다란 용이 수염을 거사리고 앞으로 달려드는 꿈을 꾸시었다. 뿐만 아니라 차차 자라며 하나를 배우면 열을 알 만치 총기가 밝고 재주가 비범함을 보시었다.

"이 자식이 장차 크면 훌륭히 될 놈이야!" 하고 아버지는 이렇게 가

---

* 김유정의 「홍길동전」은 한국고전 '홍길동전'에 대한 일종의 패러디 작품으로 1935년 『신아동』 2호에서 발표된 작품이다. 그동안 김유정 작품 목록 및 전작집에서 작품명과 작품 자체가 누락되어 있다. 『근대서지』 제5호(소명출판, 2012.6)에 처음 소개되었다.

끔 속으로 생각하며 기뻐하셨다. 허지만 길동이가
"아버지!" 하고 품으로 덥석 안길 제이면 그 아버지는 아들의 입을 손으로 얼른 막으며
"너는 아버지라 못한다. 대감이라 해야 돼" 하고 은근히 꾸짖으셨다. 아들이 귀엽지 않은 것은 아니나 그러나 양반의 집안에서 서자가 아버지라 부르는 법은 없는 일이니 남이 들으면 욕을 할까 하여 꾸짖고 했던 것이다.

二. 길동이 슬퍼하다

하루는 밤이 이슥하여 아버지는 사랑 마당에서 배회하는 길동이를 발견하셨다. 푸른 하늘에 달은 맑고 정지에 우거진 온갖 나무들이 부수수 하고 낙엽이 지는 처량한 밤이었다. 그 나무 그늘에서 길동이가 달빛에 칼날을 번쩍이며 열심으로 검술을 연습하고 있는 것이다. 이걸 보시고 아버지는 이상히 여기시고 앞으로 길동이를 불러서
"너 초당에서 글을 안 읽고 왜 나왔느냐?" 하고 물으셨다.
"달이 밝아서 구경을 나왔습니다."
"구경이라니 공부를 잘 해야 나종 훌륭한 사람이 되지 않느냐?"
"저는 천한 몸이라 암만 공부를 잘해도 결코 훌륭한 사람이 못 됩니다" 하고 길동이는 고개를 숙이고 공손히 대답하였다.
아버지는 그 말이 무슨 속이 있어 함인지 다 짐작하셨다. 그러나 열두 살밖에 안 된 아이의 소리로는 너무 맹랑하므로
"네 그게 무슨 소린고?" 하고 재우쳐 물어보셨다. 하니까 그 대답이 —

"하늘이 만물을 내시되 사람이 가장 귀하오나 저만은 천한 몸이 되와 아버님을 아버님이라 부르지 못하고 형님을 또한 형님이라 부르지 못하오니 어찌 사람이라 하겠습니까. 앞으로 무술을 배워 나라에 공을 세우는 것이 남자의 일이 아닐까 하옵니다."

그리고 그 자리에 푹 엎드리고 소리를 내어 슬피 통곡하였다.

아버지는 이 꼴을 가만히 나려다 보시다가 쓴 입맛을 다시며 언짢은 낯을 지으셨다. 이윽고 두 손으로 그 어깨를 잡아 일으키시며

"천하에 서자가 네 하나뿐 아니니 슬퍼 말구 어서 돌아가 자거라" 하셨다.

길동이는 아버지의 엄명을 어기지 못하여 제 침소로 돌아오긴 했으나 좀체로 잠은 오지 않았다. 남은 아버지가 있고 형이 있고 하건마는 저는 아버지도 형도 없는 것이다. 아버지의 성을 따라 홍길동이라 하면서도 그 아버지를 아버지라 버젓이 못 부르는 것이 무슨 까닭인지 생각하면 할수록 어린 가슴이 메어질 듯하였다.

길동이는 날이 새도록 자리 위에 엎드리어 끊임없이 흐르는 눈물로 이불을 적시고 또 적시고 하였다.

이러는 중에 그 형 인형이는 길동이를 죽이기로 하여 뒤로 음모를 시작하였다. 길동이의 재주를 봄에 비상할 뿐 아니라 용한 관상쟁이를 불러 상을 뵈고 나니 그 말이

"지금은 말씀 드리기가 어렵습니다" 하고 매우 거북한 낯을 드는 것이다.

"그래두 바른대루 말 해봐" 하고 뒷말을 재촉하니 그제야 옆으로 가까이 다가앉으며

"후일에 왕이 되실 상이외다" 하고 귓속말로 나직이 대답하였다.

"뭐?" 하고 인형이는 깜짝 놀라서

"그런 소리는 입 밖에도 내지 마라. 죽인다" 하여 돈을 던져준 뒤에 호령을 해서 쫓아버렸다.

인형이네 집안은 대대로 높은 벼슬을 살아오는 명문거족名門巨族이요 게다가 홍문까지 세운 충신이었다. 길동이가 만일에 엉뚱한 생각을 먹고 난리를 일으킨다면 온 집안이 역적으로 몰릴 것이요 따라 빛나던 문벌이 고만 망치고 만다.

이렇게 생각하고 인형이는 길동이를 죽이어 없애고자 결심했던 것이다.

三. 길동이 집에서 없어지다

길동이가 촛불을 켜놓고 글을 읽고 있노라니 문득 공중에서 까마귀가 세 번을 울고 지나간다. 밤에는 까마귀가 우는 법이 없는데 이게 웬 일인가, 생각하고 점을 쳐보았다. 하니까 역시 오늘 밤이 제가 칼에 맞아서 죽을 수였다.

길동이는 요술을 써서 얼른 몸을 피하였다.

조금 있더니 과연 방문이 부시시 열리며 시퍼런 칼날이 들어오지 않는가. 그리고 그 뒤를 이어 엄장이 크고 수염이 무섭게 뻗친 장사 하나가 눈을 부라리고 들어온다. 그는 사방을 두리번거렸으나 길동이가 종시 보이지 않으므로 방안을 샅샅이 뒤지기 시작하였다.

그때 길동이의 입에서 뭐라 뭐라고 진언이 몇 마디 떨어지자 별안간 난데없는 바람이 일고 방은 간 곳이 없다. 장사는 뒤로 주춤하고 몸을 거두며 눈이 휘둥그렇다. 여기를 보아도 산, 저기를 보아도 산, 앞뒤좌우가 침침하고 험한 산에 둘러싸인 것이 아닌가. 이게 기필코 길동이의 조화이리라 생각하고 그는 제 목숨을 아끼어 산길로 그냥 도망질을 쳤다. 마는 얼마 안 가서 길은 딱 끊어지고 층암절벽 앞에 내닥쳤으니 한 발만 잘못 내 딛으면 떨어져 죽는다.

그러나 어디선가 퉁소 소리가 나더니 한 아이가 나귀를 타고 나타났다. 장사의 옆을 늠름히 지나가며

"네 어째서 나를 죽이러 왔느냐, 죄 없는 사람을 죽이려는 너에게 천벌이 있을 것이다" 하고 점잖이 호령하였다. 그 말이 떨어지기 무섭게 다시 모진 바람이 일더니 억수같이 퍼붓고 돌이 날아들고 하는 것이다.

장사는 돌에 맞을까 겁이 나서 두 팔뚝으로 면상을 가리고 뒤로 물러섰다. 그러나 생각해보니 일개 장사로서 조그만 아이에게 욕을 당하는 것은 너무나 분한 일이었다.

"네가 길동이지, 이놈 내 칼을 받아라."

장사는 이렇게 소리를 지르고 와닥닥 달려들자 그 시퍼런 칼로 길동이의 목을 내려쳤다. 이것이 실로 이상한 일이라 안 할 수 없다. 그 칼이 내려지면서 길동이는 간 곳이 없고 도리어 장사의 목이 제 칼에 툭 떨어지며 바위 아래로 구르는 것이 아닌가.

이날 밤 인형이는 정자나무 밑에서 서성거리며 일이 어떻게 되었나, 하고 꽤 궁금하였다. 약속한 시간에도 장사가 돌아오지 않으므로 이내 길동이의 방까지 일부러 와 보았다. 방문을 열고 고개를 디미니 길동이를 죽이겠다고 장담하던 장사의 목이 요강 옆에 떨어져 있는 것이다. 그리고 정말 길동이는 어디로 갔는지 눈에 보이지 않았다. 그제서는 길

동이가 무슨 술법이 있는 것을 알고 그길로 얼른 제 방으로 돌아와 문의 고리를 걸었다.

四. 길동이 도적괴수가 되다.

깊고 험한 산속이었다. 아름드리나무가 빽빽이 들어박혔고 그 위에는 어여쁜 여러 가지 새들이 노래를 부른다. 그리고 한옆으로는 까맣게 쳐다보이는 큰 폭포가 우렁찬 소리로 콸, 콸, 내려 찧는다.

그 폭포 위의 바위에 여러 장사가 모여 앉아서 잔치를 하고 있다. 엄장이 썩 크고 우람스럽게 생긴 것들이 더러는 술을 마시고 더러는 무슨 의론을 하는 중이다. 이곳이 조선에서 유명한 도적의 소굴이었다.

머리털이 하늘로 뻗친 한 장사가

"그러나 우리들에게 괴수가 있어야지, 오늘은 꼭 정해 보세" 하니까, 그 옆에 앉았던, 눈 한 쪽이 먼 장사가

"암 그렇지 그래, 괴수가 없이야 어디 일을 할 수가 있나?"

"그렇지만 저 돌을 드는 사람이 있어야 할 게 아닌가" 하고 이번에는 뺨에 칼 자죽이 있는 다른 장사가 손을 들어 저편을 가리킨다. 거기에는 거진 집채만한 무지한 바위가 하나 놓였다. 이 돌을 능히 들어야 비로소 도적들의 괴수가 될 자격이 있다. 마는 그렇게까지 기운이 센 장사들이 모였건만 하나도 이 돌을 감히 드는 사람이 없었다.

그래 입때껏 괴수를 정하지 못하였다. 도적들이 술에 취하여 떠들고 있노라니까 등 뒤의 돌문이 부시시 열리며 웬 아이가 들어온다. 여간 힘으론 못할 텐데 항차 아이가 돌문을 열고 들어오므로 모두들 눈이 뚱

그랬다. 그리고 그 관상을 봐한즉 범상치 않은 아이임을 대번에 알고 앞으로 불러

"네 누군데 여길 들어 왔느냐?" 하고 물어보았다.

"네, 나는 홍길동입니다. 지나가다가 경치가 하도 좋아서 구경을 들어왔습니다" 하고 그 아이는 조금도 서슴지 않고 대답하였다.

암만 보아도 그 풍채며 음성이 여느 사람과는 다른 것이 있었다. 나무 그늘에 앉았던 한 도적이 무엇을 생각하였음인지

"네 그럼, 저 돌을 한 번 들어 볼 테냐?" 하고 턱으로 아까의 그 바위를 가리켰다.

아이는 아무 말 없이 바위 앞으로 가더니 두 손으로 어렵지 않게 번쩍 들었다. 그리고 앞으로 성큼성큼 몇 발짝을 걸어가서는 산 아래로 그대로 내던졌다. 큰 바위가 나려구르는 바람에 우지끈 뚝딱, 하고 나무들이 꺾이고 쓰러지고 이렇게 요란스레 소리를 내었다.

도적들은 경탄을 하고 그 앞에 엎드리어

"우리들의 괴수를 정할래두 저 돌을 드는 사람이 없드니 장군께서 오시어 처음 드셨습니다. 원컨대 우리들의 괴수가 되어줍시사" 하고 절을 하였다. 그리고 아이에게 술을 들어 권하고 돼지고기를 바치고 떡들 기뻐서 야단이다.

얼마를 흥들이 나서 뛰놀다가 한 도적이 말 하기를

"우리가 몇 달 전부터 해인사海印寺 절의 보물을 훔쳐오랴 하다가 재주가 부족해서 못 했으니 장군께서 힘을 모아줍시오."

"염려마라, 그대들은 그럼 나의 지휘대로 해야 할 것이다" 하고 길동이는 쾌히 승낙하고 주는 술잔을 또 받아 들었다.

五. 길동이 해인사를 치다

길동이는 천연스럽게 부잣집 도련님같이 의관을 차리고, 해인사로 찾아갔다. 물론 그 양 옆에는 그것도 칠칠하게 옷을 잘 입은 하인이 둘씩이나 따랐다.

해인사라는 절은 산속 깊이 들어앉은 굉장한 절이었다. 중들은 문간까지 나와 길동이를 공손히 맞아드렸다. 그리고 얼굴 둥그런 우두머리 중이 그 앞에 와 절을 하며

"어데서 오시는 도련님이십니까?" 하고 물었다.

"나는 서울 홍판서댁 아들이다. 느이 절에 와 공부를 좀 하랴 하니 조용한 방을 하나 치워주기 바란다."

길동이는 이렇게 말을 하다가, 중이

"네 곧 치겠습니다" 하고 물러가려 하니까

"아니 지금이 아니라 사흘 후에 말이다. 그날 쌀 스무 섬을 가져와 너희들과 함께 잔치를 베풀랴 하니 음식도 정히 만들어주기 바란다" 하고 다시 혼란스러이 하인들을 데리고 돌아갔다.

중들은 기뻐서 그날부터 방을 치고 마당을 쓸고 하였다. 재상가의 아들이 와서 공부를 한다니까 여간 경사스러운 일이 아니었다. 무슨 큰 수나 생긴 듯이 서로들 수군거리며 손이 올 날을 기다렸다.

어느덧 세 밤이 지났다.

점심때쯤 되자 절 마당에는 큰 쌀섬 하나씩을 짊어메고 하인들이 몰려들었다. 이십여 명 하인들이 다 들어오고 나서 그 뒤에 길동이가 지팡이를 천천히 끌고 들어온다.

여러 중들은 버선발로 뛰어 내려와 길동이를 방으로 맞아들였다.

"먼 길 오시느라구 얼마나 고생을 하셨습니까."

"고생은 없었으나 시장하니 저 쌀로 곧 음식을 차려주기 바란다" 하고 길동이는 정말 배가 고픈 듯이 힘없이 자리에 쓰러졌다.

중들은 말짱 내려와 팔들을 걷고 밥을 짓는다, 찬을 만든다, 하며 분주히 돌아다녔다. 음식이 된 다음 우선 길동이 앞에 떡 벌어지게 차린 교자상 하나를 곱게 갖다 놓았다. 하인들과 중들은 마당에다 멍석을 깔고 거기들 뺑 돌아앉아서 음식을 먹기 시작하였다.

그런데 몇 순갈을 안 떠서 길동이는 딱, 하고 돌을 씹었다.

"이놈! 음식을 이리 부정히 해놓고 먹으래느냐?" 하고 대뜸 눈이 빠지게 호령하였다.

중들은 너무 황송하여 밥들을 입에다 문 채 아무말도 못하고 벙벙하였다. 대미쳐 길동이는 잡았던 수저로 상전을 우려치며

"이놈들! 너희 놈들은 죄로 볼기를 맞아야 한다" 하더니 제가 데리고 온 하인들을 돌아보고는

"얘들아! 저놈들을 묶어놓아라" 하고 영을 내렸다.

하인들은 우 달려들어 굵은 밧줄로 중들을 하나씩 꼭꼭 묶어놓았다.

그러자 대문 밖에 숨어 있던 여러 도적들이 쭉 들어서서 광을 뒤지는 놈, 다락엘 올라가는 놈, 뭣해, 있는 보물이란 모조리 들고 나섰다. 그리고 길동이 하인들과 한패를 지어 산 아래로 달아났다.

그러나 중들은 일어나진 못하고 이걸 보고서 괜스레 자꾸 소리만 내질렀다.

"도적이야!"

"저놈들 잡아라, 보물 훔쳐간다."

六. 길동이 함경감사를 골리다

이때에 함경감사는 백성들의 재물을 빼앗아서 제걸 만들고 그걸로 부자가 되었다. 그래도 백성들은 아무 말 못하고 그가 바치라는 대로 돈을 바치고 쌀을 바치고, 이렇게 무턱대고 자꾸 뺏기었다. 왜냐면 감사의 영을 거역하면 붙들려가 매를 맞고 옥에 갇히고 하는 까닭이었다.

길동이가 이걸 알고 하루는 부하들에게 말하되

"먼저 갈 게니 사흘 후 함경 땅으로 만나자"고 저 혼자서 길을 떠났다.

사흘 동안을 타달타달 걸어서 함경 땅에 비로소 닿은 것은 해가 서산으로 뉘엿뉘엿 질 때였다. 길동이는 허리도 아프고 기진해서 풀밭에 드러누워 밤 들기를 기다렸다.

캄캄하게 어두웠을 때에야 다시 일어나서 남문 밖에 있는 솔밭에다 불을 질렀다. 불꽃은 하늘을 뚫을 듯이 무서운 세력으로 활활 타오르며 사방을 벌겋게 물들였다.

성안에 있던 백성들은 모두들 놀라며 남문 밖으로 뛰어나왔다. 이 불을 그냥 두었다가는 성안에까지 번져서 재물이 타고 사람들이 죽고 할 것이다. 그들은 물통으로 물을 퍼 나르며, 그 물을 받아 끼어얹으며, 일변 아우성을 치며

"여기다, 여기부터 껴얹으라."

이렇게 불끄기에 눈코 뜰 새 없이 분주하였다.

이런 틈을 타서 길동이는 조금 전에 와 기다리고 있던 부하들을 데리고 텅 비인 성안으로 들어섰다. 함경감사의 집은 성 한복판에 섰는 크고 우뚝한 기와집이었다. 그 집을 찾아가 광을 때려 부수고 쌀 돈 할 것 없이 죄다 구루마에 싣고 북문으로 곧장 달아났다.

길동이는 북문을 나올 제 종이에다 활빈당活貧黨 홍길동이라고 커다랗게 써 붙였다. 활빈당이라 하는 말은 굶는 사람을 도와주는 무리라 하는 의미다.

한 삼십 리쯤 구루마를 끌고 가다가 길이 어두워서 더는 갈 수가 없었다. 동이 트거든 가자, 생각하고 멀리서 불이 반짝거리는 인가로 찾아갔다.

"여버시유! 하루 밤 쉬어 갑시다!" 하니까 한 농부가 나오더니

"네, 어서들 들어오십시오" 하고 친절히 맞아들인다.

도적들은 너무 벅찬 일들을 하였기 때문에 배가 몹시 고팠다. 안마당으로 들어들 가며

"여보 주인! 우선 밥을 좀 먹게 해주" 하고 청하였다.

그러나 주인은 상투를 긁으며 퍽 미안해하는 낯이더니

"황송합니다마는 밥은 안 됩니다. 저희들도 쌀이 없어서 이틀째 굶습니다" 하고 무슨 죄나 진 듯이 머리를 숙이었다.

길동이는 이 소리를 듣고 가난한 동리로군, 하고 생각하였다. 그래서 부하들에게

"이 쌀과 돈을 풀어서 동리 사람들에게 똑같이 나눠주어라" 하고 분부하였다.

부하들은 구루마에서 짐을 내려 쌀을 푸고 돈을 세고 하였다. 그리고 남은 사람은 그것을 받아서 집집마다 한 몫씩 문간에다 갖다 놓았다.

주인은 이게 꿈이나 아닌가 하고 얼이 빠져서 섰다가 제 몫으로 쌀과 돈을 받고는

"정말입니까, 이게 정말입니까?" 하고 물으며 수없이 절을 하고 또

하고 하였다.

ㄷ. 길동이 죄로 잡히다.

나라에서는 홍길동이라 하는 도적이 있어 온갖 재물을 훌 몰아간다는 소문을 들으시고 곧 잡아들이라, 명령을 내리셨다. 그러나 하나도 잡아들이는 사람은 없었다. 날마다 길동이에게 도적맞았다는 소식만 오고 하는 것이다.

더욱 이상한 것은 홍길동이라는 도적이 조선 팔도에(지금은 십삼도지만 예전에는 팔도이었다) 하나씩 있는 것이다. 다시 말하면 똑같은 홍길동이가 한날한시에 여덟 군데서 도적질을 해가는 것이다.

임금님은 홍길동이를 못 잡으시어서 은근히 골머리를 앓으셨다. 그러나 우연히 홍길동이란 아이가 전 이조판서 홍모의 서자임을 아시고 그날로 당장 인형이의 부자를 붙잡아들이게 하시었다.

길동이 아버지는 우선 옥에 가두고 인형이를 불러서

"홍길동이라는 도적이 너의 서동생이지?" 하고 손수 물으셨다. 인형이는 죄송하여 이마를 땅에 붙이고

"네, 저의 서동생이올시다. 어려서 집을 떠나 생사를 모르더니 인제 알고 보니까 도적의 괴수가 되었습니다. 즈 애비는 글로 인하여 저렇게 병이 위중하게 되었습니다" 하고 대답을 여쭈었다.

"그럼 느이들이 냉큼 잡아들여라, 그렇지 않으면 느 부자를 구양을 보낼 터이다."

"네, 그러겠습니다. 그저 애비만 살려주시기 바랍니다."

인형이는 이렇게 임금님께 다짐을 두고서 그 길로 곧 함경 땅으로 떠났다. 아버지는 길동이의 신변을 염려하여 병환이 나고 늘 ○○○○ 신음하시는 중이었다.

그 몸으로 귀양을 가신다면 생명이 위험하실 것이다. 그럼 아버지의 병환을 위하여 또는 여지껏 충신이던 문벌을 위하여 하루바삐 길동이를 아니 잡을 수 없다.

그러나 길동이에게는 극히 교묘한 재주가 있다. 그대로는 감히 잡지 못할 것을 미리 알고 함경 땅에 와서 궁리궁리 하였다. 그 끝에 함경읍 사대문에다 다음과 같은 글을 써 붙였다.

> 길동이 보아라. 아버지는 네가 집을 나간 후 생사를 몰라 병환이 되시었다. 그리고 지금은 그 몸으로 너의 죄로 말미암아 옥중에 가 계시다. 너에게도 부자지간의 천륜이 있거든 일시를 지체 말고 나의 손에 와 묶기기를 형으로서 바란다—

인형이는 읍내의 집 하나를 종용히 치고 길동이가 찾아오기를 매일 같이 기다렸다. 어느 날 혼자 앉아서 담배를 피우고 있노라니 한 손님이 찾아왔다. 얼른 보니 의복은 비록 어른과 같이 차렸으나 아직도 어린 티가 보이는 길동이 아닌가—

"네가 길동이가 아니냐?" 하고 인형이는 그 손목을 붙잡자 눈에서 눈물이 펑펑 쏟아진다. 그리고 한참을 지난 뒤에

"그 전 일은 모도 내가 잘못했다. 지금 아버지가 병환이 위독하시니 너는 잘 생각하야 내 손에 붙잡혀주기 바란다" 하고 슬피 애원하였다.

길동이는 아무 말 없고 다만 맘대로 묶으란 듯이 두 손을 앞으로 내

밀었다. 인형이는 그 손을 쇠사슬로 잘 묶어가지고 그날로 서울을 향하여 떠났다.

길에서 길동이가 잡혀온다는 소문을 듣고 모두들 구경을 나왔다.

"저 어른이 도적의 왕 길동이시다."

"저 양반이 우리에게 쌀을 논아주신 길동이시다" 하고들 수군거리며 어떤 사람은 그 옆을 지날 제 절을 하는 이도 있었다.

八. 여덟 길동이 대궐에 오다

대궐 안으로 인형이가 길동이를 끌고 들어서니, 놀라운 일이라, 다른 사람이 또한 길동이를 묶어가지고 들어온다. 그리고 조금 있더니 또 다른 길동이가 들어오고 또 들어오고, 이렇게 하여 순식간에 궁전 앞뜰에는 여덟 길동이가 쭉 들어섰다.

거기에 모여 섰던 대신들은 눈들을 크게 뜨고 벙어리같이 벙벙하였다.

임금님도 크게 놀라시며

"이놈들! 대체 어떤 놈이 정말 길동이냐?" 하고 된통 호령을 하시었다. 그러니까 여덟 길동이가 제각기 서로

"네가 정말 길동이지, 난 아니야—" 하고 밀면 이번에는

"제가 정말 길동이면서 괜히 날 보고 그래" 하고 성을 내인다. 마는 얼굴도 똑같고 키도 똑같고 심지어 그 음성까지도 조금도 다른 곳이 없었다.

노하셨던 임금님도 하 기가 막히어 멀거니 넋을 잃으셨다. 그리고 한참 궁리하시다가 급기야 길동이의 아버지를 옥에서 뜰로 끌어내게 하

셨다.

"애비면 알 터이니 정말 길동이를 찾아내어라—"

"네 황송합니다. 제 자식 길동이는 왼쪽 다리에 붉은 점이 있사오니 곧 찾아내겠습니다" 하고 아버지는 병에 야윈 해쓱한 얼굴을 땅에 박고 절을 하더니 길동이를 돌아보고는

"이놈! 여기에 임금님이 계시고 또 느이 애비가 있는데 발칙스리 이놈!" 하고 호령은 했으나 그 자리에 피를 쏟고 푹 고꾸라지고 말았다. 병으로 가뜩이나 쇠약한데다가 또 내 자식이 왕께 죄를 지었구나 하는 원통한 생각에 고만 기절되고 만 것이었다.

여러 대신들은 대경실색하여 일변 물을 떠다 먹인다, 혹은 사지를 주물러준다 하며 모두들 부산하였다.

임금님도 가만히 보시다가 가엾이 여기시고 당신이 잡숫는 명약까지 갖다 먹이게 하셨다. 그래도 피어나질 않고 그냥 꿋꿋이 굳고 말았다.

그제서야 여덟 길동이가 제각기 주머니를 훔척훔척 하더니 환약 하나씩을 꺼내들고 저의 아버지의 입에다 차례차례로 넣어주었다. 하니까 죽었던 아버지가 기지개를 한번 쓱 하고는 그리고 손등으로 눈을 비비며 일어난다.

이때에 여덟 길동이가 임금님 앞에 나와 공손히 절을 하고는 하는 말이

"임금님께서 길동이를 잡고자 하셨으나 실상은 아무 죄도 없사외다. 백성들의 피를 긁어먹고 사는 감사들의 재물을 뺏아다가 빈한한 농민에게 풀어주었으니 그 얼마나 고마운 일입니까. 앞으로는 저를 잡으려 하시던 그 명령을 걷어주시기 바라나이다."

그리고는 여덟 길동이는 하나씩 둘씩 땅에 가 벌떡벌떡 나가자빠지

고 만다.

임금뿐 아니라 여러 사람이 입을 멍하니 벌리었다. 왜냐면 곧 달려들어 쓰러진 길동이를 암만 뒤져보니 정말 사람 길동이가 아니라 죄다 짚으로 만든 제웅이었던 까닭이다.

九. 길동이 조선을 뜨다

그것은 꽃들이 만발한 그리고 따뜻한 봄날이었다. 장안 백성들은 사대문에 붙은 이상스러운 종이를 쳐다보며 입입이 수군거리고 하였다. 그 종이에는 이러한 글이 씌어져 있었다.

홍길동이는 암만해도 못 잡는 사람이니 그의 소원대로 병조판서兵曹判書의 벼슬을 시켜 주시라. 그러면 임금님의 그 은혜를 갚기 위하여 마지막 하직을 여쭙고 부하들을 데리고 멀리 조선을 떠나리라—

대신들은 이것을 보고 서로 의론하여 보았다. 홍길동이 이놈을 제 원대로 병조판서를 시켜주면 그 은혜를 갚고자 대궐로 하직을 올 것이다. 그때 문간에서 여럿이 도끼를 들고 있다가 밖으로 나오려 할 제 달려들어 찍어 죽이면 고만이 아닌가—

임금님께 이 뜻을 아뢰고 그날 저녁때로 사대문에 방을 붙이게 하였다.

홍길동이에게 병조판서의 벼슬을 내리셨다. 낼로 와 인사를 여쭈어라—

그 이튿날 점심때가 좀 지내서이다. 남문으로 한 도련님이 나귀를 타고 들어오니 이것이 즉 길동이었다. 군중은 길동임을 대뜸 알고 서로 눈짓을 하여

"저 양반이 길동인데, 잡힐랴고 저렇게 들어오나?"

"아니야. 지금 병조판서를 하러 들어오신다" 하고들 경사나 만난 듯이 쑥떡쑥떡 하였다.

그런 가운데로 지나며 길동이는 자랑스럽게 떡 버티고 궁전으로 들어갔다. 임금님 앞에 가 절을 깍듯이 하고 나서

"저의 죄가 큰 데도 용서하시고 병조판서까지 나리어 주시니 너머나 감사합니다. 약속대로 지금 곧 멀리 조선을 떠나겠나이다" 하고 마지막으로 하직을 하였다.

대문 뒤에서는 길동이 나오기를 고대하여 손에 땀이 나도록 도끼를 힘껏 잡고 있었다. 그러다 길동이가 문간으로 나오는 것을 보고 틀림없이 머리 위에 내려지도록 도끼를 꼭 겨냥을 대고 있었다.

그러나 길동이는 어느 틈에 알았는지 문간까지 한 서너 발자욱을 남기고 공중으로 후루루 솟아 흰 구름을 타고 가는 것이 아닌가. 모두들 고개를 들고 닭 쫓던 개 모양으로 하늘만 멀뚱이 쳐다보았다.

임금님도 그제야 길동이의 참 재주와 그 인격을 알으시고 비로소 뉘우치셨다. 저런 길동이를 신하로 데리고 일을 하였더라면 얼마나 행복이었을까, 또는 얼마나 정사를 편히 할 수가 있었을까 — 이렇게 생각하시고 옆에 서 있던 신하에게

"홍길동이를 한 번 더 보고 싶다" 하고 멀리 놓쳐버린 길동이를 매우 아깝게 말씀하셨다.

과학교육잡지 『新兒童』 2호, 조선아동교육회내 신아동사, 1935.10.

봄·봄

"장인님! 인젠 저—"

내가 이렇게 뒤통수를 긁고 나이가 찼으니 성례를 시켜줘야 하지 않겠느냐고 하면 그 대답이 늘

"이 자식아! 성례구 뭐구 미처 자라야지!" 하고 만다. 이 자라야 한다는 것은 내가 아니라 장차 내 아내가 될 점순이의 키 말이다.

내가 여기에 와서 돈 한 푼 안 받고 일하기를 삼 년 하고 꼬박이 일곱 달 동안을 했다. 그런데도 미처 못 자랐다니까 이 키는 언제야 자라는 겐지 짜증 영문 모른다. 일을 좀 더 잘해야 한다든지 혹은 밥을(많이 먹는다고 노상 걱정이니까) 좀 덜 먹어야 한다든지 하면 나도 얼마든지 할 말이 많다. 허지만 점순이가 아직 어리니까 더 자라야 한다는 여기에는 어째 볼 수 없이 고만 벙벙하고 만다.

이래서 나는 애초에 계약이 잘못된 걸 알았다. 이태면 이태, 삼 년이면 삼 년, 기한을 딱 작정하고 일을 해야 원 할 것이다. 덮어놓고 딸이 자라는 대로 성례를 시켜주마, 했으니 누가 늘 지키고 섰는 것도 아니고 그 키가 언제 자라는지 알 수 있는가. 그리고 난 사람의 키가 무럭무럭 자라는 줄만 알았지 붙박이 키에 모로만 벌어지는 몸도 있는 것을 누가 알았으랴. 때가 되면 장인님이 어련하랴 싶어서 군소리 없이 꾸벅

꾸벅 일만 해왔다. 그럼 말이다, 장인님 제가 다 알아차려서
"어 참 너 일 많이 했다. 고만 장가들어라" 하고 살림도 내주고 해야 나도 좋을 것이 아니냐. 시치미를 딱 떼고 도리어 그런 소리가 나올까 봐서 지레 펄펄 뛰고 이 야단이다. 명색이 좋아 데릴사위지 일하기에 숭겁기도 하고 할뿐더러 이건 참 아무것도 아니다.

숙맥이 그걸 모르고 점순이의 키 자라기만 까맣게 기다리지 않았나.

언제가는 하도 갑갑해서 자를 가지고 덤벼들어서 그 키를 한 번 재볼까, 했다마는 우리는 장인님이 내외를 해야 한다고 해서 마주 서 이야기도 한마디 하는 법 없다. 우물길에서 어쩌다 마주칠 적이면 겨우 눈어림으로 재보고 하는 것인데 그럴 적마다 나는 저만침 가서
"제—미 키두!" 하고 논둑에다 침을 퉤, 뱉는다. 아무리 잘 봐야 내 겨드랑(다른 사람보다 좀 크긴 하지만) 밑에서 넘을락말락 밤낮 요 모양이다. 개돼지는 푹푹 크는데 왜 이리도 사람은 안 크는지, 한동안 머리가 아프도록 궁리도 해보았다. 아하 물동이를 자꾸 이니까 뼈다귀가 옴츠려드나보다, 하고 내가 넌짓넌짓 그 물을 대신 길어도 주었다. 뿐만 아니라 나무를 하러 가면 서낭당에 돌을 올려놓고
"점순이의 키 좀 크게 해줍소사. 그러면 담엔 떡 갖다 놓고 고사 드립죠니까" 하고 치성도 한두 번 드린 것이 아니다. 어떻게 돼 먹은 킨지 이래도 막무가내니—

그래 내 어저께 싸운 것이지 결코 장인님이 밉다든가 해서가 아니다.

모를 붓다가 가만히 생각을 해보니까 또 싱겁다. 이 벼가 자라서 점순이가 먹고 좀 큰다면 모르지만 그렇지도 못할 걸 내 심어서 뭘 하는 거냐. 해마다 앞으로 축 거불지는 장인님의 아랫배(가 너무 먹은 걸 모

르고 내병이라나 그 배)를 불리기 위하여 심으곤 조금도 싫지 않다.

"아이구 배야!"

난 몰 붓다 말고 배를 쓰다듬으면서 그대로 논둑으로 기어올랐다. 그리고 겨드랑에 꼈던 벼 담긴 키를 그냥 땅바닥에 털석, 떨어치며 나도 털썩 주저앉았다. 일이 암만 바빠도 나 배 아프면 고만이니까. 아픈 사람이 누가 일을 하느냐. 파릇파릇 돋아 오른 풀 한 숲을 뜯어 들고 다리의 거머리를 쓱쓱 문태며 장인님의 얼굴을 쳐다보았다.

논 가운데서 장인님은 이상한 눈을 해가지고 한참 날 노려보더니,

"이 자식, 왜 또 이래 응?"

"배가 좀 아파서유!" 하고 풀 위에 슬며시 쓰러지니까 장인님은 약이 올랐다. 저도 논에서 첨벙첨벙 둑으로 올라오더니 잡은 참 내 멱살을 움켜쥐고 뺨을 치는 것이 아닌가—

"이 자식아, 일허다 말면 누굴 망해놀 셈속이냐. 이 대가릴 까놀 자식?"

우리 장인님은 약이 오르면 이렇게 손버릇이 아주 못 됐다. 또 사위에게 이 자식 저 자식 하는 이놈의 장인님은 어디 있느냐. 오죽해야 우리 동리에서 누굴 물론 하고 그에게 욕을 안 먹는 사람은 명이 짧다, 한다. 조그만 아이들까지도 그를 돌려 세워놓고 욕필이(본 이름이 봉필이니까) 욕필이, 하고 손가락질을 할 만치 두루 인심을 잃었다. 허나 인심을 정말 잃었다면 욕보다 읍의 배참봉댁 마름으로 더 잃었다. 본이 마름이란 욕 잘하고 사람 잘 치고 그리고 생김 생기길 호박개 같아야 쓰는 거지만 장인님은 외양이 똑 됐다. 작인이 닭 마리나 좀 보내지 않는다든가 애벌논 때 품을 좀 안 준다든가 하면[1] 그해 가을에는 영락없이 땅이 뚝뚝 떨어진다. 그러면 미리부터 돈도 먹이고 술도 먹이고 안달재신으로

돌아치던 놈이 그 땅을 슬쩍 돌라안는다. 이 바람에 장인님집 빈 외양간에는 눈깔 커다란 황소 한 놈이 절로 엉금엉금 기어들고 동리 사람은 그 욕을 다 먹어가면서도 그래도 굽신굽신 하는 게 아닌가—

그러나 내겐 장인님이 감히 큰소리할 계제가 안 된다.

뒷생각은 못하고 뺨 한 개를 딱 때려 놓고는 장인님은 무색해서 덤덤히 쓴 침만 삼킨다. 난 그 속을 펵 잘 안다. 조금 있으면 갈도 꺾어야 하고 모도 내야 하고, 한창 바쁜 때인데 나 일 안 하고 우리 집으로 그냥 가면 고만이니까. 작년 이맘때도 트집을 좀 하니까 늦잠 잔다고 돌멩이를 집어던져서 자는 놈의 발목을 삐게 해놨다. 사날씩이나 건승 끙, 끙, 앓았더니 종당에는 거반 울상이 되지 않었는가—

"얘 그만 일어나 일 좀 해라, 그래야 올갈에 벼 잘 되면 너 장가 들지 않니."

그래 귀가 번쩍 띄어서 그날로 일어나서 남이 이틀 품 드릴 논을 혼자 삶아 놓으니까[2] 장인님도 눈깔이 커다랗게 놀랐다. 그럼 정말로 가을에 와서 혼인을 시켜줘야 온 경우가 옳지 않겠나. 볏섬을 척척 들여놓아도 다른 소리는 없고 물동이를 이고 들어오는 점순이를 담배통으로 가리키며

"이 자식아 미처 커야지, 조걸 데리고 무슨 혼인을 한다구 그러니 온!" 하고 남 낯짝만 붉게 해주고 고만이다. 골김에 그저 이놈의 장인님, 하고 댓돌에다 메꽂고 우리 고향으로 내뺄까 하다가 꾹꾹 참고 말았다.

---

1 애벌논(초벌논, 여러번의 김매기를 해야할 때 첫 김매기를 마친 논)을 매야 할 때 도와주지 않는다든가 하면.

2 다른 사람 같으면 이틀이 걸릴 일을 혼자서 다 해치우고 나니까.

참말이지 난 이 꼴 하고는 집으로 차마 못 간다. 장가를 들러 갔다가 오죽 못 났어야 그대로 쫓겨 왔느냐고 손가락질을 받을 테니까—

논둑에서 벌떡 일어나 한풀 죽은 장인님 앞으로 다가서며

"난 갈 테야유, 그동안 사경 쳐내슈먹."[3]

"너 사위로 왔지 어디 머슴 살러 왔니?"

"그러면 얼찐 성롈 해줘야 안 하지유, 밤낮 부려만 먹구 해준다 해준다—"

"글쎄 내가 안 하는거냐 그년이 안 크니까" 하고 어름어름 담배만 담으면서 늘 하는 소리를 또 늘어놓는다.

이렇게 따져 나가면 언제든지 늘 나만 밑지고 만다. 이번엔 안 된다, 하고 대뜸 구장님한테로 담판 가자고 소맷자락을 내끌었다.

"야 이자식이 왜 이래 어른을."

안 간다고 뻗디디고 이렇게 호령은 제 맘대로 하지만 장인님 제가 내 기운은 못 당한다. 막 부려먹고 딸은 안 주고 게다가 땅땅 치는 건 다 뭐야—

그러나 내 사실 참 장인님이 미워서 그런 것은 아니다.

그 전날 왜 내가 새고개 맞은 봉우리 화전밭을 혼자 갈고 있지 않았느냐. 밭 가생이로 돌 적마다 야릇한 꽃내가 물컥물컥 코를 찌르고 머리 위에서 벌들은 가끔 붕, 붕, 소리를 친다. 바위틈에서 샘물 소리밖에 안 들리는 산골짜기니까 맑은 하늘의 봄볕은 이불 속같이 따스하고 꼭 꿈꾸는 것 같다. 나는 몸이 나른하고 몸살(을 아즉 모르지만 병)이 나려고 그러는지 가슴이 울렁울렁하고 이랬다.

---

3 "……그동안 일한 월급(수고비, 품삯) 계산해 주시오 뭐."

"어러이! 말이! 맘 마 마—"

이렇게 노래를 하며 소를 부리면 여느 때 같으면 어깨가 으쓱으쓱 한다. 웬일인지 밭 반도 갈지 않아서 온몸의 맥이 풀리고 대구 짜증만 난다. 공연히 소만 들입다 두들기며—

"안야! 안야! 이 망할 자식의 소(장인님의 소니까) 대리를 꺾어들라."

그러나 내 속은 정말 '안야' 때문이 아니라 점심을 이고 온 점순이의 키를 보고 울화가 났던 것이다.

점순이는 뭐 그리 썩 이쁜 계집애는 못 된다. 그렇다고 또 개떡이냐 하면 그런 것도 아니고 꼭 내 아내가 돼야 할 만치 그저 툽툽하게 생긴 얼굴이다. 나보다 십 년이 아래니까 올해 열여섯인데 몸은 남보다 두 살이나 덜 자랐다. 남은 잘도 헌칠히들 크건만 이건 위아래가 몽톡한 것이 내 눈에는 헐없이 감참외같다. 참외 중에는 감참외가 젤 맛 좋고 이쁘니까 말이다. 둥글고 커단 눈은 서글서글하니 좋고 좀 지쳐 찢어졌지만 입은 밥술이나 혹혹히 먹음직하니 좋다. 아따 밥만 많이 먹게 되면 팔자는 고만 아니냐. 헌데 한 가지 파가 있다면 가끔가다 몸이(장인님은 이걸 채신이 없이 들까분다고 하지만) 너무 빨리빨리 논다. 그래서 밥을 나르다가 때없이 풀밭에다 깨빡을 쳐서 흙투성이 밥을 곧잘 먹인다. 안 먹으면 무안해할까 봐서 이걸 씹고 앉았노라면 으적으적 소리만 나고 돌을 먹는 겐지 밥을 먹는 겐지—

그러나 이날은 웬일인지 성한 밥 채로 밭머리에 곱게 내려놓았다. 그리고 또 내외를 해야 하니까 저만큼 떨어져 이쪽으로 등을 향하고 옹크리고 앉아서 그릇 나기를 기다린다.

내가 다 먹고 물러섰을 때 그릇을 와서 챙기는데 그런데 난 깜짝 놀

라지 않았느냐. 고개를 푹 숙이고 밥 함지에 그릇을 포개면서 날더러 들으래는지 혹은 제 소린지

"밤낮 일만 하다 말 텐가!" 하고 혼자서 쫑알거린다. 꽤 잘 내외하다가 이게 무슨 소린가, 하고 난 정신이 얼떨떨했다. 그러면서도 한편 무슨 좋은 수가 있는가 싶어서 나도 공중에다 대고 혼잣말로

"그럼 어떻게?" 하니까

"성례 시켜달라지 뭘 어떻게" 하고 되알지게 쏘아붙이고 얼굴이 발개져서 산으로 그저 도망질을 친다.

나는 잠시 동안 어떻게 되는 셈판인지 맥을 몰라서 그 뒷모양만 덤덤히 바라보았다.

봄이 되면 온갖 초목이 물이 오르고 싹이 트고 한다. 사람도 아마 그런가 보다, 하고 며칠 내에 부쩍 (속으로) 자란 듯싶은 점순이가 여간 반가운 것이 아니다.

이런 걸 멀쩡하게 안즉 어리다구 하니까—

우리가 구장님을 찾아갔을 때 그는 싸리문 밖에 있는 돼지우리에서 죽을 퍼주고 있었다. 서울엘 좀 갔다 오더니 사람은 점잖아야 한다고 웃쉼이(얼른 보면 지붕 우에 앉은 제비 꼬랑지 같다) 양쪽으로 뾰죽이 뻐치고 그걸 애햄, 하고 늘 쓰다듬는 손버릇이 있다. 우리를 멀뚱이 쳐다보고 미리 알아챘는지

"왜 일들 허다 말구 그래?" 하드니 손을 올려서 그 애햄을 한 번 후딱했다.

"구장님! 우리 장인님과 츰에 계약하기를—"

먼저 덤비는 장인님을 뒤로 떠다밀고 내가 허둥지둥 달겨들다가 가

만히 생각하고

"아니 우리 빙장님과 츰에" 하고 첫 번부터 다시 말을 고쳤다. 장인님은 빙장님, 해야 좋아하고 밖에 나와서 장인님, 하면 괜스레 골을 내려고 든다. 뱀두 뱀이래야 좋냐구, 창피스러우니 남 듣는 데는 제발 빙장님, 빙모님 하라고 일상 말조짐[4]을 받아오면서 난 그것도 자꾸 잊는다. 당장도 장인님, 하다 옆에서 내 발등을 꾹 밟고 곁눈질로[5] 흘기는 바람에 겨우 알았지만—

구장님도 내 이야길 자세히 듣더니 퍽 딱한 모양이었다. 하기야 구장님뿐만 아니라 누구든지 다 그럴 게다. 길게 길러 둔 새끼손톱으로 코를 후벼서 저리 탁 튀기며

"그럼 봉필씨! 얼른 성례 시켜주구려, 그렇게까지 제가 하구싶다는 걸!" 하고 내 짐작대로 말했다. 그러나 이 말에 장인님이 삿대질로 눈을 부라리고

"아 성례구 뭐구 기집애년이 미쳐 자라야 할 게 아닌가?" 하니까 고만 멀쑤룩해서 입맛만 쩍쩍 다실 뿐이 아닌가—

"그것두 그래!"

"그래 거진 사 년 동안에도 안 자랐다니 그 킨 은제 자라지유? 다 구만두구 사경 내슈—"

"글쎄 이 자식아! 내가 크질 말라구 그랬니 왜 날보구 떼냐?"

"빙모님은 참새만 한 것이 그럼 어떻게 앨 낫지유?"

---

4 말+조짐. 조짐은 '좆다'를 원형으로, '좆다'는 틀어서 죄어매다의 의미, 여기에서 '말조짐'은 말단속, 입단속으로 보임.

5 곁눈질로 : 원전에는 '곁눈질을'로 표기.

(사실 장모님은 점순이보다도 귓배기 하나가 적다)

장인님은 이 말을 듣고 껄껄 웃더니 (그러나 암만해도 돌 씹은 상이다) 코를 푸는 척하고 날 은근히 골리려고 팔꿈치로 옆 갈비께를 퍽 치는 것이다. 더럽다, 나도 종아리의 파리를 쫓는 척하고 허리를 구부리며 어깨로 그 궁둥이를 콱 떼밀었다. 장인님은 앞으로 우찔근하고 싸리문께로 쓰러질 듯하다 몸을 바로 고치더니 눈총을 몹시 쏘았다. 이런 쌍년의 자식하곤 싶으나 남의 앞이라서 차마 못하고 섰는 그 꼴이 보기에 퍽 쟁그러웠다.

그러나 이 말에는 별반 신통한 귀정을 얻지 못하고 도로 논으로 돌아와서 모를 부었다. 왜냐면 장인님이 뭐라구 귓속말로 수군수군하고 간 뒤다. 구장님이 날 위해서 조용히 데리구 아래와 같이 일러주었기 때문이다.(뭉태의 말은 구장님이 장인님에게 땅 두 마지기를 얻어 부치니까 그래서 꾀었다지만 난 그렇게 생각 않는다.)

“자네 말두 하기야 옳지. 암 나이 찼으니까 아들이 급하다는 게 잘못된 말은 아니야. 허지만 농사가 한창 바쁠 때 일을 안 한다든가 집으로 달아난다든가 하면 손해죄루 그것도 징역을 가거든! (여기에 그만 정신이 번쩍 났다) 왜 요전에 삼포말서 산에 불 좀 놓았다고 징역간 거 못 봤나. 제 산에 불을 놓아두 징역을 가는 이땐데 남의 농사를 버려주니 죄가 얼마나 더 중한가. 그리고 자넨 정장을 (사경 받으러 정장 가겠다 했다) 간대지만 그러면 괜시리 죌 들쓰고 들어가는 걸세. 또 결혼두 그렇지 법률에 성년이란 게 있는데 스물하나가 돼야지 비로소 결혼을 할 수가 있는 걸세. 자넨 물론 아들이 늦일 걸 염려지만 점순이루 말하면 인제 겨우 열여섯이 아닌가. 그렇지만 아까 빙장님 말씀이 올갈에는 열

일을 제치고라두 성례를 시켜주겠다 하시니 좀 고마울 겐가. 빨리 가서 모 붓든거나 마저 붓게, 군소리 말구 어서 가—"

그래서 오늘 아침까지 끽소리 없이 왔다.

장인님과 내가 싸운 것은 지금 생각하면 전혀 뜻밖의 일이라 안 할 수 없다. 장인님으로 말하면 요즈막 작인들에게 행세를 좀 하고 싶다고 해서 '돈 있으면 양반이지 별 게 있느냐!'하고 일부러 아랫배를 툭 내밀고 걸음도 뒤틀리게 걷고 하는 이판이다. 이까짓 나쯤 뚜들기다 남의 땅을 가지고 모처럼 닦아놓았던 가문을 망친다든지 할 어른이 아니다. 또 나로 논지면 아무쪼록 잘 뵈서 점순이에게 얼른 장가를 들어야 하지 않느냐—

이렇게 말하자면 결국 어젯밤 뭉태네 집에 마실 간 것이 썩 나빴다. 낮에 구장님 앞에서 장인님과 내가 싸운 것을 어떻게 알았는지 대구 빈정거리는 것이 아닌가.

"그래 맞구두 그걸 가만둬?"

"그럼 어떡허니?"

"임마 봉필일 모판에다 거꾸루 박아놓지 뭘 어떻게?"

하고 괜히 내 대신 화를 내가지고 주먹질을 하다 등잔까지 쳤다. 놈이 본시 괄괄은 하지만 그래 놓고 날 더러 석유값을 물라고 막 찌다우를 붙는다. 난 어안이 벙벙해서 잠자코 앉았으니까 저만 연실 지껄이는 소리가—

"밤낮 일만 해주구 있을 테냐."

"영득이는 일 년을 살구두 장갈 들었는데 넌 사 년이나 살구두 더 살아야 해."

"네가 세 번째 사윈 줄이나 아니, 세 번째 사위."

"남의 일이라두 분하다 이 자식아, 우물에 가서 빠져 죽어."

나종에는 겨우 손톱으로 목을 따라고까지 하고 제 아들같이 함부로 훅닥이었다. 별의 별 소리를 다해서 그대로 옮길 수는 없으나 그 줄거리는 이렇다—

우리 장인님이 딸이 셋이 있는데 맏딸은 재작년 가을에 시집을 갔다. 정말로 시집을 간 것이 아니라 그 딸도 데릴사위를 해가지고 있다가 내보냈다. 그런데 딸이 열 살 때부터 열아홉 즉 십 년 동안에 데릴사위를 갈아들이기를, 동리에선 사위 부자라고 이름이 났지만은 열네 놈이란 참 너무 많다. 장인님이 아들은 없고 딸만 있는 고로 그담 딸을 데릴사위를 해올 때까지는 부려먹지 않으면 안 된다. 물론 머슴을 두면 좋지만 그건 돈이 드니까, 일 잘하는 놈 고르느라고 연방 바꿔 들였다. 또 한편 놈들이 욕만 줄창 퍼붓고 심히도 부려먹으니까 뱀이 상해서 달아나기도 했겠지. 점순이는 둘째딸인데 내가 일테면 그 세 번째 데릴사위로 들어온 셈이다. 내 다음으로 네 번째 놈이 들어올 것을 내가 일도 참 잘하고 그리고 사람이 좀 어수룩하니까 장인님이 잔뜩 붙들고 놓질 않는다. 셋째딸이 인제 여섯 살, 적어도 열 살은 돼야 데릴사위를 할 터이므로 그동안은 죽도록 부려먹어야 한다. 그러니 인제는 속 좀 차리고 장가도 들여달라고 떼를 쓰고 나자빠져라, 이것이다.

나는 건으로 엉, 엉, 하며 귓등으로 들었다. 뭉태는 땅을 얻어 부치다가 떨어진 뒤로는 장인님만 보면 공연히 못 먹어서 으릉거린다. 그것도 장인님이 저 달라고 할 적에 제 집 위한다는 그 감투(예전에 원님이 쓰던 것이라나 옆구리에 뽕뽕 좀 먹은 걸레)를 선뜻 주었더면 그럴 리도 없었던 걸—

그러나 나는 뭉태란 놈의 말을 전수이 곧이듣지 않았다. 꼭 곧이들었다면 간밤에 와서 장인님과 싸웠지 무사히 있었을 리가 없지 않은가. 그러면 딸에게까지 인심을 잃은 장인님이 혼자 나빴다.

실토이지 나는 점순이가 아침상을 가지고 나올 때까지는 오늘은 또 얼마나 밥을 많이 담았나, 하고 이것만 생각했다. 상에는 된장찌개하고 간장 한 종지 조밥 한 그릇 그리고 밥보다 더 수부룩하게 담은 산나물이 한 대접 이렇다. 나물은 점순이가 틈틈이 해오니까 두 대접이고 네 대접이고 멋대로 먹어도 좋으나 밥은 장인님이 한 사발 외엔 더 주지 말라고 해서 안 된다. 그런데 점순이가 그 상을 내 앞에 내려놓으며 제 말로 지껄이는 소리가

"구장님한테 갔다 그냥 온담 그래!" 하고 엊그제 산에서와 같이 되우 쫑알거린다. 딴은 내가 더 단단히 덤비지 않고 만 것이 좀 어리석었다. 속으로 그랬다. 나도 저쪽 벽을 향하여 외면하면서 내 말로

"안 된다는 걸 그럼 어떻건담!" 하니까

"쇰을 잡아채지 그냥 둬, 이 바보야?" 하고 또 얼굴이 빨개지면서 성을 내며 안으로 샐쭉하니 튀들어가지 않느냐. 이때 아무도 본 사람이 없었게 망정이지 보았다면 내 얼굴이 에미 잃은 황새 새끼처럼 가여웁다 했을 것이다.

사실 이때만치 슬펐던 일이 또 있었는지 모른다. 다른 사람은 암만 못생겼다 해도 괜찮지만 내 아내 될 점순이가 병신으로 본다면 참 신세는 따분하다. 밥을 먹은 뒤 바깥마당 공석 위에 드러누워서 나는 차라리 죽느니만 같지 못하다 생각했다.

내가 일 안 하면 장인님 저는 나이가 먹어 못하고 결국 농사 못 짓고 만다. 뒷짐으로 트림을 꿀컥, 하고 대문 밖으로 나오다 날 보고서

"이 자식아! 너 왜 또 이러니?"

"관객[6]이 났어유, 아이구 배야!"

"기껀 밥 처먹구 나서 무슨 관객이야, 남의 농사 버려주면 이 자식아 징역 간다 봐라!"

"가두 좋아유, 아이구 배야!"

참말 난 일 안 해서 징역 가도 좋다 생각했다. 일후 아들을 낳아도 그 앞에서 바보 바보 이렇게 별명을 들을 테니까 오늘은 열 쪽에 난대도 결정을 내고 싶었다.

장인님이 일어나라고 해도 내가 안 일어나니까 눈에 독이 올라서 저 편으로 힝하게 가더니 지게막대기를 들고 왔다. 그리고 그걸로 내 허리를 마치 돌 떠넘기듯이 쿡 찍어서 넘기고 넘기고 했다. 밥을 잔뜩 먹고 딱딱한 배가 그럴 적마다 퉁겨지면서 밸창이 꼿꼿한 것이 여간 켕기지 않았다. 그래도 안 일어나니까 이번에는 배를 지게막대기로 위에서 쿡 쿡 찌르고 발길로 옆구리를 차고 했다. 장인님은 원체 심청이 궂어서 그렇지만 나도 저만 못하지 않게 배를 채었다. 아픈 것을 눈을 꽉 감고 넌 해라 난 재미난 듯이 있었으나 볼기짝을 후려갈길 적에는 나도 모르는 결에 벌떡 일어나서 그 수염을 잡아챘다마는 내 골이 난 것이 아니라 정말은 아까부터 부엌 뒤 울타리 구멍으로 점순이가 우리들의 꼴을 몰래 엿보고 있었기 때문이다. 가뜩이나 말 한마디 톡톡히 못 한다고

6 관격. 급체.

바보라는데 매까지 잠자코 맞는 걸 보면 짜정 바보로 알게 아닌가. 또 점순이도 미워하는 이까짓 놈의 장인님 나곤[7] 아무것도 안 되니까 막 때려도 좋지만 사정 보아서 수염만 채고 (제 원대로 했으니까 이때 점순이는 퍽 기뻤겠지) 저기까지 잘 들리도록

"이걸 까셀라부다!" 하고 소리를 쳤다.

장인님은 더 약이 바짝 올라서 잡은 참 지게막대기로 내 어깨를 그냥 내려갈겼다. 정신이 다 아찔하다. 다시 고개를 들었을 때 그때엔 나도 온몸에 약이 올랐다. 이 녀석의 장인님을, 하고 눈에서 불이 퍽 나서 그 아래 밭 있는 넝 알로[8] 그대로 떼밀어 굴려버렸다.

조금 있다가 장인님이 씩, 씩, 하고 한번 해 보려고 기어오르는 걸 얼른 또 떼밀어 굴려버렸다.

기어오르면 굴리고 굴리면 기어오르고 이러길 한 너댓 번을 하며 그럴 적마다

"부려만 먹구 왜 성례 안 하지유!"

나는 이렇게 호령했다. 허지만 장인님이 선뜻 오냐 낼이라두 성례시켜주마, 했으면 나도 성가신 걸 그만두었을지 모른다. 나야 이러면 때린 건 아니니까 나종에 장인 쳤다는 누명도 안 들을 터이고 얼마든지 해도 좋다.

한 번은 장인님이 헐떡헐떡 기어서 올라오더니 내 바짓가랑이를 요렇게 노리고서 담박 움켜잡고 매달렸다. 악, 소리를 치고 나는 그만 세상이 다 팽그르 도는 것이

7 나하고는, 나와는.
8 넝 아래로. 경사도가 나지막한 비탈 아래로.

"빙장님! 빙장님! 빙장님!"

"이 자식! 잡어먹어라 잡어먹어!"

"아! 아! 할아버지! 살려줍쇼 할아버지!" 하고 두 팔을 허둥지둥 내저을 적에는 이마에 진땀이 쭉 내솟고 인젠 참으로 죽나보다, 했다. 그래도 장인님은 놓질 않더니 내가 기어이 땅바닥에 쓰러져서 거진 까무러치게 되니까 놓는다. 더럽다 더럽다. 이게 장인님인가, 나는 한참을 못 일어나고 쩔쩔맸다. 그러다 얼굴을 드니 (눈에 참 아무것도 보이지 않았다) 사지가 부르르 떨리면서 나도 엉금엉금 기어가 장인님의 바지가랑이를 꽉 웅키고 잡아낚았다.

내가 머리가 터지도록 매를 얻어맞은 것이 이 때문이다. 그러나 여기가 또한 우리 장인님의 유달리 착한 곳이다. 여느 사람이면 사경을 주어서라도 당장 내쫓았지 터진 머리를 불솜으로 손수 지져주고, 호주머니에 희연 한 봉을 넣어주고 그리고

"올갈엔 꼭 성례를 시켜주마, 암말 말구 가서 뒷골의 콩밭이나 얼른 갈아라" 하고 등을 뚜덕여줄 사람이 누구냐.

나는 장인님이 너무나 고마워서 어느 듯 눈물까지 났다. 점순이를 남기고 인젠 내쫓기려니, 하다 뜻밖의 말을 듣고

"빙장님! 인제 다시는 안 그러겠어유—"

이렇게 맹서를 하며 부랴사랴 지게를 지고 일터로 갔다.

그러나 이때는 그걸 모르고 장인님을 원수로만 여겨서 잔뜩 잡아다렸다.

"아! 아! 이놈아! 놔라, 놔! 놔—"

장인님은 헛손질을 하며 솔개미[9]에 챈 닭의 소리를 연해 질렀다. 놓

긴 왜, 이왕이면 호되게 혼을 내주리라, 생각하고 짓궂이 더 당겼다 마는 장인님이 땅에 쓰러져서 눈에 눈물이 피잉 도는 것을 알고 좀 겁도 났다.

"할아버지! 놔라, 놔, 놔, 놔놔." 그래도 안 되니까

"애 점순아! 점순아!"

이 악장에 안에 있었던 장모님과 점순이가 헐레벌떡하고 단숨에 뛰어나왔다.

나의 생각에 장모님은 제 남편이니까 역성을 하려는지도 모른다, 그러나 점순이는 내 편을 들어서 속으로 고소해 하겠지 — 대체 이게 웬 속인지 (지금까지도 난 영문을 모른다) 아버질 혼내 주기는 제가 내래 놓고 이제 와서 달려들며

"에그머니! 이 망할 게 아버지 죽이네!" 하고 내 귀를 뒤로 잡아당기며 마냥 우는 것이 아니냐. 그만 여기에 기운이 탁 꺾이어 나는 얼빠진 등신이 되고 말았다. 장모님도 덤벼들어 한쪽 귀마저 뒤로 잡아채면서 또 우는 것이다.

이렇게 꼼짝 못하게 해놓고 장인님은 지게막대기를 들어서 사뭇 내려조졌다. 그러나 나는 구태여 피하려지도 않고 암만해도 그 속 알 수 없는 점순이의 얼굴만 멀거니 들여다보았다.

"이 자식! 장인 입에서 할아버지 소리가 나오도록 해?"

『조광』 12호, 1935.

9 솔개.

아내*

우리 마누라는 누가 보던지 뭐 이쁘다고는 안 할 것이다. 바로 계집에 환장된 놈이 있다면 모르거니와. 나도 일상 같이 지내긴 하나 아무리 잘 고쳐보아도 요만치도 이쁘지 않다. 허지만 계집이 낯짝이 이뻐 맛이냐. 제기할 황소 같은 아들만 줄대 잘 빠쳐놓으면 고만이지. 사실 우리 같은 놈은 늙어서 자식까지 없다면 꼭 굶어 죽을밖에 별도리 없다. 가진 땅 없어, 몸 못써 일 못하여, 이걸 누가 열쳤다고 그냥 먹여줄테냐. 하니까 내 말이 이왕 젊어서 되는 대로 자꾸 자식이나 쌓아 두자 하는 것이다.

그리고 에미가 낯짝 글렀다고 그 자식까지 더러운 법은 없으렷다. 아 바로 우리 똘똘이만 보아도 알겠지만 제 어미년은 쥐었단 논 개떡 같아도 좀 똑똑하고 끌끗이 생겼느냐. 비록 먹고도 대구 또 달라고 부라퀴처럼 덤비기는 할망정. 참 이놈이야말로 나에게는 아버지보담도 할아버지보담도 아주 말할 수 없이 끔찍한 보물이다.

년이 나에게 되지 않은 큰 체를 하게 된 것도 결국 이 자식을 낳았기

---

* 원전의 본 제목은 「안해」로 이는 '아내'의 옛말이다. 우리말에서 '안해'란 어휘가 처음 나온 것은 16세기, '안해'란 '집안의 태양'과 같이 소중한 의미라 한다.
呂滎公의 안해 張 夫人ᄂᆞᆫ 待制 쌔슬ᄒᆞ엿ᄂᆞᆫ 일후믄. 출처 : 번역소학(飜譯小學, 1518) 9 : 6,
文叔의 안해ᄂᆞᆫ 譙郡 夏侯 文寧의 ᄯᆞᆯ이니. 출처 : 소학언해(小學諺解, 1588) 6 : 55.
여기에서는 현대식 표기 '아내'로 표기한다.

때문이다. 전에야 그 상판대길 가지고 어딜 끽소리나 제법 했으랴. 흔히 말하길 계집의 얼굴이란 눈의 안경이라 한다. 마는 제 아무리 물커진 눈깔이라도 이 얼굴만은 어째 볼 도리 없을 게다.

이마가 훌떡 까지고 양미간이 벌면 소견이 탁 틔었다지 않냐. 그럼 좋기는 하다마는 아기자기한 맛이 없고 이 조로 둥굴 넓적이 내려온 하관에 멋없이 쑥 내민 것이 입이다. 두툼은 하나 건순 입술 말 좀 하려면 그리 정하지 못한 웃니가 분질없이 뻔질 드러난다. 설혹 그렇다 치고 한복판에 달린 코나 좀 똑똑이 생겼다면 얼마 낫겠나. 첫째 눈에 띄는 것이 코인데, 이렇게 말하면 년의 흉을 보는 것 같지만, 썩 잘 보자 해도 먼 산 바라보는 도야지의 코가 자꾸만 생각이 난다.

꼴이 이러니까 밤이면 내 눈치를 스을슬 살피는 것이 아니냐. 오늘은 구박이나 안 할까, 하고 은근히 애쓰고 대개 내가 먼저 말을 걸게 된다. 온종일 뭘 했느냐는 둥, 싸리문을 좀 고쳐놓으라 했더니 어떻게 했느냐는 둥, 혹은 오늘 밤에는 웬일인지 코가 훨씬 좋아 보인다는 둥, 하고. 그러면 년이 금세 헤에 벌어지고 힝하니 내 곁에 앉아서는 어깨를 비겨대고 슬근슬근 비빈다. 그리고 코가 좋아 보인다니 정말 그러냐고 몸이 달아서 묻고 또 묻고 한다. 저로도 믿지 못할 그 사실을 한때의 위안이나마 또 한 번 들어보자는 심정이렸다. 그 속을 알고 짜정 콧날이 서나 보다고 하면 년의 대답이 뒷간에 갈 적마다 잡아댕기고 했더니 혹 나왔을지 모른다나 그리고 아주 좋아한다.

그러나 어느 때에는 한나절 밭고랑에서 시달린 몸이 고만 축 늘어지는구나. 물론 말 한마디 붙일 새 없이 방바닥에 그대로 누워 버린다. 허면 년이 제 얼굴 때문에 그런 줄 알고 한구석에 가 시무룩해서 앉았다.

얼굴을 모로 돌리어 턱을 삐쭉 쳐들고 있는 걸 보면 필연 제깐엔 옆얼굴이나 한번 봐달라는 속이겠지. 경칠 년, 옆얼굴이라고 뭐 깨묵장이나 좀 난 줄 알구—

이러던 년이 똘똘이를 내놓고는 갑자기 세도가 댕댕해졌다. 내가 들어가도 네놈 언제 봤냐 듯이 좀체 들떠보는 법 없지. 눈을 스스로 내려 감고는 잠자코 아이에게 젖만 먹이겠다. 내가 좀 아이의 머리라도 쓰다듬으며

"이 자식, 밤낮 잠만 자나?"

"가만 둬, 왜 깨놓고 싶은감?" 하고 사정없이 내 손등을 주먹으로 갈긴다. 나는 처음에 어떻게 되는 셈인지 몰라서 멀거니 천정만 한참 쳐다보았다. 내 자식 내가 만지는데 주먹으로 때리는 건 무슨 경우야. 허지만 잘 따져보니까 조금도 내가 억울할 것은 없다. 년이 나에게 큰 체를 해야 될 권리가 있는 것을 차차 알았다. 그래서 그때부터 내가 이년, 하면 저는 이놈, 하고 대들기로 무언 중 계약되었지.

동리에서는 남의 속은 모르고 우리를 각다귀들이라고 별명을 지었다. 혹하면 서로 대들려고 노리고만 있으니까 말이지. 하긴 요즘에 하루라도 조용한 날이 있을까 봐서 만나기만 하면 이놈, 저년, 하고 먼저 대들기로 위주다. 다른 사람들은 밤에 만나면

"마누라 밥 먹었수?"

"아니요, 당신 오면 같이 먹을랴구— " 하고 일어나 반색을 하겠지만 우리는 안 그러기다. 누가 그렇게 괭이 소리로 달라붙느냐.[1] 방에 떡 들

---

1 길이 잘든 고양이가 주인에게 기어들며 가르릉거리면서 어리광 부리듯이 한다는 의미.

어서는 길로 우선 넓적한 년의 궁뎅이를 발길로 퍽 들여지른다.

“이년아! 일어나서 밥 차려—”

“이눔이 왜 이래, 대릴 꺾어놀라” 하고 년이 고개를 겨우 돌리며

“나무 판 돈 뭐 했어, 또 술 쳐먹었지?” 이렇게 제법 탕탕 호령하였다. 사실이지 우리는 이래야 정이 보째 쏟아지고 또한 계집을 데리고 사는 멋이 있다. 손자새끼 낯을 해가지고 마누라 어쩌구 하고 어리광으로 덤비는 걸 보기만 해도 눈 허리가 시질 않겠니. 계집 좋다는 건 욕하고 치고 차고, 다 이러는 멋에 그렇게 치고 보면 혹 궁한 살림에 쪼들리어 악에 받친 놈의 말일지도 모른다. 마는 누구나 다 일반이겠지. 가다가 속이 맥맥하고 부아가 치밀어 끓어오를 적이 있지 않냐. 농사는 지어도 남는 것이 없고 빚에는 몰리고, 게다가 집에 들어서면 자식놈 킹킹거려, 년은 옷이 없으니 떨고 있어 이러한 때 그냥 백일 수야 있느냐. 트죽태죽 꼬집어 가지고 년의 비녀쪽을 턱 잡고는 한바탕 흘두들겨 대는구나. 한참 그 지랄을 하고 나면 등줄기에 땀이 뿍 흐르고 한숨까지 후, 돈다면 웬만치 속이 가라앉을 때였다. 담에는 년을 도로 밀쳐버리고 담배 한 대만 피워물면 된다.

이 멋에 계집이 고마운 물건이라 하는 것이고 내가 또 년을 못 잊어 하는 까닭이 거기 있지 않냐. 그렇지 않다면이야 저를 계집이라고 등을 뚜덕여주고 그 못난 코를 좋아 보인다고 가끔 추어줄 맛이 뭐야 허지만 년이 훌쩍거리고 앉아서 우는 걸 보면 이건 좀 재미 적다.

제가 주먹심으로나 입심으로는 나에게 덤비려면 어림도 없다. 쌈의 시초는 누가 먼저 걸었던 간 언제든지 경을 파다발로 치고[2] 나앉는 것은 년의 차지렸다.

“이리와 자빠져 자—”

“곤두어. 너나 자빠져 자렴—” 하고 년이 독이 올라서 돌아다도 안 보고 비쌘다. 마는 한 서너 번 내려오라고 권하면 나중에는 저절로 내 옆으로 스르르 기어들게 된다. 그리고 눈물 흐르는 장반을 벙긋이 흘겨 보이는 것이 아니냐[3] 하니까 년으로 보면 두들겨 맞고 비쌔는 멋에 나하고 사는지도 모르지.

그러나 우리가 원수같이 늘 싸운다고 정이 없느냐 하면 그건 잘못이다. 말이 났으니 말이지 정분 치고 우리 것만치 찰떡처럼 끈끈한 놈은 다시 없으리라. 미우면 미울수록 잠시를 떨어지기가 아깝도록 정이 착 착 붙는다. 부부의 정이란 이런 겐지 모르나 하여튼 영문 모를 찰거머리 정이다. 나뿐 아니라 년도 매를 한참 뚜들겨맞고 나서 같이 자리에 누우면

“내 얼굴이 그래두 그렇게 숭업진 않지?” 하고 정말 잘난 듯이 바짝 바짝 대든다. 그러면 나는 이때 뭐라고 대답해야 옳겠느냐. 하 기가 막혀서 천정을 쳐다보고 피익 웃어버린다.[4]

“이년아! 그게 얼굴이냐?”

“얼굴 아니면 가주 다닐까?”

“내니까 이년아! 데리구 살지 누가 근디리니 그 낯짝을?”

“뭐, 네 얼굴은 얼굴인 줄 아니? 불밤송이 같은 거, 참 내니까 데리고 살지!”

---

2 혹독하게 혼이 나다. 여기에서 파다발이란 힘없이 짓밟히거나, 이리저리 던져지는 것을 의미.

3 아내가 크고 넙적한 얼굴에 눈물을 흘리면서 남편에게 눈을 흘겨보이는 것이 아니냐.

4 원전에서는 ‘피익 내어버린다’로 되어 있으나 문맥상 여기서는 ‘웃어버린다’로 보아야 할 듯.

이러면 또 일어나 땀을 한 번 흘리고 다시 돌아누울 수밖에 없다. 내 얼굴이 불밤송이 같다니 이래도 우리 어머니가 나를 낳고서 낭종 땅 마지기나 만져볼 놈이라고 좋아하던 이 얼굴인데. 하지만 다시 일어나고 손짓 발짓을 하고 하는 게 성이 가셔서 대개는 그대로 눙쳐둔다.

"그래, 내 너 이뻐할게 자식이나 대구 내놔라."

"먹이지도 못할 걸 자꾸 나 뭘하게, 굶겨 죽일랴구?"

"아 이년아! 꿔다 먹이진 못하니?" 하고 소리는 빽 지르나 딴은 뒤가 켕긴다. 더끔더끔 모아 두었다가 먹이지나 못하면 이걸 어떻게 하냐 줴다 버리지도 못하고 죽이지도 못하고 떼송장이 난다면. 연히[5] 이런 걸 보면 년이 나보담 훨씬 소견이 된 것을 알 수 있겠다. 물론 십 리 만큼 벌어진 양미간을 보아도 나와는 턱이 다르지만—

우리가 요즘 먹는 것은 내가 나무장사를 해서 벌어들인다. 여름 같으면 품이나 판다. 하지만 눈이 척척 쌓였으니 얼음을 깨먹느냐. 하기야 산골에서 어느 놈치고 별 수 있겠냐마는 하루는 산에 가서 나무를 해들이고 그 담날에 읍에 갖다가 판다. 나니깐 쌍지게질도 할 근력이 되겠지만. 잔뜩 나무 두 지게를 혼자서 번차례로 이놈 져다 놓고 쉬고 저놈 져다 놓고 쉬고 이렇게 해서 장찬 삼십 리 길을 한나절에 들어가는구나. 그렇지 않으면 언제 한 지게 한 지게씩 팔아서 목구녕을 축일 수 있겠느냐. 잘 받으면 두 지게에 팔십 전, 운이 나쁘면 육십 전 육십오 전, 그걸로 좁쌀, 콩, 떡, 무엇 사들고 찾아오겠다. 죽을 쑤었으면 좀 느루 가겠지만 우리는 더럽게 그런 짓은 안 한다. 먹다 못 먹어서 뱃가죽을

---

5 그러니.

움켜쥐고 나설지언정 으레 밥이지. 똘똘이는 네 살짜리 어린애니깐 한 보시기, 나는 저의 아버지니까 한 사발에다 또 반 사발을 더 먹고. 그런데 년은 유독히 두 사발을 처먹지 않나. 그리고도 나보다 먼저 홀딱 집어세고는 내 사발의 밥을 한 구덩이 더 떠먹는 버릇이 있다. 계집이 좋다 했더니 이게 밥버러지가 아닌가 하고 한때는 가슴이 선뜩할 만치 겁이 났다. 없는 놈이 양이나 좀 적어야지 이렇게 대구 처먹으면 너 웬 밥을 이렇게 처먹니 하고 눈을 크게 뜨니까 년의 대답이 애 난 배가 그렇지 그럼, 저도 애 낳아보지 하고 샐쭉이 토라진다. 아따 그래, 대구 처먹어라. 낭종 밥값은 그 배따기에 다 게 있고 게 있는 거니까. 어떤 때에는 내가 좀 덜 먹고라도 그대로 내주고 말겠다. 경을 칠 년, 하지만 참 너무 처먹는다.

그러나 년이 떡국이 농간을 해서[6] 나보담 한결 의뭉스럽구나. 이깟 농사를 지어 뭘 하느냐. 우리 들병이로 나가자, 고. 따는 내 주변으로 생각도 못할 일이지만 참 훌륭한 생각이다. 밑지는 농사보다는 이밥에, 고기에, 옷 마음대로 입고 좀 호강이냐. 마는 년의 얼굴을 이윽히 뜯어보다간 고만 풀이 죽는구나. 들병이에게 술 먹으러 오는 건 계집의 얼굴 보자 하는 걸 어떤 밸 없는 놈이 저 낯짝엔 몸살 날 것 같진 않다. 알고 보니 참 분하다. 년이 좀만 똑똑이 나왔더면 수가 나는 걸. 멀뚱히 쳐다보고 쓴 입맛만 다시니까 년이 그 눈치를 채었는지,

"들병이가 얼굴만 이뻐서 되는 게 아니라던데, 얼굴은 박색이라도 수단이 있어야지—"

---

6 재질은 부족하지만 오랜 경험으로 일을 잘 감당하고 처리해 나간다는 의미.

"그래 너는 그거 할 수단 있겠니?"

"그럼 하면 하지 못할 게 뭐야."

년이 이렇게 아주 번죽 좋게[7] 장담을 하는 것이 아니냐. 들병이로 나가서 식성대로 밥 좀 한바탕 먹어 보자는 속이겠지. 몇 번 다져 물어도 제가 꼭 될 수 있다니까 아따 그러면 한번 해보자꾸나 밑천이 뭐 드는 것도 아니고 소리나 몇 마디 반반히 가르쳐서 데리고 나서면 고만이니까.

내가 밤에 집에 돌아오면 년을 앞에 앉히고 소리를 가르치겠다. 우선 내가 무릎장단을 치며 아리랑 타령을 한 번 부르는구나. 아리랑 아리랑 아라리요, 춘천아 봉의산아 잘 있거라, 신연강 배타면 하직이라.[8] 산골의 계집이면 강원도아리랑 쯤은 곧잘 하련만 년은 그것도 못 배웠다. 그러니 쉬운 아리랑부터 시작할밖에. 그러면 년은 도사리고 앉아서 두 손으로 엉덩이를 치면서 흉내를 낸다. 목구멍이 질그릇 물러앉는 소리가 나니까 낭종에 목이 트이면 노래는 잘할 게다. 마는 가락이 딱딱 들어맞아야 할 터에 이게 세상에 돼먹어야지. 나는 노래를 가르치는데 이 망할 년은 소설책을 읽고 앉았으니 어떡허냐. 이걸 데리고 앉으면 흔히 닭이 울고 때로는 날도 밝는다. 년이 하도 못하니까 본보기로 나만 하고 또 하고 또 하고. 그러니 저를 들병이를 아르친다는 게 결국 내가 배우는 폭이 되지 않나. 망할 년 저도 손으로 가리고 하품을 줄대 하며 졸

---

7 노여움이나 부끄러움을 타지 않고 느물거리며.

8 춘천에서 불리는 〈춘천(의병장)아리랑〉의 한 부분.
춘천아 봉의산아 너 잘 있거라 / 신연강 배터가 하직일세 // 우리나 부모가 날 기르실제 / 성대장 주려고 날 기르셨나 // 귀약통 납잘개 양총을 메고 / 벌업산 대전에 승전을 했네 //
노랫말 가운데 성대장은 성익현. 춘천의병단 선봉장으로 '벌업산전투(1896)'에 가담했다. 〈춘천아리랑〉은 이 무렵부터 불리기 시작했다.

리워 죽겠지. 하지만 내가 먼저 자자 하기 전에는 제가 차마 졸립다진 못할라. 애최 들병이로 나가자, 말을 낸 것이 누군데 그래. 이렇게 생각하면 울화가 불컥 올라서 주먹이 가끔 들어간다.

"이년아? 정신을 좀 채려, 나만 밤낮 하래니?"

"이놈이 — 팔때길 꺾어놀라."

"이거 잘 배면 너 잘 되지 이년아! 날 주는 거냐 큰 체게?"

이번엔 손가락으로 이맛배기를 꾹 찍어서 뒤로 떠넘긴다. 여느 때 같으면 년이 독살이 나서 저리로 내뺄 게다. 제가 한 죄가 있으니까 다시 일어나서 소리 아르쳐주기만 기다리는 게 아니냐. 하니 딱한 일이다. 될지 안 될지도 의문이거니와 서로 하품은 뻔질 터지고 이왕 내친 걸음이니 그렇다고 안 할 수도 없고 에라 빌어먹을 거, 너나 나나 얼른 팔자를 고쳐야지 늘 이러다 말 테냐. 이렇게 기를 한 번 쓰는구나. 그리고 밤의 산천이 울리도록 소리를 빽빽 질러가며 년하고 또다시 홍타령을 부르겠다.

그래도 하나 기특한 것은 년이 성의는 있단 말이지. 하기는 그나마도 없다면이야 들병이커녕 깨묵도 그르지만. 낮이라도 틈만 있으면 저 혼자서 노래를 연습하는구나. 빨래를 할 적이면 빨래 방추로 가락을 맞추어 가며 이팔청춘을 부른다. 혹은 방 한구석에 죽치고 앉아서 어깻짓으로 버선을 꿰매며 노랫가락을 부른다. 노래 한 장단에 바늘 한 뀌엄씩이니 버선 한짝 기우려면 열나절은 걸리지. 하지만 아따 버선으로 먹고사느냐, 노래만 잘 배워라. 년도 나만치나 이밥에 고기가 얼뜬 먹고 싶어서 몸살도 나는지 어떤 때에는 바깥 밭둑을 지나려면 뒷간 속에서 콧노래가 흥얼거릴 적도 있겠다. 그러나 인제 노랫가락에 홍타령을 겨우 배웠으니 그 담건 어느 하가에 배우느냐. 망할 년두 참.

게다가 년이 시큰둥해서 날 더러 신식 창가를 아르쳐달라구. 들병이는 구식 소리도 잘 해야 하겠지만 첫째 시체 창가[9]를 알아야 불려먹는다, 한다. 말은 그럴 법하나 내가 어디 시체 창가를 알 수 있냐. 땅이나 파먹던 놈이 나는 그런 거 모른다, 하고 좀 무색했더니 며칠 후에는 년이 시체 창가 하나를 배워가주고 왔다. 화로를 끼고 앉아서 그 전을 두드리며 네 보란 듯이 자랑스럽게 하는 것이 아닌가. 피었네 피었네 연꽃이 피었네 피었다고 하였더니 볼 동안에 옴쳤네. 대체 이걸 어서 배웠을까. 얘 이년 참 나보담 수단이 좋구나, 하고 나는 퍽 감탄하였다. 그랬더니 나중에 알고 보니까 년이 어느 틈에 야학에 가서 배우질 않았겠니. 야학이란 요 산 뒤에 있는 조고만 움인데 농군 아이에게 한겨울 동안 국문을 아르친다. 창가를 할 때쯤 해서 년이 추운 줄도 모르고 거길 찾아간다. 아이를 업고 문밖에 서서 귀를 기울이고 엿듣다가 저도 가만가만히 흉내를 내보고 내보고 하는 것이었다. 그래 가지고 집에 와서는 히짜를 뽑고 야단이지. 신식창가는 며칠만 좀 더 배우면 아주 능통하겠다나.

그러나 아무리 생각해봐도 년의 낯짝만은 걱정이다. 소리는 차차 어지간히 되어 들어가는데 이놈의 얼굴이 암만 봐도, 봐도 영 글렀구나. 경칠 년, 좀만 얌전히 나왔더면 이판에 돈 한 뭉 크게 잡는 걸. 간혹가다 제물에 화가 뻗치면 아무 소리 않고 년의 뱃기를 한 두어 번 안 쥐박을 수 없다. 웬 영문인지 몰라서 년도 눈깔을 크게 굴리고 벙벙히 쳐다

9 시체창가(時體唱歌) : 신식 노래. 유행하는 노래.

보지. 땀을 낼 년. 그 낯짝을 하고 나한테 시집을 온담. 뻔뻔하게. 하나 년도 말은 안 하지만 제 얼굴 때문에 가끔 성화인지 쪽 떨어진 손거울을 들고 앉아서 이리 뜯어보고 저리 뜯어보고 하지만 눈깔이야 일반이겠지. 저라고 나아 뵐 리가 있겠니. 하니까 오장 썩는 한숨이 연방 터지고 한풀 죽는구나. 그러나 요행히 내가 방에 있으면 돌아다보고

"이봐! 내 얼굴이 요즘 좀 나가지 않어?"

"그래, 좀 난 것 같다."

"아니 정말 해봐—" 하고 이년이 팔때기를 꼬집고 바싹바싹 들이덤빈다. 년이 능글차서 나쯤은 좋도록 대답해주려니, 하고 아주 탁 믿고 묻는 게렷다. 정말 본 대로 말할 사람이면 제가 겁이 나서 감히 묻지도 못한다. 짐짓 이뻐졌다, 하고 나도 능청을 좀 부리면 년이 좋아서 요새 분때를 자주 밀었으니까 좀 나아졌다지, 하고 들병이는 뭐 그렇게까지 이쁘지 않아도 된다고 또 구구히 설명을 늘어놓는다. 경을 칠 년, 계집은 얼굴 밉다는 말이 칼로 찌르는 것보다도 더 무서운 모양 같다. 별 욕을 다 하고 개 잡듯 막 뚜드려도 조금 뒤에는 헤, 하고 앞으로 기어드는 것이 이년이다. 마는 어쩌나. 제 얼굴의 흉이나 좀 본다면 사흘이고 나흘이고 년이 나를 스을슬 피하며 은근히 골리려고 든다. 망할 년. 밉다는 게 그렇게 진저리가 나면 아주 면사보를 쓰고 다니지 그래. 년이 능청스러워서 조금만 이뻤더라면 나는 얼렁얼렁 내버리고 돈 있는 놈 군서방 해갔으렷다. 계집이 얼굴이 이쁘면 제값 다 하니까. 그렇게 생각하면 년의 낯짝 더러운 것이 나에게는 불행 중 다행이라 안 할 수 없으리라.

계집은 아마 남편을 속여먹는 맛에 깨가 쏟아지나보다. 년이 들병이 노릇을 할 수단이 있다고 괜히 장담부터 한 것도 저의 이 행실을 믿고

그랬는지도 모른다. 새벽 일찍이 뒤를 보려니까 어디서 창가를 부른다. 거적 틈으로 내다보니 년이 밥을 끓이면서 연습을 하지 않나. 눈보라는 쌩쌩 소리를 치는데 보강지에 쪼그리고 앉아서 부지깽이로 솥뚜껑을 톡톡 두드리겠다. 그리고 거기 맞추어 신식 창가를 청승맞게 부르는구나. 그러다 밥이 우르르 끓으니까 뙤를 벗겨놓고 다시 시작한다. 젊어서도 할미꽃 늙어서도 할미꽃 아하하하 우습다 꼬부라진 할미꽃. 망할 년. 창가는 경치게도 좋아하지. 방아타령 좀 부지런히 공부해 두라니까 그건 안 하구. 아따 아무 거라도 많이 하니 좋다. 마는 이번엔 저고리 섶이 들먹들먹하더니 아 웬 곰방대가 나오지 않냐. 사방을 흘금흘금 다시 살피다 아무도 없으니까 보강지에다 들여대고 한 모금 뻐욱, 빠는구나. 그리고 냅따 재채기를 줄대 뽑고 코를 풀고 이 지랄이다. 그저께도 들켜서 경을 쳤더니 년이 또 내 담배를 훔쳐가지고 나온 것이다. 돈 안 드는 소리나 배우랬지 망할 년 아까운 담배를. 곧 뛰어나가려다 뒤도 급하거니와 요즘 똘똘이가 감기로 앓는다. 년이 밤낮 들쳐업고 야학으로 돌아치더니 그예 그 꼴을 만들었다. 오라질 년. 남의 아들을 중한 줄을 모르고. 들병이가 되려면 소리도 소리려니와 담배도 먹을 줄 알고 술도 마실 줄 알고 사람도 주무를 줄 알고 이래야 쓴다나. 이게 다 요전에 동리에 들어왔던 들병이에게 들은 풍월이렸다. 그래서 저도 연습 겸 골고루 다 한 번씩 해보고 싶어서 아주 안달이 났다. 방아타령 하나 변변히 못하는 년이 소리는 고걸로 될 듯싶은지!

이런 기맥을 알고 년을 농락해 먹은 놈이 요 아래 사는 뭉태놈이다. 놈도 더러운 놈이다. 우리 마누라의 이 낯짝에 몸이 달았다면 그만함 다 얼짜지. 어디 계집이 없어서 그걸 손을 대구, 망할 자식두. 놈이 와서 선달대목이니 술 얻어먹으러 가자고 년을 꼬였구나. 조금 있으면 내가 올 테니까 안 된다 해도 오기 전에 잠깐만, 하고 손을 내끌었다. 들병이로 나가려면 우선 술 파는 경험도 해 봐야 하니까, 하는 바람에 년이 솔깃해서 덜렁덜렁 따라섰겠지. 집안을 망할 년. 남편이 나무를 팔러갔다 늦으면 밥 먹일 준비를 하고 기다려야 옳지 않느냐. 남은 밤길을 삼십 리나 허덕지덕 걸어오는데. 눈이 푹푹 쌓여서 발모가지는 떨어져 나가는 듯이 저리고, 마을에 들어왔을 때에는 짜정 곧 쓰러질 듯이 허기가 졌다. 얼른 가서 밥 한 그릇 때려뉘고 년을 데리고 앉아서 또 소리를 아르켜야지. 이런 생각을 하고 술청 옆을 지나다가 뜻밖에 깜짝 놀란 것은 그 바깥방에서 년의 너털웃음이 들린다. 얼른 다가서서 문틈으로 들여다보니까 아 이 망할 년이 뭉태하고 술을 먹는구나.

입때까지는 하도 우스워서 꼴들만 보고 있었지만 더는 못 참는다. 지게를 벗어던지고 방문을 홱 열어젖히자 우선 놈부터 방바닥에 메다꼰잤다.[10] 물론 술상은 발길로 찼으니까 벽에 가 부서졌지. 담에는 년의 비녀쪽을 지르르 끌고 밖으로 나왔다. 술 취한 년은 정신이 번쩍 들도록 흠빡 경을 쳐줘야 할 터이니까 눈에다 틀어박았다. 그리고 깔고 올라앉아서 망할 년 등줄기를 주먹으로 대구 우렸다. 때리면 때릴수록 점점 눈 속으로 들어갈 뿐, 발악을 치기에는 너무 취했다. 때리는 것이 년이 대들어야 멋이 있지 이러면 아주 승겁다. 년은 그대로 내버리고 방으로 들어가서 놈을 찾으니까 이 빌어먹을 자식이 생쥐새끼처럼 어디로 벌써 내빼지 않었나. 참말이지 이런 자식 때문에 우리 동리는 망한

10 메다꽂다의 강원도 방언.

다. 남의 계집을 보았으면 마땅히 남편 앞에 나와서 대강이가 꿰져야 옳지 그래 달아난담. 못생긴 자식도 다 많지. 할 수 없이 척 늘어진 이 년을 등에다 업고 비척비척 집으로 올라오자니까 죽겠구나. 날은 몹시 차지, 배는 쑤시도록 고프지 좀 노할래야 더 노할 근력이 없다. 게다 우리 집 앞 언덕을 올라가다 엎어져서 무르팍을 크게 깠지. 그리고 집엘 들어가니까 빈방에는 똘똘이가 혼자 에미를 부르고 울고 된통 법석이다. 망할 잡년도, 남의 자식을 그래 이렇게 길러주면 어떡할 작정이람. 년의 꼴 봐하니 행실이 예전에 글렀다.[11] 이년하고 들병이로 나갔다가는 넉넉히 나는 한 옆에 재워놓고 딴 서방 차고 달아날 년이야. 너는 들병이로 돈 벌 생각도 말고 그저 집안에 가만히 앉았는 것이 옳겠다. 구구로[12] 주는 밥이나 얻어먹고 몸 성히 있다가 연해 자식이나 쏟아라. 뭐 많이도 말고 굴대 같은 아들로만 한 열다섯이면 족하지. 가만 있자, 한 놈이 일 년에 벼 열 섬씩만 번다면 열다섯 놈이니까 일백오십 섬. 한 섬에 더도 말고 십 원 한 장씩만 받는다면 죄다 일천오백 원이지. 일천오백 원, 일천오백 원, 사실 일천오백 원이면 어이구 이건 참 너무 많구나. 그런 줄 몰랐더니 이년이 뱃속에 일천오백 원을 지니고 있으니까 아무렇게 따져도 나보담 낫지 않은가.

(을해, 1935.10.15)

『사해공론』, 1935.12.

11 원전에는 '글지다'로 표기. 그러나 상황상 '글렀다'가 타당하다.
12 국으로. 생긴 대로. 제 주제에 맞게.

봄과 따라지

지루한 한겨울 동안 꼭 옴추러졌던 몸뚱이가 이제야 좀 녹고 보니 여기가 근질근질 저기가 근질근질. 등어리는 대구 군실거린다. 한길에 삐쭉 섰는 전봇대에다 비스듬히 등을 비겨대고 쓰적쓰적 비벼도 좋고. 왼팔에 걸친 밥통을 땅에 내려놓은 다음 그 팔을 뒤로 젖혀 올리고 또 바른 팔로다는 그 팔꿈치를 들어 올리고 그리고 긁죽긁죽 긁어도 좋다. 본이는 이래야 원 격식은 격식이로되 그러나 하고 보자면 손톱 하나 놀리기가 성가신 노릇. 누가 일일이 그리고만 있는가. 장삼인지 저고린지 알 수 없는 앞자락이 척 나간 학생복 저고리. 허나 삼 년간을 내려 입은 덕택에 속껍데기가 꺼칠하도록 때에 절었다. 그대로 선 채 어깨만 한 번 으쓱 올렸다. 툭 내려치면 그뿐. 옷에 몽클진 때꼽은 등어리를 스을쩍 긁어주고 내려가지 않는가. 한 번 해보니 재미가 있고 두 번을 하여도 또한 재미가 있다. 조그만 어깻죽지를 그는 기계같이 놀리며 올렸다 내렸다, 내렸다 올렸다. 그럴 적마다 쿨렁쿨렁한 저고리는 공중에서 나비춤, 지나가던 행인이 걸음을 멈추고 가만히 눈을 둥굴린다. 한참 후에야 비로소 성한 놈으로 깨달았음인지 피익 웃어 던지고 다시 내건는다. 어깨가 느런하도록 수없이 그리고 나니 나중에는 그것도 흥이 진다. 그는 너털거리는 소맷등으로 코 밑을 쓱 훔치고 고개를 돌리어 위아래로 야시를 훑어본다. 날이 풀리니 거리에 사람도 풀린다. 싸구려 싸구려 에잇 싸구려, 십오 전에 두 가지 십오 전에 두 가지씩. 인두 비누를 한 손에 번쩍 쳐들고 젱그렁 젱그렁 신이 올라 흔드는 요령소리. 땅바닥에 널따란 종이장을 펼쳐놓고 안경잡이는 입에 게거품이 흐르도록 떠들어대인다. 일전 한푼을 내놓고 일 년 동안의 운수를 보시오. 먹찌를 던져서 칸에 들면 미루꾸 한 갑을 주고 금에 걸치면 운수가 나쁘니까 그냥 가라고. 저편 한 구석에서는 코먹은 바이올린이 닐리리를 부른다. 신통 방통 꼬발통 남대문통 쓰레기통 자아 이리 오시오, 암사둔 숫사둔 다 이리 오시오. 장기판을 에워싸고 다투는 무리. 그 사이로 일쩌운 사람들은 이리 몰리고 저리 몰리고 발 가는 대로 서성거린다. 짝을 짓고 산보로 나온 젊은 남녀들, 구지레한 두루마기에 뒷짐 진 갓쟁이. 예제없이 가서 덤벙거리는 학생들도 있고 그리고 어린 아들의 손을 잡고 구경을 나온 어머니. 아들은 어머니의 치맛자락을 잡아채이며 뭘 사내라고 부지런히 보챈다. 배도 좋고 사과 과자도 좋고 또 김이 무럭무럭 오르는 국화만주는 누가 싫다나. 그놈의 김을 이윽히 바라다 보다 그는 고만 하품인지 한숨인지 분간 못할 날숨이 길게 터져오른다.

아침에 찬밥덩이 좀 얻어먹고는 온종일 그대로 지친 몸. 군침을 꿀떡 삼키고 종로를 향하여 무거운 다리를 내여 딛자니 앞에 몰려 선 사람 떼를 비집고 한 양복이 튀여 나온다. 얼굴에는 꽂이 잠뿍 피고[13] 고개를 내흔들며 이리 비틀 저리 비틀. 목노에서 얻은 안주이겠지 사과 하나를 입에 들어대고 어기어기 꾸겨 넣는다. 이거나 좀 개평 뗄까. 세루바지

13 술에 취해 불콰해진 얼굴.

에 바짝 붙어서서 같이 비틀거리며 나리 한 푼 줍쇼 나리. 이 소리는 들은 척 만 척 양복은 제 멋대로 갈 길만 비틀거린다. 에따 이거나 먹어라 하고 선뜻 내주었으면 얼마나 좋으랴만 에이 자식두. 사과는 쉬지 않고 점점 줄어든다. 턱살을 치켜대고 눈독은 잔뜩 들여가며 따르자니 나중에는 안달이 난다. 나리 나리 한 푼 주세요, 하고 거듭 재우치다 그래도 패가 그르매[14] 나리 그럼 사과나 좀. 뭐 이 자식아 남 먹는 사과를 줌. 혀꼬부라진 소리가 이렇게 중얼거리자 정작 사과는 땅으로 가고 긴치 않은 주먹이 뒤퉁수를 딱. 금세 땅에 엎더질 듯이 정신이 고만 아찔했으나 그래도 사과 사과다. 얼른 덤벼들어 집어들고는 소맷자락에 흙을 쓱쓱 씻어서 한 입 덥석 물어 떼인다. 창자가 녹아내리는 듯 향깃하고도 보드라운 그 맛이야. 그러나 세 번을 물어뜯고 나니 딱딱한 씨만 남는다. 다시 고개를 들고 그담 사람을 잡고자 눈을 희번덕인다. 큰길에는 동무 깍쟁이들이 가로 뛰며 세로 뛰며[15] 낄낄거리고 한창 야단이다. 밥통들은 한 손에 든 채 달리는 전차 자동차를 이리저리 호아가며[16] 저희 깐에는 술래잡기, 봄이라고 맘껏 즐긴다. 이걸 멀거니 바라보고 그는 저절로 어깨가 실룩실룩 하기는 하나 근력이 없다.

따스한 햇볕에서 낮잠을 잔 것도 좋기는 하다마는 그보다는 밥을 좀 얻어 먹었더면 지금쯤은 같이 뛰고 놀고 하련만. 큰길로 내려서서 이럴까 저럴까 망설일 즈음 갑자기 따르릉. 이 자식아. 익크 쟁교[17]로구나.

---

14 되어가는 상황이 좋지 않으매.

15 이리저리 뛰어다니며.

16 호다 : 헝겊을 겹쳐 바늘땀을 성기게 꿰매다. 여기에서는 장판에서 자동차와 전차 사이를 이리저리 비켜가며 놀고 있는 것을 묘사.

17 자전거를 빨리 발음한 구어체 표기.

등줄기가 선뜩해서 기겁으로 물러서다가 얼결에 또 하나 잡았다. 이번에는 트레머리에 얕은 향내가 말캉말캉 나는 뾰족구두다. 얼뜬 봐한 즉 하르르한 비단치마에 옆에 낀 몇 권의 책 그리고 아리잠직한 그 얼굴. 외모로 따져보면 돈 푼이나 조히 던져줄 법한 고운 아씨다. 대뜸 붙들고 나서 아씨 한 푼 줍쇼 아씨 한 푼 줍쇼. 가는 아씨는 암만 불러도 귀가 먹은 듯. 혼자 풍월로 얼마를 따르다보니 이제는 하릴없다. 그 다음 비상수단이 아니 나올 수 없는 노릇. 체면 불구하고 그 까마귀발로다 신성한 치맛자락을 덥석 잡아챈다. 홀로 가는 계집 쯤 어떻게 다루던 이쪽 생각. 한 번 더 채여라. 아씨 한 푼 줍쇼. 아씨도 여기에는 어이가 없는지 발을 멈추고 말뚱히 바라본다. 한참 노리고 보고 그리고 생각을 돌렸는지 허리를 구부려 친절히 달랜다. 내 지금 가진 돈이 없으니 집에 가줄게 이거 놓고 따라 오너라. 너무나 뜻밖의 일이라 기쁠뿐더러 놀라운 은혜이다. 따라만 가면 밥이 나올지 모르고 혹은 먹다 남은 빵조각이 나올런지도 모른다. 이건 아마 보통 갈보와는 다른 예수를 믿는 착한 아씬가 보다. 치마를 놓고 좀 떨어져서 이번에는 점잖이 따라간다. 우미관 옆 골목으로 들어서 몇 번이나 좌우로 꼬불꼬불 돌았다. 아씨가 들어간 집은 새로이 지은 그리고 전등 달린 번듯한 기와집이다. 잠깐만 기다려라 하고 아씨가 들어갈 제 그는 눈을 동그랗게 뜨고 기대가 컸다. 밥이냐 빵이냐 잔치를 지내고 나서 먹다 남은 떡 부스레기를 처치 못하여 데리고 왔을지도 모른다. 팥고물도 좋고 저냐도 좋고 시크무레 쉰 콩나물, 무나물, 아무거나 되는대로. 설마 예까지 데리고 와서 돈 한 푼 주고 가라진 않겠지. 허기와 기대가 갈증이 나서 은근히 침을 삼키고 있을 때 대문이 다시 삐꺽 열린다. 아마 주인 서방님이리라. 조선옷에 말쑥한 얼굴로 한 사나이가 나타났다. 네가 따라온 놈이냐 하고 한 손으로 목덜미를 꽉 붙잡고 그러더니 벌써 어느 틈에 네 번이나 머리를 주먹이 우렸다. 그러면 아파파 소리를 지른 것은 다섯 번째부터요 눈물은 또 그 담에 나온 것이다. 악장을 너무 치니까 귀가 아팠음인지 요 자식 다시 그래봐라 대릴 꺾어 놀 테니. 힘 약한 독사와 도야지는 맞대항은 안 된다. 비실비실 조 골목 어구까지 와서 이제야 막 대문 안으로 들어가려는 서방님을 돌려대고 요 자식아 네 대릴 꺾어 놀 테야 용용 죽겠니. 엄지가락으로 볼때귀를 후벼 보이곤 다리야 날 살리라고 그냥 빼소니다. 다리가 짧은 것도 이런 때에는 한 욕일지도 모른다. 열아문 칸도 채 못가서 벽돌담에 가 잔뜩 엎눌렸다. 그리고 허구리 등어리 어깨죽지 할 것 없이 요모조모 골고루 주먹이 들어온다. 때려라 때려라, 그래도 네가 차마 죽이진 못하겠지. 주먹이 들어올 적마다 서방님의 처신으로 듣기 어려운 욕 한 마디씩 해가며 분통만 폭폭 찔러논다. 죽여봐 이 자식아 요런 칠푼이 같으니 네가 아편장이지. 아편장이. 울고불고 요란한 소리에 근방에서는 쭉 구경을 나왔다. 입때까지는 서방님은 약이 올라서 죽을둥살둥 몰랐으나 이제 와서는 결국 저의 체면손상임을 깨달은 모양이다. 등 뒤에서 아편장이 챌푼이, 하는 욕이 빗발치듯 하려만 서방님은 돌아다도 안 보고 똥이 더러워서 피하지 무섭지 않다는 증거로 침 한 번 탁 뱉고는 제집 골목으로 들어간다. 이렇게 되면 맡아놓고 깍쟁이의 승리다. 그는 담 밑에 쪼구리고 앉아서 울고 있으나 실상은 모욕당한 깍쟁이의 자존심을 회복시킨 데 큰 우월감을 느낀다. 염병을 할 자식, 하고 눈물을 닦고 골목 밖으로 나왔을 때엔 얼굴에 만족한 웃음이 떠오른다. 야시에는 여전히 뭇 사람이 흐르고 있다. 동무들은 큰길에서 밥통을 두드리며 날뛰고 있고.

우두커니 보고 섰다가 결리는 둥어리도 잊고 배고픈 생각도 스르르 사라지니 예라 나도 한 몫 끼자. 불시로 기운이 뻗치어 야시에서 큰길로 내려선다. 달음질을 처서 전찻길을 가로 지르려 할 제 맞닥뜨린 것이 마주 건너오던 한 신여성이다. 한 손에 대여섯 살 된 계집애를 이끌고 야시로 나오는 모양. 이건 키가 후리후리하고 결직하게 생긴 것이 어디인가 맘씨가 좋아 보인다. 대뜸 손을 내밀고 아씨 한 푼 줍쇼. 얘 지금 돈 한 푼 없다. 이렇게 한 마디 하고는 이것도 돌아다보는 법 없다. 야시의 물건을 흥정하며 태연히 저 할 노릇만 한다. 이내 치마까지 끄들리게 되니까 그제야 걸음을 딱 멈추고 눈을 똑바로 뜨고 노려본다. 그리고 소리를 지르되 옆의 사람이나 들으란 듯이 얘가 왜 이리 남의 옷을 잡아 다녀. 오가던 사람들이 구경이나 난 듯이 모두 쳐다보고 웃는다. 본 바와는 딴판 돈푼커녕 코딱지도 글렀다. 눈꼴이 사나워서 그도 마주대고 벙벙히 쳐다보고 있노라니 웬 담배가 발 앞으로 툭 떨어진다. 매우 기름한 꽁초. 얼른 집어서 땅바닥에 쓱쓱 문대어 불을 끄고는 호주머니에 넣는다. 이따는 좁쌀친구끼리 뒷골목 담 밑에 모여 앉아서 번갈아 한 모금씩 빨아가며 잡상스러운 이야기로 즐길 걸 생각하니 미리 재미롭다. 적어도 여남은 개 주워야 할 텐데 인제서 겨우 꽁초 네 개니. 요즘에는 참 담배 맛도 제법 늘어가고 재채기하던 괴로움도 훨씬 줄었다. 이만하면 영철이의 담배쯤은 감히 덤비지 못하리라. 제 따위가 앉은 자리에 꽁초 일곱 개를 다 필 텐가 원 어림없지. 열 살밖에 안 되었건만 이만치도 담배를 잘 필 수 있도록 훌륭히 됨을 깨달으니 또한 기꺼운 현상. 호주머니에서 손을 빼고 고개를 들어보니 계집은 어느 덧 멀리 앞섰다. 벌에 쐈느냐 왜 이리 달아나니. 이것은 암만 따라가야 돈 한 푼 막무가낼 줄은 번연히 알지만 소행이 밉다. 에라 빌어먹을 거 조금 느므러나 주어라. 힝하게 쫓아가서 팔꿈치로다 그 궁둥이를 퍽 한 번 지르고는 아씨 한 푼 주세요. 돌려대고 또 소리를 지를 줄 알았더니 고개만 홀낏 돌려보고는 잠자코 간다. 그럼 그렇지 네가 어디라고 깍쟁이에게 덤비리. 또 한 번 질러라. 바른 편 어깨로다 이번엔 넓적한 궁둥이를 정면으로 들이받으며 아씨 한 푼 주세요. 그래도 아무 반응이 없다. 이 계집이 한길 바닥에 나가자빠지면 그 꼴이 볼만도 하련만 제 아무리 들이 받아도 힘을 들이면 들일수록 이쪽이 도리어 튕겨져 나올 뿐 좀체로 삐끗도 없음에는 예라 빌어먹을 거. 치맛자락을 닁큼 집어다 입에 들이대고는 질겅질겅 씹는다. 으흐흥 아씨 돈 한 푼. 그제야 독이 바짝 오른 벱한 표독스러운 계집의 목소리가 이 자식아 할 때는 온몸이 다 짜릿하고 좋았으나 난데없는 고라 소리[18]가 벽력같이 들리는 데는 정신이 고만 아찔하다. 뿐만 아니라 그 순간 새삼스레 주림과 아울러 아픔이 눈을 뜬다. 머리를 얻어맞고 아이쿠 하고 몸이 비틀할 제 집게 같은 손이 들어와 왼편 귓바퀴를 잔뜩 집어든다. 이왕 이렇게 된 바에야 끌리는 대로 따라만 가면 고만이다. 붐비는 사람 틈으로 검불같이 힘없이 딸려가며 그러나 속으로는 허지만 뭐. 처음에는 꽤도 겁도 집어먹었으나 인제는 하도 여러 번 겪고 난 몸이라 두려움보다 오히려 실없는 우정까지 느끼게 된다. 이쪽이 저를 미워도 안 하련만 공연히 제가 씹고 덤비는 걸 생각하면 짜정 밉기도 하려니와 그럴수록에 야릇한 정이 드는 것만은 사실이다. 오늘은 또 무슨 일을 시키려는가. 유리창을 닦느냐, 뒷간을 치느냐. 타구 쯤 정하게

18 こら. '이놈아', '이 자식아'에 해당되는 일본어.

부셔주면 그대로 나가라 하겠지. 하여튼 가자는 건 좋으나 원체 잔뜩 집어당기는 바람에 이건 너무 아프다. 구두보담 조금만 뒤졌다는 갈데없이 귀는 떨어질 형편.[19] 구두가 한 발을 내걷는 동안 두 발, 세 발 잽싸게 옮겨 놓으며 통통걸음으로 아니 따라갈 수 없다. 발이 반밖에 안 차는 커다란 운동화를 칠떡칠떡 끌며 얼른얼른 앞에 나서거라. 제쳐라 제쳐라. 얼른 제쳐라. 그러자 문득 기억나는 것이 있으니 그 언제인가 우미관 옆 골목에서 몰래 들창으로 들여다보던 아슬아슬하고 인상 깊던 그 장면. 위험을 무릅쓰고 악한을 추격하되 텀블링도 잘 하고, 사람도 잘 집어세고 막 이러는 용감한 그 청년과 이때 청년이 하던 목 잠긴 그 해설. 그리고 땅땅 따아리 땅땅 따아리 띵띵 띠이 하던 멋있는 그 반주. 봄바람은 살랑살랑 불어오는 큰 거리 이때 청년이 목숨을 무릅쓰고 구두를 제치는 광경이라 하고 보니 하면 할수록 무척 신이 난다. 아아 아구 아프다. 제쳐라 제쳐라 얼른 제쳐라 이때 청년이 땅땅 따아리 땅땅 따아리 띵띵 띠이 띵띵 띠이.

(을해, 1935.11.1)

『신인문학』, 1936.1.

19 구두는 구두 신은 순사. 순사에게 귓바퀴를 잡혀 끌려가면서 순사의 구두등만을 보고 종종걸음 치는 따라지의 모습.

따라지

쪽대문을 열어놓으니 사직원이 환히 내려다보인다.

인제는 봄도 늦었나보다. 저 건너 돌담 안에는 사쿠라꽃이 벌겋게 벌어졌다. 가지가지 나무에는 싱싱한 싹이 폈고 새침이 옷깃을 핥고 드는 요놈이 꽃샘이겠지. 까치들은 새끼 칠 집을 장만하느라고 가지를 입에 물고 날아들고—

이런 제길헐, 우리 집은 언제나 수리를 하는 겐가. 해마다 고친다, 고친다, 벼르기는 연실 벼르면서 그렇다고 사직골 꼭대기에 올라붙은 깨웃한 초가집이라서 싫은 것도 아니다. 납작한 처마 끝에 비록 묵은 이엉이 무더기무더기 흘러내리건 말건, 대문짝 한 짝이 삐뚜로 박이건 말건 장독 뒤의 판자가 아주 벌컥, 나자빠져도 좋다. 참말이지 그놈의 부엌 옆에 뒷간만 좀 고쳤으면 원이 없겠다. 밑둥의 벽이 확 나가서 어떤게 부엌이고 뒷간이지 분간을 모르니 게다 여름이 되면 부엌바닥은 구더기가 슬슬 기어들질 않나 이걸 보면 고대 먹었던 밥풀이 고만 곤두서고 만다. 에이 추해 추해. 망할 녀석의 영감쟁이 그것 좀 고쳐달라고 그렇게 성화를 해도—

쪽대문이 도로 닫겨지며 소리를 요란히 내인다. 아침 설거지에 젖은 손을 치마로 닦으며 주인마누라는 오만상이 찌푸려진다.

그러나 실상은 사글세를 못받아서 악이 오른 것이다. 영감더러 받아 달라면 마누라에게 밀고 마누라가 받자니 고분히 내질 않는다.

여지껏 밀어왔지만 너희들 오늘은 안 될라 마음을 아주 다부지게 먹고 건넌방 문을 홱 열어젖힌다.

"여보! 어떻게 됐소?"

"아 이거 참 미안합니다. 오늘두—"

덥수룩한 칼라머리를 이렇게 긁으며 역시 우물쭈물이다.

"오늘두라니 그럼 어떡 헐 작정이요?" 하고 눈을 한 번 무섭게 떠보였다. 마는 이 위인은 암만 을러도 노할 주변도 못 된다.

나이가 새파랗게 젊은 녀석이 왜 이리 할 일이 없는지 밤낮 방구석에 팔짱을 지르고 멍하니 앉아서는 얼이 빠졌다. 그렇지 않으면 이불을 뒤쓰고는 줄창같이 낮잠이 아닌가. 햇빛을 못 봐서 얼굴이 누렇게 시들었다. 경무과 제복공장의 직공으로 다니는 제 누이의 월급으로 둘이 먹고 지난다. 누이가 과부길래 망정이지 서방이라도 해가면 이건 어떡하려고 이러는지 모른다. 제 신세 딱한 줄은 모르고 만날

"돈은 우리 누님이 쓰는데요—누님 나오거던 말씀 하십시오."

"당신 누님은 밤낮 사날만 참아 달라는 게 아니요, 사날 사날 허니 그래 은제가 돼야 사날이란 말이요?"

"미안스럽습니다. 그러나 이번엔 사날 후에 꼭 디리겠습니다. 이왕 참아 주시든 길이니—"

"글쎄 은제가 사날이란 말이요?" 하고 주름 잡힌 이맛살에 화가 다시 치밀지 않을 수가 없다. 이놈의 사날이란 석 달인지 삼 년인지 영문을 모른다. 그러나 저쪽도 쾌쾌히 들어덤벼야 말하기가 좋을 텐데 울가망

으로 한풀 꺾이어 들어옴에는 더 지껄일 맛도 없는 것이다.

"돈두 다 싫소, 오늘은 방을 내주."

그는 말 한마디 또렷이 남기고 방문을 탁 닫아버렸다. 그러고 서너 발 뚜덜거리며 물러서자 다시 가서 문을 열어 잡고

"오늘 우리 조카가 이리 온다니까 어차피 방은 있어야 하겠소."

장독 옆으로 빠진 수채를 건너서면 바로 아랫방이다. 본시는 광이었으나 셋방 놓으려고 싱둥겅둥 방을 들인 것이다. 흙질 한 것도 위채 보다는 아직 성하고 신문지로 처덕이었을망정 제법 벽도 번뜻하다.

비바람이 들이치어 누렇게 들뜬 미닫이었다. 살며시 열고 노려보니 망할 노랑퉁이가 여전히 이불을 쓰고 끙, 끙, 누웠다. 노란 낯짝이 광대뼈가 툭 불거진 게 어제만도 더 못한 것 같다. 어쩌자고 저걸 들였는지 제 생각을 해도 소갈찌는 없었다. 돈도 좋거니와 팔자에 없는 송장을 칠까 봐 애간장이 다 졸아든다. 하기야 처음 올 때에 저 병색을 모른 것도 아니고

"영감님! 무슨 병환이슈?" 하고 겁을 먹으니까

"감기를 좀 들렸드니 이러우."

이런 굴치[1] 같은 영감쟁이가 또 있으랴. 그리고 그날부터 뒷간에다 피똥을 내깔기며 이 앓는 소리로 쩔쩔매는 것이다. 보기에 추하기도 할 뿐더러 그 신음소리를 들을 적마다 사지가 으스러지는 것 같다.

그러나 더 얄미운 것은 이걸 데리고 온 그 딸이었다. 버스걸[2] 다니니까 아마 가짓말이 심한 모양이다. 부족증이라고 한 마디만 했으면 속이

---

1 굴치 : 의뭉스러운 사람, 의뭉단지.

2 여자 버스차장.

나 시원할 걸 여태도 감기가 쇄서 그렇다고 빠득빠득 우긴다. 방을 안 줄까 봐 속인 고 행실을 생각하면 곧 눈에 불이 올라서

"영감님! 오늘은 방셀 주서야지요?"

"시방 내 몸이 아파 죽겠소."

영감님은 괜한 소리를 한단 듯이 썩 구찮게 벽 쪽으로 돌아눕는다. 그리고 어그머니 끙끙, 옴추러드는 소리를 친다.

"아니 영 방세는 안 내실 테요?" 하고 소리를 빽 지르지 않을래야 않을 수 없었다.

"내 시방 죽는 몸이요, 가만 있수."

"글쎄 죽는 건 죽는 거고 방세는 방세가 아니요, 영감님 죽기로서니 어째 내 방세를 못 받는단 말이요!"

"내가 죽는데 어째 또 방세는 낸단 말이요?"

영감님은 고개를 돌리어 눈을 부릅뜨고 마나님 붊지않게 호령이었다. 죽을 때가 가까워오니까 악이 받칠 대로 송두리 받친 모양이다.

"정 그렇거든 내 딸 오거든 받아 가구려."

"이건 누구에게 찌다운가 온, 별일두 많어이." 하고 홀로 입속으로 중얼거리며 물러가는 것도 상책일는지 모른다. 괜스레 병든 것과 겯고틀고 이러단 결국 이쪽이 한 굽 죄인다. 그보다는 딸이 나오거던 톡톡히 따져서 내좇는 것이 일이 쉬우리라.

고 옆으로 좀 사이를 두고 나란히 붙은 미닫이가 또 하나 있다. 열고자 문설주에 손을 대다가 잠깐 멈칫하였다. 툇마루 위에 무람없이 올려놓인 이 구두는 분명히 아끼꼬의 구두일 게다. 문 열어볼 용기를 잃고 그는 부엌 쪽으로 돌아가며 쓴 입맛을 다시었다.

카펜가 뭔가 다니는 계집애들은 죄다 그렇게 망골들인지 모른다. 영애하고 아끼꼬는 아무리 잘 봐도 씨알이 사람 될 것 같지 않다. 아래위 턱도 몰라보는 애들이 난봉질에 항수만 찾고 그래도 영애란 계집애는 비록 심술을 내고 내댈망정 뭘 물어보면 대답이나 한다. 아끼꼬는 방세를 내래도 입을 꼭 다물고는 안차게도 대꾸 한마디 없다. 여러 번 듣기 싫게 조르면 그제서는 이쪽이 낼 성을 제가 내가지고

"누가 있구두 안 내요? 좀 편히 계서요. 어련히 낼라구, 그런 극성 처음 보겠네."

이렇게 쥐어박는 소리를 하는 것이 아닌가, 좀 편히 계시라는 이 말에는 하 어이가 없어서도 고만 찔끔 못한다.

"망할 년! 은젠 병이 들었었나?"

쓸 방을 못 쓰고 사글세를 논 것은 돈이 아쉬웠던 까닭이었다. 두 영감 마누라가 산다고 호젓해서 동무로 모은 것도 아니다. 그런데 팔자가 사나운지 모두 우거지상, 노랑퉁이, 말괄량이, 이런 몹쓸 것들뿐이다. 이 망할 것들이 방세를 내는 셈도 아니요 그렇다고 아주 안 내는 것도 아니다. 한 달 치를 비록 석 달에 별러내는 한이 있더라도 역 내는 건 내는 거였다. 저희들 끼리 짜위나 한 듯이 팔십 전, 칠십 전, 그저 일원, 요렇게 짤끔짤끔 거리고 만다.

오늘은 크게 으를 줄 알았더니 하고 보니까 역시 어저께나 다름이 없다. 방의 세간을 마루로 내놔가며 세를 드린 보람이 무엇인지 그는 마루 끝에 앉아서 화풀이로 담배 한 대를 피워문다.

그러나 아무리 생각하여도 내 방 빌리고 내가 말 못하는 것은 병신스러운 짓임에 틀림이 없다. 담뱃대를 마루에 내던지고 약을 좀 올려가지

고[3] 다시 아랫채로 내려간다. 기세 좋게 방문이 홱 열리었다.

"아끼꼬! 이봐! 자?"

아끼꼬는 네 활개를 꼬 벌리고 아끼꼬답게 무사태평히 코를 골아 올린다. 젖통이를 풀어 헤친 채 부끄럼 없고 두 다리는 이불 싼 위로 번쩍 들어올렸다. 담배연기 가득 찬 방안에는 분내가 홱 끼치고—

"이봐! 아끼꼬! 자?"

이번에는 대문 밖에서도 잘 들릴 만큼 목청을 돋았다. 그러나 생시에도 대답 없는 아끼꼬가 꿈속에서 대답할 리 없음을 알았다. 그저 겨우 입속으로

"망할 계집애두, 가랑머릴 쩍 벌리고 저게 온—쩨쩨."

미닫이가 딱 닫겨지는 서슬에 문틀 위의 안약병이 떨어진다.

그제야 아끼꼬는 조심히 눈을 떠보고 일어나 앉았다. 망할 년 저보고 누가 보랬나, 하고 한옆에 놓인 손거울을 집어든다. 어젯밤 잠을 설친 바람에 얼굴이 부석부석하였다. 궐련에 불이 붙는다.

그는 천정을 향하여 연기를 내뿜으며 가만히 바라본다. 뾰죽한 입에서 연기는 고리가 되어 한 둘레 두 둘레 새어 나온다. 고놈을 하나씩 손가락으로 꼭 찔러서 터치고 터치고—

아까부터 영애를 기다렸으나 오정이 가까워도 오질 않는다. 단성사엘 갔는지 창경원엘 갔는지, 그래도 저 혼자는 안 갈 것이고 이런 때이면 방 좁은 것이 새삼스레 불편하였다. 햇빛이 안 들고 늘 습한 것 말고 조금만 더 넓었으면 좋겠다. 영애나 아끼꼬나 둘 중의 누가 밤의 손님

3 마음의 각오를 단단히 해가지고.

이 있으면 하나는 나가 잘 수밖에 없다. 둘이 자도 어깨가 맞부딪는데 그런데 셋이 눕기에는 너무 창피하였다. 나가서 자면 숙박료는 오십 전 씩 받기로 하였으니까 못 잘 것도 아니다마는 그 담날 밝은 낮에 여기까지 허덕허덕 찾아오는 것은 어째 좀 어색한 일이었다.

어제도 카페서 나오다가 골목에서 영애를 꾹 찌르고

"얘! 너 오늘 어디서 자구 오너라" 하고 귓속말을 하니까

"또? 얘 너는 좋구나!"

"좋긴 뭐가 좋아? 애두!"

아끼꼬는 좀 수줍은 생각이 들어 쭈볏쭈볏 그 손에 돈 팔십 전을 쥐어 주었다. 여느 때 같으면 오십 전이지만 그만치 미안하였다. 마는 영애는 지루퉁한 낯으로 돈을 받아 넣으며 또 하는 소리가

"얘! 인젠 종로 근처로 우리 큰방을 얻어오자."

"그래 가만 있어—잘 가거라 그리고 낼 일즉 와—"

남 인사하는 데는 대답 없고

"나만 밤낮 나와 자는구나!"

이것은 필시 아끼꼬에게 엇먹는 조롱이겠지 망할 애도 저더러 누가 뚱뚱하고 못 생기게 나랬나, 그렇게 삐지게. 허지만 영애가 설마 아끼꼬에게 삐지거나 엇먹지는 않았으리라.

아끼꼬는 벽께로 허리를 펴며 팔뚝시계를 다시 본다. 오정하고 십오 분 또 삼 분 영애가 올 때가 되었는데 망할 거 누가 채갔나. 기지개를 한 번 늘이고 들어 누우며 미닫이께로 고개를 가져간다. 문 아랫도리에 손가락 하나 드나들 만한 구멍이 뚫려 있다. 주인마누라가 그제야 좀 화가 식었는지 안방으로 휘젔고 들어가는 치마꼬리가 보인다. 그리고

마루 뒤주 위에는 언제 꺾어다 꽂았는지 정종병에 엉성히 뻗은 꽃가지 붉게 핀 것은 복숭아꽃이겠고 노랗게 척척 늘어진 저건 개나리다. 건넌방 문은 여전히 꼭 닫쳤고 뒷간 가는 기색도 없다. 저 속에는 지금 제가 별명진 톨스토이가 책상 앞에 웅크리고 앉아서 눈을 감고 있으리라. 올라가 이야기나 좀 하고 싶어도 구렁이 같은 주인 마누라가 지키고 앉아 있어 감히 나오지를 못한다.

이것은 아끼꼬가 안채의 기맥을 정탐하는 썩 필요한 구멍이었다. 뿐만 아니라 저녁나절에는 재미스런 연극을 보는 한 요지경도 된다. 어느 때는 영애와 같이 베개를 비고 하나가 한 구멍씩 맡아가지고 구경을 한다. 왜냐면 다섯 점 반쯤 되면 완전히 히스테리인 톨스토이의 누님이 공장에서 나오는 까닭이었다.

그 누님은 성질이 어찌 괄한지 대문간서부터 들어오는 기색이 난다. 입을 꼭 다물고 눈살을 접은 그 얼굴을 보면 일상 마땅치 않은 그리고 세상의 낙을 모르는 사람 같다. 어깨는 축 늘어지고 풀없어 보이면서 게다 걸음만 빠르다. 들어오면 우선 건넌방 툇마루에다 빈 벤또를 쟁그렁 하고 내다부친다. 이것은 아우에게 시위도 되거니와 이래야 또 직성도 풀린다.

그리고 그는 눈을 휘둥그렇게 뜨고 사면의 불평을 찾기 시작한다. 마는 아우는 마당도 쓸어놓고, 부뚜막의 그릇도 치고 물독의 뚜껑도 잘 덮어놓았다. 신발장이라도 잘못 놓여야 트집을 걸 텐데 아주 말쑥하니까 물바가지를 땅으로 동댕이친다. 이렇게 불평을 찾다가 불평이 없어도 또한 불평이었다.

“마당을 쓸면 잘 쓸던지, 그릇에다 흙칠을 온통 해놨으니 이게 뭐냐?”

끝이 꼬부라진 그 책망. 아우는 방속에서 끽소리 없다.

"밥을 얻어먹으면 밥값을 해야지, 늘 부처님같이 방구석에 꽉 앉았기만 하면 고만이냐?"

이것이 하루 몇 번씩 귀 아프게 듣는 인사이었다. 눈을 홉뜨고 서서, 문 닫힌 건넌방을 향하여 퍼붓는 포악이었다. 그런 때이면 야윈 목에가 굵은 핏대가 불끈 솟고 구부정한 허리로 게거품까지 흐른다. 그러나 이건 보통 때의 말이다. 어쩌다 공장에서 뒤를 늦게 본다고 감독에게 쥐어박히거나, 혹은 재봉침에 엄지손톱을 박아서 반쯤 죽어오는 적도 있다. 그러면 가뜩이나 급한 그 행동이 더욱 불이야 불이야 한다. 손에 잡히는 대로 그릇을 내던져 깨치며

"왜 내가 이 고생을 해가며 널 먹이니 응 이놈아?"

헐없이 미친 사람이 된다. 아우는 그래도 귀가 먹은 듯이 잠자코 앉았다. 누님은 혼자 서서 제 몸을 들볶다가 나중에는 울음이 탁 터진다. 공장살이에 받는 설움을 모두 아우의 탓으로 돌린다. 그러면 하릴없이 아우는 마당에 내려와서 누님의 어깨를 두 손으로 붙잡고

"누님! 다 내가 잘못했수 그만 두" 하고 달래지 않을 수 없다.

"네가 이놈아! 내 살을 뜯어먹는 거야."

"그래 알았수, 내가 다 잘못 했으니 고만둡시다."

"듣기 싫여, 물러나" 하고 벌컥 떠다밀면 땅에 펄썩 주저앉는 아우다. 열적은 듯, 죄송한 듯 얼굴이 벌개서 털고 일어나는 그 아우를 보면 우습고도 일변 가여웠다.

그러나 더 우스운 것은 마루에서 저녁을 먹을 때의 광경이다. 누님이 밥을 퍼가지고 올라와서는 암말 없이 아우 앞으로 한 그릇을 쭉 밀어

놓는다. 그리고 자기는 자기대로 외면하여 푹푹 퍼먹고 일어선다. 물론 반찬도 각각 먹는 것이다. 아우는 군말 없이 두 다리를 세우고, 눈을 내려깔고는 그 밥을 떠먹는다. 방에 앉아서 주인마누라는 업신여기는 눈으로 은근히 흘겨준다.

영애는 톨스토이가 너무 병신스러운데 골을 낸다. 암만 얻어먹더라도 씩씩하게 대들질 못하고 저런, 저런, 그러나 아끼꼬는 바보가 아니라 사람이 너무 착해서 그렇다고 우긴다.

하긴 그렇다고 누님이 자기 밥을 얻어먹는 아우가 미워서 그런 것도 아니다. 나뭇잎이 등금등금 날리던 작년 가을이었다. 매일같이 하 들볶으니까 온다간다 말없이 하루는 아우가 없어졌다. 이틀이 되어도 없고 사흘이 되어도 없고 일주일이 썩 지나도 영 들어오지를 않는다.

누님은 아우를 찾으러 다니기에 눈이 뒤집혔다. 그렇게 착실히 다니던 공장에도 며칠씩 빠지고 혹은 밥도 굶었다. 나중에는 아우가 한을 품고 죽었나보다고 집에 들어오면 마루에 주저앉아서 통곡이었다. 심지어 아끼꼬의 손목을 다 붙잡고

“여보! 내 아우 좀 찾아주, 미치겠수.”

“그렇지만 제가 어딜 간 줄 알아야지요.”

“아니 그런데 놀러가거든 좀 붙들어주, 부모 없이 불상히 자란 그놈이—”

말끝도 다 못 마치고 이렇게 울던 누님이 아니었던가. 아흐레만에야 아우는 남대문 밖 동무집에서 찾아왔다. 누님은 기뻐서 또 울었다. 그리고 그 담날부터 다시 들볶기 시작하였다.

이 속은 참으로 알 수 없고, 여북해야 아끼꼬는 대문 소리만 좀 다르면

"얘 영애야! 변덕쟁이 온다. 어서 이리 와" 하고 잇속 없이 신이 오른다.

아끼꼬는 남 모르게 톨스토이를 맘에 두었다. 꿈을 꾸어도 늘 울가망으로 톨스토이가 나타나고 한다. 꼭 바렌티노[4]같이 두 팔을 떡 벌리고 하는 소리가 오! 저는 당신을 사랑합니다. 이 가슴에 안겨주소서. 그러나 생시에는 이놈의 톨스토이가 아끼꼬의 애타는 속도 모르고 본둥만둥이 아닌가. 손님에게 꼭 답장을 할 필요가 있어서

"선생님! 저 연애편지 하나만 써주서요."

아끼꼬가 톨스토이를 찾아가면

"저 그런 거 못 씁니다."

"소설 쓰시는 이가 그래 연애편지를 못 써요?"

하고 어안이 벙벙해서 한참 쳐다본다. 책상 앞에서 늘 쓰고 있는 것이 소설이란 말은 여러 번 들었다. 그래 존경해서 선생님이라고 부르고 뒤에서는 톨스토이로 바치는데 그래 연애편지 하나 못 쓴다니 이게 말이 되느냐. 하도 기가 막혀서

"선생님! 연애 해보셨어요?" 하면 무안당한 계집애처럼 고만 얼굴이 벌게진다.

"전 그런 거 모릅니다."

아끼꼬는 톨스토이가 저한테 흥미를 안 갖는 걸 알고 좀 샐쭉하였다. 카페서 구는 여급이라고 넘보는 맥인지 조선말로 부르면 흉해서 아끼

---

4 바렌티노(Rudolph Varentino, 1895~1926) : 이탈리아 출신의 미국배우. 무성영화 시절 인기배우. 〈묵시록의 4기수(The Four Horsemen of the Apocalypse)〉(1921), 〈족장(The Sheik)〉(1921), 〈피와 모래(Blood and Sand)〉(1922), 〈독수리(The Eagle)〉(1925), 〈족장의 아들(The Son of the Sheik)〉(1926) 등 주로 낭만적인 영화에 출연했다. 31세에 패혈증으로 요절.

꼬로 행세는 하지만 영영 아끼꼰 줄 안다. 어쩌면 톨스토이가 흉측스럽게 아랫방 버스걸과 눈이 맞았는지도 모른다. 왜냐면 버스걸이 나갈 때 고때쯤해서 톨스토이가 세수를 하러 나오고 하는 것을 보았다. 그리고 옥생각인진 몰라도 버스걸도 요즘엔 버쩍 모양을 내기에 몸이 달았다.

며칠 전에는 버스걸이 거울과 가위를 손에 들고서 아끼꼬의 방엘 찾아왔다.

"언니! 나 이 머리 좀 잘라주."

"근 왜 자를랴구 그래. 그냥 두지?"

"날마다 머리 빗기가 구찮어서 그래" 하고 좀 거북한 표정을 하더니

"난 언니 머리가 좋아 몽톡한 게!" 웃음으로 겨우 버무린다.

하 조르므로 아끼꼬는 그 좋은 머리를 아니 자를 수 없다. 가위에 힘을 주어 그 중턱을 툭 끊었다. 버스걸은 손으로 만져보더니 재겹게 기쁜 모양이다. 확 돌아앉아서 납죽한 주둥이로 해해 웃으며

"언니 머리같이 더 좀 디려 잘라주어요."

"더 잘름 못써. 이만하면 좋지 않어?"

대구 졸랐으나 아끼꼬는 머리를 버려놀까 봐 더 응하질 않았다. 여기에 성이 바르르 나서 버스걸은 제방으로 가서는 제 손으로 더 몽총이 잘라버렸다. 그 뜯어놓은 머리에다 분을 하얗게 바르고는 아주 좋다고 나다니는 계집애다. 양말 뒷축에 펑크가 좀 나도 저희 방 들어갈 제 뒤로 기어든다.

아침에 나갈 제 보면 버스걸은 커단 책보를 옆에 끼고 아주 버젓하다. 처음에 아끼꼬가 고등과에 다니는 학생인가 한 것도 무리는 아니었다. 왜냐면 그 책보가 고등과에 다니는 책보 같이 그렇게 탐스럽고 허울이

좋았다. 그러나 차차 알고 보니까 보지도 않은 헌 잡지를 그렇게 포개고 고 사이에 벤또를 꼭 물려서 싼 책보이었다. 벤또 하나만 싸면 공장의 계집애나 버스걸로 알까 봐서 그 무거운 잡지책들을 힘 드는 줄도 모르고 들고 왔다갔다 하는 것이 아니냐. 그래 놓고는 저녁에 돌아올 때면 웬 도적놈 같은 무서운 중학생 놈이 쫓아오고 한다고 늘 성화다.

"그눔 대리를 꺾어놓지."

이렇게 딸의 비위를 맞추어 병든 아버지는 이불 속에서 큰소리다. 그리고 아침마다 딸 맘에 떡 들도록 그 책보를 싸는 것도 역 그의 일이었다. 정성스레 귀를 내어 문밖으로 두 손으로 내바치며

"얘! 일찌거니 돌아오너라 감기 들라."

이런 걸 보면 영애는 또 마음에 마뜩지 않았다. 딸에게 구리칙칙이 구는 아버지는 보기가 개만도 못하다 했다. 그래 아끼꼬와 쓸데적게 주고받고 다툰 일까지 있다.

"그럼 딸의 거 얻어 먹구 그렇지도 않어?"

"그러니 더 든적스럽지 뭐냐?"

"든적스럽긴 얻어 먹는 게 든적스러, 몸에 병은 있구, 그럼 어떻거니? 애두! 너무 빠장빠장 우기는구나!"

아끼꼬는 샐쭉 토라지다 고개를 다시 돌리어 옹크라뜯는 소리로

"너 느 아버지가 팔아먹었다지, 그래 네 맘에 좋냐?"

"애두! 절더러 누가 그런 소리 하라나?" 하고 영애는 더 덤비지 못하고 그제서는 눈으로 치마를 걷어 올린다.[5] 이렇게까지 영애는 그 병쟁이가

5 ① 눈을 아래로부터 위로 치뜬다. ② 치마를 끌어올려 눈물을 닦는다.

몹시도 싫었다. 누렇게 말라붙은 그 얼굴을 보고 김마까라는 별명을 지을 만치 그렇게 밉살스럽다. 왜냐면 어느 날 김마까[6]가 영애의 영업을 방해하였다.

그날은 어쩐 일인지 김마까가 초저녁부터 딸과 싸운 모양이었다. 새로 두 점쯤 해서 영애가 들어오니까 둘이 소군소군하고 싸우는 맥이다. 가뜩이나 엄살을 부리는데다 더 흉측을 떨며

"어이쿠! 어이쿠! 하나님 맙시사!"

그렇지 않으면

"하나님! 날 잡아가지 왜 이리 남겨두슈!"

아래 웃칸을 흙벽으로 막았으면 좋을 걸 얇은 빈지[7]를 들이고 종이로 발랐다. 윗간에서 부스럭 소리만 나도 아랫간까지 고대로 흘러든다. 그 벽에다 머리를 쾅쾅 부딪치며

"어이구! 이놈의 팔짜두!"

제깐에는 딸 앞에서 죽는다고 결기를 날리는 꼴이다. 그러면 딸은 표독스러운 음성으로

"누가 아버지보고 돌아가시랬어요? 괜히 남의 비위를 긁어놓구 그러시네!"

"늙은이 보구 담밸 끊으라는 게 죽으라는 게지 뭐야!"

"그게 죽으라는 거야요? 남 들으면 정말로 알겠네—"

딸이 좀 더 볼멘소리로 쏘아 박으니 또 다시

6 노란참외(きいろ まくわ)를 의미하는 일본어 발음. 여기에서는 병이 깊어 얼굴색이 노르스름한 사람을 지칭한 말.

7 한 짝씩 끼웠다 떼었다 할 수 있게 만든 문.

"어이구! 이놈의 팔짜두!"

벽에 머리를 부딪치며 어린애같이 꼑꼑 울고 앉았다. 질긴 귀로도 못 들을 징그러운 그 울음소리—

가물에 빗방울 같이 모처럼 끌고 왔던 영애의 손님이 이마를 접는다. 그리고 아주 말없고 취한 자리로 비틀비틀 쪽마루로 내건는다. 되는 대로 구두짝이 끌린다.

"왜 가서요?"

"요담 또 오지."

"여보서요! 이 밤중에 어딜 간다구 그러서요?" 하고 대문간서 그 양복을 잡아채인다. 마는 허황한 손이 올라와 툭툭 털어버리고

"요담 또 오지."

그리고 천변을 끼고 비틀거리는 술 취한 걸음이다. 영애는 눈에 독이 잔뜩 올라서 한 전등이 둘세 씩 보인다. 빈 방안에 홀로 누워서 입속으로 김마까를 악담을 하며 눈물이 핑 돈다.

벌써 한 점 사십오 분, 영애는 디퉁디퉁 들어오며 살집 좋은 얼굴이 싱글벙글이다. 손에는 통통한 과자봉지 미닫이를 여니 윗목 구석에 쓸어박은 헌양말짝, 때 절은 속곳, 보기에 어수산란하다.

"벌써 오니? 좀 더 있지—"

"애두! 목욕허구 온단다."

"목욕은 혼자 가니?" 하고 좀 삐질라 한다.

"그래 너 주려고 과자 사왔어요—"

"그럼 그렇지 우리 영애가!"

요강에서 손을 뽑으며 긴히 달려든다. 아끼꼬는 오줌을 눌 적마다 요

강에 받아서는 이 손을 담그고 한참 있고 저 손을 담그고 그러나 석 달이나 넘어 그랬건만 손결이 별로 고와진 것 같지 않다. 그 손을 수건에 닦고 나서

"모두 나마카시만 사왔구나."

우선 하나를 덥석 물어 뗀다.

"그 손으로 그냥 먹니? 애! 난 싫단다!"

"메 드러워? 저두 오줌은 누면서도 그래."

"그래두 먹는 것 하구 같으냐?" 하지만 영애는 아끼꼬보다 마음이 훨씬 눅었다. 더 타내지 않고 그런 양으로 앉아서 같이 집어먹는다. 그의 마음에는 아끼꼬의 생활이 몹시 부러웠다. 여러 손님의 사랑에 괴이며 예쁜 얼굴을 자랑하는 아끼꼬, 영애 자신도 꼭 껴안아주고 싶은 아담스러운 그런 얼굴이다.

"그이 은제 갔니?"

"새벽녘에 내뺐단다. 아주 숫배기야."

"넌 참 좋겠다. 나두 연애 좀 해봤으면!"

"허려무나. 누가 허지 말라아니?"

"아니 너 같은 연앤 싫여. 정신으로만 허는 연애 말이지" 하고 어딘가 좀 뒤둥그러진 소리

"오! 보구만 속 태우는 연애 말이지?" 하긴 했으나 아끼꼬는 어쩐지, 영애에게 너무 심하게 한 듯싶었다. 가뜩이나 제 몸 못난 걸 은근히 슬퍼하는 애를—

"애! 별 소리 말아요, 연애두 몇 번 해보면 다 시들해지는 걸 모르니? 난 일상 맘 편히 혼자 지내는 네가 부럽드라!" 하고 슬그머니 한 번 문

질러주면

"메가 부러워? 애두! 괜히 저러지."

영애는 이렇게 부인은 하면서도 벙싯하고 짜장 우월감을 느껴 보려 한다. 영애도 한때는 주체궂은 살을 말리고자 아편도 먹어봤다. 남의 말대로 듬뿍 먹었다가 꼬박이 이틀 동안을 일어나도 못하고 고생하던 생각을 하면 시방도 등허리가 선득하다. 그러나 영애에게도 어쩌다 엽서가 오는 것은 참 신통한 일이라 안 할 수 없다.

"또 뭐 뒤져갔니?" 하고 영애는 의심이 나서 제 경대 서랍을 뒤져본다. 과연 며칠 전 어떤 전문학교 학생에게서 받은 끔찍이 귀한 연애편지가 또 없어졌다. 사내들은 어째서 남의 계집애의 세간을 뒤져가기 좋아하는지 그 심사는 참으로 알 수 없고

"또 집어갔구나! 이럼 난 모른단다!"

영애는 그만 울상이 된다.

"뭐?"

"편지 말이야!"

"무슨 편지를?"

"왜 요전에 받은 그 연애편지 말이야."

"저런! 그 망할 자식이 그건 뭣하러 집어가. 난 통히 보질 못했는데 — 수집은 척 하드니 아니 숭악한 자식이로군!"

아끼꼬는 가는 눈썹을 더욱이 잰다.[8] 그리고 무색한 듯이 영애의 눈치만 한참 바라보더니

8 재다 : 동작이 재빠르다. 온도에 대한 물건의 반응이 빠르다. 여기에서는 영애에 대한 미안함으로 아키코의 얼굴이 찡그러지자 동시에 눈썹이 꿈틀거리는 모습을 표현한 듯하다.

"내 톨스토이 보고 하나 써달라마. 그럼 이담 연애편지 쓸 때 그거 보구 쓰면 고만 아냐!" 하고 곱게 달랜다. 그러나 과연 톨스토이가 하나 써 줄는지 그것도 의문이다. 영애가 벌써 전부터 여기를 떠나자고 졸라도 좀 좀 하고 망설이고 있는 아끼꼬! 그런 성의를 모르고 톨스토이는 아끼꼬를 보아도 늘 한냥으로 대단치 않게 지나간다. 그렇다고 한때는 버스 걸에 맘을 두었나 하고 의심도 해 봤으나 실상은 그런 것도 아닐 것이다. 낮에 사직원 산으로 올라가면 아끼꼬는 가끔 톨스토이를 만난다. 굵은 소나무 줄기에 등을 비겨대고 먼 하늘만 정신없이 바라보고 섰는 톨스토이다. 아끼꼬가 그 앞을 지나가도 못 본 척하고 들떠보도 않는다. 약이 올라서 속으로 망할 자식 하고 욕도 하여 본다. 그러나 나중 알고 보면 못 본 척이 아니라 사실 눈 뜨고 못 보는 것이다. 그렇게 등신 같이 한눈을 팔고 섰는 톨스토이다. 이걸 보면 아끼꼬는 여자고보를 중도에 퇴학하던 저의 과거를 연상하고 가엾은 생각이 든다. 누님에게 얻어먹고 저러고 있는 것이 오죽 고생이랴. 그리고 학교 때 수신 선생이 이야기하던 착하고 바보 같다던 그 톨스토이가 과연 저런 건지. 하고 객적은 조바심도 든다.

아끼꼬는 기침을 캑 하고 그 앞으로 다가선다. 눈을 깜박깜박하며

"선생님! 뭘 그렇게 생각하서요?" 하고 불쌍한 낯을 하면

"아니오—" 하고 어색한 듯이 어물어물하고 만다.

"그렇게 섰지 마시고 좀 운동을 해보서요"

하도 딱하여 아끼꼬는 이렇게 권고도 하여 본다.

"오늘은 방을 좀 쳐야 하겠소. 여기 내 조카도 지금 오고 했으니까—"

주인 마누라는 악이 바짝 올라서 매섭게 쏘아본다. 방에서만 꾸물꾸

물 방패막이를 하고 있는 톨스토이가 여간 밉지 않다.

"아 여보! 방의 세간을 좀 쳐줘요 그래야 오는 사람이 들어가질 않소?"

"사날만 더 참아줍쇼. 이번엔 꼭 내겠습니다."

"아니 뭐 사 사글세를 안 낸대서 그런 게 아니요. 내가 오늘부터 잘 데가 없고 이 방을 꼭 써야 하겠기에 그래서 방을 내달라는 것이지 —"

양복바지를 거반 응덩이에 걸친 버드렁니가 이렇게 허리를 쓱 편다. 주인 마누라가 툭하면 불러온다는 제 조카라는 놈이 필연 이걸 게다. 혼자 독학으로 부청에까지 출세를 한 굉장한 사람이라고 늘 입의 침이 말랐다. 그러나 귀 처진 눈은 말고 헤벌어진 입에 양복 입은 체격하고 별로 굉장한 것 같지 않다. 게다 얼짜가 분수없이 빼팅기려고

"참아주시는 길이니 며칠만 더 참아 주십시오."

이렇게 애길하면

"아 여보! 당신만 그래 사람이요?" 하고 제법 삿대질까지 할 줄 안다.

"저런 자식두! 못두 생겼네. 저게 아마 경성부 고쓰깽[9]인 거지?"

"글쎄 그래도 제법 넥타일 다 잡숫구" 하고 손가락이 들어가 문의 구멍을 좀더 후벼판다마는 아끼꼬는 구렁이(주인마누라)의 속을 뻔언히 다 안다. 인젠 방세도 싫고 셋방 사람을 다 내쫓으려 한다. 김마까나 아끼꼬는 겁이 나서 차마 못 건드리고 제일 만만한 톨스토이부터 우선 몰아내려는 연극이렷다.

"저 구렝이 좀 봐라. 옆에 서서 눈짓을 해가며 자꾸 씨기지?"

"글쎄 자식도 얼간이가 아냐? 즈 아주멈 시키는 대로 놀구 섰네."

9 사환, 급사(こづかい)의 일본어.

"아쭈 얼짜가 빼팅긴다. 지가 우와기[10]를 벗어 놓면 어쩔 테야 그래? 자식두!"

"톨스토이가 잠자코 앉었으니까 약이 올라서 저래. 맛부리는 게 밉살머리궂지? 자식 한 대 앵겨줬으면."

"내가 한 대 먹이면 저거 고택골 간다. 그래니깐 아끼꼬한데 감히 못 오지 않어?"

주먹을 이렇게 들어 뵈다가 고만 영애의 턱을 치질렀다. 영애는 고개를 저리 돌리어 또 빼쭉하고

"얘 이럼 난 싫단다!"

"누가 뭐 부러 그랬니, 또 빼쭉하게?" 하고 아끼꼬도 좀 빼쭉하다가 슬슬 눙치며

"그래 잘못했다. 고만 두자. 쐭쐭쐭—"

영애의 턱을 손등으로 문질러주고

"쟤! 저것 봐라 놈은 팔을 걷고 구렁이는 마루를 구르고 야단이다."

"얘, 재밌다. 구렁이가 약이 바짝 올랐지?"

"저 자식 보게, 제 맘대로 남의 방엘 막 들어가지 않어?"

아끼꼬가 영애에게 눈을 크게 뜨니까

"뭐 일을 칠 것 같지? 병신이 지랄 한다드니 정말인가베!"

"저 자식이 남의 세간을 제 맘대로 내놓질 않나? 경을 칠 자식!"

"그건 나무래 뭘해. 그저 톨스토이가 바보야! 그래도 부처같이 잠자코 앉었지 않어? 세상에 별 바보두 다 많어이!"

---

10 상의, 윗도리 (うわぎ)에 해당되는 일본어.

아끼꼬는 그건 들은 체도 안 하고 대뜸 일어선다. 미닫이가 열리자 우람스러운 걸음 한숨에 안마루로 올라서며 볼멘소리다.

"아니 여보슈! 남의 세간을 그래 맘대로 내놓은 법이 있소?"

"당신이 웬 챙견이요?"

얼짜는 톨스토이의 책상을 들고 나오다 방문턱에 우뚝 멈춘다. 눈을 휘둥그렇게 뜨고 주저주저하는 양이 대담한 아끼꼬에 적이 놀란 모양—

"오늘부터 내가 여기서 자야 할 테니까—그래서—방을 치는데—"

얼짜는 주변성 없는 말로 이렇게 굳다가

"당신 맘대로 방은 치는 거요?"

"그럼 내 방 내 맘대로 치지 누구에게 물어본단 말이유?"

하고 제법 을딱딱이긴 했으나 뒷갈망은 구렁이에게 눈짓을 슬슬 한다.

"그렇지 내 방 내가 치는데 누가 뭐할 턱 있나?"

"당신 맘대룬 안 되우. 그 책상 도루 저리 갖다놓우. 사글세 내란다든지 하는 게 옳지 등을 밀어 내쫓는 경우가 어딨단 말이오?"

"아니 아끼꼬는 제 거나 낼 생각하지 웬 걱정이야? 저리 비켜 서!"

구렁이는 문을 막고 섰는 아끼꼬의 팔을 잡아댕긴다. 에패는 찍소리 없이 눌러왔지만 오늘은 얼짜를 잔뜩 믿는 모양이다. 이걸 보고 옆에 섰던 영애가 또 아니꼬워서

"제 거라니? 누구 보구 저야? 이 늙은이가 눈깔이 뼜나!" 하고 그 팔을 뒤로 홱 잡아챈다. 늙은 구렁이와 영애는 몸 중량의 비례가 안 된다. 제풀에 비틀비틀 돌더니 벽에 가 쿵 하고 쓰러진다. 그러나 눈을 감고 턱이 떨리는 어이고 소리는 엄살이다.

얼짜가 문턱에 책상을 떨기더니 용감히 홱 넘어 나온다. 아끼꼬는 저

자식이 더럽게 달마찌[11]의 흉내를 내는구나 할 동안도 없이 영애의 뺨이 쩔꺽—

"이년아! 늙은이를 쳐?"

"이 자식 보래! 누기 뺨을 때려?"

아끼꼬는 악을 지르자 그 혁대를 뒤로 잡아서 낚아챈다. 마루 위에 놓였던 다듬잇돌에 걸리어 얼짜는 엉덩방아가 쿵 하고 잡은 참 날아드는 숯 보구니는 독 오른 영애의 분풀이다.

그러자 또 아랫방 문이 홱 열리고 지팡이가 김마까를 끌고 나온다.

"이 자식이 웬 자식인데 남의 계집애 뺨을 때려? 온 이런 망하다 판이 날 자식이 눈에 아무 것도 뵈질 않나—세상이 망한다 망한다 한대두만 이런 자식은"

김마까는 뜰에서부터 사방이 들으라고 와짝 떠들며 올라온다. 구렁이한테 늘 쪼여 지내던 원한의 복수로 아끼꼬와 서로 멱살잡이로 섰던 얼짜의 복장을 지팡이는 내지른다.

"이런 염병을 하다 땀통이 끊어질 자식이 있나!"

그와 동시에 김마까는 검불같이 뒤로 벌렁 나자빠졌다. 내댔던 지팡이가 도로 물러오며 바짝 마른 허구리를 쳤던 것이다. 개신개신 몸을 일으집으며 김마까는 구시월 서리 맞은 독사가 된다.

"이 자식아 ! 너는 니 애비두 없니?"

대뜸 지팡이는 날아들어 얼짜의 귓배기를 내려갈긴다. 딱 하고 뼈 닿는 무딘 소리. 얼짜는 고개를 푹 꺾고 귀에 두 손을 들여대자 죽은 듯이 꼼

11 달마찌 : 1930년대 헐리우드의 액션영화 배우.

짝 못한다.

아끼꼬도 얼짜에게 뺨 한 개를 얻어맞고 울고 있었다. 이 좋은 기회를 타서 얼짜의 등 뒤로 빨간 얼굴이 달려든다. 이걸 권투식으로 집어셀까 하다 그대로 그 어깨쭉지를 뒤로 물고 늘어진다. 아 아 이렇게 외마디 소리로 아가리를 딱 딱 벌린다. 그리고 뒤통수로 암팡스리 날아든 것은 영애의 주먹이다.

톨스토이는 모두가 미안쩍고 따라 제풀에 지질려서 어쩔 줄을 모른다. 옆에서 눈을 흘기는 영애도 모르고

"노서요, 고만 노서요. 이거 이럼 어떡헙니까?" 하며 아끼꼬의 등을 두 손으로 흔든다. 구렁이도 벌벌 떨어가며

"이년이 사람을 뜯어먹을 텐가. 안 놓니, 이거 안 놔?"

아끼꼬를 대구 잡아당기며 어른다. 그러나 잡아당기면 당길수록 얼짜는 소리를 더 지른다. 이러다간 일만 크게 벌어질 걸 알고 구렁이는 간이 고만 달룽한다. 이번 사품에 안방 미닫이는 설쭉[12]이 부러지고 뒤주 위에 얹혔던 대접이 둘이나 떨어져 깨졌다. 잔뜩 믿었던 조카는 저렇게 죽게 되고 이러단 방은커녕 사람을 잡겠다 생각하고 그는 온몸이 덜덜 떨리었다. 게다 모지게 내려치는 김마까의 지팡이—

구렁이는 부리나케 대문 밖으로 나왔다. 골목길을 내려오며 뒤에 날리는 치맛자락에 바람이 났다.

"사글세를 내랬으면 좋지 내쫓을랴구 하니까 그렇게 분란이 일구 하

---

12 설주: 본래 문설주는 문짝을 끼워 달기 위하여 문의 양쪽에 세운 기둥을 의미. 그러나 이곳에서 말하는 설쭉은 문 자체, 곧 문짝을 구성하기 위해 가로 세로 또는 중간에 들어가 있는 목재들, 문살들을 의미한다.

는 게 아니야?"

"아닙니다. 누가 내쫓을랴구 그래요. 세를 내라구 그러니깐 그렇게 아끼꼬란 년이 올라와서 온통 사람을 뜯어먹고 그러는군요!"

"말 마라, 내쫓을랴구 헌 걸 아는데 그래. 요전에도 또 한 번 그런 일이 있었지?"

순사는 노파의 뒤를 따라오며 나른한 하품을 주먹으로 끈다. 푹하면 와서 찐대를 붙은 노파의 행세가 여간 귀찮지 않다. 조그맣게 말라붙은 노파의 흰 머리쪽을 바라보며

"올해 몇 살이냐?"

"그넌 열아홉이죠. 그런데 그렇게—"

"아니 노파 말이야?"

"네? 제 나요? 왜 쉰일곱이라구 전번에 여쭸지요. 그런데 이 고생을 하는군요" 하고 궁상스리 우는 소리다.

노파는 김마까보다도 톨스토이보다도 누구보다도 아끼꼬가 가장 미웠다. 방세를 받으려도 중뿔나게 가로 맡아서 지랄하기가 일쑤요 또 밤낮 듣기 싫게 창가질이요 게다 세숫물을 버려도 일부러 심청 궂게 안마루 끝으로 홱 끼얹는 아끼꼬 이년을 이번에는 경을 흠씬 치도록 해야 할 텐데. 속이 간질대서 그는 총총걸음을 치다가 돌부리에 채켜 고만 나가둥그러진다. 그 바람에 쓰레기통 한 귀에 내뻗은 못에 가서 치맛자락이 찌익 하고 찢어진다.

"망할 자식 같으니. 쓰레기통의 못두 못 박았나!" 하고 흙을 털고 일어나며 역정이 난다. 그 꼴을 보고 순사는 손으로 웃음을 가린다.

"그 봐! 이젠 다시 오지마라. 이번엔 할 수 없지만 또 다시 오면 그땐

노파를 잡아갈 테야?"

"네—다시 갈 리 있겠습니까. 그저 이번에 그 아끼꼬란 년만 흠씬 버릇을 아르켜 주십시오. 늙은이 보구 욕을 않나요 사람을 치질 않나요! 그리고 안죽 핏대도 다 안 마른 년이 서방이 메친지 수가 없어요—"

순사는 코대답을 해가며 귓등으로 듣는다. 너무 많이 들어서 인제는 흥미를 놓친 까닭이었다. 갈팡질팡 문지방을 넘다 또 고꾸라지려는 노파를 뒤로 부축하며 눈살을 찌푸린다. 알고 보니 짐작대로 노파 허풍에 또 속은 모양이었다. 살인이 났다고 짓떠들더니 임장하여 보니까 조용한 집안에 웬 낯설은 양복장이 하나만 마루 끝에서 천연스레 담배를 필 뿐이다. 그리고는 장독 사이에서 왔다갔다 하며 뭘 주워 먹는 생쥐가 있을 뿐 신발짝 하나 난잡히 놓이지 않았다. 하 어처구니가 없어서

"어서 죽었어?"

"어이구 분해! 이것들이 또 저를 고랑땡을 먹이는군요! 입때까지 저 마룽에서 치고 차고 깨물고 했답니다."

노파는 이렇게 주먹으로 복장을 찧으며 원통한 사정을 하소한다. 왜냐면 이것들이 이 기맥을 벌써 눈치채고 제각기 헤져서 아주 얌전히 박혀 있다. 아끼꼬는 문을 닫고 제 방에서 콧노래를 부르고 지팡이를 들고 날뛰던 김마까는 언제 그랬더냔 듯이 제 방에서 끙 끙 여전한 신음소리. 이렇게 되면 이번에도 또 자기만 나무리키게 될 것을 알고

"어이구 분해! 어이구 분해!"

주먹으로 복장을 연방 들두들기다 조카를 보고

"얘—넌 어떻게 돼서 이렇게 혼자 앉었니?"

"뭘 어떻게 돼요 되긴?" 하고 눈을 지릅뜨는 그 대답은 썩 퉁명스럽

고 걱세다. 이런 화중으로 끌고 온 아주멈이 몹시도 밉고 원망스러운 눈치가 아닌가. 이걸 보면 경은 무던히 치고 난 놈이다.

"어이구 분해! 너꺼정 이러니!"

"뭘 분해? 이 망할 것아!"

순사는 소리를 빽 지르고 도로 돌아서려 한다.

"나리! 저걸 보서요. 문 부서진 것 하구 대접 깨진 걸 보서도 알지 않어요?"

"어떤 조카가 죽었어 그래?"

"이것이 그렇게 죽도록 경을 치고두 바보가 돼서 이래요!"

"바보면 죽어두 사나?" 하고 순사는 고개를 디밀어 마루께를 살펴보니 따는 그릇은 깨지고 문은 부서졌다. 능글맞은 노파가 일부러 그런 줄은 아나 그렇다고 책임상 그냥 가기도 어렵다. 퍽도 극성스러운 늙은이라 생각하고

"누가 그랬어그래?"

"저 아끼꼬가 혼자 그랬어요!"

"아끼꼬 고반까지 같이 가."

"네! 그러서요."

하도 여러 번 겪는 일이라 이제는 아주 익숙하다. 저고리를 갈아입으며 웃는 얼굴로 내려온다. 그러나 순사를 따라 대문을 나설 적에는 고개를 모로 돌리어 구렁이에게 몹시 눈총을 준다.

순사는 아끼꼬를 데리고 느른한 걸음으로 골목을 꼽든다. 쪽다리를 건너니 화창한 사직원 마당. 봄이라고 땅의 잔디는 파릇파릇 돋았다. 저 위에선 투덕거리는 빨래소리. 한 편에선 풋볼을 차느라고 날뛰고 떠

들고 법석이다. 뿌웅 하고 음충맞게 내대는 자동차의 사일렌. 남치마에 연분홍 저고리가 버젓이 활을 들고나온다. 그리고 키 훌쩍 큰 놈팽이는 돈지갑을 내든다.

"너 왜 또 말썽이냐?" 하고 순사는 고개를 돌리어 아끼꼬를 싱긋이 흘겨본다. 그는 노파가 왜 그렇게 아끼꼬를 못 먹어서 기를 쓰는지 영문을 모른다. 노파의 눈에도 아끼꼬 좀 귀여울 텐데 그렇게 미울 때에는 아마 아끼꼬가 뭘 좀 먹이질 않아 틀렸는지 모른다. 그렇지 않으면 다른 사람 다 제쳐놓고 아끼꼬만 씹을 리가 없다. 생각하다가

"뭘 말썽이유 내가?"

"네가 뭐 쥔마누라를 깨물고 사람을 죽이구 그런다며? 그리고 요전에도 카페서 네가 손님을 쳤다는 소문도 들리지 않니?" 하고 눈살을 찝고 웃어버린다. 얼굴 똑똑한 것이 아주 할 수 없는 계집애라고 돌릴 수 밖에 없다.

"난 그런지 몰루!"

아끼꼬는 땅에 침을 탁 뱉고 아주 천연스레 대답한다. 그리고 사직원의 문간쯤 와서는

"이담 또 만납시다."

제멋대로 작별을 남기고 저는 저대로 산쪽으로 올라온다.

활텃길로 올라오다 아끼꼬는 궁금하여 뒤를 한 번 돌아본다. 너무 기가 막혀서 벙벙히 바라보고 있다가 다시 주먹으로 나른한 하품을 끄는 순사, 한편에선 날뛰고 자빠지고 쾌활히 공을 찬다. 아끼꼬는 다시 올라가며 저도 남자가 되었더라면 '풋볼'을 차볼 걸 하고 후회가 막급이다. 그리고 산을 한 바퀴 돌아 내려가서는 이번엔 장독대 위에 요강을

버리리라 결심을 한다. 구렁이는 장독대 위에 오줌을 버리면 그것처럼 질색이 없다.

"망할 년! 이번에 봐라 내 장독 위에 오줌까지 깔길 테니!"

이렇게 아끼꼬는 몇 번 몇 번 결심을 한다.

(을해, 1935.11.30)

『조광』, 1937.2.

가을

내가 주재소에까지 가게 될 때에는 나에게도 다소 책임이 있을는지 모른다. 그러나 사실 아무리 고쳐 생각해봐도 나는 조금치도 책임이 느껴지지 않는다. 복만이는 제 아내를 (여기가 퍽 중요하다) 제 손으로 직접 소장수에게 팔은 것이다. 내가 그 아내를 유인해다 팔았거나 혹은 내가 복만이를 꾀어서 서로 공모하고 팔아먹은 것은 절대로 아니었다.

우리 동리에서 일반이 다 아다시피 복만이는 뭐 남의 꼬임에 떨어지거나 할 놈이 아니다. 나와 저와 비록 격장에 살고 흉허물없이 지내는 이런 터이지만 한 번도 저의 속을 터 말해 본 적이 없다. 하기야 나뿐이랴. 어느 동무고 간에 무슨 말을 좀 묻는다면 잘 해야 세 마디쯤 대답하고 마는 그놈이다. 이렇게 귀찮은 얼굴에 내 천 자를 그리고 세상이 늘 마땅치 않은 그놈이다. 오직 하여야 요전에는 제 아내가 우리에게 와서 울며불며 하소를 다 하였으랴. 그 망할 건 먹을 게 없으면 변통을 좀 할 생각은 않고 부처님같이 방구석에 우두커니 앉았기만 한다고. 우두커니 앉아 있는 것보다 실은 말 한마디 속 시원히 안 하는 그 뚱보가 미웠다. 마는 그러면서도 아내는 돌아다니며 양식을 꾸어다 여일히 남편을 공경하고 하는 것이다.

이런 복만이를 내가 꼬였다 하는 것은 본시가 말이 안 된다. 다만 한

가지 나에게 죄가 있다면 그날 매매계약서를 내가 대서로 써준 그것뿐이다.

점심을 먹고 내가 봉당에 앉아서 새끼를 꼬고 있노라니까 복만이가 찾아왔다. 한 손에 바람에 나부끼는 인찰지 한 장을 들고 내 앞에 와 딱 서더니

"여보게 자네 기약서 쓸 줄 아나?"

"기약서는 왜?"

"아니 글쎄 말이야—" 하고 놈이 어색한 낯으로 대답을 주저하는 것이 아니냐. 아마 곁에 다른 사람이 여럿이 있으니까 말하기가 거북했을지도 모른다.

그러나 나는 사날 전에 놈에게 조용히 들은 말이 있어서 오 아내의 일인가보다 하고 얼른 눈치채었다. 싸리문 밖으로 놈을 끌고 나와서 그 귀밑에다

"자네 여편네가 어떻게 됐나?"

"응."

놈이 단마디 이렇게만 대답하고는 두레두레 눈을 굴리며 뭘 잠깐 생각하는 듯하더니

"저 물 건너 사는 소장수에게 팔기로 됐네. 재순네(술집)가 소개를 해서 지금 주막에 와 있는 데 자꾸 기약서를 써야 한다구그래. 그러나 누구 하나 쓸 줄 아는 사람이 있어야지. 그래 자네게 써가주 올 테니 잠깐 기다리라구 하고 왔어. 자넨 학교 좀 다녔으니까 쓸 줄 알겠지?"

"그렇지만 우리 집에 먹이 있나 붓이 있나?"

"그럼 하여튼 나하구 같이 가세."

맑은 시내에 붉은 잎을 담그며 일쩌운 바람이 오르내리는 늦은 가을이다. 시들은 언덕 위를 복만이는 묵묵히 걸었고 나는 팔짱을 끼고 그 뒤를 따랐다. 이때 적으나마 내가 제 친구니까 되든 안 되든 한번 말려보고도 싶었다. 다른 짓은 다 할지라도 영득이(다섯 살 된 아들이다)를 생각하여 아내만은 팔지 말라고 사실 말려보고 싶지 않은 것은 아니다. 그러나 내가 저를 먹여주지 못하는 이상 남의 일이라고 말하기 좋아 이러쿵저러쿵 지껄이기도 어려운 일이다. 맞붙잡고 굶느니 아내는 다른 데 가서 잘 먹고 또 남편은 남편대로 그 돈으로 잘 먹고 이렇게 일이 필 수도 있지 않느냐. 복만이의 뒤를 따라가며 나는 도리어 나의 걱정이 더 큰 것을 알았다. 기껏 한 해 동안 농사를 지었다는 것이 털어서 쪼기고 보니까 나의 몫으로 겨우 벼 두 말 가웃이 남았다. 물론 털어서 빚도 다 못 가린 복만이에게 대면 좀 날는지 모르지만 이걸로 우리 식구가 한겨울을 날 생각을 하니 눈앞이 고대로 캄캄하다. 나도 올겨울에는 금점이나 좀 해볼까 그렇지 않으면 투전을 좀 배워서 노름판으로 쫓아다닐까. 그런대로 밑천이 들 터인데 돈은 없고 복만이 같이 내팔을 아내도 없다. 우리 집에는 여편네라고는 병들은 어머니밖에 없으나 나이도 늙었지만(좀 부끄럽다) 우리 아버지가 있으니까 내 맘대론 못하고 —

이런 생각에 잠기어 짜증 나는 복만이더러 네 아내를 팔지마라 어째라 할 여지가 없었다. 나도 일찍이 장가나 들어 두었더라면 이런 때 팔아먹을 걸 하고 부질없는 후회뿐으로 큰길로 빠져 나와서

“그럼 자네 먼저 가 있게. 내 먹 붓을 빌려 가지구 곧 갈게.”

“벼루서껀 있어야 할 걸 —”

나 혼자 밤나무 밑 술집으로 터덜터덜 찾아갔다. 닭의 똥들이 한산히

늘어 놓인 뒷마루로 조심스레 올라서며 소장수란 놈이 대체 어떻게 생긴 놈인가 하고 퍽 궁금하였다. 소도 사고 계집도 사고 이럴 때에는 필연 돈도 상당히 많은 놈이리라.

지게문을 열고 들어서니 첫째 눈에 띈 것이 밤볼이 지도록 살이 디룩디룩한 그리고 험상궂게 생긴 한 애꾸눈이다. 이놈이 아랫목에 술상을 놓고 앉아서 냉수 마신 상으로 나를 쓰윽 쳐다보는 것이다. 바지저고리에는 때가 쪼루룩 묻은 것이 게다 제딴에는 모양을 낸답시고 누런 병정 각반을 치올려 쳤다.

이놈과 그 옆 한구석에 쪼그리고 앉았는 영득 어머니와 부부가 되는 것은 아무리 봐도 좀 덜 맞는 듯싶다. 마는 영득 어머니는 어떻게 되든지 간 그 처분만 기다린단 듯이 잠자코 아이에게 젖이나 먹일 뿐이다. 나를 쳐다보고는 자칫 낯이 붉는 듯하더니

"아재 나려오슈!" 하고는 도로 고개를 파묻는다.

이때 소장수에게 인사를 부쳐준 것이 술집 할머니다. 사흘이 모자라서 여우가 못 됐다니만치 수단이 능글차서

"둘이 인사하게. 이게 내 먼촌 조칸데 소장수구 돈 잘 쓰구" 하다가 뼈만 남은 손으로 내 등을 뚜덕이며

"이 사람이 아까 그 기약서 잘 쓴다는 재봉이야."

"거 뉘 댁인지 우리 인사합시다. 이 사람은 물 건너 사는 황거풍이라 부루."

이놈이 바로 우좌스럽게 큰 소리로 인사를 거는 것이다. 나도 저 뷥지않게 떡 버티고 앉아서 이 사람은 하고 이름을 댔다. 그리고 울 아버지도 십 년 전에는 땅마지기나 조히 있었단 것을 명백히 일러주니까 그

건 안 듣고 하는 수작이

"기약서를 써 달라구 불렀는데 수구러우나 하나 잘 써주기유."

망할 자식 이건 아주 딴소리다. 내가 친구 복만이를 위해서 왔지 그래 제깐 놈의 명령에 왔다 갔다 할 겐가. 이 자식 무척 시근둥하구나 생각하고 낯을 찌푸려 모로 돌렸으나

"우선 한 잔 하기유—" 함에는 두 손으로 얼른 안 받지도 못할 노릇이었다.

복만이가 그 웃음 잊은 얼굴로 씨근거리며 달려들 때에는 벌써 나는 석 잔이나 얻어먹었다. 얼근한 손에 다 모지라진 붓을 잡고 소장사의 요구대로 그려놓았다.

매매 계약서

일금 오십원야라

우금은 내 아내의 대금으로써 정히 영수합니다.

갑술년 시월 이십일

조복만

황거풍 전

여기에 복만이의 지장을 찍어 주니까 어디 한 번 읽어 보우 한다. 그리고 한참 나를 의심스레 바라보며 뭘 생각하더니 "그거면 고만이유? 만일 내중에 조상이 돈을 해가주 와서 물러달라면 어떻거우?" 하고 눈이 둥그래서 나를 책망을 하는 것이다. 이놈이 소장에서 하던 버릇을 여기서 하는 것이 아닌가 하도 어이가 없어서 나도 벙벙히 쳐다만 보았

으나 옆에서 복만이가 그대로 써주라 하니까

어떠한 일이 있드라도 내 아내는 물러달라지 않기로 맹세합니다.

그제서야 조끼 단추 구멍에 굵은 쌈지끈으로 목이 매달린 커단 지갑이 비로소 움직인다. 일 원짜리 때 묻은 지전 뭉치를 꺼내 들더니 손가락에 연실 침을 발라가며 앞으로 세어보고 뒤로 세어보고 그리고 이번에는 거꾸로 들고 또 침을 발라가며 공손히 세어본다. 이렇게 후줄근히 침을 발라 셌건만 복만이가 또다시 공손히 바르기 시작하니 아마 지전은 침을 발라야 장수를 하나 보다.

내가 여기서 구문을 한 푼이나마 얻어먹었다면 참이지 성을 갈겠다. 오 원씩 안팎 구문으로 십 원을 답쌘 것은 술집 할머니요 나는 술 몇 잔 얻어먹었다. 뿐만 아니라 소장수를 아니 영득어머니를 오 리 밖 공동묘지 고개까지 전송을 나간 것도 즉 내다.

고갯마루에서 꼬불꼬불 돌아내린 산길을 굽어보고 나는 마음이 저윽이 언짢았다. 한 마을에 같이 살다가 팔려가는 걸 생각하니 도시 남의 일 같지 않다. 게다 바람은 매우 차건만 입때 홑적삼으로 떨고 서 있는 그 꼴이 가엾고—

"영득어머니! 잘 가게유."

"아재 잘 기슈."

이말 한 마디만 남길 뿐 그는 앞장을 서서 사탯길[1]을 살랑살랑 달아

1 사탯길 : 사태가 일어난 길. 사랫길 : 논밭 사이로 난 길. 사태 : 산비탈이나 언덕 또는 쌓인 눈 따위가 비바람이나 충격 따위로 무너져 내려앉는 일. 1938년 삼문사 간행 『동백꽃』에서는 '사탯길'로, 2007년 전신재 편, 『원본김유정전집』에서는 '사랫길'로 표기되어 있다. 그러나 본문에서, 복만처를 전송해준 장소는 공동묘지 고개, 고갯마루이고 소장수가 고개를 내려가다가 돌뿌리에 채워 굴러내려간 정황으로 보아, 사태가 나서 경사가 급해진 '사탯길'이 바른 표기로 보인다.

난다. 마땅히 저 갈 길을 떠나는 듯이 서둘며 조금도 섭섭한 빛이 없다.

그리고 내 등 뒤에 섰는 복만이조차 잘 가라는 말 한마디 없는 데는 실로 놀라지 않을 수 없다. 장승같이 삐적 서서는 눈만 끔벅끔벅하는 것이 아닌가. 개자식 하루를 살아도 제 계집이련만 근 십 년이나 소같이 부려먹던 이 아내다. 사실 말이지 제가 여지껏 굶어죽지 않은 것은 상냥하고 돌림성 있는 이 아내의 덕택이었다. 그런데 인사 한마디가 없다니 개자식 하고 여간 밉지가 않았다.

영득이는 제 아버지 품에 잔뜩 붙들리어 기가 올라서 운다. 멀리 간 어머니를 부르고 두 주먹으로 아버지의 복장을 들이두드리다간 한번 쥐어박히고 멈씰한다. 그리고 조금 있으면 다시 시작한다.

소장사는 얼굴에 술이 잠뿍 올라서 제멋대로 한참 지껄이더니

“친구! 신세 많이 졌수. 이담 갚으리다” 하고 썩 멋 떨어지게 인사를 한다. 그리고 뒤툭뒤툭 고개를 내리다가 돌부리에 채키어 뚱뚱한 몸뚱어리가 그대로 떼굴떼굴 굴러버렸다. 중턱에 내뻗은 소나무 가지가 없었다면 낭떠러지로 떨어져 고만 터져버릴 걸 요행히 툭 툭 털고 일어나서 입맛을 다신다. 놈이 좀 무색한지 우리를 돌아보고 한번 빙긋 웃고 다시 내걸을 때에는 영득어머니는 벌써 산 하나를 꼽들었다.

이렇게 가던 소장사 이놈이 닷새 후에는 날더러 주재소로 가자고 내끄는 것이 아니가. 사기는 복만이한테 사고 내게 찌다우를 붙는다. 그것도 한가로운 때면 혹 모르지만 남 한창 바쁘게 거름 쳐내는 놈을 좋도록 말을 해서 듣지 않으니까 나도 약이 안 오를 수 없고 골김에 놈의 복장을 그대로 떼다 밀어버렸다. 풀밭에 가 털썩 주저앉았다 일어나더니 이번에는 내 멱살을 바짝 조여잡고 소 다루듯 잡아끈다.

내가 구문을 받아먹었다든지 또는 복만이를 내가 소개했다든지 하면 혹 모르겠다. 기약서 써주고 술 몇 잔 얻어먹은 것밖에 나에게 무슨 죄가 있느냐. 놈의 말을 들어보면 영득어머니가 간 지 나흘 되던 날 즉 그저께 밤에 자다가 어디로 없어졌다. 밝는 날에는 들어올까 하고 눈이 빠지게 기다렸으나 영 들어오질 않는다. 오늘은 꼭두새벽부터 사방으로 찾아다니다 비로소 우리들이 짜고 사기를 해먹은 것을 깨닫고 지금 찾아왔다는 것이다. 제 아내 간 곳을 알려주어야지 그렇지 않으면 너와 죽는다고 애꾸 낯짝을 들여대고 이를 북 갈아 보인다.

"내가 팔았단 말이유? 날 붙잡고 이러면 어떡 헐 작정이지요?"

"복만이는 달아났으니까 너는 간 곳을 알겠지? 느들이 짜고 날 고랑때를 먹였어 이놈의 새끼들!"

"아니 복만이가 달아났는지 혹은 볼 일이 있어서 어디 다니러 갔는지 지금 어떻게 안단 말이유?"

"말 말아, 술집 아주머니에게 다 들었다. 또 쏙일랴구, 요 자식!"

그리고 나를 논둑에다 한번 메다꽂아서는 흙도 털 새 없이 다시 끌고 간다. 술집 아주머니가 복만이 간 곳은 내가 알겠으니 가보라 했다나. 구문 먹은 걸 도로 돌라놓기가 아까워서 제 책임을 내게로 떼민 것이 분명하다. 이렇게 되면 소장수 듣기에는 내가 마치 복만이를 꾀어서 아내를 팔게 하고 뒤로 은근히 구문을 뗀 폭이 되고 만다.

하기는 복만이도 그 아내가 없어졌다는 날 그저께 어디로인지 없어졌다. 짜정 도망을 갔는지 혹은 볼 일이 있어서 일갓집 같은 데 다니러 갔는지 그건 자세히 모른다. 그러나 동리로 돌아다니며 아내가 꾸어온 양식 돈푼 이런 자지레한 빚냥을 다아 돈으로 갚아준 그다. 달아나기에

충분한 아무 죄도 그는 갖지 않았다. 영득이가 밤마다 엄마를 부르며 악장을 치더니 보기 딱하여 제 큰집으로 맡기러 갔는지도 모른다.

복만이가 저녁에 우리 집에 왔을 때에는 어서 먹었는지 술이 거나하게 취했다. 안뜰로 들어오더니 막걸리를 한 병 내놓으며

"이거 자네 먹게."

"이건 왜 사와. 하여튼 출출한데 고마워이" 하고 나는 부엌에 내려가 술잔과 짠지 쪼가리를 가지고 나왔다. 그리고 둘이 봉당에 걸터앉아서 마시기 시작하였다.

술 한 병을 다 치고나서 그는 이런 이야기 저런 이야기 지껄이더니 내 앞에 돈 일 원을 꺼내놓는다.

"저번 수굴 끼쳐서 그 옐세."

"예라니?"

나는 눈을 둥그렇게 뜨고 그 얼굴을 이윽히 쳐다보았다. 마는 속으로는 요전 대서료로 주는구나 하고 이쯤 못 깨달은 바도 아니었다. 남의 아내를 판 돈에서 대서료를 받는 것이 너무 무례한 일인 것쯤은 나도 잘 안다. 술을 먹었으니까 그만해도 좋다 하여도

"두구 술 사먹게. 난 이거 말구두 또 있으니까—" 하고 굳이 주머니에까지 넣어주므로 궁하기도 하고 그대로 받아두었다. 그리고 그 담부터는 복만이도 영득이도 우리 동리에서 볼 수가 없고 그뿐 아니라 어디로 가는 걸 본 사람조차 하나도 없다.

이런 복만이를 소장수 이놈이 날더러 찾아 놓으라고 명령을 하는 것이다. 멱살을 숨이 갑갑하도록 바짝 매달려서 끌려가자니 마을 사람들은 몰려서서 구경을 하고 없는 죄가 있는 듯이 얼굴이 확확 단다. 큰 개

울께까지 나왔을 적에는 놈도 좀 열적은지 슬며시 놓고 그냥 걸어간다. 내가 반항을 하든지 해야 저도 독을 올려서 욕설을 하고 겯고틀고 할 텐데 내가 고분이 달려가니까 그럴 필요가 없다. 저의 원대로 주재소까지 가기만 하면 고만이니까.

우리는 아무 말 없이 앞서고 뒤서고 십리 길이나 걸었다. 깊은 산길이라 사람은 없고 앞뒤 산들은 울긋불긋 물들어 가끔 쏴 하고 낙엽이 날린다. 뉘엿뉘엿 넘어가는 석양에 먼 봉우리는 자줏빛이 되어가고 그 반영에 하늘까지 불콰하다. 험한 바위에서 이따금 돌은 굴려내려 웅덩이의 맑은 물을 휘저어놓고 풍 하는 그 소리는 실로 쓸쓸하다. 이 산서 수꿩이 푸드득 저 산서 암꿩이 푸드득 그리고 그 사이로 소장수 이놈과 나와 노냥으로 허위적 허위적.

또 한 고개를 놈이 뚱뚱한 몸집으로 숨이 차서 씨근씨근 올라오니 그때는 노기는 완전히 사라졌다. 풀밭에 펄썩 주저앉아서는 숨을 돌리고 담배를 꺼내고 그리고 무슨 마음이 내켰는지 날더러

"다리 아프겠수. 우리 앉아서 쉽시다" 하고 친철히 말을 붙인다. 나도 그 옆에 앉아서 주는 궐련을 피워 물었다. 인제도 주재소까지 시오리가 남었으니 어둡기 전에는 못갈 것이다.

"아까는 내 퍽 잘못했수."

"별말 다 하우."

"그런데 참 복만이 간 줄 짐작도 못하겠수?"

"아마 모름 몰라두 덕냉이 즈 큰집에 갔기가 쉽지유."

이 말에 놈이 경풍을 하도록 반색하며 애꾸눈을 바짝 들이대고 꿈벅거린다. 그리고 우는 소리가 잃어버린 돈이 아까운 게 아니라 그런 계

집을 다시 만나기가 어려워서 그런다. 본이 홀아비의 몸으로 얼굴 똑똑한 아내를 맞아다가 술장사를 시켜보고자 벼르던 중이었다. 그래 이번에 해보니까 장사도 잘 할뿐더러 아내로서 훌륭한 계집이다. 참이지 며칠 살아봤지만 남편에게 그렇게 착착 부닐고 정이 붙는 계집은 여지껏 내 보지 못했다. 그러기에 나도 저를 위해서 인조견으로 옷을 해 입힌다 갈비를 들여다 구어 먹인다. 이렇게 기뻐하지 않았겠느냐. 덧돈을 들여가면서라도 찾으려 하는 것은 저를 보고 싶어서 그럼이지 내가 결코 복만이에게 돈으로 물러달랄 의사는 없다. 그러니 아무 염려 말고

"복만이 갈 듯 한 곳은 다 좀 아르켜주." 놈의 말투가 또 이상스레 꾀는 걸 알고 불쾌하기 짝이 없다. 아무 대답도 않고 묵묵히 앉아서 담배만 빠니까

"같은 날 같이 없어진 걸 보면 둘이 찌구서 도망 간 게 아니유?"

"사십 리씩 떨어져 있는 사람이 어떻게 짜구 말구 한단 말이유?"

내가 이렇게 펄쩍 뛰며 핀잔을 줌에는 그도 잠시 낙망하는 빛을 보이며

"아니 일텀 말이지, 내가—복만이면 즈 아내가 어디 간 것쯤은 알게 아니유?"

하고 꾸중 맞은 어린애처럼 어릿광조로 빌붙는다. 이것도 사랑병인지 아까는 큰 체를 하던 놈이 이제 와서는 나에게 끽소리도 못한다. 행여나 여망 있는 소리를 들을까 하여 속 달게 나의 눈치만 글이다가[2]

"덕냉이 큰집이 어딘지 아우?"

"우리 삼촌댁도 덕냉이 있지유."

2 눈치만 살피다가.

“그럼 우리 오늘은 도루 나려가 술이나 먹고 낼 일즉이 같이 떠납시다.”

“그러기유.”

더 말하기가 싫어서 나는 코대답으로 치우고 먼 서쪽 하늘을 바라보았다. 해가 마악 떨어지니 산골은 오색영롱한 저녁노을로 덮인다. 산봉우리는 숫제 이글이글 끓는 불덩어리가 되고 노기 가득 찬 위엄을 나타낸다. 그리고 나직이 들리느니 우리 머리 위에 지는 낙엽소리—

소장사는 쭈그리고 눈을 감고 앉아 있는 양이 내일의 계획을 세우는 모양이다. 마는 나는 아무리 생각하여도 복만이는 덕냉이 제 큰집에 있을 것 같지 않다.

(을해, 1935.11.8)

원전 :『사해공론』, 1936.1. / 출전 :『동백꽃』, 삼문사, 1938.

두꺼비

내가 학교에 다니는 것은 혹 시험 전날 밤새는 맛에 들렸는지 모른다. 내일이 영어시험이므로 그렇다고 하룻밤에 다 안다는 수도 없고 시험에 날 듯한 놈 몇 대문 새겨나 볼까, 하는 생각으로 책술을 뒤지고 있을 때 절컥, 하고 바깥벽에 자행거 세워놓는 소리가 난다. 그리고 한길로 난 유리창을 두드리며 리상, 하는 것이다. 밤중에 웬 놈인가, 하고 찌부둥히 고리를 따보니 캡을 모로 눌러 붙인 두꺼비눈이 아닌가. 또 무얼, 하고 좀 떠름했으나 그래도 한 달포만에 만나니 우선 반갑다. 손을 내밀어 악수를 하고 어여 들어오슈, 하니까 바빠서 그럴 여유가 없다 하고 오늘 의론할 이야기가 있으니 한 시간쯤 뒤에 제집으로 꼭 좀 와주십쇼, 한다. 그뿐으로 내가 무슨 의론일까, 해서 얼떨떨할 사이도 없이 허둥지둥 자전거종을 울리며 골목 밖으로 사라진다. 궐련 하나를 피어도 멋만 찾는 이놈이 자전거를 타고 나를 찾아왔을 때에는 일도 어지간히 급한 모양이나 그러나 제 말이면 으레 복종할 걸로 알고 나의 대답도 기다리기 전에 달아나는 건 썩 불쾌하였다. 이것은 놈이 아직도 나에게 대하여 기생오래비로서의 특권을 가지려는 것이 분명하다. 나는 사실 놈이 필요한데까지 이용당할 대로 다 당하였다. 더는 싫다, 생각하고 애꿎은 창문을 딱 닫은 다음 다시 앉아서 책을 뒤지자니 속이 부걱부걱 고인다. 허지만 실상 생각하면 놈만 탓할 것도 아니요 어디 사람이 동이 났다고 거리에서 한번 흘낏 스쳐본, 그나마 잘 났으면이거니와, 쭈구렁 밤송이 같은 기생에게 정신이 팔린 나도 나렷다. 그것도 서로 눈이 맞아서 달떴다면이야 누가 뭐래랴마는 저쪽에선 나의 존재를 그리 대단히 여겨주지 않으려는데 나만 몸이 달아서 답장 못 받는 엽서를 매일같이 석 달 동안 썼다. 허니까 놈이 이 기미를 알고 나를 찾아와 인사를 떡 붙이고 하는 소리가 기생을 사랑하려면 그 오라비부터 잘 얼러야 된다는 것을 명백히 설명하고 또 그리고 옥화가 제 누이지만 제 말이면 대개 들을 것이니 그건 안심하라 한다. 나도 옳게 여기고 그담부터 학비가 올라오면 상전같이 놈을 모시고 다니며 뒤치다꺼리를 하기에 볼 일을 못 본다. 이게 버릇이 돼서 툭하면 놈이 찾아와서 산보 나가자고 끌어내서는 극장으로 카페로 혹은 저 좋아하는 기생집으로 데리고 다니며 밤을 패기가 일쑤다. 물론 그 비용은 성냥 사는 일 전까지 내가 내야 되니까 얼른 보기에 누가 데리고 다니는 건지 영문 모른다. 게다 제 누님의 답장을 맡아 올 테니 한번 보라고 연일 장담은 하면서도 나의 편지만 가져가고는 꿩 구어 먹은 소식이다. 편지도 우편보다는 그 동생에게 전하니까 마음에 좀 든든할 뿐이지 사실 바로 가는지 혹은 공동변소에서 콧노래로 뒤지가 되는지 그것도 자세 모른다. 하루는 놈이 찾아와서 방바닥에 가 벌릉 자빠져 콧노래를 하다가 무얼 생각했음인지 다시 벌떡 일어나 앉는다. 올룽한 낯짝에 그 두꺼비눈을 한 서너 번 끔벅거리다 나에게 훈계가 너는 학생이라서 아직 화류계를 모른다. 멀리 앉아서 편지만 자꾸 띄우면 그게 뭐냐고 톡톡히 나무라더니 기생은 여학생과 달라서 그저 맞붙잡고 주물러야 정을 쏟는데, 하고 사정이 딱한 듯이 입맛을 다신다. 첫사랑이 무언지 무던히 후려 맞은 몸이라 나는 귀가 번쩍 띄어 그럼 어떻게 좋은 도리가 없을까요, 하고 다가서 물어보니까 잠시 입을 다물고 주저하더니 그럼 내 즉접 인사를 시켜 줄 테니 우선 누님 마음에 드는 걸로 한 이삼십 원어치 선물을 하슈, 화류계 사랑이란 돈이 좀 듭니다, 하고 전일 기생을 사랑하던 저의 체험담을 좍 이야기한다. 딴은 먹이는데 싫달 계집은 없으려니, 깨닫고 나의 정성을 눈앞에 보이기 위하여 놈을 데리고 다니며 동무에게 돈을 구걸한다, 양복을 잡힌다, 하여 덩어리돈을 만들어서는 우선 백화점에 들어가 같이 점심을 먹고 나오는 길에 사십이 원짜리 순금 트레반지를 놈의 의견대로 사서 부디 잘해달라고 놈에게 들려 보냈다. 그리고 약속대로 그 이튿날 밤이 늦어서 찾아가니 놈이 자다 나왔는지 눈을 비비며 제가 쓰는 중문간 방으로 맞아들이는 그 태도가 어쩐지 어제보다 탐탁지가 못하다. 반지를 전하다 퇴짜를 맞지 않았나 하고 속으로 조를 부비며 앉았으니까 놈이 거기 관하여는 일절 말 없고 딴통같이 앨범 하나를 꺼내 여러 기생의 사진을 보여주며 객쩍은 소리를 한참 지껄이더니 우리 누님이 리상 오시길 여태 기다리다가 고대막 노름 나갔습니다. 낼은 요보다 좀 일즉 오서요, 하고 주먹으로 하품을 끄는 것이다. 조금만 일찍 왔었다면 좋을 걸 안됐다, 생각하고 그럼 반지를 전하니까 뭐래드냐 하니까 누이가 퍽 기뻐하며 그 말이 초면 인사도 없이 선물을 받는 것은 실례로운 일이매 직접 만나면 돌려보내겠다 하더란다. 이만하면 일은 잘 얼렸구나, 안심하고 하숙으로 돌아오며 생각해보니 반지를 돌려보낸다면 나는 언턱거리를 아주 잃을 터이라 될 수 있다면 만나지 말고 편지로만 나에게 마음이 동하도록 하는 것도 좋겠지만 그래도 옥화가 실례롭다 생각할 만치 고만치 나에게 관심을 가졌음에는 그담은 내가 가서 붙잡고 조르기에 달렸다, 궁리한 것도 무리는 아닐 것이다. 마는 그 담날 약 한 시간을 일찍 찾아가니 놈은 여전히 귀찮은 하품을 터뜨리며 좀더 일즉이 오라 하고, 또 담날 찾아가니 역시 좀더 일즉이 오라 하고, 이렇게 연 나흘을 했을 때에는 놈이 괜스레 제가 골을 내가지고 불안스럽게 굴므로 내 자신 너무 우습게 대접을 받는 것도 같고 아니꼬워서 망할 자식 인제는 너하고 안 놀겠다 결심하고 부리나케 하숙으로 돌아와 이불전에 눈물을 씻으며 지내온 지 달포나 된 오늘날 의론이 무슨 의론일까. 시험은 급하고 과정 낙제나 면할까 하여 눈을 까뒤집고 책을 뒤지자니 그렇게 똑똑하던 글자가 어느 듯 먹줄로 변하니 글렀고, 게다 아련히 나타나는 옥화의 얼굴은 보면 볼수록 속만 탈 뿐이다. 몇 번 고개를 흔들어 정신을 바로 잡아가지고 들여다보나 아무 효과가 없음에는 이건 공부가 아니라, 생각하고 한 구석으로 책을 내던진 뒤 일어서서 들창을 열어놓고 개운한 공기를 마셔본다. 저 건너 서양집 위층에서는 붉은 빛이 흘러나오고 어디선지 울려드는 가냘픈 육자배기, 그러자 문득 생각나느니 계집이란 때 없이 잘 느끼는 동물이라 어쩌면 옥화가 그동안 매일같이 띄운 나의 편지에 정이 돌아서 한번 만나고자 불렀는지 모르고 혹은 놈이 나에게 끼친 실례를 깨닫고 전일의 약속을 이행하고자 오랬는지도 모른다. 하여튼 양단간에 한 시간 후라고 시간까지 지정하고 갔을 때에는 되도록 나에게 좋은 기회를 주려는 게 틀림이 없고 이렇게 내가 옥화를 얻는다면 학교쯤은 내일 집어치워도 좋다 생각하고, 외투와 더불어 허룽허룽 거리로 나선다. 광화문통 큰 거리에는 목덜미로 스며드는 싸늘한 바람이 가을도 이미 늦었고 청진동 어구로 꼽들며 길옆 이발소를 들여다보니 여덟 시 사십오 분, 한 시간이 되려면 아직도 이십 분이 남았다. 전봇대에 기대어 궐련 하나를 피우고 나서 그래도 시간이 남으매 군밤 몇 개를 사서 들고는 이 분에 하나씩 씹기로 하고 서성거리자니 대체 오늘 일이 하회가 어떻게 되려는가, 성화도 나고 계집에게 첫인사를 하는데 뭐라 해야 좋을는지, 그러나 저에게 대한 내 열정의 총량만 보여주면 고만이니까 만일 네가 나와 살아준다면 그리고 네가 원한다면 내 너를 등에 업고 백 리를 가겠다, 이렇게 다짐을 두면 그뿐일 듯도 싶다. 그 외에는 아버지가 보내주는 흙 묻은 돈으로 근근이 공부하는 나에게 별도리가 없고 아아 이런 때 아버지가 돈 한 뭉텅이 소포로 부쳐줄 수 있으면, 하고 한탄이 절로 날 때 국숫집 시계가 늙은 소리로 아홉 시를 울린다. 지금쯤은 가도 되려니, 하고 곁골목으로 들어섰으나 옥화의 집 대문 앞에 딱 발을 멈출 때에는 까닭 없이 가슴이 두근거리고 그것도 좋으련만 목청을 가다듬어 두꺼비의 이름을 불러도 대답은 어디 갔는지 안채에서 계집 사내가 영문 모를 소리로 악장만 칠 뿐이요 그대로 난장판이다. 이게 웬일일까 얼뜰하야 떨리는 음성으로 두서너 번 불러보니 그제야 문이 삐걱 열리고 뚱뚱한 안잠자기가 나를 치어다보고 누구를 찾느냐기에 두꺼비를 보러왔다 하니까 뾰족한 입으로 중문간 방을 가리키며 행주치마로 코를 쓱 씻는 양이 긴치 않다는 표정이다. 전일 같으면 내가 저에게 편지를 전해 달라고 폐를 끼치는 일이 한두 번 아니라서 저를 만나면 담뱃값도 몇 푼씩 집어주므로 저도 나를 늘 반기던 터이련만 왜 이리 기색이 틀렸는가, 오늘 밤 일도 아마 헛물 켜나보다. 그러나 우선 툇마루로 올라서서 방문을 쓰윽 열어보니 설혹 잤다 치더라도 그 소란통에 놀래 깨기도 했으련만 두꺼비가 마치 떡메로 얻어맞은 놈처럼 방 한복판에 푹 엎드러져 고개 하나 들 줄 모른다. 사람은 불러놓고 이게 무슨 경운가 싶어서 눈살을 찌푸리려다 강 형 어디 편찮으슈, 하고 좋은 목소리로 그 어깨를 흔들어 보아도 눈 하나 뜰 줄 모르니 이놈은 참 암만해도 알 수 없는 인물이다. 혹 내 일을 잘되게 돌보아주다가 집안에 분란이 일고 그 끝에 이렇게 되지나 않았나 생각하면 못할 바도 아니려니와 그렇다 하더라도 두꺼비 등 뒤에 똑같은 모양으로 엎드러졌는 채선이의 꼴을 보면 어떻게 추적해볼 길이 없다. 누님이 수양딸로 사다가 가무를 가르치며 부려먹는다던 이 채선이가 자정도 되기 전에 제법 방바닥에 엎드러졌을 리도 없겠고 더구나 처음에는 몰랐던 것이나 두 사람의 입 코에서 멀건 콧물과 게거품이 빰 밑으로 검흐르는 걸 본다면 웬만한 장난은 아닐 듯싶다. 머리끝이 쭈뼛하도록 나는 겁을 집어먹고 이 머리를 흔들어보고 저 머리를 흔들어 보고 이렇게 눈이 둥그랬을 때 별안간 미닫이가 딱, 하더니 필연 옥화의 어머니리라 얼굴 강충한 늙은이가 표독스럽게 들어온다. 그 옆에 장승같이 서 있는 나에게는 시선도 돌리려지 않고 두꺼비 앞에 가 팔싹 앉아서는[1] 도끼눈을 뜨고 대뜸 들고 들어온 장죽통으로 그 머리를 후려갈기니 팡, 하고 그 소리에 내 등이 다 선뜻하다. 배지가 꿰져죽을 이 망할 자식, 집안을 이래 망해놓니, 죽을 테면 죽어라, 어여 죽어 이 자식, 이렇게 독살에 숨이 차도록 두 손으로 그 등허리를 대구 꼬집어 뜯으니 그래도 꼼짝 않는 데는 할 수 없는지 결국 이 자식 너 잡아먹고 나 죽는다, 하고 목청이 찢어지게 발악을 치며 귓배기를 물어뜯고자 매섭게 덤벼든다. 그러니 옆에 섰는 나도 덤벼들어 뜯어말리지 않을 수 없고 늙은이의

1 팔싹 앉다 : 맥없이 주저앉다.

근력도 얕볼게 아니라고 비로소 깨달았을 만치 이걸 붙잡고 한참 싱갱이를 할 즈음, 그 자식 죽여버리지 그냥 둬, 하고 천둥 같은 호령을 하며 이번에는 늙은 마가목이 마치 저와 같이 생긴 투박한 장작개비 하나를 들고 신발째 방으로 뛰어든다. 그 서두는 품이 가만두면 사람 몇쯤은 넉넉히 잡아 놀 듯하므로, 이런 때에는 어머니가 말리는 법인지는 모르나 내가 고대 붙들고 힐난을 하든 안늙은이가 기급을 하야 일어나서는 영감 참으슈, 영감 참으슈, 연실 이렇게 달래며 허겁지겁 밖으로 끌고 나가기에 좋이 골도 빠진다. 마가목은 끌리는 대로 중문 안으로 들어가며 이 자식아 몇째냐, 벌써 일곱째 이래 놓질 않았니, 이 주릴 틀 자식, 하고 씨근벌떡하더니 안대청에서 뭐라고 주책없이 게걸거리며 발로 구르며 이렇게 집안을 떠엎는다. 가만히 눈치를 살펴보니 내가 오기 전에도 몇 번 이런 북새가 일은 듯싶고 암만 하여도 내 자신이 헐 없이 도깨비에게 홀린 듯싶어서 손을 꽂고 멀뚱히 섰노라니까 빼끔히 열린 미닫이 틈으로 살집 좋고 허여멀건 안잠자기의 얼굴이 남실거린다. 대관절 웬 셈속인지 좀 알고자 미닫이를 열고는 그 어깨를 넌지시 꾹 찍어가지고 대문 밖으로 나와서 이게 어떻게 되는 일이냐고 물으니 이 망할 게 콧등만 찌긋할 뿐으로 전 흥미 없단 듯이 고개를 돌려버리는 게 아닌가. 몇 번 물어도 입이 잘 안 떨어지므로 등을 뚜덕여주며 그 입에다 궐련 하나 피어 물리지 않을 수 없고 그제서야 녀석이 죽는다고 독약을 먹었지 뭘 그러슈, 하고 퉁명스리 봉을 떼자 나는 넌덕스러운 그의 소행을 아는지라 왜, 하고 성급히 그 뒤를 채우쳤다. 잠시 입을 삐죽이 내밀고 세상 다 더럽다는 듯이 삐죽거리더니 은근히 하는 그 말이 두꺼비 놈이 제 수양 조카딸을 어느 틈엔가 꿰차고 돌아치므로 옥화가 이것을 알고는 눈에 쌍심지가 올라서 망할 자식 나가 빌어나 먹으라고 방추로 뚜들겨 내쫓았더니 둘이 못 살면 차라리 죽는다고 저렇게 약을 먹은 것이라 하고 에이 자식두 어디 없어서 그래 수양조카딸을, 하기에 이왕 그런 걸 어떡허우 그대루 결혼이나 시켜주지, 하니까 그게 무슨 말씀이유, 하고 바로 제 일같이 펄쩍 뛰더니 채선이년의 몸뚱이가 인제 앞으로 몇 천원이 될지 몇 만원이 될지 모르는 금덩어리 같은 계집앤데 온, 하고 넉살을 부리다가 잠깐 침으로 목을 축이고 나서 그리고 또 일곱째야요, 머처럼 수양딸로 데려오면 놈이 꾀꾀리 주물러서 버려 놓고 버려 놓고 하기를 이렇게 일곱, 하고 내 코밑에다 두 손을 들여 밀고는 똑똑히 일곱 손가락을 펴 뵈는 것이다. 그럼 무슨 약을 먹었느냐고 물으니까 그건 확적히 모르겠다 하고 아까 힝하게 자전거를 타고 나가더니 아마 어디서 약을 사가지고 와 둘이 얼러먹고서 저렇게 자빠진 듯하다고 그러다 내가 저게 정말 죽지 않을까, 겁을 집어먹고 사람의 수액이란 알 수 없는데, 하니까 뭘이요 먹긴 좀 먹은 듯 허나 그러나 원체 알깍쟁이가 돼서 죽지 않을 만큼 먹었을 테니까 염려 없어요, 하고 아닌 밤중에도 두들겨 깨워서 우동을 사오너라 호떡을 사오너라 하고 펄쩍나게 부려먹고 쓴 담배 하나 먹어보라는 법 없는 조 녀석이라고 오랄지게 욕을 퍼붓는다. 나는 모두가 꿈을 보는 것 같고 어릿광대 같은 자신을 깨달았을 때 하 어처구니가 없어서 벙벙히 섰다가 선생님 누굴 만나러 오셨슈, 하고는 대견히 묻기에 나도 펴놓고 옥화를 좀 만나볼까 해서 왔다니까 흥, 하고 콧등으로 한번 웃더니 응 즈이끼리 붙어먹는 그거 말씀이유, 이렇게 비웃으며 내 허구리를 쿡 찌르고 그리고 곁눈을 슬쩍 흘리고 어깨를 맞비비며 대는 냥이 바루 느물러든다. 사람이 볼까봐 내가 창피해서 쓰레기통께로 물러서니까 저도 무색한지 시무룩하여 노려만 보다가 다시 내 옆으로 다가서는 제 뺨따귀를 손으로 잡아당겨 보이며 이래 뵈도 이팔청춘에 한창 피인 살집이야요, 하고 또 넉살을 부리다가 거기에 아무 대답도 없으매 이 망할 것이 내 궁뎅이를 꼬집고 제 얼굴이 뭐가 옥화년만 못하냐고 은근히 훅닥이며 대든다. 그러나 나는 너보다는 말라깽이라도 그래도 옥화가 좋다는 것을 명백히 알려주기 위하여 무언으로 땅에다가 침 한 번을 탁 뱉아 던지고 대문으로 들어서려 하니까 이게 소맷자락을 잡아당기며 선생님 저 담배 하나만 더 주세요. 나는 또 느물려켰구나, 하는 생각은 했으나 성이 가셔서 갑 채로 내주고 방에 들어와보니 아까와 그 풍경이 조금도 다름없고 안에서는 여전히 동이 깨지는 소리로 게걸게걸 떠들어댄다. 한 시간 후에 꼭 좀 오라는 놈의 행실을 생각하면 괘씸은 하나 체모에 몰리어 두꺼비의 머리를 흔들며 강 형 강 형 정신 좀 채리슈, 하여도 꼼짝 않더니 약 시간 반 가량 지남에 어깨를 우찔렁 거리며 아이구 죽겠네, 아이구 죽겠네, 연해 소리를 지르며 입 코로 먹은 음식을 울컥울컥 돌라놓는다. 이놈이 먹기는 좀 먹었구나, 생각하고 등허리를 두드려주고 있노라니 얼마 뒤에는 윗목에서 채선이가 마저 똑같은 신음소리로 똑같이 돌르고 있는 것이 아닌가. 이렇게 되면 나는 즈들 치다꺼리하게 온 것도 아니겠고 너무 밸이 상해서 한구석에 서서 담배만 뻑뻑 피고 있자니 또 미닫이가 우람스레 열리고 이번에는 나들이옷을 입은 채 옥화가 들어온다. 아마 노름을 나갔다가 이 급보를 받고 다라온 듯 싶고 하도 그리던 차라 나는 복장이 두근거리어 나도 모르게 한 걸음 앞으로 나갔으나 그는 나에게 관하여는 일절 본 척도 없다. 그리고 정분이란 어따 정해놓고 나는 것도 아니련만 앙칼스러운 음성으로 이놈아 어디 계집이 없어서 조카딸허구 정분이 나, 하고 발길로 두꺼비의 허구리를 활발하게 퍽 지르고 나서 돌아서더니 이번에는 채선이의 머리채를 휘어잡는다. 이년 가랑머릴 찢어놀 년, 하고 그 머리채를 들었다 놓았다 몇 번 그러니 제물 콧방아에 코피가 흐르는 것을 보기에 좀 심한 듯싶고 얼김에 달려들어 강 선생 좀 참으십쇼 하고 그 손을 콱 잡으니까 대뜸 당신은 누구요, 하고 눈을 똑바로 뜬다. 뭐라 대답해야 좋을지 잠시 어리둥절하다가 이내 제가 리경훕니다, 하고 나의 정체를 밝히니까 그는 단마디로 저리 비키우 당신은 참석할 자리가 아니유, 하고 내손을 털고 눈을 흘키는 그 모양이 반지를 받고 실례롭다 생각한 사람커녕 정성스레 띄운 나의 편지도 제법 똑바로 읽어줄 사람이 아니다. 나는 고만 가슴이 섬찍하여 뒤로 물러서서는 넋 없이 바라만 보며 따는 돈이 중하고나, 깨닫고 금덩어리 같은 몸뚱이를 망쳐논 채선이가 저렇게까지 미울 것도 같으나 그러나 그 큰 이유는 그담 일 년이 썩 지난 뒤에서야 알은 거지만 어느 날 신문에 옥화의 자살 미수의 보도가 났고 그 까닭은 실연이라 해서 보기 숭굴숭굴한 기사였다. 마는 그 속살을 가만히 들여다보면 그렇게 간단한 실연이 아니었고 어떤 부자놈과 배가 맞아서 한창 세월이 좋을 때 이놈이 고만 트립을 하고 버듬이 나둥그러지므로 계집이 나는 너와 못살면 죽는다고 엄포로 약을 먹고 다시 물어들인 풍파이었던 바 그때 내가 병원으로 문병을 가보니 독약을 먹었는지 보제를 먹었는지 분간을 못하도록 깨끗한 침대에 누워 발장단으로 담배를 피우는 그 손등에 살의 윤책이 반드르하였다. 그렇게 최후의 비상수단으로 써먹는 그 신성한 비결을 이런 누추한 행랑방에서 함부로 내굴리는 채선이의 소위를 생각하면 콧방아는 말고 빨고 있던 궐련불로, 그 등허리를 지진 그것도 무리는 아닐 것이다. 그렇다 하더라도 자정이 썩 지나서 얼만치나 속이 볶이는지는 모르나 채선이가 앙가슴을 두 손으로 쥐뜯으며 입으로 피를 돌름에는 옥화는 허둥지둥 신발 채 드나들며 일변 제 부모를 부른다, 어멈을 시키어 인력거를 부른다, 이렇게 눈코 뜰 새 없이 들몰아서는 온 집안 식구가 병원으로 달려가기에 바빴다. 그나마 참례 못가는 두꺼비는 빈방에서 개밥의 도토리로 끙끙거리고 그 꼴을 봐하니 가여운 생각이 안 나는 것도 아니나 그러나 저의 집에서는 개밥의 도토리만도 못하게 여기는 이놈이 제 말이면 누이가 끔뻑한다고 속인 것을 생각하면 곧 분하고 내 분에 못 이기어 속으로 개자식 그렇게 속인담, 하고 손등으로 눈물을 지우고 섰노라니까 여지껏 말 한 마디 없던 이놈이 고개를 쓰윽 들더니 리 상 의사 좀 불러주, 하고 슬픈 낯을 하는 것이다. 신음하는 품이 괴롭기는 어지간히 괴로운 모양이나 그보다도 외따로 떨어져 천대를 받는데 좀 야속하였음인지 잔뜩 우그린 그 울상을 보니 나도 동정이 안 가는 것은 아니다마는 그러나 내 생각에 두꺼비는 독약을 한 섬을 먹는대도 자살까지는 걱정 없다, 고 짐작도 하였고 또 한편 제 부모 누이가 가만 있는 데 내가 어쭙지 않게 의사를 불러댔다간 큰코를 다칠 듯도 하고 해서 어정쩡하게 코대답만 해주고 그대로 섰지 않을 수 없다. 한 서너 번 그렇게 애원하여도 그냥만 섰으니까 나중에는 이놈이 또 골을 벌컥 내가지고 그리고 이건 어따 쓰는 버릇인지 너는 소용 없단 듯이 손을 내흔들며 가거라 가 가, 하고 제법 해라로 혼동을 하는 데는 나는 고만 얼떨떨해서 간신이 눈만 끔벅일 뿐이다. 잘 따져보면 내가 제 손을 붙들고 눈물을 흘려가면서 누이와 좀 만나게 해달라고 애걸을 하였을 때 나의 처신은 있는 대로 다 잃은 듯도 싶으나 그 언제이든가 놈이 양돼지같이 띵띵한 그리고 알몸으로 찍은 제 사진 한 장을 내 보이며 이래 뵈도 한때는 다아, 하고 슬며시 뻐기던 그것과 겸쳐서 생각하면 놈의 행실이 본이 꿀쩍찌분한 것은 넉히 알 수 있다. 입때까지 있은 것도 한갓 저 때문인데 가라면 못갈 줄 아냐, 싶어서 나도 약이 좀 올랐으나 그렇다고 덜렁덜렁 그대로 나오기는 어렵고 생각다 끝에 모자를 엉거주춤히 잡자 의사를 부르러 가는 듯 뒤를 보러 가는 듯 그 새 중간을 차리고 비슬비슬 대문 밖으로 나오니 망할 자식 인전 참으로 너하고 안 논다, 하고 마치 호랑이 굴에서 놓친 몸 같이 두 어깨가 아주 가뜬하다. 밤늦은 거리에 인적은 벌써 끊겼고 쓸쓸한 골목을 휘돌아 황급히 나오려 할 때 옆으로 뚫린 다른 골목에서 기껍지 않게 선생님, 하고 걸음을 방해한다. 주무시고 가지 벌써 가슈, 하고 엇먹는 거기에는 대답 않고 어떻게 됐느냐고 물으니까 뭘 호강이지 제깐 년이 그렇찮으면 병원엘 가보, 하고 내던지는 소리를 하더니 시방 약을 먹이고 물을 집어넣고 이렇게 법석들이라고 하고 저는 지금 집을 보러가는 길인데 우리 빈집이니 같이 가십시다, 하고 망할 게 내 팔을 잡아끄는 것이다. 이렇게 내가 모조리 처신을 잃었나, 생각함에 제물에 화가 나서 그 손을 홱 뿌리치니 이게 재밌다는 듯이 한 번 빵긋 웃고 그러나 팔꿈치로 나의 허구리를 꾹 찌르고 나서 사람 괄셀 이렇게 하는 게 아니라고 괜스레 성을 내며 토라진다. 그래도 제가 아쉬운지 슬쩍 눙치어 허리춤에서 내가 아까 준 담배를 꺼내서 제 입으로 한 개를 피워주고는 그리고 그 잔소리가 선생님을 뚝 꺾어서 당신이라 부르며 옥화가 당신을 좋아할 줄 아우, 발새에 낀 때만도 못하게 여겨요, 하고 나의 비위를 긁어놓고 나서 편지나 잘 받아봤으면 좋지만 그것도 체부가 가져오는 대로 무슨 편지고 간에 두꺼비가 먼저 받아보고는 치우고 치우고 하는 것인데 왜 정신을 못 차리고 이리 병신짓이냐고 입을 내대고 분명히 빈정거린다. 그렇다 치면 내가 입때 옥화에게 한 것이 아니라 결국은 두꺼비한테 사랑편지를 썼구나, 하고 비로소 깨달으니 아무 것도 더 듣고 싶지 않아서 발길을 돌리려니까 이게 콱 붙잡고 내 손에 끼인 먹던 궐련을 쑥 뽑아 제 입으로 가져가며 언제 한번 찾아갈 테니 노하지 않을 테냐, 묻는 것이다. 저분저분이 구는 것이 너무 성이 가셔서 대답 대신 주머니에 남았던 돈 삼십 전을 꺼내주며 담뱃값이나 하라니까 또 골을 발끈 내더니 돈을 도로 내 양복 주머니에 치뜨리고 다시 조련질을 하기 시작하는 것이 아닌가. 에이 그럼 맘대로 해라, 싫어서 그럼 꼭 한 번 오우 내 기다리리라, 하고 좋도록 떼놓은 다음 골목 밖으로 부리나케 나와 보니 목노집 시계는 한 점이 훨씬 넘었다. 나는 얼빠진 등신처럼 정신없이 내려오다가 그러자 선뜻 잡히는 생각이 기생이 늙으면 갈 데가 없을 것이다, 지금은 본 체도 안 하나 옥화도 늙는다면 내게 밖에는 갈 데가 없으려니, 하고 조금 안심하고 늙어라, 늙어라, 하다가 뒤를 이어 영어, 영어, 영어, 하고 나오나 그러나 내일 볼 영어시험도 곧 나의 연애의 연장일 것만 같아서 예라 될 대로 되겠지, 하고 집어치고는 퀭한 광화문통 큰 거리를 한복판을 내려오며 늙어라, 늙어라, 고 만물이 늙기만 마음껏 기다린다.

『시와 소설』 창간호, 창문사출판부, 1936.3.

이런 음악회

내가 저녁을 먹고서 종로거리로 나온 것은 그럭저럭 여섯 점 반이 넘었다. 너펄대는 우와기 주머니에 두 손을 꽉 찌르고 그리고 휘파람을 불며 올라오자니까

"얘!" 하고 팔을 뒤로 잡아채며

"너 어디 가니?"

이렇게 황급히 묻는 것이다.

나는 삐끗하는 몸을 고르잡고 돌려보니 교모를 푹 눌러쓴 황철이다. 본시 성미가 겁겁한 놈인 줄은 아나 그래도 이토록 씨근거리고 긴히 달려듦에는, 하고

"왜 그러니?"

"너 오늘 콩쿨 음악대횐 거 아니?"

"콩쿨 음악대회?" 하고 나는 좀 떠름하다가 그제서야 그 속이 뭣인 줄을 알았다.

이 황철이는 참으로 우리 학교의 큰 공로자이다. 왜냐면 학교에서 무슨 운동시합을 하게 되면 늘 맡아 놓고 황철이가 응원대장으로 나선다. 뿐만 아니라 제 돈을 들여가면서 선수들을 (학교에서 먹여야 본이 옳을 건대) 제가 꾸미꾸미 끌고 다니며 먹이고, 놀리고, 이런다. 그리고 시합

그 이튿날에는 목에 붕대를 칭칭하게 감고 와서 똑 벙어리소리로

"어떠냐? 내 어제 응원을 잘해서 이기지 않었냐?" 하고 잔뜩 뽐을 내고는

"그저 시합엔 응원을 잘해야 해!"

그러니까 이런 사람은 영영 남 응원하기에 목이 잠기고 돈을 쓰고 이래야 되는 말하자면 팔자가 응원대장일지도 모른다. 이번에는 콩쿨 음악회에 우리 반 동무가 나갔고 또 요행히 예선에까지 붙기도 해서 놈이 어제부터 응원대 모으기에 바빴다. 그러나 나에게는 아무 말도 없더니 왜 붙잡나, 싶어서

"그럼 얼른 가보지, 왜 이러구 있니?"

"다시 생각 보니까 암만해도 사람이 부족하겠어" 하고 너도 같이 가자고 팔을 막 잡아끄는 것이다.

"너나 가거라, 난 음악횐 싫다."

나는 이렇게 그 손을 털고 옆으로 떨어지다가

"재! 재! 내 이따 나오다가 돼지고기 만두 사주마" 함에는 어쩔 수 없이 고개를 도로 돌리어

"대관절 몇 시간이나 하나?" 하고 묻지 않을 수 없다. 그러나 그 대답이 끽 두 시간이면 끝나리, 하므로 나는 안심하고 따라섰다.

둘이 음악회장 입구에 헐레벌떡하고 다달았을 때에는 우리반 동무 열세 명은 벌써 와서들 기다리고 섰다. 저희끼리 낄낄거리고 수군거리고 하는 것이 아마 한창들 흉계가 벌어진 모양이다.

황철이는 우선 입장권을 사가지고 와 우리에게 한 장씩 나누어주며 명령을 하는 것이다. 즉 우리들이 네 무더기로 나뉘어서 회장의 전후좌

우로 한 구석에 한 무더기씩 앉고 시치미를 딱 떼고 있다가 우리 악사만 나오거든 덮어놓고 손바닥을 치며 재청이라고 악을 쓰라는 것이다. 그러면 암만 심사원이라도 청중을 무시하는 법은 없으니까 일등은 반드시 우리의 손에 있다, 고. 허나 다른 악사가 나올 적에는 손바닥커녕 아예 끽소리도 말라 하고 하나씩 붙들고는 그 귀에다

"알았지, 응?"

그리고 또

"알았지, 재청?" 하고 꼭꼭 다진다.

"그래 그래 알았어!"

나도 쾌히 깨닫고 황철이의 뒤를 따라서 회장으로 올라갔다.

새로 건축한 넓은 대강당에는 벌써 사람들 머리로 까맣게 깔리었다. 시간을 기다리다 지루했는지 고개들을 길게 뽑고 수선스레 들어가는 우리를 돌아본다.

우리들은 황철이의 명령대로 덩어리 덩어리 지어 사방으로 헤어졌다. 나는 황철이와 또 다른 동무 하나와 셋이서 왼쪽으로 뒤 한 구석에 자리를 잡았다.

일곱 점 정각이 되자 벅적거리던 장내가 갑자기 조용해진다. 모두들 몸을 단정히 갖고 긴장된 시선을 모았다.

제일 처음이 순서대로 여자의 성악이었다. 작달막한 젊은 여자가 나와 가냘픈 음성으로 노래를 부르는데 너무도 귀가 간지럽다. 하기는 노래보다도 조고만 두 손을 가슴께 꼬부려 붙이고 고개를 개웃이 앵앵거리는 그 태도가 나는 가엾다 생각하고 하품을 길게 뽑았다. 나는 성악은 원 좋아도 안 하려니와 일반 음악에도 씩씩한 놈이 아니면 귀가 가

려워 못 듣는다.

그 담에도 역시 여자의 성악, 그리고 피아노 독주, 다시 여자의 성악—그러니까 내가 앞의 사람 의자 뒤에 고개를 틀어박고 코를 곤 것도 그리 무리는 아닐 듯싶다.

얼마쯤이나 잤는지는 모르나 옆의 황철이가 흔들어 깨우므로 고개를 들어보고 비로소 우리 악사가 등장한 걸 알았다. 중학생 교복으로 점잖이 바이올린을 켜고 섰는 양이 귀엽고도 한편 앙증해 보인다. 나도 졸음을 참지 못하여 눈을 감은 채 손바닥을 서너 번 때렸으나 그러다 잘 생각하니까 다른 동무들은 다 가만히 있는데 나만 치는 것이 아닌가. 게다 황철이가 옆을 콱 치면서

"이따 끝나거든—" 하고 주의를 시켜주므로 나도 정신이 좀 들었다.

나는 그 바이오린보다도 응원에 흥미를 갖고 얼른 끝나기만 기다렸다.

연주가 끝나기가 무섭게 우리들은 목이 마른 듯이 손바닥을 치기 시작하였다. 이렇게 치고도 손바닥이 안 해지나 생각도 하였지만 이쪽에서

"재청이요!" 하고 악을 쓰면 저쪽에서

"재청! 재청!" 하고 고함을 냅다 지른다.

나도 두 귀를 막고 "재청!" 을 연발을 했더니 내 앞에 앉은 여학생 계집애가 고개를 뒤로 돌리어 딱한 표정을 하는 것이 아닌가.

이렇게 우리들은 기가 올라서 응원을 하련만 황철이는 시무룩허니 좋지 않은 기색이다. 그 까닭은 우리 십여 명이 암만 악장을 쳐도 퀭하게 넓은 그 장내, 그 청중으로 보면 어서 떠드는지 알 수 없을 만치 우리들의 존재가 너무 희미하였다. 그뿐 아니라 재청을 요구함에도 불구하고 이번에는 말쑥이 차린 신사 한 분이 바이올린을 옆에 끼고 나오는

것이다.

신사는 예를 멋지게 하고 또 역시 멋지게 바이오린을 턱에 갖다 대더니 그 무슨 곡조인지 아주 장쾌한 음악이다. 그러자 어느 틈에 그는 제 멋에 질리어 팔뿐 아니라 고개며 어깨까지 바이올린 채를 따라다니며 꺼떡꺼떡 하는 모양이 얘, 이건 참 진짜로구나, 하고 감탄 안 할 수 없다. 더구나 압도적 인기로 청중을 매혹케 한 그것을 보더라도 우리 악사보다 몇 배 뛰어남을 알 것이다.

그러나 내가 더 놀란 것은 넓은 강당을 뒤엎는 듯한 그 환영이다. 일반 군중의 시끄러운 박수는 말고 윗층에서 (한 삼사십 명 되리라) 떼를 지어 악을 쓰는 것이 아닌가. 재청 소리에 귀청이 터지지 않은 것도 다행은 하나 손뼉이 모자랄까봐 발까지 굴러가며 거기에 장단을 맞추어 부르는 재청은 참으로 썩 신이 난다. 음악도 이만하면 나는 얼마든지 들을 수 있다, 생각하였다. 그리고 저도 모르게 어깨가 실룩실룩 하다가 급기야엔 나도 따라 발을 구르며 재청을 청구하였다. 실상 바이올린도 잘 했거니와 그러나 나도 바이올린보다 씩씩한 그 응원을 재청한 것이다.

그랬더니 황철이가 불끈 일어서며 내 어깨를 잡고

"이리 좀 나오너라."

이렇게 급히 잡아끈다. 그리고 아무도 없는 변소로 끌고 와 세워놓더니

"너 누굴 응원하러 왔니?" 하고 해쓱한 낯으로 입술을 바르르 떤다. 이놈은 성이 나면 늘 이 꼴이 되는 것을 잘 앎으로

"너 왜 그렇게 성을 내니?"

"아니, 너 뭐 하러 예 왔냐 말이야?"

"응원하러 왔지!" 하니까 놈이 대뜸 주먹으로 내 복장을 콱 지르며

"에이 이 자식! 우리 건 고만 납작했는데 남을 응원해 줘?"

그리고 또 주먹을 내대려 하니 암만 생각해도 아니꼽다. 하여튼 잠깐 가만히 있으라고 손으로 주먹을 막고는

"너 왜 주먹을 내대니, 말루 못 해?" 하다가

"이놈아! 우리 얼굴에 똥칠한 것 생각 못 허니?"

하고 또 주먹으로 대들려는 데는 더 참을 수 없다.

"돼지고기 만두 안 먹으면 고만이다!"

이렇게 한 마디 내뱉고는 나는 약이 올라서 부리나케 층계로 내려왔다.

『중앙』, 1936.4.

봄밤

"얘! 오늘 사진 재밌지?"

영애는 옥녀의 옆으로 다가서며 정다이 또 물었다. 마는 옥녀는 고개를 푹 숙이고 그저 걸을 뿐, 역시 대답이 없다.

극장에서 나와서부터 이제까지 세 번을 물었다. 그래도 한 마디의 대답도 없을 때에는 아마 나에게 삐졌나보다. 영애는 이렇게 생각도 하여 보았으나 그럴 아무 이유도 없다. 필연 돈 없어 뜻대로 되지 않는 저의 연애를 슬퍼함에 틀림없으리라.

쓸쓸한 다옥정 골목으로 들어서며 영애는 날씬한 옥녀가 요즘으로 부쩍 더 자란 듯싶었다. 인젠 머리를 틀어올려야 되겠군 하고 생각하다 옥녀와 거반 동시에 발이 딱 멈추었다. 누가 사 가져가다가 떨어쳤는가 발 앞에 네모 번듯한 갑 하나가 떨어져 있다.

옥녀는 걸쌈스러운 시늉으로 사방을 돌아보고 선뜻 집어들었다. 그리고 갑의 흙을 털며 그 귀에 가만히

"영애야! 시곈 게지?"

"글쎄 갑을 보니 아마 금시곌걸!"

그들은 전등 밑에서 바짝 붙어 서서 어깨를 맞대었다. 그리고 부랴사랴 갑이 열리었다. 그 속에서 나오는 물건은 또 반질반질한 종이에 몇

겹 싸였다. 그놈을 마저 허둥지둥 펼치었다. 그러나 짜정 그 속알이 나타나자 그들은 기급을 하여 땅으로 도로 내던지며 퉤, 퉤, 하고 예방이나 하듯이 침을 배앝지 않을 수 없다. 그보다 더 놀란 건 골목 안에 사람이 없는 줄 알았더니 이 구석 저 구석에서 장난꾼들이 불쑥불쑥 빠져나온다. 더러는 재밌다고 배를 얼싸안고 껄껄거리며

"똥은 왜 금이 아닌가"

하고 콧등을 찌긋하는 놈—

영애는 옥녀를 끌고 저리로 달아나며

"망할 자식들 같으니!"

"으하하하하! 고것들 이뿌다!"

(병자, 1936.2.10)

『여성』, 조선일보사, 1936.4.

동백꽃

오늘도 또 우리 수탉이 막 쪼키였다. 내가 점심을 먹고 나무를 하러 갈 양으로 나올 때이었다. 산으로 올라서려니까 등 뒤에서 푸드득, 푸드득, 하고 닭의 횃소리가 야단이다. 깜짝 놀라며 고개를 돌려보니 아니나 다르랴 두 놈이 또 얼리었다.

점순네 수탉(은 대강이가 크고 똑 오소리같이 실팍하게 생긴 놈)이 덩저리 적은 우리 수탉을 함부로 해내는 것이다. 그것도 그냥 해내는 것이 아니라 푸드득, 하고 면두를 쪼고 물러섰다가 좀 사이를 두고 또 푸드득, 하고 모가지를 쪼았다. 이렇게 멋을 부려가며 여지없이 닦아놓는다. 그러면 이 못생긴 것은 쪼일 적마다 주둥이로 땅을 받으며 그 비명이 킥, 킥 할 뿐이다. 물론 미쳐 아물지도 않은 면두를 또 쪼키여 붉은 선혈은 뚝 뚝 떨어진다.

이걸 가만히 내려다보자니 내 대강이가 터져서 피가 흐르는 것같이 두 눈에서 불이 번쩍 난다. 대뜸 지게막대기를 메고 달려들어 점순네 닭을 후려칠까 하다가 생각을 고쳐먹고 헛매질로 떼어만 놓았다.

이번에도 점순이가 쌈을 붙여놨을 것이다. 바짝바짝 내 기를 올리느라고 그랬음에 틀림없을 것이다.

고놈의 계집애가 요새로 들어서서 왜 나를 못 먹겠다고 고렇게 아르

룽거리는지 모른다.

나흘 전 감자 쪼간만 하더라도 나는 저에게 조금도 잘못한 것은 없다.

계집애가 나물을 캐러 가면 갔지 남 울타리 엮는데 쌩이질을 하는 것은 다 뭐냐. 그것도 발소리를 죽여가지고 등 뒤로 살며시 와서

"얘! 너 혼자만 일하니?" 하고 긴치 않은 수작을 하는 것이다.

어제까지도 저와 나는 이야기도 잘 않고 서로 만나도 본 척 만 척하고 이렇게 점잖게 지내는 터련만 오늘로 갑작스리 대견해졌음은 웬일인가. 항차 망아지만 한 계집애가 남 일하는 놈 보구—

"그럼 혼자 하지 떼루 하디?"

내가 이렇게 내배앝는 소리를 하니까

"너 일하기 좋니?"

또는

"한여름이나 되거던 하지 벌써 울타리를 하니?"

잔소리를 두루 늘어놓다가 남이 들을까 봐 손으로 입을 틀어막고는 그 속에서 깔깔대인다. 별로 우스울 것도 없는데 날씨가 풀리더니 이놈의 계집애가 미쳤나 하고 의심하였다. 게다가 조금 뒤에는 제집께를 할금할금 돌아다보더니 행주치마의 속으로 꼈던 바른손을 뽑아서 나의 턱밑으로 불쑥 내미는 것이다. 언제 구웠는지 아직도 더운 김이 확 끼치는 굵은 감자 세 개가 손에 뿌듯이 쥐였다.

"느집인 이거 없지" 하고 생색 있는 큰소리를 하고는 제가 준 것을 남이 알면은 큰일날 테니 여기서 얼른 먹어버리란다. 그리고 또 하는 소리가

"너 봄감자가 맛있단다."

"난 감자 안 먹는다, 니나 먹어라."

나는 고개를 돌리랴지 않고 일하던 손으로 그 감자를 도로 어깨너머로 쑥 밀어버렸다.

그랬더니 그래도 가는 기색이 없고 뿐만 아니라 쌔근쌔근하고 심상치 않게 숨소리가 점점 거칠어진다. 이건 또 뭐야, 싶어서 그때에야 비로소 돌아다 보니 나는 참으로 놀랐다. 우리가 이 동리에 들어온 것은 근 삼 년째 되어 오지만 여지껏 가무잡잡한 점순이의 얼굴이 이렇게까지 홍당무처럼 새빨개진 법이 없었다. 게다 눈에 독을 올리고 한참 나를 요렇게 쏘아보더니 나중에는 눈물까지 어리는 것이 아니냐. 그리고 보구니를 다시 집어 들더니 이를 꼭 악물고는 엎더질 듯 자빠질 듯 논둑으로 휭하니 달아나는 것이다.

어쩌다 동리 어른이

"너 얼른 시집을 가야지?" 하고 웃으면

"염려 마서유. 갈 때 되면 어련히 갈라구—"

이렇게 천연덕스레 받는 점순이었다. 본시 부끄럼을 타는 계집애도 아니거니와 또한 분하다고 눈에 눈물을 보일 얼병이도 아니다. 분하면 차라리 나의 등허리를 보구니로 한번 모질게 후려쌔리고 달아날지언정.

그런데 고약한 그 꼴을 하고 가더니 그 뒤로는 나를 보면 잡아먹으려고 기를 복복 쓰는 것이다.

설혹 주는 감자를 안 받아먹은 것이 실례라 하면 주면 그냥 주었지 "느집엔 이거 없지"는 다 뭐냐. 그렇잖아도 저이는 마름이고 우리는 그 손에서 배재를 얻어 땅을 부침으로 일상 굽신거린다. 우리가 이 마을에 처음 들어와 집이 없어서 곤란으로 지날 때 집터를 빌리고 그 위에 집을 또 짓도록 마련해준 것도 점순네의 호의이었다. 그리고 우리 어머니 아버지도 농사 때 양식이 달리면 점순네한테 가서 부지런히 꾸어다 먹으면서 인품 그런 집은 다시 없으리라고 침이 마르도록 칭찬하고 하는 것이다. 그러면서도 열일곱씩이나 된 것들이 수군수군하고 붙어다니면 동리의 소문이 사납다고 주의를 시켜준 것도 또 어머니였다. 왜냐하면 내가 점순이 하고 일을 저질렀다는 점순네가 노할 것이고 그러면 우리는 땅도 떨어지고 집도 내쫓기고 하지 않으면 안 되는 까닭이었다.

그런데 이놈의 계집애가 까닭 없이 기를 복복 쓰며 나를 말려 죽이려고 드는 것이다.

눈물을 흘리고 간 그 담날 저녁나절이었다. 나무를 한 짐 잔뜩 지고 산을 내려오려니까 어디서 닭이 죽는 소리를 친다. 이거 뉘 집에서 닭을 잡나, 하고 점순네 울 뒤로 돌아오다가 나는 고만 두 눈이 뚱그랬다. 점순이가 제집 봉당에 홀로 걸터앉았는데 아 이게 치마 앞에다 우리 씨암탉을 꼭 붙들어 놓고는

"이놈의 닭! 죽어라 죽어라."

요렇게 암팡스리 패주는 것이 아닌가. 그것도 대가리나 치면 모른다마는 아주 알도 못 나라고 그 볼기짝께를 주먹으로 콕콕 쥐어박는 것이다.

나는 눈에 쌍심지가 오르고 사지가 부르르 떨렸으나 사방을 한 번 휘돌아보고야 그제서 점순이 집에 아무도 없음을 알았다. 잡은 참 지게막대기를 들어 울타리의 중턱을 후려치며

"이놈의 계집애! 남의 닭 알 못 나라구 그러니?" 하고 소리를 빽 질렀다.

그러나 점순이는 조금도 놀라는 기색이 없고 그대로 의젓이 앉아서 제 닭 가지고 하듯이 또 죽어라, 죽어라, 하고 패는 것이다. 이걸 보면

내가 산에서 내려올 때를 겨냥 해가지고 미리부터 닭을 잡아가지고 있다가 네 보란 듯이 내 앞에 쥐어지르고 있음이 확실하다.

그러나 나는 그렇다고 남의 집에 뛰어들어가 계집애하고 싸울 수도 없는 노릇이고 형편이 썩 불리함을 알았다. 그래 닭이 맞을 적마다 지게막대기로 울타리나 후려칠 수밖에 별도리가 없다. 왜냐하면 울타리를 치면 칠수록 울섶이 물러앉으며 뼈대만 남기 때문이다. 허나 아무리 생각하여도 나만 밑지는 노릇이다.

"아 이년아! 남의 닭 아주 죽일 터이냐?"

내가 도끼눈을 뜨고 다시 꽥 호령을 하니까 그제서야 울타리께로 쪼루루 오더니 울 밖에 섰는 나의 머리를 겨누고 닭을 내팽개친다.

"예이 더럽다! 더럽다!"

"더러운 걸 널더러 입때 끼고 있으랬니? 망할 계집애년 같으니" 하고 나도 더럽단 듯이 울타리께를 힝하게 돌아내리며 약이 오를 대로 다 올랐다. 라고 하는 것은 암탉이 풍기는 서슬에 나의 이마빼기에다 물찌똥을 찍 깔겼는데 그걸 본다면 알집만 터졌을 뿐 아니라 골병은 단단이 든 듯싶다.

그리고 나의 등뒤를 향하여 나에게만 들릭락말락한 음성으로

"이 바보 녀석아!"

"애! 너 배내병신이지?"

그만도 좋으련만

"애! 너 느 아버지가 고자라지?"

"뭐? 울 아버지가 그래 고자야?" 할 양으로 열벙거지가 나서 고개를 홱 돌리어 바라봤더니 그때까지 울타리 위로 나와 있어야 할 점순이의

대가리가 어디 갔는지 보이지를 않는다. 그러다가 돌아서서 오자면 아까에 한 욕을 울 밖으로 또 퍼붓는 것이다. 욕을 이토록 먹어가면서도 대거리를 한마디 못 하는 걸 생각하니 돌부리에 채키어 발톱 밑이 터지는 것도 모를 만치 분하고 급기에는 두 눈에 눈물까지 불끈 내솟는다.

그러나 점순이의 침해는 이것뿐이 아니다.

사람들이 없으면 틈틈이 제집 수탉을 몰고 와서 우리 수탉과 쌈을 붙여놓는다. 제집 수탉은 썩 험상궂게 생기고 쌈이라면 회를 치는 고로 으레히 이길 것을 알기 때문이다. 그래서 툭하면 우리 수탉의 면두며 눈깔이 피로 흐드르하게 되도록 해놓는다. 어떤 때에는 우리 수탉이 나오지를 않으니까 요놈의 계집애가 모이를 쥐고 와서 꼬여내다가 쌈을 부친다.

이렇게 되면 나도 다른 배체를 차리지 않을 수 없다. 하루는 우리 수탉을 붙들어가지고 넌지시 장독께로 갔다. 쌈닭에게 고추장을 먹이면 병든 황소가 살모사를 먹고 용을 쓰는 것처럼 기운이 뻗친다 한다. 장독에서 고추장을 한 접시를 떠서 닭의 주둥아리께로 들이밀고 먹여보았다. 닭도 고추장에 맛을 들렸는지 거스르지 않고 거진 반 접시턱이나 곧잘 먹는다.

그리고 먹고 금세는 용을 못쓸 터이므로 얼마쯤 기운이 돌도록 홰 속에다 가두어 두었다.

밭에 두엄을 두어 짐 저내고 나서 쉴 참에 그 닭을 안고 밖으로 나왔다. 마침 밖에는 아무도 없고 점순이만 저의 울안에서 헌옷을 뜯는지 혹은 솜을 터는지 웅크리고 앉아서 일을 할 뿐이다.

나는 점순네 수탉이 노는 밭으로 가서 닭을 내려놓고 가만히 맥을 보았다. 두 닭은 여전히 얼리어 쌈을 하는데 처음에는 아무 보람이 없다. 멋지게 쪼는 바람에 우리 닭은 또 피를 흘리고 그러면서도 날갯죽지만 푸드득, 푸드득, 하고 올라뛰고 뛰고 할 뿐으로 제법 한 번 쪼아보도 못 한다.

그러나 한 번은 어쩐 일인지 용을 쓰고 펄쩍 뛰더니 발톱으로 눈을 하비고 내려오며 면두를 쪼았다. 큰닭도 여기에는 놀랐는지 뒤로 멈씰하며 물러난다. 이 기회를 타서 작은 우리 수탉이 또 날쌔게 덤벼들어 다시 면두를 쪼니 그제서는 감때사나운 그 대강이에서도 피가 흐르지 않을 수 없다.

옳다 알았다. 고추장만 먹이면 되는구나, 하고 나는 속으로 아주 쟁그러워 죽겠다. 그때에는 뜻밖에 내가 닭쌈을 붙여놓은 데 놀라서 울 밖으로 내다보고 섰던 점순이도 입맛이 쓴지 살을 찌푸렸다.

나는 두 손으로 볼기짝을 두드리며 연방

"잘한다! 잘한다!" 하고 신이 머리끝까지 뻗치었다.

그러나 얼마 되지 않아서 나는 넋이 풀리어 기둥같이 묵묵히 서 있게 되었다. 왜냐면 큰 닭이 한 번 쪼이킨 앙가풀이로 허들갑스리 연거푸 쪼는 서슬에 우리 수탉은 찔끔 못하고 막 곯는다. 이걸 보고서 이번에는 점순이가 깔깔거리고 되도록 이쪽에서 많이 들으라고 웃는 것이다.

나는 보다 못하야 덤벼들어서 우리 수탉을 붙들어 가지고 도로 집으로 들어왔다. 고추장을 좀 더 먹였더라면 좋았을 걸 너무 급하게 쌈을 붙인 것이 퍽 후회가 난다. 장독께로 돌아와서 다시 턱밑에 고추장을 들여댔다. 흥분으로 말미암아 그런지 당최 먹질 않는다.

나는 할 일 없이 닭을 반듯이 눕히고 그 입에다 궐련 물부리를 물리었다. 그리고 고추장물을 타서 그 구멍으로 조금씩 들어부었다. 닭은 좀 괴로운지 킥킥하고 재채기를 하는 모양이나 그러나 당장의 괴로움은 매일같이 피를 흘리는 데 댈 게 아니라 생각하였다.

그러나 한 두어 종지 가량 고추장물을 먹이고 나서는 나는 고만 풀이 죽었다. 싱싱하던 닭이 왜 그런지 고개를 살며시 뒤틀고는 손아귀서 빼들어지는 것이 아닌가. 아버지가 볼까봐서 얼른 홰에다 감추어 두었더니 오늘 아침에서야 겨우 정신이 든 모양 같다.

그랬던 걸 이렇게 오다 보니까 또 쌈을 붙여 놨으니 이 망한 계집애가. 필연 우리 집에 아무도 없는 틈을 타서 제가 들어와 홰에서 꺼내 가지고 나간 것이 분명하다.

나는 다시 닭을 잡아다 가두고 염려는 스러우나 그렇다고 산으로 나무를 하러 가지 않을 수도 없는 형편이었다.

소나무 삭정이를 따며 가만히 생각해보니 암만해도 고년의 목쟁이를 돌려놓고 싶다. 이번에 내려가면 망할 년의 등줄기를 한 번 되게 후려치겠다, 하고 싱둥겅둥 나무를 지고는 부리나케 내려왔다.

거지반 집에 다 내려와서 나는 호들기 소리를 듣고 발이 딱 멈추었다. 산기슭에 늘려 있는 굵은 바윗돌 틈에서 노란 동백꽃이 소보록허니 깔리었다. 그 틈에 끼여 앉아서 점순이가 청승맞게스리 호들기를 불고 있는 것이다. 그보다 더 놀란 것은 그 앞에서 또 푸드득, 푸드득, 하고 들리는 닭의 횃소리다. 필연코 요년이 나의 약을 올리느라고 또 닭을 집어내다가 내가 내려올 길목에다 쌈을 시켜놓고 저는 그 앞에 앉아서 천연스레 호들기를 불고 있음에 틀림 없으리라.

나는 약이 오를 대로 다 올라서 두 눈에서 불과 함께 눈물이 퍽 쏟아졌다. 나뭇지게도 벗어 놀 새 없이 그대로 내동댕이치고는 지게막대기를 뻗치고 허둥지둥 달겨들었다.

가차히 와보니 과연 나의 짐작대로 우리 수탉이 피를 흘리고 거의 빈사지경에 이르렀다. 닭도 닭이려니와 그러함에도 불구하고 눈 하나 깜짝 없이 고대로 앉아서 호들기만 부는 그 꼴에 더욱 치가 떨린다. 동리에서도 소문이 났거니와 나도 한때는 걱실걱실히 일 잘하고 얼굴 이쁜 계집애인 줄 알았더니 시방 보니까 그 눈깔이 꼭 여호새끼 같다.

나는 대뜸 달려들어서 나도 모르는 사이에 큰 수탉을 단매로 때려 엎었다. 닭은 푹 엎어진 채 다리 하나 꼼짝 못하고 그대로 죽어버렸다. 그리고 나는 멍하니 섰다가 점순이가 매섭게 눈을 홉뜨고 닥치는 바람에 뒤로 벌렁 나자빠졌다.

"이놈아! 너 왜 남의 닭을 때려죽이니?"

"그럼 어때?" 하고 일어나다가

"뭐 이 자식아! 누집 닭인데?" 하고 복장을 떼미는 바람에 당시 벌렁 자빠졌다. 그리고 나서 가만히 생각을 하니 분하기도 하고 무안스럽고 또 한편 일을 저질렀으니 인젠 땅이 떨어지고 집도 내쫓기고 해야 될지도 모른다.

나는 비슬비슬 일어나며 소맷자락으로 눈을 가리고는 얼김에 엉, 하고 울음을 놓았다. 그러나 점순이가 앞으로 다가와서

"그럼 너 이담부텀 안 그럴 터냐?" 하고 물을 때에야 비로소 살 길을 찾은 듯싶었다. 나는 눈물을 우선 씻고 뭘 안 그러는지 명색도 모르건만

"그래!" 하고 무턱대고 대답하였다.

"요담부터 또 그래 봐라 내 자꾸 못 살게 굴터니?"

"그래 그래. 인젠 안 그럴 테야!"

"닭 죽은 건 염려마라. 내 안 이를 테니."

그리고 뭣에 떠다밀렸는지 나의 어깨를 짚은 채 그대로 픽 쓰러진다. 그 바람에 나의 몸뚱이도 겹쳐서 쓰러지며 한창 피어 퍼드러진 노란 동백꽃 속으로 폭 파묻혀버렸다.

알싸한 그리고 향깃한 그 내음새에 나는 땅이 꺼지는 듯이 왼 정신이 고만 아찔하였다.

"너 말 말아?"

"그래!"

조금 있더니 요 아래서

"점순아! 점순아! 이년이 바느질을 하다 말구 어딜 갔어?" 하고 어딜 갔다 온 듯싶은 그 어머니가 역정이 대단히 났다.

점순이가 겁을 잔뜩 집어먹고 꽃 밑을 살금살금 기어서 산 알로 내려간 다음 나는 바위를 끼고 엉금엉금 기어서 산 위로 치빼지 않을 수 없었다.

(병자, 1936.3.24)

『조광』, 1936.5.

야앵夜櫻

향기를 품은 보드라운 바람이 이따금씩 볼을 스쳐간다. 그럴 적마다 꽃잎새는 하나, 둘, 팔라당팔라당 공중을 나르며 혹은 머리 위로 혹은 옷고름고에 사뿐 얹히기도 한다. 가지가지 나무들 새에 켠 전등도 밝거니와 그 광선에 아련히 비치어 연분홍 막이나 벌려놓은 듯, 활짝 피어 벌어진 꽃들도 곱기도 하다.

(아이구! 꽃두 너머 피니까 어지럽군!)

경자는 여러 사람 틈에 끼어 사쿠라나무 밑을 거닐다가 우연히도 콧등에 스치려는 꽃 한 송이를 똑 따들고 한번 느긋하도록 맡아본다. 맡으면 맡을수록 가슴 속은 후련하면서도 저도 모르게 취하는 듯싶다. 두서너 번 더 코에 들여대다가 이번에는

"애! 이 꽃 좀 맡아봐" 하고 옆에 따르는 영애의 코 밑에다 들여대고

"어지럽지."

"어지럽긴 메가 어지러워, 이까진 꽃냄새 좀 맡고—"

"그럴 테지!"

경자는 호박같이 뚱뚱한 영애의 몸집을 한번 훔쳐보고 속으로 저렇게 디룩디룩 하니까 코청도 아마, 하고는

"너는 꽃두 볼 줄 모르는구나!"

혼잣말로 이렇게 탄식하지 않을 수 없었다.

"그래 내가 꽃 볼 줄 몰라, 얘두 그럼 왜 이렇게 창경원엘 찾아 왔드람?" 하고 눈을 똑 바로 뜨니까

"얘! 눈 무섭다 저리 치워라" 하고 경자는 고개를 저리 돌리어 웃음을 날려놓고

"눈만 있으면 꽃 보자는 거냐, 코루 냄새를 맡을 줄 알아야지."

"보자는 꽃이지 그럼, 누가 애들 같이 꺾어들고 그러듸."

"넌 아주 모르는구나, 아마 교양이 없어서 그런갑다, 꽃은 이렇게 맡아 보고야 비로소 존줄 아는 거야!" 하면서 경자는 짓궂이 아까의 그 꽃송이를 두 손바닥으로 으깨어가지고는 다시 맡아보고

"아! 취한다, 아주 어지럽구나!"

그러나 거기에는 아무 대답도 아니하고

"얘! 쥔놈이 또 지랄을 하면 어떡허니" 하고 왁살스러운 대머리를 생각하며 은근히 조를 부빈다.

"얘, 듣기 싫다, 별소릴 다 하는구나. 그까짓 자식 지랄 좀 허거나 말거나."

"그래도 아홉 점 안으로 다녀온댔으니까 약속은 지켜야 할 텐데" 하고 팔을 들어보곤 깜짝 놀라며

"벌써 아홉 점 칠 분인데!"

"열 점이면 어때? 카페 여급이면 뭐 즈 집서 기르는 개돼진 줄 아니? 구경할 거 다허구 가면 그만이지."

경자는 이렇게 애꿎은 영애만 쏘아박고는 새삼스레 생각난 듯이 같이 왔던 정숙이를 찾아보았다.

정숙이는 어느 틈엔가 저만큼 떨어져서 홀로 걸어가고 있었다. 어른의 손에 매어달리어 오고가는 어린 아이들을 일일이 살펴보며 귀여운 듯이 어떤 아이는 머리까지 쓰다듬어본다. 마는 바른 손에 꾸겨 들은 손수건을 가끔 얼굴로 가져가며 시름없이 걷고 있는 그 모양이 심상치 않고

(저게 눈물을 짓는 것이 아닌가? 정숙이가 왜 또 저렇게 풀이 죽었을까? 아마도 아까 주인 녀석에게 말대답하다가 패랑패랑한 여자[1]라구 사설을 당한 것이 분해 저러는 게 아닐까? 그러나 정숙이는 그렇게 맘 좁은 사람은 아닐 텐데—)하고 경자는 아리숭한 생각을 하다가 떼로 몰리는 어른 틈에 끼어 좋다고 방싯거리는 알숭달숭한 어린애들을 가만히 바라보고야 아하, 하고 저도 비로소 깨달은 듯싶었다.

계집아이의 등에 업혀 밤톨만 한 두 주먹을 내흔들며 낄낄거리는 언내도 귀엽고 어머니 품에 안기어 장난감을 흔드는 언내도 또한 귀엽다.

한 손으로 입에다 빵을 꾸겨넣으며 부지런히 따라가는 양복 입은 어린애 아버지 어깨에 두 다리를 걸치고 걸터앉아서 '말 탄 양반 끄떡!' 하는 상고머리 어린애—

이런 번화로운 구경은 처음 나왔는지 어머니의 치마 속으로만 기어들려는 노랑 저고리의 꾀고만 분홍 몽당치마—

"재! 영애야! 아마 정숙이가 잃어버린 딸 생각이 또 나나 보지? 저것 좀 봐라, 자꾸 눈물을 씻지 않니?"

"글쎄."

1 고분고분하고 순종적이지 못하고 자기 주장이 강한 여자.

영애는 이렇게 엉거주춤 받고는 언찮은 표정으로 정숙이의 뒷모양을 이윽히 바라보다가,

"요새론 더 버쩍 생각이 나나 보더라 집에서도 가끔 저래."

"애 좀 잃어버리고 뭘 저런담, 나 같으면 도리어 몸이 가뜬해서 좋아하겠다."

"어째서 제가 난 아이가 보구 싶지 않으냐? 넌 아즉 애를 못 낳아봐서 그래" 하며 영애는 바로 제 일같이 펄쩍 뛰었으나 앞뒤 좌우에 빽빽이 사람들이매 혹시 누가 듣지나 않았나, 하고 좀 무안스러웠다. 그는 제 주위를 흘끔흘끔 둘러본 다음 경자의 곁으로 바짝 다가서며

"네 살이나 먹여놓고 잃어버렸으니 왜 보구 싶지 않냐? 그것두 죽었다면 모르지만 극장광고 돌리느라고 뿡빵대는 바람에 쫓아나간 것을 누가 보구 집어갔어. 그러니 애통을 안 하겠니?"

"오 글쎄! 난 잃어버렸다 게 아주 죽은 줄 알았구나, 그러면 수색원을 내지 그래 왜?"

"수색원 낸 진 벌써 이태나 된단다."

"그래두 못 찾았단 말이야? 가만 있자."

하고 눈을 깜박거리며 무엇을 한참 궁리해본 뒤에

"그럼 걔 아버지가 누군질 정숙이두 모르겠구먼?"

"넌 줄 아니, 모르게?"

영애가 이렇게 사박스리 단마디로 쏘아붙이는 통에 경자는 암말 못하고 고만 얼굴이 빨개졌다.

(애두! 누굴 걘 줄 아나? 아이 망할 년 같으니! 이년 떼 내던지고 혼자 다닐까부다)하고 경자는 골김에 도끼눈을 한번 떠봤으나 그렇다고

저까지 노한 건 좀 어색하고 해서 타이르는 어조로

"별 예두 다 본다, 네 대답이나 했으면 고만이지 고렇게 톡 쏠 건 뭐 있니?"

그리고 고개를 숙이고 한 대여섯 발 옮겨놓다가 다시 영애 쪽을 돌아보며

"지금 정숙이는 혼자 살지 않어? 그럼 걔 아버지는 가끔 만나보긴 허나?"

"난 몰라."

"좀 알면 큰일 나니, 모른다게? 한집에 같이 있고 그리고 정숙이 허구 의형제까지 헌 애가 이걸 모르겠니?"

경자는 발을 딱 멈추고 업신여기는 눈초리로 영애를 쏘아본다. 빙충맞은 이년하고는 같이 다니지 않아도 좋다, 고 생각한 때문이었다.

하나 영애가 먼저에는 좀 비쌨으나 불리한 저의 처지를 다시 깨닫고

"헤어진 걸 뭘 또 만나니? 말하자면 언니가 이혼해서 내던진 걸—"

하고 고분히 숙어드니까

"그럼 말이야, 가만 있자—" 하고 경자는 눈을 째긋이 감아보며 아까부터 해오던 저의 궁리에 다시 취하다가

"그럼 말이야, 그 애를 걔 아버지가 집어가지 않았을까?"

이렇게 아주 큰 의견이나 된 듯이 우좌스리 눈을 히번덕인다.

"그건 모르는 소리야. 걔 아버지란 작자는 자식이 구여운지 어떤지도 모르는 사람이란다. 아내를 사랑할 줄 알아야 자식이 구여운 줄도 알지."

"그럼 아주 못된 놈을 얻었었구나?"

"못 되구말구 여부 있니. 난 직접 보질 못해 모르지만 정숙이언니 이야기를 들어보면 고생두 요만조만이 안 했나 보드라. 집에서 아내는 먹

을 것이 없어서 굶고 앉었는데 이건 젊은 놈이 밤낮 술이래. 저두 가난하니까 어디 술 먹을 돈이 있겠니. 아마 친구들 집을 찾아가서 이래저래 얻어 먹구는 밤중이 돼서야 비틀거리고 들어오나 보드라. 그런데 집에 들어와서는 아내가 뭐래두 이렇다 대답 한 마디 없고 벙어리처럼 그냥 쓰러져 잠만 자. 그뿐이냐 집에 붙어 있기가 왜 그렇게 싫은지 아츰 훤해서 나가면 밤중에나 들어오고 또 담날도 훤해 나가고 헌대. 그러니까 아내는 그걸 붙들고 앉어서 조용히 말 한마디 해볼 겨를이 없지. 살림두 그러지, 안팎이 손이 맞어야 되지 혼자 애쓴다구 되니? 그래 오작해야 정숙이 언니가 —" 하다가 가만히 생각해 보니 남의 신변에 관한 일을 너무 지껄여놓은 듯싶다. 이런 소리가 또 잘못해서 그 귀에 들어가면 어쩌나, 하고 좀 좌쥐가 들렸으나 그렇다고 이왕 꺼낸 이야기 중도에서 말기도 입이 가렵고 해서

"너 괜히 이런 소리 입 밖에 내지 말아."

"내 왜 미쳤니? 그런 소릴 허게" 하고 철석같이 맹서를 하니까

"그래 오작해야 정숙이언니가 아주 멀미를 내다시피 해서 떼내던졌어요. 방세는 내라구 조르고 먹을 건 없고 언내는 보채고 허니 어떻게 사니. 나 같으면 분통이 터져서 죽을 노릇이지. 그래서 하루는 잔뜩 취해 들어온 걸 붙들구 앉어서 이래선 당신허구 못 살겠우, 난 내 대루 벌어먹을 터이니 당신은 당신대루 어떡 헐 셈 대구 낼은 민적을 갈라주, 조금도 화도 안 내고 좋은 소리루 그랬대. 뭐 화두 낼 자리가 따루 있지 그건 화를 낸 댔자 아무 소용이 없으니까, 그리고 언내는 안즉 젖먹이니까 에미품을 떨어져서는 못 살 게니 내가 데리고 있겠소, 그랬드니 그날은 암말 않고 그대로 자고는 그 담날부터는 들어오질 않드래. 별것도 다 많

지? 그리고 나달 후에는 엽서 한 장이 왔는데 읽어보니까 당신 원대로 인제는 이혼 수속이 다 되었으니 당신은 당신 갈 대로 가시오 하고 아주 뱃심 좋은 편지래지. 그러니 이따위가 자식새끼를 생각하겠니? 아내 떼버리는 게 좋아서 얼른 이혼해주고 이렇게 편지까지 헌 놈이."

"그렇지 그래. 그런데 사내들은 제 자식이라면 눈깔을 까뒤집고 들어 덤비나 보든데 — 그럼 이건 미환 게로구나."

"미화다마다! 그래 정숙이언니도 매일같이 바가질 긁다가도 그래도 들은둥만둥 허니까 나종에는 기가 막혀서 말 한마디 안 나온다지. 그런데 처음에는 그렇지도 않었대. 순사 다닐 때에는 아주 뙤롱뙤롱하고 점잖던 것이 그걸 내떨리고 나서 술을 먹고 그렇게 바보가 됐대요. 왜 첨에야 의두 좋았지. 아내가 병이 나면 제 손으로 약을 대려다 바치고 대리미도 붙들어주고 이러던 것이 고만 바보가 — 그 후로 삼 년이나 되건만 어디가 죽었는지 살았는지 소식도 들어보질 못하겠대."

"아주 바본 게로군? 허긴 얘! 바볼수록 더 기집에게 바치나 부드라. 왜 저 우리 쥔 녀석 좀 봐. 얼병이 같이 어릿어릿허는 자식이 그래두 기지배 꽁무니만 노리구 있지않어?"

"글쎄 아마 그런가 봐. 그런 것헌테 걸렸다간 아주 신세 조질걸? 정숙이언니 좀 봐, 좀 가여운가. 게다 그 후 일 년두 채 못돼서 딸까지 마저 잃었으니, 넌 모르지만 카페로 돌아다니며 벌어다가 모녀가 먹구 살기에 고생 묵찐이 했다. 나갈 때마다 쥔 여편네에게 어린애 어디 가나 좀 봐 달라구 신신부탁은 허나 어디 애들 노는 걸 일일이 쫓아다니며 볼 수 있니?"

"그건 또 있어 뭘 허니? 으레 잘됐지."

"그러나 애 어머니야 어디 그러냐?" 하고 툭 찼으나 남의 일이고 밑천 드는 것이 아닌 걸 좀더 지껄이지 않고는 속이 안심치 않다. 그는 경자 귀에다 입을 돌려대고 몇 만 냥짜리 이야기나 되는 듯이 넌지시

"그래서 우리 집 주인 마나님이 어디 다른 데 중매를 해 줄 터이니 다시 시집을 가보라구 날마다 쑹쑹거려두 언니가 말을 안 들어. 한 번 혼이가 나서 서방이라면 진절머리가 난다구—" 하고 안 해도 좋은 소리를 마자 쏟아놓았다.

"그럴 거 뭐 있어? 얻었다가 싫으면 또 차내던지면 고만이지."

"말이 쉽지 어디 그러냐? 사내가 한번 달라붙으면 진드기 모양으로 어디 잘 떨어지니? 너 같으면 혹—" 하고 은연히 너와 정숙이언니와는 본이 사람이 다르단 듯이 입을 삐쭉했으나 경자가 이 눈치를 선뜻 알아채고 저도 뒤둥그러지며

"암 그럴 테지! 넌 술 취한 손님이 앞에서 소리만 빽 질러두 눈물이 글썽글썽허는 바보가 아니야? 그러니 남편한테 겁두 나겠지. 허지만 그게 다 교양이 없어서 그래—"

이렇게 밸을 긁는 데는 큰 무안이나 당한 듯싶어서 얼굴이 빨개지며 짜증 눈에 눈물이 핑 돌지 않을 수가 없다.

(망할 년, 그래 내가 바보야? 남의 이야기는 다 듣고 고맙단 소리 한마디 없이, 망할 년! 학교는 얼마나 다녔다구 밤낮 저만 안다지. 그리고 그 교양인가 빌어먹을 건 어서 들은 문잔지 건뜻하면 '넌 교양이 없어서 그래—?' 말대가리 같이 생긴 년이 저만 잘 났대—)

영애는 속으로 약이 바짝 올랐으나 그렇다고 겉으로 내대기에는 말솜씨로든 그 위풍으로든 어느 모로든 경자에게 딸린다. 입문을 곧 열었

으나 그러나 주저주저하다가

“남편이 무서워서 그러니? 애두—왜 그렇게 소견이 없니? 하루라두 같이 살든 남편을 암만 싫드라두 무슨 체모에 너 나가라고 그러니?”

“체모? 흥! 어서 목말라 죽은 것이 체모야?” 하고 콧등을 흥, 흥, 하고 울리니까

“너는 체모두 모르는구나! 아이 별 아이두! 그게 교양이 없어서 그래” 하고 때는 이때라고 얼른 그 ‘교양’을 돌려대고 써먹어 보았다.

경자는 저의 ‘교양’을 제법 무단히 써먹는 데 자존심이 약간 꺾이면서 (이년 보래! 내가 쓰는 걸 배워가지고 그래 내게 도루 써먹는 거야? 시큰둥헌 년! 제가 교양이 뭔지나 알며 그러나?)하고 모로 슬며시 눈을 흘겼으나 허나 그걸 가지고 다투긴 유치하고

“체모는 다 뭐야. 배고파도 체모에 몰려서 굶겠구나? 애두—배지 못한 건 참 헐 수 없어!”

“넌 요렇게 잘 뱄니? 그래서 요전에 주정꾼에게 삐루 세례를 받았구나?”

“뭐? 내가 삐루 세례를 받건 말건 네가 알게 뭐야? 건방지게 이년이 누길.” 하고 그 팔을 뒤로 훕잡아채이고 그리고 색색거리며 독이 한창 오르려 하였는데 예기치 않고 그들은 얼김에 서로 폭 얼싸안고 말았다. 인적이 드문 외진 이 구석 게다가 그게 무슨 놈의 짐승인지 바로 언덕 위에서 이히히히, 하고 기괴하게 울리는 그 울음소리에 고만 왼 전신에 소름이 쭉 끼치는 것이다.

그들은 정숙이에게로 힝하게 따라가며

“아, 무서워! 애 그게 무어냐?”

“글쎄 뭘까—아주 징그럽지?”

이렇게 주고받으며 어린애같이 마주대고 웃어 보인다.

"정숙이! 다리 아프지 않어? 우리 저 식당에 가서 좀 앉었다가 돌아서 나가지?"

"그럴까—"

정숙이는 아까부터 고만 나가고 싶었으나 경자가 같이 가자고 굳이 붙잡는 바람에 건성 따라만 다녔다. 이번에도 경자가 하자는 대로 붐비는 식당으로 들어가 자리를 잡았을 때 골머리가 아찔하고 아무 생각도 없었으나

"우리 사이다나 먹어볼까?" 하고 묻는 그대로

"아무거나 먹지" 하고 좋도록 대답하였다.

그들은 사이다 세 병과 설고 세 개를 시켜 놓았다.

경자는 사이다 한 컵을 쭉 들이켜고 나서

"영애야! 너 아까 보자는 꽃이라구 그랬지? 그럼 말이야. 그림 한 장을 사다 걸구 보지 앨 써 예까지 올 게 뭐냐!" 하고 아까부터 미결로 온 그 문제를 다시 건드린다. 마는 영애는 저 먹을 것만 찬찬히 먹고 있을 뿐으로 숫제 받아주질 않는다. 억설쟁이 경자를 데리고 말을 주고받다간 결국엔 제가 곱는 것을 여러 번 경험하고 있다. 나중에는 하 비위를 긁어 놓으니까 할 수 없이 정숙이 쪽으로 고개를 돌리며

"언니는 어떻게 생각허우? 그래 보자는 꽃이지 꺾어들구 냄새를 맡자는 꽃이우? 바루 그럴 양이면 향수를 사다 뿌려놓고 들엎디었지 왜 예까지 온담?" 하고 응원을 청할 수밖에 없었다.

그러나 정숙이는 처음엔 무슨 소린지 몰라서 얼뚤하다가

"난 그런 거 모르겠어—" 하고 울가망으로 씀씀이 받고 만다.

영애는 잇속 없이 경자에게 가끔 쪼여 지내는 자신을 생각할 때 여간 야속하지 않다. 연못가로 돌아나오다 경자가 굳이 유원지에 들어가 썰매 한번 타보고 가겠다고 하므로 따라서 들어가긴 하였으나 그때까지 말 한마디 건네지 않았다. 뿐만 아니라 경자가 마치 망아지 모양으로 껑충거리며 노는 걸 가만히 바라보고는 (에이 망할 계집애두! 저것두 그래 계집애년이람?) 하고 속으로 손가락질을 않을 수 없다.

유원지 안에는 여러 아이들이 뛰놀며 이리 몰리고 저리 몰리고 하였다. 부랑꼬에 매어달렸다가는 그네로 옮겨 오고 그네에서 흥이 지면 썰매 위로 올라온다.

그 틈에 끼어 경자는 호기 있게 썰매를 한 번 쭈욱 타고나서는 깔깔 웃었다. 그리고 다시 기어올라가서 또 찌익 미끄러져 내릴 때 저편 구석에서

"저 궁뎅이 해진다!" 하고 손뼉을 치며 껄껄거리고 웃는 것이다.

경자는 치마를 털며 일어서서 그쪽을 바라보니 열칠팔밖에 안돼 보이는 중학생 셋이 서서 이쪽을 향하여 웃고 있다. 분명히 그 학생들이 까시를 하였음에 틀림없었다.

경자는 날카로운 음성으로 대뜸

"어떤 놈이야? 내 궁뎅이 해진다는 놈이—" 하고 쏘아부치었다. 영애가 말림에도 듣지 않고 달려들었다. 철없는 학생들은 놀리면 달아날 줄 알았지 이렇게까지 독수리처럼 대들 줄은 아주 꿈밖이었다. 모두 얼떨떨해서 암말 못하고 허옇게 닦이다가

"우리가 뭐랬다구 그러시오?"

혹은

"우리끼리 이야기허구 웃었는데요."

이렇게 밑 빠진 두멍에 물을 챌랴고 땀이 빠진다.[2] 마는 경자는 좀처럼 그만두려지 않고

"학생이 공부는 안 하고 남의 여자 히야까시 허러 다니는 게 일이야?" 하고 그중 나이 찬 학생의 얼굴을 뺄겋게 때려 놓는다.

이 서슬에 한 사람 두 사람 구경꾼이 모이더니 나종에는 빽 돌리어 성이 되고 말았다. 어떤 이는 너무 신이 나서

"암 그렇지, 그래, 잘 헌다!" 하고 소리를 내지르기도 하고 또는

"나히 어려 그렇지요, 그쯤 허구 고만 두십쇼" 하고 뜯어말리는 사람—

그러나 정숙이는 이편에 따로 떨어져 우두커니 서서는 제 앞만 바라보고 있었다.

거기에는 대여섯 살이 될지 말지 한 어린아이 둘이 걸상에 마주 걸터앉아서 그네질을 하며 놀고 있었다. 눈을 뚝 부릅뜨고 심술궂게 생긴 그 사내아이도 귀엽고 스스러워서 눈치만 할금할금 보는 조선옷에 단발한 그 계집애도 또한 귀엽다. 바람이 불 적마다 단발머리가 보르르 날리다가는 사뿟 주저앉는 그 모양은 보면 볼수록 한 번 담싹 껴안아 보고 싶은 생각이 간절하였다.

(우리 모정이두 그대로 컸다면 조만은 하겠지!)

그리고 정숙이는 여지껏, 어딘가 알 수 없이 모정이와 비슷비슷한 어린 계집애를 벌써 여남은이나 넘어 보아오던[3] 기억이 난다. 요 계집애

---

2 밑빠진 두멍(가마솥)에 물을 채우려고 애를 쓰듯 두서 없이 변명하느라고 진땀 빼는 모습을 비유적으로 표현.

3 십여 명 이상이나 보아오던.

도 어쩌면 그 눈매며 입모습이 모정이같이 고렇게 닮았는지 비록 살은 포들포들이 오르고 단발은 했을망정 하관만 좀 길다 하고 그리고 어디가 엎어져서 상처를 입은 듯한 이마의 그 흠집만 없었더라면 어지간히 같을 뻔도 하였다, 하고 쓸쓸이 웃어보다가

(남이 우리 모정이를 집어간 것 마찬가지로 나도 고런 계집애 하나 훔쳐다가 기르면 고만 아닌가?)

이렇게 요즘으로 가끔 하여보는 그 무서운 생각을 다시 하여본다.

정숙이는 갖은 열정과 애교를 쏟아가며 허리를 구부리어

"얘! 아가야! 너 몇 살이지?" 하고 손으로 단발머리를 쓸어본다.

계집애는 낯설은 사람의 손을 두려워함인지 두 눈을 말뚱이 뜨고 치어다만 볼 뿐으로 아무 대답도 없었다. 그러나 손이 다시 들어와

"아이 참! 우리 애기 이뻐요! 이름이 뭐지?" 하고 그 머리를 쓰다듬으매 이번에는 마치 모욕이나 당한 사람같이 어색하게도 비슬비슬 일어서더니 저리로 곧장 달아난다.

정숙이는 낙심하여 쌀쌀한 애두 다 많군 하고 속으로 탄식을 하며 시선이 그 뒤를 좇다가 이상도 하다고 생각하였다. 거리가 좀 있어 똑똑이는 보이지 않았으나 아마 병객인 듯싶은 흰 두루마기에 중절모를 눌러쓴 한 사나이가 괴로운 듯이 쿨룩거리고 서서는 앞으로 다가오는 계집애와 이쪽을 번갈아가며 노려보고 있었다. 얼뜬 보기에 후리후리한 키며 구부정한 그 어깨가, 정숙이는 사람의 일이라 혹시 하면서도 그러나 결코 그럴 리는 천만 없으리라고 혼자 이렇게 또 우기면서도 저도 모르게 앞으로 몇 걸음 걸어나간다. 시나브로 거리를 접어가며 댓 걸음 사이를 두고까지 아무리 고쳐서 뜯어보아도 그는 비록 병에 얼굴은 꺼

졌을망정 그리고 몸은 반쪽이 되도록 시들었을망정 확실히 전일 제가 떼어버리려고 민줄 대던 그 남편임에 틀림없고 —

"아이 당신이?"

정숙이는 무슨 말을 하려는지 저도 모르고 이렇게 입을 벌렸으나 그 다음 말이 나오지를 않았다. 원수같이 진저리를 치던 그 사람도 오랜만에 뜻없이 만나보니까 이상스리도 더 한층 반가웠다. 한참 멍하니 바라만 보다가 더는 참을 수가 없어서

"그 동안 서울 계셨어요?" 하고 간신히 입을 열었다.

사나이는 고개를 저리 돌리고 외면한 그대로

"이리저리 돌아다녔습니다" 하고 활하게 대답하였다. 그리고는 반갑다는 기색도 혹은 놀랍다는 기색도 그 얼굴에는 아무 표정도 찾아볼 수가 없었다.

정숙이는 무엇보다도 먼저 그 앞에 폭 안긴 그 단발한 계집애가 모정이인지 아닌지 그것이 퍽도 궁거웠다. 주볏주볏 손을 들어 계집애를 가리키며

"얘가 우리 모정인가요?" 하고 물어보았으나 그는 못 들은 듯이 잠자코 있더니 대답 대신 주먹으로 입을 막고는 쿨룩거린다.

그러나 정숙이는 속으로

(저것이 모정이겠지! 입 눈을 보드라도 정녕코 모정이겠지?)하면서 이 년 동안이란 참으로 긴 세월임을 다시 깨달을 만치 이렇게까지 몰라보도록 될 줄은 아주 꿈밖이었다. 마는 그보다도 더욱 놀라운 것은 자식도 모르는 폐인인 줄 알았더니 그래도 제 자식이라고 몰래 훔쳐다가 이렇게 데리고 다니는 것을 생각하면 그 속은 암만해도 하늘땅이나 알

듯싶다. 뿐만 아니라 갈릴 때에는 그렇다 소리 한마디 없더니 일 년 후에야 슬며시 집어간 그 속도 또한 알 수 없고—

(저것이 정말 구여운 줄 알까?)

"애가 모정이지요?"

정숙이는 묻지 않아도 좋을 소리를 다시 물어보았다. 여전히 사나이는 못 들은 척하고 묵묵히 섰는 양이 쫄기고 맛장수이던 그 버릇은 아직도 못 버린 듯싶었다. 그러나 저는 구지레하게 걸쳤을망정 계집애만은 낄끗하게 옷을 입혀놓은 걸 보더라도 그리고 에미한테서 고생을 할 때보다 토실토실히 살이 오른 그 볼따귀를 보더라도, 정숙이는 어느 편으로든 에미에게 있었던 것보다는 그 아버지가 데려간 것이 애를 위하여 오히려 천행인 듯싶었다.

정숙이는 사나이에게 암만 물어야 대답 한 마디 없을 것을 알고 이번에는 계집애를 향하여

"애 모정아!" 하고 불러보니 어른 두루마기에 파묻혔던 계집애가 고개를 반짝 든다. 이태 동안이 길다 하더라도 저를 기르던 제 에미를 이렇게도 몰라볼까, 하고 생각해 보니 곧 두 눈에서 눈물이 확 쏟아지며 그대로 꼭 껴안아보고 싶은 생각이 간절은 하나 그러나 서름히 구는 아이를 그러다간 울릴 것도 같고 해서 엉거주춤히 팔만 내밀어 머리를 쓰담어주며

"애 모정아! 너 올에 몇 살이지?"

또는

"애 모정아! 너 나 모르겠니?"

이렇게 대답 없는 질문을 하고 있을 때 저만치 등 뒤에서

"정숙이 아닌가?" 하고 경자가 달려드는 모양이었다.

"그럼 요즘엔 어디 계서요?"

정숙이는 조급히 그러나 눈물을 머금은 음성으로 애원하다시피 묻다가 의외에도 사나이가 사직동 몇 번지라고 순순히 대답하므로 그제서야 안심하고

"모정이 잘 가거라—" 하고 다시 한 번 쓰담어보고는 경자가 이쪽으로 다가오기 전에 그쪽을 향하여 힝하게 떨어져 간다.

경자는 활갯짓을 하고 걸어가며 신이야 넋이야 오른 어조로

"내 그 자식들 납작하게 눌러줬지. 아 백죄 내 궁둥이가 해진다는구먼. 망할 자식들이! 내 좀 더 닦아셀래다?"

"넌 너머 그래, 철모르는 애들이 그렇지 그럼 말두 못허니? 그걸 가지고 온통 사람을 모아놓고 이 야단이니?"

영애는 경자 때문에 창피스러운 욕을 당한 것이 생각할수록 썩 분하였다.

그런데도 경자는 저 잘났다고 시퉁그러진 소리로

"너는 그럴 테지! 왜 너는 체모 먹구 사는 사람이냐?" 하고 또 비위를 거슬려놓다가 저리 향하여.

"정숙이! 아까 그 궐짜가 누구?"

"응 그 사내 말이지? 그 전에 나 세 들어 있던 집주인이야—"

정숙이는 이렇게 선선히 대답하고 다시 얼굴로 손수건을 가져간다.

(자식이 그렇게 구엽다면 그걸 낳아놓은 아내두 좀 구여울 텐데?) 하고 지내온 일의 갈피를 찾아보다가 그래도 비록 말은 없었다 하더라도 아내도 속으로 사랑하리라고 굳이 이렇게 믿어보고 싶었다. 어쩌다 그

렇게 되었는지 병까지 든 걸 보면 그동안 고생은 무던히 한 듯싶고 그렇다면 전일에 밤늦게 들어와 쓰러진 사람을 멱살잡이를 하여 일으켜서는 들볶던 그것도 잘못하였고 술 먹었으니 아침은 고만두라 하며 마악 먹으러 드는 콩나물을 땅으로 내던진 그것도 잘못하였고, 일일이 후회가 날 뿐이었다. 제 아버지를 그토록 푸대접을 하였으니 계집애만 하더라도 에미를 탐탁히 여겨주지 않는 것이 당연하지 않을까 생각하니 더욱 큰 설움이 복받쳐 오른다. 그러나 내일 아침에는 일찍 찾아가서 전사 일은 모조리 잘못하였다고 정성껏 사과하고, 그리고 앞으로는 암만 굶더라도 끽소리 안 하리라고 다짐까지 둔다면 혹시 사람의 일이니 다시 같이 살아줄는지 모르리라고 이렇게 조금 안심하였을 때 영애가 팔을 흔들며

"언니! 오늘 꽃구경 잘했지?"

"참 잘했어!"

"꽃은 멀리서 봐야 존 걸 알아. 가찹게 가면 그놈의 냄새 때문에 골치가 아프지 않어? 그렇지만 오늘 꽃구경은 참 잘했어!"

영애가 경자에게 무수히 쏘이고 게다 욕까지 당한 것이 분해서 되도록 갚으려고 애를 쓰니까 경자는 코로 흥, 하고는

(느들이 무슨 꽃구경을 잘했니? 참말은 내가 혼자 잘했다!)

"꽃은 냄샐 맡을 줄 알아야 꽃구경이야! 보는 게 다 무슨 소용 있어?" 하고 히짜를 뽑다가 정숙이 편을 돌아보니 아까보다 더 뻔찔 손수건이 올라간다. 보기에 하도 딱하여 그 옆으로 바싹 붙어서며 친절히 위로하여 가로대

"그까진 딸 하나 잃어버리고 뭘 그래? 없어지면 몸이 가뜬하고 더 편

하지 않어?"

그때 눈같은 꽃 이파리를 포르르 날리며 쌀쌀한 꽃심이 목덜미로 스며든다.

문간 쪽에서는 고만 나가라고 종소리가 댕그렁댕그렁 울리기 시작하였다.

(병자, 1936.4.8)

『조광』, 1936.7.

옥토끼

나는 한 마리 토끼 때문에 자나깨나 생각하였다. 어떻게 하면 요놈을 얼른 키워서 새끼를 낳게 할 수 있을까 이것이었다.

이 토끼는 하나님이 나에게 내려주신 보물이었다.

몹시 춥던 어느 날 아침이었다. 내가 아직 꿈속에서 놀고 있을 때 어머니가 팔을 흔들어 깨우신다. 아침잠이 본이 늦은데다가 자는데 깨우면 괜스레 약이 오르는 나였다. 팔꿈치로 그 손을 툭 털어버리고

"아이 참 죽겠네!"

골을 이렇게 내자니까

"너 이 토끼 싫으냐?" 하고 그럼 고만두란 듯이 은근히 나를 당기고 계신 것이다.

나는 잠결에 그럼 아버지가 아마 오랜만에 고기 생각이 나서 토끼 고기를 사 오셨나, 그래 어머니가 나를 먹이려고 깨우시는 것이 아닐까, 하였다. 그리고 고개를 돌려 뻑뻑한 눈을 떠보니 이게 다 뭐냐. 조막만 하고도 아주 하얀 옥토끼 한 마리가 어머니 치마 앞에 폭 싸여 있는 것이 아닌가.

나는 눈곱을 비비고 허둥지둥 다가앉으며

"이거 어디서 났수?"

"이쁘지?"

"글쎄 어서 났난 말이야?" 하고 조급히 물으니까

"아츰에 쌀을 씨러 나가니까 우리 부뚜막 우에 올라 앉어서 웅크리고 있드라. 아마 누 집에서 기르는 토낀데 빠져나왔나 봐."

어머니는 얼은 두 손을 화로 위에서 비비면서 무척 기뻐하셨다. 그 말씀이 우리가 이 신당리로 떠나온 뒤로는 이날까지 지지리 지지리 고생만 하였다. 이렇게 옥토끼가 그것도 이 집에 네 가구가 있으련만 그 중에다 우리를 찾아왔을 적에는 새해부터는 아마 운수가 좀 피려는 거나 아닐까 하며 고생살이에 찌들은 한숨을 내쉬고 하시었다.

그러나 나는 나대로의 딴 희망이 있지 않아선 안 될 것이다. 이런 귀여운 옥토끼가 뭇사람을 제치고 나를 찾아왔음에는 아마 나의 심평이 차차 피려나보다 하였다. 그리고 어머니 치마 앞에서 옥토끼를 끄집어내 들고 고놈을 입에 대보고 뺨에 문질러보고 턱에다 받쳐도 보고 하였다.

참으로 귀엽고도 아름다운 동물이었다.

나는 아침밥도 먹을 새 없이 그리고 어머니가 팔을 붙잡고

"너 숙이 갖다 줄랴구 그러니? 내 집에 들어온 복은 남 안 주는 법이야 인내라 인내."

이렇게 굳이 말리는 것도 듣지 않고 덜렁거리고 문밖으로 나섰다. 뒷골목으로 들어가 숙이를 문간으로 (불러 만나보면 물론 둘이 떨고 섰는 것이나 그 부모가 무서워서 방에는 못 들어가고) 넌지시 불러내다가

"이 옥토끼 잘 길루" 하고 두루마기 속에서 고놈을 꺼내주었다. 나의 예상대로 숙이는 가손진 그 눈을 동그랗게 뜨더니 두 손으로 담싹 집어다가는 저도 역시 입을 맞추고 뺨을 대보고 하는 것이 아닌가. 하지만 가슴에다 막 부둥켜안는 데는 나는 고만 질색을 하며

"아 아 그렇게 하면 뼈가 부서져 죽우. 토끼는 두 귀를 붙들고 이렇게……" 하고 토끼 다루는 법까지 아르쳐주지 않을 수 없었다. 하라는 대로 두 귀를 붙잡고 섰는 숙이를 가만히 바라보며 나는 이 집이 내 집이라 하고 또 숙이가 내 아내라 하면 얼마나 좋을까 하였다. 숙이가 여자 양말 하나 사다 달라고 부탁하고 내가 그래라고 승낙한 지가 달 장근이 되련만[1] 그것도 못하는 걸 생각하니 나 자신이 불쌍도 하였다.

"요놈이 크거든 짝을 채워서 우리 새끼를 자꾸 받읍시다. 그 새끼를 팔구팔구 허면 나종에는 큰 돈이……"

그리고 토끼를 쳐들고 암만 들여다봐도[2] 대체 수놈인지 암놈인지 분간을 모르겠다. 이게 적이 근심이 되어

"그런데 뭔지 알아야 짝을 채지" 하고 혼자 투덜거리니까

"그건 인제……"

숙이는 이렇게 낯을 약간 붉히더니 어색한 표정을 웃음으로 버무리며

"낭중 커야 알지요!"

"그렇지! 그럼 잘 길루" 하고 돌아와서는 그 담날부터 매일 한 번씩 토끼 문안을 가고 하였다.

토끼가 나날이 달라 간다는 숙이의 말을 듣고 나는 퍽 좋았다.

"요새두 잘 먹우?" 하고 물으면

"네 물찌꺼기만 주다가 오늘은 배추를 주었더니 아주 잘 먹어요" 하고 숙이도 대견한 대답이었다. 나는 이렇게 병이나 없이 잘만 먹으면 다 되려니, 생각하였다. 아니나 다르랴 숙이가

1 거의 한 달이 되련만.
2 원전에는 '암만드려다 보니'로 표기되어 있다. 그러나 문맥상 '암만 들여다봐도'가 타당한 듯하다.

"인젠 막 뛰다니구 똥두 밖에 가 누구 들어와요" 하고 까만 눈알을 뒤굴릴 적에는 아주 훤칠한 어른 토끼가 다 되었다. 인제는 짝을 채워줘야 할 터인데, 하고 나는 돈 없음을 걱정하며 집으로 돌아왔다.

그러나 아무리 생각하여도 돈을 변통할 길이 없어서 내가 입고 있는 두루마기를 잡힐까 그러면 뭘 입고 나가나 이렇게 양단을 망설이다가 한 닷새 동안 토끼에게 가질 못하였다. 그러자 하루는 저녁을 먹다가 어머니가

"금철어매게 들으니까 숙이가 그 토끼를 잡아먹었다드구나?" 하고 역정을 내는 바람에 깜짝 놀랐다. 우리 어머니는 싫단 걸 내가 들이 졸라서 한 번 숙이네한테 통혼을 넣다가 거절을 당한 일이 있었다. 겉으로는 아직 어리다는 것이나 그 속살은 돈 있는 집으로 딸을 놓겠다는 내숭이었다. 이걸 어머니가 아시고 모욕을 당한 듯이 그들을 극히 미워하므로

"그럼 그렇지! 그것들이 김생 구여운 줄이나 알겠니?"

"그래 토끼를 먹었어?"

나는 이렇게 눈에 불이 번쩍 나서 밖으로 뛰어 나왔으나 암만해도 알 수 없는 일이다. 제 손으로 색동 조끼까지 해 입힌 그 토끼를 설마 숙이가 잡아먹을 성 싶지는 않았다.

그러니 숙이를 불러내다가 그 토끼를 좀 잠깐만 뵈달라 하여도 아무 대답이 없이 얼굴만 빨개져서 서 있는 걸 보면 잡아먹은 것이 확실하였다. 이렇게 되면 이놈의 계집애가, 나에게 벌써 맘이 변한 것은 넉넉히 알 수 있다. 낭종에 같이 살자고 우리끼리 맺은 그 언약을 잊지 않았다면 내가 위하는 그 토끼를 제가 감히 잡아먹을 리가 없지 않은가.

나는 한참 도끼눈으로 노려보다가

"토끼 가질러왔수. 내 토끼 도루 내우."

"없어요!"

숙이는 거반 울 듯한 상이더니 이내 고개를 떨어치며

"아버지가 나도 모르게……" 하고는 무안에 취하여 말끝도 다 못 맺는다.

실상은 이때 숙이가 한 사날 동안이나 밥도 안 먹고 대단히 앓고 있었다. 연초회사에 다니며 벌어들이는 딸이 이렇게 밥도 안 먹고 앓으므로 그 아버지가 겁이 버쩍 났다. 그렇다고 고기를 사다가 몸보신 시킬 형편도 못 되고 하여 결국에는 딸도 모르게 그 옥토끼를 잡아서 먹여버리고 말았던 것이다.

그러나 나는 그런 속은 모르니까 남의 토끼를 잡아먹고 할 말이 없어서 벙벙히 섰는 숙이가 다만 미웠다. 뭘 못 먹어서 옥토끼를, 하고 다시

"옥토끼 내놓우 가주 갈 테니" 하니까

"잡아먹었어요."

그제서야 바로 말하고 언제 그렇게 고였는지 눈물이, 뚝 떨어진다. 그리고 무엇을 생각했음인지 허리춤을 뒤지더니 그 지갑(은 우리가 둘이 남몰래 약혼을 하였을 때 금반지 살 돈은 없고 급하긴 하고 해서 내가 야시에서 십오 전 주고 사 넣고 다니던 돈지갑을 대신 주었는데 그것)을 내놓으며 새침이 고개를 트는 것이다.

망할 계집애 남의 옥토끼를 먹고 요렇게 토라지면 나는 어떡허란 말인가. 허나 여기서 더 지껄였다는 나만 앵한 것을 알았다. 숙이의 옷가슴을 부랴사랴 헤치고 허리춤에다 그 지갑을 도로 꾹 찔러주고는 좇아

올까 봐 집으로 힝하게 달아왔다. 제가 내 옥토끼를 먹었으니까 암만 저의 아버지가 반대를 한다더라도 그리고 제가 설혹 마음에 없더라도 인제는 하릴없이 나의 아내가 꼭 되어주지 않을 수 없을 것이다.

이렇게 나는 생각하고 이불 속에서 잘 따져보다 그 옥토끼가 나에게 참으로 고마운 동물임을 비로소 깨달았다.

(인제는 틀림없이 너는 내꺼다!)

(병자, 1936.5.15)

『여성』, 1936.7.

생의 반려*

동무에 관한 이야기를 쓰는 것이 옳지 않은 일일는지 모른다. 마는 나는 이 이야기를 부득이 시작하지 아니치 못할 그런 동기를 갖게 되었다. 왜냐면 명렬군의 신변에 어떤 불행이 생겼다면 나는 여기에 큰 책임을 지지 않을 수 없는 까닭이다.

현재 그는 완전히 타락하였다. 그리고 나는 그의 타락을 거들어준, 일테면 조력자쯤 되고만 폭이었다.

그렇다고 이것이 단순히 나의 변명만도 아닐 것이다. 또한 나의 사랑하는 동무, 명렬 군을 위하여 참다운 생의 기록이 되어주기를 바란다.

그것은 바로 사월 스무이렛날이었다.

내가 밤중에 명렬 군을 찾아간 이유는 (허지만 이유랄 건 없고 다만) 잠깐 만나보고 싶었다. 그의 집도 역시 사직동이고 우리 집과 불과 오십여 간 상거밖에 안 된다. 그러함에도 불구하고 그는 나를 찾아오는 일이 별로 없었다. 물론 나는 불평을 토하고 투덜거린 적이 없는 것도 아니나 그러나 다시 생각하고 눈 덮어 두기로 하였다. 그 까닭은 그는

---

* 『중앙』(1936.8~9)에 '신연재장편소설'이란 부제가 붙어 있었던 김유정의 유일한 장편소설. 그러나 김유정은 1936년 8월 이후 결핵과 치루가 위중해져서 이 장편소설은 2회에 걸쳐 연재된 후 중단되고 말았다.

사람 대하기를 극히 싫어하는 이상스러운 성질의 청년이었다. 범상에서 버스러진 상태를 병이라고 한다면 이것도 결국 큰 병의 일종이겠다.

그래서 내가 가끔 이렇게 찾아가곤 하는 것이다.

방문을 밀고 들어서니 그는 여전히 덥수룩한 머리를 하고, 방 한구석에 놓인 책상 앞에 웅크리고 앉았다. 물론 난 줄은 알리라마는 고개 한 번 돌리어 보는 법이 없었다.

나는 방바닥에 털벅 주저앉으면서

"뭐 공부허니?"

하고 말을 붙이었다.

그는 아무 대답 없이 책상 위에서 영어사전만 그저 만적거릴 따름이었다. 그 태도가 글자를 읽는 것도 아니요 그렇다고 아주 안 읽는 것도 아닌, 그렇게 몽롱한 시선으로 이 페이지 저 페이지 넘기고 있는 것이다. 이걸 본다면 무슨 생각에 곰곰 잠기어 있는 것이 분명하였다.

"남이 뭐래면 대답 좀 해라."

나는 이렇게 퉁명스레 말은 했으나, 지금 그가 무엇을 생각하고 있는지 나라고 모를 배도 아니었다. 궐련에 불을 붙이고 나서 나는 혼잣소리로

"오늘도 편지 했나!"

하고 연기를 내뿜었다.

그제서야 그는 정신이 나는지 내게로 고개를 돌리더니

"내 너 오길 지금 기다렸다"

하고 나를 이윽히 바라보고는

"너에게 청이 하나 있는데—"

하며 도로 영어사전께로 시선을 가져간다. 제깐에 내가 그 청을 들어줄지 혹은 않을지, 그게 미심하여 속살을 이야기하기 전에 나의 의향부터 우선 물어보자는 모양이었다.

나는 선선히 받으며

"청이랄 게 뭐 있냐? 될 수 있다면 해보겠지."

"고맙다. 그럼……"

하고 그는 불현듯 생기가 나서 책상 서랍을 열더니 언제 써 두었었던 것인지, 피봉에 넣어 꼭 봉한 편지 한 장을 내 앞에 꺼내놓는다. 그리고 흥분되어 더듬는 소리로

"이 편지 좀 지금 좀 곧 전해다우"

하고 거지반 애원이었다. 마치 이 편지를 지금 곧 전하지 않는다면 무슨 큰 화라도 일듯이 그렇게 서두르는 것이다. 그의 말을 들어보면 동무에게 이런 편지를 부탁하는 것은 물론 미안한 줄은 안다, 하고 그러나 너에게 이런 걸 청하는 것도 이것이 마지막일는지 모르니 그쯤 소중히 여기고 충심으로 진력하여 달라 하는 것이다.

그리고 마지막에 와서는

"너 그리고 답장을 꼭 맡아 가지고 오너라"

하고 아까부터의 당부를 또 다진다.

"그래."

나는 단마디로 이렇게 쾌히 승낙하고 거리로 나섰다.

그러나 이것은 결코 나의 의사에서 나온 행동도 아니거니와 또한 이 편지를 어떻게 처치해야 옳을지 그것조차 생각해 본 일도 없었다. 동무의 간곡한 소청이요 그래 마지못하여 받아들고 나왔을 그뿐이었다.

요사꾸라 때[1]라 붐비는 밤거리를 호아 내려오며 나는 이 편지를 저쪽에 전해야 옳을지 어떨지, 그걸 분간 못하여 얼뚤하였다. 우편으로 정성스레 속달을 띄어도 '수취거절'이란 부전이 붙어서 돌아오고 하는 그곳이었다. 내가 손수 들고 간다고 하여 끔벅해서 받아줄 리도 없을 것이다.

나는 편지를 호주머니에 넣을 생각도 않고 한 손에 그냥 떠받쳐든 채 떠름한 시선으로 보고 또 보고 하였다.

여기가 나의 큰 과실일는지 모른다. 애당초 왜 딱 잘라 거절을 못하였는가, 생각하면 두고두고 후회가 나는 것이다.

그러나 다시 생각건대 내가 이 편지를 아무 군말 없이 들고나온 것도 달리 딴 이유가 있을 듯싶다. 다만 동무의 청이란 그것만이 아닐 것이다. 그렇다면 확실히 나는 이걸 나에게 내놓을 때의 명렬 군이 가졌던 야릇하게도 정색한 그 표정에 기가 눌렸는지도 모른다. 오랫동안 볕을 못 본 탓으로 얼굴은 누렇게 들떴고 손 안 댄 입가에는, 스물셋으론 곧이듣지 않을 만치 제법 검은 수염이 난잡히 뻗치었다. 물론 본이는 싱싱해야 할 두 볼은 꺼지고 게다 연일 철야로 눈까지 퀭 들어간, 말하자면 우리에 갇힌 사람이라기보다는 짐승에 가까웠다. 거기다 눈에 눈물까지 보이며 긴장이 도를 넘어 떨리는 어조로 이 편지를 부탁했던 것이다.

이걸 본다면 이것이 얼마나 중대한 편지임을 알 것이다. 만일에 이 편지가 전대로 못가고 본다면 필연 명렬 군은 온전히 그냥 있지는 않으리라.

하여튼 나는 그걸 가지고 갈 곳까지 다다랐다.

---

1 밤 벚꽃놀이를 즐기는 계절.

내가 발을 멈춘 데는 돈의동 뒷골목이었다. 바로 내 앞에 쳐다보이는, 전등 달린 대문이 있고 그 옆으로 차돌에 나명주라고 새긴 문패가 달려 있다. 안에서는 웃음소리와 아울러 가끔 노래가 흘러나오련만 대문은 얌전히 듣닫기었다.[2]

나의 임무는 즉 이 집에다 편지를 바치고 그 답장을 맡아오는 것이다. 그러나 아무리 생각하여 보아도 다가서서 대문을 두드려 볼 용기가 나질 않는다. 이 편지가 하상 뭐길래 그가 탐탁히 받아주랴, 싶어서이다. 마는 어떻게 생각하면 사람의 일이라 예외를 알 수 없고 그리고 한편 전인으로 이렇게까지 왔음에는 호기심으로라도 받아줄지 알 수 없다. 우선 공손히 바쳐나 보자, 생각하고 나는 문앞으로 바특히 다가서 본다.

그러나 설혹 받아준다 해도 요망스레 뜯어서 한번 쭉 훑어보고 내동댕이친다면 그때 내 꼴이 무엇이 되겠는가. 아니 나보다는 이걸 쓰기에 정성을 다한 명렬 군이 첫째 모욕을 당할 것이다. 여하한 일이라도 동무는 욕보이고 싶지 않다, 생각하고 나는 다시 대문을 떨어져 저만침 물러선다.

이러기를 서너 차례 한 다음에 나는 딱 결정하였다. 편지를 호주머니에 넣고 그대로 사직동을 향하여 올라갔다.

내가 명렬 군의 집으로 딱 들어가려 할 제 등 뒤에서 갑자기

"재 ―"

하고 누가 부른다.

---

2 여기에서 듣(듣다)는 정상적으로 움직이다, 효험을 나타내다의 의미. 따라서 '듣 닫기다'는 '제대로 잘 닫혀져 있다'라는 의미가 된다.

돌아다보니 저편 언덕에 그가 풀대님으로 서 있는 것이다. 아마 내가 그 길로 올 줄 알고 먼저부터 고대하고 서 있는 모양이었다.

그는 나를 데리고 사직공원으로 올라가며

"전했니?"

하고 조급히 묻는 것이다.

"응"

하고 나는 코대답으로 받았으나 그것만으로는 좀 불충분함을 깨닫고

"잘 전했다"

하고 명백히 대답하였다.

"그래 잘 받디?"

"전 뭔데 사람이 보내는 걸 아니 받을까?"

나는 이렇게 큰소리는 하긴 했으나 대미쳐

"그럼 답장은?"

하고 묻는 데는

"답장은……"

고만 얼떨떨하지 않을 수 없었다. 미처 거기까지는 생각이 돌지 않았던 까닭이었다.

조금 주저하다가

"답장은 못 맡아온 걸!"

하고 얼버무렸으나 그것만으로 또 부족할 듯싶어서

"가보니까 명주는 노름을 나가고 없드구먼, 그러니 그걸 보고 오자면 새벽 두 점이 될지, 넉 점이 될지 알 수 있어야지? 그래 안잠재기를 보고 아씨 오거던 꼭 전하라고 신신당부를 하고 왔다"

하고 답장을 못 맡아온 그 연유까지 또박또박이 고하였다.

그러나 그는 편지를 그 집에 두고 온 그것만으로도 적이 만족한 눈치었다. 나의 바른손을 두 손으로 꼭 죄어 잡고는

"고맙다"

하고 치사를 하는 것이다.

그때 나는 그의 눈 위에서 달빛에 번쩍거리는 그걸 보았다. 이렇게 거짓말을 하고도 죄가 헐할까, 싶어서 나는 그에게 대하여 미안하다니보다는 오히려 죄송스러운 생각에 가슴이 끌밋하였다. 나는 쾌활히 그 등을 치며

"맘을 조급히 먹지 말아라. 무슨 일을 밥 먹듯 해서야 되겠니? 저도 사람이면 언젠가 답장을 할 때도 있겠지."

"답장?"

하고 그는 숙인 고개를 들더니

"그대로는 답장 안 한다."

"그대로 안 하는 건 뭐야? 염려 마라, 언제든지 내 가서 즉접 받아오마."

일상 덜렁거리다 패를 당하는 나이지만 또 객쩍은 소리까지 지껄여 놓았다. 내 딴은 잠시나마 그에게 기쁨을 주고자 했음이 틀림없을 것이다. 물론 그 결과가 어떻게 되는 것까지는 생각지 못하였다.

그러니까 그로 말하면 나의 장담에 다시 희망을 품고

"그럼 너 미안하지만 다시 한 번 편지를 전해줄래? 그리고 이번에는 답장을 꼭 맡아오너라"

하고 다시 청한 것도 조금도 무리는 아닐 것이다.

이렇게 거짓말에서 시작되어 엉뚱한 일이 벌어지게 되었다.

물론 전부를 나의 책임으로 돌리지 않을 수 없는 것이나 한번 따져보면 명렬 군도 그 일부를 지지 않을 수 없다. 왜냐면 그는 먼저도 말한 바와 같이 보통 성질의 인물이 아니기 때문이다.

지금 그가 편지를 쓰고 있는 이것이 얼른 생각하면 연애일지도 모른다. 상대가 여성이요 그리고 연일 밤을 새워가며 편지를 쓴다면, 두말없이 다들 연애라고 이렇게 단정하리라. 마는 이것은 결코 흔히 말하는 그 연애는 아니었다. 그 연애란 것은 상대에게서 향기를 찾고, 아름다움을 찾고, 다시 말하면 상대를 생긴 그대로 요구하는 상태의 명칭이었다.

그러나 그의 연애는 상대에게서 제 자신을 찾아내고자, 거반 발광을 하다시피 하는 것이다. 물론 상대에게는 제 자신의 그림자도 비치지 않았다. 그러므로 이것은 차차 이야기하리라마는 때로는 폭력을 가지고 상대에게 대들어 나를 요구하는, 그런 괴변까지 이르게 되는 것이었다.

하니까 이것은 결코 연애가 아니라 하는 것이 가당하리라.

첫째로 그의 편지는 염서가 아니었다. 보건대 염서는 대개 상대를 꽃다웁게 장식하였다. 그의 편지는 상대의 추악한 부분이란 일일이 꼬집어 뜯어서 발겨놓은 말하자면 태반이 욕이었다. 그러므로 상대는 답장을 안 할 뿐만 아니라 때로는 받기를 거절하였다.

그리고 둘째로는 그 상대가 화류계의 인물이요, 그러함에도 불구하고 명렬 군보다는 다섯 해가 위였다. 삼십이 가찹다면 기생으로는 한 고비를 넘은 시들은 몸이었다. 게다가 외양도 출중나게 남 달리 두드러진 곳도 없었다. 이십 전후의 팔팔한 친구로는 도저히 매력이 느껴지지 않을 그런 인물이었다.

그럼 어째서 명렬 군이 하필 그런 여자에게 맘이 끌렸겠는가. 여기에 대하여는 나는 설명을 삼가리라.

우선 명렬 군의 말을 들어보자.

그가 명주를 처음 본 것은 작년 가을이었다. 수은동 근처에서 오후 한 시경이라고 시간까지 외고 있는 것이다.

그가 집의 일로 하여 봉익동엘 다녀 나올 때 조그만 손대야를 들고 목욕탕에서 나오는 한 여인이 있었다. 화장 안 한 얼굴은 창백하게 바랬고 무슨 병이 있는지 몹시 수척한 몸이었다. 눈에는 수심이 가득히 차서, 그러나 무표정한 낯으로 먼 하늘을 바라본다. 흰 저고리에 흰 치마를 훑어 안고는 땅이라도 꺼질까 봐 이렇게 찬찬히 걸어 내려오는 것이었다.

그 모양이 세상 고락에 몇 벌 씻겨 나온, 따라 인제는 삶의 흥미를 잃은 사람이었다.

명렬 군은 저도 모르고 물론 따라갔다. 그 집에까지 와서 안으로 놓쳐버리고는 그는 제 넋을 잃은 듯이 한참 멍하고 서 있었다.

그리고 집에 돌아와 그날 밤부터 편지를 쓰기 시작하였다. 매일 한 장씩 보내었다.

그러나 답장은 한 번도 없었다. 열흘이 지나도 보름이 넘어도 역시 답장은 없었다.

그럴수록 그는 초조를 품고 더욱 열심히 편지를 띄웠다. 밤은 전수이 편지 쓰기에 허비하였다. 그리고 낮에는 우중충한 방에서 이불을 들쓰고는 날이 저물기를 고대하였다. 밤을 새운 몸이라 까무러져 자기도 하였으나 그러나 대개는 이불 속에서 눈을 감고는 그 담 밤이 되기를 기다리었다.

그 전에도 가끔 가다 망녕이 나면 이런 버릇이 없었던 것은 아니나 이렇게까지 장구히 계속되기는 이때가 시초이었다.

이제 생각하여 보건대 사람은 아마 극히 슬펐을 때 가장 참된 사랑을 느끼는 것 같다. 요즘에 와서 명렬군은 생의 절망, 따라 우울의 절정을 걷고 있었다. 그의 환경을 뒤집어본다면 심상치 않은 그 행동을 이해 못할 것도 아니다. 마는 거기 관하여는 추후로 밀리라.

내가 어쩌다 찾아가 들여다보면 그는 헐없이 광인이었다. 햇빛 보기를 싫어하는 그건 말고라도 거칠어진 그 얼굴이며 안개 낀 그 눈매 — 누가 보던지 정신병 환자이었다.

거기다가 방까지 역시 우울하였다. 남쪽으로 뚫린 들창이 하나 있기는 하나 검은 휘장으로 가리어 광선을 콱 막아버렸다. 그리고 담배 연기로 방안은 꽉 찼다.

나는 그를 대할 적마다 불길한 예감이 느껴지지 않을 수 없었다. 커다란 쇳덩어리가 그를 향하고 차츰차츰 내려오는 듯싶었다. 언제이든가 그는 그대로 있지 않으리라고 이렇게 나는 생각하였다.

하루는 나는 마음을 딱하게 먹고 명주를 찾아갔다.

아무리 생각하여도 이 계집은 사람이 아니었다. 그만큼 남의 편지를 받았으면 설혹 쓰기가 싫다 하더라도 답장 한 장쯤은 함직한 일일 게다. 얼마나 도도하기에 무턱대고 편지만 집어먹는가.

당장에 가서 그 이유를 캐보고 싶었다. 그리고 될 수 있다면 답장 하나 맡아다가 주고 싶었다.

날은 어두웠으나 아직 초저녁이었다. 그렇건만 대문은 그때도 꼭 닫혀 있었다.

주먹으로 문을 두드리며 우렁찬 소리로

"이러너라"

하였다.

기생집에 오기에 꼴은 초라할망정 음성까지 죽어질 건 없었다.

다시 커다랗게 그러나 위엄이 상치 않도록

"문 열어라!"

하고 소리를 내질렀다.

그제서야 안에서 인기가 나더니 문이 열리었다. 그리고 한 삼십여 세 되어 보이는 여편네가 고개를 내어밀어 나의 아래위를 쓱 훑더니

"누길 찾으서요?"

하고 묻는 것이다. 걸걸한 목소리가 이 집의 안잠재긴 듯싶었다.

이런 때

"명주 있나?"

하고 어줍댔으면 통했을지도 모른다. 원체 숫배기라 기생집의 예의는 조금도 모름으로

"저 나명주 선생을 만나러 왔소"

하니까 그는 공연스레 눈살을 접더니

"노름 나가셨어요."

이렇게 토라지는 소리를 내는 것이다. 그리고 내가 (하긴 소용도 없는 말이나) 미처

"어디로 나갔소?"

하고 다 묻기도 전에 문을 탁 닫아버리고는

"모르겠어요"

하고 만다.

이럴 때 본이는 웃고 말아야 할 것이나 나는 짜정 약이 올랐다. 문짝을 부수어버릴까 하다가 결국에는 인젠 죽어도 기생집엔 다시 안 오리라고 결심하고 그대로 돌아섰다.

그리고 그 길로 힝하게 명렬 군을 찾아갔다.

나는 분김에 사실을 저저히 설파하고

“너 때문에 내가 욕 봤다”

하고 골을 내었다. 하기는 그가 가라고 했던 것도 아니건만—

그리고 말을 이어서 기생집에 있는 것들은 전수이 사람이 아니다, 만에 하나라도 사람다운 점이 있다면 보름씩이나 편지를 받고도 답장 하나 안 할 리 없다, 거기서도 너를 전혀 사람으로 치질 않는다. 생각해 보아라, 네가 뭐길래 기생이 너를 보고 끔찍이 여기겠니, 이 땅에는 너 이외에 돈 있고 명예 있는, 그런 유복한 사람이 허다하다, 기생이란 그들의 소유물이지 결코 네가 사랑하기 위하여 생겨난 존재는 아니다, 라고 이렇게 세세히 설명하고

“아까만 하드라도 그 계집이 나에게 대한 태도를 보아라. 내가 만일 주단을 흘리고 갔드라면 어서 들어오라고 온 집안이 끓어 나와서 야단일 게다. 이것들이 그래 사람이냐?”

하고 듣기 싫은 소리를 늘어놓니까 그는 쓴낯을 하고

“없으니까 없다 했겠지, 설마 널 땄겠니?”

“없긴 뭘 없어?”

하고 소리를 빽 질렀다.

그리고 또 기생도 기생 나름이었다. 그것도 젊다면 이거니와 나이 이

미 삼십을 바라보는 늙은이다. 이걸 뭘 보고 정신이 쏠렸는가.

이런 건 정신병자가 아니면 하기 어려운 장난임을 다시 명백히 설명을 하여주고

"오늘부터 편지를 끊어라. 허구 많은 계집애에 어디 없어서 그까진 걸……"

"너는 모르는 소리야!"

그는 이렇게 더 듣고 싶지 않다는 듯이 나의 말을 회피하다가

"차라리 송장을 연모하는 게 옳겠다"

하고 엇먹는데 고만 불끈하여

"듣기 싫다"

하고 호령을 치는 것이다.

그리고 나를 쏘아보는 그 눈이 단박 벌겋게 충혈되었다.

나는 그에게 더 충고해야 듣지 않을 것을 알았다. 말다툼에까지 이르지 않았음을 오히려 다행히 여기고 그대로 나와버렸다. 이렇게 되었으니 그 다음 번 내가 편지를 전하러 갔다가 대문도 못 두드려보고 와서 거짓말을 한 것이 전혀 나의 과실만도 아닐 것이다.

그러나 나는 그를 탓하지는 않았다.

그는 자기의 머릿속에 따로이 저의 여성을 갖고 있는 것이다. 말하자면 그와 같이 생의 절망을 느끼고, 죽자하니 움직이기가 귀찮고 살자하니 흥미 없는 그런 비참한 그리고 그가 지극히 존경하는 한 여성이 있는 것이다. 그는 그 여성을 저쪽에 끌어내놓고 연모하기 시작하였다. 그리고 명주는 우연히 그 여성의 모형이 되고 말았을 그뿐이겠다.

내가 명렬 군을 알게 된 것은 고보 때이었다.

그는 같은 나이에 비하면 숙성한 학생이었다. 키가 훌쩍 크고 넓적한 얼굴을 가진 학생이었다. 말을 할 때에는 좀 덜하나 선생 앞에서 책을 낭독할 적이면 몹시 더듬었다. 그래 우리는 그를 말더듬이라고 별명을 지었다. 그 대신 그는 말이 드문 학생이었다.

우리는 어떤 때에는 그를 비겁하게도 생각하였다. 왜냐면 그는 여럿이 모인 곳에는 안 가려 하고 비슬비슬 피하는 소년이었다. 사람이 없을 때에는 운동장에 내려가 철봉을 하고 땅재주를 하고 하였다. 마는 점심시간 같은 때 전교 학생이 몰려나와 놀게 되면 그는 홀로 잔디밭으로 돌고 하였다. 물론 원족이나 수학여행을 갈 적이면 그는 어떠한 이유를 가지고라도 빠지려고 하였다.

이렇게 사람을 두려워하는 별난 소년이었다.

그리고 매일 성적이 불량하였다. 특히 사오 학년에 이르러선 과정 낙제가 자리를 잡을 만치 불량하였다. 선생의 말을 빌면 재주가 있다고 그 재주를 믿고 공부를 안 한다. 그러나 제 재주를 믿는 것도 다소 학과를 염두에 두는 사람의 말이겠다. 그는 학과의 흥미만 없을 뿐 아니라 우선 학교와 정이 들지 않았다. 그 증거로 일 년 간의 출석 통계를 본다면 그는 학교에 나온 일수가 삼분지 이가 못 되었다. 담임선생은 화가 나서 이따위 학생을 첨 보았다, 하고

"자! 눈으로 보아라, 이게 학교 다니는 놈의 출석부냐?"

하고 코밑에다 출석부를 들여대고 하였다. 그러면 그는 얼굴이 벌게져서 덤덤이 섰을 뿐이었다.

그 언제인가 남산에서 나는 그에게 들은 말이 있었다.

그날은 그가 쑹쑹거리는 바람에 나도 결석하였다. 우리는 남산 위로

올라와 잔디밭에 누워서 책보를 베었다. 그리고 이러쿵 저러쿵 지껄이다가 무슨 이야기 끝에

"마적이 될랴면 어떻게 하는 건가?"

하고 그가 묻는 것이다.

"왜 마적이 되고 싶으냐?"

"아니 글쎄 말이야."

"될랴면 되겠지 뭐, 그까진 마적쯤 못 되겠니?"

"에 그까진 마적이 뭐야—"

하고 그는 눈을 둥그렇게 뜨고 부인하더니

"너 마적이 신승한 게다 좀쳇사람은 못 하는 거야, 씩씩하게 먹고 씩씩하게 일하고 좀 좋냐?"

"난 디려준대도 안 간다."

"누가 디려주긴 한다디?"

"사람을 안 디리면 즌 죽지 않나?

"그러게 새 단원이 필요할 때엔 모집 광골 낸단다"

하고 양복 윗호주머니를 뒤지더니 손바닥만 하게 오린 신문지 쪽지를 나에게 내주며

"자, 봐라"

한다.

내가 받아들고 읽어보니 그것은 마적단의 모집 광고를 보고 물 건너 어떤 중학생 셋이 만주로 가다가 신의주 근방에서 붙들렸다는 기사였다.

나는 다 읽고 나서 도로 내어주며

"흥! 그까진 마적이 돼?"

하고 콧등으로 웃었던 것이다.

그 후에도 한 서너 차례 마적에 대한 이야기를 들은 기억이 난다. 이걸 보면 그는 참으로 마적이 되고 싶었던 모양이었다.

나는 그를 괴망스럽다고 하였으나 이제 와 보면 당연한 일일 것도 같다.

그는 어려서 양친을 다 여의었다. 그리고 제풀로 돌아다니며 눈칫밥에 자라난 소년이었다. 그러면 그의 염인증도 여기에 뿌리를 박았을지도 모른다.

그에게는 형님이 한 분 있었다. 주색에 잠기어 밤낮을 모르고 난봉꾼이었다. 그리고 자기 일신을 위하여 열 사람의 가족이 희생을 하라는 무지한 폭군이었다. 그는 아무 교양도 없었고 지식도 없었다. 다만 그의 앞에는 수십 만의 천량이 있어 그 폭행을 조장할 뿐이었다.

부모가 물려주는 거만의 유산은 무릇 불행을 낳기 쉽다. 더욱 이십오륙의 아무 의지도 신념도 없는 청년에 있어서는 더 이를 말이 없을 것이다. 그도 이 예에 벗어지지 않았다.

그는 한 달씩 두 달씩 곡기도 끊고 주야로 술을 마시었다. 그리고 집안으로 기생들을 휘몰아들이어 가족 앞에 드러내놓고 음탕한 장난을 하였다. 한 집으로 첩을 두셋씩 끌어들이어 풍파도 일으키었다. 물론 그럴 돈이 없는 것은 아니나 치가를 하고 어쩌고 하기가 성이 가신 까닭이었다. 그는 오로지 술을 마시고 계집과 같이 누웠다. 그것밖에는 아무 것도 귀치 않았다. 몸을 조금 움직이려도 않았을 뿐더러 머리는 쓰지 않았다. 하물며 가정사에 이르러서랴. 가족이 앓아 드러누워도 약 한 첩 없고 아이들이 신이 없다 하여도 신 한 켤레 순순히 사주지 않는 그런 위인이었다.

술도 처음에는 여러 친구와 떠들고 취하는 맛에 먹었다. 그러나 하도 여러 번 그러는 동안에 그것만으로는 취미가 부족하였다. 그는 시나브로 주정을 하기 시작하였다. 이 주정을 몇 번 하다가 홍이 지면 저 주정을 하고 여기에 또 물면 그 담 것을—이렇게 점점 강렬한 자극을 요구하는 그 주정은 끝이 없었다.

그는 술을 마시면 집안 세간을 부수고 도끼를 들고 기둥을 패었다. 그리고 가족들을 일일이 잡아가지고 폭행을 하였다. 비녀 쪽을 두 손으로 잡고 그 모가지를 밟고 서서는 머리를 뽑았다. 또는 식칼을 들고는, 피해 달아나는 가족들을 죽인다고 좇아서 행길까지 맨발로 나오기도 하였다. 젖먹이는 마당으로 내팽개쳐서 소동을 일으켰다. 혹은 아이를 우물 속으로 집어던져서 까무러친 송장이 병원엘 갔다.

이렇게 가정에는 매일같이 아우성과 아울러 피가 흘렀다. 가족을 치다 치다 이내 물리면 때로는 제 팔까지 이로 물어뜯어서 피를 흘렸다.

이러길 일 년이 열두 달이면 열한 달은 계속되었다.

가장이 술에 취하여 들어오면 가족들은 얼굴이 잿빛이 되어 떨고 있었다. 왜냐면 언제 그 손에 죽을지 그것도 모르거니와 우선 아픔을 이길 수 없는 까닭이었다. 그들은 순전히 잔인무도한 이 주정꾼의 주정받이로 태어난 일종의 장난감들이었다. 그리고 그 가정에는 따뜻한 애정도 취미도 의리도 아무 것도 없었다. 다만 술과 음행 그리고 비명이 있을 따름이었다.

명렬 군은 유년시절을 이런 가정에서 자랐다.

그는 뻔질나게 마룻구녕 속으로 몸을 숨기지 않을 수 없었다. 이를 덜덜덜덜 떨어가며 가슴을 죄었다. 그리고 속으로는

(은제나 저 자식이 죽어서 매를 안 맞나……)

하고 한탄하였다.

먼 촌 일가가 이것을 와 보고 딱하게 여기었다. 이렇게 해선 공부커녕 죽도 글렀다, 생각하고

"명렬이에게 분재를 해주게. 그래서 다른 데 가서 따로 공부를 하든지 해야지 이거 온 되겠나?"

하고 충고하였다.

형은 이 말을 듣더니

"염려마슈, 내가 어련히 알아 채려서 할라구"

하고 툭 차버렸다. 그리고 같이 술을 잔뜩 먹고는 나중에는 분재 운운하던 그 일가를 목침으로 후려갈겨서 이를 둘이나 분질렀다.

명렬 군은 그 형님에게 마땅히 분재를 해 받을 권리가 있었다. 그러므로 욕심이 과한 그 형은 분재이야기만 나오면 눈이 뒤집혀서 펄썩 뛰었다.

"일즉 분재하면 사람 버려, 나처럼 되면 어떡허니? 너는 공부 다 하고 느즉해서 살림을 내주마."

이것이 분재 못 하는 그의 이유이었다.

그러나 그 많던 재산도 십 년이 채 못 되어 기울게 되었다. 서울서 살던 형이 명렬 군을 그의 누님에게 떠맡기고 시골로 내려갈 때에는 불과 몇 백 석의 땅이 있었을 뿐이었다.

명렬군이 차차 장성할수록 그 형에게는 성가신 존재였다. 좋은 소리로 그를 서울에 떼어내던지고 제 식구끼리만 대대의 고향인 그 시골로 내려가고 만 것이었다. 이것이 명렬 군이 고보를 졸업하고 동경에 가려 했으나 집의 승낙이 없어서 그도 못하고, 이럴까 저럴까 망설이며 놀고

있었던 때의 일이었다.

이렇게 형의 손에서 기를 못 펴고 자란 그는 누님한테로 넘어오게 되었다. 따라 비로소 살길을 찾은 듯이 그는 기쁘지 않을 수 없었다.

그러나 그 누님도 그의 기대와는 다른 인물이었다.

그는 아직 삼십이 세의 젊은 과부이었다. 열네 살에 시집을 가서 십 년이나 넘어 살다가 쫓기어 왔던 것이다. 돈 있는 친정을 둔 새댁만치 불행한 건 다시 없을 것이다. 라고 하는 건 그를 괴롭히기에 잔단 구실[3]이 얼마든지 많았다. 썩도록 돈을 묵히고도 시집 하나 살릴 줄 모른다는 은근한 이유로 그도 역시 쫓기어 오고 만 것이다.

그러나 친정엘 와도 반기어 그를 맞아줄 사람은 없었다. 가장인 오빠라는 작자는 매일 같이 매만 때리었다. 뿐만 아니라 결국엔 출가외인이 친정 밥 먹는다고 머리를 터치어 거리로 내쫓았다.

이런 풍파를 겪고 혼자 돌아다니다가 근근이 얻은 것이 직업이었다. 그리고 방 한 칸을 세를 얻어 그 월급으로 단독살림을 시작하였다. 물론 그에게는 아무 소생도 없었다.

그 좁은 방에서 남매가 지나다가 이 집으로 온 것은 그 후 일 년이 썩 지나서이다. 시골 간 형이 아우의 입을 막기 위하여 사직동 꼭대기에다 방 둘 있는 조그만 집을 전세를 얻어준 것이 즉 이 집이었다.

그리고 둘의 생활비로는 누님의 월급이 있을 뿐이었다.

누님은 경무과 분실 양복부에 다니는 직공이었다. 아침 여섯 시쯤 해서 가면 오후 다섯 시에 나오고 하는 것이다. 일공이 삼십 전쯤 되므로

3 잔다란, 자질구레한, 소소한 구실.

한 달에 공일을 제하면 한 십구 원 남짓하였다. 그걸로 둘이 먹고 쓰고 하는 것이다.

그러나 허약한 젊은 여자에게 공장살이란 견디기 어려운 고역이었다. 공장에 다닌 지 단 오 년이 못되어 그는 완연히 사람이 변하였다. 눈매는 허황하게 되고 몸은 바짝 파랬다. 그리고 보통 사람이 본다면 대뜸

"저 사람이 미쳤나?"

할 만치 그렇게 그 언사와 행동이 해괴하였다.

본이도 그는 성질이 급하고 변덕이 죽 끓듯하는 사람이었다. 거기다 공장에서 얻은 히스테리로 말미암아 그는 제 성미를 제가 걷잡지 못하도록 되었던 것이다.

거기 대하여는 따로히 말이 있으리라. 마는 여기서는 다만 그가 성한 사람이 아니란 것만 알면 고만이다.

낮같은 때 공장에서 일을 하다가 까빡 졸 적이 있다. 그러다 삐끗하면 엄지손가락을 재봉틀에 박는다. 마는 뺄 수는 없고 그대로 서서 쩔쩔 매는 것이다. 그러면 감독은 와서 뒤통수를 딱 때리고

"조니까 그렇지—"

하고 눈을 부라린다.

혹은 뒤를 보러갔다 늦을 적이 있다. 감독은 수상이 여기고 부리나케 쫓아온다. 그리고 잡은 참 문을 열어제친 뒤 자로 머리를 때리며

"알갱이를 세고 있는 거야?"

하고 또 호령이었다.

그러나 그는 치받히는 설움과 분노를 꾹꾹 참지 않을 수 없다. 감독에게 말대꾸하는 것은 공장을 고만 두는 사람의 일이었다.

또는 남자들 틈에서 일을 하는지라, 남녀관계로 시달리는 일이 적지 않았다. 어뜩비뜩 건드리는 놈도 있고 마주 대고 눈을 흘리는 놈도 있었다. 혹은 빈정거리는 놈에 쌈을 거는 놈까지 있었다.

그렇다고 사내와 공장에서 싸울 수는 없는 일이니 그는 역시 참을 수밖에 다른 도리는 없었다.

업신받는 이 분통을 꾹꾹 참아오다가 겨우 집에 와서야 폭발하는 것이다. 거기에는 만만하고 그리고 양순한 동생이 있기 때문이었다.

그는 집에 돌아와 자기가 애면글면 장만해놓은 그릇을 부수었다. 그리고 동생을 향하여

"내가 널 왜 밥을 먹이니?"

하고 눈을 똥그랗게 떴다.

때로는

"네가 뭐길래 내가 이 고생을 하니?"

하기도 하고

"이놈아! 내 살을 긁어먹어라"

하고 악장을 치며 발을 동동 구르기도 하였다. 그리고 그대로 펄썩 주저앉아서 소리를 내어 엉, 엉, 우는 것이다.

물론 이것이 동생에게 대한 설움은 아니었다.

그러나 동생은 이런 소리를 들으면 미안쩍은 생각이 날 뿐 아니라 등줄기에 가 소름이 쭉 끼치고 하는 것이다.

누님은 날이면 날마다 동생을 들볶았다. 아무 트집도 없이 으레 할 걸로 알고 그대로 들볶았다. 그리고 나서 한숨을 후유, 하고 돌리고는 마음을 진정하고 하는 것이다.

그러니까 동생은, 말하자면 그 밥을 얻어먹고 그의 분풀이로 사용되는 한 노동자에 지나지 않았다.

그러나 누님이 기실 악독한 여자는 아니었다. 앞이 허전하다 하여 그는 시골에서 어린 계집애를 얻딸로 데려다가 기르고 있었다. 결코 동생이 있는 것이 원수스러워 그럴 리는 없었다.

동생이 이리로 오는 당시로만 하여도 누님은 퍽 반색하였다. 밤이 깊은 겨울이건만 그는 손수 와서 책과 책상 금침 등을 머리에 이고 오며

"너 이런 걸 잊지 말아라"

하고 아우를 명심시키었다.

"형님에게 설움 받든 생각을 하고 너는 공부를 잘 해서 훌륭히 되어라."

혹은

"그까진 재산 떼 준대도 받지 말아라. 더럽다—"

이렇게 동생이 굳은 결심을 갖도록 눈물 머금은 음성으로 몇 번 몇 번 당부를 하고 하는 것이다. 자기 딴에는 부모없이 자란 아우라고 끔찍이 불쌍하였다.

동생도 빙판으로 그 뒤를 따라오며 감개무량하여 한숨을 후, 쉬고 하였다.

그러던 것이 닷새가 못 되어 그 병의 증세가 일어나기 시작하였다.

이것이 명렬 군이 이때까지 살아온 그 주위의 윤곽이었다.

그러면 그는 살아나가려는 의욕이 없었던가, 하고 이렇게 의심할지도 모른다. 마는 그도 한 개의 신념이 있었고 거기 따르는 노력을 가졌었다. 우선 그 증거로 그는 명주라는 기생을 찾은 것이다. 그리고 그의 누님을 영원히 재우고자, 무서운 동기를 가졌던 것도 역시 그가 살아나아갈 길을 찾고 있는 한 노력이었음을 우리는 차차 알 것이다.

그의 우울증을 타진한다면 병의 원인은 여러 갈래가 있으리라. 마는 그 근본이 되어 있는 원병은, 그는 애정에 주리었다. 다시 말하면 그는 사랑에 주리었다.

그는 이따금씩 나에게

"어머니가 난 보고 싶다!"

이렇게 밑도 끝도 없이 부르짖었다.

나이 찬 기생을 그가 생각하게 된 것도 무리는 아닐 것 같다. 그는 그 속에서 여러 가지를 보았으리라. 즉 어머니로서 동무로서 그리고 연인으로서 명주가 그에게 필요하였다.

그러나 그때 나로는 그것까지 이해할 만한 능력이 없었다. 사람같지 않은 기생이니 그를 위하여 하루라도 일찍이 단념하여 주기만 바랬다.

거짓말을 하고 온 지 사흘째 되던 날이었다.

내가 저녁을 먹고 있으려니까

"여기 아자씨 기서요?"

하고 낯익은 소리가 나는 것이다.

얼른 미닫이를 열고 내다보니 그것은 틀림없이 명렬 군의 수양조카였다.

"왜?"

"저 우리 아자씨가요, 이거 갖다 디리래요."

그리고 조그맣게 접은 종이쪽을 내준다. 받아들고 펴보니 그건 간단히

'좀 왔다가지 못 하겠니.'

이런 사연이었다.

마침 밥상을 물리려던 때이므로 나는 옷을 갈아입었다. 그리고 계집애를 따라서 슬슬 나섰다.

"아자씨 지금 뭐 허디?"

"늘 아파서 앓으서요"

하고 선이는 가엾은 표정을 하는 것이다.

그러나 나는 어쩐지 속이 불안스러웠다. 나를 오라는, 그 속을 대충 짐작하고 있기 때문이었다

내가 들어갔을 때 그의 누님은 마루 끝에서 약을 달이고 있었다.

벽과 뒷간 사이가 불과 칸 반밖에 안 되는 좁은 집이었다. 수채가 게 붙고 장독이 게 붙고 하였다. 뜰이라는 것은 마루와 장독 그사이에 한 평 반가량 되는, 말하자면 손바닥만 한 깜찍한 마당이었다.

그 마당에 가 하얀 입쌀이 여기저기 흩어져 있다.

이걸 보면 오늘도 그 병이 한 차례 지난 모양이었다. 아마 저녁을 하려다가 그대로 퍼내던진지도 모른다.

그는 나를 보더니

"개가 앓아요"

하고 언짢은 낯을 하는 것이다.

내가 불안한 마음으로

"글쎄 무슨 병일까요, 혹 몸살이나 아니야요?"

하고 묻으니까 그는

"모르겠어요, 무슨 병인지"

하고는

"통이 아무것도 안 먹고 저렇게 밤낮 앓기만 해요, 아마 내가……"

하며 미처 말끝도 맺기 전에 행주치마 자락을 눈으로 가져간다. 그리고

몇 번 훌쩍훌쩍 하더니

"내가 야단을 좀 쳤더니 아마 저렇게 병이……"

나에게 이렇게 하소를 하는 것이다.

물론 그는 병이 한 차례 지난 뒤에는 극히 온순한 여자이었다. 그의 생각에는 자기가 들볶아서 동생이 병이 난 줄로 아는 모양이었다.

나는 위안시키는 말로

"염려 마십시오. 봄이 되어서 몸살이 났겠지요"

하고는 건넌방으로 들어갔다.

그는 이불 속에 가만히 누워 있었다. 나를 오라고 고대 불렀으나 물론 인사도 하는 법 없었다. 가삼츠레히 뜬 눈으로 천정만 뚫어보고 있을 뿐이었다.

헐떡한 얼굴이며 퀭한 눈이, 며칠 전만도 더 못한 것 같았다. 창백한 손등에는 파란 심줄이 그대로 비쳐올랐다. 그리고 얼굴에는, 무거운 우울에 싸이어 괴로운 빛이 보였다.

나는 첫눈에 그가 제 버릇 이외의 다른 병이 있음을 알았다.

얼마 바라보다가

"너 어디 아프냐?"

하고 물어보았다.

그는 무슨 대답을 하려고 입을 열 듯하더니 입맛으로 다셔버린다. 어딘가 몸이 몹시 괴로운 눈치였다. 낯을 잔뜩 찌푸리고는 역시 천정만 바라보고 있었다.

다시 한 번 큰소리로

"어디 아펴?"

하니까

"음—"

하고 입속으로 대답하다가

"어디가?"

"등이 좀 결린다"

하고 그제서야 그는 내게로 시선을 가져온다. 마는 사실 등이 결린 것은 아니었으리라.

그때 나는 등이 왜 결리는가, 싶어서

"그럼 병원엘 좀 가보라, 병이란 애전에 고쳐야지……"

하고 객쩍게 권하였다.

여기에는 아무 대답도 하지 않았다. 도로 낯을 찌푸려가며 끙, 끙, 앓을 따름이었다.

이제 와 생각하면 그는 나의 둔감을 딱하게 여겼을지도 모른다.

누님이 짜서 들고 들어온 약을 그는 요강에 부었다. 그리고 빈 대접을 윗목으로 쓱 밀어버렸다.

마치 그 약을 받아먹는 것이 큰 모욕이나 될 듯싶었다.

누님이 이걸 목격하여 봤다면 또 분란이 있었으리라. 그가 나간 담의 일이다. 그대로 무사하긴 하였다.

이걸 본다면 그는 이때부터도 누님에게 역심을 잔뜩 품고 있었음이 확실하였다.

이윽고 그는 나를 향하여

"미안하지만 너 한 번만 더 갔다 올래?"

하고 나직이 묻는 것이다.

어딜 갔다 오는 겐지 그것은 묻지 않아도 환한 일이었다.

"그래라."

하고 선뜻 대답하였다.

하니까 그는 자리 밑에다 손을 디밀더니 편지 하나를 꺼내 내 앞으로 밀어놓는다.

"답장을 꼭 맡아오너라."

"그래."

두말없이 나는 편지를 들고 나섰다.

답장을 맡아오겠다, 한 전일의 약속도 있거니와 첫째 이날 분위기의 지배를 받았다.

그리고 한 번 거짓말을 한 것이 무엇보다 미안하였다.

오늘은 어떠한 일이 있더라고 답장을 맡아오리라고 결심하였다.

내가 여기엘 가는 것도 지금이 세 번째다. 한 번은 안잠재기에게 욕을 당하고 또 한 번은 전하러 갔다가 대문도 못 열어보고 그냥 왔다. 한 번도 원 당자를 만나본 일은 없었다.

(사람이 가서 애걸을 하는데야 답장 하나 안 써줄 리 없으리라)

이렇게 생각하고 종로를 향하여 내려오다가

"어! 이 얼마만인가?"

"참 오래간만인 걸!"

하고 박인석 군을 만났다.

그는 우리와 함께 고보의 동창이었다. 지금은 보전 법과까지 마치고 전당포를 경영하고 있었다.

나는 그렁저렁 인사를 마치고 헤어지려니까

"여보게! 내 자네에게 의논할 말이 좀 있는데—"
하고 그 옆 찻집으로 끄는 것이다.

돈푼 쫌 있다고 자네, 여보게, 어쩌구, 하는 꼴이 좀 아니꼬웠다. 허나 의논이라니까 나는 의논이 무슨 의논일까, 하고 되물었다.

그는 우좌스레 홍차 둘을 시키더니

"자네 요새는 뭐하나?"
하고 나에게 묻는 것이다.

"헐 거 있나, 밤낮 놀지."

"그렇게 놀기만 허면 어떻게?"

그는 큰일이나 난 듯이 눈을 둥그렇게 뜬다.

이것 또 엇다 쓰는 수작인가, 싶어서

"그럼 안 놀면 어떻거나?"
하니까

"사람이 일을 해야지 놀면 쓰나!"
하고 제법 점잖이 훈계를 하는 것이다.

나는 모욕당한 자신을 느꼈으나 꾹 참고 차를 마셨다.

그도 차를 몇 번 마시더니 주머니에서 시계를 꺼낸다. 산 지 얼마 안 되는 듯싶은 누런 시계에 누런 줄이었다.

"허 시간이 늦었구먼, 시간이 안 늦었으면 극장엘 같이 갈랴 했드니"
하고 뽐을 내는 것이다.

실상은 극장이 아니라 새로 산 그 시계를 보이고 싶었던 것이다.

"자네 취직 하나 안 할려나?"

"뭔데?"

하고 쳐다보니까

"그런 게 아니라, 저 내 아들이 하나 있는데 말이야, 그놈을 유치원을 넣었더니 숫제 가기 싫여한단 말이지. 응석으로 자라서 에미의 품을 못 떨어져, 그래 자네더러 와서 같이 데리고 좀 놀아달란 말일세. 일테면 가정교사지"

하고 나의 눈치를 쑥 훑어보고는

"자네 의향은 어떤가?"

친구보고 제 자식하고 놀아달라는 건 말이 좀 덜 된다. 단적맞은 놈, 하고 속으로 노했으나

"그러게. 고마워이"

하고 활활히 받았다. 왜냐면 나에게 문득 한 생각이 있어서이다.

이 친구는 고보 때부터도 기생집의 출입이 잦았던 청년이었다. 기생집에 대한 이력은, 맹문동인 나보다 훨씬 환할 것이 틀림없었다.

(그럼 이 박 군을 사이에 두고 답장을 맡아오는 것이 손쉽지 않을까?)

이런 생각을 하고

"박 군! 요새두 기생집 잘 다니나?"

하고 물으니까

"별안간 기생집 이야긴 왜?"

"아니 글쎄 말이야?"

"어쩌다 친구에 얼리면 갈 적도 있지."

"그래 기생을 사랑하는 사람두 있나?"

"그게 또 무슨 소리야. 사랑을 먹구 사는 기생이 사랑이 없으면 어떻게 사나?"

"오라! 그럼 기생에게 연애편지를 하는 사람두 있겠네그래?"

"그야 더러 있지."

"그러면 답장 쓰기에 바쁘겠구먼?"

"답신이라니?"

하고 당치 않은 소리란 듯이 나를 쏘아보더니

"기생이 어디 노름채를 걸고 요리집으로 불러서 뚱땅거리면 흥이 나고, 다 이러지만 그까진 답장은 왜 쓰나?"

하고 그래도 못 알아 들을까봐

"기생이란 어디 그런 답장 쓸랴고 나온 겐가?"

이렇게 또박히 깨쳐준다.

나는 가만히 생각해보니까 따는 그럴 것도 같다. 전일의 내가 가졌던 생각과 조금도 다름없었다.

"요담 또 만나세."

나는 간단히 작별을 두고 거리로 나왔다.

아무리 생각해보아도 이 편지는 영영 답장은 못 받고 마는 것이다. 안 쓰는 답장을 우격으로 써올 수는 없는 노릇이었다. 그리고 받아보기조차 꺼리는 이 편지의 답장을 바라는 것은 좀 과한 욕망이었다.

기생은 반드시 요릿집으로 불러다 만나보는 수밖에 다른 도리가 없음을 알았다

나는 이럴까 저럴까, 하며 머뭇거리다 한 계책을 품고 우리집으로 뻥 올라갔다.

내 방으로 들어와 나는 주머니에 든 편지를 꺼내었다. 그리고 실례라는 생각을 하면서도 그 편지를 뜯어서 읽어 보았다.

나명주 선생께

날사이 기체 안녕하시옵나이까. 누차 무람없는 편지를 올리니 너머나 죄송하외다. 두루 용서하야 주시옵기 엎드려 바라나이다.

선생이시어

저는 하나를 여쭈어보노니 당신에게 기쁨이 있나이까. 그리고 기꺼웁게 명랑하게 웃을 수 있나이까.

만일 그렇다 하시면 체경을 앞에 두고 한번 커다랗게 웃어보소서. 그 속에 비취는 얼골을 명랑한 당신의 웃음과 결코 걸맞지 않는 참담한 인물이오리다. 그 모양이 얼마나 추악한 악착한 꼴이라 하겠나이까.

선생이시어

그러나 당신은 천행히 웃으실 수 있을지 모르외다. 왜냐면 당신의 그 처참한 면상은 분이 덮었고 그리고 고운 비단은 궂은 그 고기를 가리웠기 때문이외다. 귀중한 몸을 고기라 하와 실례됨이 많음을 노여워마소서. 당신의 몸은 먹지 못하는 주체궂은 고깃덩어리외다. 그리고 저의 이 몸도 역시 먹지 못하는 궂은 고깃덩어리외다.

선생이시어

당신은 당신의 자신을 아시나이까. 그러면 당신은 족히 행복이외다, 저는 저를 모르는 등신이외다. 허전한 광야에서 길 잃은 여객이외다.

선생이시어

저에게 지금 단 하나의 원이 있다면 그것은 제가 어려서 잃어버린 그 어머님이 보고 싶사외다. 그리고 그 품에 안기어 저의 기운이 다할 때까지 한껏 울어보고 싶사외다. 그러나 그는 이 땅에 이미 없노니 어찌하오리까.

선생이시어

당신은 슬픔을 아시나이까. 그렇다면 그 한쪽을 저에게 나누어 주소서. 그리고 거기 따르는 길을 지시하야 주소서.

여기에다 일부에 서명을 한 것이 즉 그 편지었다. 글은 비록 다르다 할지라도 요전 번 내가 넣고 왔던 그 편지와 사연은 일반이었다.

(이 글의 내용이 기생에게 통할까?)

나는 이렇게 의심하였다.

그리고 여고에 다니는 나의 누이동생을 불러서 내가 부르는 대로 받아쓰라, 하였다.

유명렬 선생 전 답상서

그동안 기체 안녕하옵신지 궁금하오며 십여 삭을 연하야 주신 글월은 무한 감사하오나 화류계에 버려진 천한 몸이오라 그 뜻 알 길 막연하와 이루 답장치 못하오니 이 가삼 답답 측냥 없사오며 하물며 전도 양양하옵신 선생의 몸으로 기생에게 이런 편지를 쓰심은 애통할 바 크다 하겠사오니 하루 바삐 끊어주시기 간절간절 바라옵고 겸하야 내내 근강하옵심 바라오며 이만 그치나이다.

사월 그믐

나명주 상서

이런 답장에 필적이 여필이었다. 이만하면 그는 조금도 의심치는 않으리라.

물론 이때 나는 이 편지의 결과까지 생각하기에는 우선 답장이 급하였다. 아무 거침없이 들고 가서 그를 즐겁게 하여주었다.

이 답장이 그에게 얼마나 큰 기쁨을 주었던가 우리는 그걸 상상치 못하리라.

그는 편지를 받아들고 곧 뜯어보지 못할 만치 그렇게 가슴이 설레었다. 방바닥에다 그걸 내려놓고는 한참 동안 눈을 감은 채 그 흥분을 진정시키었다. 그리고 난 다음에야 비로소 두 손을 다시 집어 들고 뜯어보았다.

그는 다 읽은 뒤 억압된 음성으로

"고맙다"

하였다.

나는 양심에 찔리는 곳이 없었던 것도 아니었다. 허지만 그의 기쁨을 보는 것도 또한 나의 기쁨이다 안 할 수 없었다.

"별소릴 다 한다. 고맙긴……"

하고 천연스레 받았다.

이렇게 하여 나는 일을 저지르기 시작하였다.

일주일에 적어도 두 번씩은 나는 그의 편지를 읽지 않을 수 없었다. 그리고 싫어도 그의 답장을 부득이 쓰지 않을 수 없게 되었다.

이것이 그에게 미치는 영향은 자못 큰 것이었다.

편지가 오고가고 하면 할수록 그는 더욱더 명주를 숭상하였다. 마지막에 이르러서는 연모의 정을 떠나 완전히 상대를 우상화하게까지 되었다. 말하자면 이것은 한 개의 여성이 아니라 그의 나아갈 길을 위하여 빚어진 한 개의 신앙이었다.

그리고 거기 따른 비애는 그의 주위에 엉클린 현실이었다.

그는 자기의 처지를 끝없이 저주하였다. 뿐만 아니라 그의 누님을 또

한 끝없이 저주하였다.

누님은 그때 돈놓이[4]를 하고 있었다. 물론 한 십구 원밖에 안 되는 그 월급에서 오 원, 십 원, 이렇게 떼어 빚을 놓은 것이다. 그것은 대개 공장사람에게 월수로 주었다.

하니까 그 나머지로는 한 달 계량이 되지 못하였다. 그 결과는 좁쌀을 팔아들이고 물도 자기 손수 길어들이고, 하는 것이다. 그리고 때로는 고단한 몸을 무릅쓰고 바느질품을 팔기에 밤도 새웠다. 따라 가뜩이나 골병 든 몸이 날로 수척하였다.

이렇게 그는 억척스러운 여자였다.

그러나 놓았던 빚은 마음대로 잘 들어오질 않았다. 돈 낼 때가 되면 그들은 이 핑계 저 핑계를 늘어놓으며 그대로 얼렁얼렁하고 마는 것이다. 심지어 어떤 사람은

"내 다음부터는 잘 낼게 돈 좀 더 주우, 다 게 있고 게 있는 거 어디 가겠수?"

하고 그를 달랬다.

혹은

"돈 좀 더 안 꾸어주면 그 전 것두 안 내겠수"

하고 제법 대드는 우락부락한 남자도 있었다.

공장 안에서는 빚놓이를 못하다는 것이 공장의 규칙이었다. 그걸 들어내 놓고 싸울 형편도 못 되거니와 한편 변덕이 많은 그라 남의 꼬임에 잘 떨어지기도 하였다. 돈을 내라고 몇 번 불쾌히 굴다가도 어느 겨

---

4 돈놀이. 남에게 돈을 빌려주고 이자를 받는 것을 업으로 하는 일.

를에 고만 홀깍 넘어서, 못 받는 빚에다 덧돈까지 얹어서 보내고 하는 것이다.

그의 급한 성질에는, 나중에 받고 못 받고가 그리 문제가 아니었다. 우선 이 돈이 가서 늘고 불어서 큰 천량이 되려니, 하는 생각만 필요하였다.

이렇게 그는 앞뒤 염량이 없이 허벙거렸다.

그도 그럴 것이 그는 돈으로 말미암아 시집에서 학대를 당하였다. 그리고 밥으로 말미암아 친정에서 내어쫓기었다. 또는 공장살이 몇 해에 얼마나 근고를 닦았는가. 얼른 한밑천 잡아서 편히 살고 싶은 생각이 간절하였다.

그의 입으로 가끔

"어떤 사람은 이백 원을 가지고 빚놀이를 한 것이 이태도 못돼 삼천 원짜리 집을 샀다는데!"

이런 탄석[5]이 나왔다.

그리고 밤에는 간혹 가다 치마 속에 찬 큰 귀주머니를 꺼내었다. 거기에서 돈을 쏟아서 가장 애틋한 듯이 차근차근 세어보았다. 그동안 쓴 것과 받은 것을 따져보아 한 푼도 축이 안 나면 그제서야 한숨을 휘, 돌리고 자는 것이다

그러자 하루는 그 돈이 없어졌다.

그가 공장을 파하고 나와서 저녁밥을 하고 있던 때였다. 그는 손수 나아가 고기를 사고 파를 사고, 해서 가지고 들어왔다. 그리고 기쁜 낯

5 원전에서는 '탄속'으로 나오나 문맥상 '탄석(歎惜 / 嘆惜)'이 타당성 있는 표기이다. 탄석 : 한탄하며 애석하게 여김.

으로 화로에 장을 앉히고 있었다. 물론 그 병이 한 차례 지난 뒤도 뒤려니와 그 날은 오랜만에 빚 놓았던 돈 오 원을 받은 까닭이었다.

그는 곧잘 밥을 푸다가 말고

"여기 돈 누가 집어갔니?"

하고 째지는 소리를 하였다. 갑자기 부엌문틀 위에 놓여 있는 돈을 보고서이다. 십전에서 고기 오 전, 파 일 전, 성냥 일 전, 이렇게 샀으니 반듯이 삼 전이 있어야 할 터인데 이 전뿐이었다.

대뜸 선이를 불러서

"너 여기 돈 일 전 어쨌니?"

하고 묻다가

"전 몰라요"

하고 얼뚤한 눈을 뜨니까

"이년! 몰라요?"

그리고 때리기 시작하였다.

사실은 아까 비지장수에게 일 전 준 것을 깜빡 잊었다. 그는 이렇게 정신이 없는 자기임을, 그것조차 잊기 잘하는 건망증이었다. 바른대로 불라고 계집을 한참 치다가 그예 장작개피로 머리까지 터치고 나서야 비로소 자기의 계산이 잘못됨을 알았다. 그는 터진 머리에 약을 발라주며

"너 이담부터 그런 손버르쟁이 허지 말아"

하고 멀쑥룩해진 자기의 낯을 그렁저렁 세웠다.

그러나 속으로는 부끄러운 양심이 없는 것도 아니었다. 이런 때 동생이 나와서 자기의 역성을 들어 몇 마디 하여주었으면 좀 덜 미안할 게다. 그런데 자기의 밥을 먹으면서 언제든지 꿀 먹은 벙어리로 있는 것이 곧

미웠다.

그는 동생에게는 밥을 주지 않았다. 둘의 밥만 마루로 퍼가지고 와서 선이와 같이 정다히 먹었다. 그리고 문 닫힌 건넌방을 향하여

"어디 굶어 좀 보지, 사람이 배가 쪼로록 소리를 해야 정신이 나는 거야!"

이렇게 또 시작되었다.

건넌방에선 물론 아무 대꾸도 없었다.

조금 사이를 두고 그는 다시

"학교를 그렇게 잘 다녀서 고등보통학교까지 맡고 남의 밥만 얻어먹니!"

혹은

"형이 먹일 걸 왜 내가 먹인담. 팔자가 드시니까 별꼴을 다 보겠네!"
하고 깐깐히 비웃적거린다.

그렇다고 큰 음성으로 내대는 것은 아니었다.

부드러운 그러나 앙칼진 가시를 품은 어조로

"그래도 들 뜯어 먹었니? 어여 내 뼈까지 긁어먹어라!"
하고

"아들 낳는 자식은 개아들이야!"
하고 은근히 뜯는 것이다.

그는 동생을 결코 완력으로 들볶지 않았다. 그것보다는 은근히 빗대 놓고 비양거리어 불안스럽게 구는 것이 동생을 괴롭히기에 좀 더 효과적인 까닭이었다.

완력을 쓰면 동생의 표정은 씸씸하였다. 그러나 이렇게 밸을 긁어놓으면 그는 얼굴이 해쓱해지며 금세 대들 듯이 두 주먹을 부루루 떨었다. 그러면서도 누님에게 감히 덤비지는 못하고 마는 것이다.

이 묘한 표정을 누님은 흡족히 향락하였다. 그리고 나서야 그는 분노, 불만, 비애 — 이런 거치른 심정을 가라앉히고 하는 것이다.

이만치 그는 뒤둥그러진 성질을 가진 여자였다.

명렬 군은 여기에서 누님을 몹시 증오하였다. 누님이 그의 앞으로 그릇을 팽개치고 대들어, 옷가슴을 잡아 뜯을 때에는 그 병으로 돌리고 그대로 용서하였다. 그리고 묵묵히 대문 밖으로 나가버리고 마는 것이다. 마는 이렇게 깐죽거리고 앉아서 차근차근 비위를 긁는 데는, 그는 그 속에서 간악한 그리고 추악한, 한 개의 악마를 보는 것이다. 담박 등줄기에 가 소름이 쪼옥 끼치고 하였다.

그러나 그렇다고 그가 그의 누님을 치우고자, 험한 결심을 먹은 것은 결코 아니었다. 만일 그가 단순히 누님을 미워만 하였더란들 일은 간단히 끝났으리라. 저주를 하면서도 이렇게까지 끌고왔음에는 여기에 따로히 한 이유가 있지 않으면 안 될 것이다.

동리에서는 누님을 뒤로 세워놓고

"젊은 기집이 어째 행동이 저렇게 황황해?"

"환장한 기집이 아니요? 그러니까 그렇지!"

"아이 미친년두 참 다 보네!"

이렇게들 손가락질을 하였다.

한 번 두레박 때문에 동리 분란이 인 뒤로는 그를 꼭 미친 사람으로 믿었다. 그것도 그가 금방 물 한 통을 떠왔는데 그의 두레박이 간 곳 없었다. 물통은 마당에 분명히 있는데 이게 웬일인가, 하고 의심하였다. 대문 밖에 있는 우물에 가 찾아보아도 역 없는 것이다. 이건 정녕코 우물 옆에다 놓고 온 것을 물 뜨러 왔던 다른 여편네가 집어갔다고 생각하지 않을 수 없었다. 왜냐면 우물에는 주야로 사람이 끊이지 않았고 그리고 두레박을 잃는 일이 편편하였다.

그는 잡은 참 대문 밖으로 나와 우물께를 향하고

"어떤 년이 남의 두레박을 집어갔어?"

하고 악을 쓰고는

"이 동네는 도적년들만 사나? 남의 걸 집어가게."

이렇게 고만 실수를 하고 말았다. 그는 분하면 급한 바람에 되는 대로 내쏟는 사람이었다.

우물길에 모여 섰던 아낙네들은 물론 대노하였다.

"아니 여보! 그게 말 따위요?"

하고 꾸짖는 사람도 있고

"누가 집어갔단 말이요? 동넷년들이라니!"

하고 대드는 사람도 있었다.

그리고 또는

"이 동네는 도적년들만 있다? 너는 이년아 이 동넷년이 아니냐?"

하고 악장을 치며 달려는 드는 사람도 있었다.

이렇게 하여 한나절 동안이나 아귀다툼이 오고가고 하였다. 그리고 동네는 떠나갈 듯이 소란하였다. 만일에 이날 명렬 군이 나와서 공손히 사죄만 안 했더라면 봉변은 착실히 당할 뻔하였다. 나중에 알고 보니 그 두레박은 부엌에 놓인 물독 위에 깨끗이 엎혀 있었다.

그 후로도 그는 여러 번 동네에 나와 발악하기를 사양치 않았다. 이럴 때마다 말 드문 동생은 방 속에서

"음! 음!"

하고 아지 못할 신음 소리를 내었다.

그러나 이것만 보고 그 누님을 악한 여자라고 볼 수는 없을 것이다.

명렬 군이 한번엔 생각하기를 누님의, 개신개신 벌어들이는 밥만 먹고 있기가 미안하였다. 그리고 직업을 암만 열심히 듣보아도 마땅한 직업도 역시 없었다. 아무거나 한다고 찾아다니다 문득 한 생각을 먹고서

"누님! 내 낼부터 신문을 좀 배달해보리다. 같이 벌어들이면 지금보다는 좀 날 테니 아무 염려마우"

하고 그 누님을 안심시켰다.

하니까 누님은 펄쩍 뛰며

"얘! 별소리 마라, 신문배달이 다 뭐냐? 네가 몸이나 튼튼하면 모르지만 그런 걸 허니?"

하고 말리었다.

"왜 못하긴, 하루 한 번씩 뛰기만 하면 될 걸!"

"그래도 넌 못해, 그것두 다 허는 사람이 있단다"

하고 좋지 않은 얼굴로

"그저 암말 말고 내가 주는 밥이나 먹고 몸 성히 있거라. 그럼 나에게는 벌어다 주는 것보다도 더 적선일 테니. 나종에야 어떻게 다 되는 수가 있겠지"

하고 도리어 동생을 위안하였다. 그리고 이것이 세 시간이 채 못 지나서 우연히 문틀에 머리를 딱 부딪고는

"아이쿠!"

하고

"내 왜 이 고생을 하나! 늘큰히 자빠져 있는 저 병신을 먹일랴고? 어

여 뼈까지 긁어먹어라, 이놈아!"
하고 그 병이 또 시작되었다.

그러면 명렬 군이 그 누님에게 악의를 잔뜩 품고 일본 대판으로 노동을 하러 가려할 때 군이 붙들어 말린 것도 결국 그 누님이었다. 그는 말릴 뿐만 아니라 슬피 울었다.

"내가 좀 심하게 했드니 그러니? 내 승미가 번이 망해서 그런 걸 옥 생각하면 어떡허니?"
하고 자기의 성미를 자기 맘대로 못 한다는 애소를 하고

"난 네가 없으면 허전해 못 산다. 좀 고생이 되드라도 나와 같이 있자. 그럼 차차 네 살 도리를 해줄테니—"

이렇게 눈물을 씻어가며 떠나려는 사람을 막았던 것이다.

이걸 본다면 명렬 군에게 용단성이 없구나, 하고 생각할는지 모른다. 그러나 그는 용단성 문제보다도 먼저 커다란 고민이 있었었다. 떠나려고 뻣대다가 결국엔 저도 눈물로 주저앉고 만 것을 보더라도 알 것이다.

이러할 때면 그는 누님에게서 비로소 누님을 보는 듯도 싶었다. 그리고 은혜를 입은 그 누님에게 악의를 품었던 자신이 끝없이 부끄러웠다. 마음이 성치 못한 누님을 떼내버리고 간다면 그의 뒤는 누가 돌보아 주겠는가. 어떠한 일이 있더라도 누님을 떨어져서는 안 되리라고 이렇게 다시 고쳐 생각하였다. 말하자면 그는 누님에게 원수와 은혜를 아울러 품은, 야릇한 동생이었다.

나는 참으로 이런 누님은 처음 보았다. 기껏 동생을 들볶다가도 어떻게 어떻게 맘이 내키면 금세 빙긋이 웃지 않는가. 그리고 부모 없이 자라 불쌍하다고 고기를 사다 재 먹이고, 국수를 들여다 비벼도 먹이고 하는

것이다.

그러나 그건 아무래도 좋다. 나는 거기에서 일어는 그 결과만 말하여 가면 고만이다.

이슬비가 내리는 날, 그 누님이 나에게 물통 하나만 사다주기를 청하였다. 집에도 물통이 있긴 하나 하 오래 쓴 것이라 밑바닥이 다 삭았다. 우물의 물을 길어다 먹으려며는 반드시 새 물통이 하나 필요하였다. 물론 자기가 가도 되겠지만 여자보다는 사내가 가야 흥정에 덜 속는다는 생각이었다.

나는 우산을 받고 행길로 나섰다. 허나 그 근방에는 암만 찾아도 철물전이 없었다. 종로에까지 내려와서야 비로소 물통 하나를 사들고 와서, 그에게 거스름돈과 내어주며

"물통이 별루 존 게 없드군요!"

하니까

"잘 사셨습니다. 튼튼하고 존데요!"

하고 물통을 안팎으로 뒤져보며 퍽 만족한 낯이었다.

그리고 그는 우중에 다녀온 나를 가엾단 듯이 바라보더니

"신이 모두 젖었으니 절 어떡하세요?"

하고 매우 고맙다, 하다가

"이 얼마 주셨어요?"

"사십오 전 주었습니다."

"참 싸군요! 우리가 가면 육십 전은 줘야 삽니다."

그는 큰 횡재나 한 듯이 아주 기뻐하였다.

그러나 물통을 이윽히 노려보다가 그 낯이 점점 변함은 이상하였다.

눈가에 주름이 모이고는, 그 병이 시작될 때면 언제나 그런 거와 같이 마른 입술에 사가품이 이는 것이다.

그는 물통을 땅에 그대로 탕, 내려치더니

"이년아!"

하고 마루 끝에 앉은 선이의 머리채를 잡는다. 선이는 점심을 먹고 앉았을 뿐으로 실상 아무 죄도 있을 턱이 없었다. 몇 번 그 뺨을 치고 나서

"이년아! 밥을 먹으면 좀 얌전히 앉어 처먹어라. 기집애년이 그게 뭐냐?"

하고 얼토당토 않은 훈계를 하는 것이다.

나는 고만 까닭 없이 불안스러워서 얼굴이 화끈 닳았다.

알고 보면 그 물통에 한군데가 우그러 들은 곳이 있었다. 그것이 그의 마음에 썩 들지 않았다. 물론 나에게 그런 말이라도 했으면 나도 그를 모르는 배 아니겠고 얼른 바꿔다 주었으리라. 허나 그는 남에게 대놓고, 자기의 불평을 양명히 말하려는 사람은 아니었다. 공연히 아이를 두드려서 은연중 나를 불안스럽게 만들어 놓는 것이 훨씬 더 상쾌하였다.

나는 이걸 말릴 작정도 아니요, 또는 그대로 서서 보기도 미안하였다. 주밋주밋하고 있다가 건넌방으로 피해 들어갈밖에 별도리가 없었다.

명렬 군은 아직도 성치 못한 몸으로 병석에 누워 있었다. 밖에서 나는 시끄러운 울음소리에 가뜩이나 우울한 그 얼굴을 잔뜩 찌푸렸다.

그리고

"음! 음!"

하고 신음인지, 항거인가 분간을 모를 우렁찬 소리를 내는 것이다.

실토인즉 그는 선이가 누님에게 매를 맞을 적만치 괴로운 건 없었다. 선이는 날이 개이나, 비가 오나, 언제, 매를 맞지 않을 수 없는 이유가

붙어다녔다. 누님의 소리만 나면 그는 고양이를 만난 쥐같이 경풍을 하였다. 이렇게 기를 못 펴서, 열두 살밖에 안 된 계집애가 그야말로 얼굴에 노란 꽃이 피게 되었다.

명렬 군은 일을 칠 듯이 자리에서 벌떡 일어나 앉았으나 그러나 두 손으로 머리를 잡고는 그대로 묵묵하였다. 한참 동안 무엇을 생각하고 있는 듯싶었다. 이윽고 그는 자리 밑에서 그걸 꺼내놓더니 낙망하는 낯으로

"이게 웬일인가?"

"글쎄?"

하고 나는 깜짝 놀라며 얼떨떨하였다.

그것은 명주에게 갔다가 '수취거절'이란 쪽지가 붙어온 편지였다. 그 소인을 보면 어제 아침에 띄웠다가 오늘 되받은 것이 확적하였다.

그동안 내가 며칠 안 왔었던 탓으로 이런 병폐가 생겼음은 물론이었다.

그는 고개를 숙이고 있다가 다시 한 번

"이게 웬일일가?"

하고 나를 쳐다보고는

"답장까지 하든 사람이 안 받을 리는 없는데—"

"글쎄?"

나는 뭐라고 대답해야 옳을지 떨떠름하였다. 하릴없이 나도 그와 한가지로 고개를 숙이고는 그대로 덤덤하였다. 그러자 언뜻, 그 언제이던가, 한 번 잡지에서 본 기생집 이야기를 생각하고

"오!"

하고 비로소 깨달은 듯이 고개를 꺼떡꺼떡하였다.

“아마 이런 가부다.”

이렇게 나는 그의 앞으로 다가앉으며

“기생의 어머니란 건 너 아주 숭악한 거다. 딸이 연애라두 해서 바람날까 봐 늘 지키고 있어요. 그러니까 그런 편지를 받을랴 하겠니? 말하자면 그 어머니가 편지를 안 받고는 도루 보내고 보내고 하는 거야.”

“응!”

하고 깨달은 듯 싶기에

“그러게 편지를 헐랴면 그 당자에게 넌즛넌즛이 전하는 수밖에 없다”

하고 의수하게 꾸려대었다.

여기까지 말을 하니 그는 더 묻지 않았다. 그런대로 올곧이 듣고, 우편으로 부친 편지를 후회하는 모양이었다.

이렇게 되니까 나도 그대로 안심되지 않을 수 없었다. 왜냐면 그는 나를 통하여 편지를 보내고 답장만 받으면 고만이었다. 그 외에 아무것도 상대에게 더 바라지 않았다. 그가 명주를 찾아간다거나 할 염려는 추호도 없을 터이므로 나는 그런 대로만 믿었다.

이날, 밤이 이슥하여 명렬 군이 나를 찾아왔다.

나는 생각지 않았던 손님이라 좀 떠름이 바라보았다. 마는 하여튼 우선 방으로 맞아들여서

“밤중에 웬일이냐?”

하고 궁금하지 않을 수 없었다.

그는 아무 대답도 없었다. 침착한 그리고 무거운 낯을 하고 앉아서 궐련만 피고 있었다.

그러다 겨우 입을 여는 것이

"너 나 좀 오늘 재워줄련?"

"그러려무나"

하고 선뜻 받긴 하였으나 나는 그게 무슨 소린가, 하였다. 입고 온 걸 보면 동저고리 바람 풀대님이다. 마는 나는 아무것도 묻지 않고 제대로 두었다. 그는 자기의 가정사에 관한 일을 남이 물으면 낯을 찌푸리는 사람이었다.

(계속)

『중앙』, 조선중앙일보사, 1936.8~9.

정조貞操

주인아씨는 행랑어멈 때문에 속이 썩을 대로 썩었다. 나가라자니 그것이 고분이 나갈 것도 아니거니와 그렇다고 두고 보자니 괘씸스러운 것이 하루가 다 민망하다.

어멈의 버릇은 서방님이 버려놓은 것이 분명하였다.

아씨는 아직 이불 속에 들어 있는 남편 앞에 도사리고 앉아서는 아침마다 졸랐다. 왜냐면 아침때가 아니고는 늘 난봉 피우러 쏘다니는 남편을 언제 한 번 조용히 대해 볼 기회가 없었다. 그나마도 어제 밤이 새도록 취한 술이 미처 깨지를 못하여 얼굴이 벌거니 늘어진 사람을 흔들며 "여보! 자우? 벌써 열 점 반이 넘었수. 기운 좀 채리우" 하고 말을 붙이는 것은 그리 정다운 일이 아니었다.

그러면 서방님은 그 속이 무엇임을 지레 채이고 눈 하나 떠 보려지 않았다. 물론 술에 골아서 못 들은 적도 태반이지만 간혹 가다간 듣지 않을 수 없을 만한 그렇게 큰 음성임에도 불구하고 역 못 들은 척하였다.

이렇게 되면 아내는 제물에 더 약이 올라서 이번에도 설마 하고는 "아니 여보! 일을 저즐러 놨으면 당신이 어떻게 처칠하던지 해야지 않소?"

"글쎄 관둬 다 듣기 싫으니" 하고 그제서야 어리눅는 소리로 눈살을

찌푸리다가

“듣기 싫으면 어떡하우, 그 꼴은 눈 허리가 시어서 두고 볼 수가 없으니. 일이나 허면 했지 그래 쥔을 손아귀에 넣고 휘둘르랴는 이따우 행랑 것두 있단 말이유?”

“글쎄 듣기 싫어.”

이렇게 된통 호령은 하였으나 원체 뒤가 달리고 보니 슬쩍 돌리고

“어여 나가 아츰이나 채려오.”

“난 세상없어도 어떻게 할 수 없으니 당신이 내쫓던지 치갈하던지……” 하고 말끝이 고만 살며시 뒤둥그러지며

“어쩌자구 글쎄 행랑 걸!”

“주둥아리 좀 못 닫혀?”

여기에서 드디어 남편은 열병 든 사람처럼 벌떡 일어나 앉지 않을 수가 없었다. 그와 동시에 놋재떨이가 공중을 날아와 벽에 부딪고 떨어지며 쟁그렁 하고 요란스러운 소리를 낸다.

이렇게까지 하지 않으면 서방님은 머리에 떠오르는 그 징글징글한 기억을 어떻게 털어버릴 도리가 없는 것이다. 하기는 아내를 더 지껄이게 하였다가는 그 입에서 무슨 소리가 나올지 모르니 겁도 나거니와 만일에 행랑어멈이 미닫이 밖에서 엿듣고 섰다가 이 기맥을 눈치 챈다면 그는 더욱 우좌스러운 저의 몸을 발견함에 틀림없을 것이다.

아내가 밖으로 나간 뒤 서방님은 멀뚱히 앉아서 쓴 침을 한 번 삼키려 하였으나 그것도 잘 넘어가질 않는다. 수전증 들린 손으로 머리맡에 냉수를 쭈욱 켜고는 이불 속으로 들어가 다시 눈을 감아보려 한다. 잠이 들면 불쾌한 생각이 좀 덜어질 듯싶어서이다.

그러나 눈만 뽀송뽀송할 뿐 아니라 감은 눈 속으로 온갖 잡귀가 다아 나타난다. 머리를 풀어헤치고 손톱을 길게 늘인 거지 귀신 뿔 돋친 사자 귀신 치렁치렁한 꼬리를 휘저으며 깔깔거리는 여우 귀신 그 중의 어떤 것은 한 짝 눈깔이 물커졌건만 그래도 좋다고 아양을 부리며 '아이 서방님!' 하고 달겨들면 이번에는 다리팔 없는 오뚝이 귀신이 조쪽에 올롱이 앉아서 '요 녀석!' 하고 눈을 똑바로 뜬다. 이것들이 모양은 다르다 할지라도 원 바탕은 한 바탕이리라.

(에이 망할 년들!)

서방님은 진저리를 치며 벌떡 일어나 앉아서는 궐련에 불을 붙인다. 등줄기가 선뜩하며 식은땀이 흥건히 내솟았다.

그것도 좋으련만 부엌에서는 그릇 깨지는 소리와 함께 아내가 악을 쓰는 걸 보면 행랑어멈과 또 말시단이 되는 듯싶다. 무슨 일인지 자세히는 알 수 없으나

"자넨 그래 게 다니나?" 하니까

"전 빨리 다니진 못해요" 하고 행랑어멈의 데퉁스러운 그 대답 —

서방님도 행랑어멈의 음성만 들어도 몸서리를 치며 사지가 졸아드는 듯하였다. 그리고

(아 아! 내 뭘 보구 그랬든가. 검붉은 그 얼골 푸리딩딩하고 꺼칠한 그 입살. 그건 그렇다 하고 찝찔한 짠지 냄새가 홱 끼치는 그리고 생후 목물 한 번도 못 해봤을 듯싶은 때꼽 낀 그 몸뚱어리는? 에잇 추해! 추해! 내 뭘 보구? 술이다. 술 분명히 술의 작용이었다) 하고 또다시 애꿎은 술만 탓하지 않을 수 없다. 아무리 생각을 안 하려고 해도 그날 밤 지냈던 일이 추악한 그 일이 저절로 머릿속에서 빙글뱅글 도는 것이다.

과연 새벽녘 집에 다다랐을 때쯤 하여서는 하늘땅이 움직이도록 술이 잠뿍 올랐다. 택시에서 내리어 엎으러 지고 다시 일어나다가 옆집 돌담에 부딪치어 면상을 깐 것만 보아도 취한 것이 확실하였다. 그러나 대문을 열어주고 눈을 비비고 섰는 어멈더러

"왔나?" 하다가

"안즉 안 왔어요. 아마 며칠 묵어서 올 모양인가 봐요."

그제야 안심하고 그 허리를 콱 부둥켜안고 행랑방으로 들어간 걸 보면 전혀 정신이 없던 것도 아니었다. 왜냐면 아침나절 아범이 들어와 저 살던 고향에 좀 다녀오겠다고 인사를 하고 나간 것을 정말 취한 사람이면 생각해 냈을 리 있겠는가.

허나 년의 행실이 더 고약했는지도 모른다. 전일부터 맥없이 빙글빙글 웃으며 눈을 째긋이 꼬리를 치던 것도 그만두고라도 방에서 그 알량한 낯판대기를 갖다 비비며

"전 서방님하고 살구 싶어요. 웬일인지 전 서방님만 보면 괜스리 좋아요."

"그래 그래 살아보자꾸나!"

"전 뭐 많이도 바라지 않어요, 그저 집 한 채만 사주시면 얼마든지 살림하겠어요."

그리고 가장 이쁜 듯이 팔로 그 목을 얽어드리며

"그렇지 않어요? 서방님! 제가 뭐 기생첩인가요 색시첩인가요 더 바라게?"

더욱이 앙큼스러운 것은 나중에 발뺌하는 그 태도이었다. 안에서 이 눈치를 채고 아내가 기급을 하여 뛰어나와서 그를 끌어낼 때 어멈은 뭐랬는가 아내보담도 더 분한 듯이 쌔근거리고 서서는 그리고 눈을 사박

스리 흡뜨고는

"행랑어멈은 일 시키자는 행랑어멈이지 이러래는 거예요?"

이렇게 바로 호령하지 않았던가. 뿐만 아니라 고대 자기를 보면 괜스리 좋아서 죽겠다던 년이 딴통같이

"아범이 없길래 망정이지 이걸 아범이 안다면 그냥 안 있어요. 없는 사람이라구 너머 업신여기지 마세요."

물론 이것이 쥔 아씨에게 대하여 저의 면목을 세우려는 뜻도 되려니와 하여튼 년도 무던히 앙큼스러운 계집이었다. 그리고 나서도 그 다음 날 밤중에는 자기가 대문을 들어서자마자 술 취한 사람을 되는 대로 잡아끌고서 행랑방으로 들어간 것도 역 그년이 아니었던가. 허지만 잘 따져 보면 모두가 자기의 불근신한 탓으로 돌릴 수밖에 없고

(문지방 하나만 더 넘어스면 곱고 깨끗한 아내가 있으련만 그걸 뭘 보구?)

이렇게 생각해보니 곧 창자가 뒤집힐 듯이 속이 아니꼽다.

그러나 이미 엎친 물이니 주어담을 수도 없는 노릇이고 어째 보려야 어째 볼 엄두조차 나질 않는다.

서방님은 생각다 못하여 하릴없이 궁한 음성으로 아씨를 넌지시 도로 불러들이었다. 그리고 거진 울 듯한 표정으로

"여보! 설혹 내가 잘못했다 합시다. 이왕 이렇게 되고난 걸 노하면 뭘 하오?"

하고 속 썩는 한숨을 휘도르고는

"그렇다고 내가 나서서 나가라 마라 할 면목은 없소. 허니 당신이 날 살려주는 셈 치고 그걸 조용히 불러서 돈 십 원이나 주어서 나가게 하

도록 해보우."

"당신이 못 내보내는 걸 내 말은 듣겠소?"

아씨는 아까에 윽박지르던 앙갚음으로 이렇게 톡 쏘긴 했으나

"만일 친구들에게 이런 걸 발설한다면 내가 이 낯을 들고 문밖엘 못 나슬 터이니 당신이 잘 생각해서 해주" 하고 풀이 죽어서 빌붙는 이 마당에는

"그년에게 그래 괜히 돈을 준담!" 하고 혼잣소리로 쫑알거리고는 밖으로 나오지 않을 수 없다. 더 비위를 긁었다가는 다시 재떨이가 공중을 나를 것이고 그러면 집안만 소란할 뿐이라 더욱 창피한 일이었다.

아씨는 마루 끝에 와 웅크리고 앉아서 심부름하는 계집애를 시키어 어멈을 부르게 하고 그리고 다시 생각해보니 어멈도 물론 괘씸하거니와 계집이면 덮어놓고 맥을 못 쓰는 남편도 남편이었다. 그의 본처라는 자기 말고도 수하동에 기생첩을 치가하였고 또는 청진동에 쌀 나무만 대고 드나드는 여학생 첩도 있는 것이다. 꽃같은 계집들이 이렇게 앞에 놓였으련만 무슨 까닭에 행랑어멈을 그랬는지 그 속을 모르겠고

(그것두 외양이나 잘 났음 몰라두 그 상판대기를 뭘 보구? 에! 추해!)

하고 아씨는 자기가 치른 것같이 메시꺼운 생각이 안 날 수 없었다.

그러나 이런 일이란 언제든지 계집이 먼저 꼬리를 치는 법이었다. 그렇게 생각하면 우선 행랑어멈 이년이 더욱 흉측스러운 굴치라 안 할 수 없다. 처음 올 적만 해도 시골서 살다 쫓겨 올라온 지 며칠 안 되는데 방이 없어서 이러고 다닌다고 하며 궁상을 떠는 것이 좀 측은히 본 것이 아니었던가. 한편 시골 것이라 부려먹기에 힘이 덜 들려니 하고 둔 것이 단 열흘도 못 되어 까만 낯바닥에 분때기를 칠한다 머리에 기름을

바른다 치마를 외로 돌아 입는다 하며 휘지르고 다니는 걸 보니 서울서 닳아도 어지간히 닳아먹은 계집이었다. 그렇다 치더라도 일을 시켜보면 뒷간까지도 죽어 가는 시늉으로 하고 하던 것이 행실을 버려놓은 다음부터는 제가 마땅히 해야 할 걸레질까지도 순순히 하려질 않는다. 그리고 고기 한 매[1]를 사러 보내도 일부러 주인의 안을 채기 위하여 열나절씩이나 있다 오는 이년이 아니었던가.

"자네 대리는 오곰이 붙었나?"

아씨가 하 기가 막혀서 이렇게 꾸중을 하면

"저는 세상없는 일이라도 빨리는 못 다녀요" 하고 시퉁그러진 소리로 눈귀가 실룩히 올라가는 이년이 아니었던가. 그나 그뿐이랴. 아씨가 서방님과 어쩌다 같이 자게 되면 시키지도 않으련만 아닌 밤중에 슬며시 들어와서 끓는 고래에다 불을 처지펴서 요를 태우고 알몸을 구어놓은 이년이었다.

그러나 어떻게 생각하면 막벌이를 한다는 그 남편 놈이 더 흉악할는지도 모른다.

이년의 소견으로는 도저히 애 뱄다는 자세로 며칠씩 자빠져서 내다주는 밥이나 먹고 누웠을 그런 배짱이 못될 것이다. 아씨가 화가 치밀어서 어멈을 불러들이어

"자네는 어떻게 된 사람이길래 그리 도도한가. 아프다고 누웠고 애 뱄다고 누웠고 졸립다고 누웠고 이러니 대체 일은 누가 할 겐가?"

이렇게 눈이 빠지라고 톡톡이 역정을 내었을 제

---

1 매 : 맷고기나 살담배를 작게 갈라 동여매어 놓고 팔 때, 그 덩어리나 매어 놓은 묶음을 세는 단위.

“애 밴 사람이 어떻게 일을 해요? 아이 별일두! 아씨는 홑몸으로도 일 안 하시지 않어요?” 하고 저도 마주 대고 눈을 똑바로 뜬 걸 보더라도 제 속에서 우러나온 소리는 아닐 듯싶다. 순사가 인구 조사를 나왔다가 제 성명을 물어도 벌벌 떨며 더듬거리는 이년이 아니었던가. 이렇게 생각하면 아씨는 두 년놈에게 쥐키어 그 농간에 노는 것이 고만 절통하여

“그럼 자네가 쥔 아씨 대우로 받쳐달란 말인가?”

“온 별말씀을 다 하서요. 누가 아씨로 받쳐달랐어요?”

어멈은 저로도 엄청나게 기가 막힌지 콧등을 한번 씽긋하다가

“애 밴 사람이 어떻게 몸을 움직이란 말씀이야요? 아씨도 온 심하시지!”

“애 애 허니 뉘눔의 앨 뱄길래 밤낮 그렇게 우좌스리 대드나?” 하고 불같이 골을 팩 내니까

“뉘눔의 애라니요? 아씨두! 그렇게 막 말씀할 게 아니야요. 얘가 커서 이담에 데련님이 될지 서방님이 될지 사람의 일을 누가 알아요?” 하고 저도 모욕이나 당한 듯이 아씨 붑지않게 큰 소리로 대들었다.

아씨는 이 말에 가슴뿐만 아니라 온 정신이 고만 뜨끔하였다. 터놓고 말은 없어도 년의 어투가 서방님의 앨지도 모른다는 음흉이리라마는 설혹 그렇다면 실제 지금쯤은 만삭이 되어 배가 태독같아야 될 것이다. 부른 배를 보며 댓 달밖에 안 되는 쥐새끼를 가지고 틀림없이 서방님 것이듯 이렇게 흉증을 떠는 것을 생각하니 곧 달려들어 뺨 한 개를 갈기고도 싶고 그러면서도 일변 후환이 될까 하여 가슴이 조여지지 않을 수도 없는 노릇이었다.

(오늘은 이 년을 대뜸……)

아씨는 이렇게 맘을 다부지게 먹고 중문을 들어서는 어멈에게 매서운 시선을 보내었다.

그러나 그렇다고 얼러 딱딱거렸다가는 더욱 내보낼 가망이 없을 터이므로 결국 좋은 소리로

"여보게! 자네에게 이런 소리를 하는 것은 좀 뭣하나" 하고 점잖이 기침을 한 번 하고는

"자네더러 나가라는 건 나부터 좀 섭섭한 데 말이야, 자네가 뭐 밉다든가 해서 내쫓는게 아닐세. 그러면 자네 대신 다른 사람을 들여야 할 게 아닌가? 그런 게 아니라 자네도 알다시피 저 마당에 쌓인 저 시간을 보지? 인제 눈은 나릴 터이고 저걸 어떻게 주체하나? 그래 생각다 못해 행랑방으로 척척 디려쌀려고 하니까 미안하지만 자네더러 방을 내달라는 말일세."

"그러나 차차 추어질 텐데 갑작스리 어디로 나가요."

행랑어멈은 짐작지 않았던 그 명령에 고만 얼떨떨하여 질척한 두 눈이 휘둥그랬으나

"그래서 말이지 이런 일은 버니[2] 없는 법이지만 내가 돈 십 원을 줄 테니 이걸로 앞다리를 구해 나가게" 하고 큰 지전장을 생색 있이 내 줌에는

"글쎄요, 그렇지만 그렇게 곧 나갈 수는 없을 걸이요" 하고 주밋주밋 돈을 받아들고는 좋아서 행랑방으로 뺑 나가지 않을 수 없었다.

아씨도 이만하면 네 년이 떨어졌구나 하고 비로소 안심이 되었다마

2 본이, 본래.

는 단 오 분이 못 되어 어멈이 부리나케 들어오더니 그 돈을 도로 내어 놓으며

“다시 생각해 보니까 못 떠나겠어요. 어떻게 몸이나 풀구 한 둬 달 지나야 움직일 게 아냐요? 이 몸으로 어떻게 이사를 해요?” 하고 또라지게 딴청을 부리는 데는 아씨는 고만 가슴이 달롱하였다. 이년이! 필연코 행랑방에 나갔다가 서방놈의 훈수를 듣고 들어와서 이러는 것이 분명하였다.

아씨는 더 말할 형편이 아님을 알고 돈을 받아든 채 그대로 벙벙히 섰지 않을 수 없었다. 그러다 한 참 지난 뒤에야 안방으로 들어가서 서방님에게 일일이 고해바치고

“나는 더 할 수 없오. 당신이 내쫓든지 어떡허든지 해보우!” 하고 속 썩는 한숨을 쉬니까

“오죽 뱅충맞게 해야 돈을 주고도 못 내본담 ? 쩨! 쩨! 쩨!” 하고 서방님은 도끼눈으로 혀를 찬다. 어멈을 못 내보내는 것이 마치 아씨의 말주변이 부족해 그런 듯싶어서이다. 그는 무언으로 아씨를 이윽히 노려보다가

“나가! 보기 싫여!” 하고 공연스레 역정을 벌컥 내었다. 마는 역정은 역정이로되 그나마 행랑방에 들릴까봐 겁을 집어먹은 가는 소리로 큰소리의 행세를 하려니까 서방님은 자기 속만 부쩍부쩍 탈 뿐이었다.

그것도 그럴 것이 서방님은 이걸로 말미암아 사날 동안이나 밖으로 낯을 들고나오지 못하였다. 자기를 보고 실쩍게 씽긋씽긋 웃는 년도 년이려니와 자기의 앞에 나서서 멋없이 굽신굽신하는 그 서방놈이 더 능글차고 흉악한 것이 보기조차 두려웠다.

서방님은 이불을 머리까지 들쓰고는 여러 가지 귀신을 손으로 털어 가며

“끙! 끙!” 하고 앓는 소리를 치고 하였다. 그리고 밥도 잘 안 자시고는 무턱대고 죄 없는 아씨만 대구 들볶아 대었다.

“물이 왜 이렇게 차? 아주 얼음을 꺼오지 그래.”

어떤 때에는

“방에 누가 불을 때랬어? 끓여 죽일 터이냐?”

이렇게 까닭 모를 불평이 자꾸만 자꾸만 나오기 시작하였다.

아씨는 전에도 서방님이 이렇게 앓은 경험이 여러 번 있으므로 이번에도 며칠 밤을 새우고 술을 먹더니 주체가 났나보다고 생각한 것을 돌리었다. 부모가 물려준 재산을 왜 온전히 못쓰고 저러나 싶어서 딱한 생각을 먹었으나 그래도 서방님의 몸이 축갈까 염려가 되어 풍로에 으이를 쑤고 있노라니까

“아씨! 전 오늘 이사를 가겠어요” 하고 어멈이 앞으로 다가선다. 아씨는 어떻게 되는 속인지 몰라서 떨떠름한 낯으로

“어떻게 그렇게 곧 떠나게 됐나?”

“네! 앞다리도 다 정하고 해서 지금 이삿짐을 옮길랴고 그래요” 하고 어멈은 안마당에 놓였던 새끼 뭉테기를 가지고 나간다. 그 모양이 어떻게 신이 났는지 치마 뒤도 여밀 줄 모르고 미친년 같이 허벙거리며 나가는 것이었다.

아씨는 이 꼴을 가만히 보고 하여튼 앓던 이 빠진 것처럼 시원하긴 하나 그러나 년이 급자기 떠난다고 서두르는 그 속이 한편 이상스러웠다. 좀체로 해서 앉은 방석을 아니 뜰 듯하던 이년이 제법 훌훌히 털고

일어설 적에는 여기에 딴 속이 있지 않으면 안 될 것이다.

얼마 후 아씨는 궁금한 생각을 먹고 문간까지 나와 보니 어멈네 두 내외는 구루마에 짐을 다 실었다. 그리고 바구니에 잔 세간을 넣어 손에 들고는 작별까지 하고 가려는 어멈을 보고

"자네 또 행랑살이로 가나?" 하고 물으니까

"저는 뭐 행랑살이만 밤낮 하는 줄 아서요?" 하고 그전부터 눌려왔던 그 아씨에게 주짜를 뽑는 것이다.

"그럼 사글세루?"

"사글세는 왜 또 사글세야요? 장사하러 가는데요!" 하고 나도 인제는 너만 하단 듯이 비웃는 눈치이다가

"장사라니 밑천이 있어야 하지 않나?"

"고뿌 술집 할 테니까 한 이백 원이면 되겠지요. 더는 해 뭘 하게요?" 하고 네 보란 듯이 토심스리 내뱉고는 구루마의 뒤를 따라 골목 밖으로 나아간다.

아씨는 가만히 눈치를 봐하니 저년이 정녕코 돈 이백 원쯤은 수중에 가지고 히짜를 떼는 모양이었다. 그렇다면 어젯저녁 자기가 뒤란에서 한참 바쁘게 약을 끓이고 있을 제 년이 안방을 친다고 들어가서 오래 있었는데 아마 그때 서방님과 수작이 되고 돈도 그때 주고받은 것이 확적하였다. 그렇지 않으면 고분고분이 떠날 리도 없거니와 그년이 생파같이[3] 돈 이백 원이 어서 생기겠는가. 그렇게 따지고 보면 벌써부터 칠팔십 원이면 사줄 그 신식 의걸이 하나 사달라고 그리 졸랐건만 못 들

3 뜬금없이, 생각하지 않은 때에 갑자기.

은 척하던 그가 어멈은 하상 뭐길래 이백 원씩 히떱게 내주나 싶어서 곧 분하고 원통하였다.

아씨는 새빨간 눈을 뜨고 안방으로 부르르 들어와서

"그년에게 돈 이백 원 주었수?" 하고 날카로운 소리를 내었다. 그러나 서방님은 암말 없이 드러누워서 입맛만 다시니 아씨는 더욱 더 열에 떠서

"글쎄 이백 원이 얼마란 말이요? 그년에게 왜 주는 거요. 그런 돈 나에겐 못 주?"

이렇게 포악을 쏟아 놓다가 급기야엔 눈에 눈물이 맺힌다.

그래도 서방님은 입을 꽉 다물고는 대답 대신

"끙! 끙!" 하고 신음하는 소리만 낼 뿐이다.

(병자 1936.5.20)

『조광』, 1936.10.

슬픈 이야기

암만 때렸단대도 내 계집을 내가 쳤는데야 네가, 하고 덤비면 나는 참으로 할 말 없다. 허지만 아무리 제 계집이기로 개 잡는 소리를 가끔 치게 해가지고 옆집 사람까지 불안스럽게 구는, 이것은 넉넉히 내가 꾸짖을 수 있다는 말이다. 그것도 일테면 내가 아내를 가졌다 하고 그리고 나도 저와 같이 아내와 툭축어릴 수 있다면[1] 혹 모르겠다. 장가를 들었어도 얼마든지 좋을 수 있을 만치 나이가 그토록 지났는데도 어쩌는 수 없이 사글셋방에서 이렇게 홀로 둥글둥글 지내는 놈을 옆방에다 두고 저희끼리만 내외가 투닥닥 투닥닥, 하고 또 끼익, 끼익, 하고 이러는 것은 썩 잘못된 생각이다. 요즘 같은 쓸쓸한 가을철에는 웬 셈인지 자꾸만 슬퍼지고, 외로워지고, 이래서 밤잠이 제대로 와주지 않는 것이 결코 나의 죄는 아니다. 자정을 넘어서서 새로 두 점이나 바라보련만도 그대로 고생고생 하다가 이제야 겨우 눈꺼풀이 어지간히 맞아 들어오려하는 데다 갑작스레 쿵, 하고 방이 울리는 서슬에 잠을 고만 놓치고 마는 것이다. 이것은 재론할 필요 없이 요 뒷집의 건넌방과 세들어 있는 이 내 방과를 구분하기 위하여 떡 막아놓은 벽이라기보다는 차라리

1 툭축어리다 → 툭축거리다 : 툭탁거리다. 가벼운 말다툼을 하다.

울섶으로 보아 좋을 듯싶은, 그 벽에 필연 육중한 몸이 되는 대로 들이 박고 나가떨어지는 소리일 것이 분명하다. 이렇게 벽을 들이받고, 떨어지고, 하는 것은 일상 맡아놓고 그 아내가 해줌으로 이번에도 그랬음에 별로 틀리지 않을 것이다. 그러기에 들릴까말까 한 나직한, 그러면서도 잡아먹을 듯이 앙클어 뜯는 소리로 그 남편이 중얼거리다 퍽, 하는 이것은 발길이 허구리로 들어온 게고, 그래 아내가 어구구, 하니까 그 바람에 옆에서 자던 세 살짜리 아들이 어아, 하고 놀라 깨는 것이 두루 불안스럽다. 허 이눔 또 했구나, 싶어서 나는 약이 안 오를 수 없으니까 벌떡 일어나서 큰일을 칠거라도 같이 제법 눈을 부라린 것만은 됐으나 그렇다고 벽 너머 저쪽을 향하여 꾸중을 한다든가 하는 것이 점잖은 나의 체면을 상하는 것쯤은 모를 리 없을 것이다. 이렇게 되면 잠자기는 영 그른 공사기로 궐련 하나를 피어 물었던 것이나 아무리 생각하여도 놈의 소행이 괘씸하여 그냥 배기기 어려우므로 캐액, 하고 요강 뚜껑을 괜스레 열었다가 깨지지만 않을 만치 아무렇게나 내려 닫으며 역정을 내본댄대도 저놈이 이것쯤은 끄떡할 놈이 아닌 것은 전에 여러 번 겪었으니 소용없다. 마뜩치 않게 골피를 접고 혼자서 끙끙거리고 앉아있자니까 아이놈을 팬 듯싶어서 점점 더하는 것이 급기야엔 아내가 아마 옷궤짝에나 혹은 책상 모슬기에나 그런데다 머리를 부딪는 것 같더니 얼마든지 마냥 울 수 있는 그 서러움이 남의 이목에 걸리어 겨우 목젖 밑에서만 끅, 끅 하도록 만들어 놓았다. 이놈이 사람을 잡을 작정인가, 하고 그대로 있기가 안심치가 않아서 내가 역정난 몸을 불쑥 일으키어 가지고, 벽과 기둥이 맞닿은 쪽으로 한 지 오래된 도배지가 너털너털 쪼개지고, 그래서 어쩌다 뽕 뚫린 하잘 것 없는 그 구녕으로 내외간의 싸움을 들여다보는 것은 좀 나의 실수도 되겠지만 이놈과 나와 예의니 뭐니 하고 찾기에는 제가 벌써 다 처신은 잃어놓았거니와 그건 말고라도 이렇게 남 자는 걸 깨놓았으니까 나 좀 보는데 누가 뭐랠 테냐. 너털대는 벽지를 가만히 떠들고 들여다보니까 외양이 불밤송이 같이 단적맞게 생긴 놈이 전기회사의 양복을 입은 채 또는 모자도 벗는 법 없이 고대로 쪼그리고 앉아서, 저 보담 엄장도 훨씬 크고 투실투실이 벌은 아내의 머리를 어떡하다 그리도 묘하게스리 좁은 책상 밑구녕에다 틀어박았는지 궁둥이만이 위로 불끈 솟은, 이걸 노리고 미리 쥐고 있었던 황밤주먹으로 한 번 콕 쥐어박고는 이년아 네가, 어쩌구 중얼거리다 또 한 번 콕 쥐어박고 하는 것이다. 아내로 논하자면 울러 들었다면 벌써도 꽤 많이 울어 두었겠지만 아마 시골서 조촐히 자란 계집인 듯싶어 여필종부의 매운 절개를 변치 않으려고 애초부터 남편 노는 대로만 맡겨두고 다만 가끔 가다 조금씩 끽, 끽, 할 뿐이었으나 한편에 올롱이 놀래 앉았는 어린 아들은 제 아버지가 어머니를 잡는 줄 알고 때릴 때마다 소리를 빽빽 질러 우는 것이다. 그러면 놈은 송구스러운 이 악장에 다른 사람들이 깰까봐 겁 집어 먹은 눈을 이리로 돌리어 아들을 된통 쏘아 보고는 이 자식 울면 죽인다, 하고 제 깐에는 위협을 하는 것이나 그래도 조금 있으면 또 끼익 하는데는 어쩔 수 없이 입을 막고자 따귀 한 개를 먹여 놓았던 것이 그 반대로 더욱 난장판이 되니까 저도 어처구니가 없는지 멀거니 바라보며 뒤통수를 긁는다. 놈이 워낙 담대하지가 못해서 낮같은 때 여러 사람이 있는 앞에서는 제가 감히 아내를 치기는커녕 외출에서 들어올 적마다 가장 금실이나 두터운 듯이 애기엄마 저녁 자셨소 어쩌오, 하고 낯간지러운 소리를 해두었다가, 다들 자고 만기가 잠잠한 꼭 요맘때 야근에서 돌아와서는 무슨 대천지 원수나 품은 듯이 울지 못하도록 미리 위협해 놓고는 은근히 치고, 차고, 이러는 이놈이다. 허기야 제 아내 제가 잡아먹는데 그야 내 뭐랠 게 아니겠지, 그렇지만 놈이 주먹으로 얼마고 콕콕 쥐어박아도 아내의 살 잘 찐 투실투실한 궁둥이에는 좀처럼 아플 성 싶지 않으니까 이번에는 두 손가락을 집게 같이 꼬부려가지고는 그 허구리를 꼬집기 시작하는 것인데 아픈 것은 참아 왔다더라도 채신이 없이 요렇게 꼬집어 뜯는데 있어서야 제 아무리 춘향이기로 간지럼을 아니 타는 법은 없을 게다. 손가락이 들어올 적마다 굽으려 있던 커단 몸집이 우쩔근하고 노는 바람에 머리 위에 거반 얹히다시피 된 조그만 책상마저 들먹들먹 하는 걸 보면 저 괴로워도 요만조만한 괴로움이 아닐 텐데 저런 저런 계집을 친다기로 숫제 뺨 한 번을 보기 좋게 쩔꺽, 하고 치면 쳤지 나는 참으로 저럴 수는 없으리라고 아 — 나쁜 놈 하고 남의 일 같지 않게 울화가 터지려고 하였던 것이나 그보다도 우선 아무리 남편이란대도 이토록 되면 그 뭐 낼쯤 두고 보아 괜찮으니까 그까짓 거 실팍한 살집에다 근력 좋겠다, 달룽 들고 나와서 뒷간 같은 데다 틀어박고는 되는 대로 두드려주어도 아내가 두려워서 제가 감히 찍소리 한 번 못할 텐데 그걸 못하고 저런, 저런, 에이 분하다. 그럼 그것은 내외간의 그 찌들은 정이 막는다 하기로니 당장 그 무서운 궁둥이만 위로 번쩍 들 지경이면 그 통에 놈의 턱주가리가 치받쳐서 뒤로 벌렁 나가떨어지는 꼴이 그런 대로 해롭지 않을 텐데 글쎄 어쩌자고, 그러나 좀 더 분을 돋구어놓으면 혹 그럴는지도 모를 듯해서 놈의 무참한 꼴을 상상하며 이제나 저제나 하고 은근히 조를 비볐던 것이 이내 경만 치고 말므로 저런, 저런 하다가 부지

중 주먹이 불끈 쥐어졌던 것이나 놈이 휘둥그런 눈을 들어 이쪽을 바라볼 때에야 비로소 내 주먹이 벽을 울려 친 걸 알고 깜짝 놀랐다. 허물 벗겨진 주먹을 황망히 입에 들여대고 엉거주춤히 입김을 쐬고 섰노라니까 잠 안 자구 게서 뭘 허우, 하고 변소에를 다녀가는 듯싶은 심술궂은 쥔 노파가 긴치 않게 바라보더니 내 방 앞으로 주춤주춤 다가와서 눈을 찌긋하고 하는 소리가 왜 남의 기집을 자꾸 디려다 보고 그류, 괜히 맘이 동하면 잠두 못 자구, 하고 거지반 비웃는 것이 아닌가. 내가 나이찬 홀몸이고 또 저쪽이 남편에게 소박 받는 계집이고 하니까 이런 경우에는 남모르게 이러구저러구 하는 것이 사차불피 일이라고 제멋대로 이렇게 생각한 그는 요즘으로 들어서 나의 일거일동, 일테면 뒷간에서 뒤를 보고 나온다든가 하는 쓸데 적은 고런 행동에나마 유난히 주목하여 두는 버릇이 생겨서 가끔 내가 어마어마하게 눈총을 겨누는 것도 무서운 줄 모르고 나중에는 심지어 저놈이 계집을 떼 던지려고 지금 저렇게 못살게 구는 거라우, 이혼만 허거던 그저 두말 말고 데꺽 꿰차면 고만 아니요, 하며 그러니 얼마나 좋으냐고 나는 별루 좋을 것이 없는 것 같은데 아주 좋다고 깔깔 웃는 것이다. 이 노파의 말을 들어보면 저 놈이 십삼 년 동안이나 전차 운전수로 있다가 올해서야 겨우 감독이 된 것이라는데 그까짓 걸 바로 무슨 정승판서나 한 것 같이 곤댓질[2]을 하며 동리로 돌아치는 건 그런대로 봐준다 하더라도 갑작스레 무슨 지랄병이 났는지 여학생 장가 좀 들겠다고 아내 보고 너 같은 시골뜨기허구

2 원전에서는 '곤내질'로 되어있으나 이는 곤댓질의 오기로 보인다. 곤댓질은 곤댓짓의 강원도 방언. 뽐내어 우쭐거리며 하는 고갯짓, 또는 우쭐거리며 목에 힘을 주는 모양을 말한다.

살면 내 낯이 깎인다, 하며 어여 친정으로 가라고 줄청같이 들볶는 모양이니 이건 짜정 괘씸하다. 제가 시골서 처음 올라와서 전차 운전수가 되어가지고, 지금 사람이 원체 착실해서 돈도 무던히 모았다고 요 통안서 소문이 자자하게 난 그 저금 팔백 원이라나 얼마라나를 모으기 시작할 때 어떻게 생각하면 밤일에서 늦게 돌아오다가 속이 후출하여 다른 동무들은 냉면을 먹고, 설렁탕을 먹고, 하는 것을 놈은 홀로 집으로 돌아와 이불 속에서 언제나 잊지 않고 꼭 대추 두 개로만 요기를 하고는 그대로 자고 자고 한 그 덕도 있거니와 엄동에 목도리 장갑 하나 없이 그리고 겹저고리로 떨면서 아침 저녁 겨끔나기로 변또를 부치러 다니던 그 아내의 피땀이 안 들고야 그 칠팔백 원 돈이 어디서 떨어지는가. 그런 공로를 모르고 똥개 떨거 다 떨고 나니까 놈이 계집을 내차는 것이지만 그렇게 되면 제 놈 신세는 볼 일 다 볼 게라고 입을 삐쭉하다가 아무튼 이혼만 한다면이야 내가 새에서 중신을 서주기라도 할 게니 어디 한 번 데리고 살아보구려, 하며 그 아내의 얼마큼이든가 남편에게 충실할 수 있는 미점을 듣기에 야윈 손가락이 부질없이 폈다 접었다, 이리 수선이다. 이 신당리라는 데는 본시 푼푼치 못한 잡동사니만이 옹기종기 몰린 곳으로 점잖은 짓이라고는 전에 한번도 해본 일 없이 오직 저 잘난 놈이 태반일진댄 감독 됐으니까 여학생 장가를 들어보자고 본처더러 물러서 달라는 것이 별로 이상한 게 없고, 또 한편 거리에서 말똥만 굴러도 동리로 돌아다니며 말을 드는 수다쟁이들이매 밤마다 내가 벽틈으로 눈을 들여대고 정신없이 서 있어서 저 남의 계집 보고 조갈이 나서 저런다는 것쯤은 노해서는 아니 되겠지만 그래도 조금 심한 것 같다. 이놈의 늙은이가 남 곧잘 있는 놈 바람 맞히지 않나, 싶어서 할머니나 그리로 장가 가시구려, 하고 소리를 빽 질렀던 것이나 실상은 밤낮 남편에게 주리경을 치는 그 아내가 가엾은 생각이 들었길래 그럴 양이면 애초에 갈라서는 것이 좋지 않을가 보냐, 마는 부부간의 정이란 그 무엔지, 짧지 않은 세월에 찔기둥 찔기둥이 맺어진 정은 일조일석에는 못 끊는 듯싶어 저러고 있는 것을, 요즘에는 그 동생으로 말미암아 더 매를 맞는다는 소문이 있다. 한편에다 여학생 하나를 미리 장만해 놓고 신가정을 꿈꾸는 놈에게 본처라는 것이 눈의 가시만치나 미운데다가 한 사흘 전에는 시골 처가에서 처남이 올라와서 농사 못 짓겠으니 나 월급자리에 좀 넣어달라고, 언내 알라 세 사람을 재우기에도 옹색한 셋방에다 깎지똥같은 커다란 몸집이 널찍하게 터를 잡고는 늘큰히 묵새기고 있다면 그야 화도 조금 나겠지. 허지만 놈에게는 그게 아니라 하루에 세 그릇씩 없어지는 그 밥쌀에 필연 겁이 버럭 났을 것이다. 그렇다고 처남을 면대 놓고 밥쌀이 아까우니 너 갈 데로 가라고 내어쫓을 수는 없을 만큼 고만큼쯤은 놈도 소견이 되었던 것이나 이것은 적실히 놈의 불행이라 안 할 수 없는 것으로 상전에서는 아 여보게 고만 자시나, 물에 말아서 찬찬히 더 들어봐, 하고 겉면을 꾸리다가 밤에 들어와서는 이러면 저두 생각이 있으려니, 확신하고 아내를 생트집으로 두드려 패자니 몇 푼어치 못 되는 근력에 허덕허덕 고만 지고 마는 것이다.

그러면 처남은 누이 맞는 것이 가엽기는 허나 그렇다고 어쩌는 수는 없는 고로 무색하여 밖으로 비슬비슬 피해 나가는 것이나, 이래도 맞고 저래도 맞는 그 아내의 처지는 실로 딱한 것으로 이대로 내가 두고 보는 것은 인륜에 벗어나는 일이라 생각하고, 그 담날 부리나케 찾아가 놈을 꾸짖었단대도 그리 어쭙잖은 일은 아닐 것이다. 내가 대문간에 가서서 그 집 아이에게 건넌방에 세들은 키 조그만 감독 좀 나오래라, 해 가지고 그동안 곁방에서 살았고 또 전자부터 잘 났다는 성식은 익히 들었건만 내가 못나서 인사가 이렇게 늦었다고 나의 이름을 대니까 놈도 좋은 낯으로 피차 없노라고 달랑달랑 쏟으며 멋없이 빙긋 웃는 양이 내 무슨 저에게 소청이라도 있어 간 것같이 생각하는 듯하여 불쾌한 마음으로 나는 뭐 전기회사에서 오란대도 안 갈 사람이라고 오해를 풀어주고는 그 면상판을 이윽히 드려다보며 오 네가 매일 밤에 대추 두 개로 돈 팔백 원을 모은 놈이냐, 하고는 그 지극한 정성에 다시금 감탄하지 않을 수가 없었다. 비록 낯짝이 쪼그라들어 코, 눈, 입이 번듯하게 제자리에 못 놓이고는 넝마전 물건같이 시들번이 게 붙고 게 붙고 하였을망정 제법 총기 있어 보이는 맑은 두 눈이며 깝신깝신 굴러 나오는 쇠명된 그 음성, 아하 돈은 결국 이런 사람이 갖는 게로구나 하고 고개를 끄덕거리다가 그럼 무슨 일로 오셨습니까 하는 바람에 그제서야 나의 이 심방의 목적을 다시금 깨닫게 되었다. 허나 그대로 네 계집 치지 말라고 할 수는 없는 게니까 아 참 전기회사의 감독되기가 무척 힘드나 보던데, 하며 그걸 어떻게 그렇게도 쉽사리 네가 영예를 얻었느냐고 놈을 한창 구슬리다가 뭐 그야 노력하면 다 될 수 있겠지요, 하며 흥청흥청 빼기는 이때가 좋을 듯싶어서 그렇지만 그런 감독님의 체면으로 부인을 콕콕 쥐어박는 것은 좀 덜된 생각이니까 아예 그러지 마슈, 하니까 놈이 남의 충고는 듣는 법 없이 대번에 낯을 붉히더니 댁이 누굴 교훈하는 거요, 하고 볼멘소리를 치며 나를 얼마 노리다가 남의 내간사에 웬 참견이요, 하는 데는 고만 어이가 없어서 벙벙히 서 있었던 것이나 암만해도 놈에게 호령을 당한 것은 분한 듯싶어 그럼 계집을 쳐서 개

잡는 소리를 끼익끽 내게 해가지고 옆집 사람도 못 자게 하는 것이 잘 했오, 하고 놈보다 좀 더 크게 질렀다. 그랬더니 놈이 뻔히 쳐다보다가 이건 또 무슨 의민지 잠자코 한옆으로 침을 탁 뱉아 던지기가 무섭게 이것이 필연 제 여편네 신이겠지, 커다란 고무신을 짤짤 끌며 안으로 들어갔으니 놈이 나를 모욕했는가, 혹은 내가 무서워서 피했는가, 그걸 알 수가 없으니까 옆에서 구경하고 서 있던 아이에게 다시 한번 그 감독을 나오래라고 시키어 보았던 것이나 인젠 안 나온대요, 하고 전갈만 나오는 데야 난들 어떻게 하겠는가, 망할 놈, 아주 겁쟁이로구나, 하고 입속으로 중얼거리며 좀 더 행위가 방정하도록 꾸짖어두지 못한 것이 유한이 되는 그대로 별수 없이 집으로 돌아왔던 것이나, 밤이 이슥하여 두 내외의 소곤소곤하는 소리가 벽 너머로 들려올 적에는 아하 그래도 나의 꾸중이 제법 컸구나, 싶어 마음으로 흡족했던 것이 웬일인가 차츰 차츰 어세가 돋아져서 결국에는 이년, 하는 엄포와 아울러 제꺽, 하고 김치 항아리라도 깨지는 소리가 요란히 나는 것이 아닌가. 이놈이 또 무슨 방정이 나 이러나, 싶어 성가스레 눈을 비비고 일어나서 벽 틈으로 조사해 보았더니 놈이 방바닥에다 아내를 엎어놓고 그리고 그 허리를 깡충 타고 올라앉아서 이년아 말해, 바른대로 말해 이년아 하며 그 팔 한 짝을 뒤로 꺾어 올리는 그런 기술이었으나 어쩌면 제 다리보다도 더 굵은지 모르는 그 팔뚝이 호락호락하게 꺾일 것도 아니거니와, 또 거기에 열을 내가지고 목침으로 뒷통수를 콕콕 쥐어박다가 그것도 힘에 부치어 결국에는 양 옆구리를 두 손으로 꼬집는다 하더라도, 그것쯤에 뭣할 아내가 아닐 텐데 오늘은 목을 놓아 울 수 있었던 만치 남다른 벅찬 설움이 있는 모양이다. 그렇게 들을 만치 타일렀건만 이놈이 또 초라니 방정을 떠는 것이 괘씸도 하고, 일방 뭘 대라하고 또, 울고 하는 것이 심상치 않은 일인 듯도 하고, 이래서 괜스레 언짢은 생각을 하느라고 새로 넉 점에서야 눈을 좀 붙인 것이 한나절쯤 일어났을 때에는 얻어맞은 몸같이 휘휘 둘리어 얼떨김에 세수를 하고 있노라니, 쥔 노파가 부리나케 다가와서 내 귀에 입을 들여대고는 글쎄 어쩌자구 남 매를 맞히우. 무슨 매를 맞혀요, 하고 고개를 돌리니까 당신이 어제 감독보구 뭐래지 않었소, 그래 즈 아내의 역성을 들 때는 필시 무슨 관계가 있을 게니 이년 서방질 헌 거 냉큼 대라고 어젯밤은 매로 밝혔다는 것인데, 아까 아침에 그 처남이 와서 몇 번이나 당부하기를 내가 찾아와 그런 짓을 하면 제 누님의 신세는 영영 망쳐놓는 것이니 앞으론 아예 그러한 일이 없도록 삼가 달라고 하였으니 글쎄 반했으면 속으로나 반했지 제 남편보구 때리지 말라는 법이 어딨소, 하고 매우 딱하게 눈살을 접는 것이다. 그러고 보니 그 아내를 동정한 것이 도리어 매를 맞기에 또 알맞도록 만들어 놓은 폭이라 미안도 하려니와, 한편 모든 걸 고렇게도 알알이 아내에게로만 들씌우러 드는 놈의 소행에는 참으로 의분심이 안 일 수 없으니까, 수건으로 낯도 씻을 줄 모르고 두 주먹만 불끈 쥐고는 그냥 뛰어 나갔다. 가로지든 세로지든 이놈과 단판 씨름을 하리라고 결심을 하고는 대문간에 가 서서 커다랗게 박 감독, 하고 한 서너 번을 불렀던 것이나 놈은 아니 나오고, 한 삼십여 세가량의 가슴이 떡 벌어지고 우람스런 것이 필연 이것이 그 처남일 듯싶은 시골 친구가 나와서 뻔히 쳐다보더니 마침내 말없이도 제대로 알아차렸는지 어리눅은 어조로 아 이거 글쎄 왜 이러십니까 하며 답답한 낯을 지어 보이는 것이 아닌가. 그리고 넌지시 하는 사정의 말이 이러시면 우리 누님의 전

정은 아주 망쳐놓으시는 겝니다. 그러니 아무쪼록 생각을 고치라고, 촌뜨기의 분수로는 너무 능숙하게 넓적한 손뼉을 펴들고, 안 간다고 버티는 나의 어깨를 왜 이러십니까, 하고 골목 밖으로 슬근슬근 밀어 나오는 것이었으나 주춤주춤 밀려 나오며 가만히 생각해 보니 변변히 초면 인사도 없는 이놈에게마저 내가 어린애로 대접을 받는 것은 참 너무도 슬픈 일이었다. 나중에는 약이 바짝 올라서 어깨로 그 손을 뿌리치며 홱 돌아선 것만은 썩 잘된 것 같은데, 시커먼 낯판대기와 떡 벌은 그 엄장에 이건 나하고 맞두드릴 자리가 아님을 깨닫고는, 어째 보는 수 없이 그대로 돌아서고 마는 자신이 너무도 야속할 뿐으로 이렇게 밀려오느니 차라리 내 발로 걷는 것이 나을 듯싶어 집을 향하여 삐잉 오는 것이다. 내가 아내를 갖든지 그렇잖으면 이놈의 신당리를 떠나든지, 이러는 수밖에 별도리 없으리라고 마음을 먹고는 내 방으로 뿌르르 들어와 이부자리며 옷가지를 거듬거듬 뭉치고 있는 것을 한옆에서 수상히 보고 서 있던 주인 노파가 눈을 찌긋이 그 왜 짐을 묶소, 하고 묻는 것까지도 내 맘을 제대로 몰라주는 듯하여 오직 야속한 생각만이 들 뿐이므로 난 오늘 떠납니다, 하고 투박한 한 마디로 끊어버렸다.

『여성』, 1936.12.

땡볕

우람스레 생긴 덕순이는 바른 팔로 왼편 소맷자락을 끌어다 콧등의 땀방울을 훑고는 통안 네거리에 와 다리를 딱 멈췄다. 더위에 익어 얼굴은 벌거니 사방을 둘러본다. 중복허리의 뜨거운 땡볕이라 길 가는 사람은 저편 처마 끝으로만 배앵뱅 돌고 있다. 지면은 번들번들이 닳아 자동차가 지날 적마다 숨이 탁 막힐 만치 무더운 먼지를 풍겨놓는 것이다.

덕순이는 아무리 찾아보아도 자기가 길을 물어 좋을 만치 그렇게 여유 있는 얼굴이 보이지 않음을 알자, 소맷자락으로 또 한 번 땀을 훑어본다. 그리고 거북한 표정으로 벙벙히 섰다. 때마침 옆으로 지나는 어린 깍쟁이에게 공손히 손짓을 한다.

"얘! 대학병원을 어디루 가니?"

"이리루 곧장 가세요."

덕순이는 어린 깍쟁이가 턱으로 가리킨 대로 그 길을 북으로 접어들며 다시 내걷기 시작한다. 내딛는 한 발짝마다 무거운 지게는 어깨에 박히고 등줄기에서 쏟아져 내리는 진땀에 궁둥이는 쓰라릴 만치 물었다. 속 타는 불김을 입으로 불어가며 허덕지덕 올라오다 엄지손가락으로 코를 힝 풀어 그 옆 전봇대 허리에 쓱 문댈 때에는 그는 어지간히 가슴이 답답하였다. 당장 지게를 벗어 던지고 푸른 그늘에 가 나자빠지고

싶은 생각이 굴뚝같으련만 그걸 못하니 짜증이 안 날 수 없다. 골피를 찌푸리어 데퉁스레

"빌어먹을 거! 왜 이리 무거워!"

하고 내뱉으랴 하였으나, 그러나 지게 위에서 무색하여질 아내를 생각하고 꾹 참아버린다. 제 속으로만 끙끙거리다다 겨우

"에이 더웁다!"

하고 자탄이 나올 적에는 더는 갈 수가 없었다.

덕순이는 길가 버들 밑에다 지게를 벗어 놓고는 두 손으로 적삼 섶을 흔들어 땀을 들인다. 바람기 한 점 없는 거리는 그대로 타붙었고 그 위의 모래만 이글이글 달아간다. 하늘을 쳐다보았으나 좀체로 빗맛을 못 볼 듯싶어 바상바상한 입맛을 다시고 섰을 때 별안간 댕댕 소리와 함께 발등에 물을 뿌리고 물차가 지나가니 그는 비로소 살은 듯이 정신기가 반짝 난다. 적삼 호주머니에 손을 넣어 곰방대를 꺼내 물고 담배 한 대 붙이려 하였으나 홀쭉한 쌈지에는 어제부터 담배 한 알 없었던 것을 다시 깨닫고 역정스레 도로 집어넣는다.

"꽁무니가 배기지 않어?"

덕순이는 이렇게 아내를 돌아보다

"괜찮아요!"

하고 거진 죽어가는 상으로 글썽글썽 눈물이 고인 아내가 딱하였다. 두 달 동안이나 햇빛 못 본 얼굴은 누렇게 시들었고, 병약한 몸으로 지게 위에 앉아 까댁이는 양이 금시라도 꺼질 듯싶은 그 아내였다.

덕순이는 아내를 이윽히 노려보다

"아 울긴 왜 우는 거야?"

하고 눈을 부라렸으나

"병원에 가면 짼대겠지요."

"째긴 아무거나 덮어놓고 째나? 연구한다니까—"

하고 되도록 아내를 안심시킨다. 그러나 덕순이 생각에는 째든 말든 그건 차치해 놓고 우선 먹어야 산다, 고

"왜 기영이 할아버지의 말씀 못 들었어?"

"병원서 월급을 주구 고쳐준다는 게 정말인가요?"

"그럼 노인이 설마 거짓말을 헐라구, 그래 시방두 대학병원의 이등박산가 뭐가 열네 살 된 조선 아히가 어른보다도 더 부대한 걸 보구 하두 이상한 병이라구 붙잡아들여서 한 달에 십 원씩 월급을 주고 그뿐인가 먹이구 입히구 이래 가며 지금 연구하구 있대지 않어?"

"그럼 나두 허구헌 날 늘 병원에만 있게 되겠구려?"

"인제 가 봐야 알지 어떻게 될는지."

이렇게 시원스레 받기는 받았으나 덕순이 자신 역 기영 할아버지의 말이 꽉 믿어서 좋을지가 의문이었다. 시골서 올라온 지 얼마 안 되는 그로서는 서울 일이라 호옥 알 수 없을 듯싶어 무료진찰권을 내온 데 더 되지 않았다. 그렇다 하더라도 병이 괴상하면 할수록 혹은 고치기가 어려우면 어려울수록 월급이 많다는 것인데 영문 모를 아내의 이 병은 얼마짜리나 되겠는가, 고 속으로 무척 궁금하였다. 아이가 십 원이라니 이건 한 십오 원쯤 주겠는가, 그렇다면 병 고치니 좋고, 먹으니 좋고, 두루두루 팔자를 고치리라고 속 안으로 육조배판을 늘이고 섰을 때

"여보십쇼! 이 채미 하나에 잡서 보십소"

하고 조만침서 참외를 벌여놓고 앉았던 아이가 시선을 끌어간다. 길쭉

길쭘하고 싱싱한 놈들이 과연 뜨거운 복중에 하나 벗겨 들고 으썩 깨물어 봄직한 참외였다. 덕순이는 참외를 이놈 저놈 멀거니 물색하여 보다 쌈지에 든 잔돈 사 전을 얼른 생각은 하였으나 다음 순간에 그건 안 될 말이리라고 꺽진 마음으로 시선을 걷어온다. 사전에 일 전만 더 보태면 희연 한 봉이 되리라고 어제부터 잔뜩 꼽여 쥐고 오던 그 사 전, 이걸 참외 값으로 녹여서는 사람이 아니다.

"지게를 꼭 붙들어 —"

덕순이는 지게를 지고 다시 일어나며 그 십오 원을 생각했던 것이니 그로서는 너무도 벅찬 희망의 보행이었다.

덕순이는 간호부가 지도하여 주는 대로 산부인과 문밖에서 제 차례가 돌아오기를 기다리고 있었다.

아내는 남편이 업어다 놓은 대로 걸상에 가 번듯이 늘어져서 고통스러운 숨을 견디지 못한다. 요량 없이 부어오른 아랫배를 한 손으로 치마 째 걷어 안고는 매 호흡마다 간댕거리는 야윈 고개로 가쁜 숨을 돌리고 있는 것이다. 게다가 수술실에서 들것으로 담아내는 환자와, 피고름이 엉긴 쓰레기통을 보는 것은 그로 하여금 해쓱한 얼굴로 이를 떨도록 하기에는 너무도 충분한 풍경이었다.

"너머 그렇게 겁내지 말아. 그래두 다 죽을 사람이 병원엘 와야 살아나가는 거야 —"

덕순이는 아내를 위안하기 위하여 이런 소리도 하는 것이나 기실 아내 볿지않게 저로도 조바심이 적지 않았다. 아내의 이 병이 무슨 병일까, 짜장 기이한 병이라서 월급을 타 먹고 있게 될 것인가 또는 아내의 병을 씻은 듯이 고쳐줄 수가 있겠는가, 겸삼수삼 모두가 궁거웠다.

이 생각 저 생각으로 덕순이는 아내의 상체를 떠받쳐주고 있다가 우연히도 맞은 켠 타구 옆댕이에 가 떨어져 있는 궐련 꽁댕이에 한 눈이 팔린다. 그는 사방을 잠깐 살펴보고 힁하게 가서 집어다가는 곰방대에 피워 물며 제 차례를 기다렸으나 좀체로 불러주지 않는 것이다.

이렇게 하여 그들은 허무히도 두 시간을 보냈다.

한 점을 사십 분 가량 지났을 때 간호부가 다시 나와 덕순이 아내의 성명을 외는 것이다.

"네! 여깄습니다!"

덕순이는 허둥지둥 아내를 떨쳐 업고 진찰실로 들어갔다.

간호부 둘이 달려들어 우선 옷을 벗기고 주무를 제 아내는 놀란 토끼와 같이 조그맣게 되어 떨고 있었다. 코를 찌르는 무더운 약내에 소름이 끼치기도 하려니와 한쪽에 번쩍번쩍 늘어 놓인 기계가 더욱이 마음을 죄게 하는 것이다. 아내가 너무 병신스레 떨므로 옆에 섰는 덕순이까지도 겸연쩍지 않을 수 없었다. 아내의 한 팔을 꼭 붙들어주고, 집에서 꾸짓듯이 눈을 부릅떠

"메가 무섭다구 이래?"

하고는 유리판에서 기계 부딪는 젤그럭 소리에 등줄기가 다 섬찟할 제

"은제부터 배가 이래요?"

간호부가 뚱뚱한 의사의 말을 통변한다.

"자세이는 몰라두!"

덕순이는 이렇게 머리를 긁고는 아마 이토록 부르기는 지난겨울부턴가 봐요, 처음에는 이게 애가 아닌가 했던 것이 그렇지두 않구요, 애라면 열 달에 날 텐데

"열석 달씩이나 가는 게 어딨습니까?"
하고는 아차 애니 뭐니 하는 건 괜히 지껄였군, 하였다. 그래 의사가 무어고 또 입을 열 수 있기 전에 얼른 대미쳐
"아무도 이 병이 무슨 병인지 모른다구 그래요, 난생 처음 본다구요"
하고 몇 마디 더 얹었다.

덕순이는 자기네들의 팔자를 고칠 수 있고 없고가 이 순간에 달렸음을 또 한 번 깨닫고 열심히 의사의 입만 쳐다보고 있는 것이다. 마는 금테안경 쓴 의사는 그리 쉽사리는 입을 열려 하지 않았다. 몇 번을 거듭 주물러보고, 두드려 보고, 들어보고, 이러기를 얼마 한 다음 시덥지않게 저쪽으로 가 대야에 손을 씻어가며 간호부를 통하여 하는 말이
"이 뱃속에 어린애가 있는데요, 나올랴다 소문이 적어서 그대로 죽었어요. 이걸 그냥 둔다면 앞으로 일주일을 못갈 것이니 불가불 수술은 해야 하겠으나 또 그 결과가 반드시 좋다고 단언할 수도 없는 것이매 배를 가르고 아이를 끄내다 만일 사불여의하야 불행을 본다드라도 전혀 관계없다는 승낙만 있으면 내일이라도 곧 수술을 하겠어요"
하고 나 어린 간호부는 조금도 거리낌 없는 어조로 줄줄 쏟아놓다가
"어떻게 하실 테야요?"
"글쎄요!"

덕순이는 이렇게 얼떨떨한 낯으로 다시 한 번 뒤통수를 긁지 않을 수 없었다. 간호부의 말이 무슨 소린지 다는 모른다 하더라도 속대중으로 저쯤은 알아채었던 것이니 아내의 생명이 위험하다는 그 말이 두렵기도 하려니와 겨우 아이를 뱄다는 것쯤, 연구거리는 못 되는 병인 양 싶어 우선 낙심하고 마는 것이다. 허나 이왕 버린 노릇이매

“그럼 먹을 것이 없는데요—”

“그건 여기서 입원시키고 먹일 것이니까 염려 마서요—”

“그런데 저—”

하고 덕순이는 열적은 낯을 무얼로 가릴지 몰라 주볏주볏

“월급 같은 건 안 주나요?”

“무슨 월급이요?”

“왜 여기서 병을 고치면 월급을 주는 수도 있다지요.”

“제 병 고쳐주는데 무슨 월급을 준단 말이요?”

하고 맨망스리도 톡 쏘는 바람에 덕순이는 얼굴이 고만 벌게지고 말았다. 팔자를 고치려던 그 계획이 완전히 어그러졌음을 알자, 그의 주린 창자는 다시금 척 꺾이며 손으로 이마의 진땀이나 훑어보는밖에 별도리가 없는 것이다. 허나 아내의 생명은 어차피 건져야 하겠기로 공손히 허리를 굽실하며

“그럼 낼 데리고 올게 어떻게 해주십시오”

하고 되도록 빌붙어 보았던 것이, 그때까지 끔찍끔찍한 소리에 얼이 빠져서 멀뚱히 누웠던 아내가 별안간 기급을 하여 일어나 살뚱맞은 목성으로

“나는 죽으면 죽었지 배는 안 째요!”

하고 얼굴이 노랗게 되는 데는 더 할 말이 없었다. 죽이더라도 제 원대로나 죽게 하는 것이 혹은 남편 된 사람의 도릴지도 모른다. 아내의 꼴에 하도 어이가 없어

“죽는 거보담이야 수술을 하는 게 좀 낫겠지요!”

비소를 금치 못하고 섰는 간호부와 의사가 눈에 보이지 않도록, 덕순이는 시선을 외면하여 뚱싯뚱싯 아내를 업고 나왔다. 지게 위에 올려놓

은 다음 업디어 다시 지고 일어나려니 이게 웬일일까 아까 오던 때와는 갑절이나 무거웠다. 덕순이는 얼마 전에 희망이 가득히 차 올라가던 길을 힘 풀린 걸음으로 터덜터덜 내려오고 있었다. 보지는 않아도 지게 위에서 소리를 죽이어 훌쩍훌쩍 울고 있는 아내가 눈앞에 환한 것이다. 학식이 많은 의사는 알짜 무식인 덕순이 내외보다는 더 많이 알 것이니 생명이 한 이레를 못 가리라던 그 말을 어째 볼 도리가 없다. 인제 남은 것은 우중충한 그 냉골에 갖다 다시 눕혀놓고 죽을 때나 기다리고 있을 따름이었다.

덕순이는 눈 위로 덮는 땀방울을 주먹으로 훔쳐가며 장차 캄캄하여 올 그 전도를 생각해본다. 서울을 장대고 왔던 것이 벌이도 제대로 안 되고 게다가 인젠 아내까지 잃는 것이다. 지에미 붙을! 이놈의 팔자가, 하고 딱한 탄식이 목을 넘어오다 꽉 깨무는 바람에 한숨으로 터져버린다.

한나절이 되자 더위는 더 한층 무서워진다.

덕순이는 통째 짓무를 듯싶은 등어리를 견디지 못하여 먼젓번에 쉬어 가던 나무 그늘에 지게를 벗어 놓는다. 땀을 들여가며 아내를 가만히 내려보니 그동안 고생만 시키고 변변히 먹이지도 못하였던 것이 갑자기 후회가 나는 것이다. 이럴 줄 알았으면 동넷집 닭이라도 훔쳐다 먹였을 걸, 싶어

"울지 말아, 그것들이 뭘 아나? 제 까진 게—"

하고 소리를 빽 지르고는

"채미 하나 먹어볼 테야?"

"채미 싫어요—"

아내는 더위에 속이 탔음인지 한길 건너 저쪽 그늘에서 팔고 있는 얼음냉수를 손으로 가리킨다. 남편이 한 푼 더 보태어 담배를 살려던 그 돈으로 얼음냉수를 한 그릇 사다가 입에 먹여까지 주니 아내도 황송하여 한숨에 들이킨다. 한 그릇을 다 먹고 나서 하나 더 사다주랴 물었을 때 이번에는 왜떡이 먹구 싶다 하였다. 덕순이는 이것이 마지막이라는 생각으로 나머지 돈으로 왜떡 세 개를 사다주고는 그래도 눈물도 씻을 줄 모르고 그걸 오직오직 깨물고 있는 아내를 이윽히 바라보고 있었다. 그러다 아내가 무슨 생각을 하였는지 왜떡을 입에 문 채 훌쩍훌쩍 울며

"저 사촌형님께 쌀 두 되 꿔다 먹은 거 부대 잊지 말구 갚우"

하고 부탁할 제 이것이 필연 아내의 유언이라고 깨닫고는

"그래 그건 염려 말아!"

"그러구 임자 옷은 영근어머니더러 사정 얘길 하구 좀 빨아 달래우"

하고 이야기를 곧잘 하다가 다시 입을 이그리고 훌쩍훌쩍 우는 것이다.

덕순이는 그 유언이 너무 처량하여 눈에 눈물이 핑 돌아가지고는 지게를 도로 지고 일어선다. 얼른 갖다 눕히고 죽이라도 한 그릇 더 얻어다 먹이는 것이 남편의 도릴 게다.

때는 중복 허리의 쇠뿔도 녹이려는 뜨거운 땡볕이었다.

덕순이는 빗발같이 내려붓는 얼굴의 땀을 두 손으로 번갈아 훔쳐가며 끙끙 내려올 제, 안해는 지게 위에서 그칠 줄 모르는 그 수많은 유언을 차근차근 남기자, 울자, 하는 것이다.

『여성』, 1937.2.

연기

눈 뜨곤 없더니 이불을 쓰면 가끔씩 잘도 횡재한다.

공동변소에서 일을 마치고 엉거주춤히 나오다 나는 벽께로 와서 눈이 휘둥그랬다. 아 이게 무에냐. 누리끼한 놈이 바로 눈이 부시게 번쩍 버언쩍 손가락을 펴들고 가만히 꼬옥 찔러보니 마치 갓 굳은 엿조각처럼 쫀득쫀득하다. 얘 이놈 참으로 수상하구나 설마 뒷간 기둥을 엿으로 빚어 놨을 리는 없을 텐데 주머니칼을 꺼내 들고 한번 시험조로 쭈욱 내려 깎—아 보았다. 누런 덩어리 한쪽이 어렵지 않게 뚝 떨어진다. 그 놈을 한데 뭉쳐가기고 그 앞 댓돌에다 쑥 문태보니까 아 아 이게 황금이 아닌가. 엉뚱한 누명으로 끌려가 욕을 보던 이 황금. 어리다는 이유로 연홍이에게 고랑땡을 먹던 이 황금, 누님에게 그 구박을 다 받아가며 그래도 얻어먹고 있는 이 황금—

다시 한 번 댓돌 위에 쓱 그어보고는 그대로 들고 거리로 튀어나온다. 물론 양쪽 주머니에는 묵직한 황금으로 하나 뿌듯하였다. 황금! 황금! 아 황금이다.

피언한 거리에는 커다랗게 살찐 도야지를 타고서 장꾼들이 오르내린다. 때는 좋아 봄이라고 양명한 아침이었다. 길 양쪽 버드나무에는 그 가지가지에 주먹 같은 붉은 꽃이 달렸다.

알쭝달쭝한 꽃이파리를 날리며 엷은 바람이 부웅 하더니 허공으로 내 몸이 둥실 애 이놈 좋구나. 허나 황금이 날아가선 큰일이다. 두 손으로 양쪽 주머니를 잔뜩 웅켜잡고 있자노라니 별안간 꿍 하고 떨어진다. 이놈이 어따 이건 함부로 내던졌느냐 정신이 아찔하여 똑똑이 살펴보니 이것이 바로 우리집 대문 앞 아니냐.

대문짝을 박차고 나는 허둥지둥 안으로 뛰어들어갔다. 돈이라면 한 푼에 목이 말라 하는 누님이었다. 이 누런 금덩어리를 내보이면 필연코 그는 헉 하고 놀라겠지.

"누님! 수가 터졌수!"

나는 이렇게 외마디 소리를 질렀으나 그는 아무 대답도 없다. 매우 마뜩지않게 아래로 눈을 깔아 붙이고는 팥죽만 풍풍 퍼먹고 있는 것이다. 그러나 모처럼 입을 연다는 것이

"오늘은 어떻게 취직자리 좀 얻어봤니?

대문 밖에 좀 나갔다 들어만 오면 변치 않고 노냥 물어보는 그 소리. 인제는 짜장 귓등이 가렵다. 마는 아무래도 좋다. 오늘부터는 그까짓 밥 얻어먹지 않아도 좋으니까 —

"그까짓 취직" 하고 콧등으로 웃어버리고는

"자 이게 금덩어리유 똑똑이 보우—" 나는 두 손을 다 그 코밑에다 들여댔다. 이래도 침이 아니 넘어갈 터인가. 그는 가늘게 실눈을 떠가지고 그걸 이윽히 들여다보다 종내는 나의 얼굴마저 쳐다보지 않을 수 없는 모양이었다. 금덩어리와 나의 얼굴을 이렇게 번차례로 몇 번 훑어가더니

"이거 너 어서 났니?" 하고 두 눈에서 눈물이 확 쏟아지질 않느냐. 그

리고 나의 짐작대로 날랜 두 손이 들어와 덥썩 훔켜잡고

"아이구 황금이야!"

평소에도 툭하면 잘 짜는 누님. 이건 황금을 보고도 여전히 눈물이냐. 이걸 가만히 바라보니 나는 이만만 해도 황금 얻은 보람이 큼을 느낄 수 있다. 번둥번둥 놀고 자빠져 먹는다 하여 일상 들볶던 이 누님. 이왕이면 나도 이판에 잔뜩 갚아야 한다. 누님이 붙잡고 우는 황금을 나는 앞으로 탁 채어가며

"이거 왜 이래 닳으라구!"

하고 내 보란 듯이 호령을 냅다 질렀다. 내가 황금을 얻어 좋은 건 참으로 누님의 이꼴을 보기 위하여서다. 이런 황금을 왜 허뿔리[1] 만져 보이느냐. 어림없다. 호기 있게 그 황금을 도로 주머니에 집어넣고는 —

"오늘부터 난 따루 나가겠수 누님 밥은 맛이 없어서 —"

나의 재주가 자라는 때까지 한껏 뽐을 내었다. 이만큼만 하면 그는 저쯤 알아채이겠지. 인젠 누님이 화를 내건말건 내 떨고 섰을 빼 아니다. 버듬직하게[2] 건넌방으로 들어가 내가 쓰던 잔 세간과 이부자리를 포갬포갬 싸놓았다. 이것만 번쩍 들고 나서면 고만이다. '택시' 하나 부를 생각조차 못 하고 그걸 그대로 들고 일어서자니까 이때까지 웬 영문을 몰라 떨떠름히 서 있던 누님이

"얘 너 왜 이러니?" 하고 나의 팔을 잡아들인다.

"난 오늘부터 내 밥을 먹구살겠수 —"

---

1 허뿔리 : 허투루(아무렇게나 되는 대로).

2 버듬하다 → 버드름하다 : 조금 큰 물체 따위가 밖으로 약간 벋은 듯하다. 여기에서는 누님 앞에서 몸 전체에 힘을 주며 거드름 피우는 모습을 표현.

"애, 그러지 말아 내 인젠 안 그럴게."

"아니, 내 뭐 누님이 공밥 먹는다고 야단을 쳤대서 그걸 가지고 노했다거나 혹은 어린애 같이 삐졌대거나……" 하고 아주 좋도록 속을 쓰리게 해놓고 나서니까

"애, 내가 다 잘못했다. 인젠 네 맘대로 낮잠두 자구 그래, 응?" 취직 못한다고 야단도 안 치고 그럴 게니 제발 의좋게 같이 살자고 그 파랜 얼굴에 가엾은 눈물까지 보이며 손이 발이 되게 빌붙는다. 이것이 어디 놀구 먹는다고 눈물로 밤낮 찡찡대던 그 누님인가 싶으냐.

"이거 왜 이래? 남 싫다는데—"

누님을 떼다 던지고 나는 신바람이 나게 뜰 아래로 내려섰다. 다시 누님이 맨발로 뛰어내려와 나를 붙잡고 울 수 있을 만침 고만치 동안을 띠어놓고는 대문께로 나오려니까 뜰 앞에서 쌀을 주워 먹고 있던 참새 한 마리가 포루룽 날아온다. 이놈이 나의 턱밑으로 넌지시 들어오더니 이건 어디다 쓰는 버릇인지 나의 목줄띠를 콱 물어채는 것이 아니냐. 그리고는 그대로 대룽대룽 매달려 바들짝바들짝 아 아 아이구 죽겠다 아픈 건 둘째치고 우선 숨이 막히어 죽겠다. 보퉁이를 들었던 두 손으로 참새란 놈을 부리나케 붙잡고 띠어 보려니까 아, 아, 나 죽는다. 잡아당기면 당길수록 참새는 거머리같이 점점 달라붙고 숨쉬기만 더욱더 괴로워진다. 요놈이 버릇없이 요런, 젖 먹던 힘을 다 들이어 내 목이 달아나냐 네 목이 달아나냐고 홱 한번 잡아채니 후유 코밑의 연기로다—

공교로히도 나의 코끝이 뚫어진 굽도리 구멍에 가 파수를 보고 있는 것이다. 고 구녕으로 아침 짓는 매캐한 연기가 모락모락 올라오고 있었다. 그 연기만도 숨이 막히기에 넉넉할 텐데 이건 뭐라고 제 손으로 제

목을 잔뜩 움켜잡고 누었느냐

"그게 온 무슨 잠이냐?"

언제쯤 거기 와 있었는지 누님은 미닫이를 열어젖히고 서서는 눈이 칼날이다. 어젯밤 내일은 일찍부터 돌아다니며 만날 사람들을 좀 만나 보라던 그 말을 내가 이행치 못하였으니 몹시도 미울 것이다. 야윈 목에 핏대가 불끈 내솟았다.

"취직인가 뭔가 헐랴면 남보다 좀 성심껏 돌아다녀야지 — "

바로 가시를 집어삼킨 따끔한 호령이렸다. 아무리 찾아보아도 고대 같이 살자고 눈물로 빌붙던 그 누님은 그림자도 비치지 않았다. 한 사람이 이렇게도 변할 수 있는가. 나도 뚱그렇게 눈을 뜨고서 너무도 허망한 일인 양하여 얼뚤한 시선으로 한참 누님을 쳐다보았다. 암만해도 사람의 일 같지 않다. 그렇다고 무슨 연극도 아닐 텐데. 낮에는 누님이 히짜를 뽑고 밤에는 내가 히짜를 뽑고. 이마의 땀을 씻으려고 손이 올라가다 갑자기 붉어오는 안색을 깨닫고 도로 이불을 푹 뒤집어쓴다.

이불 속에는 아직도 아까의 그 연기가 남아 있는 것이다.

(정축, 1937.1.7)

『창공』, 1937.3.

두포전*

一. 난데없는 업둥이

옛날 저 강원도에 있었던 일입니다.

강원도라 하면 산 많고 물이 깨끗한 산골입니다. 말하자면 험하고 끔찍끔찍한 산들이 줄레줄레 어깨를 맞대고, 그 사이로 맑은 샘은 곳곳이 흘러 있어 매우 아름다운 경치를 가진 산골입니다.

장수골이라는 조그마한 동리에 늙은 두 양주가 살고 있었습니다.

그들은 마음이 정직하여 남의 물건을 탐내는 법이 없었습니다. 그리고 개새끼 한 번 때려보지 않았던 만치 그렇게 마음이 착하였습니다.

그러나 웬일인지 늘 가난합니다. 그건 그렇다 하고 그들 사이의 자식이라도 하나 있었으면 오죽이나 좋겠습니까. 참말이지 그들에게는 가난한 것보다도 자식을 못 가진 이것이 다만 하나의 큰 슬픔이었습니다.

그러자 하루는 마나님이 신기한 꿈을 꾸었습니다. 자기가 누워 있는 그 옆자리에서 곧 커다란 청룡 한 마리가 온몸에 용을 쓰며 올라가는

---

* 山中奇談 「두포전」은 전체 10항으로 구성. 『소년』(조선일보사 간행) 1939년 1월호부터 5월호까지 연재되었다. 이 가운데 1~6항까지는 김유정이 집필, 7~10까지는 김유정의 문학적 제자인 현덕(玄德, 1909~?)이 이어서 집필했다. 현덕의 본명은 현경윤으로 아동문학가이며 소설가이다. 현덕의 아우는 현재덕(1912~?)으로 아동문학가, 아동미술가, 삽화가이다. 현재덕이 김유정의 초상화를 그렸다고 한다. 현재 그 초상화의 소재는 미상이다.

꿈이었습니다. 눈을 무섭게 부라리고 천정을 뚫고 올라가는 그 모양이 참으로 징글징글하여 보입니다. 거진거진 다 빠져 나가다 때마침 고 밑에 놓였던 벌겋게 핀 화롯불로 말미암아 애를 씁니다. 인젠 꽁지만 빠져나가면 그만일 텐데 불이 뜨거워 그걸 못합니다. 나중에는 이웅, 하고 야릇한 소리를 내지르며 다시 한 번 꽁지에 모질음을 쓸 때 정신이 고만 아찔하여 그대로 깼습니다.

별 꿈도 다 많습니다. 청룡은 무엇이며 또 이글이글 끓는 그 화로는 무슨 의미일까요. 그건 그렇다 치고 다 빠져나간 몸에 하필 꽁지만이 걸리어 애를 키는 건 무엇일는지—

마나님은 하도 괴상히 생각하고 그 이야기를 영감님에게 하였습니다.

이걸 듣고는 영감님마저 눈을 둥그렇게 떴습니다.

그리고 얼마 있더니 손으로 무릎을 탁 치며

"허 불싸! 좋긴 좋구면서두—"

하고 입맛을 다십니다. 그 눈치가 매우 실망한 모양입니다.

"그게 바루 태몽이 아닌가?"

"태몽이라니 그게 무슨 소리유?"

하고 마나님이 되짚어 물으니까

"아들 날 꿈이란 말이지—"

"아들을 낳다니? 낼 모래 죽을 것들이 무슨 아들인구!"

"허 그러게 말이야—누가 좀 더 일찍이 꾸지 말랐든가!"

하고 영감님은 슬픈 낯으로 한숨을 휘 돌립니다.

이럴 즈음에 싸리문께서 꽹과리 치는 소리가 들려옵니다.

마나님은 좁쌀 한 쪽박을 퍼들고 나오며 또한 희한한 생각이 듭니다.

여지껏 이렇게 간구한 오막살이를 바라고 동냥하러 온 중이 없었습니다. 그런데 오늘은 웬일입니까. 다 쓰러져 가는 싸리문 앞에 서서 중이 꽹과리를 두드릴 수 있으니 별일도 다 많습니다.

마나님은 좁쌀을 그 바랑에 쏟아주며

"입쌀이 있었으면 갖다 드리겠는데 우리두 장 이 좁쌀만 먹어요"

하고 적이 미안쩍어합니다. 모처럼 멀리 찾아온 손님을 좁쌀로 대접하여서는 안 될 말입니다. 동냥을 주고도 그 자리에 그냥 우두머니 서서 마음이 썩 편치 않습니다. 그래서 논밭길로 휘돌아 내려가는 중의 뒷모양을 이윽히 바라보고 서 있습니다.

하기는 중도 별 중을 다 봅니다. 좁쌀이건 쌀이건 남이 동냥을 주면 고맙다는 인사가 있어야 할 게 아닙니까. 두발이 허옇게 센 끼끗한 노승으로서 남의 물건을 묵묵히 받아가다니 그건 좀 섭섭한 일이라 안 할 수 없습니다.

그러나 더욱 이상한 것은 그 다음 날 똑 고맘 때 중 하나가 또 왔습니다. 이번에도 마나님이 좁쌀 한 쪽박을 퍼들고 나가보니 바로 어제 왔던 그 노승이 아니겠습니까. 그리고 어제와 한 가지로 묵묵히 동냥을 받아가지고는 그대로 돌아서고 마는 것입니다.

어쩌면 사람이 이렇게도 무뚝뚝할 수 있습니까. 고마운 것은 집어치고 부드럽게 인사 한 마디만 있어도 좋겠습니다. 허나 마나님은 눈살하나 찌푸리는 법 없이 도리어 예까지 멀리 찾아온 것만 기쁜 일이라 생각하였습니다.

그러나 셋째 번 날에는 짜장 놀라지 않을 수 없었습니다. 똑 고맘 때 고 중이 또 찾아오지 않았겠습니까. 마나님은 동냥을 군말 없이 퍼다

주며 얼떨떨한 눈으로 그 얼굴을 뻔히 쳐다보았습니다.

그제서야 그 무겁던 중의 입이 비로소 열립니다.

"마나님! 내 관상을 좀 할 줄 아는데 좀 봐 드릴가요?"

하고 무심코 마나님을 멀뚱히 바라봅니다.

마나님은 너무도 반가워서 주름 잡힌 얼굴을 싱긋벙긋 하며

"네! 어디 은제 죽겠나 좀 봐주슈."

"아닙니다. 돌아가실 날짜를 말씀해 드리는 것이 아니라 앞으로 장차 찾아올 운복을 말씀해 드리겠습니다."

"인제는 거반 다 살고 난 늙은이가 무슨 복이 또 남았겠어요?"

여기에는 아무 대답도 하려 하지 않고 노승은 고 옆 괴때기 위에 가 털썩 주저앉습니다. 그리고 허리띠에 찬 염낭을 뒤적대더니 강한 돋보기와 조그만 책 한 권을 꺼내 듭니다. 돋보기 밑으로 그 책을 바짝 들여대고 하는 말이

"마나님! 당신은 참으로 착하신 어른입니다. 그런데 불행히도 전생에 지은 죄가 있어 지금 이 고생을 하는 것입니다"

하고 중은 한 손으로 허연 수염을 쓰다듬어 내리더니

"그러나 인제는 그 전 죄를 다 고생으로 때우셨습니다. 인제 앞으로는 복이 돌아옵니다. 우선 애기를 가지시게 될 것입니다."

"아니 이대도록 호호 늙은이가 무슨 애를 가진단 말심이유?"

하고 망칙스럽단 듯이 눈을 깜작깜작 하다가 그래도 마음에 솔깃한 것이 있어

"그래 우리 같은 늙은이에게도 삼신께서 애를 즘지해 주슈?"

"그런 것이 아니라 현재 마나님에게 아이가 있습니다. 그런데 다만

마나님 눈에 보이지만 않을 뿐입니다."

"네, 애가 지금 있어요?"

하고 마나님은 눈을 횅댕그러히 굴리지 않을 수 없었습니다. 노승의 하는 말이 그게 온 무슨 소린지 도시 영문을 모릅니다.

"그럼 어째서 내 눈에는 보이지를 않습니까?"

"네 차차 보십니다. 인제 내 보여드리지요."

노승은 이렇게 말을 하더니 등 뒤에 졌던 바랑을 끄릅니다. 그걸 무릎 위에 놓고 뒤적거리다 고대 좁쌀을 쏟아 넣던 그 속에서 자그마한 보따리 하나를 꺼냅니다. 그리고 다시 그 보따리를 끄를 때 주인 마나님은 얼마나 놀랐겠습니까.

집집으로 돌며 동냥을 얻어 넣고서 다니던 그 보따립니다. 그 속에서 천만 뜻밖에도 말간 눈을 가진 애기가 나옵니다. 인제 낳은 지 삼칠일이나 될는지 말는지 한 그렇게 나긋나긋한 귀동잡니다.

"마나님! 이 애가 바루 당신의 아들입니다."

"네?"

하고 마나님은 얻어맞은 사람같이 얼떨떨하였습니다. 그러나 애기를 보니 우선 반갑습니다. 두 손을 내밀어 자기 품으로 덥석 잡아채가며

"정말 나 주슈?"

하고 눈에 눈물이 글썽글썽했습니다.

"아니요 드리는 것이 아니라 바로 당신의 아들입니다. 그러나 혹시 요담에 와 다시 찾아갈 날이 있을지도 모릅니다."

노승은 이렇게 몇 마디 남기고는 휘적휘적 산모롱이로 사라집니다. 물론 이쪽에서 이것저것 캐물어도 아무 대답도 하여주는 법이 없었습

니다.

二. 행복된 가정

마나님은 애기를 품에 안고서 허둥지둥 뛰어들어갑니다.

"여보! 영감!"

하고는 숨이 차 한참을 진정하다가 그 자초지종을 저저이 설명합니다. 그리고 분명히 들었는데 노승의 말이

"이 애가 정말 내 아들이랍디다."

"뭐? 우리 아들이야?"

하고 영감님 역 좋은지 만지 눈을 커다랗게 뜨고는 싸리문 밖으로 뛰어 나옵니다. 아무리 생각하여도 심상치는 않은 중입니다. 직접 만나보고 치사의 말을 깍듯이 하여야 될 겝니다.

그러나 동리를 샅샅이 뒤져보아도 노승의 그림자는 가뭇도 없었습니다. 다시 집으로 터덜터덜 돌아와서는

"아 아 그렇게 자꾸만 만지지 말아"

하고 다시 한 번 애기를 품에 안아보았습니다. 과연 귀엽고도 깨끗한 애깁니다. 어쩌면 이렇게 살결이 희고 눈매가 맑습니까. 혹시 이것이 꿈이나 아닐지 모릅니다.

영감님은 손으로 눈을 비비고 나서 다시 들여다보았습니다마는 이것이 결코 꿈은 아닐 듯싶습니다. 그러면 그 노승은 무엇일까, 또는 어째서 자기네에게 이 애기를 맡기고 간 것일까. 아무리 궁리하여 보아도 그 속은 참으로 알 수가 없습니다.

그러나 하여튼 애기를 얻은 것은 기쁠 뿐입니다. 그들은 애기를 가운데 놓고 앉아서 해가 가는 줄도 모릅니다.

이렇게 하여 얻은 것이 즉 두포입니다.

그들은 날마다 애기를 키우는 걸로 그 날 그 날의 소일을 삼았습니다. 애기에게 젖이 있었으면 얼마나 좋겠습니까. 나이가 이미 늙어서 마나님은 아무리 젖을 짜보아도 나오지를 않습니다. 하릴없이 조를 끓여 암죽으로 먹일 때마다 가엾은 생각이 안 날 수 없었습니다. 그래서 때때로 영감님이 애기를 안고서 동리로 나갑니다. 왜냐면 애기 있는 집을 돌아다니며 그 젖을 조금씩 얻어 먹이고 하는 것입니다.

이렇게 제구가 없어 젖 구걸을 다니건만 애기는 잘도 자랍니다. 주접 한 번 끼는 법 없이 돋아나는 풀싹처럼 무럭무럭 잘도 자랍니다.

그리고 세상에는 이상한 애기도 다 있습니다. 열 살이 넘어서자 그 힘이 어른 한 사람을 넉넉히 당합니다. 뿐만 아니라 얼굴 생김이 늠름한 맹호 같아서 보는 사람으로 하여금 머리를 숙이게 하는 것입니다. 겸하여 늙은 부모에게 대한 그 효성에도 놀랍지 않을 수가 없었습니다.

동리 어른들은 그 애를 다들 좋아하였습니다. 그리고 자기네끼리 모이면

"저 두포가 보통 아이는 아니야!"

하고 은근히 수군거리고 하였습니다.

늙은 아버지와 어머니는 그를 극진히 사랑하였습니다. 그리고 나날이 달라가는 그 행동을 유심히 밝히어 보고 있었습니다.

"필연 이 애가 보통 사람은 아닌 거야."

"남들두 이상히 여기는 눈칩니다."

이렇게 늙은 두 양주는 두포의 장래를 매우 흥미 있게 바라보고 있었습니다.

三. 놀라운 재복

두포는 무럭무럭 잘도 자랍니다. 물론 병 한 번 앓는 법 없이 깔끗하게 자라갑니다.

늙은 아버지와 어머니는 너무도 기뻐서 어쩔 줄을 모릅니다. 나날이 달라져 가는 두포를 보는 것은 진품 그들의 큰 행복이었습니다. 아들을 아침에 산으로 내보내면 저녁나절에는 싸리문 밖에가 두 양주가 서서, 아들 돌아오기를 기다리는 것이 하루하루의 그들의 일이었습니다.

그뿐 아니라, 두포가 들어오자 집안이 차차 늘지를 않겠습니까. 산밑에 놓였던 그 오막살이 초가집은 어디로 갔는지, 인제는 그림자도 보이지 않습니다. 그리고 그자리에가 고래등 같은 커다란 기와집이 널찍이 놓여 있습니다. 동리에서만 제일 갈 뿐 아니라, 이 세상에서 으뜸이리라고, 다들 우러러 보고 하였습니다.

그러나, 어떻게 하여 이토록 부자가 되었는지 그걸 아는 사람은 하나도 없었습니다. 그래, 어떤 이는 사람들이 워낙 착하여 하느님이 도와주신 거라고 생각하였습니다. 혹은 두포의 재주가 좋아 그런 거라고 생각하는 이도 있었습니다.

"재주? 무슨 재주가 좋아, 빌어먹을 여석의 거! 도적질이지."

이렇게 뒤로 애매한 소리를 하며 돌아다니는 사람도 있습니다. 물론 이것은 두포를 원수 같이 미워하는 요 건너 사는 칠태입니다.

칠태라는 사람은 동네에서 꼽아주는 장사로, 무섭기가 맹호 같은 청년입니다. 그런데 마음이 본디 불량하여 남의 물건을 들어다놓고, 제 것같이 먹고 지내는 도적입니다. 이렇게 엄청난 짓을 하여도 동리에서는 아무도 그를 나무라는 사람이 없었습니다. 왜냐면 그는 너무도 힘이 세므로 괜스레 잘못 덤볐다간 이쪽이 그 손에 맞아 죽을지 모릅니다.

그리하여 칠태는 제 힘을 자시하고, 한 번은 두포의 집 뒷담을 넘었습니다. 이 집 뒷광에 있는 쌀과 돈, 갖은 보물이 탐이 납니다.

그러나, 열고 들어가 후무려내면 고만입니다. 누구 하나 말릴 사람은 없으리라고, 마음 놓고 광문의 자물쇠를 비틀어봅니다. 이때 이것이 웬 일입니까.

"이놈아!"

하고 벽력처럼 무서운 소리가 나자, 등어리에가[1] 철퇴가 떨어지는지 몹시도 아파옵니다. 정신이 아찔하여 앞으로 쓰러지려 할 때, 이번에는 육중한 몸뚱아리가 공중으로 치올려 뜨지 않겠습니까. 그러나 다시 떨어졌을 때에는 거지반 얼이 다 빠지고 말았습니다.

허지만 힘꼴이나 쓴다는 장사가 요까짓 것쯤에 맥을 못 추려서야 말이 됩니까. 기를 바짝 쓰고서 눈을 떠보니 별일도 다 많습니다. 칠태의 그 무거운 몸뚱아리가 두포의 두 팔에가 어린애 같이 안겨 있지 않겠습니까. 그리고 집안에서 시작된 일이 어떻게 되어 여기가 대문 밖입니까. 이건 참으로 알 수 없는 귀신의 노름입니다.

그러자, 두포는 칠태의 몸뚱아리를 번쩍 쳐들어 무슨 헝겊떼기와 같

1 밖에서가, 자리에가, 등어리에가 등 '~에가'는 춘천 지역 사람들이 흔히 쓰는 독특한 말투이다.

이 풀밭으로 내던졌습니다. 그리고 그는 두 손을 바짓자락에 쓱 문대며,
"이놈! 다시 그래 봐라. 이번엔 허릴 끊어 놀 테니"
하고는 집으로 들어가버립니다. 그 태도가 마치 칠태 같은 것쯤은 골백 다섯이 와도 — 우습다는 양 싶습니다.

이걸 가만히 바라보니, 기가 막히지 않을 수 없습니다. 제깐에는 장사라고 뽐내고 다녔더니, 인제 겨우 열댓밖에 안 된 아이놈에게 이 욕을 당해야 옳습니까.

그건 그렇다 하고, 대관절 어떡해서 공중을 날아 대문 밖으로 나왔겠습니까. 아무리 생각하여도 두포의 재주에는 놀라지 않을 수가 없었습니다. 광문 앞에서 필연, 두포가 칠태의 몸을 번쩍 들어 공중으로 팽개친 것이 분명합니다. 그래놓고는 그 놈이 대문 밖 밭고랑에 떨어지기 전에 날쌔게 뛰어나가서 두 손으로 받은 것이 아니겠습니까. 그렇지만 않았다면 칠태는 땅바닥에 그대로 떨어져서 전병같이 되고 말았을 것입니다. 이건 도저히 사람의 일 같지가 않았습니다.

칠태는 도깨비에 씌운 듯이 등줄기에가 소름이 쭉 내끼치었습니다. 그리고 속으로 썩 무서운 결심을 품었습니다.

"흐응! 네가 힘만으로는 안 될라! 어디 보자."

이렇게 생각하고, 칠태는 도끼를 꽁무니에 차고서 매일같이 산으로 돌아다녔습니다. 왜냐면 두포가 아침에 산으로 올라가면, 하루 온종일 두포의 그림자를 보는 사람이 없습니다. 겨우 저녁 때 자기 집으로 들어가는 뒷모양밖에는 더 보지 못합니다.

"그러면 두포는 매일 어디 가 해를 지우나?"

이것이 온 동리 사람의 의심스러운 점이었습니다.

그러나, 칠태는 제대로 이렇게 생각하였습니다. 제놈이 허긴 뭘 해. 아마 산속 깊이 도적의 소굴이 있어서 매일 거기 가 하루하루를 지내고 오는 것이리라고. 그러니까 산으로 돌아다니면 언제든가 네 놈을 만날 것이다. 만나기만 하면 대뜸 달려들어 해골을 두 쪽으로 내겠다고 결심했던 것입니다.

칠태는 보름 동안이나 낮밤을 무릅쓰고 산을 뒤졌습니다. 산이란 산은 샅샅이 통 뒤져본 폭입니다.

그러나 이게 웬일입니까. 두포는 발자국조차 찾아볼 길이 없습니다.

四. 칠태의 복수

그러자 하루는 해가 서산을 넘을 석양이었습니다.

칠태가 하루 온종일 산을 헤매다가, 기운 없이 내려오려니까, 저 맞은쪽 산골짜기에서 사람의 그림자가 힐끗합니다. 그는 부지중 몸을 뒤로 거두며 가만히 노려보았습니다. 그리고는 너무도 기뻐서는 몸이 부들부들 떨리었습니다.

이날까지 그렇게도 눈을 까뒤집고 찾아다니던 두포, 두포. 흐응! 네가 바로 두포로구나. 이놈 어디 내 도끼를 한 번 받아보아라.

칠태는 숲 속으로 몸을 숨기어 두포의 뒤를 밟았습니다. 그러나 두포에게로 차차 가까이 올수록 눈을 크게 뜨지 않을 수 없었습니다. 왜냐면, 두포의 양 어깨 위에는, 커다란 호랑이 두 마리가 얹혀 있지를 않겠습니까. 이걸 보면 필연 두포가 주먹으로 때려잡아가지고 내려오는 것이 분명합니다.

칠태는 따라가던 다리가 멈칫하여 장승같이 서 있습니다. 아무리 도끼를 가졌대도 두포에게 잘못 덤비었단 제 목숨이 어떻게 될지 모릅니다. 이럴까, 저럴까, 망설이고 섰을 때, 때마침 두포가 어느 바위에 걸터앉아서 신의 들메를 고칩니다. 꾸부리고 있는 그 뒷모양을 보고는 칠태는 다시 용기를 내었습니다. 이깟 놈의 거, 뒤로 살살 기어가서 도끼로 내려만 찍으면 고만이다. 이렇게 결심을 먹고 산 잔등이에 엎드려 소리 없이 기어 올라갑니다.

등 뒤에서 칠태의 머리가 살며시 올라올 때에도 두포는 그걸 모릅니다. 다만 허리를 구부리고 신들메만 열심히 고치고 있었습니다.

칠태는, 허리를 펴며 꽁무니에서 도끼를 꺼냈습니다. 그리고 때는 이때라고 온몸에 용을 써가지고 두포의 목덜미를 내려찍었습니다.

워낙이 정성을 들여 내려찍은 도끼라, 칠태 저도 어떻게 된 영문을 모릅니다. 확실히 두포의 몸이 도끼날에 두 쪽이 난 걸 이 눈으로 보았는데, 다시 살펴보니, 두포의 몸은 간 곳이 없습니다. 다만 바위에 가 도끼날 부딪는 딱 소리와 함께 불이 번쩍 나고 말았을 그뿐입니다. 그리고 불똥이 튀는 바람에 칠태의 왼눈 한 짝은 이내 멀어버리고 말았습니다. 참으로 이상도스러운 일입니다. 사람의 몸이 어떻게 바위로 변하는 수가 있습니까.

칠태는 두포에게 속은 것이 몹시도 분하였습니다. 허나 어쩨 볼 수 없는 일이라, 아픈 눈을 손등으로 부비며 터덜터덜 산을 내려옵니다.

그리고 가만히 생각하여보니, 두포가 보통 사람이 아닌 것을 인제 깨닫게 됩니다. 우선 두포의 늙은 부모를 보아도 알 것입니다. 그들은 벌써 죽을 때가 지난 사람들입니다. 그렇건만 두포가 가끔 산에서 뜯어오는 약풀을 먹고는, 늘 싱싱하게 있는 것이 아닙니까. 이것 말고라도 동리 사람 중에서는 금세 죽으려고 깔딱깔딱하던 사람이 두포에게 그 풀을 얻어먹고 살아난 사람이 한둘이 아닙니다.

이것만 보더라도 두포에게는 엄청난 술법이 있음을 알 것입니다.

칠태는 여기에서 다시 생각을 하였습니다. 제 아무리 두포를 죽이려고 따라 다닌대도, 결국은 제 몸만 손해입니다. 이번에는 달리 묘한 꾀를 쓰지 않으면 안 될 것입니다.

칠태는 동리로 내려와 전보다도 몇 갑절 더 크게 도적질을 하였습니다. 그리고 뒤로 돌아다니며 하는 소리가

"그 두포란 놈이 누군가 했더니, 알고 보니까 큰 도적단의 괴수더구면"

하고 여러 가지로 거짓말을 꾸미었습니다.

동리 사람들은 처음에는 반신반의하여 귓등으로 넘겼습니다. 마는 열 번 찍어 안 넘어가는 나무가 없다고, 나중에는 솔깃이 듣고 말았습니다.

그리고 동리에서는 여기저기서.

"아, 그 두포가 큰 도적이래지?"

"그럴 거야. 그치 않으면 그 고래 등 같은 큰 기와집이 어서 생기나? 그리고 아침에 나가면, 그림자도 볼 수 없지 않어?"

"그래, 두포가 확실히 도적놈이야. 요즘 동리에서 매일같이 도적을 맞는 걸 보더라도 알조지 뭐!"

하고는 두포에게 대한 험구덕이 대구 쏟아집니다.

그리하여 모든 사람이 모여 회의를 하였습니다. 그리고 두포네를 이 동리에서 내쫓거나, 그렇지 않으면 죽여 없애기로 결정하였습니다.

우선 두포를 향하여, 동리에서 멀리 나가달라고 명령하였습니다. 그

때 두포의 대답이,

"아무 죄두 없는 사람을 내쫓는 법이 어디 있습니까?"

하고는 빙긋이 웃을 뿐입니다. 그리고는 며칠이 지나도 나가주지를 않습니다.

동리 사람들은 그러면 인젠 하릴없으니, 우선 두포부터 잡아다 죽이자고 의론이 돌았습니다.

그래, 어느 날 아침, 일찍이 장정 한 삼십 명이 모이어 두포의 집으로 몰려갔습니다.

五. 두포를 잡으려다가

아직 해도 퍼지지 않은 이른 아침입니다.

동리 사람들은 두포네 집 대문간에 몰려들었습니다. 그들 중의 가장 힘센 몇 사람은 굵은 밧줄을 메고, 또 더러는 육모방망이까지 메고 왔습니다. 두포가 순순히 잡히면 모르거니와 만일에 거역하는 날에는 함부로 두들겨 죽일 작정입니다.

우선 그들은 대문밖에 서서,

"두포 나오너라. 잠자코 묶여야지, 그러지 않으면 느 부모에게까지 해가 돌아가리라"

하고 커다랗게 호령하였습니다.

두포는 손등으로 눈을 부비며 나옵니다. 그런데 웬 영문인지 몰라 떨떠름히 그들을 바라봅니다.

그때 동리 사람 삼십 명은 한꺼번에 와짝 달겨들어 두포를 사로잡았습니다. 어떤 사람은 팔을 뒤로 꺾고, 또 어떤 사람은 모가지를 밧줄로 얽어 당깁니다.

이렇게 두포를 얽었을 때, 두포는 조금도 놀라는 기색이 없습니다. 그냥 묶는 대로 맡겨두고, 뻔히 바라보고 있을 따름입니다.

그들은 뜻밖에도 두포를 쉽사리 잡은 것이 신이 납니다. 인제는 저 산속으로 끌어다 죽이기만 하면 그만입니다. 제아무리 장비 같은 재주라도 이 판에서 빠져나지는 못할 것이다. 그들은 마치 개가 끌어다리듯이 두포를 함부로 끌어다렸습니다.[2]

이때 묵묵히 섰던 두포가 두 어깨에 힘을 주니, 몸을 몇 고팽이로 칭칭 얽었던 굵은 밧줄이 툭 툭 나갑니다. 그 모양이 마치 무슨 실 나부랭이 끊는 듯이 어렵지 않게 벗어납니다.

동리 사람들은 이걸 보고서 눈들을 커다랗게 떴습니다. 어찌나 놀랐는지 이마에 땀까지 난 사람도 있었습니다. 대체 이놈이 사람인가, 귀신인가. 아무리 뜯어보아야 입, 코에 눈 두 짝 갖기는 매일반이련만 이게 대체 어떻게 된 놈인가.

이렇게들 얼이 빠져서 멀거니 서 있을 때, 두포가 두 팔을 쩍 벌리고 몰아냅니다. 하니까 자빠지는 놈에, 엎어지는 놈, 혹은 달아나는 놈, 그 꼴들이 가관입니다. 그들은 이렇게 해서 두포에게 가서 욕만 당하고 왔습니다.

다시 생각하면, 이것은 동리의 수치입니다. 인제 불과 열다섯밖에 안 된 아이 놈에게 동리 어른이 욕을 본 것입니다. 이거야 될 말이냐고, 그

2 다리다 : 당기다.

들은 다시 모여서 새 계획을 쓰기로 하였습니다. 이 새 계획이라는 건, 두포는 영영 잡을 수 없다, 하니까 이번에는 그 집에다 불을 질러 세 식구를 태워버리자는 음모이었습니다.

하루는 밤이 깊어서입니다.

그들은 제각기 지게에 나무 한 짐씩을 지고 나섰습니다. 이 나무는 두포의 집을 에워싸고 그 위에 불을 지를 것입니다. 그러면 이 불이 두포의 집으로 차츰차츰 번져 들어가, 나중에는 두포네 세 식구를 씨도 없이 태울 것입니다.

그래 그들은 소리 없이 자꾸만 자꾸만 나무를 져다 쌉니다. 얼마를 그런 뒤, 이제는 너희들이, 빠져나오려 해도 빠져나올 도리가 없을 것이다. 하고 생각하는데 사방에서 일제히 불을 질렀습니다.

워낙 잘 마른 나무라 불이 닿기가 무섭게 활활 타오릅니다. 나중에는 화광이 충천하여 온 동네가 불이 된 것 같습니다.

그들은 멀찌감치 서서 두포의 집으로 불이 번져 붙기를 지켜보고 있었습니다.

"인젠 별수 없이 다 타 죽었네."

"그렇지, 제아무리 뾰죽한 재주라도 이 불 속에서 살아날 수는 없을 것일세."

"그렇지. 제 놈이 기운이나 셌지, 무슨 술법이 있겠나."

이렇게들 서로 비웃는 소리로 주고받고 하였습니다. 그런 동안에 불길은 점점 내려쏠리며 집을 향하여 먹어들어갑니다. 인제 한식경 좀 있으면 불길은 완전히 처마 끝을 핥고 들 겝니다.

그들은 아기자기한 재미를 가지고 구경하고 서 있습니다. 그러나 불길이 두포네 집 처마 끝을 막 핥고 돌 때, 이게 또 웬 놈의 조홥니까. 달이 밝던 하늘에 일진광풍이 일며, 콩알 같은 빗방울이 무더기로 쏟아집니다. 그런지 얼마 못 가서 두포의 집으로 거반 다 타들어왔던 불길이 차차 꺼지기 시작합니다.

그들은 하도 놀라서 꿀 먹은 벙어리가 되었습니다. 서로 눈들만 맞추어보며, 하나도 입을 벌리는 사람이 없습니다. 마른하늘에 벼락이 있다더니, 이게 바로 그게 아닌가.

그들은 은근히 겁을 집어먹고 떨고 서 있습니다.

"이건 필시 하늘이 낸 사람이지 보통 사람은 아닌 걸세."

"그래 그래. 이게 반드시 하늘의 조화지, 사람의 힘으로야 될 수 있나."

이렇게들 쑤군쑥덕하고 의론이 벌어졌습니다. 그들은 지금 천벌이나 입지 않을까 하고 애가 졸입니다. 착하고 깨끗한 두포를 죽이려들었으니 어찌 그 벌을 받지 않겠습니까.

"그것 봐, 애먼 사람을 죽이려드니까 마른하늘에 생벼락이 안 내릴까"
하고, 한 사람이 눈살을 찌푸릴 때, 그 옆에 서 있던 칠태가 펄쩍 뜁니다.

"천벌이 무슨 천벌이야. 도적놈을 잡아내는데 천벌일까?"
하고 괜스레 골을 냅니다.

그러나 칠태는 제 아무리 골을 내도 인제는 딴 도리가 없습니다. 동리 사람들은 하나 둘 시나브로 없어지고, 비는 쭉쭉 내립니다.

六. 이상한 노승

칠태는 두포 때문에 눈 하나 먼 것이, 생각하면 할수록 분합니다. 몸이 열파에 날지라도, 이 원수야 어찌 갚지 않겠습니까. 마음대로만 된다면 당장 달려들어 두포의 머리라도 깨물어 먹고 싶은 이 판입니다.

칠태는 매일과 같이 두포의 뒤를 밟았습니다. 언제든지 좋은 기회만 있으면 해치려는 계획입니다.

그러나 어쩐 일인지 중도에서 두포를 잃고 잃고 하였습니다. 어느 때에는 두포의 걸음을 못 따라 놓치기도 하고, 또 어느 때에는 두 눈을 똑바로 뜨고도 목전에 두포가 어디로 갔는지 정신없이 잃어버리기도 합니다.

이렇게 하여 칠태는 근 한 달 동안이나 허송세월로 보냈습니다.

그러자 하루는, 묘하게도 산속에서 두포를 만났습니다. 이날은 별로 두포를 찾을 생각도 없었습니다. 다만 나무를 할 생각으로 지게를 지고 산속으로 들어간 것입니다. 그러나 몸이 피곤하여 어느 나무뿌리에 쭈그리고 앉아서 졸고 있을 때입니다.

칠태가 앉아 있는 곳에서 한 이십 여간 떨어져, 커다란 바위가 누워 있습니다. 험상스레 생긴 집채 같은 바윈데 그 복판에가 잣나무 한 주가 박혔습니다. 그런데 잠결에 어렴풋이 보자니까, 그 바위가 움죽움죽 놀지를 않겠습니까. 에? 이게 웬일인가, 이렇게 큰 바위가 설마 놀리는 없을 텐데—

칠태는 졸린 눈을 손으로 비비고, 다시 한 번 똑똑히 보았습니다. 아무리 몇 번 고쳐보아도 분명히 바위는 놉니다.

그제서는 칠태는 심상치 않은 일임을 알고 숲속으로 몸을 숨기었습니다. 그리고 눈을 똑바로 뜨고는 그 바위를 노려보고 있습니다.

조금 있더니, 집채 같은 그 바위가 한복판이 툭 터지며 그와 동시에 새하얀 용마를 탄 장수 하나가 나옵니다. 장수는 사방을 둘레둘레 훑어보더니 공중을 향하여 쏜살같이 없어졌습니다.

이때, 칠태가 놀랜 것은 그 장수의 양 겨드랑이에 달린 날갯죽지였습니다. 눈이 부시게 번쩍번쩍하는 날개를 쭉 펴자, 용마와 함께 날아간 장수. 그리고 더욱 놀란 것은 그 장수의 얼굴이 두포의 얼굴과 어쩌면 그렇게도 똑같은지 모릅니다. 혹은 이것이 정말 두포나 아닐까, 또는 제가 잠결에 잘못 보지나 않았는가, 하고 두루두루 의심하여 봅니다. 그러나 조금만 더 지켜만 보면 다 알 것입니다. 오늘 하루해를 여기서 다 지우더라도, 확실히 알고 가리라고 눈을 까뒤집고는 지키고 앉았습니다.

이렇게 하여 대낮부터 앉아 있는 칠태는 해가 서산에 지려는 것도 모릅니다. 그러다 장수와 용마가 다시 나탔을 때에는 칠태는 정신없이 그 관상을 뜯어봅니다. 그러나 아무리 뜯어보아도 그것은 분명히 두포의 얼굴입니다.

장수는 그 먼젓번 나오던 바위로 용마를 탄 채 들어갑니다. 그러니까 쭉 갈라졌던 바위가 다시 여며져 먼젓번 놓였던 대로 고대로 놓입니다. 그리고 조금 있더니 그 바위 저쪽에서 정말 두포가 걸어나옵니다. 그리고 그 뒤에 노인 한 분이 지팡이를 끌며 따라나옵니다. 그 모습이 십오 년 전 바랑에서 두포를 꺼내던 바로 그 노승의 모습입니다.

노인은 두포를 끌고서 고 아래 시새 밭으로 내려오더니, 둘이 서서 무어라고 이야기가 벌어집니다. 노인은 지팡이로 땅을 그어 무엇을 가르쳐 주기도 하고 두포의 머리를 손으로 쓰다듬으며 무어라고 중얼거리기도 합니다. 그럴 때마다 두포는 두 손을 앞으로 모우고 공손히 듣습니다.

칠태는 열심히 그들의 얘기를 엿듣고자 애를 썼습니다. 그러나 너무 사이가 떠, 한마디도 제대로 들을 수가 없습니다. 저 노인은 무언데, 저렇게 두포를 사랑하는가, 아무리 궁리하여 보아도 알 수 없는 일입니다.

그러자 두포가 노인 앞에 엎드리어 절을 하고 나니, 노인은 그 자리에서 간 곳이 없습니다. 그제서야 두포는 산 아래를 향하여 내려오기 시작합니다.

칠태는 두포의 뒤를 멀찍이 따라오며 이 궁리 저 궁리 하여봅니다. 또 쫓아가 도끼로 찍어볼까, 그러다 만약에 저번처럼 눈 한 짝이 마저 먼다면 어찌할 겐가. 그러나 사내자식이 그걸 무서워해서야 될 말이냐

칠태는 또 도끼를 뽑아들고는 살금살금 쫓아갑니다. 어느 으슥한 곳으로 따라가 싹도 없이 찍어 죽일 작정입니다.

두포와 칠태의 사이는 차차 접근하여 옵니다. 결국엔 너덧 걸음밖에 안 될 만치 칠태는 바짝 붙었습니다. 이만하면 도끼를 들어 찍어도 실패는 없을 것입니다.

두포가 굵은 소나무를 휘돌아들 때 칠태는 도끼를 번쩍 들기가 무섭게

"이 늠아! 내 도끼를 받아라"

하고, 기운이 있는 대로 머리께를 내려찍었습니다. 그와 동시에 칠태는 어그머니, 소리와 함께 땅바닥에 가 나둥그러지고 말았습니다.

왜냐면, 도끼를 내려찍고 보니 두포는 금시에 간 곳이 없습니다. 그리고 도끼는 허공을 힘차게 내려와 칠태의 정강이를 퍽 찍고 말았던 것입니다. 다리에서는 시뻘건 선혈이 샘 같이 콸콸 쏟아집니다.

그리하여 칠태는 그 다리를 두 손으로 부둥켜안고는

"사람 살리우—"

하고, 산이 쩡쩡 울리도록 소리를 들이질렀습니다. 그러나 워낙이 깊은 산속이라 아무도 찾아와 주지를 않았습니다.

(여기까지 쓰시고, 그러께 봄에 김유정 선생님은 이 세상을 떠나셨습니다. 이 다음 이야기는 다행하게도 김선생님 병간호를 해드리며 끝까지 그 이야기를 횅히 들으신 현덕 선생님이 김 선생님 대신 써주시기로 하였습니다. 다음 호를 손꼽아 기다려주십시오. 『소년』, 1939.3, 59면.)

ㄷ. 이상한 지팡이

아무리 사람 살리라는 소리를 쳐도 그 소리를 이 산골짜기 저 산봉우리 받아 울릴 뿐, 대답하고 나오는 사람은 없습니다.

정말 칠태는 큰일났습니다. 해는 저물어 점점 어두워가고, 도끼에 찍힌 상처에서는 쉴 새 없이 피가 흐릅니다. 저절로 눈물이 펑펑 쏟아지도록 아픕니다. 하지만 칠태는 아픈 생각보다는 이러다가 고만 두포 이놈의 원수도 갚지도 못하고 어찌되지 않을까하여 눈물이 났습니다.

그나 그뿐이겠습니까. 벌써 사방은 컴컴하고 거치른 바람이 첩첩한 수목을 쏴아 쏴아. 그리고 이따금씩 어흐흥 어흐흥 하고 산이 울리는 무서운 짐승 우는 소리가 들립니다. 아마 호랑이인 듯싶습니다. 그 소리는 칠태가 있는 곳으로 점점 가까이 옵니다. 바로 호랑이입니다. 엄청나게 큰 대호가 소나무 숲 사이에서 눈을 번쩍번쩍 칠태를 노리고 다가옵니다.

꼼짝 못하고 칠태는 이 깊은 산 속에서 아무도 모르게 호랑이 밥이 되고 말까 봅니다. 걸음을 옮기자니 발 하나 움직일 수 없고 팔 하나 들 수 없는 칠태입니다. 아무리 기운이 장하다기로 이 지경으로 어떻게 호랑이 같은 사나운 맹수를 당해낼 수 있겠습니까.

그래도 칠태는 사람을 불러 구원을 청해보는 수밖에 없습니다.

"사람 살류. 사람 살류."

그리고

"아무도 사람 없수."

그러자 어디선지

"칠태야"

하고, 자기를 부르는 소리가 났습니다. 두포의 음성입니다. 그러나 이상한 일도 많습니다. 부르는 소리만 나고 두포도 아무도 모양을 볼 수는 없습니다.

두리번 두리번, 사방을 돌아보는 칠태 눈에 이것은 또 무슨 변입니까. 금방 호랑이가 있던 자리에 호랑이는 간 데가 없고 뜻하지 않은 백발 노승이 긴 지팡이에 몸을 실리고 섰습니다.

칠태는 그 노승에게 무수히 절을 하며 이런 말로 빌었습니다.

"산에 나무를 하러 왔다가 못된 도적을 만나 이 모양이 되었습니다. 제발 저를 이 아래 마을까지만 갈 수 있게 해주십시오."

그러나 노승은 잠잠히 듣고만 섰습니다. 그러더니 문득 입을 열어

"무해[3]한 사람에게 해를 입히려 하면 도리어 자신이 해를 입게 되는 줄을 깨달을 수 있을까?"

---

3 원전에는 '무애(無碍 : 막히거나 거리낄 것이 없음)'로 되어 있으나 문맥상 '무해(無害 : 해가 없음)'로 보아야 할 듯하다.

하고, 노승은 엄한 얼굴로 칠태를 내려다봅니다. 하지만 칠태는 무슨 뜻으로 하는 말인지도 깨닫지 못하면서 그저

"그럴 줄 알다 말구요. 알다뿐이겠습니까."

"그렇다면 이후로는 마음을 고치어 행실을 착하게 가질 수 있을까?"

"네. 고치고 말구요. 백 번이래도 고치겠습니다"

하고, 칠태는 엎드리어 맹세를 하는 것이로되 그 속은 그저 어떻게 이 자리를 모면할 생각밖에는 없습니다. 노승은 또 한 번

"다시 나쁜 일을 범하는 때는 네 몸에 큰 해가 미칠 줄을 명심할 수 있을까?"

하고, 칠태에게 단단히 맹세를 받은 후

"이것을 붙잡고 나를 따라 오너라"

하고, 노승은 지팡이를 들어 칠태에게 내밀었습니다.

참 이상한 지팡이도 다 있습니다. 칠태가 그 지팡이 끝을 쥐자 금세로 지금까지 아픈 다리가 씻은 듯, 낫고 몸이 가볍기가 공중을 날 듯싶습니다.

아마 노승도 이 지팡이 까닭인가 봅니다. 허리가 굽고 한 노인의 걸음이라고는 할 수 없습니다. 빠르기가 젊은 사람 이상입니다. 그렇게 바위를 뛰어넘고 내를 건너뛰고, 칠태는 노승에게 이끌려 그 험한 산길을 언제 다리를 다쳤더냐 싶게, 내려갑니다.

어느덧 칠태가 사는 마을 어귀에 이르러 노승은 걸음을 멈추었습니다. 그러더니 또 한 번

"애매한 사람에게 해를 입히려다가는 먼저 네 몸에 해가 돌아갈 것을 명심해라"

하는 말을 남기자마자, 노승은 온 데 간 데가 없이 칠태 눈앞에서 연기처럼 사라졌습니다.

세상에 이상한 노인도 다 보겠습니다. 칠태는 사람의 일 같지 않아, 정말 여기가 자기가 사는 마을 어귀인가 아닌가, 눈을 비비며 사방을 돌아봅니다. 틀림없는 마을 어귀, 돌다리 앞입니다.

그런데 이것은 웬 까닭입니까. 돌아서 걸음을 옮기려 하자 갑자기 발 하나를 들 수가 없이 아픕니다. 조금 전까지도 멀쩡하던 다리가 금세로 아까 산에서처럼 피가 철철 흐르고 그럽니다.

고만 칠태는 땅바닥에 주저앉고 말았습니다. 그리고

"사람 살류. 사람 살류"

하고, 큰 소리로 마을을 향해 외쳤습니다.

마을 사람들은 무슨 일이 났나, 하고 이집 저집에서 모여 나와 칠태를 가운데로 둘러싸고는

"어떻게 된 일야. 어떻게 된 일야"

하고 모두들 눈이 둥그래서 궁금해 합니다. 그러자 칠태는

"두포, 그 도적놈이'

하고, 산에서 자기가 사냥을 하는데 두포란 놈이 숨어 있다가 불시에 돌로 때리어 이렇게 다리를 못 쓰게 해놓고 자기가 잡은 노루를 도적질해 갔노라고 꾸며대고는, 정말 그런 것처럼 칠태는 이를 북북 갈았습니다.

동네 사람들은 모두 칠태를 가엾이 여기어 쳇 쳇 혀끝을 차며 두포를 나쁜 놈이라고 하였습니다. 그리고 칠태를 자기 집까지 업어다 주었습니다.

八. 엉뚱한 음해

마을에는 괴상한 일이 생기었습니다.

밤이면 마을 이 집 저 집에 까닭 모를 불이 났습니다. 그것도 하루 이틀이 아니고 날마다 밤만 되면 정해놓은 일처럼 '불야 불야' 소리가 나고, 한두 집은 으레 재가 되어버리고 합니다.

이러다가는 마을에 성한 집이라고는 한 채도 남아나지 않을까 봅니다. 마을 사람들은 무슨 까닭으로 밤마다 불이 나는 것인지 몰라 서로 눈들이 커다래서 걱정들입니다.

그리고 어찌해야 좋을지 그 도리를 아는 사람도 없습니다. 다만 누구는 '분명 이것은 산화지 산화야' 하고, 산에 정성으로 제를 지내지 않는 탓으로 그렇다 하고, 지금으로 곧 산제를 지내도록 하자고 서두르기도 합니다. 그러면 또 한 사람은

"산화란 뭔가. 도깨비 장난일세, 도깨비 장난야"

하고, 정말 도깨비 장난인 걸 자기 눈으로 보기나 한 것처럼 말하며, 시루떡을 해놓고 빌어보거나 그렇지 않으면 판수를 불러다가 경을 읽게 하여 도깨비들을 내쫓거나 하는 수밖에 도리가 없다고 주장입니다.

이렇게 각기 자기 말이 옳다고 떠드는 판에 칠태가 썩 나섰습니다. 그리고

"산화는 다 뭐고, 도깨비 장난이란 다 뭔가"

하고, 자기는 다 알고 있다는 얼굴을 하는 것입니다.

"그럼 산화 아니면 뭔가."

"그럼 도깨비장난 아니면 뭔가?"

하고, 사람들은 몸이 달아 칠태 앞으로 다가서며 묻습니다.

"그래 자네들은 산화나 도깨비 생각만 하고, 두포란 놈, 생각은 못하나"
하고 칠태는 그걸 모르고 딴소리만 하는 것이 갑갑하다는 듯이 화를 벌컥 냅니다.

그리고 두포가 자기 집에 불을 논 앙갚음으로 밤마다 마을로 나와 불을 놓는 것이라 하고, 그 증거는 보아라, 전일 두포 집으로 불을 놓으러 가던 사람의 집에만 불이 나지 않았느냐 합니다.

따는 그렇게 생각하고 보면, 두포 집으로 불을 놓으러 가던 사람의 집은 모조리 해를 입었습니다. 마을 사람들은

"아, 저런 죽일 놈 보아라"
하고, 아주 두포의 짓인 것이 판명난 것처럼 주먹을 쥐며 분해합니다.

그러나 실상은 칠태의 짓입니다. 칠태가 밤이면 나와 다리를 절룩절룩 처마 밑에 불을 지르던 것입니다. 그 이상한 지팡이를 가진 노승이 다짐하던 말이 무섭기도 하련만 원체 마음이 나쁜 칠태라 그런 말쯤 명심할 사람이 아닙니다. 머리에는 어떡하면 눈 하나를 멀게 하고 다리까지 못 쓰게 한 두포 이놈의 원수를 갚아보나 하는 생각뿐입니다. 하지만 기운으로나 재주로나 도저히 두포와 맞겨눌 수는 없으니까 이렇게 뒤로 다니며 불을 놓고 하고는 죄를 두포에게 들씌웁니다. 그러면 마을 사람들이 두포를 가만두지 않을 테니까 칠태는 가만 있어도 원수를 갚게 되리라는 생각입니다. 그 속을 모르고 마을 사람들은 두포를 다 죽일 놈 벼르듯합니다.

"저 놈을 어떡헐까"
하고, 모이면 공론이 이것입니다.

그러나 한 사람도 어떻게 할 도리를 말하는 사람은 없습니다. 두포의

그 엄청난 기운과 재주 앞에 선불리 하다는 도리어 큰코를 다치지나 않을까, 은근히 겁들이 났습니다.

그래서 이런 때에도 '어떡했으면 좋은가'
하고 칠태의 지혜를 빌어보는 수밖에 없습니다.

칠태는 그것을 기다리던 것 같이 사람들을 한 곳으로 모이게 하고 수군수군 무슨 짜위를 하였습니다.

그리고 사람들은 얼굴에 자신 있는 웃음을 지으며 각자 자기 집으로 돌아가 괭이, 부삽, 넉가래, 같은 연장을 들고 나왔습니다. 날이 저물자 그 사람들은 마을 옆으로 흐르는 큰 냇가로 모이더니 말없이 그 내 중간을 막기 시작합니다. 떼를 뜯어다가 덮고, 돌을 들어다 누르고, 흙을 퍼다가 펴고, 그러는 대로 냇물은 점점 모이기 시작합니다. 날이 밝을 임시에는 그 큰 내의 물이 호수와 같이 넘쳤습니다.

이제 일은 다 되었습니다. 산 밑, 두포 집 편을 향한 둑 중간을 탁 끊어 놓았습니다. 물은 폭포와 같이 무서운 기세로 두포 집을 향해 몰려갑니다.

마을 사람들은 언덕 위에 올라서서 그 장한 모양을 매우 통쾌한 얼굴로 보고들 섰습니다. 인제 바로 눈 깜짝할 동안이면 물은 두포 집을 단숨에 묻질러 버릴 것입니다. 제아무리 재주가 뛰어난 두포기로 이번엔 꼼짝 못하리라. 그런데 이게 웬일입니까. 물 끝이 두포 집 근처에 이르자 마치 거기 큰 웅덩이가 뚫리듯이 물이 잦아집니다. 마침내 물은 냇바닥이 들어나도록 잦아지고 말았습니다.

하도 어이가 없어서 마을 사람들은 서로 얼굴을 쳐다보다가는 한 사람 두 사람 슬슬 돌아가고 언덕 위에는 칠태 홀로 벌린 입을 다물지 못

하고 섰습니다.

그러나 이것으로 그만둘 칠태가 아닙니다. 밤이 되면 칠태는 더욱 심하게 마을로 다니며 도적질을 하고 불을 놓고 합니다. 점점 거칠어져 이웃 마을이나 또 먼 마을에까지 다니며 그런 짓을 계속합니다. 그럴수록 두포를 원망하는 사람이 많아지고 그를 없애버리려는 마음이 커갔습니다.

마침내는 관가에서도 그 일을 매우 염려하여 누구든지 두포를 잡는 사람이면 큰 상을 준다는 광고를 동네 동네에 내돌렸습니다.

(다음 호에 끝)

九. 칠태의 최후

마을 사람들은 둘만 모여도 두포 이야기로 수군수군합니다.

두포를 잡는 사람에게는 후한 상금을 준다는 광고가 붙은 마을 어귀 게시판 앞에는 몇 날이 지나도록 사람이 떠날 새가 없이 모여 서서 그 광고를 읽고 또 남이 읽는 소리를 듣고 합니다.

그러기는 하나 한 사람도 두포를 잡아보겠다고는 생각조차 못합니다. 무슨 힘으로 두포의 그 놀라운 술법과 기운을 당할 엄두를 먹겠습니까.

"두포는 하늘이 낸 사람인 걸, 우리네 같은 사람이 감히 잡을 수 있나?"

"그렇지 그래. 그 술법 부리는 것 좀 봐. 그게 어디 사람의 짓야, 신의 조화지"

하고, 모두들 머리를 내젔습니다.

그러나 칠태는 여전히 큰소리입니다.

"술법은 제깐놈이 무슨 술법을 부린다고 그러는 거여. 다 우연히 그렇게 된 걸 가지고."

그리고 칠태는 벌컥 불쾌한 음성으로 좌우를 돌아보며,

"그래 당신들은 온 마을 온 군이 두포 놈으로 해서 잿밭이 되어버려도 가만히들 보고만 있을 테여"

하고, 연해 마을 사람들을 충동이기에 성화입니다.

이럴 지음에 또 한 가지 마을 사람들로 하여금 두포를 잡으려는 욕심을 돋울 일이 생겼습니다.

그때 마침 나라 조정에서 무슨 일인지 벼슬하는 사람들이 손수 수레를 타고 팔도로 돌며 어떤 사람 하나를 찾았습니다.

그 수레가 이 마을에서 멀지 않은 읍에도 나타나서 이런 소문을 냈습니다.

누구든지 이러이러하게 생긴 사람을 인도해오는 사람에게는 많은 재물로 대접할뿐더러 높은 벼슬까지도 내린다는 것입니다.

그런데 이상한 것은 그 찾는 사람의 모습이 바로 두포의 생긴 모습과 한판같이 흡사한 것입니다. 나이가 같은 열다섯이고, 얼굴 모습이 그렇고, 더욱이 이마에 검정 사마귀가 있는 것까지 같습니다. 어쩌면 이렇게 두포를 눈앞에 놓고 말하는 듯이 같을 수가 있습니까. 의심할 것 없는 두포입니다.

대체 두포란 내력이 어떠한 사람이길래 나라 조정에서 일개 소년을 많은 상금을 걸어서까지 찾습니까.

그것은 여차하고, 자아 두포를 잡기만 하면 관가에서 주는 상금은 말고도 나라의 벼슬까지 얻게 될 것이니 그게 얼마입니까. 가난하고 지체

없던 사람이라도 곧 팔자를 고치게 될 것입니다.

여기 눈이 어두워 더러 코 큰 소리를 하는 사람도 있습니다.

"두포란 놈이 정 아무리 술법이 용타하기로 열다섯 먹은 아이 놈 아냐. 아이 놈 하날 당하지 못한데선"

하고, 팔을 걷어붙이기는 마을에서 팔팔하다는 젊은 패들입니다. 그리고 나이 많은 사람들은

"술법을 부리는 놈을 잡으려면 역시 술법을 부려 잡아야 하는 거여"

하고 그 술법을 자기는 알고 있다는 듯싶은 얼굴을 하기도 합니다.

그러나 정작 자신 있게 나서는 사람은 하나도 없습니다. 무엇보다도 섣불리 하였다가 도리어 큰 화를 입지나 않을까 하는 여기가 두려웠습니다. 어떻게 그런 변 없이 감쪽같이 올가미를 씌울 묘책이 없을까, 하고 그 궁리에 모두들 눈들이 컴컴해질 지경입니다.

그중에도 칠태는 더욱 궁리가 많습니다. 그로 보면 이번이 두 번 얻지 못할 기회입니다. 이번에 두포를 잡으면 눈 한 짝, 다리 하나를 병신 만든 원수를 갚게 되기는 물론, 재물과 공명을 아울러 얻게 될 것이 생각만 해도 회가 동합니다.

(어떡하면 두포 이놈을 내 손으로 묶을 수 있을까.)

그러나 칠태 자기 재주로는 도저히 두포의 그 술법과 그 기운을 당핼 낼 계제가 못됩니다. 그게 어디 사람의 일일세 말이지요, 어떻게 인력으로 마른하늘에 갑자기 비를 만들고 그 숱한 물을 금세 땅 밑으로 스미게 합니까. 이건 사람의 힘은 아닙니다. 반드시 두포로 하여금 사람 이상의 그 힘을 갖게 한 무슨 비밀이 있을 것이다. 여기까지 생각을 하다가 문득 칠태는

“옳다. 그렇다”
하고, 무릎을 탁 치며 일어섰습니다.

그날부터 칠태는 두포의 뒤를 밟아 그의 행적을 살핍니다. 두포는 매일 하는 일이 날이 밝으면 집을 나가 산으로 갑니다. 칠태는 몸을 풀잎으로 옷을 해 가리고 슬슬 그 뒤를 따릅니다. 두포가 가진 그 알 수 없는 비밀을 밝히려는 것입니다.

그런데 이상합니다. 아무리 눈을 밝혀 뒤를 밟아도 어떻게 중도에서 두포를 잃고 잃고 합니다. 그리고 번번이 잃게 되는 곳이 노송나무가 선 바위가 있는 근처입니다. 마치 그 바위 근처에 이르러서는 두포의 모양이 무슨 연기처럼 스르르 사라지는 것 같습니다.

사실 그렇습니다. 두포는 바위 근처에 이르러서는 자기 몸을 아무의 눈에도 보이지 않게 변하는 것입니다.

그 다음부터는 칠태는 근처 풀섶에 몸을 숨기고 앉아 그 바위를 지킵니다.

그러자 전일 칠태가 보던 똑 같은 현상이 일어났습니다. 두포가 그 바위 앞에 이르러 무어라고 진언 한 마디를 외이자, 집채 같은 바위가 움질움질 놀더니 한 가운데가 쩍 열립니다.

그리고 두포가 들어가고 바위가 전대로 닫아졌다가는 얼마 후 다시 열릴 때에는 새하얀 용마를 탄 장수가 나타나 눈부시게 흰 날개를 치며 공중으로 사라집니다. 놀랍습니다. 그 용마를 탄 장수는 바로 두포입니다.

아무래도 조화는 이 바위에 있나 봅니다. 그러지 않아도 전부터 병 가진 사람이 빌면 병이 떨어지고, 아이 없는 사람이 아이를 빌면 태기가 있게 되고 하는 영험이 신통한 바위입니다. 그러면 그렇지, 같은 이

목구비를 가진 사람으로 어떻게 그런 조화를 부리겠습니까.

이제야 칠태는 두포의 그 비밀을 깨달은 듯이 고개를 끄덕끄덕, 아주 희색이 만면해서 산 아래로 내려갔습니다.

아마 칠태는 무슨 끔찍한 흉계가 있나 봅니다. 칠태는 그 길로 산 아래 자기 집으로 가더니 부엌으로 광으로 기웃거리며, 쇠망치, 정, 또는 납덩이, 남비, 숯덩이 이런 것을 끄집어냈습니다. 그걸 망태에 담아 걸머지더니 역시 희색이 만면해서 집을 나섭니다. 그리고 두포가 자기 집에 돌아와 있는 기색을 살피고는 곧 산으로 치달았습니다.

마침내 바위가 있는 곳에 이르자 망태를 내려놓고 칠태는 망치와 정을 꺼내듭니다. 그리고 잠시 멈추고 서서 사방을 돌아보며 무엇을 조심하는 듯 주저하더니 이내 바위 한복판에 정을 대고 망치를 들어 두드리기 시작합니다.

그러면서도 무척 겁이 나나봅니다. 연해 칠태는 두리번두리번 사방을 돌아보며 합니다. 아무도 없습니다. 다만 정을 때리는 망치 소리만 쩡쩡 산골짜기에 울릴 따름입니다.

그래도 마을에서는 장사란 이름을 듣는 칠태입니다. 더구나 힘을 모아 내리치는 망치는 볼 동안에 한 치 두 치 정 뿌리를 바위에 박습니다. 점점 정은 깊이 들어갑니다. 세 치 네 치 한 자에서 또 두 자 길이로. 그리고 한옆에는 시뻘겋게 숯불을 달아 놓고 납덩이를 끓입니다.

마침내 서너 자 길이의 구멍이 바위에 뚫리자 칠태는 매우 만족한 웃음을 한 번 허허허 웃습니다. 그리고

"네 놈이, 인제두"

하고, 벌써 두포를 잡기나 하듯 싶은 기쁜 얼굴로 이글이글 끓는 납을

그 구멍에 주루루 붓는 것입니다.

그러나 칠태의 그 얼굴은 금세로 새파랗게 질리고 말았습니다. 그 끓는 납을 바위 뚫린 구멍에 붓자마자, 갑자기 천지가 무너지는 굉장한 소리로 바위와 아울러 땅이 요동을 합니다. 그나 그뿐입니까. 맞은 편 산이 그대로 칠태를 향하고 몰려오며 덮어내립니다. 그제야 칠태는 자기가 천벌을 입은 줄을 깨닫고

"아아, 하느님 제 죄를 용서하십시사"

하고, 비는 것이나 이미 몸은 쏟아져 내리는 돌 밑에 묻히고 말았습니다.

十. 두포의 내력

마을 사람들은 아무리 두포를 잡을 궁리를 해도 도무지 도리가 없습니다. 모두 답답한 얼굴을 하고 만나면 서로,

"자네 어떻게 해 볼 도리 좀 없겠나"

하고들 묻습니다. 마는, 한 사람도 신통한 대답이 없습니다. 그러다가 한 자가 무릎을 탁 치며,

"옳다. 이럭하면 좋겠네"

하고, 여러 사람을 한곳으로 모이게 하였습니다. 그리고

"뭐 별 수 없네. 두포 놈의 늙은 부모를 잡아다 가두도록 하세. 그럼 두포 그놈이 제 애비 어미에게는 효성이 지극한 놈이니까 우리가 애써 잡으려고 하지 않아도 제 스스로 무릎을 꿇고 기어들 걸세."

그 말이 옳습니다. 가뜩이나 부모에게 효성스런 두포가 자기로 말미암아 연만하신 아버지 어머니가 옥에 갇혀 고생을 하는 것을 알고는 가

만히 있지 않을 것만은 물론입니다.

마을 사람들은 그 생각이 옳다고 모두들 찬성입니다. 그리고 당장에 일을 치러버릴 생각으로 앞을 다투어 두포 집을 향해 몰려갑니다.

그러나 두포 집 근처에 이르러서는 호기 있게 앞서 가던 사람들이 문득 걸음을 멈춥니다. 먼저 두포가 알고 훼방을 하지나 않을까 걱정이 되는 까닭입니다. 마는 그들은 그 일로 오래 주저하지 않았습니다.

누구 생일잔치에 청하기나 하는 듯이 노인 내외를 슬며시 불러내도 워낙 착한 노인들이라 응치 않을 리 없을 것입니다.

마을 사람들은 더욱 신이 나서 두포 집으로 우쭐거리며 갑니다. 마침내 두포 집 문전에까지 이르렀습니다.

그런데 그 집 바깥마당에 어떤 소년 하나가 제기를 차고 있습니다. 그 모습이 너무도 두포와 같아 마을 사람들은 무춤하였습니다. 그러나 얼굴 모습은 두포와 같아도 표정이나 하는 행동은 두포가 아닙니다. 제기를 차다가 말고 자기 둘레로 모여드는 마을 사람들의 얼굴을 이 사람 저 사람 쳐다보는 눈은 예사 열다섯이나 그만 나이의 소년의 겁을 먹은 상입니다. 전일에 보던 그 용맹스럽고 호탕한 기상은 조금도 없고 귀엽게 자라난 얌전하고 조심성 있는 글방도련님으로밖에 보이질 않습니다. 어떻게 이 소년을 그처럼 놀라운 기운과 술법을 부리던 두포라고 하겠습니까.

마을 사람들은 하도 이상스러워서 한참 아래위를 훑어보다가 이렇게 물었습니다.

“넌 뉘 집 사는 아인데 여기서 노니?”

“저는 이 집에 사는 아이에요.”

“그럼 이름이 뭐냐?”

"이름은 두포라고 합니다."

"뭐, 두포?"

하고, 마을 사람들은 놀라 한 걸음 뒤로 물러났습니다. 두포라는 그 이름보다는 어쩌면 두포가 이처럼 변했을까 싶어 더 한창 놀랍니다. 딴 사람이 아니고 이 소년이 바로 두포일진대 그의 늙은 부모를 갖다 가둘 건 뭐 있고, 두려워할 건 뭐 있겠습니까. 그대로 손목을 이끌어간대도 순순히 따라올 성싶습니다.

도대체 이 착하고 약해 보이는 소년이 무슨 죄 같은 것을 범했을까도 싶습니다. 그리고 어른 된 체면에 이 어린 소년에게 손을 대는 것부터 어색한 생각이 나서 마을 사람들은 서로 벙벙히 얼굴만 바라보고 섰습니다. 그러다가 그중에 두포를 잡아 상을 탈 욕심으로 한 자가 앞으로 나서며 이렇게 딱 얼렀습니다.

"네 놈이 바루 두포라지."

"네, 지가 바루 두포올시다."

"그럼 이 놈, 네 죄를 모를까."

"지가 무슨 죄를 졌다고 그러십니까."

"네 죄를 몰라, 모르면 그걸 가르쳐 줄 테니 이걸 받아라" 하고, 그 사람은 굵은 밧줄을 꺼내들며 막 얽으러 덤비었습니다.

이러할 때, 건너편 큰길에서 앞에 많은 나졸을 거느린 수레가 이곳을 향하고 옵니다. 나라 조정에서 내려와 읍에 머무르고 있던 일행임이 분명합니다. 아마 두포를 잡으러 오는 것이겠지요. 마을 사람들은 두포를 남기고 양편으로 쩍 갈라섰습니다.

수레가 그 집 어귀에 이르자 멈추고는 그 안에서 호화로운 예복을 차린 벼슬하는 사람이 내려와 두포가 있는 앞으로 옵니다. 그러더니 신하가 임금에게 하는 법식으로 공손히 절을 합니다. 그리고 어리둥절하는 두포를 부축하여 뒤에 또 한 채 있는 빈 수레에 오르기를 권합니다.

죄인으로 다스리기는사려[4] 임금이나 그런 사람으로 모십니다. 마을 사람들은 너무도 뜻밖에 일에 놀라버린 입을 다물지 못합니다.

그러나 더욱 놀라기는 그 집 노인 양주입니다. 어쩐 영문은 모르면서 그저 지금까지 친아들로 여기고 살던 두포를 잃는 줄만 알고 얼굴에 울음을 지으며 벼슬하는 사람의 옷깃에 매달리어 두포를 자기네들 곁에 그대로 두어 주기를 애원합니다.

그러자 언제 왔는지 긴 지팡이를 짚은 노승, 십오 년 전에 그들 노인 양주를 찾아와 두포를 맡기고 가던 그 노승이 나타나 그들을 반가이 맞았습니다.

“의지 없는 갓난아기를 오늘날 이만큼 장성하시게 하긴 오로지 그대들의 공로요”
하고 노승은 치사하는 인사를 하고는
“그대에게 십오 년 전에 맡기고 간 아기는 바루 이 나라 태자이셨던 거요. 이제야 역신을 물리치고 국토가 바루 잡혀서 다시 등극하시게 되었으니 그대들은 기뻐는 할지언정 아예 섭섭해 하지는 마시오”
하고 그대로 두포와 떨어지기를 섭섭해하는 노인 양주를 위로하였습니다.

그렇습니다. 지금으로부터 십오 년 전 당시 나라 임금께서 믿고 사랑하시던 신하 한 사람이 배심[5]을 품고 난을 일으켜 나라 대궐에까지 쳐

4 다스리기는커녕.
5 원전에서는 ‘뱃심’으로 나왔으나 작품속 상황으로 보아 배심(背心, 혹은 逆心)이 타당한

들어왔습니다. 그런 위태로운 중에서 그때 정승 벼슬로 있었던 지금 노승이 어린 태자를 품에 품고 겨우 난을 벗어나 노승으로 차리고 팔도로, 돌며 태자를 맡아 기를 만한 사람을 물색했던 것입니다. 그러다가 강원도 산골에 극히 가난하고 착하게 사는 노인 양주를 매우 믿음직하게 여기어 아기를 맡기었습니다. 그리고 자기는 머지않은 산속에 머물러 있어 난이 가라앉기를 기다리는 한편 태자로 하여금 일후 영주가 되시기에 합당한 모든 것을 가르치던 것입니다. 그러다가 오늘날 역신을 물리치고 나라가 바로 잡히며 비로소 임금으로 등극하시게 되기는 하였으나, 그러나 노승은 매우 섭섭한 얼굴을 합니다.

그것은 한 달포 동안만 더 도를 닦았다면 태자로 하여금 하늘 아래에 제일 으뜸가는 군주가 되시게 되는 것을 고만 칠태로 말미암아 십 년의 공이 수포로 돌아가고 말았으니 왜 아니 그렇겠습니까.

만약에 칠태가 그 바위에 납을 끓여 붓지만 않았다면 두포는 어깨에 날개가 돋친 장수로 온갖 도술을 부릴 수 있겠으니 그런 임금이 다스리는 나라의 장래가 어떠할 것은 길게 말할 필요도 없습니다.

그러나 좋습니다. 태자는 그런 놀라운 기운과 술법을 잃어버린 대신으로 끝없이 착한 마음과 덕기를 갖출 수 있어 이만해도 성군이 되기에 넉넉합니다.

다만 죄송스럽기는 마을 사람들입니다. 그런 것을 모르고 칠태의 꼬임에 빠져 외람하게도 태자를 해코자 하였으니 그 죄가 얼마입니까. 백 번 죽어도 모자라겠습니다고 모두들 엎드려 울면서 빌었습니다.

것으로 보인다.

그러나 너그러우신 태자는 노엽게 알기는사려[6] 모든 것을 용서하시고 또 그 마을에는 십 년 동안 나라에 바치는 세금을 면제해주시고 수레는 떠났습니다.

그 후 노인 두 양주는 태자가 물리고 간 그 집과 재산을 지니며 오래 부귀와 수를 누리었습니다.

지금도 강원도에는 그 바위가 그대로 남아 있어 일러 장수바위라고 합니다.

『소년』 1~5호, 조선일보사, 1939.

6 알기는커녕.

형兄

아버지가 형님에게 칼을 던진 것이 정통을 때렸으면 그 자리에 엎더질 것을 요행 뜻밖에 몸을 비켜서 땅에 떨어질 제 나는 다르르 떨었다. 이것이 십오 성상을 지난 묵은 기억이다. 마는 그 인상은 언제나 나의 가슴에 새로웠다. 내가 슬플 때, 고적할 때, 눈물이 흐를 때, 혹은 내가 자라난 그 가정을 저주할 때 제일 처음 나의 몸을 쏘아드는 화살이 이것이다. 이제로는 과거의 일이나 열 살이 채 못 된 어린 몸으로 목도하였을 제 나는 그 얼마나 간담을 졸였던가. 말뚝같이 그 옆에 서 있던 나는 이내 울음을 터치고 말았다. 극도의 놀람과 아울러 애원을 표현하기에 나의 재주는 거기에 넘지 못하였던 까닭이다.

부자간의 고롭지 못한 이 분쟁이 발생하길 아버지의 허물인지 혹은 형님의 죄인지 나는 그것을 모른다. 그리고 알랴지도 않았다. 한갓 짐작하는 건 형님이 난봉을 부렸고 아버지는 그 비용을 담당하고도 터보이지 않을 만치 재산을 가졌건만 한 푼도 선심치 않았다.[1] 우리 아버지. 그는 뚝뚝한 수전노이었다. 또한 당대에 수십만 원을 이룩한 금만가이

1 아들이 난봉 부리노라 지은 빚을 대신 갚아주고도 남아 돌만치 충분히 많은 재산을 가졌건만 선심을 베풀지 않았다는 의미. 여기서 '터'의 의미를 '더'의 오타로 보아야 할지 여부는 미지수.

었다. 자기의 사후 얼마 못 되어 그 재산이 맏아들 손에 탕진될 줄을 그도 대중은 하였으련만 생존 시에는 한 푼을 아끼었다. 제가 모은 돈 저 못쓴다는 말이 이걸 이름이리라. 그는 형님의 생활비도 안 댈뿐더러 갈아마실 듯이 미워하였다. 심지어 자기 눈앞에도 보이지 말라는 엄명까지 내리었다. 아들이라곤 그에게 단지 둘이 있을 뿐이었다. 형님과 나—허나 나는 차자이고 그의 의사를 받들어 봉양하기에 너무 어렸으니 믿을 곳은 그의 맏아들, 형님이 있을 것이다. 게다 아버지는 애지중지하던 우리 어머니를 잃고는 터져 오르는 심화를 뚝기로 누르며 어린 자식들을 홑손으로 길러오던 바 불행히도 떼치지 못할 신병으로 말미암아 몸져누운 신세이었다. 그는 가끔 나를 품에 안고는 에미를 잃은 자식이라고 눈물을 뿌리다가는 느 형님은 대리를 꺾어 놀 놈이야, 하며 역정을 내고 내고 하였다. 어버이의 권위로 형님을 구박은 하였으나 속으로야 그리 좋을 리 없었다. 이 병이 낫도록 고수련만 잘하면 회복 후 토지를 얼마 주리라는 언약을 앞두고 나의 팔촌형을 임시 양자로 데려온 그것만으로도 평온을 잃은 그의 심사를 알기에 족하리라. 친구들은 그를 대하여 자식을 박대함은 노후의 설움을 사는 것이라고 간곡히 충고하였으나 그의 태도는 여일 꿋꿋하였다. 다만 그 대답으로는 옆에 앉은 나의 얼굴을 이윽히 바라보며 고소하는 것이었다. 나는 왜떡 사먹을 돈이나 주려는가 하여 맥 모르고 마주 웃어주었으나 좀 영리하였던들 이 자식은 크면 나의 뒤를 받들어주려니 하는 그의 애소임을 선뜻 알았으리라.

효자와 불효를 동일시하는 나의 관념의 모순도 이때 생긴 것이었다. 형님이 아버지의 속을 썩였다고 그가 애초부터 망골은 아니다. 남 따르지 못할 만치 지극히 효성스러웠다. 아버지에게 토지가 많았다. 여기저기 사면에 흩어진 전답을 답품하랴 추수하랴 하면 그 노력이 적잖이 드는 것이었다. 병에 자유를 잃은 아버지는 모든 수고를 형님에게 맡기었다. 그리고 형님은 그의 뜻을 받들어 낙자없이 일을 행하였다. 물론 이 삼백 리 씩 걸어가 달포씩이나 고생을 하며 알뜰히 가을하여 온들 보수의 돈 한 푼 여벌로 생기는 건 아니었다. 아버지는 아들과 마주 앉아 추수기를 대조하여 제대로 셈을 따질 만치 엄격하였던 까닭이다. 형님은 호주의 가무를 대신만 볼 뿐 아니라, 집에 들어서는 환자를 위하여 몸을 사리지 않았다. 환자의 곁을 떠날 새 없이 시종을 들었다. 밤에는 이슥도록 침울한 환자의 말벗이 되었고 또는 갖은 성의로 그를 위로하였다. 그는 이따금 까빡 졸다간 경풍을 하여 고개를 들고는 자기를 책하는 듯이 꼿꼿이 다시 무릎을 꿇었다. 그러나 밤거리에 인적이 끊일 때가 되면 그는 나를 데리고 수물통 우물[2]을 향하여 밖으로 나섰다. 이 우물이 신성하다 하여 맑은 그 물을 떠다가 장독간에 올려놓고 정안수를 드렸다. 곧 아버지의 병환이 하루바삐 씻은 듯 나시도록 신령에게 비는 것이었다. 그리고 아침에 먼저 눈을 뜨는 것도 역시 형님이었다. 밝기 무섭게 일어나는 길로 배우개장[3]으로 달려갔다. 구미에 딸리는 환자의 성미를 맞추어[4] 야채랑, 과일이랑, 젓갈, 혹은 색다른 찬거리를 사들고 들어오는 것이었다. 언젠가 나는 혼이 난 적이 있다. 겨울인데 몹시 추

2 수물통 우물 : 동대문 옆 오간수교는 일명 오간수문(水門)이라 불림. 오간수문 인근 마을에 수물통(水門通) 우물이 있었으리라 추정됨. 참고로 당시 김유정 일가가 살던 곳은 종로구 운니동이었음.

3 동대문시장.

4 입맛이 없는 환자의 취향에 맞추어.

웠다. 아침 일찍이 나는 뒤가 마려워 안방에서 나오려니까 형님이 그제서야 식식거리며 장에서 돌아오는 길이었다. 장놈과 다투었다고 중얼거리며 덜덜 떨더니 얼음이 제그럭거리는 종이 뭉치 하나를 마루에 놓는다. 펴보니 조기만 한 이름 모를 생선. 그는 두루마기, 모자를 벗어부치곤 물을 떠오라, 칼을 가져오라, 수선을 부리며 손수 밸을 갈라 씻은 다음 석쇠에 올려놓아 장을 발라가며 정성스레 구웠다. 누이동생들도 있고 그의 아내도 있건만 네년들이 하면 집어먹기도 쉽고 데면데면이 하는 고로 환자가 못 자신다는 것이었다. 석쇠 위에서 지글지글 끓으며 구수한 냄새를 피우는 이름 모를 그 생선이 나의 입맛을 잔뜩 당겼다. 나는 언제나 아버지와 겸상을 함으로 좀 맛갈스러운 음식은 모두 내 것이었다. 그날도 나는 상을 끼고 앉아 아버지도 잡숫기도 전에 먼젓번부터 노려 두었던 그 생신에 선뜻 젓가락을 박고는 휘저 놓았다. 그때 옆에서 따로 상을 받고 있던 형님의 죽일 듯이 쏘아보는 눈총을 곁눈으로 느끼고는 나는 멈칫하였다. 그러나 나를 싸주는 아버지가 앞에 있는 데야 설마, 이쯤 생각하고는 서름서름 다시 집어들기 시작하였다. 좀 있더니 형님은 물을 쭉 들이키고 나서 그 대접을 상 위에 콱 놓으며 일부러 소리를 된통 낸다. 어른이 계심으로 차마 야단은 못 치고 엄포로 욱기를 보이는 것이었다. 나는 무안도 하고 무섭기도 하여 들었던 생선을 입으로 채 넣지도 못하고 얼굴이 벌겋게 멍멍하였다. 이 눈치를 채고 아버지는 껄껄 웃더니 어여 먹어라, 네가 잘 먹고 얼른 커야 내 배가 부르다. 하며 매우 만족한 낯이었다. 물론 내가 막내아들이라 귀엽기도 하였으려니와 당신의 팔이 되고 다리가 되는 맏자식의 지극한 효성이 대견하단 웃음이리라.

노는 돈에는 난봉나기가 첩경 쉬운 일이다. 형님은 난봉이 났다. 난봉이라면 천한 것도 사랑이라 부르면 좀 고결하다. 그를 위하여 사랑이라 하여두자. 열여덟, 열아홉 그맘때 그는 지각없는 사랑에 빠지고 말았다. 장가는 열다섯에 들었으나 부모가 얻어준 아내일뿐더러 그 얼굴이 마음에 안 들었다. 사랑에서 한문을 읽을 적이었다. 낮에는 방에 들어앉아서 아버지의 엄명이라 무서워서라도 공부를 하는 체하고 건성 왱왱거리다간 밤이 깊으면 슬며시 빠져나갔다. 그리고 새벽에 몰래 들어와 자고 하였다. 물론 돈은 평소시 어른 주머니에서 조금씩 따깜질해두었다 뭉텅이 돈을 만들어 쓰고 쓰고 하는 것이었다. 아버지는 자식에게 도끼날같이 무서운 어른이었다. 이 기미를 눈치 채고 아들을 붙잡아 놓고는 벼룻돌, 목침, 단소 할 것 없이 들어서는 거의 혼도할 만치 두들겨 팼다. 겸하여 다시는 출입을 못하게 하고자 그의 의관이며 신발 등을 사랑 다락에 넣고 쇠를 채워버렸다. 그래도 형님의 수단에는 교묘히 그 옷을 꺼내 입고 며칠 동안 밤거리를 다시 돌 수 있었으나 사랑하는 어머니를 잃고 또 얼마 안 되어 아버지마저 병환에 들매 그럴 여유가 없었다. 밖으로는 아버지의 일을 대신 보랴 안으로는 그의 병구완을 하랴 눈코 뜰 새 없이 자식 된 도리를 다하니 문내에 없던 효자라고 칭찬이 자자하였다.

병환은 날을 따라 깊었다. 자리에 든 지 한 돌이 지나고 가랑잎은 또 다시 부수수 지니 환자도 간호인도 지리한 슬픔이 안 들 수 없었다. 그러자 하루는 형님이 자리 곁에 공손히 무릎을 꿇으며 아버님, 하고 입을 열었다. 지금의 처는 사람이 미련하고 게다 시부모 섬길 줄 모르는 천치니 친정으로 돌려보내는 게 좋다. 그러니 아버지의 병환을 위해서라도 어차피 다시 장가를 들겠다는 그 필요를 말하였다. 그때 아버지는 정색하여 아들의 낯을 다시 한 번 훑어보더니 간단히 안 된다 하였다. 내가 살아 있는 동안엔 안 된다, 하였다. 아버지도 소시적에는 뭇사랑에 몸을 헤였다마는[5] 당신은 빠땀뽱, 하였으되 널랑은 바람풍 하라 하였다. 나중에서야 알았지마는 이때 벌써 형님은 어느 집 처녀와 슬며시 약혼을 해놓고 틈틈이 드나들었다. 아직 총각이랍 속이는 바람에 부자의 자식이렸다 문벌 좋겠다 대뜸 훌컥 넘은 모양이었다. 그리고 성례를 독촉하니 어른의 승낙도 승낙이려니와 첫째 돈이 없음에 형님은 몸이 달았다. 아버지는 자식을 사랑하였고 당신의 몸같이 부리긴 하였으나 돈에 들어선 아주 밝았다. 가용에 쓰는 일 전 일 푼이라도 당신의 손을 거쳐서야 들고났고 자식이라고 푼푼한 돈을 맡겨본 법이 없었다. 형님은 여기서 배심을 먹었다. 효성도 돈이 들어야 비로소 빛나는 듯싶다. 이날로부터 나흘 동안이나 형님은 집에서 얼굴을 볼 수 없었다. 똥오줌까지 방에서 가려주던 자식이 옆을 떠나니 환자는 불편하여 가끔 화를 내었고 따라 어린 우리들은 미구에 불상사가 일 것을 기수채고 은근히 가슴을 검뜯었다. 닷새째 되던 날 어두울 무렵이었다. 나는 술이 취하여 비틀거리며 대문을 들어서는 형님을 보고는 이상히 놀랐다. 어른 앞에 그런 버릇은 연래에 보지 못한 까닭이었다. 환자는 큰사랑에 있는데 그는 안방으로 들어가서 엣가락뎃가락 하며 주정을 부린다. 그런 뒤 집안 식구들을 자기 앞에 모아놓고는 약주술이 카랑카랑한 대접에다가

5 헤다 : 사전적 의미로는 '물속에 몸을 뜨게 하고 팔다리를 놀려 물을 헤치고 앞으로 나아가다'. 그러나 여기에서는 수많은 여성들을 대상으로 사랑이라는 이름으로 방황하였음을 의미.

손에 들었던 아편을 타는 것이다. 누이동생들은 기겁을 하여 덤벼들어 그 약을 뺏으려 했으나 무지스러운 그 주먹을 당치 못하여 몇 번씩 얻어맞고는 울며 서서 뻔히 볼 뿐이었다 술에다 약을 말짱 풀어놓더니 그는 요강을 번쩍 들어 대청으로 던져서 요란히 하며 점잖이 아버지의 함자를 불렀다. 그리고 나는 너 때문에 아까운 청춘을 죽는다, 고 선언을 하고는 훌쩍…… 울었다. 전이면 두말없이 도끼날에 횡사는 면치 못하리라마는 자유를 잃은 환자라 넘봤을 뿐더러 그 태도가 어른을 휘여잡을 맥이었다. 그러나 사랑에서도 문갑이 깨지는지 제그럭 소리와 아울러 이놈 얼찐 죽어라, 는 호령이 폭발하였다. 이 음성이 취한 그에게 위엄이 아직 남았는지 그는 눈을 둥글둥글 굴리고 있더니 나중에는 동생들을 하나씩 붙잡아가지고 두들겨 주기 비롯하였다. 이년들 느들 죽이고 나서 내가 죽겠다고, 이를 악물고 치니 울음소리는 집안을 뒤집었다. 어른이 귀여워하는 딸일 뿐 아니라 언제든 조용하길 원하는 환자에게 보복수단으로 이만한 것이 다시 없으리라. 그리고 이제 생각하면 어른에게 행한 매끝을 우리들이 받았는지 모른다. 매질에 누이들이 머리가 터지고 옷이 찢기고 하는 서슬에 나는 두려워서 드러누운 아버지에게로 달아나 그 곁을 파고들며 떨고 있었다. 그는 상기하여 약오른 뱀눈이 되고 소리를 내이도록 신음하였다. 앙상한 가슴을 벌떡이었다. 병마에 시달리는 설움도 컸거늘 그중에 하나같이 믿었던 자식마저 잃고 보니 비장한 그 심사는 이루 헤아릴 수 없을 것이다. 눈물을 머금고 나의 손을 지긋이 잡더니만 당신의 몸을 데려다 안방에 놓아달라고 애원 비슷이 말하였다. 허지만 그러기에 나는 너무 조그맸다. 형님에게 매 맞을 생각을 하고 다만 떨 뿐이었다. 그런대로 그 날은 무사하였다. 맏아들의 자세로 돈이나 나올까 하여 얼러보았으나 이도 저도 생각과 틀림에 그는 실쭉하여 약사발을 발로 차버리고는 나가버렸다. 그 뒤 풍편에 들으매 그는 빚을 내어 저희끼리 어떻게 결혼이라고 해서는 자그마한 집을 얻어 신접살이를 나갔다는 것이었다. 그곳을 누님들은 가끔 찾아갔다. 그리고 병에 들어 울고 계시는 아버님을 생각하여 다시 그 품으로 돌아오라고 간곡히 깨쳐주었다마는 그는 종래 듣지를 않고 도리어 동기를 두들겨 보내고 보내고 하였다.

아버지의 성미는 우리와 별것이었다. 그는 평소 바둑을 좋아하였다. 밤이면 친구를 조용히 데리고 앉아서 몇 백 원씩 돈을 걸고는 바둑을 두었다. 그렇지 않을 때는 밤출입이 잦았다. 말인즉 오입을 즐겼고 그걸로 몸을 망쳤다 한다. 술도 많이 자셨다는데 나는 직접 보던 못한 바 아마 돈을 아껴서이리라. 또는 점이 특출하였다. 엽전 네 잎을 흔들어 떨어쳐서는 이걸 글로 풀어 앞에 닥쳐올 운명을 판단하는 수완이 능하여 나는 여러 번 신기한 일을 보았다. 그러나 일단 돈 모우는 데 들어서는 몸을 아낌이 없었다. 초작에는 물론이요 돈을 쌓아놓은 뒤에도 비단 하나 몸에 걸칠 줄 몰랐고 하루의 찬가로 몇십 전씩 내놓을 뿐 알짜돈은 당신이 움켜쥐고는 혼자 주물렀다. 병에 들어서는 나는 데 없이 파먹기만 하는 건 망조라 하여 조석마다 치릅씩이나[6] 잡곡을 섞도록 하여 조투성을 만들었고 혹은 죽을 쑤게 하였다. 그리고 찬이라도 몇 가지 더하면 그는 안 자시고 밥상을 그냥 내보내고 하였다. 이렇게 뼈를 깎아 모은 그 돈으로 말미암아 시집을 보낼 적마다 딸들의 신세를 졸였고

6 치릅 : 칠할 정도(70% 정도).

또 마지막엔 아들까지 잃었다. 이걸 알았는지 몰랐는지 그는 날마다 슬픈 빛으로 울었다. 아들이 가끔 와서 곁으로 돌며 북새를 부리다 갈 적마다 드러누운 채 야윈 주먹을 들어 공중을 내려치며 죽일 놈, 죽일 놈, 하며 외마디 소리를 내었다. 따라 심화에 병은 날로 더쳤다. 이러길 반해를 지나니 형님은 자기의 죄를 뉘우쳤는지 하루는 풀이 죽어서 왔다. 그리고 대접 하나를 손에서 내놓으며 병환에 신효한 보약이니 갖다 드리라 한다. 나는 그걸 받아 환자 앞에 놓으며 그 연유를 전하였다. 환자는 손에 들고 이윽히 보더니만 그놈이 날 먹고 죽으라고 독약을 타왔다, 하며 그대로 요강에 쏟아버렸다. 이 말을 듣고 아들은 울며 돌아갔다. 이것이 보약인지 혹은 독약인지 여지껏 나는 모른다. 마는 형님이 환자 때문에 알 밴 자라 몇 마리를 우정 구하여 정성으로 고아온 것만은 사실이었다. 며칠 후 그는 죄진 낯으로 또다시 왔다. 부엌으로 들어가더니 부지깽이처럼 굵다란 몽둥이를 몇 자루 다듬어서는 그것을 두 손에 공손히 모아쥐고 아버지의 앞으로 갔다. 그러나 그 방에는 차마 못 들어가고 사랑방 문턱에 바싹 붙어서 머뭇거릴 뿐이었다. 결국 그러다 울음이 터졌다. 아버님 이 매로 저를 죽여 줍소사, 그리고 저의 죄를 사해 주소서, 하며 애걸 애걸 빌었다. 답은 없다. 열 번을 하여도 스무 번을 하여도 아무 답이 없었다. 똑같은 소리를 외이며 울며 불기를 아마 한 시간쯤이나 하였을 게다. 방에서 비로소 보기 싫다, 물러가거라, 고 환자는 거푸지게 한 마디로 끊는다. 그러니 형님은 울음으로 섰다가 울음으로 물러갈밖에 도리가 없었다. 그는 다시 오지 않았다. 자식을 사랑하는 마음이야 뉘라고 없었으랴마는 하는 그 행동이 너무 괘씸하였고 치가 떨렸다. 복받치는 분심과 아울러 한 팔을 잃은 그 슬픔이 이

때 양자를 하게 된 동기가 되었다. 그 양자란 시골서 데려올려온 농부로 후분에 부자될 생각에 온갖 고생을 무릅쓰고 약을 달이랴 오줌똥을 걷우랴, 잔심부름에 달리랴, 본자식 저 이상의 효성으로 환자를 섬기었다. 물론 그때야 환자가 죽은 다음 그 아들에게 돈 한 푼 변변히 못 받을 것을 꿈에도 생각지는 못하였으리라.

아직껏 총각이라고 속이어 혼인이랍시고 저희끼리 부랴사랴 엉둥거리긴 하였으나 생활에 쪼들리니 형님은 뒤가 터질까 하여 애가 탔다. 물론 시량은 대었으되 아버지의 분부를 받아 입쌀 한 되면 좁쌀 한 되를 섞어서 보냈다. 그뿐으로 동전 한 푼 현금은 무가내였다. 형님은 그 쌀을 받아서 체로 받치어 좁쌀은 뽑아버리곤 도로 입쌀을 만들어 팔았다. 그 돈으로 젊은 양주가 먹고 싶은 음식이며 담배, 잔용들에 소비하는 것이었다. 이 소문을 듣고 아버지는 그담부터 다시 보내지 말라고 꾸중하였다. 애비를 반역한 그 자식 괘씸한 품으로 따지면 당장 다리를 꺾어놀 것이다. 그만이나마 하는 것도 당신이 아니면 어려울진대 항차 그놈이 무슨 호강에 그러랴 싶어서 대로한 모양이었다. 부자간 살육전은 여기서 시작되었다. 밥줄이 끊어진 형님은 틈틈이 달려와서 나를 꾀었다. 담모퉁이로 끌고 가서 내 귀에다 입을 대곤 이따 왜떡을 사줄 테니 아버지 주무시는 머리맡에 가서 가방을 슬며시 열고 저금통장과 도장을 꺼내오라고 소곤거리는 것이었다. 그때 그는 의복이며 신색이 궁기에 끼어 촐촐하였다. 부자의 자식커녕 굴하방 친구로도 그 외양이 얼리지 못하였으니 마땅히 자기의 차지될 그 재산을 임의로 못하는 그 원한이야 이만저만 아니었으리라. 나는 그의 말대로 갖다 주면 그는 거나하여 나의 머리를 뚜덕이며 데리고 가서는 왜떡을 사주고 볼 일을 다

본 통장과 도장은 도로 내놓으며 두었던 자리에 다시 몰래 갖다 두라 하였다. 그 왜떡이란 기름하고 검누른 바탕에 누비줄 몇 줄이 줄을 친 것인데 나는 그놈을 퍽 좋아했다. 그 맛에 들리어 종말에는 아버지에게 된통 혼이 났었다. 그담으로는 형님은 와서 누이동생들을 족대기었다. 주먹을 들어 혹은 방망이를 들어 함부로 때려 울려놓고는 찬가로 몇 푼 타 두었던 돈을 다급하여 갖고 가고 하였다. 그는 원래 불량한 성질이 있었다. 자기만 얼러달라고 날뛰는 사품에 우리들은 그 주먹에 여러 번 혹을 달았다. 양자로 하여 자기에게 마땅히 대물려야 할 그 재산이 귀 떨어질까 어른을 미워하던 중 하물며 시량까지 푼푼치 못함에 그는 독이 바짝 올랐다. 뜨거운 여름날이나 해질 임시하여 식식 땀을 흘리며 달려들었다. 환자는 안방에 드러누워 돌아가도 않고 뼈만 남은 산송장이 되어 해만 끄니 그를 간호하는 산 사람 따라 늘어질 지경이었다. 서슬이 시퍼렇게 들어오던 형님은 긴 병에 후달리어 맥을 잃고는 마루에 들 모여 앉았던 우리 앞에 딱 서더니 도끼눈으로 우리를 하나씩 훑어주고는 코웃음을 친다. 우리는 또 매 맞을 징조를 보고는 오늘은 누가 먼저 맞나 하여 속을 졸였다. 그는 부리나케 부엌으로 들어갔다. 솥뚜껑을 여는 소리가 나더니 느들만 처먹니, 하는 호령과 함께 쟁그렁하고 쇠부딪는 소리가 굉장하였다. 방에서는 이놈, 하고 비장한 호령, 음울한 분위기에 쌓여오던 집안 공기는 일시에 활기를 띠었다. 이 소리에 형님은 기가 나서, 뒷곁으로 달아나는 셋째 누이를 때려보고자 좇아갔다. 어른에게 대한 모함, 혹은 어른을 속여서라도 넌즛너즛이 자기에게 양식을 안 댔다는 죄목이었다. 누이는 뒤란을 한 바퀴 돌더니 하릴없이 마루 위로 한숨에 뛰어올랐다. 방의 문을 열고 어른이 드러누웠으매 제가 설마 여기야, 하는 맥이나 형님은 거침없이 신발로 뛰어올라 그 허구리를 너더댓 번 차더니 고꾸라뜨렸다. 그리고는 이년들 혼자 먹어, 이렇게 얼르자 그담 누님을 머리채를 잡고 마루 끝으로 자르르 끌고 와서 댓돌 아래로 굴려버리니 자지러지는 울음소리에 귀가 놀랐다. 세상이 눈만 감으면 어른도 칠 형세이라. 나는 눈이 휘둥그렇게 아버지의 곁으로 피신하였다. 환자는 눈물을 흘리며 묵묵히 누웠다. 우는지 웃는지 분간을 못할 만치 이를 악물어 보이다는 슬며시 비웃어버리며 주먹으로 고래를 칠 때[7] 나는 영문 모르고 눈물을 청하였다. 수심도 수심 나름이거니와 그의 슬픔은 그나 알리라. 그는 옆에 앉았는 양자의 손을 잡으며 당신을 업어다 마루에 내다노라, 분부하였다. 양자는 잠자코 머리를 숙일 뿐이다. 만일에 그대로 하면 병만 덧칠 뿐 아니라 집안에 살풍경이 일 것을 염려하여서이다. 허지만 환자의 뜻을 거슬림이 그의 임무는 아니었다. 재삼 명령이 내릴 적에 마지못하여 환자를 고이 다루며 마루 위에 업어다 놓으니 환자는 두 다리를 세우고 웅크리고 앉아서는 마당에서 하회를 기다리고 우두머니 섰는 아들을 쏘아보았다. 이태만에야 비로소 정면으로 대하는 그 아들이다. 그는 기에 넘어 대뜸 이놈, 하다가 몹쓸 병에 가새질려[8] 턱을 까부르며 한참 쿨룩거리더니 나를 잡아먹으랴고, 하고는 기운에 부치어 뒤로 털뻑 주저앉고 말았다. 그리고는 몸을 좌우로 흔들며 시근거린다. 가슴에 맺히도록 한은 컸건만 병으로 인하여 입만 벙긋거리며 할 말을 못하는 그는 매우 괴로운 모양이었

7 고래 → 방고래 : 방의 구들장 밑으로 나 있는, 불길과 연기가 통하여 나가는 길. 여기에서는 주먹으로 방바닥을 치고 있다는 의미.
8 가새지르다 : 어긋매끼다. 엇걸리게 하다. 여기에서는 몹쓸 병에 걸려서 하고자 하는 것을 제대로 못하고 있음을 의미.

다. 그러나 당신 옆에 커다란 식칼이 놓였음을 알자 그는 선듯 집어 아들을 향하여 힘껏 던졌다. 정배기를 맞았으면 물론 살인을 쳤을거나 요행히도 칼은 아들의 발끝에서 힘을 잃었다. 이 순간 딸들은 아버지를 앞뒤로 얼싸안고 아버님 저를 죽여줍쇼, 애원하며 그 품에 머리들을 박고는 일시에 통곡이 낭자하였다. 마당의 아들은 다만 머리를 숙이고 멍멍히 섰더니 환자 옆에 있는 그 양자를 눈독을 몹시 들이곤 돌아가버렸다. 허나 며칠 아니면 자기도 부자의 호강을 할 수 있음을 짐작했던들 그리 분할 것도 아니련만—

얼마 아니어서 아버지는 돌아갔다. 바로 빗방울이 부슬부슬 이슥한 밤이었다. 숨을 몬다고 기별하니 형님은 그 부인을 동반하여 쏜살같이 인력거로 달려들었고 문간서부터 울음을 놓더니 어버이의 머리를 얼싸안을 때엔 세상을 모른다. 그는 느껴가며 전날에 지어온 죄를 사해 받고자, 대구 애원하였다. 환자는 마른 얼굴에 적이 안심한 빛을 띄며 몇 마디의 유언을 남기곤 송장이 되었다. 점돈[9]을 놓으면 일상 부자간 공이 맞는 괘라 영영 잃은 놈으로 쳤더니 당신 앞에 다시 돌아옴에 조히 마음을 놓은 모양이었다. 그리고 형님의 효성이 꽃 핀 것도 이때였다. 그는 시급하여 허둥거리다가 단지를 하고자 어금니로 자기의 손가락을 깨물어 뜯었다. 마는 으스러져도 출혈이 시원치 못함에 그제서는 다듬잇돌에 그 손가락을 얹어놓고 방맹이로 짓이겼다. 이 결과 손가락만 팅팅 부어 며칠을 두고 고생이나 하였을 뿐, 피도 짤끔짤끔 하였고 아무 효력도 보지 못하였다. 나는 어떻게 되는 건지 가리를 모르고 송장만

9 점을 칠 때 놓는 돈.

뻔히 바라보고 서서 울다가 가끔 새아주머니를 곁눈 흘었다. 그는 백주에 보도 못하던 시아비의 송장을 주무르고 앉아서 슬피 울고 있더니 형님에게 송장의 다리팔을 펴라고 명령하는 것이었다. 남편은 거기에 순종하였다.

내가 만일 이때에 나의 청춘과 나의 행복이 아버지의 시체를 따라갈 줄을 미리 알았더면 나는 그를 붙들고 한 달이고 두 달이고 내려 울었으리라. 그러나 나는 사람을 모르는 철부지였다. 설움도 설움이려니와 긴치 못한 아버지의 상사가 두고두고 성가시었다. 왜냐면 아침상식은 형님과 둘이 치루나 저녁상식은 나 혼자 맡는 것이었다. 혼자서 제복을 입고 대막대를 손에 짚고는 마음에 없는 울음이라도 어구데구 하지 않으면 불공죄로 그에게 담박 몽댕이 찜질을 받았다. 그러면 자기는 너무 많은 그 돈을 처치 못하여 밤거리를 휘돌다가 새벽녘에는 새로운 한 계집을 옆에 끼고 술에 만취하여 들어오고 하였다. 천금을 손에 쥐고 가장이 되니 그는 향락이란 향락을 다 누렸다마는 하루는 골피를 찌푸렸다. 철궤에 들은 지전 뭉치를 헤어보기가 불찰, 십 원짜리 다섯 장이 없어졌음을 알았던 것이다. 아침에 그는 상청에서 곡을 하고 나더니 안방으로 들어가 출가하였던 둘째 누님을 호출하였다. 그리고 다른 사람은 일절 그 근처에 얼씬도 못하게 영이 내렸다. 방문을 꽉꽉 닫치고 한참 중얼거리더니 이건 때리는 게 아니라 필시 죽이는 소리이리라. 애가가가, 하고 까브러지는 비명이 들리다간 이번엔 식식거리며 숨을 돌리는 신음, 그리고 다시 애가가가다. 그 뒤 들어보니 전날 밤 아버지 삭망에 잡술 제물을 장만하러 간 것이 불행히 이 누님이던 바 혹시나 이 기회에 그 돈을 다른 데로 돌리지나 않았나, 하는 혐의로 그렇게 고문을 당한 것이었다. 처음에는 치마만 남기고 빨가벗기어 그 옷을 일일이 뒤져보고 털어보았으나 그 돈이 내닫지 않음에 대뜸 엎어놓고 발길로 차며 때리며 하여 불이 내렸다 한다. 그래도 단서는 얻지 못하였으니 셋째, 넷째, 끝의 누님들은 물론 형수, 하녀, 또는 어린 나에게 이르기까지 어찌 그 고문을 면할 수 있었으랴. 끝의 누님은 한 움큼 빠진 머리칼을 손바닥에 들고는 만져보며 무한 울었다. 그러나 제일 호되게 경을 친 것은 역시 둘째 누님이었다. 허리를 못 쓰고 드러누워 느끼며 냉수 한 그릇을 나에게 청할 제 나는 애매한 누님을 주리를 틀은 형님이 극히 야속하였다. 실상은 삼촌댁이나 셋째 누이나 그들 중에 그 돈을 건넌방 다락 보꼬깨를 뚫고 넣었으리라, 고 생각은 하였다. 마는 나는 입을 다물었다. 만약에 토설을 하는 나절에는 그들은 형님 손에 당장 늘어질 것을 염려하여서이다.

『광업조선』, 1939.11.

김유정 작품 어휘사전

ㄱ

가달지다 : 가닥(한군데서 갈려 나온 낱낱의 줄)의 방언.

가락무 → 가랑무 : 제대로 굵게 자라지 못하고 밑동이 두세 가랑이로 갈라진 무.

가랑이가 켱기다 : 긴장해서 두 다리가 떨리는 상태.

가루지 → 가로지 : 가로.

가루지나 세루지나 : 가로로나 세로로나. 이렇게 되거나 저렇게 되거나의 의미.

가리 → 가리새 : 일의 갈피와 조리, 이유, 까닭.

가무家務 : 집안일. 호주의 가무 → 호주로서, 가장으로서 처리해야 하는 집안 일.

가물 : 가뭄.

가뭇없다 : 눈에 띄지 않게 감쪽같다.

가비여히 : 가볍게.

가삼츠레히 : 졸리거나 술에 취해서 눈이 정기가 풀리고 흐리멍덩하며 거의 감길 듯한 모양. 거슴츠레.

가삼츠리하다 : 거슴츠레하다, 게슴츠레하다.

가상嘉賞 : 기리어 칭찬하다.

가새 : 가위의 춘천 사투리.

가새지르다 : 어긋매끼다. 엇걸리게 하다. 「형」에서는 몹쓸 병에 걸려 하고자 하는 것을 제대로 못하여서.

가생이 : 가장자리의 강원도 방언.

가손 → 가선 : 쌍거풀진 눈시울의 주름진 금.

가슴패기 : 가슴팍(가슴 + 팍 + 이).

가용 : 집안 살림에 드는 비용.

가을하다 : 수확하다, 추수하다.

가장이 : 가장자리, 가생이.

가장집물家藏什物 : 집에 놓고 쓰는 온갖 살림살이.

가죽 : 「만무방」에서는 이마의 피부를 낮추어 부른 말.

가진반 : 골고루 갖춤, '그럴듯한'의 의미.

가짓말 : 거짓말.

가차이 : 가까이.

가찹다 : 가깝다의 강원도 방언.

가친 : 같이의 춘천 방언.

가품 : 한집안 사람이 공통으로 갖는 품성.

각다귀 : 모기과의 곤충, 남의 피를 빨아먹은 악한. 인정머리 없는 인간들이 툭하면 서로를 괴롭힌다는 것을 의미, 또는 막 되어 먹은 사람을 의미.

각반 : 걸음을 걸을 때 발목 부분을 가뜬하게 하기 위하여 발목에서부터 무릎 아래까지 돌려 감거나 싸는 띠. '행전'으로도 불림.

각수 : 돈을 '원'이나 '환' 단위로 셀 때, 그 단위 아래에 남는 몇 전이나 몇십 전을 이르는 말.

각장장판 : 각장(보통 것보다 폭이 넓고 두꺼운 장판지) + 장판(장판지를 깔거나 바른 방바닥). 각장으로 바른 장판.

각추렴 : 여러 사람에게 각기 돈이나 물품 따위를 내도록 하여 거둠.

간구하다 : 가난하고 구차하다.

간군艱窘하다 : 가난하고 군색하다.

간두竿頭 : 장대나 대막대기 따위의 끝. 몹시 위험하고 어려운 상황.

간드레불빛 : 카바이트 불빛.

간드렛불candle : 광산의 갱坑 안에서 불을 켜 들고 다니는 카바이트등.

간수하다 : 보살피고 지키다.

간원 : 간절하게 원함.

간이 콩알만 해지다 : 몹시 겁이 나서 기를 펴지 못하다.

간혹가다가 : 간혹 어쩌다가.

갈 : 떡갈나무. 봄철에 여린 갈잎을 따서 이것을 자연발효시켜 퇴비로 사용함.

갈꾼 : 갈을 꺾는 일꾼들.

갈 때 : 갈을 꺾어내리는 시절.

갈급渴急 : 부족하여 몹시 바람.

갈리다 : 헤어지다, 갈라서다 / 가르다(쪼개거나 나누어 따로따로 되게 하다)의 피동사. 「정분」에서는 부부가 서로 헤어지다의 의미.

갈팡거리다 : 방향을 정하지 못하고 이리저리 자꾸 헤매다.

감 → 감돌 : 유용한 광물이 어느 정도 이상으로 들어 있는 광석.

감때사납다 : 사람이나 사물이 험하고 거칠다.

감불생심敢不生心 : 감히 엄두도 내지 못함. 감불생의.

감사납다 : 생김새나 성질이 억세고 사납다.

감사무지感謝無知 : 고마운 마음을 이루 다 표현할 길이 없음.

감석 : 감돌; 유용한 광물이 어느 정도 이상으로 들어 있는 광석.

감수感受 : 외부 세계의 자극을 감각 신경이 받아들이는 일.

감잡히다 : 남과 시비是非를 다툴 때, 약점을 잡히다.

감참외 : 속살이 잘 익은 감처럼 붉고 당도가 높은 참외.

감축感祝하다 : 경사스러운 일을 함께 감사하고 축하.

감투밥 : 그릇 위까지 수북하게 담은 밥.

갑오 → 가보かぶ : 화투에서 아홉 끗을 가리킴.

강낭이 → 강냉이 : 옥수수.

강막強膜/剛膜/鞏膜 : 각막을 제외한 눈알의 바깥벽 전체를 둘러싸고 있는 막.

강박强迫 : 남의 뜻을 무리하게 내리누르거나 자기 뜻에 억지로 따르게 함.

강총하다 : 길이가 짧다. 「두꺼비」에서는 조막만한 얼굴을 의미.

갖다 : 가지어다의 준말.

갖은 : 골고루 다 갖춘. 또는 여러 가지의.

갖은체 : 상황에 맞는 예의를 차린 듯한 모습. 점잖은 체하는 모습.

개 : 그애의 구어체 발음.

개동開東 : 먼동이 틈. 또는 그런 때.

개떡 : 노깨(밀가루를 체로 쳐서 남은 찌꺼기), 나깨(메밀가루를 체로 쳐서 남은 찌꺼기), 보릿겨 따위를 반죽하여 아무렇게나 반대기를 지어 찐 떡. 「봄·봄」에서는 못생긴 것을 비유적으로 표현.

개명開明 : 지혜가 계발되고 문화가 발달하여 새로운 사상, 문물 따위를 가지게 됨.

개비 : 가늘고 짤막하게 쪼갠 토막을 세는 단위.

개신개신 : 게으르거나 기운이 없어 나릿나릿 자꾸 힘없이 행동하는 모양.

개코쥐코 : 쓸데없는 이야기로 이러쿵저러쿵하는 모양.

객증客症 : 합병증合併症; 어떤 질병에 곁들여 일어나는 다른 질병.

객쩍다 : 행동이나 말, 생각이 쓸데없고 싱겁다.

거간 : 사고파는 사람 사이에 들어 흥정을 붙임.

거냉 : 냉기를 제거함.

거냉去冷하다 : 찬 기운을 없앨 정도로만 조금 데우다.

거듬거듬 : 흩어져 있거나 널려 있는 것들을 대강 자꾸 모으는 모양.

거만巨萬, 鉅萬 : 만의 곱절, 대단히 많은 수를 비유적으로 말함.

거무무룩하다 : 거무튀튀하다.

거문관이 : 춘천 신동면 증리(김유정문학촌 인근)에 있는 마을, 현재 팔미리 지역.

거방지다 : 점잖고 묵직하다.

거불지다 : 둥글고 두두룩하게 툭 비어져 나오다.

거사리다 : 긴 것을 힘 있게 빙빙 돌려서 포개어지게 하다.

거진 : 거의, 거반 또는 거지반; 거의 절반 가까이.
거추꾼 : 일을 보살펴 주선하거나 거들어 주는 사람.
거푸지다 → 거쿨지다; 몸집이 크고 말이나 하는 짓이 씩씩하다. 「소나기」에서는 천둥소리가 묵직하고 크게 울리는 것을 의미함.
거푸진 : 잇따라 거듭.
거한 산 : 크고도 높은, 험한 산.
걱세다 : 몸이나 뜻이 굳고 억세다.
걱실걱실히 : 성질이 너그러워 말과 행동을 시원스럽게 하는 모양.
건넌방 : 건너 방; 안방에서 대청을 건너 맞은편에 있는 방.
건순입술 : 위로 들린 입술.
건으로 : 건성으로. 진지한 자세나 성의 없이 대충.
걸근거리다 : 음식이나 재물 따위를 얻으려고 자꾸 치사하고 구차스럽게 굴다.
건듯하면 : 걸핏하면. 툭하면.
걸때 → 걸대; ① 사람의 몸집이나 체격. 傑大.
② 물건을 높은 곳에 걸 적에 쓰는 긴 장대.
걸리다 : 걸다의 피동형(벽이나 못 따위에 어떤 물체를 떨어지지 않도록 매달아 올려놓다).
걸삼스럽다, 걸쌈스럽다, 걸쌍스럽다 : 보기에 남에게 지려고 하지 않고 억척스러운 데가 있다.
걸신 : 굶어죽은 귀신.
검뜯다 : 거머잡고 쥐어뜯다.
검불 : 솔가리의 강원도 방언, 솔가리는 말라서 땅에 떨어져 쌓인 솔잎.
검흐르다 : 액채가 언덕이나 그릇의 전 따위를 넘어 흐르다.
겁겁하다 : 급급하다. 성미가 급하고 참을성이 없다.
겁겁히 : 성미가 급하고 참을성이 없게.
겉날리다 : 겉으로만 어름어름하여 일을 되는대로 날려서 하다.
겉을 꺼리지만 : 겉으로는 아닌 척 하지만.
게 다니나 : 기어 다니나의 강원도 방언.
게정 : 불평을 품고 떠드는 말과 행동, 투정, 심술.
겨끔나기 → 겨끔내기; 서로 번갈아 하기.
격장隔牆 : 담 하나를 사이에 두고 이웃함.
격지 : 여러 겹으로 쌓아 붙은 켜. 여기에서는 시름만 깊어간다는 의미.
견연牽連 : 끌어당겨 연결됨 , 굳게 연결됨.
겯고틀다 : 시비나 승부를 다툴 때에, 서로 지지 않으려고 버티어 겨루다.

결기 : 곧고 바르며 과단성 있는 성미, 못마땅한 것을 참지 못하고 성을 내거나 왈칵 행동하는 성미.

결딴내다 : 망가뜨리다, 망치다, 발기다.

겸삼수삼 : 겸사겸사. 한꺼번에 여러 가지 일을 아울러 함.

겹치다 : 두 가지 이상의 일이 함께 생기다.

겹귀염 : 양쪽에서 함께 받는 귀여움.

겹다 : 때가 지나거나 기울어서 늦다.

경–무경巫經 : 무당이나 박수가 사람의 액을 쫓거나 병을 낫게 할 목적으로 외는 기도문과 주문.

경부警部 : 현재 경찰 직제 가운데 특별 수사반장 정도의 지위.

경사 : 축하 할만한 좋은 일.

경상景狀 : 좋지 못한 몰골. 유의어는 효상爻象, 경광景光.

경세傾衰 : 기울어져 쇠하다(가난해지다).

경치다 : 혹독하게 벌을 받다.

경풍하다 : 몹시 놀라다.

곁눈 : ① 얼굴은 돌리지 않고 눈알만 옆으로 굴려서 보는 눈.
② 가까이 있는 사람들이 보내는 관심이나 주의.

곁들다 : 곁에서 거들어 주거나 부추기다.

계명성鷄鳴聲 : 닭울음 소리.

계배 : 술값을 치를 때에 먹은 술의 순배巡杯나 잔의 수효를 세어서 계산함. 술잔 혹은 술값 계산.

계제階梯 : 어떤 일을 할 수 있게 된 형편이나 기회.

계취契聚 : 계원들의 모임, 「소낙비」에서 말하는 보름 계취는 매달 보름날 마다 모이는 계원들의 모임.

고개치 → 고개티 : 고개를 넘는 험한 길, 고개를 넘는 가파른 비탈길.

고라こら : 이놈!, 야! 하는 일본어.

고라지다 → 곯아떨어지다 : 깊이 잠들다.

고랑때 : 골탕.

고래 → 방고래 : 방의 구들장 밑으로 나 있는, 불길과 연기가 통하여 나가는 길.

고롭다 → 고르다 : 상태가 정상적으로 순조롭다.

고르잡다 : 표정이나 호흡 따위를 정상적인 상태로 고르게 조절하다.

고리삭다 : 젊은이다운 활발한 기상이 없고 하는 짓이 늙은이 같다. 케케 묵다.

고막鼓膜 : 귓구멍 안쪽에 있는 막. 타원형의 반투명한 막으로, 공기의 진동을 속귀 쪽으로 전달하여 들을 수 있게 하여 준다.

고반こうばん : 일제시대의 파출소.

고분거리다 : 공손하고 부드럽게 행동하다.

고분고분하다 : 말이나 행동이 공손하고 부드럽다.

고뿌술집 : 고뿌는 컵의 일본식 발음, 고뿌 술집은 술을 잔으로 파는 집, 목로주점, 선술집과 같은 의미.

고사姑捨**하다** : 어떤 일이나 그에 대한 능력, 경험, 지불 따위를 배제하다.

고소苦笑 : 쓴 웃음.

고소하다 : 기분이 유쾌하고 재미있다. 미운 사람이 잘못되는 것을 보고 속이 시원하고 재미있다.

고수련 : 앓는 사람의 시중을 들어 줌.

고스깽이 → 고스카이こっかい : 사환, 급사에 해당되는 일본말.

고얀 : 성미나 언행이 도리에 벗어나는.

고의 : 남자의 여름 홑바지.

고의춤 : 괴춤. 고의의 허리를 배에 접어 여민 사이(고의; 여름에 바지 대신 입는 홑옷).

고자 : 생식 기관이 불완전한 남자.

고자리 쑤시듯 : 고자리가 배춧잎을 쑤셔댄다는 뜻으로, 뭔가를 마구 헤집거나 함부로 쑤시는 것을 이르는 말.

고자리 : 애벌레, 구더기.

고택골 : 지금의 서울특별시 은평구 신사동에 해당하는 마을의 옛 이름. 이곳에 공동묘지가 있었다. 「따라지」에서 고택골 간다는 말은 '죽는다'는 의미

고팽이 : 새끼나 줄 따위를 사리어 놓은 돌림. 새끼나 줄 따위를 사리어 놓은 돌림을 세는 단위.

곡경曲境 : 몹시 힘들고 어려운 처지.

곤댓질 → 곤댓머릿질 → 곤댓짓; 뽐내어 우쭐거리며 하는 고갯짓.

곤두어 : 그만 두어.

곧이듣다 : 남의 말을 듣고 그대로 믿다.

골김(에) : 홧김에. 비위에 거슬리거나 마음이 언짢아서 성이 나는 김.

골독汨篤**히** : 한 가지 일에 온정신을 쏟아 딴생각이 없게.

골딱지 : '골'을 속되게 이르는 말. 여기서 '골'은 비위에 거슬리거나 언짢은 일을 당하여 벌컥 내는 화.

골물 : 계곡의 물.

골바람 : 골짜기에서부터 산꼭대기로 부는 바람.

골백 : 골은 만萬의 우리말의 토속어. 백번을 만번 반복한다는 뜻으로 무수히 많은 수효를 의미. 여기에서 골백다섯도 마찬 가지 의미임('100×10,000×5'의 의미로 무한정 많음을 과장적으로 표현).

골아지다 : 잠에 골아 떨어졌다.

골창 : 고랑창; 폭이 좁고 깊은 고랑.

골치기 : 작조; 이랑을 만드는 일. 「총각과 맹꽁이」에서는 씨앗값과 도지를 서로 상쇄(에끼다)하자는 의미.

골풀이 : 화풀이.

골피 : 이마. 이맛살.

골피를 접다 : 이맛살을 찡그리다.

골피를 찌푸리다; 얼굴을 찌푸리다. 골피; 낯가죽.

곰상궂다 : 살갑다. 다정다감하다.

곰상스럽다 : 성질이나 행동이 싹싹하고 부드러운 데가 있다.

곱다 : 이익을 보려다가 도리어 손해를 보게되다.

곱색줄 : 산화한 황화 광물로 이루어진 붉은빛의 광맥이 길게 뻗치어 박인 줄.

곳간 : 창고倉庫 한자어 고간庫間에서 온 말.

곳간지기 : 곳간을 지키는 사람.

공空이 맞는 괘 : 영零에 맞는 쾌, 빈탕, 아무 것도 없음.

공기 : 위가 넓게 벌어지고 밑이 좁은 작은 그릇. 주로 밥을 담아 먹는 데에 쓴다.

공때리다 : 무슨 일을 하려다가 목적을 이루지 못하고 허탕 치다. 공치다. 그러나 「만무방」에서는 송이버섯에 공을 들이노라 다른 일을 미쳐 하지 못했음을 의미.

공석 : 빈 멍석자리.

과장誇張 : 사실보다 지나치게 불려서 나타냄.

과정낙제 : 과목 낙제(과목마다 일정한 수준대에 오르지 못하면 낙제가 됨).

관격 : 먹은 음식이 갑자기 체하여 가슴 속이 막히고 위로는 계속 토하며 아래로는 대소변이 통하지 않는 위급한 증상.

관객 : 관격(관격의 춘천지역 발음).

관솔 : 송진이 많이 엉긴, 소나무의 가지나 옹이. 불이 잘 붙으므로 예전에는 여기에 불을 붙여 등불 대신 이용하였다.

관솔불 : 관솔에 붙인 불.

관시觀視 : 자세히 보다.

괄하다 : 괄괄하다 ; 성질이 세고 급하다. 목소리 따위가 굵고 거세다.

괘는 → 괜한(공연한).

괘종 → 괘종시계 : 시간마다 종이 울리는 시계. 보통 추가 있으며 벽에 걸어 둔다.

괴괴하다 : 쓸쓸한 느낌이 들 정도로 아주 고요하다.

괴때기 : 괴꼴 ; 타작을 할 때에 생기는 벼 낟알이 섞인 짚북데기.

괴죄다 : 괴다(사람이 많이 모이거나 하여 북적거리다) + 죄다(차지하고 있는 자리나 공간을 조이다). 여러 사람이 북적거리며 꽉 끼여 앉은 모습을 표현.

괴춤 : 고의춤의 준말, 고의나 바지의 허리를 접어서 여민 사이.

교란攪亂 **:** 혼란스럽게 만듦.

교자상 : 음식을 차려 놓는 사각형의 큰 상.

구갈口渴 **:** 목이 마름.

구녕 : 구멍의 강원도 방언.

구녁 : 구멍의 강원도 사투리.

구르마くるま **:** 마차馬車 혹은 우차牛車의 일본어, 바퀴가 있는 수레.

구리칙칙하다 : 하는 짓이 깨끗하지 못하고 구저분하다. 구질구질하다.

구메밥 : 예전에, 옥에 갇힌 죄수에게 벽 구멍으로 몰래 들여보내던 밥. 「만무방」에서 말하는 구메밥은 범죄로 처벌받아 감옥살이를 했다는 의미임.

구문 : 홍정을 붙여 주고 그 보수로 받는 돈. 구전. 개평돈.

구미가 제치셨다고; 입맛이 없으시다고.

구변口辯 **:** 말주변. 말솜씨.

구붓하다 : 약간 굽은 듯하다.

구석박이 : 구석진 곳을 강조하는 강원도 방언.

구슬리다 : 그럴듯한 말로 꾀어 마음을 움직이다.

구안지부具眼之夫 **:** 안목과 식견을 가진 사내.

구양 → 귀양.

구지레하다 : 상태나 언행 따위가 더럽고 지저분하다. 후절근하다.

구찮다 : 귀찮다의 춘천지역 방언.

국문 : 한글.

국으로 : 제 생긴 그대로. 또는 자기 주제에 맞게.

군버력 : 광석이나 석탄을 캘 때에 나오는, 광물이 섞이지 않은 작은 잡돌.

군서방 : 샛서방(유부녀가 남편 몰래 관계하는 남자) 정부情夫.

군실거리다 : 벌레 같은 것이 살갗에 붙어 기어가는 듯한 느낌이 자꾸 나다.

군일 : 쓸데 없는 일.

군찮다 : 귀찮다의 강원도 방언.

굳은 농 : 농은 본래 누르스름한 고름. 고름이 굳은 듯 누르스름한 금이 들어박힌 감석을

의미함.
굴대 : 수레바퀴의 한가운데에 뚫린 구멍에 끼우는 긴 나무 막대나 쇠막대. 「아내」에서는 험없이 미끈하게 잘 생긴 아들 의미.
굴복 : 굴에서 입는 광부의 노동복.
굴신屈伸 **:** 팔, 다리 따위를 굽혔다 폈다 함.
굴치 : 으뭉단지(의뭉스런, 음흉스런 사람).
굴파수 : 굴을 지키는 파수꾼. 경비.
굴하방 → 구라방くらばん **:** 창고지기.
굽신굽신 : 굽실굽실; 자꾸 머리나 허리를 구푸렸다 펴는 모양. 남의 비위를 맞추어 비굴하게 행동하는 모양.
굿 : 〈광업〉 광산에서, 무너지지 아니하도록 손을 보아 놓은 구덩이
굿문 : 갱구坑口, 굴문.
굿엎다 : 구덩이가 무너지지 않도록 벽과 천장에 기둥을 세워놓다.
궁겁다 : 궁금하다의 강원도 방언.
궁글다 : 구르다. 뒹굴다.
궂기다 : 사람이 죽다.
권비백산拳飛魄散 **:** 주먹질이 나오고 정신이 혼란스러워짐.
궐련 · 궐연 : 얇은 종이로 가늘고 길게 말아 놓은 담배.
궐자 : '그'를 낮잡아 이르는 말.
궐전闕錢 **:** 곗돈, 월수月收, 일수日收 따위처럼 정하여진 날짜에 내야 하는데 내지 못한 돈. 「솥」에서는 벌금을 의미.
궤춤 → 고이춤 : 고의나 바지의 허리를 접어서 여민 사이.
귀가 질기다 : 남의 말을 알아듣는 힘이 무디다.
귀둥대둥 : 말이나 행동 따위를 되는대로 아무렇게나 하는 모양.
귀살쩍다 : 일이나 물건 따위가 마구 얼크러져 정신이 뒤숭숭하거나 산란하다.
귀설은 : 귀에 익숙하지 않은.
귀신의 노름 : 귀신의 장난 같은 믿지 못할 일.
귀정歸正 **:** 일이 바른 길로 돌아섬.
귀주머니 : 네모지게 지어 아구리께로 절반을 세 골로 접어 아래의 양쪽에 귀가 나오게 만든 주머니.
귀중중하다 : 매우 더럽고 지저분하다.
귀축축하다 : 구질구질하고 축축하다.
귓배기 : 귀바퀴의 비속어; 외이(바깥귀)의 드러난 전체.

귓백 : 귀바퀴.
그건세로이 → 그런 건수로다(건수; 사물이나 사건의 가짓수). 그런 방법으로.
그러께 : 지난해의 바로 전 해, 재작년에.
그르다 : 어떤 일이나 형편이 잘못되다.
그적세야 : 그제야의 강원도 방언.
그제마다 : 그때마다.
근고勤苦 **:** 마음과 몸을 다하며 애씀. 또는 그런 일.
근대다 : 몹시 성가시게 하다.
근독謹讀 **:** 조심스럽게 읽다.
근디리다 : 건드리다.
근사 : 일에 공들임. 또는 그 일.
근실根實 **:** 바탕이 실팍함.
근청謹聽 **:** 삼가 들음.
긁혀메어 : 긁히고(뾰족하거나 날카로운 것으로 표면이 파이다) 메워지다(파인 곳이 채워지다).
금만가金滿家 **:** 대단히 많은 재산을 모은 사람. 거부巨富.
금방석 : 호사스러운 대접이나 생활을 비유적으로 이르는 말.
금시로 : 지금 당장.
금시발복今時發福 **:** 어떤 일을 한 뒤에 이내 복이 돌아와 부귀를 누리게 됨.
금쟁이 : 금광업을 하는 사람.
금점 : 금광업. 금점(금점꾼)이나 해볼까 → 금광에서 일이나 얻어볼까 하고 생각하는 중.
금퇴 : 금이 들어 있는 광석.
급자기 : 미처 생각할 겨를도 없이 매우 급히.
기거불능起居不能 **:** 몸을 뜻대로 움직이며 생활하는 것이 불가함.
기껍다 : 마음속으로 은근히 기쁘다.
기다 : 피하다.
기문奇聞 **:** 기이한 소문.
기수 : 어떤 일을 알아차릴 수 있는 눈치. 또는 일이 되어 가는 야릇한 분위기.
기수幾數**채다 :** 낌새채다. 눈치채다.
기약서 → 계약서 : 계약이 성립되었음을 증명하기 위하여 작성하는 서류.
기우다 : 기忌하다(꺼리거나 피하다). / 눈을 기우다 : 눈을 피하다.
기이다 : 어떤 일을 숨기고 바른대로 말하지 아니하다.
기지사경幾至死境 **:** 거의 죽을 지경에 이름.

기함氣陷 : 갑작스레 몹시 놀라거나 아프거나 하여 소리를 지르면서 넋을 잃음.

기화奇貨**삼다** : 뜻밖의 이익을 얻을 수 있는 물건. 또는 그런 기회를 포착하다. 빌미삼다.

긴치 않다 : 긴하지 않다; 대단치 않다. 소용되지 않다. 별 볼일 없다.

긴하다 : 꼭 필요하다. 매우 간절하다.

길 : 길이의 단위. 한 길은 사람의 키 정도의 길이이다.

길군악 : 행군악.

길래 : 오래도록 길게.

길목 → 길목버선; 먼길 갈 때 신는 허름한 버선.

길벅지 : 길이의 방언.

길체 : 한쪽으로 치우쳐 있는 자리. 한 길체, 한 쪽에, 한 쪽으로.

길치 : 길체. 한쪽으로 치우쳐 있는 자리. 모퉁이.

김마까 → 긴마카きいろ マクワ : '노란 참외'의 일본어. 「따라지」에서는 병자의 얼굴이 노르스름한 것을 보고 붙인 별명.

김생 : '짐승'의 구어체 방언.

까마귀발 : 잘 씻지 아니하여 때가 꺼멓게 된 손발을 의미.

까무러지다 : 정신이 가물가물하여지다. '가무러지다'보다 센 느낌을 준다.

까무러치다 : 기절하다. 졸도하다.

까부라지다 : 기운이 빠져 몸이 고부라지거나 생기가 없이 나른해지다. 힘이 빠져 몸이 고부라지다.

까세다 : 세차게 치다. 힘을 주어 세게 잡아당기다.

까시 : 일본어 히야카시ひやかし의 준말 : 놀림, 놀리는 사람.

깍지똥 : 깍지 ; 갈고랑이(끝이 뾰족하고 꼬부라진 물건). 굵고 굵직하게 구부러진 똥덩이를 의미하는 듯 함.

깐깐히 : 질기고 차지게.

깝살리다 : ① 찾아온 사람이나 기회를 따돌려 보내다. ② 진중히 처신하지 못해서 사람이나 재산 기회등을 흐지부지 잃게 되다.

깝신깝신 : 고개나 몸을 방정맞게 조금 자주 숙이는 모양.

깨기는새루 : 깨기는 커녕.

깨깨 배틀다 : 몹시 마른 모양. 바싹 꼬면서 틀다.

깨묵 → 깻묵 : 기름을 짜고 남은 깨의 찌꺼기, 가장 하찮은 것을 의미.

깨빡을 치다 : 메어꽂아서 흙칠을 했다는 비속어.

깨웃하다 : 물체가 한쪽으로 기우듬하게 기울어지다.

깻묵장이 : 기름을 짜고 남은 깨의 찌꺼기, 별볼 일 없는 것을 의미.

꺼렀다 → ① 그슬다 : 불에 겉만 약간 타게 하다. 햇빛과 바람에 신문지가 누르스름하게 변색된 것. ② 절다 : 땀이나 기름 따위의 더러운 물질이 묻거나 끼어 찌들다. (쩔다 : 절다의 강한 의미). 「만무방」에서는 햇빛과 비바람, 먼지 등으로 벽에 바른 신문지가 누루스름하게 변색된 것을 의미함.

꺼림 : 꺼리낌.

꺽지다 : 성격이 억세고 꿋꿋하며 용감하다.

껍신 : 고개나 몸을 방정맞게 많이 숙이는 모양.

께메기 소리 : 까마귀 소리?

꼬라리 → **고라리** : 시골고라리 : 어리석고 고집 센 시골 사람을 놀림조로 이르는 말.

꼭꼬마 : 꼬꼬마. 군졸의 모자에 꽂던 붉은 털.

꼭두새벽 : 아주 이른 새벽. 꼭두식전.

꼽다 : 수나 날짜를 세려고 손가락을 하나씩 헤아리다. 「땡볕」에서 '꼽여쥐다'는 덕순이가 1전만 더 들어오면 5전이 되고 그것으로 담배를 사리라고 맘속으로 줄창 생각해오고 있었음 의미.

꼽들다 : 가까이 접어들다.

꽁댕이 : 꼬랑이의 강원도 방언.

꽁보 : 꽁한 성격을 가진 사람. 「노다지」에서는 일반명사 꽁보를 등장인물의 이름으로 작명했다. 꽁하다(마음이 좁아 너그럽지 못하고 말이 없다) + 보(그러한 특징을 지닌 사람'의 뜻을 더하는 접미사).

꽃심 : 꽃샘, 「야앵」에서는 꽃샘바람.

꾀 역 나날이 때를 벗는다 → 꾀 역시 나날이 발전해간다.

꾀꾀리 : 가끔가끔, 틈을 타서 넌지시, 틈을 타서 살그머니.

꾀송거리다 : 달콤하거나 교묘한 말로 자꾸 꾀다.

꾸미꾸미 → **구메구메** : 남모르게 틈틈이.

꾸운 → **꿔온** : 꾸어 온.

꿀쩍지분하다 : 마음에 거리껴 언짢은 데가 있다. 꺼림칙하다. 지저분하다.

꿩 구어먹은 소식 : 소식이 전혀 없음을 비유적으로 표현.

꿰지다 : 내미는 힘을 받아 약한 부분이 미어지거나 틀어막았던 데가 터지거나 하다.

뀌어들다 → **꿰어들다** : 잡아끌어 들다.

뀌엄 : 바느질 할 때에 실을 꿴 바늘로 한 번씩 뜬 자구. 한 땀.

끊어 말하다 : 단언하다; 주저하지 아니하고 딱 잘라 말하다.

끌밋하다 : 사전적 의미로는 '모양새나 차림새가 간단하고 조촐한 것,' 그러나 「솥」에서 글 내용으로 보아서는 끌밋하다가 아니라 끌밋잖다(끌밋하지 않다)가 되어야

할 듯. 농민총회에 가지 못해 근식은 지금 꺼림직해하고 있는 것이다.

끔벅하다 : 떴던 눈을 감았다가 다시 뜨다. 여기에서는 놀라움과 호감을 갖고 눈을 감았다고 뜬다는 의미.

끝대 : 끝에 가서, 끝내.

낄끗하게 : 끼끗하게의 강원도 방언. 생기 있고 깨끗하게.

낄끗하다 → 끼끗하다 : 생기가 있고 깨끗하다. 싱싱하고 길차다.

낌끌하다 : 깔끔하다. 매끈하고 깨끗하다. 생기 있고 깨끗하다.

ㄴ

나곤 : 나 하고는, 나와는.

나구 : 나 하고.

나는 대거리 : 나가는 교대 광부.

나달 : 나흘이나 닷새 가량.

나라 → 나라님 : 나라의 임자라는 뜻으로, '임금'을 이르는 말.

나르다 → 날다 : 냄새가 흩어져 없어지다.

나리 : 지체나 권세가 있는 사람을 높이어 부르던 명칭, 그러나 「연기」에서는 순사경찰를 지칭하고 있음.

나마카시なまかし **:** 생과자(물기가 조금 있도록 무르게 만든 과자).

나물을 나옵니다 : 나물로 먹을 수 있는 풀이나 나뭇잎을 캐거나 뜯기 위해 나오다.

나변那邊 **:** 어느 곳 또는 어디.

나부랭이 : 종이나 헝겊 따위의 자질구레한 오라기.

나절 : 낮의 어느 무렵이나 동안. 혹은 '때'. 「소낙비」, 「형」, 「애기」에서는 '때'의 의미, 또는 받는 '때'라는 의미.

나찬 : 나이 들은, 나이 찬.

낙누낙누 : 낙누落淚 눈물을 흘리고 또 흘리고 한다. 계속 눈물을 흘린다.

낙백落魄 **:** 넋을 잃음.

낙자 없다 : 영락없다의 방언. 조금도 틀리지 아니하고 꼭 들어맞다.

난다 긴다 하다 : 재주나 능력이 남보다 뛰어나다.

난당難當 **:** 당해 내기 어려움.

난상부른가 : 나은 성 싶은가 , 좋은 성 싶은가.

난장亂杖 **:** 신체의 부위를 가리지 아니하고 마구 매로 치는 것.

난장 : 난장亂場판 ; 많은 사람이 뒤엉켜 뒤죽박죽이 된 상황.

날벽력 : 날벼락; 느닷없이 치는 벼락. 뜻밖에 당하는 불행이나 재앙 따위를 비유적으로

이르는 말.

날탕 : 어떤 일을 하는 데 아무런 기술이나 기구 없이 마구잡이로 함. 또는 그렇게 하는 사람. 허풍쟁이, 아무 것도 가진 것이 없는 사람.

날탕패 : 허풍을 치거나 듣기 좋은 말로 남을 속이는 패거리.

낡삭은 : 오래되어 낡고 삭은.

남비濫費 **:** 시간이나 재물 따위를 헛되이 헤프게 씀.

남우 : 남의.

남저지 : 나머지의 강원도 방언.

낭종·낭중 : 나중의 방언.

낭판 : ('떨어지다'와 함께 쓰여) 계획한 일이 어그러지는 형편.

낯이 뜨뜻한 일 : 서로에게 무안한 일, 낯이 뜨거워질 일.

내간사內間+事; 내간은 부녀자가 거처하는 곳, 그러나 「슬픈이야기」에서는 남의 집일, 부부 일에 왜 끼어들려는 것이냐의 의미.

내꾼지다 : 내깔기다(밖이나 앞을 향하여 똥, 오줌, 침 따위를 함부로 마구 싸거나 뱉다)의 강원도 방언.

내꾼지라고 : 내다버리라고.

내놓다 : (가둔 짐승 따위를) 자유롭게 놀도록 밖으로 놓아주다.

내를 한다 : 냄새를 맡는다.

내병 : 속병, 속증, 소화불량 계통의 병.

내숭 : 겉으로는 순해 보이나 속으로는 엉큼함.

내중에 → 나중에.

내천자 → 천川 **자.**

내치질內痔疾 **:** 항문 안쪽 점막층 밑에 생기는 치핵.

냄새를 내다 → 본색을 드러내고 말다.

냉병 : 하체를 차게 하여 생기는 병증.

너느지 : 나누지.

넉쩍다 : 멋쩍다. 민망하다. 어색하고 쑥스럽다.

넉히 : 넉넉히.

넌덕스럽다 : 너털웃음을 치며 재치 있는 말을 늘어놓는 재주가 있다. 능청맞게 너스레를 떠는 태도가 있다.

넌지시 : 드러나지 않게 가만히.

넝알로 : 넝 아래로. 「봄·봄」에서 '넝'은 경사가 완만한 비탈. 사위는 마당자락에 이어진 완만한 경사의 비탈(넝) 아래로 장인을 굴려버린다.

네남직 없이 : 너 나 할 것 없이.

네미 : 네 어미.

넥타일 다 잡숫구 → 넥타이를 다 매고(비아냥거리는 어투임).

노냥 : 노상의 방언.

노량 : 어정어정 놀면서 느릿느릿.

노상 : 언제나 변함없이 한 모양으로 줄곧.

노느매기 : 여러 몫으로 갈라 나누는 일. 또는 그렇게 나누어진 몫.

노는 돈 : 활용하지 않고 쌓아놓은 돈.

노랑퉁이 : 영양 부족이나 병 따위로 얼굴빛이 노랗고 부석부석한 사람을 낮잡아 이르는 말.

노름 : 놀음; 노름놀이, 여럿이 모여 즐겁게 노는 일.

노름 나가다 : 춤이나 소리에 재능이 있는 예능기생들은 유명한 고급 요리점의 연락을 받고 출장을 나가게 되는데 이것을 '노름나간다'고 한다. 이곳에서 기생들은 그들의 재능을 보여주고 그에 따라 합당한 수고비를 받았다고 함.

노서요 : 놓으세요.

녹빼끼 → 녹배기. 600. 화투놀이의 한가지로 득점이 먼저 600이 되는 승부를 가리킴.

논다 → 노느다 : 여러 몫으로 갈라 나누다.

논지면 : 논하자면, 말하자면.

놀다 : 고정되어 있던 것이 헐거워 이리저리 움직이다.

놋노래 : 노; 배에서 노를 저으며 부르는 노래. 일종의 노랫가락, 일정한 음정 박자에 얽매이지 않고 자유롭게 흥얼거리며 부르는 노래.

농군청 : 농부들이 일하는 곳.

농단壟斷 **:** 이익이나 권리를 독차지 함.

농락籠絡 **:** 남을 교묘한 꾀로 휘잡아서 제 마음대로 놀리거나 이용함.

농시방극農時方劇 **:** 농사철이 되어 일이 한창 바쁨.

농창膿瘡 **:** 고름 궤양증. 「솥」에서는 버선 바닥이 뚫어져 구멍이 난 상태를 의미함.

높새, 높새바람 : 동북풍, 주로 봄부터 초여름에 걸쳐 태백산맥을 넘어 영서 지방으로 부는 고온 건조한 바람으 로 농작물에 피해를 준다.

뇌자라다 : 내놓아 자라다.

뇌점 : 한방에서 말하는 결핵.

누가 그렇게 괭이 소리로 → 「아내」에서, 고양이가 가르릉 거리며 주인에게 휘감겨 애교를 부리듯, 정이 잔뜩 담긴 목소리로 상대방에게 애교를 부리는 모습을 표현한 것.

누거만累巨萬 **:** 매우많은 재산.

누길 : '누구를'의 강원도 방언.

누의 → 누이.

눅다 : 넉넉하다. 성격이 너그럽다.

눈 덮어 두기 : 눈 감아 주기; 어떤 일에 대해 이의를 제기하지 않고 모르는 체 해줌.

눈골 : 눈살; 두 눈썹 사이에 잡히는 주름.

눈뿌리 : 눈알의 안쪽으로 달려 있는 부분. '눈'을 강조하는 말.

눈살 : 두 눈썹 사이에 잡히는 주름.

눈으로 치마를 걷어 올린다 : 눈을 천천히 아래로부터 위로 치뜬다. // 치맛자락을 들어올려 눈물을 닦는다.

눈을 됩쓰다 : 눈을 부릅뜨다. 눈을 흡뜨다.

눈이 컸다 → 놀라서 눈이 휘둥그레졌다.

눈치만 그리다가 : 눈치만 살피다가.

눈허리 → 코허리 : 콧등의 잘록한 부분. 또는 콧방울 위의 잘록하게 들어간 부분. 여기서 눈과 코는 엄연히 다른 신체 부위이지만, 오른 손과 바른 손이 같은 지체를 의미하듯 눈허리와 코허리를 같은 대상의 다른 이름으로 본다. '코허리가 저리고 시다'라는 속담은 몹시 슬프거나 감격하였을 때의 심경을 비유적으로 이르는 말. 그러나 김유정의 「안해」에서 '눈허리가 시다'는 것이 아니꼽게 보인다는 것을 의미하는 듯 하다.

눌러왔지만 → (화가 치미는 것을) 참아 왔지만.

눙치다 : 어떤 행동이나 말 따위를 문제 삼지 않고 넘기다.

느 : 네, 너의 의 방언.

느긋하다 : 여유가 있고 넉넉하다.

느끼는 : 흐느끼는.

느루 : 한꺼번에 몰아치지 아니하고 오래도록.

느른하다 : 생기가 없다. 기운이 없다.

느물다·느믈다 : 언행을 음흉하게 하다. 「두꺼비」에서는 능글맞은 인간에게 당했다는 의미.

느물러든다 : 느물거리다; 말이나 행동을 자꾸 능글맞게 하다.

느티 대추나무들은 머리를 풀었다 → 느티나무, 대추나무 가지들이 축축 늘어졌다.

는실난실 : 야릇하고 잡스럽게. 아양을 떨면서.

늘 한 양으로 : 늘(언제나) 하는 모양으로.

늘어박히다 : 늘이어 놓은 듯이 여러 곳에 박히어 있다.

늘척지근하다 : 좀 늘어지고 맞갖지 않게 여기는 듯하다.

늘치렁늘치렁 : 느렁느렁(몹시 느리고 굼뜨게 움직이다).

늘큰하다 : 게으르다의 방언. 피곤해서 축 눌어지다.
늠름하다 : 생김새나 태도가 의젓하고 당당하게.
능수 : 어떤 일에 능숙한 솜씨. 또는 그런 솜씨를 가진 사람.
닢 : 납작한 물건을 세는 단위. 흔히 돈이나 가마니, 멍석 따위를 셀 때 쓴다.

ㄷ

다급하다 : 끌어당겨서 자기가 차지하다.(「형」에서 언급)
다기지다 : 다부지다; 벅찬 일을 견디어 낼 만큼 굳세고 야무지다. 암팡지다.
다라오다 : 달려오다.
다리다 → 댕기다의 강원도 방언. 댕기다 : 불이 옮아 붙다.
다리에 불풍이 났다 : 두 다리 사이에 불바람이 이는 듯 서둘러 걷다. 요즘 표현으로 ' 두 다리가 보이지 않도록 속력을 내서 걷다.
다비たび : 일본 버선을 신고 신는 신.
다비신 → 지까다비じかたび를 줄인 말. 작업화의 일본어 발음.
다스리기는사려 → 다스리기는커녕; 다스리기는 + 새려(새려; 새로에의 방언. 새로에 : 조사 '는', '은'의 뒤에 붙어'고사하고', '그만두고', '커녕'의 뜻을 나타내는 보조사).
다지다 : 뒷말이 없도록 단단히 강조하거나 확인하다.
다질 때 : 다짐할 때.
닦아놓다 → 닦아세우다 : 꼼짝 못 하게 휘몰아 나무라다.
단결 : 한번에. 결정적인 판단을 하거나 단정을 내림.
단돈 : 일반적으로 돈의 액수 앞에 붙어 아주 적은 돈임을 강조하여 이르는 말. 그러나 여기서는 단번에, 한 번에 움켜쥘 수 있는 일확천금에 이르는 돈.
단란團欒 : 즐겁고 화목함.
단마디 : 한두 마디의 짧은 말.
단박 : 그 자리에서 바로.
단장보이 : 단장短杖, 지팡이를 짚은 신사. 당시에는 개화봉이라고 하여 신사들이 단장을 짚고 다니었음.
단적短的**맞다** : (체격이) 작달막하다.
단적맞다 → 단적스럽다 : 하는 짓이 보기에 치사하고 다라운 데가 있다.
단지斷指 : 가족의 병이 위중할 때에, 그 병을 낫게 하기 위하여 피를 내어 먹이려고 자기 손가락을 자르거나 깨물던 일.
단평히端平**히** : 단정하고 평화로이.
단풍 : 1930년대 담배의 상품명.

달가이 : 마음이 흡족해하며 반가이.

달다 : 달구다; 타지 않는 고체인 쇠나 돌 따위를 불에 대어 뜨겁게 하다.

달뜨다 : 마음이 들뜨고 흥분되다.

달롱하다 : 옷 따위가 원래 길이보다 조금 들려 있거나 그렇게 보이다. 「정조」에서는 가슴이 서늘해지다, 가슴이 철렁하다의 의미.

달룽 : 달래의 강원도 방언.

달룽하다 : 덜컹하다.

달마찌 : 1930년대 헐리우드의 액션 영화 배우.

달망대다 : 손이나 어깨, 엉덩이 따위를 체신머리 없이 자주 들었다 놓으며 움직이다.

달포 : 한 달 이상이 걸리는 동안.

닭의 장 : 닭장.

담변談辨 **:** 담판談判. 옳고 그름, 참됨과 거짓됨을 말을 통해서 가려낸다.

담판 : 서로 맞선 관계에 있는 쌍방이 의논하여 옳고 그름을 판단함.

답쌔다 → 답쌓이다 : 한군데로 들이덮쳐서 쌓이다 한꺼번에 몰리다.

「가을」에서 '구문으로 십 원을 답센 것은' 은 '안팎 구문으로 오원씩 한꺼번에 십 원을 챙긴 것'을 의미 함. 또는 가로 채다의 의미.

답치기 : 질서 없이 함부로 덤벼들거나 생각 없이 덮어놓고 하는 짓.

답품踏品**하다 :** 세금이나 소작료를 제대로 거두기 위하여 관련 논밭에 가서 농작農作의 상황을 실지로 조사하다.

대 : 담뱃대.

대가품 : 되갚음 : 남에게 그에 상응하는 보답으로 돌려줌.

대갚음 : 남에게 입은 은혜나 남에게 당한 원한을 잊지 않고 그대로 갚음.

대거리 : 일을 시간과 순서에 따라 교대로 바꾸어 함. 또는 그 일.

대거리를 꺾다 : 일을 교대하다.

대구 → 대고; 무리하게 자꾸. 또는 계속하여 자꾸.

대구리 : 머리. 대가리의 강원도 방언.

대궁 : 먹다가 그릇에 남긴 밥. 대궁밥. 잔반殘飯.

대두擡頭 **:** 머리를 쳐든다는 뜻으로, 어떤 세력이나 현상이 새롭게 나타남을 이르는 말.

대려놓다 : 댕기어 놓다(불이 옮아 붙다)의 춘천 향토어.

대리 : 다리.

대리다 : 당기다(불을 옮겨 붙이다).

대마도 : 「애기」에서 찾아온 일본인 소방수를 희화한 지칭.

대매 : 단매(단 한 번 때리는 매).

대미쳐 : '즉시', '곧바로'.

대미치다 : 뒤미치다; 뒤이어 곧 정하여 둔 곳이나 범주에 이르다.

대서다 : 바짝 가까이 다가서다.

대장간 : 쇠를 달구어 온갖 연장을 만드는 곳.

대중 : 짐작. 추정. 대강 어림잡아 헤아림.

대척적對蹠的 : 어떤 사물이나 현상을 비교해 볼 때, 서로 정반대가 됨.

댕길 맛 : 당기는 맛; 구미, 취미.

더끔더끔 : 어떤 것에 조금씩 자꾸 더하는 모양.

더태기 : 덤터기; 남에게 씌우거나 남에게 억울하게 넘겨 맡겨 버리는 것.

더펄거리다 : 들떠서 침착하지 못하고 자꾸 경솔하게 행동하다.

더펄이 : 들떠서 침착하지 못하고 행동이 산만한 사람, 「노다지」에서는 그와 같은 성격의 등장인물에 부쳐진 이름.

덕개덕개 → 덕지덕지 : 때나 먼지 따위가 아주 많이 끼어 있는 모양.

덜 익다 : 좁쌀 따위가 절구공이 혹은 방아공이 아래에서 제대로 찧어지지 않은 것을 말함.

덤덤하다 : 어떤 말이나 반응이 없이 조용하고 무표정하다.

덥석거린다 : 왈칵 달려들어 닁큼 물거나 움켜잡는 모양.

덧돈 : 웃돈; 본래의 값에 덧붙이는 돈.

덧들이다 : 병 따위를 덧나게 하다.

덩어리 돈 : 목돈(한뭉이 될 정도로 많은 돈). 거액.

덩저리 : '몸집'을 낮잡아 이르는 말.

데려올려오다 : 지방에서 서울로 데리고 올려오다(올라오다 : 지방에서 중앙으로 오다).

데면데면하다 : 성질이 꼼꼼하지 않아 행동이 신중하거나 조심스럽지 아니하다.

데생기다 : 생김새나 됨됨이가 완전하게 이루어지지 못하여 못나게 생기다.

데우다 : 식었거나 찬 것을 덥게 하다.

데퉁스리 · 데퉁스레 : 말과 행동이 거칠고 미련하게.

도끼눈 : 분하거나 미워서 매섭게 쏘아 노려보는 눈을 비유적으로 이르는 말.

도락삼매道樂三昧 : 술, 여자, 도박 따위에 깊이 빠지는 행위.

도로 : 먼저와 다름없이. 또는 본래의 상태대로.

도로다 : 먹은 것을 게우다.

도릿거리다 : 도리반거리다; 눈을 크게 뜨고 요기조기를 자꾸 휘둘러 살펴보다.

도배 : 종이로 벽이나 반자, 장지 따위를 바르는 일.

도수장 : 도살장. 고기를 얻기 위해 가축을 잡아 죽이는 곳.

도시都是 : 도무지.

도지 : 도지권의 대가로 생산물의 25~33%를 소작료로 물던 정액제 소작 형태.
(도조 : 남의 논밭을 빌려서 부치고 논밭을 빌린 대가로 해마다 내는 벼. 도지(賭地)).
도한盜汗 : 심신이 쇠약하여 잠자는 사이에 저절로 나는 식은땀.
독살 : 악에 받치어 생긴 모질고 사나운 기운.
돈놓이 : 돈놀이; 남에게 돈을 빌려주고 이자를 받는 것을 업으로 하는 일.
돈 만은 : 돈 만원은.
돈후敦厚**하다** : 인정이 두텁고 후하다.
돌떠넘기다 : 돌려 띄우면서 넘기다(돌뜨다 : 돌다 + 뜨다 → 돌리면서 사이가 뜨게 하다).
돌라놓다 : 돌려놓다; 방향을 다른 쪽으로 바꾸어놓다. 「두꺼비」에서는 이미 먹은 약물이나 음식물을 토해내는 것.
돌랐다 → 돌(리)다 : 기능이나 체제가 제대로 작용하다.
돌르다 : 게우다, 토하다.
돌림성 : 일을 주선하거나 변통하는 솜씨, 융통성.
돌팍 : 비교적 크고 평평한 돌로, 돌덩이보다 작고 자갈보다 큰 돌멩이, 돌멩이의 방언.
동 : 쇠줄에 유용한 성분 함량이 적다는 의미.
동곳 : 상투를 튼 뒤에 그것이 다시 풀어지지 아니하도록 꽂는 물건.
동관 : 동료.
동나다 : 물건 따위가 다 떨어져서 남아 있는 것이 없게 되다. 품절되다.
동도同道**하다** : 길을 같이 가다. 같은 일에 종사하다.
동발 → 동바리 : 갱도 따위가 무너지지 않게 받치는 나무 기둥의 준말.
동살 : 새벽에 동이 틀 때 비치는 햇살.
동이 → 물동이 : 질그릇의 하나. 흔히 물 긷는 데 쓰는 것으로 보통 둥글고 배가 부르고 아가리가 넓으며 양옆으로 손잡이가 달려 있음.
동이 먹어들어가다 : 금맥의 성분이 적다는 의미.
동이배 : 물동이처럼 불룩하게 나온 배. 아랫배가 툭 불거지도록 나온 배.
동자상문 : 사내아이의 죽은 귀신.
동저고리바람 : 의관을 제대로 갖추지 아니한 차림새. 조끼나 두루마기 같은 것을 입지 않고 한복저고리만 입은 상태.
되레 : 도리어.
되순나잡다 → 되술레잡다 : 잘못한 이가 오히려 남을 나무라다.
되술이 잔 풀이가 된다 → 술 한 됫박에 얼마씩 받던 술값을 낱잔으로 계산해서 술값을 받게 되다.
되알지다 : 몹시 올차고 야무지다.
되우 : 되게, 아주 몹시.

되퉁스럽다 : 찬찬하지 못하거나 미련하여 일을 잘 저지를 듯하다.

된바람 : 북풍, 강풍.

된통 : 되게.

뒹 : 똥, 인분.

두 몫 : 배, 갑절, 곱절.

두꺼비눈 : 눈알이 불룩 튀어나온 눈(「두꺼비」에서 기생 옥화의 남동생 인상이 눈알이 불룩나온 모습. 이후 이 남동생은 '두꺼비'란 이름으로 불림).

두량斗量 : 일을 헤아려 처리함.

두렁이 : 어린아이의 배와 아랫도리를 둘러서 가리는 치마같이 만든 옷. 겹으로 만들거나 솜을 두어 만든다.

두레두레 → 둘레둘레 : 사방을 이리저리 살피는 모양.

두릿거리다 : 두리번거리다의 방언.

두릿두릿하다 → 두리두리하다 : 큰 눈을 자꾸 힘 있게 굴리다.

두멍 : 물을 많이 받아두고 쓰는 큰 솥이나 독.

두발 : 머리카락.

두상 : 머리의 높임말, 「만무방」에서 인체의 한 부분인 머리를 통해 인간을 의미, 죽으면 썩을 인간들, 딱한 사 람들, 못난 인간들을 의미.

둘싸다 : 둘러싸다.

둠 · 두메 : 도회에서 멀리 떨어져 인적이 드문 변두리 나 깊은 곳. 비슷한 말로 두멧골 두메산골 산간 등이 있다.

둥굴리다 : 굴리다 의 강원도 방언.

뒤가 달리다 → (자기가 저지른 실수나 약점으로 인해) 뒤를 댈 힘이 없어지다.

뒤나 자들어주다 : 뒤나 거들어주다.

뒤둥그러지다 : 생각이나 성질이 비뚤어지다.

뒤뚝거리다 : 큰 물체나 몸이 중심을 잃고 자꾸 이리저리 기울어지다. 또는 그것을 자꾸 이리저리 기울이다.

뒤묻다 : 뒤따르다.

뒤보다 : 똥을 누다.

뒤어쓰다 : 들쓰다.

뒤지 : 밑씻개.

뒤지다 : 무엇을 찾으려고 샅샅이 들추거나 헤치다.

뒤치다 : 엎어진 것을 젖혀 놓거나 자빠진 것을 엎어놓다.

뒵쓰다 : 온통 뒤집어쓰다, 「떡」에서는 눈동자가 뒤로 돌아가 흰자위만 보이도록 된 상

황을 의미.

뒷간 : 화장실.

뒷갈망 : 뒷감당; 일의 뒤끝을 맡아서 처리함. 뒷갈망 · 뒷담당.

뒷감당 : 뒷수습, 일의 뒤끝을 맡아서 처리함.

뒷말 : 계속되는 이야기의 뒤를 이음. 또는 그런 말.

뒷심 : 당장은 내비치지 않으나 뒷날에 이룰 수 있는 어떤 일을 기대하는 마음. 「만무방」에서는 벼를 수확해서 갚을 생각을 하고 외상으로 술을 마시고 있는 상황을 의미.

드려뿜는다 : 드리다(섞인 잡것을 없애기 위하여 떨어 놓은 곡식을 바람에 날리다) + 뿜다. 「노다지」에서는 모래가 바람에 뿜어지듯 세차게 날리는 것을 의미한다.

든벌 : 집 안에서만 입는 옷이나 신는 신발 따위를 통틀어 이르는 말. 입고 신고 있던 옷차림 그대로의 의미.

든적스럽다 : 하는 짓 따위가 치사하고 더러운 데가 있다.

든직하다 : 사람됨이 경솔하지 않고 무게가 있다.

든직히 : 사람됨이 믿음성 있고 묵직하게.

듣보다 : 듣기도 하고 보기도 하며 알아보거나 살피다.

들갑작거리다 : 몸을 몹시 흔들며 까불거리다.

들까불다 : 몹시 경망하게 행동하다.

들껍적하다 : 우쭐거리며 잘난체하다.

들떠보다 : 고개를 들어 쳐다보다.

들레다 : 야단스럽게 떠들다.

들메 → 신들메 : 들메끈, 들메끈은 신이 벗어지지 않도록 신을 발에 동여매는 끈.

들몰다 : 몹시 닦아세워 몰다.

들병이 : 들병장수; 병이나 항아리에 술을 담아가지고 다니면서 술과 몸을 파는 사람.

들써매다 : 들매다; 느슨하지 않게 잡아매다.

들엎드리다 : 밖에 나가 활동하지 않고 안에만 머물다.

들여지르다 → 들이지르다 : 들이닥치며 세게 지르다.

들이 : 들입다(강력하게, 마구).

들입다 : 세차게 마구, 본문에서는 '드리'로만 나옴.

들컥질 → 들큰질 : 언짢거나 불쾌한 말로 남의 비위를 자꾸 건드림. 들큰댐.

들피지다 : 굶주려 여위다.

등거리; 등만 덮을 만하게 걸쳐 입는 홑옷. 베나 무명으로 깃이 없고 소매가 짧거나 없게 만든다.

등걸잠뱅이 : 등거리와 잠방이를 아울러 이르는 말.

등신 : 나무, 돌, 흙, 쇠 따위로 만든 사람의 형상이라는 뜻으로, 몹시 어리석은 사람을 낮잡아 이르는 말.

등어리 : 등의 강원도 사투리.

디굴거리다 : 눈을 부릅뜨고 눈알을 자꾸 크게 굴리다.

디려쌀라고 : 들여 쌓으려고.

디려주다 → 들여주다 : 입단, 혹은 입회시켜주다.

디리다 : '드리다'의 춘천지역 사투리.

디리다 → 들이다 : 어떤 일에 일손, 돈, 시간, 노력, 물자 따위를 쓰다.

딩금딩금 : 촘촘하지 않고 듬성듬성 떨어져 있는 모양.

따끔질 → 따깜질 : 큰 덩이에서 조금씩 뜯어내다.

따다 : ① 노름, 내기, 경기 따위에서 이겨 돈이나 상품 따위를 얻다.
② 찾아온 사람을 핑계를 대고 만나지 않다. 따돌리다.

따라지게 : 딱 부러지게. 거두절미去頭截尾.

따로이 : 따로(예사의 것과 다르게 특별히)의 강원도 방언.

딴뚜 : 딴전.

딴통같다 : 전혀 엉뚱하다. 생뚱맞다.

딴통같이 : 전혀 엉뚱하게.

딸리다 → 달리다 : 재물이나 기술, 힘 따위가 모자라다.

뙇아난 → 뙇다 : 따르다의 강원도 방언, 「노다지」에서는 금점 일에 오랫동안 따라다닌 만큼 그 방면에 일가견을 갖고 있다는 의미.

땀내다 : 땀을 많이 흘리게 하다. 상대가 땀을 많이 쏟아 낼 정도로 고통스런 고역을 주어야 함을 의미.

땅띔 : 무거운 물건을 들어 땅에서 뜨게 하는 일.

땅띔도 못하다 → 「소낙비」에서는 감히 생각조차 못함을 의미.

땅빵울 : 옛날 죄인들이 도망가지 못하게 달아놓던, 쇠사슬에 달린 쇳덩이. 「애기」에서 올케가 시누이에게 몇 번 주먹질을 세차게 한 것으로 보임.

땅재주 : 주로 광대가 땅에서 뛰어넘으며 펼치는 묘기나 재주.

떠들다 : 가리거나 덮인 물건의 한 부분을 걷어 젖히거나 쳐들다의 강원도 방언.

떠들어보다 : 물건을 떠서 들어보다.

떠름하다 : 마음이 썩 내키지 아니하다.

떡국이 농간을 하다 → 재질은 부족하되 오랜 경험을 통해 일을 잘 처리해 나가다.

떡머구리 : 떡개구리.

떡메 : 인절미나 흰떡 따위를 만들기 위하여 찐 쌀을 치는 메. 굵고 짧은 나무토막의 중간

에 구멍을 뚫어 긴 자루를 박아 쓴다.

떨어진 채 : 떨어뜨린 채.

떨어치다 : 세게 힘을 들여 떨어지게 하다.

떨뜨리다 : 젠체하여 위세를 드러내며 뽐내다.

떨잎 : 낙엽.

떼 : 흙을 붙여서 뿌리째 떠낸 잔디.

떼난봉 : 단체로 난봉(바람)이 나다. 수필 「강원도 여성」에서의 '난봉나다'는 남녀관계로 마음이 들뜬 것을 의미.

떼다던지다 → 떼다밀다 → 떠밀다.

또라지다 : 당돌하고 똘똘하다.

뙤 : 가마솥 솥뚜껑.

뙤다 → 뙹기다 : 모르는 사실을 깨달아 알도록 암시를 주다.

뙤롱뙤롱 : 또록또록 ; 똘똘하다.

뚜덜거리다 : 남이 알아듣기 어려울 정도의 낮은 목소리로 자꾸 불평을 하다. '두덜거리다'보다 센 느낌을 준다.

뚝기 : 굳게 버티어 내는 기운.

뜬몸 : 떠돌이, 뜨내기, 유랑자.

ㄹ

례 하리다 : ① 대접을 후하게 하리라. ② 답례를 하리라.

루 : 번거러움, 번잡함, 걱정거리.

림리淋漓 **:** 사람의 몸이나 글씨, 그림 따위에 힘이 넘치는 모양.

ㅁ

마가 들다 : 좋은 일에 훼방꾼이 나타난 것을 의미.

마가목 : 능금 나무과에 딸린 큰 키 나무, 재목은 단단하여 세공물이나 지팡이를 만드는 데 쓰고 나무껍질과 열매는 약용으로 사용한다. 「두꺼비」에서 기생 옥화의 아비를 지팡이처럼 비쩍 마르고 단단해 보이는 사람으로 비유하고 있음.

마구리 : 막장의 뚫고 나가는 쪽의 문.

마뜩잖다 : 마음에 들 만하지 아니하다.

마뜩하다 : 마땅하다. 만족하다. 제법 마음에 들만하다.

마룽 : 마루의 강원도 토속어.

마른 세수 : 물기 없이 손이나 천조각으로 얼굴을 문질러서 씻어 내는 일.

마름 : 지주를 대리하여 소작권을 관리하는 사람.

마샛꾼 : 말썽꾼. 마새; 말썽.

마수걸이 : 개시. 맨 처음으로 물건을 파는 일. 또는 거기서 얻은 소득.

마장 : 거리의 단위. 오 리나 십 리가 못 되는 거리를 이른다.

마짜아이まちあいしつ : 대합실.

마코 : 일제시대 있었던 담배의 상표.

막닥뜨리다 → 맞닥뜨리다 : ① 좋지 않은 일 따위에 직면하다.
② 갑자기 마주 대하거나 만나다.

만강滿腔 : 마음 속에 가득.

만곡彎曲 : 활모양으로 굽음.

만귀잠잠萬鬼潛潛**하다** : 깊은 밤에 온갖 것이 잠자는 듯이 고요하다.

만뢰잠잠萬籟潛潛 : 밤이 깊어 모든 소리가 잠잠해짐.

만무방 : 염치가 없이 막된 사람.

만적대다 : 자꾸 만지다.

만질만질하다 : 만지거나 주무르기 좋게 연하고 보드랍다.

만침 : 만치, 만큼.

말가웃 : 한말 반 정도.

말똥마력 : 양파 모양으로 벗겨져 부스러지기 쉬운 버력.

말시단 : 말의 시비, 말다툼.

말을 꼬다 : 남의 마음에 거슬릴 정도로 빈정거리다. 비꼬다.

말이 꿈는다 : 말이 제대로 나오지 않는다. 꾸물대며 말을 제대로 하지 못함.

말저 : 말짱의 강원도 방언 ; 속속들이 모두.

맑다 : 「소낙비」에서는 '수입, 소득이 없다'의 의미.

맛깔스럽다 : 입에 당길 만큼 음식의 맛이 있다.

맛부리다 : 맛없이 싱겁게 굴다 ≒ 맛피우다.

맛장수 : 아무런 멋이나 재미없이 싱거운 사람을 비유적으로 이르는 말.

망골 : 언행이 매우 난폭하거나 주책없는 사람을 낮잡아 이르는 말.

망난이 : 언동이 몹시 막된 사람을 비난조로 이르는 말. 옛날 사형을 집행할 때에 죄인의 목을 베던 사람.

망단妄斷 : 망령된 판단이나 단정.

망우亡友 : 죽은 친구.

맞다들리다 → 맞다들다 : 정면으로 마주치거나 직접 부딪치다.

매 : 맷고기나 살담배를 작게 갈라 동여매어 놓고 팔 때, 그 덩어리나 매어 놓은 묶음을

세는 단위. 맷고기는 조금씩 갈라 동여맨 덩이로 파는 쇠고기.

매 : 젓가락 한 쌍을 세는 단위.

매끝 : 때리는 매질의 형세.

매닥질 : 마구 매대기를 치는 짓. 끌어안고 딩구는 짓.

매출하다 : 곧다; 매출이 : 곧게.

매팔자 : 빈들빈들 놀면서도 먹고사는 걱정이 없는 경우를 이르는 말.

매함지 : 둥글고 넓적하여 맷돌을 앉히기가 좋은 함지.

매함지박 : 둥글고 넓적하여 맷돌을 앉히기가 좋은 함지(통나무의 속을 파서 큰 바가지 같이 만든 그릇).

매혼시장賣婚市場 : 예전에, 돈을 주고 결혼 상대자를 사서 하던 강제적인 결혼의 현장.

맥맥하다 : ① 답답하다. ② 생각이 잘 돌지 아니하여 답답하다.

맨망스럽다 : 요사스럽게 까부는 태도가 있다.

맷맷하다 : 미끈하다.

맹문동 : 일의 옳고 그름이나 경위도 모르는 사람을 낮잡아 이르는 말. 유사어; 맹문이.

머릿탈 : 가발假髮.

멀뚱히 : 눈빛이나 정신 따위가 생기가 없고 멀겋게.

멀쑤룩하다 : 머쓱하다의 강원도 방언; 머쓱하다 : 무안을 당하거나 흥이 꺾여 어색하고 열없다.

멈씰하다 : 멈칫하다의 방언.

멍멍하다 : 먹먹하다의 강원도 방언. 정신이 빠진 것같이 어리벙벙하다.

메다꽂다 : 어깨너머로 둘러메어 힘껏 내리꽂다.

메떨어지다 : 모양이나 말, 행동 따위가 세련되지 못하여 어울리지 않고 촌스럽다.

메지메지 : 물건을 여럿으로 따로따로 나누는 모양.

멱서리 : 짚으로 촘촘히 엮은 그릇. 주로 곡식을 보관한다.

면대하다 : 얼굴을 맞대다. 서로 얼굴을 마주하고 대하다.

면두 : 볏의 방언(강원, 경기). 볏; 닭이나 새 따위의 이마 위에 세로로 붙은 살 조각. 빛깔이 붉고 시울이 톱니처럼 생겼다.

면상판 : 얼굴.

명심불망銘心不忘 : 마음에 깊이 새겨 두어 오래오래 잊지 아니함.

명주삼팔 : 중국에서 생산되는 올이 고운 명주.

몇 두 달씩 : 두 달이 여러 번, 곧 서너 달 혹은 대여섯 달씩.

모로 눌러붙인 : 옆으로 돌려서 깊숙이 쓴.

모로 : 옆쪽으로.

모록耄碌하다 : 매우 늙어 무기력하다.

모리돌멩이 : 단단하고 모난 돌멩이.

모슬기 : 모서리의 강원도 방언.

모지락스럽다 : 보기에 억세고 모질다.

모질음 : 고통을 견디어 내려고 모질게 쓰는 힘. 「소낙비」에서는 온 힘을 다해 지게막대로 아내를 내려치려는 것을 말함.

모집다 : 모조리 집다.

목때기 → 목대기 : 모가지의 비속어.

목성 : 목소리. 음성.

목쟁이 : 목정강이; 목덜미를 이루고 있는 뼈.

목침 : 나무토막으로 만든 베개.

몸 : 몸엣것 : 여성의 월경.

몸달다 : 조급해 하거나 마음을 졸이다.

몸이 노글거리다 : 맥이 빠져 자꾸 나른하게 되다. 몸이 피곤해서 힘 없이 되다.

몸이 녹았다 → 체력을 소진했다.

몸져눕다 : 병이나 고통이 심하여 몸을 가누지 못하고 누워 있다.

무가내 : 막무가내(도무지 융통성이 없고 고집이 세어 어찌할 수 없음).

무구무신경無垢無神經 : 자연그대로 순박하고 주위에 대해 관심이 없음.

무던히 : 무던; 정도가 어지간하게.

무디다 : 세련된 맛이 없고 투박하다.

무딘 : 느끼고 깨닫는 힘이나 표현하는 힘이 부족하고 둔한.

무라むら : 얼룩. 반점. 고르지 못함. 한결같지 않음(まだら : 얼룩, 반점).

무람없다 : 예의를 지키지 않으며 삼가고 조심하는 것이 없다.

무람없이 : 예의를 지키지 않으며 삼가고 조심하는 것이 없게.

무르녹다 : 일이나 상태가 한창 이루어지려는 단계에 달하다.

무리꾸럭 : 남의 빚이나 손해를 대신 물어 주는 일.

무시로 : 특별히 정한 때가 없이 아무때나.

무참無慚하다 : 매우 부끄럽다.

무춤하다 : 놀라거나 어색한 느낌이 들어 갑자기 하던 짓을 멈추다.

묵새기다 : 별로 하는 일 없이 한곳에서 오래 묵으며 날을 보내다.

묵주머니 : 말썽이 일어나지 않도록 잘 달래고 주무르는 일을 비유적으로 이르는 말.

묵찐이 → 묵진이 : 무겁게의 강원도 방언. 「야앵」에서는 고생을 아주 많이, 무진히 했다는 의미.

문내 : 문중門中(성과 본이 같은 가까운 집안).
문대다 : 여기저기 비비다.
문설주 : 문기둥. 문짝을 끼워 달기 위하여 문의 양쪽에 세운 기둥.
문태다 : 문지르다. 문대다의 강원도 방언.
묻지르다 : 마구 묻어버리다. 마구 덮어버리다.
물다 → 물쿠다 : 너무 무르거나 풀려서 본 모양이 없어지도록 헤어지게 하다.
물리다 : 갚아야 할 것을 치르다.
물리다 : 다시 대하기 싫을 만큼 몹시 싫증이 나다.
물목 : 물건의 목록.
물밀 때 : 조수가 육지로 밀려올 때. 「금따는 콩밭」에서는 '생각이 물밀 듯 밀려올 때'의 의미.
물색하다 : 알맞는 것을 찾아내다.
물커지다 : 물크러지다.
뭇 : 생선 같은 것을 묶어 세는 단위. 한 뭇은 10마리.
뭇사랑 : 여러 사람과 하는 사랑.
뭇웃음 : 여러 사람이 함께 웃는 웃음.
뭉청 : 가슴이 심한 충격을 받아 대번에 내려앉은 듯한 느낌.
뭉텅이 : '뭉치'의 강원도 방언.
미나리 : 강원도 충청도 지방에서 전해 내려오는 농부가의 하나 , 메나리라고도 함.
미닫이 : 문이나 창 따위를 옆으로 밀어서 열고 닫는 방식. 또는 그런 방식의 문이나 창을 통틀어 이르는 말.
미득味得 : 맛보다. 음미하다.
미루꾸 : 밀크 캬라멜의 약어. '미루꾸'는 '밀크'의 일본식 발음.
미봉彌縫 : 일의 빈 구석이나 잘못된 것을 임시변통으로 이리저리 주선하여 꾸며 댐.
미상味賞 : 맛을 즐김.
미적微跡 : 자그마한 자취, 가벼운 흔적.
미주리 → 고조리미주리 : 아주 사소한 일까지 속속들이. 모조리.
미주알고주알 : 아주 사소한 일까지 속속들이.
미화 : 바보, 어리석은 사람, 좀 모자라는 사람.
민적 : 호적, 주민등록과 같은 것, 「소낙비」에서 '민적을 가르라'는 것은 이혼하는 것을 의미함.
민줄대다 → 민주를 대다; 민주대다 : 몹시 귀찮고 싫증나게 하다.
밀긋밀긋 : 무거운 것을 조금씩 잇달아 밀어내는 모양.

밉살무리궂다 : 언행이 몹시 밉고 언짢다. 밉살스럽다.

ㅂ

바랑 : 배낭. 승려가 등에 지고 다니는 자루 모양의 큰 주머니.

바리 : 말이나 소의 수효를 세는 단위. 소 한 바리는 소 한 마리.

바상바상하다 : 물기가 없어 보송보송하다.

바지게 : 발채(짐을 싣기 위하여 지게에 얹는 소쿠리 모양의 물건)를 얹은 지게.

바치다 : 주접스러울 정도로 좋아하여 찾다.

바특이 : ① 두 대상이나 물체 사이가 조금 가깝게.
② 시간이나 길이가 조금 짧게, 가깝게.

바특하다 : 두 대상이나 물체 사이가 조금 가깝다.

바히 → 바이; 아주 전혀. 상당히, 꽤.

반기 : 잔치나 제사 후에 여러 군데에 나누어 주려고 목판이나 그릇에 몫몫이 담아 놓은 음식. 수필 「소꿉질」에서는 어머니가 주신 떡조각을 말함.

반반하다 : 일하는 것이 말끔하여 보기도 괜찮고 쓸 만하다.

반실 : 절반가량 잃거나 손해를 봄. 절반가량이 축남.

반짇그릇 : 반진고리의 방언. 바늘, 실, 골무, 헝겊 따위의 바느질 도구를 담는 그릇.

반화半靴 : 구두의 운두를 낮게 하여 발등이 거의 드러나게 만든 구두.

발 : 길이의 단위. 한 발은 두 팔을 양옆으로 펴서 벌렸을 때 한쪽 손끝에서 다른 쪽 손끝까지의 길이이다.

발노發露 : 숨은 것이 겉으로 드러남.

발만스럽다 : 두려워하거나 삼가는 태도가 없이 꽤 버릇없다.

발부리 : 발끝의 뾰족한 부분.

발뺌 : 자기가 관계된 일에 책임을 지지 않고 빠짐.

밤볼 : 입 안에 밤을 문 것처럼 살이 볼록하게 찐 볼.

밤볼이 찌다 : 입 안에 밤을 문 것처럼 볼록하게 볼의 살이 찌다.

밤을 패다 : 밤을 새우다.

밥버러지 : 밥벌레, 밥만 축내는 사람을 비아냥거릴 때 쓰는 말.

밥통 : 무능력자, 모자란 사람에 대해 낮추어 부르던 명칭.

방관傍觀 : 어떤 일에 직접 나서서 관여하지 않고 곁에서 보기만 함.

방구루마 : 방 + 구루마(수레의 일본어). 수레 위에 자그마한 방을 갖춘 것, 번역소설 「귀여운소녀」.

방아다리 : 디딜방아에서 발로 밟는 부분, 「산골 나그네」에서 '방앗다리에 시달린 몸'이

란 남의 집 디딜방아를 찧어주노라고 피곤해진 몸을 의미.
방자 : 남이 못되거나 재앙을 받도록 귀신에게 빌어 저주하거나 그런 방술方術을 쓰는 일.
방정맞다 : 말이나 행동이 찬찬하지 못하고 몹시 까불어서 가볍고 점잖지 못하다.
방종 : 제멋대로 행동하여 거리낌이 없음.
방추 : 방망이의 방언(강원, 전라, 충청, 평안, 함경).
밭도지 : 삯을 주고 주인에게 빌려서 부치는 밭.
밭뙈기 : 얼마 안 되는 자그마한 밭.
밭을 버리다 : 밭은 망가뜨리다.
배겨대다 : 비스듬하게 기대다.
배내병신 : '선천적인 기형' 을 낮잡아 이르는 말.
배라먹을 : 빌어먹을.
배를 채다 : 「봄·봄」에서는 장인님의 심술에 대해 사위도 장인님 않게 그 곱절이나 약을 올렸다는 뜻인 듯함. 배倍 : 어떤 수나 양을 두 번 합한 만큼. ≒갑절·곱 / 채다; 물건 값이 오르다.
배를 튀기다 : 배에 힘을 주고 거만하게, 퉁명스럽게.
배시근하다 : 몹시 지쳐서 온몸에 기운이 빠지고 뼈마디가 쑤시다.
배심背心 : 배반하는 마음.
배우개장 : 이현梨峴장. 지금의 동대문 시장.
배재 : 땅을 소작할 수 있는 권리.
배지 : 배의 비속어.
배창 : 배창자의 강원도 사투리.
배채 : 대책, 방도.
배치配置 : 할당하고 분배하여 저마다의 자리에 둠(원전에서는 '배채'로 나왔으나 이는 오자誤字인 듯).
배포 : 머리를 써서 일을 조리 있게 계획함. 또는 그런 속마음.
백두고개 : 춘천시 동면 증 3리(실레마을)에 있는 고개 이름.
백죄 → 백주에, 백주 : 대낮, 훤한 낮.
백주 : 대낮, 여기에서는 대명천지에, 세상에 라는 의미.
백중伯仲 : 재주나 실력, 기술 따위가 서로 비슷하여 낫고 못함이 없음. 또는 그런 형세.
백줴 → 백주에 : 드러내 놓고 터무니없게, 억지로.
백판 : 아무것도 없는 형편이나 모르는 상태. 전혀 생소함.
밸 → 배알 : '속마음'을 낮잡아 이르는 말.
밸을 긁다 : 상대방이 화가 나게 약을 올리다.

뱰이 상하다 : 속이 상하다. 마음이 상하다.

뱰창 : 뱃속의 장기. 창자의 비속어를 강하게 표현할 때 쓰는 말. 밸(배알; 창자의 비속어) + 창(脹; 창자 · 대장 · 소장 등).

뱃기 : 뱃때기, 배의 비속어.

뱃심 : 마음속에 다지는 속셈. 「애기」에서는 역심逆心을 의미함.

뱅충맞다 → 빙충맞다의 방언 : 똘똘하지 못하고 어리석으며 수줍음을 타는 데가 있다.

버덩 : 높고 평평하며 나무는 없이 풀만 우거진 거친 들.

버덩사람 : 대처 사람, 도회지 사람.

버듬이 : 비스듬이.

버듬직하다 · 버듬하다 → 버드름하다 : 조금 큰 물체 따위가 밖으로 약간 벋은 듯하다. 「연기」에서는 아우가 누님 앞에서 거들먹거리며, 건넌방으로 들어가는 모습을 표현한 듯 함.(버듬지기 자리에서 일어나다; 몸을 비스듬이 천천히 펼치면서 자리에서 일어나다)

버럭 : 버력; 광석이나 석탄을 캘 때 나오는, 광물 성분이 섞이지 않은 잡돌.

버럿하게 : ?

버력 : 광석이나 석탄을 캘 때 나오는, 광물 성분이 섞이지 않은 잡돌.

버력같은 만감 : 잡돌에 가까운 광석.

버스 걸 : 버스 차장.

버스러지다 : 어떤 범위 안에 들지 못하고 빗나가다.

버캐 : 엉켜서 굳어진 것. 버캐된 머릿칼; 영양실조와 제대로 손질하지 못해 손상된 머릿칼.

버팅기다 → 버티다 : 상황이 어려운 상태에서도 굽히지 않고 맞서 견디어 내다. 「만무방」에서는 응칠이 자신의 골격과 근육을 긴장시킨 상태.

번듯번듯하다 : 생김새가 매우 훤하고 멀끔하다.

번뜻하다 : 생김새 따위가 훤하고 멀끔하다. '번듯하다'보다 강한 표현.

번이 : 본이, 바탕이, 원래, 본디, 본래.

번인 → 본인, 본래는.

번죽 : 뻔뻔스럽거나 비위가 좋아서 주어진 상황에 잘 적응하는 태도. 부끄러운 기색 없이 얄밉게 이죽이죽하면서 느물거리는 것.

번죽거리다 : 느물거리다.

번죽도 좋거니와 : 느물느물 말하는 뻔새도 좋거니와.

벌쭉 : 속의 것이 드러나 보일 듯 말 듯 크게 벌어진 모양.

범람성氾濫性 **:** 큰물이 흘러넘침.

범상凡常**하다 :** 중요하게 여길 만하지 아니하고 예사롭다.

벗나가다 : 그릇치다. 벗나가게 하다. 테두리 밖으로 벗어나서 나가다.

벗나다 → 벗어나다 : 테두리 바깥으로 벗어나다. 「금따는 콩밭」에서 외면하면 될 일도 되지 않는다는 의미.

벙벙하다; 어리둥절하여 얼빠진 사람처럼 멍하다.

벚 : 버찌.

베다 : 누울 때, 베개 따위를 머리 아래에 받치다.

베-제baiser **:** 프랑스어로 입맞춤, 키쓰.

벤또べんとう **:** 도시락(일본어).

벼깔치 : '벼까끄라기'의 강원도 방언. 벼의 깔끄러운 수염이나 그 동강.

벼르다 : 나누다. 여러 몫으로 나누다.

벽채 : 광산에서 광석을 긁어모으거나 파내는 데 쓰는 연장. 호미와 비슷하나 훨씬 크다.

변 : 별난 데가 있음. 또는 갑자기 생긴 재앙이나 괴이한 일. 변고.

변덕이 죽 끓듯 하다 : 말이나 행동을 몹시 이랬다저랬다 하다.

변도べんとう **:** 도시락을 가리키는 일본어.

변변히 : 흠이 없고 어지간하게.

병괘病卦 **:** 일이 그른 상황, 잘못된 상황.

병문말 → 변문(變文 : 당나라 중기~북송 초기에 걸쳐 민중 사이에서 유행한 민간 문학. 불경의 이야기를 구어나 속어로 쉽게 풀어 하던 문체).

병발倂發 **:** 두 가지 이상의 일이 한꺼번에 일어남. 또는 그 일.

병폐病弊 **:** 병통과 폐단을 아울러 이르는 말, 「생의 반려」에서는 예기치 않은 일, 사건사고.

보가報價**하다 :** 보상하다. 그 가치에 응하는 보상을 하다.

보강지 : 아궁이의 강원도 방언.

보구니 : 바구니의 춘천 방언.

보꼬깨 : '보꾹'의 방언. 지붕의 안쪽, 또는 지붕 밑과 반자 사이의 빈 공간에서 바라본 반자를 가리키기도 함.

보릿짚 : 보리를 떨어뜨린 뒤에 남는 짚.

보제 : 보약.

보쨰 : 보따리째.

복고개, 보꼬개-보꾹 : 지붕의 안쪽. 지붕 안쪽의 구조물을 가리키기도 하고 지붕 밑과 반자 사이의 빈 공간에서 바라본 반자를 가리키기도 한다.

복대기다 : ① 많은 사람들이 복잡하게 떠들어 대거나 왔다 갔다 움직이다.
②정신을 차릴 수 없을 만큼 일이나 사람을 서둘러 죄어치거나 몹시 몰아치다.

복망복망伏望伏望 **:** 엎드려 다시 엎드려 웃어른의 처분 따위를 삼가 바람.

복성스럽다 : 생김새가 모난 데가 없이 둥그스름하고 도톰하여 복이 있을 듯하다. 복스럽다.

복장 : 가슴 한 복판.

본동本洞 **:** 자기가 살고 있는 동네, 중심이 되는 동네. 이 동네.

본때 있게 : 멋있게 맵시나게.

본때 : 본보기가 되거나 내세울 만한 것.

본밑 : 본전.

본시 : 본디, 원래.

본시라 : 본래부터.

본이 : 본디, 본래, 원래.

볼멘소리 : 서운하거나 성이 나서 퉁명스럽게 하는 말투.

볼지르다 : 볼쥐어지르다. 빰치다. 못하지 않다. 비교 대상을 능가하다.

볼치 : 볼따구니의 방언.

봉죽 : 봉황이 그려진 긴 담뱃대.

부닐다 : 가까이 따르며 붙임성 있게 굴다.

부라질 : 몸을 좌우로 흔드는 짓.

부라퀴 : 자신에게 이로운 일이면 기를 쓰고 덤벼드는 사람.

부랑꼬ぶらんこ **:** 그네의 일본어 발음, 놀이기구 그네의 일종, '그네'의 일본어 발음.

부랴사랴 : 대단히 급하게.

부러 : 실없이, 거짓으로.

부르대다 : 남을 나무라거나 하는 듯이 거친 말로 야단스럽게 떠들어 대다.

부리나케 : 서둘러서 아주 급하게.

부비다 : 비비다.

부아 : 노엽거나 분한 마음.

부역 : 국가나 공공 단체가 특정한 공익사업을 위하여 보수 없이 국민에게 의무적으로 책임을 지우는 노역.

부전附箋 **:** 어떤 서류에 간단한 의견을 적어서 덧붙이는 쪽지.

부족증 : 폐결핵이나 인체 내의 진액 부족으로 원기가 몹시 쇠약해지는 증상.

부지하不知何**세월 :** 그 기한이 언제인지 알 수 없다.

부차副次 **:** 어떤 사물이나 현상이 근본적 · 중심적인 것에 비하여 부수적인 관계나 처지에 있는 것.

부청 : 일제 강점기 부의 행정처리를 하던 관청, 요즘의 구청에 해당.

부출돌 : 예전에, 부출 대신 놓아서 발로 디디고 앉아서 뒤를 보게 한 돌. 부출은 뒷간 바

닥의 좌우에 깔아 놓은 널빤지.

북대기다 → 복대기다 : 정신을 차릴 수 없을 만큼 일이나 사람을 서둘러 죄어치거나 몹시 몰아치다.

북새 → 북새통 : 많은 사람이 야단스럽게 부산을 떨며 법석이는 일.

북새 : 북풍.

북으로 밀어야 옳을지 : 북은 베틀에 깔린 기구의 하나. 날의 틈으로 왔다갔다 하면서 씨를 풀어 피륙을 짜게 함. 「금따는 콩밭」에서는 '구덩이의 폭을 넓혀야 옳을지'의 의미.

분때 : 팥가루나 밤 가루 따위로 만든 재래식 분을 문질러 바를 때에 때처럼 밀려 나는 찌꺼기. 「아내」에서 ' 분때를 미는 것'은 요즘 피부에 영양팩을 하는 것과 같은 화장법.

분복分福 : 각자 타고난 복.

분부吩咐 : 윗사람이 아랫사람에게 명령이나 지시를 내림. 또는 그 명령이나 지시.

분식粉飾 : 분칠하여 곱게 화장함. 나의 모든 채색彩色으로 당신을 분식粉飾하였던 → 나의 모든 상상력을 동원하여 당신을 우상화하였던.

분심 : 억울하고 원통한 마음.

분재分財 : 가족이나 친척에게 재산을 나누어 줌.

분지르다 : 부러뜨리다.

분질없다 → 부질없다 : 대수롭지 아니하거나 쓸모가 없다.

불밤송이 : 채 익기도 전에 말라 떨어진 밤송이.

불불하다 : 춥거나 화가 나서 몸을 아주 심하게 떨다.

불솜 : 상처를 소독하기 위하여 불에 그슬린 솜방망이.

불솜으로 지지다 : 불솜으로 상처 부위가 덧나지 않게 소독해 주는 것을 의미.

불온 : 온당하지 않음. 사상이나 태도 따위가 통치 권력이나 체제에 순응하지 않고 맞서는 성질이 있음.

불일간 : 며칠 걸리지 아니하는 동안. 얼마 지나지 않아.

불일다 : 불이 일 듯 일어나다. 불타오르다.

불퉁바위 : 거죽이 울퉁불퉁하게 생긴 바위.

불퉁버력 : 광석이나 석탄을 캘 때, 광물 성분이 섞이지 않은 잡돌. 소용없는 잡버력.

붑다 : 부럽다.

붑지않다 : 부럽지 않다. 못하지 않다.

비겨대다 : 비스듬하게 기대다.

비녀쪽 : 비녀로 쪽진머리. 「형」에서는 쪽진 여자의 머리채를 지르르 끌고 나가는 장면을 묘사.

비단걸 : 비단옷, 또는 비단 양말 신은 신여성, 비단 양말은 요즘 말하는 스타킹을 의미.
비대발괄 : 억울한 사정을 하소연하면서 간절히 청하여 빎.
비뚜름하다 : 한쪽으로 조금 비뚤어져 있다.
비를 거니며 : 비를 그으며(비긋다; 비를 잠시 피하여 그치기를 기다리다).
비소誹笑 : 비웃음.
비쌔다 : ① 남의 부탁이나 제안에 여간해서 응하지 아니하는 태도를 보이다. 버티다.
② 어떤 일에 마음이 끌리면서도 겉으로 안 그런 체하다.
비양거리다 : 비아냥거리다(얄밉게 빈정거리며 자꾸 놀리다)의 방언.
비웃적거리다 : 남을 비웃는 태도로 자꾸 빈정거리다.
비일비재非一非再하다 : 같은 현상이나 일이 한두 번이나아니고 많다.
빈지 : 한 짝씩 끼웠다 떼었다 할 수 있게 만든 문.
빙충맞다 : 똘똘하지 못하고 어리석으며 수줍음을 타는 데가 있다.
빚냥 : 빚의 액수에 알맞은 값, 갚아야 할 채무.
빚놓이 : 빚놀이. 돈놀이 : 남에게 돈을 빌려주고 이자를 받는 것을 업으로 하는 일.
빠장 빠장하다 : 성이 나서 여유없이 대들다. 바락바락 대들다.
빽손－빽소니 : 몸을 빼쳐서 급히 몰래 달아나는 짓.
빰에다가 다짜고짜로 양떡을 먹입니다 → 주먹으로 빰을 갈기다.
뻐팅기다－버팅기다의 강한 말－버티다 : 주위 상황이 어려운 상태에서도 굽히지 않고 맞서 견디어 내다.
뻔세 → 본새 : 어떤 물건의 본디의 생김새.
뻔질 : 매우 자주.
뻗대다 : 쉬이 따르지 아니하고 고집스럽게 버티다.
뻥기다 → 뻥긋하다 : 벙긋하다의 센 말, 입을 조금 크게 벌리며 소리 없이 가볍게 한 번 웃다.
뼈지다 → 삐여지다 : 속에서 겉으로 쑥 불거져 나오다.
뼈지다 → 삐치다 : 성이 나서 마음이 토라지다.
뽐내다 : 의기양양하여 우쭐거리다.
뽕나다 : 비밀이 드러나다라는 말의 속된 표현.
뽕이 니디 : 들통이 나다; 비밀이나 잘못된 일 따위가 드러나다.
뾰로지다 : 뾰로지(뾰족하게 부어오른 작은 부스럼). 살이 뾰로지다 : 독이 솟구쳐 오르다. 모질고 사나운 기분이 순간적으로 솟구치다.
뾰록같이 : 못마땅하여 몹시 성이 나 있는 모양을 나타내는 말.
뾰족구두 : 하이 힐, 「봄과 따라지」에서는 하이 힐을 신은 여성이라는 의미.
삐쭉 : 비웃거나 언짢거나 울려고 할 때 소리 없이 입을 내밀다. 「가을」에서는 팔려가는

아내를 보며 침통한 표정으로 서 있는 모습을 묘사하고 있는 듯함.

삥 : 약간 넓은 일정한 범위를 한 바퀴 도는 모양. '빙'보다 센 느낌을 준다.

ㅅ

사邪 : 요사스러움.

사가품 : 입으로 내뿜는 침방울.

사경 : 새경; 머슴이 주인에게서 한 해 동안 일한 대가로 받는 돈이나 물건.

사관을 틀다 : ① 곽란 따위와 같이 급하거나 중한 병일 때에 침을 놓는 좌우측의 합곡合谷과 태충太衝 네 곳의 혈穴을 이르는 말. 사관은 양팔의 어깨 관절과 팔꿈치 관절, 양다리의 대퇴 관절과 무릎 관절을 이르는 말. ② 급한 병에 손발의 네 관절에 침을 놓아주다. 「만무방」에서 '구메밥으로 사관을 틀다'는 것은 징역살이로 고생을 많이 했다는 것을 의미.

사구라꽃 : 벚꽃의 일본어.

사구라나무 : 벚나무의 일어식 발음. 사구라さくら.

사글세 : 월세.

사날 : 사나흘. 3~4일.

사내끼 : 새끼 줄.

사람을 버리다 : 좋지 못한 사람으로 되게 하거나 사람을 못 쓰게 만들다.

사랫길 : 논밭 사이로 난 길.

사려두다 : 겁을 먹고 조심하다.

사리다 : 만일에 경계하다. 정신을 바짝 긴장하다. 「만무방」에서 '사려 딛다'는 찢어진 고의 자락 때문에 조심스럽게 발걸음을 옮겨놓고 있는 상황을 의미.

사모 : 전통혼례식에서 신랑이 쓰는 검은 비단실로 만든 모자.

사박스럽다 : 성질이 보기에 독살스럽고 야멸친 데가 있다.

사발 바꿈 : 상품 교환을 할 때 분량의 척도로 사발을 사용. 한 사발에 대해 한 사발씩 거래함. 「소낙비」에서 춘호처는 산나물과 양식을 사발바꿈으로 거래하고 있음. 사발; 사기로 만든 국그릇이나 밥그릇.

사발화통 → 사팔허통四八虛通 : 주위가 막힌 곳이 없이 터져 있어 허전함의 원말. 「산골 나그네」에서 나그네의 속옷이 낡아서 이리저리 찢어져 나간 것을 의미.

사불여의事不如意 : 일이 뜻대로 되지 아니함.

사설辭說 : 잔소리와 꾸짖음, 푸념.

사세 : 일이 되어가는 형세.

사옹沙翁 : William Shakespeare에 대한 한자식 표기, 영국 출신의 세계 최고 극작가로서,

희 · 비극을 포함한 38편의 희곡과 여러 권의 시집 및 소네트집이 있다.

사직원社稷園 : 사직은 한 왕조의 주권을 상징하는 것으로 사社는 토신土神 직稷은 곡신穀神을 의미. 조선왕조의 주권을 상징하던 사직원은 한일병합후 일제에 의해 훼손되어 사직공원으로 조성.

사차불피事此不避 : 일을 피할 수 없다. 피할 수 없는 일.

사태沙汰**물** : 산비탈이나 언덕에 있던 모래가 빗물에 쓸려 내려오는 물.

사탯길 : 사태가 나서 산언덕이나 비탈이 급하게 경사져 내린 길.

사품 : (주로 '사품에' 꼴로 쓰이며) 어떤 동작이나 일이 진행되는 바람이나 겨를.

삭다 : 사위다; 불이 사그라져서 재가 되다.

삭망 : 상중喪中에 있는 집에서 매달 초하룻날과 보름날 아침에 지내는 제사.

산고랑 : 산 + 고랑 , 고랑 : 두둑한 땅과 땅 사이에 길고 좁게 들어간 곳을 '이랑'. 산고랑; 산골짜기.

산드러지다 : 태도가 맵시 있고 말쑥하다. 간드러지다.

산록山麓 : 산기슭.

산비알 : 산비탈의 춘천 사투리.

산사 : 아가위 나무라고도 불린다. 산사 山查나무 열매는 소화제, 정장제로 쓰인다.

산제 : 산신제.

산치성 : 산신령에게 정성을 드리는 일.

산화山禍 : 산탈, 산신령을 노엽게 해서 일어난 재앙.

살기殺氣 : 남을 해치거나 죽이려는 무시무시한 기운.

살똥맞다 – 살똥스럽다 : 말이나 짓이 독살스럽고 당돌하다.

살뚱맞다 : 당돌하고 생뚱맞다(엉뚱하다).

살매들다 : 산매山魅들다 → 요사스런 귀신에게 사로잡히다. 산매; 요사스러운 산귀신.

살속 : 세상 살아가는 속사정, 군더더기가 없는, 실지의 알맹이가 되는 내용.

살을 찌푸리다 : (불만이나 걱정으로) 눈살 혹은 이맛살을 찌푸리다.

살풍경 : 보잘것없이 메마르고 스산한 풍경. 살기를 띤 광경.

삼신三神 : 아기를 점지하고 산모와 산아産兒를 돌보는 세 신령.

삼칠일 : 세이레, 스무하루(21일).

상거相距 : 떨어져 있는 두 곳의 거리.

상고머리 : 앞머리만 약간 길게 놓아두고 옆머리와 뒷머리를 짧게 치켜 올려 깎은 머리 모양.

상배 : 격식에 맞게 음식을 장만하여 상을 차림. 또는 그 상.

상사喪事 : 사람이 죽은 일.

상식上食 : 상가喪家에서 아침저녁으로 궤연 앞에 올리는 음식.
상원산 : 광맥의 면에서 위가 되는 어느 한 편, 광맥의 근원지가 되는 산.
상전 : 얼굴 앞.
상치 않도록 → 상하지 않도록, 손상되지 않도록 의 줄임말.
상치相馳 : 일이나 뜻이 서로 어긋남.
상투백이 : 상투장이는 상투를 튼 사람, 「애기」에서는 장인을 지칭함.
상혈되다 : 얼굴이 붉게 상기되다.
새 까막은 소리 : 시답잖은 소리.
새기지 못하다; 이해하지 못하다.
새매같이 쏘다가 : 새매; 수릿과의 새. 새매같이 쏘다가; 재빠르게 흘낏 (친구들을) 쏘아 보다가.
새새이 : 사이사이.
색조 : 세곡이나 환곡을 받을 때나 타작할 때에 정부나 지주가 간색看色으로 더 받던 곡식.
샛바람 : 동풍.
생소生疎**하다** : 익숙하지 못하고 서투르다.
생워리 : 억지로 끌고나가 격리시킴. 워리 → 어리; 새우리, 새장(병아리 같은 것을 가두기 위해) 싸리 따위로 채를 엮어서 둥글게 만든 것. 워리 → 위리; 배소에서 죄인이 달아나지 못하도록 가시 모양 울타리 안에 가둠.
생쥐 덫에 친 소리 → 생쥐가 커다란 덫에 치어 죽어가는 소리를 내듯, 「애기」에서 악을 쓰고 울던 아기가 힘에 부쳐 허덕이는 모습을 묘사함.
생처기 : 손톱 따위로 할퀴어지거나 긁히어서 생긴 작은 상처.
생코 : 공연히 골거나 푸는 코.
생파같이 : 느닷없이, 뜻밖이고 갑작스럽게, 뜬금없이. 뜻하니 아니하게 갑자기.
서너 발 : 서너 걸음.
서동생 : 첩의 몸에서 태어난 동생, 본처가 아닌 몸에서 태어난 동생.
서름서름 : 사이가 자연스럽지 못하고 매우 서먹서먹하다.
서름하다 : 남과 가깝지 못하고 사이가 조금 서먹하다.
석혈 : 석광石鑛; 광물이 바위 속에 든 광산.
선듯 : 동작이 조금 빠르고 시원스러운 모양.
선불 : 급소에 바로 맞지 아니한 총알.
선심 : 남에게 베푸는 후한 마음. '선심치 않았다' → 선심을 베풀지 않았다라는 의미.
선채 : 혼인을 정하고 혼례를 올리기 전에 신랑집에서 색시집으로 보내는 채단. 그러나 「소낙비」에서는 채단 대신, 그 채단에 해당되는 현금을 의미.

선채금先綵金 : 결혼하는 신랑이 신부집에 주어야 하는 돈.

선하품 : 몸에 이상이 있거나 흥미 없는 일을 할 때에 나오는 하품.

섣불리 : 솜씨가 설고 어설프게.

설고雪餻/雪糕 : 밀가루에 설탕, 달걀, 물엿 따위를 넣고 반죽하여 오븐에 구운 빵 / 카스테라.

설대 : 담배설대, 담배통과 물부리 사이에 끼워 맞추는 가느다란.

설주 : 문설주.

설쭉 : 문 자체, 곧 문짝을 구성하기 위해 가로 세로 또는 중간에 들어가 있는 목재들, 문살들

설파 : 어떤 내용을 듣는 사람이 납득하도록 분명하게 드러내어 말함.

섬 : 곡식 따위를 담기 위하여 짚으로 엮어 만든 그릇.

섭수 : 수단, 술책.

성가시다 : 자꾸 들볶거나 번거롭게 굴어 괴롭고 귀찮다.

성상星霜 : 햇수를 비유적으로 나타내는 단위. '십오 성상' → 열다섯 해, 15년.

성식聲息 : 소문. 사람들 입에서 입으로 전해지는 말.

성적成赤 : 혼인날 신부가 얼굴에 분을 바르고 연지를 찍는 일.

성하다 : 물건이 본디 모습대로 멀쩡하다.

성행 : 성품과 행실을 아울러 이르는 말.

세궁력진勢窮力盡 : 기세가 꺾이고 힘이 다 빠져 꼼짝할 수 없게 됨.

세루 : 모직물의 한 가지. '세루'는 프랑스말 서지Serge에서 나옴. 흔히 사지라고도 부르며 무늬가 씨실에 대하여 45도로 된 모직물.

세우 : 몹시. 매우. 「산골」에서는 '간곡하게' 의 의미.

셈평이 펴이다 : 생활이 좀 넉넉하여져서 부족을 별로 느끼지 않게 되다.

소갈찌 : 소갈머리; 마음이나 속생각을 낮잡아 이르는 말 ≒ 소갈딱지.

소견 : 어떤 일이나 사물을 살펴보고 가지게 되는 생각이나 의견.

소금을 굽다 : 아주 찬 방 따위에서 매우 춥게 자다.

소라반자 → 소란반자 : (반자틀에 소란을 대고 반자널을 얹은 반자) 반자; 지붕 밑이나 위층 바닥 밑을 편평하게 하여 치장한 각 방의 윗면. 소란; 반자 판을 받치거나 양판문의 양판을 고정하기 위하여 대는 가는 나무오리.

소로쟁이 → 소루쟁이 : 봄나물의 하나. 어린잎은 나물로 먹고 된장국으로 끓이기도 한다.

소문 : 여자의 음부를 완곡하게 이르는 말.

小手調べ : 사전 연습.

소약하다 → 소략하다 : 무력하게 하다(「잃어진 보석」에서, 구례야를 소약한 건만은 사실이지 – 진범으로 의심받던 구례야를 방계인물로 돌려놓은 것은 사실이지).

소위 : 하는 일, 소행.

소장 : 소시장, 우牛시장.

소패 → 소피 : 소변, 오줌.

속달다 : 속이 타다. 달뜨다.

속대중 : 마음속으로만 생각하는 대강의 짐작.

속살 : 옷에 가려서 겉으로 드러나지 아니하는 부분의 살. 「두꺼비」와 「옥토끼」에서는 '속마음', '속셈'을 의미.

속이 달다 : 속이 달아오르다, 속이 타다. 애간장이 타다.

속이 메질 듯이 : (기쁨으로) 가슴이 터질 듯이 부풀어 오른 상황을 묘사함.

속중 : 마음속에 품은 소견, 맘속.

솎다 : 촘촘히 있는 것을 군데군데 골라 뽑아 성기게 하다.

손 놀다 : 일 할 필요가 없이 여유가 있는 집.

손두 → 손도損徒 : 도덕적으로 잘못한 사람을 그 지역에서 내쫓음.

손색없다 : 다른 것과 견주어 못한 점이 없다.

손씨세 : '손씻이'의 강원도 방언. 손씻이 : 남의 수고에 대하여 답례로 주는 물건, 또는 은혜 갚음.

손을 빌다 : 도움을 요청하다.

손이 놀다(비다) : 할 일이 없어 아무 일도 하지 아니하고 있다.

손자새끼 낯 : 어릿광을 띠운 낯.

솔개미에 챈 닭소리 → 닭의 천적은 솔개미. 「봄·봄」에서 장인과 사위의 드잡이 가운데 솔개미에 채여서 닭이 죽어가는 소리를 하듯 장인이 내는 신음소리가 절박한 상황임을 표현하는 듯.

솔깃이 : 그럴듯해 보여 마음이 쏠리는 데가 있게.

솟치다 : 위로 높게 올리다.

송경誦經 : 불경을 욈.

송낙 : 두릅나뭇과의 상록 활엽 덩굴성 식물. 공기뿌리로 다른 나무를 타고 올라가 자라며, 잎은 어긋나고 3~5개로 얕게 갈라진다. 가을에 누런 녹색 꽃이 산형繖形 화서로 피고, 열매는 핵과核果로 겨울에 검게 익는다. 줄기와 잎을 약재로 쓴다. 「만무방」에서는 소나무 겨우살이로 보임.

송두리 : 송두리째. 있는 것 전부.

송이파적 : 송이를 캐는 일.

솥전 : 솥 몸의 바깥 중턱에 납작하게 둘러 댄 전.

쇠 : 「만무방」에서는 징이나 꽹과리 같은 금속 타악기를 의미.

쇠다 : 식물이 너무 자라서 줄기나 잎이 뻣뻣하고 억세게 되다.

쇠명 → 쇳소리 : 쨍쨍 울릴 정도로 야무지고 날카로운 목소리를 비유적으로 이르는 말.

쇰 : 수염.

수가마 : 머리 정수리.

수구로우나 → 수고스럽겠지만.

수동리 : 춘천 신동면 실레마을 부근에 있는 동리.

수리 : 수릿과에 속하는 조류, 독수리 참수리 등.

수색秀色 **:** 뛰어나게 아름다움.

수신修身 **:** 일정시대 교육과정 중 마음과 행실을 닦아 수양하던 과목, 요즘의 도덕· 윤리 과목에 해당됨.

수액數厄 **:** 운수에 대한 재앙.

수어릿골松下谷 **:** 강원도 춘천시 신동면 증리에 있는 마을 이름.

수완手腕 **:** 일을 꾸미거나 치러 나가는 재간.

수은빛 : 은백색의 수은 빛깔.

수의隨意 **:** 자기의 마음대로 함.

수전노 : 돈을 모을 줄만 알아 한번 손에 들어간 것은 도무지 쓰지 않는 사람을 낮잡아 이르는 말. 지독한 구두쇠.

수전증 : 손 떨림증.

수짜질 : 수작질의 강원도 방언.

수퐁 : 수풀. 숲.

수형手形 **:** 어음; 채권자와 채무자가 지급을 약속한 문서.

숙맥 : 사리 분별을 못하고 세상 물정을 잘 모르는 사람.

숙어들다 : 의지나 기개, 주장 등을 꺾고 굽어들다.

숙원宿願 **:** 오래전부터 품어 온 염원이나 소망.

순색으로 : 천연덕스럽게. 천연스럽게.

술국 → 술구기 : 술을 풀 때에 쓰는 도구. 국자보다는 작고, 바닥이 오목하고 자루가 달렸다.

숫배기 → 숫보기 : 순진하고 어수룩한 사람. 숫총각이나 숫처녀.

숫제 : 처음부터. 아예, 전적으로.

숭겁다 → 싱겁다의 강원도 방언, 어떤 행동이나 말, 글 따위가 흥미를 끌지 못하고 흐지부지하다.

숭굴숭굴하다 : 빽빽하지 않고 드문드문하다. 「두꺼비」에서 신문기사 타이틀로 나온 글씨가 사람 시선을 끌 만치 큼직큼직하다. 또는 기사의 내용과 제목이 심심풀이용

으로 적당히 시선을 끌만한 그렇고 그런 기사더라는 의미.

숭맥 → 숙맥 : 본래는 보리와 밀. 사리 분별을 못하고 세상 물정을 잘 모르는 사람.

숭악한 : 흉악한.

숭얼거리다 : 마음에 들지 않아 남이 알아듣지 못할 정도의 낮은 목소리로 자꾸 혼잣말을 하다.

숭하다 : 흉하다, 생김새나 태도가 보기에 언짢거나 징그럽다.

숲 : 숱; 머리털 따위의 부피나 분량. 여기서는 한 웅큼의.

스무나문 : 스무개 이상.

시간 → 세간 : 집안 살림에 쓰는 온갖 물건.

시나브로 : 모르는 사이에 조금씩.

시난고난 : 병이 심하지는 않으면서 오래 앓는 모양.

시들버니 : 시들시들하게, 생기 없이.

시량柴糧 : 땔나무와 먹을 양식을 아울러 이르는 말.

시르죽다 : 기운을 차리지 못하다.

시방 : 지금, 현재.

시쁘다 : 시큰둥하다. 불만스럽다.

시새 → 세사細沙 : 잘고 고운 모래.

시새장 : 모래밭. 시새 ≒ 세사細沙; 발이 고운 모래.

시적시적 : 힘들이지 아니하고 느릿느릿 행동하거나 말하는 모양.

시졸 하나 → 시조를 하다 : 시조를 읊조리다. 「금따는 콩밭」에서는 시조를 읊조리듯 겉멋만 내다가 행동이 굼뜬 것을 비유적으로 말함.

시중들다 : 옆에 있으면서 여러 가지 심부름을 하다.

시체 : 그 시대의 풍습・유행을 따르거나 지식 따위를 받음. 또는 그런 풍습이나 유행.

시체창가 : 그 시대의 풍습・유행을 따르는 노래.

시큰둥하다 : ① 말이나 행동이 주제넘고 건방지다.
② 달갑지 아니하거나 못마땅하여 시들하다.

시퉁그러지다 : 시건방지다; 시큰둥하게 건방지다.

시퉁하다 : 하는 짓이 주제넘고 건방지다.

시풍스럽다 : 허풍스럽다, 주제넘고 건방지다.

식품食稟 : 먹음새, 음식을 만드는 범절.

신견新見 : 어떤 사물이나 현상에 대한 새로운 의견이나 생각.

신껏 : 신명껏. 신(어떤 일에 흥미나 열성이 생겨 매우 좋아진 기분나게)나게.

신부리 → 신부례 : 신부가 시집에 와서 처음으로 올리는 예식.

신식창가 : 새로운 형식의 새 노래, 곧 당대에 유행하는 노래.
신전구神田區 **신보정**神保町 **:** 동경에 있는 행정구역 명.
신조 : 굳게 믿어 지키고 있는 생각.
신지무의信之無疑 **:** 조금도 의심하지 아니하고 믿음.
신청부 : 사소한 일에 신경을 쓰지 않는 사람.
신청부 같다 : 사물이 너무 적거나 모자라서 마음에 차지 아니하다. 사소한 일에 무관심하다.
실룩하다 : 근육의 한 부분이 실그러지게 움직이다.
실적게 : 실없게.
실적은 : 실없는.
심심히 : 하는 일이 없어 지루하고 재미가 없게(처음에는 심심히 앉았더니 불현듯 여자에게로 – 처음에는 별 관심 없이 앉았더니 불현듯).
심악甚惡 **:** 몹시 나쁘다.
심청 : 마음보. 심술.
심청이 궂다; 마음보, 심술이 사납다.
셈판 : 어떤 일이나 사실의 원인. 또는 그런 형편.
심평 → 셈평 : 생활의 형편.
심화 : 마음속에서 북받쳐 나는 화. 걱정.
십상 : 일이나 물건 따위가 어디에 꼭 맞는 것.
싱갱이 : 승강이의 강원도 방언.
싱둥겅둥 : 건성건성; 정성을 들이지 않고 대강대강 일을 하는 모양.
쌍지게질 : 혼자서 두 개의 지게를 번갈아 져서 짐을 나르는 일.
쌩이질 : 쓸데없는 일로 남을 귀찮게 구는 짓.
쑥덕공론 : 여러 사람이 모여 저희끼리만 알아들을 수 있을 만큼 낮은 목소리로 의견을 나눔.
쓴낯 : 괴로운, 달갑지 않은 표정의 얼굴.
쓸데적다 : 쓸데없다. 소용없다.
쓸데적은 : 쓸데없는.
쓸어박다 : 사람을 바닥에 마구 엎어뜨리다.
씀벅씀벅 : 눈꺼풀을 움직여 눈을 세게 자꾸 감았다 떴다 하는 모양.
씨기지 → 시키지.
씨러 : '씻으러' 의 춘천 방언.
씨알 : 종자나 열매, 곡식 따위의 하나하나의 크기.

씸씸하다 → 심심하다 : 음식 맛이 조금 싱겁다. 「노다지」에서는 꽁보의 말에 깊은 의미를 두지 않고 가볍게 대답한다는 의미인 듯.

ㅇ

아귀다툼 : 각자 자기의 욕심을 채우고자 서로 헐뜯고 기를 쓰며 다투는 일.
아달맹이 : 알맹이. 야무지고 똑똑한 사람.
아따 : 무엇이 심하거나 못마땅할 때에 내는 소리.
아람드리 → 아름드리 : 둘레가 한 아름이 넘는 것을 나타내는 말.
아르치다 : '가르치다'의 방언.
아르치다 : 알게하다 곧 가르치다의 춘천 방언.
아리잠직하다 : 부드럽고 나긋나긋하다. 키가 크지 않아 아담하고, 몸가짐이 얌전하며, 생김생김이 어여쁜 여성을 형용하는 말.
아부라에あぶらえ **:** 서양화 가운데 유화油畫.
아홉 점 : 아홉 시. 이때 점은 시간을 가리킴.
악 : 있는 힘을 다하여 모질게 마구 쓰는 기운.
악마구니 → 악마구리 · 악머구리(참개구리) 울 듯 시끄럽게 떠드는 소리가 심하였다.
악성惡聲 **:** 듣기 싫게 내지르는 소리.
악장에 : 악장치다; 악을 쓰며 싸우다 → 악을 쓰며 소동을 부리는 차에.
악장을 치다 → 악을 쓰며 소동을 일으키다.
악착齷齪 **:** 일을 해 나가는 태도가 매우 모질고 끈덕짐.
안다미 씌우다 : 안담按擔 – 안다미, 남의 책임을 맡아 짐.
안달재신 : 몹시 속을 태우며 여기저기로 다니는 사람.
안담按擔 **:** 안다미, 다미(남의 책임을 맡아 짐. 또는 그 책임).
안말 : 안 마을.
안잠 : 여자가 남의 집에서 먹고 자며 그 집의 일을 도와주는 일. 입주 가정부.
안잠재기 → 안잠자기 : 안잠(여자가 남의 집에서 먹고 자며 그 집의 일을 도와주는 일).
안즉 : '아직'의 춘천 방언.
안차다 : 겁이 없고 야무지다.
안터로 : 한테로.
알기는새려 → 알리기는 새려 : 알리기는커녕.
알돌(알톨, 알똘) : 호박돌. 집터 따위의 바닥을 단단히 하는 데 쓰는 둥글고 큰 돌. 지름이 20~30cm, 「솥」에서 남주인공이 느끼는 '알돌같은 진정'은 알돌처럼 단단하면서도 묵직하고 변함이 없는 사랑의 진심을 의미.

알라 : 아울러.

알라 : 어린아이를 지칭하는 방언.

알숭달숭 : 알쏭달쏭, 알록달록. 작고 분명한 점이나 무늬 따위가 촘촘하게 있는 모양을 나타내는 말. 「야앵」에서는 창경원 벚꽃놀이를 오느라고 알록달록한, 또는 화려한 외출복을 입은 어린 아이들을 표현하고 있음.

알자리 : 어미가 알을 낳거나 품을 자리.

알짜돈 : 큰 돈. 현금.

알톨 → 알똘 → 알돌 : 호박돌. 집터 따위의 바닥을 단단히 하는 데 쓰는 둥글고 큰 돌.

암굴 : 석굴石窟, 바위를 뚫어낸 굴.

암끼 : 암상스러운 마음, 남을 미워하고 시기하는 마음.

암상 : 남을 시기하고 샘을 잘 내는 마음. 남을 증오하고 원망하는 마음.

암연暗然 **:** 흐리고 어두움.

암팡하다 → 암팡지다 : 힘차고 다부지다.

앙가풀이 : 앙갚음.

앙당그리다 : 몸을 옴츠리다.

앙살 : 엄살을 부리며 버티고 겨루는 짓. 앙탈.

앙클다 → 엉클다의 작은 말 : 감정이나 생각 따위를 갈피를 잡을 수 없을 정도로 얽히게 하다.

앞다리 : 집을 남에게 내어 주고 새로 옮겨 갈 집.

애꿎다 : 아무런 잘못 없이 억울하다.

애란문학愛蘭文學 **:** 아일랜드 문학.

애를 죄다 : 속을 끓이다. 애가 타다.

애매하다 : 아무 잘못 없이 꾸중을 듣거나 벌을 받아 억울하다.

애맨소리 : 억지소리(조리가 닿지 아니하는 말).

애면글면 : 몹시 힘에 겨운 일을 이루려고 갖은 애를 쓰는 모양.

애벌논 : 여러 번의 김매기 중 첫 김매기를 한 논.

애소哀訴 **:** 슬프게 하소연함.

애송이 : 애티가 나는 사람이나 물건. 애티는 어린 태도나 모양.

애전 : '애초', 초기.

애전에 : 애초에.

애최 : 애초에.

액수厄數 **:** 액을 당할 운수. 여기서 액厄은 모질고 사나운 운수.

앤생이 : 잔약한 사람이나 보잘것없는 물건을 낮잡아 이르는 말. 「총각과 맹꽁이」에서

는 조잎이 제대로 퍼드러지지 못하고 작고 연약한 모습을 표현.

앵기다 : 안기다.

앵하다 : 기회를 놓치거나 손해를 보아서 분하고 아깝다.

야리 : 불분명한 상태에서 야릇하게, 「산골 나그네」에서는 얄망궂게, 얄밉게, 되바라지게.

야마시꾼 やまし+꾼 : 본래는 광산업자나 벌채업자, 투기, 모험을 하는 사람을 지칭하는 일본어. 「만무방」에서는 사기꾼을 의미.

야멸치다 → 야멸차다 : 자기만 생각하고 남의 사정을 돌볼 마음이 거의 없다.

야시夜市 : 야시장(밤에 벌이는 장).

약단 : 화투 놀이에서, 약約과 단短을 아울러 이르는 말. 약은 풍약이나 비약・초약 따위, 단은 홍단, 청단, 초단 따위.

약물 : 약숫물.

약약하다 : 싫증이 나서 귀찮고 괴롭다.

약오르다 : 비위가 상하여 언짢거나 은근히 화가 나다. 약오른 : 노여움에 독기가 오른.

양궐련 : 담배회사에서 만든, 얇은 종이로 가늘고 길게 말아 놓은 담배.

양난兩難 : 이럴 수도 저럴 수도 없는 어려움.

양난지세兩難之勢 : 대단히 어려운 상황, 이쪽 저쪽이 더 어려운 상황.

양단 : 이럴까 저럴까하고, 두 가지 중 하나를 선택해야 함.

양명하다 : 명백하다. 환하게 밝다.

양쌀 : 서양에서 나는 쌀. 쌀알이 길고 찰기가 없다.

양주 : 바깥주인과 안주인이라는 뜻으로, '부부夫婦'를 이르는 말.

양칠洋漆 : 페인트칠.

어떨떨이 : 어떨하다; 얼뜨다(다부지지 못하여 어수룩하고 얼빠진 데가 있다. 「잃어진 보석」에서 어떨떨이 방소를 쳐다 보았다; 얼떨떨해하며 방소를 처다 보았다).

어떼떼 : 서투르고 어설프며 명백치도 않은. 명확치 않고 어리벙벙한.

어뜩비뜩 : 행동이 바르거나 단정하지 못한 모양.

어르다 : 어떤 일을 하도록 사람을 구슬리다.

어리눅다 : 어리석은 체하다.

어리다 : 심신의 허약 등으로 인해 눈이 부시거나 어른어른하게 보이다.

어리뻥뻥하다 : 정신이 얼떨떨하여 갈피를 잡지 못하다. 어리벙벙하다 보다 센 말.

어수대다 : 어울리지 않게 우쭐대다.

어수산란 → 어수선산란하다 : 몹시 얽히고 뒤섞이어 어지럽고 뒤숭숭하다.

어수산란하다 : 어수선하고 산란하다(어수선하다; 사물이 얽히고 뒤섞여 가지런하지 아니하고 마구 헝클어져 있다. 산란하다; 흩어져 어지럽다).

어운 : 말의 운, 말문. 말의 음조.

어줍대다 → 어줍다 : 어설프다. 말이나 행동이 익숙지 않아 서투르고 어설프다.

어쭉대다 → 들떠서 멋없이 자꾸 거들먹거리다.

어쭙잖다 · 어쭙지않다 : 비웃음을 살 만큼 언행이 분수에 넘치는 데가 있다.

억설쟁이 : 근거도 없이 억지로 고집을 세워서 우겨 댐.

언내 : 젖먹이의 방언. 어린애. 아기.

언저리 : 둘레의 가장자리, 어떤 나이나 시간의 전후. 어떤 수준이나 정도의 위아래.

언죽번죽하다 : 부끄러워하는 기색이 없고 비위가 좋아 뻔뻔하다.

언턱거리 : 남에게 무턱대고 억지로 떼를 쓸 만한 근거나 핑계.

언투 → 말투 : 말을 하는 버릇이나 본새.

얻다 : 어디에다.

얻딸 : 얻어다가 기른 딸. 수양딸(남의 자식을 데려다가 제 자식처럼 기른 딸)의 김유정 식 신조어 인듯함. 예를 들면 떨잎은 낙엽을 의미하는 김유정만의 신조어).

얼가니 : 얼근히, 정신이 몽롱해서, 정신이 조금 어렴풋하게.

얼간한 : 얼큰해진.

얼개빗 → 얼레빗 : 빗살이 굵고 성긴 큰 빗.

얼굴에 노란 꽃이 피다 → 정신적으로 또는 육체적으로 허약하여 얼굴에 혈색이 없고 노르스름하게 보인다는 의미의 관용어구.

얼굴이 확확 달다 : 부끄러움과 민망함으로 얼굴이 뜨거워지다.

얼근하다 : 술에 취하여 정신이 조금 어렴풋하다.

얼근한 손에 다 모지라진 붓을 잡고 → 「가을」에서는 석 잔 술에 얼근해진 기분으로 손에 털이 다 마모되다시피 한 붓을 잡고의 의미로 보임.

얼떨김 : 얼떨결의 구어체 사용.

얼뚤하다 → 얼떨하다 : 뜻밖의 일을 갑자기 당하거나, 여러 가지 일이 너무 복잡하여서 정신을 가다듬지 못하는 데가 있다. 어리벙벙해 하다.

얼뚤하다 : 미련하다. 어떻게 처신해야 할지 몰라 어리삥삥하다. 벙벙해하다의 의미.

얼뜬 : 언뜻, 얼른.

얼뜻 → 언뜻 : 생각이나 기억 따위가 문득 떠오르는 모양.

얼러달라 : 얼르다 → 어르다(어린애나 짐승을 귀엽게 다루어 기쁘게 해주다)

어르어달라 → 「애기」에서는 사랑해 달라, 위해 달라의 의미.

얼러먹다 : 서로 어울려서 함께 먹다.

얼러붙다 : 여럿이 어우러져 한데 붙다.

얼레발 : 엉너리의 강원도 사투리; 남의 환심을 사기 위하여 어벌쩡하게 서두르는 짓.

얼룽궂다 : 여러 색의 점이나 줄이 섞여 복잡해 보이는 모양.
얼르다 : 상대방이 겁을 먹도록 윽박지르다.
얼병이 : 얼뜨기.
얼뺨 : 얼떨결에 치는 뺨.
얼짜 : 얼치기인 물건.
얼찐 : 얼른.
얼추 : 어지간한 정도로 대충.
얼치기 : 이도 저도 아닌 중간치.
얼핀 : 얼른의 강원도 방언.
엄동 : 몹시 추운 겨울.
엄불리다 → 어울리다 : 여럿이 서로 잘 조화되어 자연스럽게 보이다.
엄장 : 몸의 길이나 크기. 주로 덩치가 큰 몸을 가리킬 때 쓴다.
업둥이 : 집 앞에 버려진 아이. 주로 자식이 없는 집 앞에 버려지며 보통 그 집에서 키운다.
업심 : 교만한 마음에서 남을 낮추어 보거나 하찮게 여기는 일.
업심받다 : 업신여김을 당하다.
업집다 → 업잡다 : ① 어떤 세력을 배경으로 삼다.
② 남의 것을 허락도 없이 몰래 가지다.
③ 서로 어슷하게 잡다.
엇먹다 : 사리에 맞지 않는 말과 행동으로 비꼬다.
엇스다 → 엇서다 : 서로 어긋나거나 엇비껴서 서다. 양보하거나 수그리지 않고 맞서다.
엉둥거리다 : 허둥지둥 엉겨 살다, 어울려살다.
엉클다 : 일을 서로 뒤섞고 얽히게 하여 갈피를 잡을 수 없게 하다.
엎누르다 : 엎어누르다(위로부터 억지로 내리눌러 일어나지 못하게 하다).
엎더지다 : '엎드러지다'의 준말.
엎드린 그 채로 : 엎드린 그대로.
에쓱거리다 : 으쓱거리다.
에이다 → 에다 : 칼 따위로 도려내듯 베다. 눈보라가 살을 베어내듯 파고드는 것을 의미.
에패 : ① 여태는. ② 전에는.
여간내기 : 만만하게 여길 만큼 평범한 사람. 보통내기 · 예사내기.
여깽이 : 여우의 강원도 방언.
여나문 : 열이 조금 넘는 수.
여낙낙하다 : 성품이 곱고 부드러우며 상냥하다.
여낙낙히 : 성품이 곱고 부드러우며 상냥하게.

여남은 : 열이 조금 넘는 수.

여느 때 : 다른 때.

여느 : 다른.

여러 곳 물을 마신 이만치 : 여기저기 다니며 세상 경험을 많이 한 사람인 만큼.

여망 : 아직 남은 희망.

여버시유 : 여보시오.

여석 → 녀석 : 사내아이를 귀엽게 부르거나 남자를 낮추어서 부르는 말.

여신하다 : 새로운 것 같다. 계집은 는실난실 여신히 받으며 → 「솥」에서 뭉태의 이야기에 비위를 맞추어가며 처음 듣는 이야기처럼 진지하게 호응해 준다.

여의다 : 멀리 떠나보내다. 이 부분에서는 찬바람에 귀가 떨어져 나갈 것 같다는 의미.

여일如一같다 : 한결같다.

여일 : 여일하다의 어근語根, 여일하다 : 처음부터 끝까지 한결같다.

여일히 : 처음부터 끝까지 한결같이.

여자고등보통학교 : 일정시대의 학제. 고등보통학교는 요즘의 중고등학교에 해당됨.

여지껏 : 여태껏(지금까지).

여필 : 여성의 필체.

여호 : 여우.

역력歷歷히 : 자취나 기미, 기억 따위가 환히 알 수 있게 또렷하다.

역마직성 : 늘 분주하게 이리저리 떠돌아 다니는 사람을 이르는 말.

역심 : 상대편의 말이나 행동에 반발하여 일어나는, 비위에 거슬리는 마음.

역정 : 몹시 언짢거나 못마땅하여서 내는 성.

연송 : 연방; 연속해서 자꾸.

연전延專과 보전普專 : 연세대학교와 고려대학교의 전신.

연철煉鐵 : 성질이 물러서 단련할 수 있는 철.

연히 : 연然히, 그러니.

열 가지 : 모든 경우의 상황, 모두, 전부.

열 쪽 난대도 : (세상이) 열 조각이 난다고 해도. (몸이) 열 조각이 된다해도, 곧 '죽어도', '어떤 일이 있어도'.

열나절 : 일정한 한도 안에서 매우 오랫동안.

열둥쩍다 : 열적다 → 열없다 : 어설프고 짜임새가 없다.

열벙거지 : '열화熱火'를 속되게 이르는 말.

열아문 → 여남은 : 열이 조금 넘는 수. 또는 그런 수의.

열적다 → 열없다 : 좀 겸연쩍고 부끄럽다.

열치다 : 미치다.

열파 : 열 조각.

열파 : 찢어져 결딴이 남.

염낭 : (허리에 차는)두루주머니.

염량 : 선악과 시비를 분별하는 슬기, 생각.

염병 : 장질부사, 장티푸스.

염복가艶福家 **:** 여자 복이 많은 사람. 따르는 여자가 많은 사람.

염서艶書 **:** 남녀 간에 애정을 담아 써서 보내는 편지.

염의廉義 **:** 염치와 의리.

염인증 : 사람을 싫어하는 증세.

염천炎天 **:** 몹시 더운 날씨.

염태艶態 **:** 아리따운 모양이나 태도.

영도사永導寺 **:** '개운사(서울특별시 성북구 안암동에 있는 절)'의 옛 이름.

영락없다 : 조금도 틀리지 아니하고 꼭 들어맞다 ≒ 간데없다.

영산 : 왈칵 치솟는 노여운 기분.

영산이 오르다 : 신이 지피다. 신이 내리다. 영산; 참혹하고 억울하게 죽은 사람의 넋.

영신환靈神丸 **:** 급만성 위장 장애에 효능이 있는 일종의 소화제.

영을 피우다 : 기운을 내거나 기를 피다. 신명을 내다.

옆댕이 : 옆을 속되게 이르는 말.

예나제나 : 이제나저제나, 혹은 옛날이나 지금이나.

예전 : 지난 날 처럼, 평시처럼.

예제 : 여기와 저기를 아울러 이르는 말. 또는 여기와 저기의 구별.

예제서 : 여기저기서.

옐세 → '예'일세 : 「가을」에서 수고해준 것에 대한 답례라는 의미.

오곰 → 오금 : 뒷무릎과 팔오금.

오금을 박다 : 함부로 말이나 행동을 하지 못하게 단단히 이르거나 으르다.

오금팽이 : 무릎의 구부러지는 안쪽의 오목한 부분.

오기五氣 **:** 희喜, 노怒, 욕欲, 구懼, 우憂의 다섯 가지 감정.

오기가 질리다 : 기가 막히다—활동하는 힘에 장애가 나타나다.

오뇌 : 뉘우쳐 한탄하고 번뇌함.

오라지다 : ① 죄인이 오라에 묶이다.
② (주로 '오라질', '오라지게' 꼴로 쓰여) 상당히 마음에 맞지 아니함을 비속하게 이르는 말.

오라질 : 오라에 묶일.

오만상 : 얼굴을 잔뜩 찌푸린 모양.

오사게おさげ : 소녀의 땋아내린 머리 모양.

오장 썩는 한숨 → 속이 상해서 토해내는 한숨.

오폐부득 → 요피부득要避不得 : 회피부득, 피하려야 피할 수 없다. 어쩔 수 없다.

오한惡寒 : 몸이 오슬오슬 춥고 떨리는 증상.

옥다 : 장사 따위에서 본전보다 밑지다. 옥아도 ; 밑져도.

옥당목 : 품질이 낮은 옥양목(생목보다 발이 고운 무명. 빛이 희고 얇다).

옥먹다 : 옥다(안쪽으로 조금 오그라져 있다) + 먹다(품다). 「애기」에서는 한을 맘속으로 꽁하니 품다는 뜻.

옥생각 : 옹졸한 생각. 자기 비하적인 생각. 오해.

옥씨기 : 옥수수의 강원도 방언.

온공溫恭**하다** : 성격, 태도 따위가 온화하고 공손하다.

온앙금침 → 원앙금침鴛鴦衾枕 : 원앙을 수놓은 이불과 베개 / 부부가 함께 덮는 이불과 베는 베개.

온온穩穩**하다** : 조용하고 편안하다.

온종일 : 아침부터 저녁까지 내내.

올갈 : 올해 가을.

올롱히 : 회동그랗게. 「슬픈 이야기」에서는 오뚜기가 오두마니 앉아 있는 것처럼의 의미.

올룽하다 : 유별나게 회동그랗다. (올룽한 낯짝 : 둥글넓적한 얼굴).

올퉁하다 → 올룽하다 : 표면이 고르지 않고 툭 불거져 나오다. 「슬픈 이야기」에서는 아들이 놀라서 오두커니 앉아 있는 모습을 묘사한 것.

옭매다 : 끈이나 줄 따위가 풀리지 않도록 고를 내지 않고 그대로 꼭 매다.

옴츠라들다 : 움츠러들다; 몸을 작아지게 하다.

옴츠리다 : ① 몸이나 몸의 일부를 오그리어 작아지게 하다.
② 겁을 먹거나 위압감 때문에 기가 꺾이거나 풀이 죽다.

옴치다 : 옴츠리다. 옴치고 뛸 수가 없다. 어쩔 도리가 없다. 꼼짝할 수가 없다.

옷고름고 : 옷고름을 맬 때 매듭이 풀리지 아니하게 한 가닥을 고리처럼 둥글게 맨 부분.

옷뒤도 거둬야 된다 → 옷 수발을 들어야 한다(옷을 만들거나 입던 옷은 빨아서 손질하여 제공해야 한다).

옹크라뜯다 : 마음 속에 앙심을 품고 상대방이 기분 나쁠 말을 하다.

옹크려 물다 : 입술을 옴츠려 물다. 입술을 악물다.

와병臥病 : 병으로 자리에 누움. 또는 병을 앓고 있음.

왁살스럽다 → 우악살스럽다 : 보기에 대단히 무지하고 포악하며 드센 데가 있다.

완고척하다 : 고지식하고 노골적이다. 완고히; 융통성이 없이 올곧고 고집이 세게.

왕달짚세기 : 짚으로 두껍게 엮은 짚신.

왜떡 : 전병煎餠- 밀가루로 구운 납작한 과자. 센베이せんべい라고 부름.

왜밀 : 향료를 섞어서 만든 밀기름(밀기름 : 밀랍과 참기름을 섞어서 끓여 만든 머릿기름).

왜수건; 개량수건. 타월.

왜포 : 무명. 전에는 집에서 길쌈으로 무명을 짰는데 그 폭이 좁았다. 그러나 일정시대 직조공장이 생기자 무명의 폭이 넓어지면서 오늘 날 말하는 '광목廣木'으로 불리게 되었다. 왜놈이 들어와서 만들었다고 하여 이 광목을 왜포라 지칭. 당시 타올은 왜수건으로 지칭되었다.

왱마가리 → 악머구리의 강원도 방언. 잘 우는 개구리(참개구리)라는 의미. 「산골 나그네」에서는 개구리 울음소리가 요란하듯 술좌석이 한창 시끄러운 것을 비유하고 있다.

외딴치다 : 능히 앞지르다.

외양外樣 : 겉모양.

왼 → 온 : '꽉 찬', '완전한', '전부의' 따위의 뜻을 더하는 접두사. 고동은 신호를 위하여 비교적 길게 내는 기적 따위의 소리. 따라서 「만무방」에서 증기차가 왼고동을 튼다는 것은 증기기관차가 울리는 우렁찬 기적소리를 의미.

요때기 : 요를 속되게 이르는 말. 요 + 때기(몇 몇 명사의 뒤에 붙어 비하를 나타내는 접미사).

요량 : 앞일을 잘 헤아려 생각함. 또는 그런 생각. '요량없다'는 생각없이, 무턱대고 등을 의미.

요사꾸라よざくら(夜桜) **:** '밤 벚꽃', '밤벚꽃놀이'의 일본어 발음.

요절나다 : 물건 따위가 못 쓰게 될 만큼 깨어지거나 해어지다.

용단성勇斷性 : 용기 있게 결단을 내리는 성질이나 특성.

용빼는 재주 : 아주 대단한 재주.

용뿔을 빼겠다 : 용의 뿔을 빼는 정도로 인간으로서 불가능한 일에 도전하겠다.

우격 : 억지로 우김.

우격으로 : 억지로.

우금右金 : 오른쪽의 금액. 예전, 종서(세로쓰기) 표기를 할 때 오른쪽에서 왼쪽으로 위에서 아래로 표기하면서 오른 쪽에 금액이 적힌 것을 말함. 「가을」에서 재봉이가 쓴 계약서에 나온 어휘다.

우녀 같은 반화 : 운두를 낮게 하여 발등이 거의 드러나게 만든 구두.

우두망절·우두망찰 : 우두망찰; 정신이 얼떨떨하여 어찌할 바를 모르는 모양.

우두머니, 우두먼히 : 우두커니의 방언.

우라버지 : 우리 아버지.

우려쥐다 : 힘주어 쥐다. 움켜쥐다.

우려쥐다 → 후려쥐다 : 후리어서 주먹 안에 그러넣다. 움켜쥐다.

우리다 → 후리다; 휘둘러서 때리거나 치다.

우물길 : 우물로 물을 길으러 다니는 길.

우물두덩 : 우물가.

우세 : 힘이나 세력이 강함, 이 작품에서는 잘난 체 하는 모습을 의미.

우와기うわぎ : 윗도리. 양복 상의上衣의 일본어.

우정 : 일부러의 방언.

우좌를 부리며 → 어울리지 않게 점잖을 부리며.

우좌스러운 → 우자愚者스레 : 바보스럽다 / 어리석어서 신분에 맞지 않는 태도.

우좌스럽다 → 우자스럽다 : 보기에 어리석은 데가 있다. 상황에 맞지 않게 시건방을 떨다.

우찔근하다 : 기우뚱하다 (물체가 한쪽으로 약간 기울어지다).

우찔하다 → 움찔하다 : 깜짝 놀라 갑자기 몸이 움츠러들다. 또는 몸을 움츠리다. 「금따는 콩밭」에서는 굴 벽의 흙이 부서져 내리기 직전 그 징조를 보여 벽면이 살짝 움직인 것을 말함.

욱기 : 참지 못하고 앞뒤 헤아림 없이 격한 마음이 불끈 일어나는 성질. 또는 사납고 괄괄한 성질.

욱다 : 우거지다.

욱승旭昇 : 태양이 떠오르는 듯함, 떠오르는 태양.

욱이다 : 안으로 우그리다. 「산골 나그네」에서는 소리를 죽이는 수군거리는 소리.

운위云謂 : 일러 말함.

운정雲汀 : 희곡작가 김정진.

울가망 : 근심스럽거나 답답하여 기분이 나지 않음. 또는 그런 상태.

울상 : 울려고 하는 얼굴 표정.

울섶 : 울타리를 만드는 데 쓰는 섶나무(섶나무에 속하는 것은 잎나무 풋나무 물거리 등의 땔나무의 통칭).

웃풍 : 웃바람. 겨울철, 방 안의 천장이나 벽 사이로 스며들어 오는 찬 기운).

웅게중게 : 웅기중기의 방언; 웅기중기 : 크기가 크고 고르지 아니한 것들이 듬성듬성 많이 모여 있는 모양.

웅툴붕툴 : 울룩불룩; 물체의 거죽이나 면이 고르지 않게 매우 높고 낮은 모양.

워리 : 개를 부를 때의 일반적인 호칭. 예전에는 개를 부를 때 '워리-워리' 하고 불렀음.

웬땡이 난 듯이 → 웬 떡이냐 : 뜻밖의 행운을 만났을 때 하는 말.

위채 : 여러 채로 된 집에서 위쪽에 있는 채.

위풍 : 위세가 있고 엄숙하여 쉽게 범하기 힘든 풍채나 기세.

유독惟獨 : 홀로 두드러지게.

유두분면油頭粉面 : 기름 바른 머리와 분 바른 얼굴이라는 뜻으로, 여자의 화장한 모습을 이르는 말.

유정兪政 : 金裕貞. 이름 유정의 동음同音 차용. 이상이 쓴 소설 「실화」에 나온 인물의 이름.

유착하다 : 몹시 투박하고 크다.

유창流暢**하다** : 말을 하거나 글을 읽는 것이 물 흐르듯이 거침이 없다. 수필 「강원도 여성」에서는 강원도 산천의 경치가 웅장하고도 거침이 없다는 의미.

유현幽玄 : 이치나 아취雅趣가 알기 어려울 정도로 깊고 그윽하며 미묘함.

육괴肉塊 : 고깃덩어리, 살덩어리.

육도풍월肉挑風月 : 글자를 잘못 써서 이해하기 어려운 한시漢詩를 이르는 말.

육조배판 : 육조六曹는 고려·조선 시대에, 국가의 정무政務를 나누어 맡아보던 여섯 관부官府. 이조, 호조, 예조, 병조, 형조, 공조를 지칭하는 말. 배판排板은 바닥에 까는 넓은 판. 「땡볕」에서 '육조배판'은 덕순이 아내의 병도 고치고 얻어먹고 월급도 탈 수 있으리라고 희망에 차서 머릿속으로 행복의 청사진을 펼쳐나가고 있다는 의미.

윤책 : 윤채, 윤택.

으르다 : 상대편이 겁을 먹도록 무서운 말이나 행동으로 위협하다.

의수依數**하다** : 거짓으로 꾸민 것이 그럴듯하다.

으쓱하다 : 무섭거나 차가움을 느낄 때 몸이 갑자기 크게 움츠러들다.

으이 → 의이 : 율무.

으츠러지다 : 짓뭉개지다. 연한 것이 다른 것에 부딪히거나 눌려 부스러지다.

윽살 : 몹시 짓눌려 짜부라지다.

을딱딱 → 으르딱딱거리다 : 무서운 말로 위협하며 자꾸 을러대다 ≒ 으르딱딱대다.

을씨녕궂게 : 을씨년스레; 분위기 따위가 몹시 스산하고 쓸쓸한 데가 있게.

을프냥궂다 : 을씨년스럽다. 마음이나 신세가 초라하고 구슬프다.

음충맞다 : 성질이 매우 음충한 데가 있다. 음충은 음흉하고 불량스러운 성격.

응치 → 엉치. 엉덩이의 방언.

의뭉스럽다 : 보기에 겉으로는 어리석어 보이나 속으로는 엉큼한 데가 있다.

의수하다 : 거짓으로 그럴 듯 하다.

이 조로 : 이런 투로, 이런 방식으로.

이 풍진 세상을 만났으니 : 1920~30년대 많이 불리던 대중가요 〈희망가〉의 한 구절.

이利 **:** 이익, 이득, 이재, 물질적 욕망.

이골 : 아주 길이 들어서 몸에 푹 밴 버릇.

이구표二區表 **:** 두 구역을 갈 수 있는 표.

이그리다 → 일그러지다 : 물건이나 얼굴이 비뚤어지거나 우글쭈글하여지다. 이 문장에서 '낯을 이그리며'는 얼굴을 찡그리며 라는 의미로 보임.

이기다 : 칼 따위로 잘게 썰어서 짓찧어 다지다.

이기리다 → 이그러지다 : 일그러지다. 비뚤거나 찌그러지다. 「금」에서는 얼굴을 심하게 찡그리는 것을 의미.

이때껏 : 이때까지, 이때까지 내내. (껏 : 그때까지 내내의 뜻을 더하는 접미사).

이러너라 → 이리 오너라의 줄임말.

이르집다 : 흙 따위를 파헤치다.

이밥 : 입쌀밥. 입쌀은 쌀밥멥쌀을 보리쌀 따위의 잡곡이나 찹쌀에 상대하여 부르는 말.

이불전 : 이불이부자리 자락, 이불잇(이불에 시치는 천, 이불 커버).

이슥토록 : 밤이 깊을 때까지.

이앙 : 이음새. 「산골 나그네」에서는 저고리 품을 고친다는 의미.

이언俚言 **:** 항간巷間에 떠돌며 쓰이는 속된 말. 속담.

이엉 : 초가집의 지붕이나 담을 이기 위하여 짚이나 새 따위로 엮은 물건.

이윽고 : 얼마 있다가. 또는 얼마쯤 시간이 흐른 뒤에.

익달 : 익숙, 숙달.

익달하다 : 여러 번 겪어 매우 능숙하거나 익숙하다.

인ㅅ둘리다 : 많은 사람의 운김에 취하여 정신이 어지러워지다.

인기 → 인기척 : 사람이 있음을 알 수 있게 하는 소리나 기색.

인내라 : 이리 내라.

인도골 → 인두겁 : 사람의 형상이나 탈.

인두겁을 쓰고서야 → 사람의 형상을 갖고서야.

인성만성 : 여러 사람이 복작거려 떠들썩한 모양.

인저 : 이제의 강원도 방언.

인전 : 인제는, 이제부터는.

인찰지 : 미농지에 괘선을 박은 종이. 흔히, 공문서를 작성하는 데 쓰는 종이.

일고휘장一高徽章 **:** 제일고보의 뱃지.

일구녕 : 일구멍, 일자리.

일껀 : '일껏'의 강원도 방언. 모처럼, 애써서.

일시식一匙式 : 한 숟가락씩.

일심정기 : 한결같은 마음과 바른 기운을 이르는 말.

일쑤 : 흔히, 으레 그러는.

일언반사一言半辭 : 한 마디 말과 반 구절이라는 뜻으로, 아주 짧은 말을 이르는 말).

일언이폐지一言以蔽之 : 한마디로 그 전체의 뜻을 다 말함.

일여一如**히** : 하나같이.

일으집다 : 간신히 일어나다.

일정일동 : 모든 동작.

일지 못할 만치 : 일어나지 못할 만치.

일쩌우니 → 일쩝다 : 일거리가 되어 귀찮거나 불편하다. 「산골」에서는 걱정으로 마음이 답답하여의 의미.

일쩌운 : 할 일 없는. 일 없는. 한가로운.

일쩝다 : 일거리가 되어 귀찮거나 불편하다.

일텀 → 이를 테면.

일허지다 : 일그러지다. 허물어지다.

일후 : 훗날. 뒷날.

임장 : 어떤 일이나 문제가 일어난 현장에 나옴.

입내 : 소리나 말로써 내는 흉내.

입내도 못하다 : 말도 못하다. 입도 벙긋하지 못하다.

입때 : 이때(이+때), 이때까지의 춘천 사투리.

입때껏 : 이때까지, 지금까지.

입쌀 : 멥쌀. 흰쌀, 백미.

입에 칼날 품은 소리 → 하는 말 속에 경멸이나 미움 따위를 품은 소리.

입을 느스레히 열고 → 입을 조심스레 천천히 열고.

잇속 : 이익이 되는 실속.

잇조각에~소금을 바르다 → 예전에는 양치를 할 때, 소금으로 이를 닦았다. 「산골 나그네」에서 덕돌이가 색씨를 얻으면서 처음 소금으로 이를 닦는 모습을 표현한 것임.

ㅈ

자리때기 : '자리'의 낮춤 말.

자분自分 : 스스로 헤아리거나 앎.

자상하다 : 인정이 넘치고 정성이 지극하다.

자시自恃 : 자기 자신의 능력이나 힘, 가치를 믿음.

자양자득自養自得 : 어려운 일을 혼자 힘으로 터득해 냄. 得意揚揚(뜻한 바를 이루어 우쭐거리며 뽐냄).

자추다 → 잦추다 : 동작을 재게 하여 잇따라 재촉하다.

자행거 : 자전거.

잔눈 : 막 잠을 깬 눈.

잔 세간 : 자잘그레한 살림살이 도구들.

잔상하다 → 잔상스럽다 : 보기에 매우 잔재미가 있거나 부드럽고 친절한 데가 있다. 다정하게, 친절하게.

잔상히 → 잔생이 : 애처롭고도 간절하게 부탁하는 것.

잔용 : 자질구레한 데에 드는 비용.

잔풀이 : (술 따위를) 낱잔으로 셈하는 일.

잗다랗다 : 아주 자질구레하다.

잗달다 : 하는 짓이 잘고 인색하다.

잗단 : 자질구레한, 소소한.

잘량하다 : 알량하다의 방언. 시시하고 보잘것없다.

잠뿍 : 꽉 차도록 가득.

잠채潛採 : 광물을 몰래 채굴하거나 채취함.

잡도리 : 엄하게 단속하는 일.

잡도리하다 : 잘못되지 않도록 엄하게 단속하다.

잡상스럽다 : 잡되고 상스러운 데가 있다. 시시껄렁하다.

잡아다리다 : 잡아당기다의 방언.

잡히되 → '잡히네'의 오기誤記**인 듯함.**

잣모베개 : 베게 마구리에 잣모양의 장식을 빙 둘러 달은 베개.

장 : 줄곧, 늘상.

장구長久**하다** : 매우 길고 오래다.

장근將近 : 사물의 수효나 시간을 나타내는 말 따위와 함께 쓰여) '거의'의 뜻을 나타내는 말.

장놈 : 시장 상인

장대다 : 마음속으로 기대하며 잔뜩 벼르다.

장독 : 간장, 된장, 고추장 따위를 담아 두거나 담그는 독.

장로 : 아주 먼 길.

장리쌀 : 돈이나 곡식을 꾸어 주고, 받을 때에는 한 해 이자로 본디 곡식의 절반 이상을 받는 변리邊利. 흔히 봄에 꾸어 주고 가을에 받는다. 식전息錢.

장반 → 쟁반, 「아내」에서 아내의 크고 못생긴 얼굴을 비유한 것.

장서長逝 : 영영 가고 돌아오지 아니한다. 죽음에 대한 완곡한 표현.
장을 대다 : 이런저런 계획을 자주 세우다.
장차다 : 거리가 길고도 멀다.
장탄長歎/長嘆 : 장탄식; 긴 한숨을 지으며 깊이 탄식하는 일.
장판돌 : 광물을 골라낼 때에, 광석鑛石을 올려놓고 두드려 깨뜨리는데 쓰는 받침돌.
재갈돌 : 자갈돌의 강원도 방언. 자갈은 자질구레하고 아무렇게나 생긴 돌멩이.
재겹다 : 몹시 지겹다. 그러나 여기에서는 '정도 이상으로 아주 많이 '의 의미인 듯.
재다 : 고기 따위의 음식을 양념하여 그릇에 담아 숙성시키다.
재다 : 동작이 재빠르다. 온도에 대한 물건의 반응이 빠르다. 「따라지」에서 영애에 대한 미안함으로 아키코의 얼굴이 찡그러지자 동시에 눈썹이 꿈틀거리는 모습을 표현한 듯함.
재랄 : 법석을 떨며 분별없이 하는 행동을 낮잡아 이르는 말.
재바르다 : 동작 따위가 재고 빠르다. '재빠르다'보다 여린 느낌을 준다.
재발이 : 재빠르게.
재배再拜 : 두 번 절함. 두 번 하는 절.
재수가 빗발이다 → 비가 내리칠 때에 빗줄기가 촘촘하고 죽죽 내려지는 것처럼 운수대통이다.
재없이 : 근거는 없지만 틀림없이.
재우치다 : 빨리 몰아치거나 재촉하다.
재치다 → 제치다 의 방언 : 일정한 대상이나 범위에서 빼다, 일을 미루다. 「노다지」에서는 더펄이의 물음에 대한 답을 미루고의 의미.
재치다 : 「봄과 따라지」의 뒷부분에서는 재촉하다. 몰아치다.
잽쳐 : 재차.
잿간 : 거름으로 쓸 재를 모아 두는 헛간. 용변을 보고 재로 덮어 비료로 사용했음, 변소, 화장실.
쟁그럽다 : 하는 행동이 괴상하여 얄밉다.
저냐 : 얇게 저민 고기나 생선 따위에 밀가루를 묻히고 달걀 푼 것을 씌워 기름에 지진 음식.
저녁 : 저쪽, 상대방을 말함(이녁은 이쪽을 가리킴).
저분저분하다 : 성질이나 태도가 아주 부드럽고 조용하며 찬찬하다.
저분저분히 : 성질이나 태도가 꽤 부드럽고 조용하며 자상하게.
저저이 : 있는 사실대로 낱낱이 모두.
저저하다 : 이것저것 이유를 대는 것이 구구하다.
저촉抵觸 : 서로 부딪치거나 모순됨.
적성赤誠 : 마음에서 우러나오는 참된 정성.

적수단신赤手單身 : 재산도 없고 의지할 데도 없는 외로운 몸.

적심赤心 : 거짓 없는 참된 마음.

적이 : 꽤 어지간한 정도로.

전 : 물건의 위쪽 가장자리가 조금 넓적하게 된 부분.

전대로 → 전하는 대로, 혹은 제대로.

전례 : 예로부터 전하여 내려오는 일 처리의 관습.

전사前事 : 전의 일.

전수이 : 모두 다. '전부 다'의 춘천 방언.

전옥典獄 : 형무소교도소의 우두머리.

전옥대리 : 형무소의 간수(看守-교정직 공무원).

전인專人 : 어떤 소식이나 물건을 전하기 위하여 특별히 사람을 보냄. 또는 그 사람.

전전輾轉 : 일정하지 아니하고 변함. 누워서 이리저리 몸을 뒤척임.

절서節序 : 절기의 차례.

점돈 : 점을 치는 제구로 쓰는 돈.

점주點注**하다** : 한 방울씩 떨어뜨려 넣다(예 : 눈에 안약을 점주하다).

정 : 돌에 구멍을 뚫거나 돌을 쪼아서 다듬는, 쇠로 만든 연장. 원뿔형이나 사각형으로 끝이 뾰족하다.

정관靜觀 : 현실적 관심을 버리고 순 객관적으로 바라보는 것.

정바기 : '정수리'의 방언.

정배기 : 정수리의 강원도 방언.

정숙靜淑 : 성품과 몸가짐이 조용하고 얌전하다.

정안수 → 정화수 : 이른 새벽에 길은 우물물. 조왕(부엌을 다스리는 신)에게 가족들의 평안을 빌면서 정성을 들어거나 약을 달이는데 쓴다.

정장 : 소장訴狀을 관청에 냄.

제겨디디다 : 발끝이나 발뒤꿈치만으로 땅을 디디다.

제깐놈 : 겨우 그 정도밖에 안 되는 놈.

제물로 : 스스로, 저절로.

제 발 저리다 : 잘못이 있으면 자연히 마음이 조마조마하여짐을 의미.

제 소린지 → 저 혼자 하는 소리인지.

제 애비본으로 → 제 아비를 본받아. 제 애비처럼.

제구諸具 : 갖추어야할 모든 것, 필수품들. 「두포전」에서는 젖먹이에게 필요한 모유가 없어서 할아버지가 아기를 안고 젖동냥을 나선다.

제기다 : 발끝으로 다니다.

제기할, 제길헐 : 언짢을 때에 불평스러워 욕으로 하는 말.

제누리 · 곁두리 : 농사꾼이나 일꾼들이 끼니 외에 참참이 먹는 음식.

제물화 : 제물에(내버려 두어도 저 혼자 저절로) + 화 → 저절로 화가 나서. 제풀에 화가 나서.

제미붙을 : '제 어미와 상관할'이란 의미의 좀 과격한 욕설.

제웅 : 짚으로 만든 사람 모양의 물건.

제출물에 : 저혼자서, 절로.

제치다 : 경쟁 상대보다 우위에 서다. 젖히다. 경쟁자보다 앞으로 나서다.

제풀로 : 저 혼자 저절로.

제풀에 : 내버려 두어도 저 혼자 저절로.

조기다 : 마구 두들겨 패다.

조기다 : 마구 두들기거나 패다. 「금따는 콩밭」에서는 삭정이를 잘게 잘라주고 있는 상황임.

조깃대강이 : 생선 조기 대가리.

조당수 : 좁쌀로 묽게 쓴 당수.

조련질操鍊 **:** 못되게 굴어 남을 괴롭히는 짓.

조를 부비다 : 조바심하다(두 손바닥 사이에 조를 넣고 비비 듯, 두 손바닥을 모아 비비는 것은 일반적으로 조심스러운 상황, 긴장된 상황에 처해 있는 사람이 외부적으로 보여주는 태도를 비유한 것임).

조마댕이 : 조 + 마댕이(마당질) → 곡식을 떨어 알곡을 거두는 일. 조마댕이 : 조타작.

조마증 : 어떤 일이 염려되어 조마조마한 증세.

조상 : 일정시대, 사람을 부를 때 그 성씨에 따라 김상, 박상, 이상 하고 부르던 대로 「가을」에서 황거풍이 조복만을 조상으로 부름.

조선문 : 한글.

조신 : 몸가짐을 조심함. 조심조신이 → 조심하면서 얌전하게.

조심조신이 : 조심하며 얌전하게

조지다 : 호되게 때리다. 늘씬하게 갈기다.

조투성 : 좁쌀투성이.

조파다 : 더이상 아무것도 할 수 없을 정도로 망치다. 나빠진다. 망치다.

조황粗荒 **:** 매우 거친 상황. 언행,솜씨 따위가 거칠고 잡스러움.

조히 → 죄, 죄다. 남김없이 모조리.

조히 : 종이.

조히 : 좋게, 꽤, 어느 정도.

족대기다 : 다른 사람을 견디지 못할 정도로 볶아치다 / 마구 두들겨 패다.

존수 : 좋은 수.

졸렵다 → 졸리다의 강원도 방언.

졸연猝然히 : 갑작스럽게.

졸연치않다 : 쉽지 않다.

졸지에 : 느닷없고 갑작스런 판국에.

좀체로 → 좀처럼 : 여간하여서는.

좀체친구 : 특별한 수완이나 힘이 없는 보통친구. 보통사람.

좀쳇사람 : 특별한 수완이나 힘이 없는 보통 사람.

좀팽이 : 몸피가 작고 좀스러운 사람을 낮잡아 이르는 말.

좁쌀친구 : 꼬마친구. 어린친구.

종깃종깃 : 쫑긋 쫑긋.

종당終當 : 일의 마지막, 결국.

종댕이 : 종다래끼의 방언. 종다래끼; 작은 바구니. 다래끼보다 작으며 양쪽에 끈을 달아 허리에 차거나 멜빵을 달아 어깨에 메기도 한다.

종용히 치다 : 차분하게 머물러 묵다.

종잇장 : 종이의 낱장.

종잘거리다 : 수다스럽게 종알거리다 ≒ 종잘대다.

종차終車 : 마지막 차.

종창腫脹 : 부기; 부종浮腫으로 인하여 부은 상태.

종창腫脹 → 종기腫氣 : 피부의 털구멍 따위로 화농성 균이 들어가서 생기는 병.

좋이 골도 빠진다 : 상당히 머리가 아파진다.

좋이 : 거리, 수량, 시간 따위가 어느 한도에 미칠 만하게. 어지간히.

좌지 : 민망스러울 때 얼굴이 근지럽고 달아오르는 현상.

좌지가 나다 : 부끄러움으로 얼굴이 근지럽고 뜨거워지다.

죄고罪辜 : 罪過; 죄가 될 만한 허물.

주단紬緞 : 명주와 비단 따위를 통틀어 이르는 말. '주단을 흘리고 가다'라는 말은 고급스러운 옷차림으로 가다의 의미.

주리경 : 주리를 트는 모진 형벌. 심하게 매를 맺는 것.

주리다 : 원하는 것을 얻지 못하여 몹시 아쉬워하다.

주먹뺨 : 주먹으로 뺨을 호되게 침.

주먹심 : 주먹으로 때리거나 쥐는 힘.

주먹으로 하품을 끄다 : 주먹으로 하품하는 입을 막다.

주밋주밋 : 쭈빗쭈빗(몹시 송구스럽게 망설이며 자꾸 머뭇머뭇하는 모양)의 강원도 방언.

주볏주볏 → 주뼛주뼛 : 무섭거나 놀라서 머리카락이 자꾸 꼿꼿하게 일어서는 듯한 느낌. 어줍거나 부끄러워서 자꾸 머뭇거리거나 주저주저하는 모양

주변 : 일을 주선하거나 변통함. 또는 그런 재주.

주사청루酒肆青樓 : 술집, 기생집, 매음굴 따위를 통틀어 이르는 말.

주악 : 찹쌀가루에 대추를 이겨 섞고 꿀에 반죽, 이것에 깨소나 팥소를 넣어 송편처럼 빚어 기름에 지진 떡.

주인의 안을 채다 : 주인의 속을 끓어오르게 하다. 주인의 약을 올리다.

주재소 : 일제 강점기에, 순사가 머무르면서 사무를 맡아보던 경찰의 말단 기관. 8·15 광복 후에 지서支署로 고쳤다. 현재는 파출소로 불림.

주적거리다 : 주책없이 잘난 체하며 자꾸 떠들다.

주접 : 여러 가지 이유로 생물체가 제대로 자라지 못하고 쇠하여지는 일. 또는 그런 상태.

주짜 : 희떱게 굴다. 분에 넘치게 큰소리 치다. 젠체하다(잘난 체하다).

주짜만 심해가다 : 주짜; 희떠운 언행. 희떱다는 것은 말이나 행동이 분수에 맞지 않게 버릇이 없다는 의미.

주체酒滯 : 술을 마셔서 생기는 체증.

주체궂다 : 처리하기 어려울 만큼 짐스럽고 귀찮은 데가 있다.

죽도 그르다 : 죽도 밥도 안되다. 「금따는 콩밭」에서는 그 어떤 일도 제대로 되지 않는다는 의미.

줄 : 길이로 죽 벌이거나 늘여 있는 것. 여기에서는 금맥金脈을 의미.

줄대 : 장대; 「총각과 맹꽁이」에서는 눈물이 줄줄 흘러내림을 의미, 줄곧 ; 끊임없이, 잇따라.

줄맥 → 「노다지」·「금따는 콩밭」에서는 금맥을 의미.

줄이 생하다 : 금맥이 일다, 금맥이 생기다.

줄창·줄청 : 줄곧, 끊임없이.

줌 : 좀 , 조금. 약간.

중도重倒 : 거듭 넘어짐. 고꾸라짐.

중언부언 : 이미 한 말을 자꾸 되풀이함. 또는 그런 말.

줴다 : 남김 없이, 모조리.

쥐뿔도 없다 : 아무것도 없다 /쥐뿔 : 아주 보잘것없거나 규모가 작은 것을 비유적으로 이르는 말.

즉선卽先 : 무엇보다 먼저, 곧바로 , 즉시.

즌 : 자기네는, 자기들은의 구어체 줄임말.

즘지하다 → 점지하다 : 신령이 사람에게 자식을 갖게 하여 주다.

증조 → 징조 : 어떤 일이 생길 기미.

지각 : 알아서 깨달음. 또는 그런 능력.

지각없다 : 철없다.

지게문 : 옛날식 가옥에서, 마루와 방 사이의 문이나 부엌의 바깥문.

지다 : 지나다.

지레채다 : 지레 짐작으로 알아채다.

지른다 : 힘찬 기세를 꺾다. 보이지 않는 기운이 가슴을 눌러 막막하게 한다.

지릅뜨다 : 눈을 크게 부릅뜨다.

지범지범 : 음식물 따위를 이것저것 체면도 없이 자꾸 집어 거두거나 먹는 모양.

지수 : 지시하여 가르쳐 줌.

지수가 없다 : 지시하여 가르쳐줌이 없다. 「산골 나그네」에서는 홀어머니가 나그네에게 이야기를 중구난방으로 하고 있다는 의미.

지어서 : 지나서.

지우산 : 대오리로 만든 살에 기름 먹인 종이를 발라 만든 우산.

지위질 : 목수질. 지위는 목수의 높임말.

지저깨비 : 나무를 깎거나 다듬을 때에 생기는 '부스러기나 잔 조각'. 아무짝에도 쓸모 없는 것.

지전장 : 종이 화폐.

지절거리다 : 낮은 목소리로 자꾸 지껄이다.

지점 : 본점에서 갈라져 나온 점포. 여기(「산골 나그네」)에서는 막걸리를 초롱으로 사다가 파는 것으로 보아 양조장 지점을 가리키는 듯.

지지다 : 불에 달군 물건을 다른 물체에 대어 약간 태우거나 눋게 하다.

지지르다 : 기운이나 의견 따위를 꺾어 누르다.

지직 : 거적.

지차 : 다음이나 버금. 자손의 출생 서열.

지피다 : 아궁이나 화덕 따위에 땔나무를 넣어 불을 붙이다.

직성이 풀리다 → 소원이나 욕망이 이루어져 마음이 흡족하게 되는 상태.

진대 : 남에게 달라붙어 떼를 쓰며 괴롭히는.

진두기 : 진디진딧물의 강원도 방언.

진력 : 힘을 다함.

진배없다 : 그보다 못하거나 다를 것이 없다.

진시 : 진작, 진즉, 좀 더 일찍이.

진언 : 비밀스러운 어구. 주술가가 술법을 행하려할 때 외는 주문.

진품 : 진짜, 진정, 정녕.

질겁 : 뜻밖의 일에 자지러질 정도로 깜짝 놀람.

질그릇 물러앉는 소리 : 질그릇이 무너져 내릴 때 내는 듯한 소리, 여기에서는 탁한 듯 곰삭은 듯하면서도 깊은 여운을 남기는 소리, 예를 들면 우리 전통 민요창자나 판소리꾼들이 내는 탁성이면서 깊이가 있는 소리.

질긴 귀 : 남의 말을 제대로 이해하지 못하는 귀. 청력이 좋지 않은 귀.

질꾼 → 길꾼 : 노름 따위에 길이 익어 능숙한 사람.

질소質素한 : 꾸밈이 없고 수수하다.

짊어메다 → 짊어지다 : 짐 따위를 뭉뚱그려서 지다.

짐승불 : 밤에 어둠 속에서 짐승의 눈이 빛을 발하는 것.

집어세다 : 말과 행동으로 마구 닦달하다.

짓시키다 : 몹시 심하게 시키다.

짓하다 : 몹시 심하게 겪거나 당하다.

짖기다 → 짖다 : (낮잡는 뜻으로) 떠들썩하게 지껄이다. 「애기」에서 '아내와 일본어로 날마다 말을 하고 배우고 하면'의 의미.

짚석이 → 짚세기 : 짚신.

짜위 : 약속, 음모, 모의 , 작당.

짜위나 한 듯 : 여기에서는 '서로 짜고 약속이나 한 듯', '서로 짜고 시위나 하는 듯' 의미하는 듯.

짜장 · 짜정 · 짜증 : 과연. 정말로.

짜증 : 복받치는 역정이나 싫증.

짠지쪽 : 무나 배추를 통째로 소금에 짜게 절여서 묵혀 두고 먹는 김치.

쪼간 : 어떤 사건이나 작간(작간; 간악한 꾀를 부림. 또는 그런 짓).

쪼이다 : 마음이 긴장되다.

쪼키다 : 쪼이다의 강한 말.

쪽 : 쪼개진 물건의 한 부분.

쪽다리 : 긴 널조각 하나로 걸치어 놓은 다리.

쪽대문 : 바깥채나 사랑채에서 안채로 통하는, 한 쪽으로 된 작은 대문.

쬐어지내다 : 눌려 지내다.

쭉정이 : 쓸모없게 되어 사람 구실을 제대로 하지 못하는 사람을 비유적으로 이르는 말.

쭐기다 : 질기다. 행동이나 일의 상태가 오래 끌거나 잘 견디는 성질이 있다.

찌껑 : 발 방앗간 대들보에 매달린 손잡이.

찌다 : 끼다.

찌다우 : 지다위; 떼를 쓰거나 자기의 허물을 남에게 덮어씌움.

찐대 → 진대 : 남에게 달라붙어 떼를 쓰며 괴롭히는 짓.

ㅊ

차보 : 채비, 준비.

차복車腹 **:** 차 안.

차자次子 **:** 둘째 아들.

차치하다 : 내버려 두고 문제 삼지 아니하다.

착박窄迫 **:** 답답할 정도로 매우 좁다.

찬가 : 반찬 값.

참참이 : 간간이. 틈틈이. 짬짬이(짬이 나는 대로 그때그때).

창 : 천이나 가죽 따위의 얇은 물건이 해져서 뚫린 구멍.

창이 나다 : 구멍이 나다.(「솥」에서 '배에 창이 나라고 힘을 들이어 찔렀다' 잠에서 깨어 나지 않는 여자의 뱃가죽에 구멍이 나도록 손가락으로 찔러대는 남자)

창낭蹌踉**하다 :** 비틀비틀하다. 휘청이다-「금따는 콩밭」에서 '황밤 주먹을 쥐어 창낭할만치 아내의 골통을 후렸다' → 주먹을 움켜쥐고 비틀거리게 할만치 아내 머리통을 후려 갈겼다.

창두적각蒼頭赤脚 **:** 사내종蒼頭 + 여자종赤脚. 사내종과 계집종.

창량蹌踉 **:** 걷기에 휘청거리다.

창주 : 창자. 창주를 곯리다 → 아무것도 먹지 못했다는 의미.

창취暢醉 **:** 취해서 마음이 넓어지다. 취해서 화통해지다.

채귀債鬼 **:** 악착같이 이자를 받고 빚 갚기를 몹시 졸라 대는 빚쟁이를 지칭함.

채다 → 채우다 : 걸다. 잠그다.

채다 : 사정이나 형편을 미루어 헤아리거나 깨닫다.

채신 : 처신 ; 세상을 살아가는 데 가져야 할 몸가짐이나 행동.

채신 → 채신머리; 처신을 속되게 이르는 말.

책술 : 두껍고 얇은 정도. 책장, 책갈피를 의미.

챌랴고 : 채우려고.

처담다 : 마구 잔뜩 담다.

처덕이다 : 종이 따위를 마구 바르거나 덧붙이다.

처맡기다 : 억지로 마구 맡기다.

척尺 **:** 길이의 단위로 자. 한 자는 30.3cm.

척수 : 치수.

천덕구니 : 천덕꾸러기; 남에게 천대를 받는 사람이나 물건. 천더기 · 천덕구니.

천량 : 개인 살림살이의 재산.

천연스럽다 → 천연덕스럽다 : 생긴 그대로 조금도 거짓이나 꾸밈이 없고 자연스러운 느낌이 있다.

천의무봉天衣無縫 : 완전무결하여 흠이 없음을 이르는 말.

천판 → 천반 : 갱도나 채굴 현장의 천장.

천품天稟 : 타고나 기품, 자질.

천행天幸 : 하늘의 운행, 하늘의 도움.

첩경捷徑 : 지름길, 틀림없이 흔하거나 쉽게.

첫때 : 첫째.

첫홰 : 홰; 새벽에 닭이 올라앉은 나무 막대를 치면서 우는 차례를 세는 단위, 첫 홰; 닭이 신새벽에 처음 깃을 치며 울다.

청승궂다 : 궁상스럽고 처량하여 보기에 언짢은 데가 있다.

체 : 가루를 곱게 치거나 액체를 거르는 데 쓰는 도구.

치마다리 : 치마꼬리(한복 긴치마의 끝 자락. 긴치마의 여미는 부분).

체모 : 체면.

체부 : 우편배달부, 우체부.

쳐들다 → 초들다 : 어떤 사실을 입에 올려서 말하다.

초라니 : 행동거지가 가볍고 방정맞은 탈놀이 중의 한 인물. 방정맞는 사람을 지칭할 때 쓰는 말.

초스마 : ?

촉취觸取 : 파악하다.

촐촐하다 : 배가 조금 고픈 느낌이 있다.

총만悤忙**한** : 매우 급하고 바쁜.

쵀주다 : 꿔어주다의 방언.

최다 → 쵀다 : 꾸다의 방언.

최연最然**히** : 가장 그럴듯하게.

최줄 수 없어 → 꾸어줄 수 없어.

추레하다 : 겉모양이 깨끗하지 못하고 생기가 없다.

추렴出斂 : 모임이나 놀이 또는 잔치 따위의 비용으로 여럿이 각각 얼마씩의 돈을 내어 거둠.

추배追杯 : 술을 주거니 받거니 하며 잇달아 술잔을 돌리는 일.

추세趨勢 : 어떤 현상이 일정한 방향으로 나아가는 경향.

추수기秋收記 : 추수를 하는 작인作人의 이름, 땅의 면적, 곡식의 종류 및 수량 따위를 기록한 장부.

추어주다 : 추어올리다 ; 실제보다 높여 칭찬하다.

축이다 : 물 따위에 적시어 축축하게 하다, 적시다, 눅이다.

춘사椿事 : 뜻밖에 일어나는 불행한 일.

춘성군 : 춘성군은 행정구역 개혁으로 현재는 춘천시에 포함되어 있음.

출립 : 외출.

출립옷 : 외출복.

출중나다 : 남달리 뛰어나고 유별나다.

충이다 : 곡식 따위를 많이 담기 위하여 자루나 섬을 상하좌우로 흔들거나 위아래로 까불다.(그는 충이는 낯으로 미소하였다 : 상대방을 달래고 어르는 낯으로, 혹은 충고하는 낯으로 미소하였다).

츰에 : '처음'에의 춘천 방언.

치痔 : 치질; 항문 안팎에 생기는 외과적 질병을 통틀어 이르는 말. 항문 샛길, 치핵, 항문 열창 따위가 포함됨.

치가置家 : 집안일을 보살펴 처리함. 치가하다 → (첩)치가하다 : 첩을 얻어 따로 살림을 차리다.

치뜨리다 : 아래에서 위로 향하여 던져 올리다.

치루痔漏 : 항문 샛길. 항문 부위에 고름집이 저절로 터지면서 샛길이 생기고, 고름 따위가 나오는 치질의 하나.

치마다리 : 치마꼬리.

치마를 외로 돌아 입다 → 조선사회에서 양반여성 및 평민여성은 치마꼬리를 왼쪽으로, 상민은 오른 쪽으로 돌려 입은 데서 나온 말. 상민이 양반 행세를 하려고 치마꼬리가 왼쪽으로 오도록 해서 입고 있는 모습 묘사.

치마를 훑여 안다 : 한복 꼬리치마의 한 자락을 겨드랑이를 거쳐 가슴 앞으로 당겨 한쪽 팔로 지긋이 눌러 준 모습을 묘사한 것.

치받이 : 서까래 위에 산자를 엮고 지붕을 이은 다음 밑에서 흙을 바르는 일.

치뻗치다 : 위로 올려 뻗치다.

치수 : 길이 또는 크기에 대한 셈. 「소낙비」에서는 상점의 위신 또는 체면 따위를 의미.

치어나다 : 똑똑하고 뛰어나다.

칠칠하다 : ① 깨끗하고 단정하다.
②나무, 풀, 머리털 따위가 잘 자라서 알차고 길다. 싱싱하다.

칠푼이 → 칠삭둥이 : 조금 모자라는 사람을 놀림조로 이르는 말.

칠홉 → 「형」에서는 밥을 할 때 밥쌀 양의 7할 정도로 잡곡을 넣게 하는 것을 의미하는 듯함.
침 발라놓다 → 자기 소유임을 표시하다.
칩겠수 → 춥겠수의 춘천지역 방언.
칩다 : '춥다'의 강원도 방언.

ㅋ

카랑카랑하다 : 액체가 많이 담기거나 괴어서 가장자리까지 찰 듯하다. '가랑가랑하다' 보다 센 말.
칼라머리 → 하이칼라 : 머리털의 윗부분은 남겨서 기르는, 남자의 서양식 머리 모양.
커녕 : '말할 것도 없거니와 도리어'의 뜻을 나타내는 보조사.
켜다 : 물이나 술 따위를 단숨에 들이마시다.
코 큰 소리 : 잘난 체하는 소리.
코대답 : 탐탁하지 아니하거나 대수롭지 아니하게 여겨 건성으로 하는 대답.
코청 : 두 콧구멍 사이를 막고 있는 얇은 막.
콘도라gondola : 비행선이나 기구 따위에 달린 선실이나 바구니. 김유정의 수필「전차가 희극을 낳어」에서는 전차 내에 출입구 부분에 있는 시설물의 이름인 듯함.
콧등에 꿀떡이 떨어지다 : 뜻밖에 힘들이지 않고 좋은 일이 벌어지다. 예기치 않게 횡재하다. '호박이 덩굴 채 굴러 들어온다' 와 비슷한 경우.
쾨쾨하다 : 상하고 찌들어 비위에 거슬릴 정도로 냄새가 구리다.
쿠더분하다 → 구터분하다 : 쿠리터분하다(활발하지 않고 생기가 없어 지루하고 답답하다). 산뜻하지 못하고 묵지근하다.
쿠더브레하다 → 쿠리터분하다 : 냄새가 신선하지 못하고 역겹게 구리다.
크다 : 사람의 됨됨이가 뛰어나고 훌륭하다. 여기에서는 '잘 난 척하게'의 의미.
큰체하다 : 자랑하며 젠체 하다(젠체 하다 : 잘난체 하다, 주제넘은 짓을 하다).
큰체게 → 큰 척하게, 큰체하게.
키쪼각 : 키(곡식 따위를 까불러 쭉정이나 티끌을 골라내는 도구) + 쪼각(쪼가리의 강원도 방언; 아주 하찮음을 이르는 말), 여기에서는 살림도구 키를 하찮게 낮추어 부르고 있음. 예를 들면 과자쪼각, 나무 쪼각 등.

ㅌ

타내다 : 남의 잘못이나 결함을 드러내어 탓하다. 타박하다.
타래정 : 배배 꼬여 몸체에 타래 모양의 홈 선이 있고 끝에 날이 있는 정(비교적 무르고 차진 암반 따위를 뚫 는 데에 쓰는 정). 돌을 쪼거나 다듬는, 쇠로 만든 연장.

탄석歎惜 : 한탄하며 애석하게 여김.

탄평하다 : 근심이 없이 마음이 편하다.

탐식가貪食家 : 음식을 탐하는 사람.

태독 : 커다란 독, 커다란 항아리.

태전위산太田胃散 : 일본 제약회사에서 만든 양약국용 한약. 가루로 되어 있으며 속이 더부룩하고 체기가 있을 때 먹는 일종의 소화제.

터치다 : 터뜨리다의 방언.

턱 : ① 그만한 정도나 처지. ② 주어진 상황, 정도.

텀블링tumbling : 매트에서 하는 공중제비.

텁석거리다 : 자꾸 왈칵 달려들어 닁큼 물거나 움켜잡다.

토록 : 광맥의 본래 줄기에서 떨어져 다른 잡석과 함께 광맥의 겉으로 드러나 있는 광석.

토설 : 고백. 속마음을 털어놓음.

토심스럽다 : 남이 좋지 아니한 태도로 대하여 불쾌하고 아니꼬운 느낌이 있다.

토심스리 → 토심스럽다 : 남이 좋지 아니한 태도로 대하여 불쾌하고 아니꼬운 느낌이 있다 / 아니꼽게.

토파 : 마음에 품고 있던 사실을 다 털어 내어 말함.

통 : 일제시대 서울시의 행정구역 구 단위를 말함. 예를 들면 종로통, 을지로통 , 동대문통 등등.

통례通例 : 일반적으로 통하여 쓰는 전례.

통밤 : 온밤 내내.

통안, 통 : 한 구역을 이루는 공간의 일정한 범위. 예를 들면 종로통(종로구) 동대문통(동대문구). 「땡볕」에서 말하는 대학병원은 종로통에 자리한 서울대학 병원으로 추정됨.

통이 : 온통.

통혼 : 혼인할 뜻을 전함.

퇴폐 : 쇠퇴하여 결딴이 남.

투찰透察 : 꿰뚫어 짐작함.

툭축거리다 → 툭탁거리다 : 가볍게 나무는 모양.

툽툽하다 : 생김새가 멋이 없고 투박하다. 투실투실하게 생겼다.

튀다 : '달아나다'를 속되게 이르는 말.

튀들어가다 : 뛰어 들어가다.

트레머리 : 가르마를 타지 아니하고 뒤통수의 한복판에다 틀어 붙인 여자의 머리.

트레반지 : 나선螺旋 모양으로 비틀린 모양의 반지.

트죽태죽 → 티격태격 : 서로 뜻이 맞지 않아 이러니저러니 시비를 따지며 가리는 모양.
틈바귀 : 틈바구니.

ㅍ

파다발 : 무엇에 맞거나 몹시 시달려 만신창이가 되거나 형체가 볼품없이 된 상태를 비유적으로 이르는 말.
파래다 → 파리하다 : 몸이 마르고 낯빛이나 살색이 핏기가 전혀 없다.
파혼破魂 : 마음이 깊은 상처받음.
판무식 : 전무식 : 아주 무식함, 또는 그런 사람.
판수 : 점치는 일을 직업으로 삼는 맹인.
판치기 : 처지나 상황을 비교하여 승패를 겨루는 것.
판평히 → 판판이 → 파니 : 아무 하는 일 없이.
팔오금 : 아래팔과 위팔을 이어 주는 뼈마디의 안쪽 부분. 오금 : 팔다리를 이어주는 관절들.
팔팔결 : 엄청나게 다른 모양 ≒ 팔결.
패랑패랑하다 : 성질이 깐깐하고 독선적이며 여유가 없다.
퍼뜩 : 얼른, 빨리.
퍼지는 → 터지는 ?
펀펀하다 : 자주, 흔하다.
펀하다 : 끝이 아득할 정도로 넓다.
편답 : 편력; 이곳저곳을 널리 돌아다님.
폐구廢軀 : 병든 몸.
포갬포갬 : 물건 위에 물건을 겹쳐 쌓는 모양.
포농圃農 · 포농이 : 농사꾼. 농군을 의미한다. 유의어로 토농土農 · 토농이(한곳에 붙박이로 살며 농사를 짓는 사람)가 있다.
포복졸도抱腹卒倒 : 배를 끌어안고 넘어질 정도로 몹시 웃음.
표박漂迫 : 고향을 떠나 정처 없이 떠돌아다님.
표방標榜 : 어떤 명목을 붙여 주의나 주장 또는 처지를 앞에 내세움.
표표漂漂하다 : 공중에 높이 떠 있다. 여기에서는 표정이나 행동이 꿋꿋함을 의미함.
푸뚱이 : 풋내기. 풋것(아직 덜 익은 곡식, 과실, 나물 따위를 통틀어 이르는 말). 풋동이 : 미성숙한 사람. 「노다지」에서 푸뚱이는 풋동이를 이르는 것으로 보임, 어리석거나 미성숙한 사람을 의미함.
푼푼한 : 모자람이 없이 넉넉하다.

풀 : 세찬 기세나 활발한 기운.

풀대님 : 바지나 고의를 입고서 대님을 매지 아니하고 그대로 터놓음.

풀바가지 : 풀집에서 풀을 뜰 때 사용하던 바가지.

풀섶 : 풀숲의 강원도 방언.

풀집 : 예전에, 풀을 쑤어 덩이로 팔던 집.

품 : 어떤 일에 드는 힘이나 수고. 어떤 일에 필요한 일꾼을 세는 단위. 노동력.

품기다 : 품게 하다. 풍기다의 옛말.

품안다 : 품에 안다.

품앗이 : 힘든 일을 서로 거들어 주면서 품을 지고 갚고 하는 일.

풍기다 : (짐승이) 사방으로 흩어지다. 또는 그런 것을 흩어지게 하다. / 겨, 검불, 먼지 따위가 날리다.

풍월 : 얻어들은 짧은 지식.

풍치다 → 바람 잡다 : 허황된 짓을 꾀하거나 그것을 부추기다.

피로가 고만 오짝피어올랐을지도 → 피로가 조금씩 쌓이다가 갑자기 절정에 이르렀을지도.

피언한 : 펀펀한.

핀지 : 편지의 춘천 사투리 발음.

핀퉁이 : 핀잔.

필 : 일정한 길이로 말아 놓은 피륙을 세는 단위, 「만무방」에서는 응오의 얼굴을 감싼 천 조각을 의미.

필라치면 : 피게 되면.

핏대를 올리다 : 목의 핏대에 피가 몰려 얼굴이 붉어지도록 화를 내거나 흥분하다.

ㅎ

하가끼はがき : 엽서.

하가何暇 : 어느 겨를.

하관 : 얼굴의 아래턱 부분.

하냥 : 한결같이, 줄곧.

하념下念 : 윗사람이 아랫사람을 염려하여 줌.

하늘의 별 따기 : 사람의 힘으로서는 할 수 없는 불가능한 일을 의미.

하릴없이 : 틀림없이, 조금도 틀림없이.

하불상下不上 : 이래저래, 적어도, 많이는 아니라 해도.

하비다 : 할퀴다. 좁은 틈이나 구멍 속을 긁거나 돌려 파내다.

하상何嘗 : 대체 ,도대체, 근본부터 캐어 본다면.

하이칼라high collar : 양복에 입는 와이셔츠의 운두가 높은 깃. 일반적으로 생산직 계급이 아닌 사무직 사람을 지칭. 하이칼라 머리는 서양식 남자의 머리 모양을 본따 손질한 남 자의 머리.

하치荷値 : 어떤 물건에 깃들인 값어치.

하치못한 : 하찮은. 대단치 않은.

하튼 : 하여튼.

학질 : 말라리아, 그러나 여기에서는 지극히 끔찍하고 싫은 일, 괴로운 일을 의미한다.

한 굽죄이다 : 한 수 수그리고 들어가다. '굽죄이다'는 남에게 허물이나 약점을 잡히어 기를 펴지 못하게 된 다는 뜻.

한 다리를 뻗을 줄 알았다 : 셈이 풀릴 줄 알았다. 형편이 나아질 줄 알았다.

한 케 떠보세 : 케는 켜, 「만무방」에서 '한 케 떠보세'는 화투장을 들추어보자, 함께 화투를 쳐보자는 의미.

한가 : 원통한 일에 대하여 하소연이나 항거를 함.

한고寒苦 : 추위로 인한 고통.

한굽 접히다 : 한풀 꺾이다.

한껏 : 할 수 있는 데까지. 또는 한도에 이르는 데까지.

한데 : 밖, 바깥, 노천.

한데서 : 한곳에서.

한배, 한배검 : 대종교에서 '단군'을 높이 부르는 명칭.

한식경 : 한 차례의 음식을 먹을 만한 시간.

한테 : 함께.

한판같이 → 한판에 찍어낸 것 같다 : 조금도 다른 데가 없이 똑같은 경우에 이르는 말.

할겨보다 : 흘기어보다 '할기다'는 흘기다의 작은 말.

할팽시간割烹時間 : 음식 조리시간.

함자 : 남의 이름자를 높여 이르는 말.

함지 : 함지박; 통나무의 속을 파서 큰 바가지같이 만든 그릇.

항례恒例 : 보통 있는 일.

항차 : 황차의 변이. 황차況且 : 하물며.

해마리 → 히마리 : 힘. 혹은 헴가림, 정신, 총기를 뜻하는 강원도 방언.

해괴하다 : 크게 놀랄 정도로 매우 괴이하고 야릇하다.

해껏 : 해가 질 때까지.

해넘이 : 해가 막 넘어가는 때. 또는 그런 현상.

해동갑 : 해가 질 때까지의 동안.

해쓱하다 : 얼굴에 핏기나 생기가 없어 파리하다.

해용海容 **:** 남의 허물을 바다와 같은 너그러운 마음으로 용납함.

해태 : 게으름.

핸들대다 → 한들대다 : 가볍게 흔들리다.

행금 : 해금奚琴의 강원도 방언.

행길 : 한길(비교적 넓은 길)의 구어체 발음.

행랑 것 : 남의 집에 기거하면서 그 집의 일을 하고 생계를 이어가는 사람. 여자의 경우는 '안잠재기'.

행세 : 처세하여 행동함. 또는 그런 태도.

허겁지겁 : 조급한 마음으로 몹시 허둥거리는 모양.

허구리 : 허리 좌우의 갈비뼈 아래 잘쏙한 부분.

허발 : 목적을 이루지 못하는 공연한 짓이나 걸음을 함. 헛걸음질.

허식虛飾 **:** 실속이 없이 겉만 꾸밈.

허열게 닦이다 → 정신이 없을(머릿속이 멍하게 될)정도로 시달리다.

헌대 → 한데; 그러한데, 그런데.

헌옷때기 : 낡은 옷가지를 대수롭지 않게 이르는 말.

헌칠하다 : 키나 몸집 따위가 보기 좋게 어울리도록 크다.

헐떡하다 : 심한 고생이나 병으로 얼굴이 여위고 핏기가 없다. 몹시 지쳐 눈이 푹 들어가 있다.

헐없다 : 영락없다; 조금도 틀리지 아니하고 꼭 들어맞다.

헐없이 → 하릴없이 : 조금도 틀림이 없이.

험구 : 남의 흠을 들추어 헐뜯거나 험상궂은 욕을 함. 또는 그 욕.

험구덕 → 흠구덕 : 남의 흠을 헐뜯어 험상궂게 하는 말.

헛매질 : 때릴 것 같은 시늉을 하여 남을 위협하는 짓.

허뿔리 : 허투루(아무렇게나 되는 대로)

헝겊스럽다 : 매우 좋아서 정신을 차리지 못하고 허둥거리는 데가 있다.

헝겊떼기 : 조각으로 된 헝겊(헝겊; 피륙의 조각).

헤가마 : 하루종일 일자리 찾아다니노라 피곤에 지쳐 눈이 퀭해진 것을 표현한 듯.

헤갈 : 허둥지둥 헤맴. 또는 그런 일.

헤다 : 사전적 의미로는 '물속에 몸을 뜨게 하고 팔다리를 놀려 물을 헤치고 앞으로 나아가다'. 그러나 「형」에서는 수많은 여성들을 대상으로 사랑이라는 이름으로 방황하였음을 의미.

헤실수 : 헛수고. 노력이 헛되어 결과를 얻지 못한 일.

혀로 끌어올리는 → 혀 꼬부라진, 애교가 담뿍 담긴 소리.

혈담血痰 : 피가 섞여 나오는 가래.

혈성血誠 : 의협심과 혈기가 있는 성질.

협잡挾雜 : 옳지 아니한 방법으로 남을 속임.

형우제공兄友弟恭 : 형은 아우를 사랑하고 동생은 형을 공경한다는 뜻으로, 형제간에 서로 우애 깊게 지냄을 이르는 말.

호강ほうがん : 포환.

호강 : 호화롭고 편안한 삶을 누림. 또는 그런 생활.

호강나게ほうがんなげ : 투포환. 포환던지기.

호개好個 : ?

호구糊口 : 겨우 끼니를 이어 감.

호구지방糊口之方 : 가난한 살림에서 그저 겨우 먹고살아 가는 방법.

호다 : 헝겊을 겹쳐 바늘땀을 성기게 꿰매다.

호동가란히 → 회동그랗다 : 일이 모두 끝나고 남은 것이 없어 가뿐하다. 몸에 거리낄 것이 없다.

호되다 : 매우 심하다.

호들기 : 버들피리.

호래자식 : 버릇없는 자식.

호례好例 : 좋은 예.

호미씻이 : 농가에서 논매기의 만물(벼를 심은 논에 마지막으로 하는 김매기)을 끝낸 음력 7월쯤에 날을 받아 하루를 즐겨 노는 일.

호박개 : 뼈대가 굵고 털이 북슬북슬한 개. 중국에 많이 분포한다.

호아가다 → 호다 : 헝겊을 겹쳐 바늘땀을 성기게 꿰매다. 「봄과 따라지」에서는 장판에서 자동차와 전차 사이를 이리저리 비켜가며 놀고 있는 것을 묘사.

호아들다 : 이리저리 왔다갔다 하다.

호유豪遊**하다** : 호화롭게 놀다.

호주豪酒 : 술을 많이 마시는 사람.

호포戶布 : 고려·조선 시대에, 집집마다 봄과 가을에 무명이나 모시 따위로 내던 세금. 「총각과 맹꽁이」에서는 세금을 의미함.

호호皓皓**하다** : 깨끗하고 희다. '호호 늙은이'는 머릿털이 하얗게 센 늙은이라는 의미.

혹혹하다 : 무슨 음식이든 가리지 않고 잘 먹다.

혼도하다 : 혼절하다. 정신이 어지러워 쓰러지다.

혼또로 돈또로 : 일반적인 일본어에 대한 의성어적 표현, 영어를 쏼라 쏼라 한다고 하는 표현과 같은 것.

혼비婚費 **:** 결혼할 때 사용되는 비용. 결혼비용.

혼이 뜨다 : 정신을 잃을 정도로 몹시 놀라다. 혼이 나다.

혼자 삶아 놓으니까 → 「봄·봄」에서, 모든 농사일을 다 처리해놓으니까.

홀홀忽忽**하다 :** 문득, 갑작스럽다.

홉뜨다 : 눈알을 위로 굴리고 눈시울을 위로 치뜨다.

홉싸다 → 휩싸다 : 휘휘 둘러 감아서 싸다. 감싸다.

홉잡아채다 : 재빠르게 휘잡아당기다.

홍문紅門 **:** 정문旌門; 충신, 효자, 열녀 들을 기리기 위해 그 집 앞에 세운 붉은 문.

홑손 : 혼자 손, 「형」에서는 홀아비 손을 의미.

홑자식 : 하나뿐인 자식.

화경 : 볼록렌즈.

화롯전에 눈 녹듯 : 화롯가에서 눈이 서서히 녹듯이.

화상 : 어떤 사람을 마땅치 아니하게 여기어 낮잡아 이르는 말.

화장 : 저고리의 깃고대 중심에서 소매 끝까지의 길이.

화전 : 주로 산간 지대에서 풀과 나무를 불살라 버리고 그 자리를 파 일구어 농사를 짓는 밭.

화중 : 불속 → 매우 난장판, 고통스런 상황을 비유.

확 : 방이확; 절구나 방아에서 방앗공이로 찧을 수 있게 우묵하게 파낸 곳.

확적하다 : 정확하게 맞아 조금도 틀리지 아니하다 ≒ 적확하다.

환장하다 : 마음이나 행동 따위가 비정상적인 상태로 달라지다.

활하다 : 스스럼없다. 선선하다. 시원하다.

활활하다 : 시원스럽다.

황겁하다 : 겁이 나서 얼떨떨하다.

황그리다 : 욕될 만큼 매우 낭패를 당하다.

황문이 : 항문.

황밤주먹 : 황밤은 말려서 껍질과 보늬를 벗긴 밤. 「금따는 콩밭」에서는 힘들여 꼭 쥔 주먹, 단단한 주먹을 의미.

황송惶悚 **:** 분에 넘쳐 고맙고도 송구하다.

황하다 : 성질이 차근차근하지 아니하고 아주 거칠고 데면데면하다.

황황慌慌**하다 :** 절박하다. 다급하다.

황황慌慌**히 :** 다급히, 급하게.

홰 : 새벽에 닭이 올라앉은 나무 막대를 치면서 우는 차례를 세는 단위.

홰 : 새장이나 닭장 속에 새나 닭이 올라앉게 가로질러 놓은 나무 막대.

횃소리 : 닭이나 새들이 날개를 벌려 탁탁 칠 때 나는 소리.

횅댕그렁하다 : 속이 비고 넓기만 하여 허전하다. 「두포전」에서는 놀라서 눈을 크게 뜨고 눈알을 굴리는 모습을 말함.
횅하다 : 무슨 일에나 막힘이 없이 다 잘 알아 환한 모양.
회가 동하다 : 구미가 당기거나 무엇을 하고 싶은 마음이 생기다(음식을 앞에 두고 뱃속의 회충이 요동을 할 정도로 구미가 당긴다는 말).
회를 치다 : 고기나 생선으로 회를 만들다. 회를 친다는 것은 신나고 흥이 난다는 의미. 「동백꽃」에서는 싸움이라면 대단히 신이 나서, 흥이 나서의 의미.
회양淮陽 : 강원도 동북쪽에 있는 지방 이름. 명승지로 금강산이 있는 곳.
횡보다 : 똑바로 보지 못하고 잘못 보다.
효상爻象 : 좋지 못한 몰골이나 상태.
후달리다 : 체력따위가 부족할 때 또는 어떤 일을 하는데 있어서 생각보다 힘이나 양이 부족하거나 미치지 못 하다.
후두르다 : 휘두르다(마음대로 마구 다루다).
후딱 : 빠르게. 매우 날래게. 그러나 여기에서는 '별생각 없이 습관적으로' 아내에게 폭력을 휘두른다는 의미.
후려쌔리다 : 후려 때리다(쌔리다; 때리다).
후리다 : 휘둘러서 때리거나 치다.
후무르다 : 주무르다.
후무리다 : ① 남의 물건을 슬그머니 훔쳐 가지다.
② 표정이나 호흡 따위를 정상적인 상태로 고르게 조절하다.
후분 : 사람의 평생을 셋으로 나눈 것의 마지막 부분. 늙은 뒤의 운수나 처지를 이른다.
후출하다 : 출출하다.
훅닥끼다 : 부대끼다(사람이나 일에 시달려 크게 괴로움을 겪다).
훅닥이다 : 공연한 말로 꼴사납게 지껄이다. 세차게 다그치고 들볶다.
훌닦다 : 휘몰아서 대강 훔쳐 닦다.
훌몰다 : 훌다휘다 + 몰다. 휘몰다; 매우 힘차게 한 방향으로 몰다.
훌뿌리다 : 함부로 마구 뿌리다.
훔척훔척 : 보이지 아니하는 데 있는 것을 찾으려고 자꾸 이리저리 더듬어 뒤지는 모양.
훔켜잡다 : 손가락을 안으로 구부리어 매우 세게 잡다.
훔켜쥐다 : 어떤 행동이 매우 자주 일어나는 모양.
훔키다 : 손가락을 안으로 구부리어 물건을 매우 세게 쥐다.
훨썩 : ① 훨씬의 강원도 방언. ② 몹시 넓게 벌어지거나 열린 모양.
휘지르다 : 여기저기 마구 다니다.

휘하다 : 휘휘하다(무서운 느낌이 들 정도로 고요하고 쓸쓸하다).

흐내다 : 흐드러지다의 방언인 듯(흐드러지다; 매우 흐뭇하거나 푸지다).

흐드르하다 : 흐드르르하다 → 번지르르하다; 거죽에 기름기나 물기 따위가 묻어서 윤이 나고 미끄럽다.

흔캄스럽다 → 혼겁魂怯**스럽다** : 혼이 빠지도록 놀라게 하다.

흘게 늦다 : 흘게가 조금 풀려 느슨하다. 성격이나 하는 짓이 야무지지 못하다.

흘게 : 매듭 · 사개 · 고동 · 사북 따위를 단단하게 조인 정도나, 어떤 것을 맞추어서 짠 자리. 흘게 늦은 : 야무지지 못하고 늘어터진, 느슨한.

흘두들기다 : 마구잡이로 두들겨대다.

흘부들 → 흘부드르 : 피륙 따위가 가볍고 매우 부드럽다. 「아내」에서는 너무 피곤해서 사람이 축 늘어진 상태를 의미함.

흙질 : 흙을 묽게 이기거나 물에 풀어 바르는 일.

흠빡 → 흠뻑 : 차고도 남도록 아주 넉넉하게. 충분히.

흠품 : ?

흡뜨다 : 홉뜨다의 방언; 눈알을 위로 굴리고 눈시울을 위로 치뜨다. 눈알을 부라리다.

흡연술吸煙術 : 담배 피울 줄 아는 능력.

흥건하다 : 물 따위가 푹 잠기거나 고일 정도로 많다.

흥건히 : 물 따위가 푹 잠기거나 고일 정도로 많게.

희떱다 : 실속은 없어도 마음이 넓고 손이 크다.

희번덕이다 : 눈을 크게 뜨고 흰자위를 번득이며 움직이다.

희연囍煙 : 봉지담배 이름, 당시 조선총독부전매국에서 판매 했으며, 1봉지 정량 95g 정가는 10전.

희짜 : 잘 난체 하며 거만을 떨다. 거만을 떨며 큰소리 하다.

희한하다 : 매우 드물거나 신기하다.

흰소리 : 터무니없이 자랑으로 떠벌리거나 거드럭거리며 허풍을 떠는 말.

히떱다 : 희떱다; ① 실속은 없어도 마음이 넓고 손이 크다.
② 말이나 행동이 분에 넘치며 버릇이 없다.

히번넉이나 : 눈을 크게 띠서 흰자위가 자주 나오도록 움직이다.

히짜 : 젠 체하는 것, 큰 소리 치는 것.

히짜를 빼다 : 큰소리를 치다. 히떱게 굴다.

히짜를 뽑다 : 희떱게 굴다; 언행이 분에 넘치며 버릇이 없다.

힝하게 : 횡허케, 힝하니; 중도에서 지체하지 아니하고 곧장 빠르게 가는 모양.

힝하다 : 재빨리. 주저하지 않고.